조선후궁실록

조선후궁실록

호란기연
胡亂奇緣

유오디아 장편소설

1

위즈덤하우스

차
례

조선후궁실록 등장인물

＊ 조선국 ＊

:: 이화진

시간 여행자. 뛰어난 미모의 소유자. 첫사랑 유정운의 목숨을 구하려다가 자신의 힘을 남용하고 '시간'의 분노를 사서 시간여행의 능력을 잃어버린다. 그로 인해 병자호란이 일어나기 일 년 전의 조선에 갇히게 된다.

:: 이시백

인조반정의 공신인 이귀의 아들. 이화진의 첫사랑이던 유정운의 환생. 정묘호란에 첫 번째 부인을 잃었다. 병자호란이 일어나자 피난 가는 백성들을 돕다가 운명적으로 화진과 재회한다.

:: 봉림대군 이정연 (효종 이호)

어명으로 화진을 첩으로 맞아들인다. 처음에는 다른 사람들의 말만 듣고 박색인 줄 알고 가까이하지 않는다. 나중에 화진이 엄청난 미인이라는 사실을 알게 된 후 상사병에 빠진다.

:: 김영찬

시간 여행자. 화진의 외할아버지. '시간'의 분노를 사서 조선에 갇히게 된 외손녀를 구하기 위해 고군분투한다.

:: 박 처사

하나뿐인 가족인 외동딸을 병자호란 중에 잃었다. 이후 징집되어 남한산성에서 머물다 화진을 만난다. 이 인연으로 화진을 양녀로 삼는다.

:: 장씨 (인선왕후)

봉림대군의 부인. 봉림대군을 살뜰히 살핀다. 이해심이 깊고 차분한 성품을 지녔다.

:: 소현세자

조선의 세자. 봉림대군의 친형이다.

:: 계화

화진의 몸종이다.

:: 금치

이시백의 하인이다.

* 청국 *

:: 예친왕 도르곤

청 태조 누르하치의 14번째 아들. 청나라 황족으로 병자호란 당시 조선을 침공한다. 봉림대군과 헤어져 피난 중이던 화진을 보고 첫눈에 반한다. 이후 화진을 소유하기 위해 악행을 저지른다.

:: 홍타이지

청 태조 누르하치의 8번째 아들. 청나라의 2대 황제이다. 병자호란을 일으켰다. 이시백이 마음에 들어 화진을 이용해 그를 청나라에 붙잡아 둔다.

:: 황후 철철

청나라 황제 홍타이지의 정비. 슬하에 아들이 없어 미모가 뛰어난 자신의 조카들을 남편의 후궁으로 삼았다.

:: 장비 옥아

청나라 황제 홍타이지의 후궁. 황후 철철의 조카이기도 하다. 예친왕 도르곤을 짝사랑하고 있다.

:: 기홍대

장비의 궁녀. 흉측한 외모를 가지고 있다. 한 번 본 사람과 똑같은 얼굴의 면피를 만들어 쓰고 다니는 재주를 가졌다.

:: 신비 해란주

청나라 황제 홍타이지가 총애하는 후궁. 장비의 언니이기도 하다. 일찍이 혼인했지만, 아름다운 외모를 가지고 있다는 이유로 홍타이지의 후궁이 된다.

:: 수아

황후 철철의 시녀.

서장

하늘에 물어본다.

사랑이란 무엇인지.

땅에 물어본다.

사랑이란 무엇인지.

그리고 '시간'에 물어본다.

사랑이란…… 정녕 무엇인지.

.

.

.

　그의 죽음은 하늘마저 외면한 것이었다. 세차게 내리는 빗줄기
는 가시칼이 되어 내 몸을 사정없이 찔러댄다.

"서둘러야 해."

외할아버지가 나를 재촉했다.

"곧 관군이 들이닥칠 거다. 그러니 그를 이곳에 두고 가야 해."

이미 얼굴에서 모든 핏기가 사라져버린 그의 시신을 끌어안은 내게 외할아버지가 말했다.

"화진아. 어서!"

그러나 나는 소리 없는 눈물만 흘린 채 미동도 하지 않았다. 처음부터 그런 것은 아니었다. 몇 시간 전까지 난 들짐승의 포효와 같은 소리를 질러댔다. 소리를 지르고 지르다보면 머리가 터져 죽을 수도 있다고 생각했다. 머리가 터지지 않는다면 가슴이라도 터져 죽길 바랐다.

난 그를 따라가고 싶었다. 하지만 어찌 알았을까. 사람의 목숨이란 그렇게 쉽사리 끊어지는 것이 아니란 것을. 그러나 열아홉, 나의 연인은 그렇지 못했다. 너무나도 아까운 목숨이 아주 쉽게 끊어져버리고 말았다.

"너는 왕을 위해 살고, 나는 너를 위해 산다 말했지……."

내 얼굴로도, 내가 끌어안고 있는 정운의 얼굴로도 매서운 빗물이 끊임없이 들이쳤다. 그리고 난 여전히 그의 죽음을 받아들일 수가 없다.

"화진아!"

"못 해요."

"정운과 함께 있다가는 너도 죽는다. 네 얼굴을 아는 이들이 있어. 더 늦기 전에 어서 그 아이를 묻고 우린 떠나야 해."

"못 한다고요!"

– 콰콰쾅!

천둥소리가 들려왔다. 그 소리에 잠시 주변은 침묵으로 뒤덮였다. 해는 오래전에 져버렸고 그나마 남은 지상의 빛들은 비구름에 가려 숨을 쉬지 못했다.

이 순간이 바로 나의 연인의 최후다.

이 세상에서 숨을 거둬버린 연인의 최후의 날.

"화진아, 정운이는 죽었어."

"흐윽…… 흐윽……."

아니다.

그는 금방이라도 다시 눈을 뜰 것만 같다. 눈을 뜨고 나를 예전처럼 바라봐줄 것만 같았다. 내 눈에 비친 그는 그랬다. 단지 평온하게 눈을 감고 잠들어 있을 뿐인데. 왜 그를 죽었다고 말하는 걸까?

"더 늦기 전에……."

더는 기다릴 수 없다는 듯 외할아버지가 내 품에 안긴 정운을 끌어내리려고 할 때였다. 난 정운의 시신과 함께 그 자리에서 모습을 감춰버렸다.

– 짹짹.

비에 온몸이 젖어버린 그와 나의 시신이 다시 나타난 곳은 어느 따뜻한 봄날. 햇살이 내리쬐고 산새가 울고 있는 양지바른 언덕. 햇빛을 받은 내 몸은 말라가며 따뜻한 온기가 흘렀지만 그는 아니었다. 한번 차갑게 식어버린 시신은 따뜻한 햇살을 받아들이지 못했다.

"정운아…… 흐흑. 정운아. 제발 일어나……."

"너는 그 아이를 살리기 위해 최선을 다했다. 그 아이의 시간을 알면서도 그 시간을 바꾸기 위해 도전했고 맞섰지. 너희 둘은 시간에 장렬히 패배했지만, 네겐 아직 인생이 남아 있지 않니?"

어느새 내 곁에 나타난 외할아버지가 한 손을 내 어깨에 올려놓았다. 나는 매정하게 외할아버지의 손을 쳐냈다.

"살릴 수 있으셨잖아요! 살릴 수 있다고 하셨잖아요!"

"화진아."

난 통곡하며 외할아버지에게 소리쳤다.

"정운이를 죽인 건 왕이 아니에요! 할아버지예요. 할아버지라고요!"

아니다. 나의 사랑, 유정운이라는 사내는 자신의 운명과 맞섰다. 자신에게 주어진 남은 시간을 알면서도 피하지 않았다. 그는 죽음을 두려워하지 않았다. 나는 그런 그와 함께할 미래만 꿈꿨을 뿐이다.

"흐흑…… 정운아…… 정운아……."

우리가 어린 시절을 함께 보냈던 언덕.

그와 나의 추억이 가득한 곳이 내려다보이는 언덕.

한때는 그가 나의 손을 잡으며 말했었다. 일평생을 함께한 우리가 같이 묻히게 될 곳이라고. 그곳이 이곳이라고 말했다. 죽음이 상상조차 하기 어려운 먼 시간에 존재하는 것이라고 여겼던 그 순간. 나는 그의 손을 잡은 채 머나먼 미래의 행복한 노부부의 모습을 그리며 웃었더란다.

이제 그곳에 그를 홀로 묻고 떠나야 했다. 우린 끝까지 함께할 수 없었다. 그의 죽음을 받아들이고 그와 작별을 해야만 하는 시간.

한 여자를 사랑했지만, 한 임금을 위해 자신의 모든 것을 바쳤던 유정운이란 사내는, 내가 사랑했던 유정운은 그런 사내였다. 그런 사내라는 것을 알면서도 사랑에 빠진 것은 나였다. 나는 그를 위해 모든 것을 내던지고 조선으로 왔다. 그의 시간을 바꾸고 우리의 운명을 잇기 위해서.

"화진아."

어느새 양지바른 언덕에 그가 묻힐 자리를 만들어놓은 외할아버지가 나를 불렀다. 나는 그를 내 품에서 어렵게 놓았다. 살점이 떨어져 나가는 고통이 내 몸을 스쳤다. 따뜻한 햇살도 한겨울 차디찬 설풍처럼 느껴졌다.

난 그렇게 그를 땅에 묻었다.

["이난(李爛). 어때?"]

["이난? 그게 무슨 뜻인데?"]

그는 십오 세에 관례를 치르고도 한동안 호(號)가 없었다. 그는 딱히 호를 짓는 데도 별 관심을 보이지 않았었다.

호는 상대의 이름을 존중해 함부로 부르지 않았던 조선 시대에 이름을 대신하는 것으로 쓰였다. 대부분 자신이 태어나고 자란 동네의 이름을 땄다. 밤나무골 출신의 이이는 자신의 호를 '율곡(밤나무골)'으로, 자신이 나고 자란 애일당 뒤편의 산 이름인 '교산'을 호로 삼은 허균이 그러했다.

이처럼 호는 가볍고 별 의미 없이 짓는 것이 보통이었다. 한 사람이 여러 개의 호를 가지기도 했다. 이렇다 보니 호를 통해 그 사람이 어떤 사람인지 어디에 살고 어떤 취미나 재주를 가지고 있는지 가늠할 수 있기도 했다. 하지만 관직에 오르지 않은 십 대 시절에는 호를 짓지 않고 이름을 부르는 것이 보통이었다.

나는 그에게 언젠간 생길지 모르는 호를 직접 지어주기로 마음 먹었다.

["뜻을 알려주기 전에 나와 약속해줘. 뜻을 가르쳐준 다음에도 이 호를 쓸 거라고. 그리고 다른 호는 절대 갖지 않겠다고."]

그는 웃으며 고개를 끄덕였다. 그제야 난 그 뜻을 알려주었다.

["이난의 '이'는 내 성인 '이' 씨야. 그리고 '난'은……."]

["난은?"]

["옥광채 난이야."]

["그래서? 그게 무슨 뜻이지?"]

["넌 나, 이화진의 빛이라는 뜻이지."]

13

뜻을 알게 된 그는 한동안 어이가 없다는 눈으로 나를 빤히 쳐다보았다. 소문난 애처가들도 스스로 망신스러워하며 짓지 않을 호였다.

글자 그대로 그의 호는 '내 빛'. 그가 내 것이라고 아예 호에 똑똑히 박아둔 것이나 다름이 없었으니. 유정운은 그렇게 '나, 이화진의 사내'라는 호를 갖게 된 것이다. 그가 앞으로 무슨 일을 하든 그가 앞으로 어떤 일을 하든 이 호로 인해서 어디서든지 나를 떠올리게 될 것이다.

오로지 나 이화진의 사내로 살길 바라는 마음이 담긴 호였다. 어쩌면 몇 년 후 그에게 닥칠 미래를 짐작한 나의 염려가 '호'에 담겨 있었던 것일까?

어느 날, 아주 화창한 봄날에 조선의 한 어린 왕이 그에게 물었다.

["정운, 그대에게도 호가 있소?"]

어린 왕은 정운을 존중했고 그의 호를 불러주며 가깝게 지내길 원했다. 그는 어린 왕의 물음에 옆에 서 있던 나를 슬쩍 바라보며 웃고는 대답했다.

["소인의 호는 오얏나무 '이' 옥광채 '난'을 써서, '이난'이라 하옵니다."]

마치 공개적으로 고백을 받은 듯 내 가슴이 터질 듯이 뛰었다.

["오얏나무 '이'에 옥광채 '난'이라……. 이 왕조의 길이 남을 충신이 되고자 하오?"]

어린 왕의 해석에 정운은 난처한 미소만 지을 뿐 긍정도 부정도 하지 않았다. 난 그런 정운을 보며 행복한 웃음을 지었다.

그러나 그 순간은 매우 짧았다.

[이난지묘 (李瓓之墓)]

충신으로 죽었음에도 비석 하나 남기지 못한 사내. 난 그의 무덤 앞에 세울 푯말에 그의 이름을 적었다. 이화진의 빛이자 사내였던 그가 잠들었다. 그리고 그렇게 내 첫사랑도 비극으로 끝나버렸다.

❧

사랑하는 사람을 잃은 아픔은 쉽게 사라지지 않는다. 차가워진 시신을 차가운 땅에 묻어버린다고 해서 끝나는 것이 아니었다. 내가 받은 충격은 지속되었고 원래의 생활로 돌아가는 것은 아주 힘들었다. 나는 그를 오랫동안 잊을 수가 없었다. 여전히 나는 그를 보낼 준비가 되어 있지 않았다.

별.

내가 그를 살리기 위해 들여다보았던 것. 한 사람의 탄생은 하나의 별이 탄생하는 것을 알리게 된다. 그 별이 지는 날, 별과 함께 그 사람의 운명도 결정된다.

유정운의 별은 그가 죽던 날 지상에서 자취를 감춰버렸다. 하지만 그가 죽은 뒤 이백여 년 가까운 시간이 흐른 조선. 난 그가 탄생하던 날 나타났던 별이 다시 나타났다는 사실을 알았다.

"말씀해주세요."

"난 네가 하는 말을 이해할 수가 없구나."

"다시 태어나는 것이 가능한가요?"

"화진아."

"정운이가 태어나던 날의 별을 확인하고 오는 길이에요. 그러니 아시는 것이 있다면 말씀해주세요. 정운이가 다시 태어날 수 있는지. 그 별이…… 제가 본 별이 정운이의 별이 맞는지요."

"유정운은 죽었다. 죽은 사람은 다시 태어날 수 없어."

"그래서 물어보는 거잖아요, 할아버지!"

언쟁.

그러나 외할아버지는 늘, 무언가를 알면서도 말해주지 않으려는 태도를 고수한다. 하지만 이번에는 절대 물러설 수가 없었다.

"그래서? 그 별이 유정운의 별이라면 어찌할 거냐? 유정운이 다시 태어나기라도 했다면 어쩔 것이냐?"

"그를 찾으러 갈래요. 다시 태어난 그를 만나러 갈래요!"

"그건 안 돼!"

"왜요?"

"그는 유정운이 아니기 때문이지. 다른 이름을 가진 사람일 것이다. 남자일 수도 있고 여자일 수도 있지. 또한 유정운과는 전혀 다른 운명을 따라 살아가고 있는 사람일 거다. 무엇보다 그는 너를 전혀 모르겠지."

직설적인 외할아버지의 대답은 나를 충격에 빠트렸지만 그것보다도 다시 태어났을지 모를 정운을 다시 만나고픈 소망이 컸다.

"그러니 안 된다, 화진아."

"그건 그 사람을 만나보고 결정할래요."

돌아나가려는 나를 외할아버지가 불러 세웠다.

"이화진! 아직도 정신을 못 차렸구나! 정운이의 죽음으로 너와 그의 인연은 완전히 끝났다. 그의 죽음은 안타까운 일이지만 정해진 것이었어. '시간여행자'가 정해진 과거 인물의 인생에 개입하게 되면 목숨을 잃을 수도 있다."

"어차피 정운이가 죽었을 때 전 이미 한 번 죽었어요."

"그래서? 너도 이미 죽었다는 거냐?"

"전……."

"넌 시간으로부터 아주 특별한 능력을 부여받았지. 그 능력을 함부로 남용하다가는 큰 위험이 닥칠지도 모른다."

왜 이때는 나를 위한 충고가 전혀 들리지 않았는지 모를 일이다.

그때 내 사랑은 사랑하는 사람의 안에서 나 자신을 온전히 잃어버린 그런 사랑이었다. 난 정운의 안에 있었고 그의 일부가 되었다. 그리고 그가 죽자 나의 사랑도 함께 죽어버렸다. 이런 내가 누군가를 다시 사랑할 수 있을까? 아니, 삶을 이어나가는 것이 가능할까?

- 응애…… 응애…….

아무리 시간여행자라고 해도 같은 시간 안에 두 명의 자신이 공존할 수는 없었다. 어린 시절부터 그와 많은 시간을 공유했던 내가 유일하게 그를 만날 수 있는 시간은, 내가 그를 만나기 이전의 그. 바로 그가 아기였던 시절이었다.

　난 갓난아이 시절의 그를 바라보고 또 내 손보다도 한참 작은 손을 잡아보았다. 아이는 나와 눈을 맞춰주었지만, 내가 알던…… 나를 바라보던 그의 눈동자가 아니었다.

　"흐흑…… 정운아. 난 네가 너무 그리워."

　아이인 그는 방긋방긋 웃으며 나를 쳐다보았지만, 나의 마음속의 공허함과 그리움은 끝없이 커져만 갔다.

1장

시간에 갇히다

인조 13년인 1635년(을해년) 봄.

늦은 밤, 관상감 교수 홍경립은 집으로 돌아가지 않고 관상감에 홀로 머무르고 있었다. 관상감은 창덕궁 밖에 위치하고 있었기 때문에, 밤이 되면 두 명의 병사가 입구를 지키고 있을 뿐, 내부에는 당직 외에 머무르는 사람이 없었다. 홍경립은 오늘밤 당직이 아니었다. 그는 웬일인지 자신이 당직을 하겠다며 다른 교수를 내보냈다.

"휴우······."

고뇌 섞인 깊은 한숨을 내쉰 그는 결심한 듯 밖으로 나왔다. 휘영청 밝은 달을 물끄러미 바라보던 그가 관상감 안쪽 본채를 떠받치는 세 번째 기둥 앞에 섰다. 그는 잠시 망설이며 주변을 살피더니 날카로운 목각용 칼을 꺼내 기둥에 무언가를 새기기 시작했다.

[을해년 계모월 갑자일 해자시]

바로 오늘의 날짜와 시각이었다.

"휴우……."

어렵게 시간을 기둥에 새긴 그가 또 한 번의 깊은 한숨을 내쉬며 돌아섰을 때였다. 그의 뒤에 누군가 서 있었다. 홍경립은 그를 보자마자 놀란 얼굴로 몸을 숙였다.

"스, 스승님!"

"나를 부른 이유가 무엇이더냐."

홍경립은 스승의 물음에 횃불을 꺼내 들었다.

"이쪽입니다."

홍경립은 자신의 스승을 관상감 내의 누각과도 같은 곳으로 안내했다. 평상시에 자물쇠로 문을 단단히 걸어두는 곳이었으나 오늘 밤은 웬일인지 잠가두지 않았다.

그가 누각으로 들어가는 문을 열어젖히자 사람의 키를 훌쩍 넘는 거대한 각석이 모습을 드러냈다. 바로 '천상열차분야지도'였다. 홍경립은 각석 앞에서 손에 든 횃불을 휘휘 내저었다. 그러자 각석 앞에서 짚으로 만든 거적을 둘러쓰고 있는 물체가 꼬물거리듯 움직였다. 그러자 홍경립의 뒤에 서 있던 스승이 나서서 그 거적을 치워버렸다.

"……!"

그 거적 안에서 나타난 것은 바로 화진이었다. 화진을 본 홍경립의 스승이 그의 손에서 횃불을 받아들며 말했다.

"잠시만 자리를 비켜주게."

"예, 스승님."

그가 누각 밖으로 나가자 스승이 화진을 내려다보며 물었다.

"네가 왜 여기 있니?"

"……."

그러나 화진은 대답하지 않고 그의 시선을 외면했다. 홍경립이 스승이라고 부른 사내는 다름 아닌 화진의 외할아버지인 영찬이 었다.

"화진아!"

영찬이 채근하자 화진이 거적을 치우며 자리에서 일어섰다. 그 러고는 영찬을 노려보더니 한 손을 들어 각석에 손을 얹었다. 그러 나 아무런 일도 일어나지 않았다. 아무런 변화도 없었다.

"보셨죠?"

뒤늦게 무슨 상황이 벌어진 것인지 깨달은 영찬이 크게 놀란 얼 굴로 화진을 쳐다보았다.

"!"

화진이 고개를 떨구며 말했다.

"저…… 이 시대에 갇힌 것 같아요, 할아버지."

❧

천상열차분야지도 각석.

조선 태조 때 만들어진 이 각석은 시간여행자에게는 또 다른 '시간의 문'이다. 시간여행을 가능하게 만드는 하나의 도구. 그러나 시간여행자에게 군이 각석의 도움이 필요한 일은 없었다. 하지만 다시 나타난 정운의 별의 주인을 찾아 수없이 시간을 넘나들던 내게 어떠한 '변화'가 찾아오게 되면서 난 각석이 필요하게 되었다. 내 스스로의 능력으로 시간여행이 불가능하게 된 것이다.

이유는 모른다. 어느 날 갑자기 시간여행을 할 수가 없었다. 그래서 관상감에 보관 중인 각석을 찾아갔다. 그러나 각석, 즉 시간의 문도 내게 문을 열어주지 않았다.

"언제부터였니?"

"이곳에 온 지는 며칠 되었어요. 할아버지 이름을 대고 관상감 교수의 도움을 받았어요. 그는 자신의 집으로 가서 머물라고 했지만, 그럴 수가 없었어요. 각석이 문을 열어줄 거라고 생각했으니까요. 그런데……"

"정운이를 찾을 생각만 했었니? 집으로 돌아올 생각은?"

"그것도 해봤어요. 하지만 그래도 문이 열리지 않았어요. 이제 전 어떡해야 하죠?"

정운의 죽음 이후 내겐 외할아버지를 향한 분노가 있었다. 하지만 내가 가진 특별한 능력을 모두 잃어버린 상태에서는 외할아버지의 도움이 절실했다.

"기다려보거라."

외할아버지가 각석 앞으로 다가가더니 손을 얹었다. 그러자 각석에 새겨진 별자리를 따라 푸른빛이 서서히 번져나갔다. 문이 열리는 신호였다. 그것을 본 외할아버지가 다른 한 손으로 내 손을 잡았다.

잠시 후, 따뜻한 바람이 불어오는가 싶더니 외할아버지가 내 앞에서 사라졌다. 각석을 감싼 푸른빛도 모두 사라졌다. 그러나 나는 그대로였다.

"!"

내가 원래 있던 곳으로 돌아가지 못한다는 공포. 그 공포는 정운의 죽음을 목격했던 그때와는 또 다른 공포였다.

～～

나를 두고 사라졌던 외할아버지가 다시 나타났다. 외할아버지도 상당히 놀란 듯했다. 이런 경우는 분명 외할아버지도 처음 겪는 일인 것 같았다.

"네게는 특별한 능력이 있었지. 보통 우리 집안의 여자들은 과거로의 시간 이동이 가능하지만 스스로의 힘으로는 돌아올 수 없었다. 그러나 너는 가능했어. 그리고 시간이 네게 그러한 능력을 부여한 것은 특별한 사명을 주기 위한 것이라고 여겼다. 그런데 너는 그 사명이 무엇인지 찾는 대신에 시간과 맞서려고 했지. 그로 인해 유정운의 죽음이 앞당겨졌다면 그것은 네 잘못이 크다."

정운의 이야기에 난 눈물을 터트렸다.

"그만하세요!"

듣기 싫다는 나의 외침에도 외할아버지는 꿋꿋이 말을 이어나갔다.

"넌 능력을 잃었다. 잃었을 뿐만 아니라 내 능력으로도 너를 다시 미래로 데려갈 수가 없게 되었어. 시간의 분노다. 언제 분노가 풀리게 될지는 나도 모른다. 그때까지 당분간 이 시간에 갇혀 있어야 한다. 그게 무슨 말인지 알겠니?"

"위험해질 수도 있겠죠. 지금은 조선이니까요."

외할아버지가 잠시 고민하더니 중얼거리듯 말했다.

"인조 13년이라…… 그렇다면 을해년. 이제 병자년까지는 딱 일 년 남았군."

병자년.

병자호란이 일어난 해다. 곧 끔찍한 전쟁이 이 조선을 덮칠 것이다. 그리고 어쩌면 그때에도 난 조선의 시간에 갇혀 있게 될지도 모른다. 그렇다면 나도 그 피해를 피할 수 없게 된다.

"나를 따라와라."

"어디를 가시려고요?"

"곧 병자호란이다. 네가 만약 그때까지 조선에 남아 있는다면 어찌될지 몰라. 나 역시도 이곳에 오래 머물 수가 없다. 내가 떠난 다음에 네가 위험해질 수 있으니, 너를 맡겨놓을 곳을 찾아봐야 겠다."

"싫어요. 전 여기에 있을 거예요!"

"뭐라고?"

"할아버지 말대로 시간의 분노라면, 그 분노가 언제 풀릴지 모른다면, 그게 오늘밤이 될지 내일이 될지 모르잖아요? 그러니 계속 여기서 기다리겠어요!"

"그래서? 풀리면 어찌하려고?"

"정운을…… 찾을 거예요."

외할아버지가 어처구니가 없다는 듯 나를 바라보았다.

"내가 말하지 않았니? 설사 그가 다시 태어났다고 하더라도 네가 알던 유정운이 아니다. 다른 얼굴로, 다른 모습으로 태어나 자신에게 정해진 운명대로 살아갈 것이다. 또한 그에게 사랑하는 여인이 있을 수도 있겠지. 다시 유정운을 차지하겠다고 그 여인에게 해코지라도 할 셈이냐? 그럼 더 위험해질 거다! 게다가 유정운이 여자로 태어났다면?"

난 외할아버지에게서 고개를 돌렸다.

"그래서 직접 확인할 거예요. 포기하더라도 확인하고…… 확인하고 나서 할 거라고요."

"그전에 네가 죽을지도 모르지."

외할아버지의 말이 의미하는 것은 병자호란이었다.

"그깟 전쟁이 뭐가 무섭다고요? 전 많이 보아왔어요."

"그래. 넌 전쟁을 보아만 왔지. 직접 겪어볼 일도 없었고 겪어보지도 않았다. 기껏 네 인생에서 가장 큰 고난이라고 해봤자 유정운이 네 앞에서 죽은 일뿐이겠지."

정운의 이야기에 나는 눈물을 흘리며 외할아버지를 노려보았다.

"정운이에 대해서 외할아버지가 말할 자격이 있는 줄 아세요!"

외할아버지가 갑자기 내 팔을 잡아 강제로 누각 밖으로 끌어내며 말했다.

"그래, 너는 지금 당장 전쟁이 터져도 유정운을 따라 죽겠다는 소리를 하고도 남을 애라는 것을 잘 안다. 하지만 네 엄마는 무슨 죄가 있니? 네게 이런 일이 터진 줄도 모르고 돌아오기만 기다리고 있는 네 엄마 말이다."

"가서 말씀해주세요. 엄마 딸은 유정운이 죽을 때 함께 죽었다고요."

– 찰싹!

외할아버지가 내 뺨을 쳤고 난 눈을 부릅뜨고 외할아버지를 쳐다보았다.

"절 때릴 자격이 없으시다는 거 아시잖아요?"

"하지만 널 살릴 자격은 있다. 그러니 따라와."

창덕궁.

"드시지요."

상궁의 안내에 따라 닫혀 있던 왕의 침전 문이 열렸다. 장옷으로 머리부터 발끝까지 뒤덮은 나는 외할아버지를 뒤따라 안으로 들어섰다.

"전하."

외할아버지가 먼저 왕에게 큰절을 올리고 뒤에서 절을 올린 나는 함께 자리에 앉아 고개를 숙였다. 왕은 우리가 오기 전까지 술을 마시고 있었던 것 같았다. 왕과 왕의 옆자리에 앉아 있는 한 남자의 앞에 술상과 같은 것이 놓여 있었다. 흑룡포를 입고 있는 것을 보고 그가 세자임을 알 수 있었다.

"과인은 분명 자네를 기억하고 있네."

왕은 기분이 좋은지 외할아버지를 보며 웃음부터 터트렸다. 그러나 세자는 외할아버지를 잘 모르는 얼굴이었다. 게다가 눈동자만 겨우 보이게 얼굴을 모두 가린 나를 의심스러운 눈길로 쳐다보기도 했다.

왕이 세자에게 설명했다.

"이괄의 난 때 피난 가던 나를 도운 이다. 그 후 난이 진압되어 관직을 주고 공신으로 삼으려 했으나 거절하고 바람처럼 떠났지. 이후 수소문해도 찾을 수가 없었는데…… 어찌 이리 야심한 시각에 불쑥 과인을 찾아온 것이냐?"

"송구하옵니다. 또한 소인의 알현을 윤허해주셔서 황공하기 그지없나이다."

외할아버지가 땅에 머리를 조아렸다. 뒤늦게 이를 본 내가 급히 고개를 숙이려 하자 왕이 나를 보며 물었다.

"함께 온 여인은 누구인가?"

외할아버지가 흘깃 내 쪽을 돌아보며 말했다.

"소인의 외손녀가 되는 계집이옵니다."

"헌데 어찌하여 그 계집아이를 함께 데려왔는가?"

"소인이 이괄의 난 때 가족을 모두 잃고, 그나마 살아남은 식구
는 이 아이 하나뿐이옵니다. 헌데 얼마 전 의원이 소인을 진맥하고
말하길, 소인이 중한 병이 있어 한 해를 넘기기 어렵다 하지 않겠
사옵니까? 이 아이는 혼기가 찬 지 오래이고, 소인이 늘그막에 의
지할 곳이 없어 이 아이가 혼기를 놓치도록 계속 데리고 있었으나,
죽음을 앞두고 보니 이 아이의 미래가 걱정일 따름이옵니다. 하여,
소인이 죽기 전 이 아이를 의탁할 곳을 찾다 입궐하여 감히 전하께
청을 드리고자 하옵니다."

"궁녀로라도 거둬달라는 것인가?"

"아니옵니다."

"허면?"

외할아버지가 나를 돌아보며 말했다.

"전하께 얼굴을 보이거라."

"……!"

내가 망설이자 외할아버지가 재차 말했다.

"어서."

외할아버지의 재촉에 나는 얼굴을 가리고 있던 장옷을 어깨까
지 내렸다. 여전히 난 고개를 숙이고 있었지만, 드러난 얼굴을 본

왕과 세자의 눈이 동그랗게 떠졌다는 것은 알 수 있었다.

"하하하!"

잠시 후 왕이 크게 웃으며 말했다.

"이런 미색인 손녀를 어찌 혼기가 차도록 데리고 있었는가? 이제 보니 과인에게 우미인(항우의 애첩)을 바치러 온 것이었군."

왕이 나를 보며 기뻐하고 있었다. 붉어진 얼굴의 세자는 표정을 관리하지 못했는지 손으로 얼굴을 일부 감싸며 고개를 돌렸다.

외할아버지가 바닥에 머리를 조아리며 말했다.

"송구하오나 그것이 아니옵니다."

"뭣이라?"

나를 보며 기뻐하던 왕이 외할아버지의 한마디에 인상을 썼다.

"그런 미인인 손녀를 데려와 도대체 과인에게 청하고 싶은 것이 무엇인가? 죽기 전 손녀를 의탁하러 온 것이라 하지 않았는가? 어차피 이런 미인이라면 어느 사내든 손에 넣고 싶어 안달이 날 것. 그 사내들 중에서 임금인 내가 가장 으뜸이 아니겠는가?"

"전하. 경국지색이라 했사옵니다. 소인의 손녀를 전하께 바치는 것은 어렵지 않은 일이오나, 나라의 안녕과 국사를 돌보시는 전하께는 필시 누가 될 것이옵니다."

"그것은 초야에 묻혀 사는 자네가 걱정할 일은 아니지."

왕이 나를 보며 입맛을 다셨다. 나는 겁이 나 무거운 침을 삼켰다.

"이미 소인은 전하께 청을 드리기 전에 마음에 둔 분이 있사옵니

29

다. 하오니 그분과 소인의 손녀를 맺어주시기를 감히 청하옵니다."

"그게 누구인가?"

"전하의 아드님이시옵니다."

외할아버지의 말에 왕은 침묵했고 옆에 앉아 있던 세자의 얼굴
이 빨갛게 달아올랐다. 왕은 그런 세자를 여인 하나를 사이에 둔
사내로서 경쟁자로 생각하듯 불만스레 쳐다보고는 다시 외할아
버지를 향해 말했다.

"세자는 이미 빈이 있으니, 후궁이 되어야 할 터인데."

"송구하오나 세자 저하가 아니옵니다."

"세자가 아니라니? 허면 누구인가?"

"봉림대군이시옵니다."

"……!"

이 자리에 없는 봉림대군의 이야기에 왕과 세자는 물론이고 외
할아버지의 뒤에 앉아 있던 나도 크게 놀랐다. 물론 왕과 세자가
놀란 이유와 내가 놀란 이유는 분명히 다르다.

봉림대군이라면 곧 미래의 효종이다. 지금은 아무도 그가 왕이
될 것이라고 짐작조차 못하고 있지만, 나는 이미 미래를 알고 있
다. 내 기억이 맞다면 그는 올해 17세. 혼인 후 출궁해 궁궐 밖에서
살고 있을 것이다.

"봉림은……."

"올해 여아를 얻었지요."

세자가 왕의 말을 받았다.

왕이 고개를 끄덕이며 외할아버지에게 말했다.

"봉림은 부부간의 사이도 매우 좋은데…… 아직 아들도 얻기 전에 첩을 들이게 할 수는 없네. 차라리 세자빈이 회임 중이라 세자를 모시기 어려우니, 세자의 후궁으로 삼게 하는 것이 어떠한가? 이왕 이리된 거 자네의 유일한 식솔이니 낮은 품계의 후궁으로 삼진 않을 것이네."

그러나 외할아버지는 바닥에 조아린 머리를 들어올리지 않은 채 입을 열었다.

"소인의 결심은 이미 전하를 뵙기 전부터 마음먹은 것이옵니다. 또한 손녀에게도 입궐 전, 전하께서 소인의 바람을 반드시 들어주시고도 남으실 대성군이시니, 이미 너는 네 지아비를 봉림대군마마로 여기라 하였사옵니다. 이를 받아들여주시지 않는다면, 손녀아이는 궐을 나가자마자 스스로 목숨을 끊을 것이옵니다."

"그렇게까지야……."

입맛을 다시던 왕이 긴 한숨과 함께 대답했다.

"좋네. 자네의 손녀를 봉림의 첩으로 삼게 하지. 죽은 사람의 소원도 들어준다는데 산 사람의 소원을 못 들어줄 연유가 어디에 있겠는가? 그저 이것으로 곧 죽을 자네의 한이 위로되길 바라겠네."

"황공하옵니다, 전하."

외할아버지가 고개를 숙였고 뒤에 앉은 나는 소리 없는 눈물 한 줄기를 흘렸다.

그다음 날 왕은 외할아버지와 내가 임시로 머무르고 있는 관상감 교수 홍경립의 집으로 많은 혼수와 가마를 보냈다. 가마만 타면 난 바로 봉림대군의 사가로 들어가야 했다. 그러나 외할아버지는 내가 갑자기 큰일에 놀라 병에 걸렸다며, 다 나을 때까지 당분간은 봉림대군의 사저로 들어갈 수 없다고 상궁에게 말했다.

상궁을 돌려보낸 외할아버지가 내가 머무는 방안에 들어와 말했다.

"오늘 홍 교수에게 부탁해 앞으로 너를 시중들 계집아이를 구해달라고 했다. 되도록 일가친척이 없고 글도 모르는 아이로 할 생각이야."

"왜 그러셨어요?"

"뭐가?"

"차라리 궁녀가 되는 것이 낫지, 왜 제가 봉림대군의 첩이 되어야 하는데요?"

"병자호란은 짧은 전쟁이지만 그 피해가 아주 막심하단다. 왕실 여인들의 피해도 적지 않았지만, 보통 여인들이 겪은 피해는 그 이상이다. 적어도 일반 양반도 아닌 왕족의 첩이라면 네 안전은 장담할 수 있을 테니까."

"그럼 세자의 후궁이 나았겠지요. 왜 하필 봉림대군인지 물은 거예요, 전."

난 정확히 정곡을 찔렀고 외할아버지는 잠시 망설이다 대답했다.

"나는…… 네가 영영 미래로 돌아가지 못할 수 있는 경우도 생각했다."

끔찍하지만 나도 생각해봤던 일이다. 난 울면서 외할아버지에게 물었다.

"그렇게 되면요?"

"넌 이곳에서 살아야 하지. 그렇다면……."

난 이를 악물며 비웃었다.

"왕이 될 사람의 첩으로 살라는 것이네요. 세자는 나중에 죽을 거고 그 일가는 풍비박산이 날 테니까, 왕이 될 봉림대군의 첩으로 살면 부귀영화도 누리겠죠. 참 고마운 배려네요, 할아버지. 정말 고마워서 눈물이 다 나네요."

"화진아."

"알아요! 십 년 안에 돌아가지 못하면 영영 이 시간 안에 갇히겠죠. 어쩌면 정운이를 살리려고 한 제게 시간이 벌을 주는 것인지도 몰라요. 전 벌을 달게 받고 있는 거고요."

우는 나를 보는 외할아버지의 표정도 편치 못했다.

"돌아갈 수 있을 거다."

"못 돌아가는 경우도 생각하셨다면서요? 제가 정말 영영 못 돌아가면요? 이곳에서 살다 그대로 죽어야 한다면요?"

"효종이 될 봉림대군의 후궁이 되겠지. 아니면 다른 그 누군가의……."

"전 그렇게 살지 않을 거예요!"

"그건 네 마음대로 되진 않을 거다. 물론 내 뜻대로 이뤄지는 것
도 쉽지 않겠지만."

난 방을 가득 채운 왕실에서 보내온 혼수품을 가리키며 말했다.

"이미 뜻대로 되셨잖아요."

"아니. 십 년은 이제부터 시작이니까."

외할아버지는 한숨과 함께 말했다.

"난 이 시간에 오래 머물 수가 없다. 언젠가는 떠나고 넌 혼자 남
게 될 것이다. 아주 오랫동안. 그러니 네게 충고하마. 봉림대군의
첩으로 살든 아니면 다른 사람과 혼인하든……."

"그런 일은 없어요!"

나의 울분 섞인 목소리에 잠시 외할아버지가 말을 멈췄다.

"내가 할 수 있는 것은 여기까지다, 화진아. 그러니 네게 충고하
마. 앞으로 십 년간은 봉림대군이든, 누군가와든 시간여행자인 네
가 낳는 아이는 모두 성년을 맞이하기도 전에 죽게 될 거야."

내가 상상해본 적도 없는 미래.

내가 걱정해본 적도 두려워해본 적도 없는 미래.

"그러니 너 스스로 삶을 찾아 떠나든 아니면 이 조선의 다른 여
인들처럼 한 사내의 여인으로 살아가든, 명심하거라. 네가 이 시간
대에 완전히 속하게 되는 십 년간은 조심해야 한다. 어떤 위협과
위험이 네게 닥치게 될지는 나 역시 짐작조차 못 하니까."

난 이를 악물었다.

"그래요. 제가 자초했으니, 무슨 위험이 닥치든 달게 받을게요. 차라리 죽음이 찾아오는 게 더 빠르겠네요. 미래를 아는 저는 이런 시대에서 적응 못 하고 얼마 못 가 병에 걸려 죽어버릴 테니까요."

차가운 나의 반응에 외할아버지도 화를 참지 못한 얼굴이 되었다.

"유정운과 살겠다며 미래의 삶을 포기한 건 너 자신이야! 그때 그런 선택을 하면서 그 어떤 운명이라도 받아들일 것처럼 마음대로 굴었지. 그래서? 이런 결과는 미처 생각하지 못했니? 분명히 말하지만 지금의 상황은 모두 네가 만든 거다. 네가 자초한 거야."

하지만 열여덟의 나는 이해할 수도 받아들일 수도 없는 말이었다.

❦

"그게 무슨 말인가?"

궐에서 온 지밀상궁의 말에 먼저 입을 연 것은 봉림대군이 아니었다. 옆에 앉아 있던 부인 풍안부부인 장씨였다. 세상 이런 날벼락이 다 있을까. 그녀는 얼마 전 첫아이로 딸을 낳았다. 첫아이로 사내아이가 아닌 계집아이를 낳았다고 시아버지인 왕이 벌이라도 내린 것인가?

"첩이라니?"

이번에는 봉림대군이 상궁에게 되물었다. 상궁은 부부인 장씨의 눈을 피해 고개를 숙인 채 무뚝뚝하게 답했다.

"소인도 잘 모르옵니다만, 전하께서 그리하라 하명하셨사옵니다. 이미 대군마마의 측실이 될 여인에게는 왕실에서 혼수품이 내려졌사옵니다. 별다른 일만 없다면 며칠 내로 사저로 들어오게 될 것이옵니다."

장씨는 표정 관리를 하지 못했다. 그녀는 젖을 달라고 보채기 시작한 딸아이를 유모에게 안겨 밖으로 내보냈다.

"아무리 그래도 어찌…… 본인도 모르게 측실을 들이는 일이 어디에 있단 말인가?"

"전하의 뜻이옵니다."

"아무리 아바마마의 뜻이라도……."

봉림대군이 장씨의 눈치를 살폈다. 그녀는 딱딱하게 굳은 얼굴로 자신과 눈도 마주치지 않는 상궁의 얼굴만 뚫어져라 바라보고 있었다.

"자세히 말해보게. 어떤 여인인가? 어찌하여 전하께서 대감의 측실로 내리신 것인가?"

장씨가 애써 침착한 목소리로 상궁에게 물었다. 그러자 상궁이 조곤조곤 답했다.

"지난날 이괄의 난으로 전하께서 피접한 일이 있지 않으시옵니까?"

"그랬지."

"그때 전하의 목숨을 살리고 난의 종말을 맞춘 이가 있었사옵니다. 이러한 이유로 난을 진압한 이후에 전하께서는 그이를 공신으로 높이려 하셨으나, 스스로 이를 사양하고 초야에 은거하며 계셨다고 하옵니다. 얼마 전 한밤중에 그분께서 외손녀와 함께 입궐해 전하를 뵈셨사옵니다. 그리고 자신은 얼마 살지 못한다면서 친히 전하께서 외손녀를 거둬주시기를 청하셨지요."

"허면 궐에 두어 나인으로 지내게 하면 될 것이 아닌가?"

"그 이상은 소인도 잘은 모르옵니다. 다만 전하께서는 대군마마의 측실로 내려주라 하명하셨을 뿐이옵니다."

상궁의 말을 들은 장씨가 입을 열었다.

"알겠네. 어쨌든 대감을 모실 새사람이 들어오는 것이 아닌가? 우리도 준비를 해야겠지."

"소인은 그리 알고 물러가겠사옵니다."

"수고했네."

"예."

상궁이 나가자 한동안 대군과 부인 장씨 사이에는 아무런 말도 오가지 않았다.

열네 살. 동갑으로 만나 혼인한 그들은 여러 해를 궁궐에서 화목하게 지냈다. 궁궐의 예법은 까다로웠지만 장씨는 잘 적응했고 웃어른들의 예쁨도 받았다. 물론 대군도 사내인지라 궐에서 예쁜 나인을 보면 자연히 눈길이 갔었다. 그러나 그게 다였다.

형님인 세자도 후궁을 두지 않고 부부간의 사이가 좋았다. 자신도 당연히 그리해야만 하는 줄 알고 있었다. 그런데 형님인 세자도 아직 두지 않은 측실을 자신이 먼저 맞이하게 될 줄이야.

"아무래도 소첩이 부족했나봅니다."

"부인."

"아이에게 가보렵니다."

장씨가 속상한 마음을 숨기지 않고 자리를 박차고 나가자 남겨진 봉림대군의 마음이 불편해졌다.

장씨가 첫아이를 가지자 왕은 진심으로 기뻐했다. 마음 편히 첫 아이를 출산하라면서 지금의 사가를 구입해주었다. 명목은 세자의 자손이 아닌 왕자의 자손은 궁궐 밖에서 태어나야 한다는 법도 때문이었지만, 실제는 장씨의 회임을 진심으로 기뻐했기 때문에 선물로 준 것이다. 그런데 장씨는 계집아이를 낳았다.

아무리 종친이라도 아내의 나이가 스무 살이 넘기 전까지는 첩을 들이지 않는 것이 보통이었다. 열넷에 혼인해 이제 열일곱이 된 장씨를 놔두고 측실을 들이게 될 줄은 소년 봉림대군도 예상치 못했던 일이었다.

❧

"천녀, 계화라 합니다."

홍경립이 데려온 여자아이는 올해 열셋으로 어린 시절 부모를 모두 잃고 혼자가 되었다고 했다. 그간 이 집 저 집 떠돌며 갓난아이를 돌보는 일을 주로 했었다고 했다.

난 장옷으로 얼굴을 뒤집어쓴 채 문을 반쯤 열어 계화를 내다보고는 고개를 한 번 끄덕였다. 이런 나를 보고 계화가 어리둥절한 표정을 짓자, 이미 외할아버지에게 모든 설명을 들은 홍경립이 계화에게 말했다.

"얼마 전 병에 걸리셨다. 전염병은 아니나 병이 나을 때까지는 사람들을 가까이하지 않는다 하신다."

"천녀가 듣기로는 대군마마의 측실이 되실 분이시라 하던데요?"

"맞는 말이다. 허나 병이 나아야 대군마마를 모실 수 있을 것이 아니냐?"

"허면 천녀는 어찌 아가씨를 모시면 되는지요?"

"하루 세끼 준비된 식사를 방문 앞에 놓고 치우고 또 아가씨가 필요하다는 것이 있으시면 바로바로 구해다 드리면 된다. 그러다 차차 병이 나으면 아가씨께서도 너를 알아서 부리실 것이다."

"예에……."

계화는 미심쩍은 표정이었지만 아프다는 말에 그러려니 하는 것 같았다. 난 홍경립의 설명을 듣고 돌아서는 계화를 보고는 문을 닫았다. 방안에 혼자가 된 나는 뒤집어쓴 장옷을 벗었다. 거울 속 드러난 내 얼굴은 티 없이 맑고 깨끗했다. 미소만 지어도 화장할 필요도 없이 생기가 도는 얼굴로 보일 것을 잘 알았다. 나는 그런 내가 싫었다.

"차라리 비구니가 되는 게 낫지."

한숨과 함께 또다시 눈물이 흘렀다.

༺ ❧ ༻

"소인 김영찬이라 하옵니다."

봉림대군을 찾아온 것은 화진의 외할아버지인 영찬이었다. 영
찬이 자신의 소개를 마치자마자 봉림대군과 함께 자리하던 장씨
가 불만스러운 표정을 지으며 자리를 떴다.

장씨가 나간 후에야 봉림대군은 미안한 표정으로 영찬에게 말
했다.

"요즘따라 부인의 심기가 좋지 않소. 이해해주시오."

"오히려 소인이 송구할 따름이옵니다."

"송구하다니. 그대는 충신으로 아바마마의 명을 따르는 것뿐이
아니오?"

봉림대군의 말을 들으며 영찬은 잠시 입을 닫았다. 아무래도 자
신의 청으로 화진이 측실이 되었다는 사실을 아직 봉림대군은 모
르는 듯 보였다. 사실 그것은 중요한 일이 아니었다. 영찬이 바라
는 것은 곧 터질 큰 전쟁을 앞두고 화진이 무사히 지낼 수 있는 자
리였다. 그것을 봉림대군이 줄 터였다.

"그나저나 곧 사저로 들어온다 하여 안채에 작은 별실을 마련해
두었는데…… 어찌 그 여인은 오지 않는 것이오?"

"그렇지 않아도 말씀을 드리려 소인이 찾아온 것이옵니다."

"무슨……?"

"소인의 외손녀는 오랫동안 초야에 묻혀 산 소인을 뒷바라지하며 촌구석에서나 살던 계집이었사옵니다. 그러다 전하의 하명으로 대군마마의 측실이 되는 광명을 얻었지요. 그것이 그 아이에게는 실로 놀랍고도 큰일인지라 그만 병을 얻고 말았습니다."

"병? 많이 아프오?"

걱정하는 봉림대군의 얼굴을 보며 영찬이 아무 일 아니라는 듯 웃었다.

"나을 병입니다. 허나, 언제 나을지는 가늠할 수가 없는지라…… 왕실에서 내려주신 혼수는 이미 받지 않았겠습니까? 하여 대군마마의 사저로 들고 대신 병이 나을 때까지는 격리하여 치료하는 것이 좋을 듯합니다."

고민하던 봉림대군이 고개를 끄덕이며 말했다.

"비워둔 별당을 내어주리다. 이곳 사랑채에서 문 하나만 지나면 위치해 있고, 안채와는 정반대이니 불편함 없이 지낼 수 있을 것이오."

봉림대군의 말을 가만히 듣던 영찬이 입을 열었다.

"송구하오나 다른 곳에 거처를 마련하여도 되는지요?"

"다른 곳이라면?"

영찬은 봉림대군과 함께 사랑채를 나왔다.

그의 집은 대군의 사저답게 상당한 규모를 자랑하고 있었다. 사랑채와 일직선상으로 문을 하나 두고 있는 별당은 입구에서도 곧잘 보였다. 별당의 위치가 사랑채보다 약간 높은 자리에 있어서, 그곳에서는 사랑채를 드나드는 사람을 모두 내다볼 수 있었다.

반대로 부부인(府夫人)인 장씨가 머무르는 안채는 사랑채 뒤편에 숨겨지듯 자리하고 있어서, 확실한 사생활이 보호가 되었다. 안채에는 몇 채의 행랑이 딸려 있어, 그중의 방 하나를 얻을 수도 있었다. 그러나 그곳도 영찬이 원하는 곳은 아니었다.

영찬이 향한 곳은 집의 가장 뒤편, 후원이 있는 곳이었다. 후원은 대나무 숲에 둘러싸여 상당한 규모를 자랑했다. 이 후원의 대나무 숲 사이에 한 사람이 겨우 지나갈 만한 길이 있었다. 그 길을 따라 조금만 올라가면 뒷산으로 연결되었다.

봉림대군은 그 뒷산에 공터를 만들어 그곳에서 종종 무예를 연마했다. 공터 맞은편 대나무 숲 사이에는 작은 정자를 세워 휴식을 취하기도 했다. 영찬은 그 정자를 가리켰다.

"이곳이 적당할 듯싶습니다."

봉림대군은 이해할 수가 없었다. 정자에서는 대나무 숲만 보일 뿐, 사저와 많이 떨어져 서로의 모습이 전혀 보이지 않았기 때문이었다.

"이곳은 본채와 너무 멀지 않소?"

"외손녀의 병이 나으면 그때 본채로 처소를 옮겨 대군마마를 모시게 하면 되지 않겠습니까?"

걱정하는 봉림대군의 말에 영찬은 아무렇지 않다는 듯 반문했다. 그러자 봉림대군도 고개를 끄덕이며 말했다.

"정자 주변에 담을 세워 출입문을 만들어주리다. 그리하면 얼추 구색을 갖춘 별당의 규모는 가질 수 있을 거요."

"황공하옵니다. 그리고……."

영찬이 정자의 지붕 쪽을 올려다보며 입을 열었다.

❧

"피화당?"

"그 김영찬이라는 자가 담을 세우는 공사를 시작하자마자 어디서 그리 적힌 현판을 만들어 와서 걸지 뭡니까?"

장씨가 고개를 갸웃거렸다.

피화당(避禍堂).

뜻을 그대로 해석하자면 '화를 피하는 곳'이라는 뜻이다. 당분간 그곳에서 지낼 여인이 병에 걸렸다고 하니 '병을 피해 어서 낫기를 바라는 마음'으로 피화당이라는 이름을 지을 수도 있을 것이다. 그러나 병을 피하기에는 이미 병에 걸린 상황. 그 상황에서 병에 걸린 여인이 피화당이라고 이름 지어진 처소에서 지낸다는 것은, 다시 말해 병에 걸리지 않은 사람들은 그곳을 '피하라'고 대놓고 이야기하는 것과 다름이 없었다.

또한 피화당에서 지내게 될 여인은 봉림대군의 측실이 될 여인이었다. 다시 말해 병에 걸리지 않은 사람들뿐만 아니라, 봉림대군

역시도 그 여인이 있는 피화당 얼씬도 하지 말라는 의미도 될 수 있었다.

"정녕 이상하구나."

"그렇지요?"

장씨가 봉림대군과 혼인한 이후로 쭉 모셔온 상궁 우씨가 되물었다.

"생각보다 그 처자의 병이 상당히 깊은 것일까?"

"그보다 소인은 그 여인이 사저로 들어오자마자 대군마마의 총애를 얻어 사내아이라도 낳을 생각이 아닌가 염려하였사옵니다."

우 상궁의 말은 장씨의 심기를 건드렸다. 아직 장씨는 슬하에 딸만 하나 있을 뿐이었다. 뒤늦게 들어온 첩이 아들이라도 낳는다면…… 지금까지 자신은 대군의 첫 여인으로 어여쁨을 받아왔다. 하지만 그 자리가 언제든지 뒤바뀌게 될지 모르는 일이었다.

"무슨 병인지는 몰라도 차라리 영영 낫지 않았으면 좋겠구나."

"아니지요. 병에 걸려 단명하는 것이 모두를 위해 좋을 것이옵니다."

"그렇게까지는 생각을 아니 하였는데……."

"모두 부인을 위한 마음에서 드리는 말씀이옵니다. 적어도 대군마마의 장자는 부인의 소생이어야 하지 않겠사옵니까?"

장씨는 긴 한숨을 내쉬었다.

❧

봉림대군의 측실이 되라는 왕의 어명이 떨어진 것도 석 달이 지났다. 그사이 피화당을 둘러싼 담이 마련되었다. 내가 탄 가마가 봉림대군의 사저 앞에 멈춰 서고 몸종 계화가 가마의 문을 열었다. 내가 가마 밖으로 나오자 이 집안의 하인들과 상궁 나인들이 모두 몰려나와 기다리고 있었다. 내게 인사를 하기 위해서라는 이유였지만 실상은 내 얼굴이 궁금해서였을 것이다. 그러나 나는 장옷으로 얼굴을 모두 가린 채 일부러 고개를 푹 숙여, 그들이 전혀 보지 못하게 행동했다.

"소인, 부부인을 모시는 우 상궁이라 하옵니다."

덩치가 크고 뚱뚱한 체격의 중년의 상궁이 내게 다가왔다. 그녀는 나를 위아래로 훑어보며 특히 얼굴을 확인하려는지 대놓고 자신의 얼굴을 내 앞에 들이밀었다.

"……!"

나는 놀란 듯 더욱 고개를 숙이며 뒤로 물러섰다. 그때 계화가 나 대신 앞으로 나서며 말했다.

"석 달이 넘도록 병이 낫지 않으셔서 의원이 전염병일 수도 있다 했습니다. 그러니 병이 옮지 않도록 조심하시지요."

우 상궁은 계화의 말에 기분이 상했는지 툴툴거리듯 말했다.

"그리 병이 중하면 아무리 전하의 하명이라 하여도 측실 자리를 받잡지 말았어야지……."

혼잣말처럼 말한 후 그녀는 다시 나를 향해 말했다.

"부부인께서 말씀하시기를 아씨께서 병이 있으시다 하시니, 대군마마와 부부인께는 인사를 따로 올리지 않으셔도 된다 하셨사옵니다. 또한 병이 다 나을 때까지 절대 피화당을 떠나지 말라고도 하셨사옵니다."

차라리 잘 되었다 싶어 나는 장옷을 뒤집어쓴 채로 고개를 끄덕였다.

"귀머거리는 아닌가보군."

우 상궁은 여전히 혼잣말처럼 했지만 대놓고 들으라는 듯 크게 말했다.

어쨌든 나는 상관없었다. 빨리 피화당으로 들어가 나오고 싶지 않은 마음만 굴뚝같았다.

"소인이 안내해드리겠습니다요."

건장한 하인이 나서서 길을 열었다. 계화가 그 뒤를 따르고 그다음으로 내가 뒤따랐다. 내가 쓸 물건들을 들고 온 하인들도 함께 나를 뒤따랐다. 하인이 가는 길은 대군의 웅장한 규모의 사저 안에서도 가장 외진 후원 쪽. 후원에서도 다시 대나무 숲 사이의 길을 따라 한참 들어간 산의 중턱이었다.

드넓은 공터의 맞은편. 새로 쌓은 담장 안에 아주 작은 사각형의 정자였다. 정자는 새로 달린 창호문이 이중으로 둘러싸여 있어 확실한 사생활 보호가 가능해 보였다.

[피화당(避禍堂)]

가로로 새긴 현판의 글자는 분명 외할아버지의 필체였다.

"이곳입니다."

안내한 하인은 내 눈치를 살피며 슬그머니 자리를 떠났다. 내 물건을 들고 온 다른 하인들도 마찬가지였다. 그들은 내가 걸린 병이 전염병이라고 철석같이 믿고 있는 것 같았다. 그러나 계화는 아니었다. 그녀는 오히려 이런 하인들의 태도에 상당히 불만을 가진 표정을 지었다.

"우리 아가씨가 정말 전염병이면, 천녀도 벌써 그 병에 걸렸게요?"

"되었다."

나는 방안으로 들어갔고 계화 혼자 끙끙거리며 짐을 방안으로 날랐다. 늦봄에 땀을 뻘뻘 흘리는 계화를 보며 여전히 장옷을 뒤집어쓴 내가 말했다.

"정리는 내가 할 터이니, 넌 그만 가서 쉬어라."

"아니에요. 천녀가 하겠습니다."

"아니다. 내가 하겠다."

"하오나……."

"또 나는 피곤하니 쉬고 싶구나. 그러니 씻을 물을 떠다놓고 물러가거라."

"예에. 알겠습니다."

계화가 문을 닫고 나간 후 나는 온종일 뒤집어쓰고 있던 장옷을 벗었다. 잠시 후 계화가 밖에서 문을 두드렸다.

"아가씨, 물입니다."

난 다시 장옷을 뒤집어쓰고는 문을 반쯤 열었다. 계화가 따뜻하게 덥혀온 물이 담긴 대야가 놓여 있었다. 그것을 집어 들어 방안으로 들여놓으려던 나는 피화당의 담벼락 너머에 줄지어 붙어선 하인들을 발견했다. 병에 걸린 나라도 얼굴이 무척이나 궁금한 듯 보였다. 호기심 어린 수많은 눈빛들을 보던 나는 재빨리 대야를 방안으로 들인 후 문을 닫았다. 하지만 이 집안의 하인들은 쉽게 물러갈 기세가 아닌 듯했다. 그들이 담벼락에 붙어 계화와 대화를 주고받는 소리가 피화당 안에까지 들려왔다.

"너네 아가씨는 도대체 어떻게 생기셨니?"

"예쁘니? 아님 추녀니? 아무리 아프다지만 어찌 얼굴을 저리 가리니."

"실은 저도 아가씨의 얼굴을 본 적이 없어요."

"정말? 그게 말이나 돼?"

나는 수건을 따뜻한 물에 적셔 얼굴에 가져다댔다. 한참을 있다가 내려놓자 물의 열기가 얼굴에 닿았는지 새하얗고 투명한 얼굴에 붉은 기가 돌며 울긋불긋 붉은 반점 같은 것이 돋아났다. 나는 오래전에 준비해두었던 여드름 모양의 테이프를 이마와 뺨 곳곳에 붙이고는 오른쪽 눈에는 속눈썹 스티커를 아래로 눌러 붙여 눈 모양이 심한 짝짝이 되도록 만들었다.

"계화야."

그 상태에서 다시 계화를 부르자 하인들과 대화를 나누던 계화가 달려왔다.

"네, 아가씨!"

"물을 내놓을 테니 갖다 버리거라."

"네, 아가씨."

문이 열리자 호기심 어린 시선들이 모두 내게로 모이는 것이 느껴졌다. 난 보란 듯이 대야를 들고 그것을 계화에게 건넸다.

"어머나!"

내 얼굴을 가장 가까이에서 본 계화가 놀라 뒤로 자빠지며 대야의 물을 뒤집어썼다. 동시에 담벼락에 붙어 내 얼굴을 바라보던 하인들도 크게 놀라 하나둘씩 도망치듯 자리를 떠났다.

"뭘 그리 놀라느냐?"

난 쓰러진 계화에게 싸늘하게 되물었다. 계화는 덜덜 떨리는 목소리로 말했다.

"아, 아가씨 얼굴에⋯⋯!"

"그래서 내가 병이 있다 하지 않았느냐?"

"아, 예에⋯⋯."

계화는 나와 얼굴도 마주치지 못한 채 대야를 들고는 서둘러 자리를 떴다.

❧

"곰보라고?"

장씨가 믿을 수 없다는 얼굴로 우 상궁을 쳐다보았다.

"게다가 심한 짝눈이라 하옵니다. 아니, 눈이 병신이라고 하옵니다."

"병에 걸린 것이 아니더냐?"

"물 대야를 들고 걸어 나오는 모습은 완전히 멀쩡하다 하옵니다. 어쨌든 본 이들의 말이 한결같이 같으니, 헛것을 본 것은 아닐 것이옵니다."

"그런 추녀를 어찌 대감의 측실로……."

"공신의 손녀라 하지 않사옵니까? 아마도 그런 외모로는 다른 집안에 시집을 가지 못할 것이니, 죽어도 왕실 족보에나 이름을 올리고 죽으라며 전하께 청을 올렸겠지요. 허나 그런 외모에 세자 저하의 후궁이 되었다가는 궁궐에 소문이 파다하게 퍼질 것이니……."

"대감의 측실로 보내셨다?"

"그런 것 같사옵니다."

우 상궁의 말에 장씨의 표정에도 오랜만에 화색이 돌았다. 일단 봉림대군의 측실이 추녀라면 총애를 받기는 글렀다. 어찌어찌 합방이 성사되어 사내아이를 낳는다 한들, 그 외모에 더는 사랑받지 못하고 평생을 피화당을 떠나지 못할 것이다.

"김영찬이라는 자가 어찌 '피화당'이라 짓고 외손녀를 그곳에서 지내게 해달라 하였는지 이제야 알겠군."

"하오니 이제 마음을 놓으소서. 소인이 보기에 그 여인은 일평생 대군마마를 마주하게 될 일은 없을 것이옵니다."

"대감께서는? 대감께서도 이 사실을 아시는가?"

"어디 그 피화당 추녀의 얼굴을 본 이들이 한둘이어야지요. 이미 전해 들으신 것으로 아옵니다."

❧❧❧

"지금 뭐라 하였느냐?"

봉림대군도 놀란 듯 화진의 얼굴을 보았다는 이들에게 되물었다.

"예. 소인이 두 눈으로 똑똑히 보았사옵니다. 한쪽 눈은 분명 애꾸, 아니 주저앉아 괴기스럽기 그지없고 어찌 보면 흉측했사옵니다."

다른 하인도 봉림대군에게 말했다.

"어찌 눈만 문제겠사옵니까! 얼굴 곳곳에 흉측한 흉터들이 솟아 있었는데, 과거 마마에 걸린 듯하옵니다. 그게 아니라면 걸렸다던 병이 마마였던 것 같사옵니다."

"이제야 이해가 되는구나."

왕의 명으로 바로 그의 사저로 들어왔어야 하는 화진이 병을 핑계로 석 달 동안이나 사저에 들어오지 않았다. 그사이 외할아버지인 영찬이 찾아와 피화당을 고르고 병이 나을 때까지 아무도 얼씬하지 못하게 해달라고 했다. 분명 그녀는 그의 측실로 정해지자마자 천연두에 걸린 것이다. 병은 나았지만 심한 흉터를 남긴 게 된 듯싶었다.

"어찌하시겠사옵니까?"

"어찌하다니?"

"어쨌든 피화당 아가씨는 병이 모두 나으신 듯 보였사옵니다. 얼굴은 그리되었어도…… 대군마마를 모시는 데는 문제가 없을 것인데요."

봉림대군의 눈치를 살피는 하인의 목소리가 기어들어갔다. 봉림대군이 인상을 쓰며 말했다.

"병이 나았음에도 제 스스로 병이 낫지 않았다며 나를 모시기를 사양하니, 필시 스스로 흉측한 외모를 알고 한 말과 행동일 것이다. 본인이 그리되어 원치 않겠다면 내버려둘 것이다."

화진 스스로가 원하지 않으니 자신도 군이 싫다는 여자는 찾지 않겠다는 봉림대군. 그러나 한편으로는 흉측한 외모의 측실을 들인 것이 소문날까 기분이 좋지 않았다. 누군가가 안다면 분명 놀림거리가 될 것이었다. 그는 차라리 화진의 존재가 영원히 피화당과 자신의 사저 밖으로 새어 나가지 않기만을 바랐다.

미운 사람.

잔인하게도 정운은 꿈에도 나오지 않는다. 꿈에라도 나오면 내가 그리워하며 아파할까봐? 시간이 흐를수록 원망하는 마음은 사그라든다. 다만 남은 것은 간직한 기억으로 인한 아픔. 그의 마지막 순간, 바로 목전에 두고도 그의 목숨을 살리지 못한 괴로움. 안타까움. 고통이 뒤섞여 결국 눈물이 되어 흐르고 만다.

피화당은…… 도대체 무엇을 피하기 위해 존재하는 것일까?

시도 때도 없이 정운을 떠올리며 울 때마다 곧 눈이 멀어버릴 것만 같다. 난 여기서 영영 떠나지 못하게 되어버리는 걸까? 곧 조선은 전운에 휩싸이게 될 것이다. 난 고작 그 전운에서 살아남기 위해 봉림대군의 측실 자리를 차지하고 앉았다. 살아남기 위해…….

"풋."

흘러내리는 눈물과 함께 터져버린 헛웃음. 정운이 죽었을 때는 그를 따라 죽는 것이 세상에서 제일 쉬운 것처럼 느껴졌었는데, 막상 살아보니 사람이 목숨을 끊는 것은 쉽지 않은 일이다. 대신 살아남은 사람은 영원히 고통을 받아야 하나보다. 이것이 남겨진 사람의 운명인 걸까.

"……?"

밤하늘, 수없이 빛나는 많은 별들 중의 하나. 나는 그 별을 정확히 알아볼 수 있다. 그를 살리기 위해 세고 또 세었던 별. 눈을 감고도 그 위치를 마음에 그려볼 수 있다.

그것은 정운의 별이었다.

- !

난 믿을 수가 없어 두 눈을 계속 깜빡거리다 크게 뜨고 하늘을 쳐다보았다. 분명 그의 별이었다. 그의 탄생과 그리고 그의 죽음과 함께했던 별. 처음 이 시간에 왔을 때는 보지 못했던 별이 지금 내 눈앞에 나타난 것이다.

"올해가······?"

정운이 다시 태어난 해일까? 누구로 태어났을까? 어디에 태어났을까? 나는 그를 알아볼 수 있을까?

하지만 그보다 중요한 사실이 하나 더 있었다.

"설마······."

각석을 통해 다시 시간의 문이 열릴지도 모른다. 어쩌면 그의 별은 시간의 문이 다시 열렸음을 알려주는 하나의 이정표인지도 모른다. 나는 조금 전까지도 쉴 새 없이 흘리던 눈물을 훔쳐내고는 자리에서 일어섰다.

ꙮꙮꙮ

푸른 깃발이 들어올려졌다. 이 신호와 함께 봉림대군은 한 손으로 말의 고삐를 휘감아 세게 잡아당겼다.

- 히이잉!

말이 울부짖으며 앞으로 거세게 내달리기 시작하자, 그는 다른 한 손으로 월도를 쥔 채 목표를 향해 내달렸다. 목표는 두꺼운 통나무를 깎아 만든 나무 호랑이 모형이었다. 도화서 화원들이 정교하게 색을 입혀 멀리서 보면 위협적으로 느껴지는 가짜 호랑이였다. 그는 말을 타고 모형을 지나치는 순간에 월도를 하늘 높이 들어올렸다.

"이얍!"

강한 기합 소리와 함께 그는 말의 고삐를 잡고 있던 손으로 월도의 아랫부분을 단단히 고정시킨 채 힘 있게 내리쳤다. 빠직, 하며 단단한 통나무 호랑이 모형이 그대로 두 쪽으로 갈라졌다. 곧 붉은 깃발이 올라갔다.

그러자 말을 타고 있던 신하들이 연신 감탄사를 내뱉었다.

"저 단단한 나무가 단번에 두 쪽으로 나뉘는 것을 보십시오!"

"대군마마의 무예가 날이 갈수록 일취월장이옵니다!"

칭찬 일색인데도 정작 봉림대군의 부친인 왕의 표정은 시큰둥했다. 그는 모형 호랑이를 월도로 쪼개고 돌아오는 봉림대군을 무심하게 바라보더니 자신의 옆에서 말을 타고 있는 세자를 바라보았다.

"마상무예는 이쯤으로 하고 활터로 가자."

세자는 왕의 눈치를 살피며 대답했다.

"예, 아바마마."

봉림대군이 도착하기도 전에 왕은 활터로 먼저 출발해버렸다. 남아 있던 대신들은 당황한 듯 서로의 얼굴만 쳐다보았다.

"대군마마. 이것을……."

봉림대군이 돌아오기를 기다리던 내관이 그에게 수건을 건넸다. 이마에 난 땀을 훔치던 그는 활터 쪽으로 멀어지는 왕과 세자를 물끄러미 바라보았다. 예전 같으면 자신의 무예 실력을 크게 칭찬하며 상을 내렸을 왕이었다. 그런데 지난번보다도 더 실력이 좋아진 그를 보고서도 먼저 활터로 떠나버린 것이다. 이유야 알 수 없었지만 봉림대군은 묵묵히 왕의 뒤를 쫓아 활터로 향했다.

활터에 도착하자 왕과 세자는 말에서 내려 각각 활을 잡고 있었다. 먼저 시범을 보인 것은 왕이었다.

– 탁.

활은 가뿐하게 시위를 떠나 하늘 높이 날아올랐지만, 과녁에는 꽂히지 않고 빗나갔다. 멀리서 화살이 날아오는 것을 지켜보던 병사들이 화살이 빗나갔음을 알리는 깃발을 흔들었다. 왕은 첫발부터 실패한 것이 마음에 들지 않았는지 바로 세자에게 자리를 내어주었다.

"네가 해보거라."

"예, 아바마마."

세자가 활을 잡고 쏘려는 그때였다. 왕이 팔을 뻗어 세자의 활을 잡았다. 왕의 시선은 막 활터에 도착한 봉림대군을 향해 있었다.

"봉림이 왔으니 오랜만에 형제끼리 겨뤄보거라."

봉림대군이 말에서 내리자 내관이 달려와 그에게 활을 건넸다. 그렇게 두 형제는 과녁이 있는 방향을 향해 나란히 섰다. 두 형제가 활을 들어올리고 차례로 활을 쐈다.

– 탁!

"명중이오!"

세자가 쏜 화살이 과녁에 맞자 멀리서 병사가 깃발을 흔들며 명중이 되었다는 사실을 크게 소리쳤다.

- 탁!

하지만 봉림대군이 쏜 화살은 아슬아슬하게 비켜나갔다. 빗나
갔다는 사실을 알리는 깃발이 휘날리는 것을 본 왕의 얼굴에 웃음
이 피어올랐다.

"보거라. 마상무예는 제 실력을 자랑하기 위해 익히는 것이고,
활은 제 마음을 다스리기 위해 익히는 것이다. 세자는 비록 마상무
예에는 약하나 활에는 소질이 있다. 이것이 무엇을 뜻하는 것이겠
는가? 바로 '자질'이라는 것이다."

평소와는 다르게 세자를 향한 왕의 극찬이 이어졌다. 봉림대군
은 묵묵히 왕이 하는 말을 새겨들었다. 오히려 이런 상황에 당황
스러워하는 것은 신하들이었다. 왕이 세자를 칭찬하는 일은 드물
었다. 나라의 국본으로 큰일을 해야 할 사람에게는 칭찬을 아껴야
한다며 오히려 봉림대군을 드러내놓고 칭찬하는 일이 잦았다.

봉림대군은 마상무예와 월도에 관해서는 세자보다 월등히 뛰어
났다. 물론 활도 마찬가지였다. 오늘처럼 봉림대군의 활이 과녁을
비켜나가는 일도 상당히 드문 일이었다. 평소의 왕이라면 자고로
실수도 해야 사람이라며 봉림대군을 감싸고 한 번 잘 맞춘 일에
기세등등하지 말라며 세자를 나무랐어야 했다. 그런데 오늘은 달
라도 분명 무언가 확실히 달랐다.

"연회장으로 갑시다."

왕이 말하자 신하들이 줄줄이 따라갔다. 세자는 자신이 들고 있
던 활을 내관에게 건네며 봉림대군의 곁으로 다가왔다.

"일부러 져준 것이지?"

"아닙니다."

"오늘 아바마마의 의중을 살피려 한 것일 게야. 너는 눈치가 빠르니."

아니라는 봉림대군의 말을 세자는 믿어주지 않았다. 봉림대군은 그를 설득시키는 것을 포기한 듯 짧은 한숨을 속으로 삼켰다.

세자는 그대로 봉림대군을 두고 지나가려다가 다시 돌아와 그에게 말했다.

"아바마마께서 오늘 어찌 저러시는지 아느냐?"

"어찌 저러시는 것인지요?"

봉림대군이 궁금한 듯 묻자, 세자가 슬쩍 웃으며 봉림대군에게 말했다.

"네가 우미인을 가져가 질투가 나서 그러시는 것이다."

"우미인?"

봉림대군이 영문을 모르겠다는 표정을 지어 보였다. 오히려 소현세자는 그런 봉림대군을 이해하지 못하는 얼굴이었다.

"최근에 아바마마께서 맞이하신 간택 후궁들도 오랜 기간 고르고 골라 맞아들인 여인들이 아니더냐? 그런데 그 여인들의 미모가 영 마음에 차지 않으신다고 하시더구나. 아니지, 이미 우미인을 보았으니 다른 여인들이 눈에 들어오겠느냐? 아바마마께서는 미인을 좋아하시니 아마 너를 볼 때마다 우미인이 떠올라 속이 끓으실 것이다."

"우미인이라니요?"

도무지 세자가 하는 말을 이해할 수 없었던 봉림대군이 성을 냈다.

"정녕 모르고 묻는 말이냐? 요즘 네가 매일 밤 품는 그 여인 말이다."

"송구하오나 소제는 도무지 세자 형님의 말씀을 이해하지 못하겠습니다."

"무슨 말이냐? 네가 최근에 아바마마의 명으로 맞아들인 측실을 말하는 것이다."

"측실? 지금 그녀를 두고 고서에 나오는 항우의 애첩, '우미인'이라 칭하신 것입니까?"

어처구니가 없다는 봉림대군의 표정에도 세자는 고개를 끄덕이며 대답했다.

"그렇다. 그녀가 우미인이 아니라면 도대체 누가 우미인이라는 것이냐?"

"그 무슨 말도 안 되는……."

애꾸에 곰보 자국 가득한 여인을 우미인이라니?

봉림대군은 아마도 잘못된 소문을 세자가 들었다고 생각했다. 하지만 세자는 그렇다 치더라도 왕은 아니어야 했다. 전해 듣기로 왕은 이미 봉림대군의 측실의 얼굴을 보았었다.

"무슨 말이냐?"

"소제를 놀리십니까? 그녀가 우미인이라니…… 지나가던 소가 웃겠습니다."

"난 네가 하는 말을 도무지 이해할 수가 없구나. 나도 그 여인을 보았었다. 처음 입궐해 아바마마를 알현하던 자리였지. 아바마마도 마찬가지셨지만 나도 그 여인을 보고 탐이 났다. 지금에야 네 여인이 되었으니 말을 아껴야 함이 옳지만, 그렇다고 내 마음을 숨길 수도 없을 것 같으니 솔직하게 말하겠다. 네가 부부인을 아껴 그녀를 가까이할 마음이 없다면, 지금이라도 아바마마께 바치거라. 네가 소유하기에는 벅찬 여인이라는 핑계를 대서라도 말이다. 혹시 모르지만 그 여인을 손에 넣을 수만 있다면, 아바마마는 네게 세자 자리라도 주려 하실 게다."

세자가 농담처럼 하고 지나간 말에 봉림대군의 마음은 천근만근 무거워졌다. 무슨 오해가 있어도 단단히 있는 것 같았다. 적어도 왕과 세자가 본 여인은 자신의 측실이 아니라는 확신이 있었다. 그래서 더욱 혼란스러웠다.

연회 자리에서 봉림대군은 내내 어두운 표정이었다. 그는 왕을 사이에 두고 세자와 양옆으로 나란히 앉았지만, 일부 신하들을 제외하고는 그 누구도 그에게 말을 걸지 않았다.

연회 내내 곰곰이 생각해보니, 측실을 들인 이후로 있었던 궁중 연회나 왕이 참여하는 활쏘기에 그는 단 한 번도 초대받지 못했었다. 어차피 주인공은 부왕이고 형님인 세자이니 그러려니 했었다. 그런데 얼마 전 입궐해 부왕과 모후께 인사드리는 자리에서의 일이 거슬렸다. 그때 봉림대군의 모후인 중전은 지난번 활쏘기 자리에 봉림대군이 없었으니, 다음번 자리에는 꼭 잊지 말고 불러 달라는 말을 건넸었다.

그 말을 들은 부왕의 대답이 이러했다.

['계집질에 빠져 정신도 못 차릴 정도로 바쁠 터인데, 어찌 부르겠소.']

그때는 그 말이 농담인 줄 알고 가볍게 넘겼었다.

"중간에 여인이 바뀌기라도 했단 말인가?"

그는 피화당에서 지낸다는 측실의 얼굴을 직접 확인하지 않은 것이 처음으로 마음에 걸렸다.

무거운 마음으로 가마에 올라 돌아오는 길. 평소 같으면 길잡이 내관이 소리를 치며 '대군마마 행차요!'를 외쳤겠지만 너무 늦은 시간이었다. 백성들에게 해가 될까 봉림대군은 조용히 사저로 돌아가고 있었다. 깊은 생각에 빠져 있던 그에게 길잡이 내관이 다가와 속삭였다.

"거의 다 왔사옵니다."

내관의 말에 고개를 들어 사저 쪽을 바라보던 봉림대군이 갑자기 손을 들어 행차를 중지시켰다. 그의 눈에 육중한 대문이 아주 조금씩 열리기 시작하는 것이 눈에 들어온 것이다.

"대군마마?"

"쉿."

주변의 하인들을 조용히 시킨 봉림대군이 가마 위에 앉아 사저의 대문을 뚫어져라 응시했다. 잠시 후 그 틈으로 장옷을 뒤집어쓴 여인이 몰래 걸어 나오는 것이 보였다. 그녀는 대문 밖을 나서자마자 주변을 제대로 둘러볼 새도 없이 도망치듯 자리를 떠났다.

"이 시각에 누구일까요?"

순간 봉림대군은 짚이는 것이 있었다.

❦

봉림대군이 돌아왔다는 소식에 오매불망 기다리던 부인 장씨가 그를 마중하러 나왔다.

"늦게 퇴궐하셨습니다."

장씨의 인사에 고개만 한 번 끄덕인 그가 짤막하게 말했다.

"고생하시었소. 들어가 쉬시오."

"예……."

장씨가 망설이는 사이 봉림대군은 그녀를 지나쳐 후원 쪽으로 가버렸다. 남겨진 장씨가 고개를 갸웃거리자 우 상궁이 말했다.

"날이 더워지지 않았사옵니까? 시원한 바람이라도 맞다 들어가서 쉬시려나보옵니다."

"그래……?"

❦

자신을 뒤쫓는 시선을 알기에 후원에 들어설 때까지 봉림대군

62

의 발걸음은 느긋해 보였다. 그러나 대나무 숲에 이르러 더는 아무도 자신을 보지 않는다는 것을 알아챈 그의 발걸음이 빨라졌다. 이윽고 피화당에 도착한 그는 담 너머의 피화당을 바라보았다. 안의 불은 모두 꺼져 있었다. 잠시 망설이던 그가 조용히 닫힌 문을 열고 피화당의 경내 안으로 들어섰다.

– 끼익

조심한다고 했는데도 분명 문소리가 났다. 그러나 때는 이른 저녁. 피화당 안에서는 아무런 기척이 나지 않았다.

"흠, 흐흠."

그는 일부러 기척 소리도 내보았지만 여전히 피화당은 고요하기만 했다. 잠시 망설이던 그가 피화당 섬돌에 올라서며 안을 향해 말했다.

"안에 계시오?"

그러나 돌아오는 답이 없었다. 무언가 이상하다는 낌새를 알아챈 것은 그때였다. 그는 신을 벗지도 않고 닫혀 있던 피화당의 문을 활짝 열며 안으로 들어섰다.

"……!"

안에는 아무도 없었다. 그제야 봉림대군은 조금 전 장옷을 뒤집어쓰고 외출한 여인이 피화당에서 머무는 자신의 측실이라는 것을 깨닫고는 돌아섰다. 그는 빠른 걸음으로 피화당이 있는 후원을 나오며 하인을 찾았다.

"말을 가져오너라, 지금 당장 갈 곳이 있다."

관상감.

"이젠 대군마마의 측실이 되신 분이 아니십니까? 어찌 이리도 늦은 시각에 홀로 관상감을 찾으셨습니까?"

"각석을 보아야 해요."

입구에서 나를 맞이한 관상감 교수 홍경립이 고개를 절레절레 저었다.

"안 됩니다. 돌아가십시오. 누가 보면 오해합니다."

"잠깐, 잠깐이면 돼요. 제발…… 각석을 볼 수 있게 해주세요."

나의 간절함이 섞인 애원에도 홍경립은 계속 고개를 저었다.

"지난번에는 스승님의 손녀이시기에 발을 들이도록 허락하였으나, 이제는 안 됩니다. 스승님께서도 당부하고 가셨습니다. 앞으로는 절대 아씨가 이곳을 출입하지 못하도록 하라고 하셨습니다."

"아주 잠시만요. 네?"

곧 관상감을 지키는 병사들의 교대 시간이었다. 잠시 고민하던 그는 병사들이 자리를 비운 주변을 한번 살펴보더니 고개를 끄덕였다.

"서두르셔야 합니다. 곧 병사들이 올 것입니다."

"고맙습니다!"

홍경립이 길을 비켜주자마자 나는 서둘러 각석이 있는 관상감 내 누각으로 향했다. 그곳은 문이 잠겨 있었지만, 나무살 틈이 벌어져 충분히 몸을 낮추면 안으로 들어갈 수 있었다. 나무살 틈을 통해 누각 안으로 들어간 나는 각석의 앞에 섰다. 크게 심호흡을 하고 누각 밖으로 보이는 밤하늘의 별을 바라보았다.

"분명 정운이의 별이야."

확신이 든 나는 조심스럽게 한 손을 각석 위에 올려놓았다.

"제발……! 제발……!"

어디로 가야 할지는 몰랐다. 그러나 당장 가야 할 곳이 있다면 그곳은…….

– …….

각석 위에 손을 올려놓은 지 한참이 지나도 아무런 변화가 일어나지 않았다. 나는 망연자실했다. 벌써 조선에서 머무른 지도 반년이 다 되어가고 있었다. 이런 적은 단 한 번도 없었다. 그리고 정말로 나는 이 시대에 갇혀버리고 말았다.

"아아……!"

나는 각석을 부여잡으며 그대로 주저앉아 눈물을 쏟았다. 믿을 수가 없었다. 정말 외할아버지의 말대로 내가 부여받은 능력을 가벼이 여기고 함부로 사용했기에 이런 벌을 받는 것일까?

언제까지 이러한 벌을 받게 될까?

영영 이곳을 떠나지 못하게 되는 것일까?

'시간'은 내가 반드시 정운을 다시 살리려 할 것이고 그렇지 못하더라도 다시 태어난 그도 찾겠다는 일념을 알기에 그것을 무너뜨리려고 이런 벌을 내린 것일까?

"흐흐흑……. 제발…… 제발……."

사과하고 싶지 않다. 이것은 죄가 아니다. 사랑을 어찌 죄라고 말할 수 있을까.

"제발……!"

나는 고개를 들어 각석을 간절한 눈으로 쳐다보았다. 때마침 누각 안으로 스며들어온 달빛이 내 얼굴을 비쳤다. 얼굴을 따라 흐르는 눈물이 달빛을 받아 반짝였다. 나는 그 달빛이 마치 '시간'이라는 보이지 않는 존재가 나를 쳐다보는 것처럼 느껴졌다.

"제발 돌아가게 해주세요. 저는 여기에 있으면 안 돼요…… 흐으흑……!"

한때는 유정운이라는 사내를 위해서 조선이든 어디든 살 수 있을 것이라고 믿었다. 그러나 그가 사라진 세상에서는 한시도 더 머물고 싶지 않았다. 그를 살릴 수가 없다면 가족이 있는 곁으로라도 돌아가고 싶었다.

"제발……."

그러나 요요히 흐르는 달빛은 끝내 내게 문을 열어주지 않았다.

꒰꒱

말을 타고 한참을 달리던 봉림대군은 사라진 측실의 발자취를 찾아냈다. 멀지 않은 곳에서 관상감 쪽으로 향하는 그녀의 모습을 본 것이다. 그는 말에서 내려 그녀를 쫓았다. 관상감 앞을 그대로 스쳐 지나갈 줄 알았던 그녀가 그곳에서 걸음을 멈췄다. 곧 그녀는 닫혀 있는 관상감의 문을 두드리며 누군가를 찾았다.

"계세요?!"

잠시 후 문이 열리더니 관상감 관리로 보이는 이가 고개를 내밀었다. 그와 마주한 그녀는 뒤집어쓴 장옷을 내려 그에게 얼굴을 보였다. 그는 그녀의 얼굴을 바로 알아보는 것 같았다.

"이젠 대군마마의 측실이 되신 분이 아니십니까? 어찌 이리도 늦은 시각에 홀로 관상감을 찾으셨습니까?"

"각석을 보아야 해요."

그녀의 말에 그가 고개를 저었다.

"안 됩니다. 돌아가십시오. 누가 보면 오해합니다."

"잠깐, 잠깐이면 돼요. 제발…… 각석을 볼 수 있게 해주세요."

난색을 표하는 그를 보면서도 그녀는 계속 사정했다. 봉림대군은 담벼락에 숨어 관상감 관리에게 사정하는 여인의 뒷모습을 계속 훔쳐보고 있었다.

"지난번에는 스승님의 손녀이시기에 발을 들이도록 허락하였으나, 이제는 안 됩니다. 스승님께서도 당부하고 가셨습니다. 앞으로는 절대 아씨가 이곳을 출입하지 못하도록 하라고 하셨습니다."

"아주 잠시만요. 네?"

그러고 보니 자신의 측실이 될 여인이 관상감 교수의 집에서 임시로 기거하고 있었다는 이야기를 들은 기억이 있었다. 관상감 교수와 그녀의 외조부 되는 이가 스승과 제자 사이라는 것도 생각났다.

"서두르셔야 합니다. 곧 병사들이 올 것입니다."

"고맙습니다!"

관상감 교수가 길을 내어주자 그녀는 재빨리 안으로 들어가버렸다. 순식간에 벌어진 일이었다. 곧 관상감 교수가 주변을 살피며 문을 닫으려고 했다. 이를 알아챈 봉림대군이 재빨리 달려가 닫히는 문을 손으로 잡아 세웠다.

"히익……! 봉림대군마마?"

닫으려는 문을 막아선 봉림대군의 얼굴을 본 관상감 교수 홍경림이 기겁을 했다. 봉림대군은 그를 몰랐지만, 그는 봉림대군의 얼굴을 알고 있었던 것이다. 봉림대군은 예리한 시선으로 겁을 먹은 그의 얼굴을 쏘아보며 말했다.

"들어가도 되겠소?"

"흐흐흑……. 제발…… 제발……."

봉림대군의 발걸음이 각석이 있는 누각에 가까워질수록 여인의 흐느낌도 가까워져 왔다. 그는 나무살 형태로 만들어진 누각의 사면, 어디에서라도 다가오는 자신의 존재를 쉽게 알아챌 수 있다는 것을 알고는 더욱 발소리를 죽이며 누각으로 다가갔다.

"제발……!"

천상열차분야지도 각석.

봉림대군도 각석의 존재는 알고 있었다. 그저 관상감의 교수들이 날씨나 예측하려고 들여다보는 기구로만 알고 있었다. 그런데 자신의 측실이라는 여인은 그 각석을 바라보며 흐느끼고 있었다.

"제발 돌아가게 해주세요. 저는 여기에 있으면 안 돼요…… 흐으흑……!"

['네가 우미인을 가져가 질투가 나서 그러시는 것이다.']

누각으로 다가가며 그녀의 뒷모습만 바라보던 봉림대군은 순간 그녀의 얼굴이 궁금해졌다. 하인들의 말대로 마마에 걸려 곰보투성이인 얼굴에 한쪽 눈이 함몰되어버린 추녀인지 아니면 오늘 형님이 말한 대로 고서에 나오는 우미인을 연상시키는 아리따운 미인인지. 그는 다수의 하인들의 증언을 더 믿고 있었다. 적어도 그녀의 얼굴을 직접 확인하기까지는 그럴 생각이었다.

조심스럽게 누각의 입구 쪽으로 다가간 그는 달빛이 비치지 않는 그늘진 어둠 속에 숨어 그녀의 옆모습을 바라보았다.

"……!"

달빛이 비치는 여인의 얼굴은 달빛만큼이나 깨끗하고 투명했다. 그 얼굴을 따라 흐르는 눈물은 청아한 보름달을 덮어버린 고요한 빗방울의 시샘이었다.

그가 태어나 단 한 번도 본 적이 없는 아름다움이었다. 그녀의 얼굴을 보기 전까지 그의 가슴을 지배하던 긴장이 한순간에 녹아버리며 심장이 콩닥콩닥 뛰기 시작했다. 그는 자신의 심장 소리가 어둠을 비집고 나가 그녀에게 전해질까 두려워서 저도 모르게 그녀에게서 고개를 돌려버리고 말았다.

"……."

하지만 되새겨 생각해보니 자신이 이렇게 두려워하며 숨어야 할 이유는 없었다. 그녀가 누구이든 그녀는 자신의 측실이었다. 자신의 여인이었다.

"제발……."

그는 떨리는 가슴을 안고 다시 빛 속에 놓인 그녀의 얼굴을 돌아보았다. 누각 안으로 스며든 달빛과 거대한 각석 앞에 선 미인은 월궁으로 돌아가는 때를 놓쳐버린 항아의 모습과도 같았다.

대군은 저도 모르게 자신의 측실이라는 여인을 쳐다보며 침을 꿀걱 삼켰다. 그런데 침이 넘어가자 곧바로 가슴이 철렁 내려앉더니 그의 가슴이 터질 듯이 뛰기 시작했다.

'우미인…….'

임금인 자신의 부친도 손에 넣지 못해 안달이 나고 세자인 자신의 형님조차도 탐을 내는 여인을 그가 손에 넣은 것이다.

⁕

관상감에서 먼저 돌아온 봉림대군은 잠을 이룰 수 없었다. 그는 초조한 마음으로 계속 사랑채 안을 서성였다.

얼마 후, 대문이 삐꺼덕, 소리를 내며 조심스럽게 열리는 소리에 그의 온 신경이 모아졌다. 다시 삐꺼덕, 소리와 함께 대문이 닫히더니 여인의 발소리가 바람처럼 후원 쪽으로 사라지는 것이 그의 귀에 들려왔다.

발소리가 더 이상 들리지 않게 된 다음에야 봉림대군은 시름 섞인 한숨을 길게 내쉬었다. 하지만 곧이어 분노가 일었다. 저리 아리따운 외모를 숨긴 채 자신을 모시지 않은 것이 괘씸하기 그지없었기 때문이었다. 하지만 관상감에서 엿본 그녀의 얼굴을 떠올리면, 설사 그녀가 자신의 얼굴에 침을 뱉고 욕을 하더라도 상관없었다. 이미 봉림대군의 마음은 피화당 안에 있었다.

마음 같아서는 당장이라도 피화당 안으로 쳐들어가 원앙금침 위에서 그녀와 운우지정을 나누고 싶은 마음만 한가득이었다. 마른침만 계속해서 목구멍을 넘어갔다. 단 하룻밤만이라도 그녀를 안아보고 싶은 욕정에 그는 밤새 몸을 뒤틀며 잠을 설쳤다.

❧

다음 날 아침.

퀭한 눈과 무거운 머리를 이고 일어난 봉림대군은 누가 시킨 것도 아닌데 이른 아침부터 몸을 씻고 가장 좋은 옷으로 갈아입었다. 당장 어디 출타라도 할 것처럼 의관을 갖춰 입은 봉림대군을 본 우 상궁이 고개를 갸웃거렸다.

"관복이 아니시니 입궐은 아니신 듯하고, 어디를 가시옵니까?"

"내가 종친이라 하나 양인이고 선비인 것을. 선비가 이른 아침부터 예를 갖추는 것이 무에 잘못되었는가?"

"아, 아니옵니다. 송구하옵니다."

우 상궁이 물러가자 봉림대군은 자신이 가지고 있는 서책들 중에서 가장 어려운 책을 찾아보았다. 그러나 대군에게 교육이란 의무가 아닌 선택이어서 그는 그리 많은 책을 읽지 않았다. 오히려 취미는 무예였다. 그러니 오늘만큼은 어려운 책을 찾아본다 한들 마땅히 무엇을 펼쳐야 할지 몰랐다. 고민하던 그는 시경(詩經)을 꺼냈다. 시경에 담긴 시들 중 그가 마음에 드는 시 몇 편이 있었기 때문에 소리 내어 읽는 데는 자신이 있었다.

의관을 갖춰 입은 상태로 시경까지 손에 쥔 그는 서둘러 사랑채를 나섰다. 그가 향한 곳은 피화당 맞은편에 위치한 공터였다. 공터에 도착한 그는 제일 먼저 그곳을 서성이며 피화당 쪽을 쳐다보았다. 곧 한여름이 다가올 터라 날씨가 조금씩 무더워지고 있었다. 그런데도 피화당의 문은 그 어느 것 하나 열려 있지 않았다. 왠지 모를 아쉬움을 느끼며 그는 헛기침을 몇 번 하더니 시경을 펼치고 큰 소리로 시를 읽으며 공터를 걷기 시작했다.

"관관저구(關關雎鳩)는 재하지주(在河之洲)라. 요조숙녀(窈窕淑女)는 군자호구(君子好逑)니."

(짝을 찾아 우는 물수리. 섬가 모래 위에 있더라. 아리따운 아가씨는 군

72

자의 좋은 짝이니.)

　막상 눈에 띄는 시라고 읽고 보니 배필을 찾는 사내의 애틋한 마음을 노래한 시였다. 결국 자신의 마음을 시를 빌려 여과 없이 드러냈다. 여기까지 읽고 보니 얼굴이 화끈거리는데 정작 상대는 피화당에서 미동조차 하지 않았다.

　무슨 억하심정인지 자신의 마음을 알아주기는커녕 내다보지도 않는 상대에게 화가 났다. 젊은 혈기에 서책을 내던지고 공터를 떠나고 싶었지만, 그는 애써 화를 억누르며 차분히 공터를 떠났다.

　"무슨 일이래요? 책을 읽으시다가 뜬금없이 가시니…… 이 천녀는 알다가도 모르겠네."

　닫힌 피화당 문 앞에 선 계화가 씩씩거리며 공터를 떠나는 봉림대군을 보며 말했다. 그러나 문 하나를 사이에 두고 피화당 안에 앉아 있는 화진에게서는 아무런 대답도 돌아오지 않았다.

　다음 날 봉림대군은 자신이 가장 자신 있는 것을 가지고 공터에 다시 나타났다. 그것은 월도였다. 마음 같아서는 말도 타며 마상무예를 뽐내고 싶었다. 하지만 말을 타기에는 공터가 그리 넓은 편은 아니어서 월도 하나만 들고 나타난 것이다.

　무예복으로 갈아입은 그는 심호흡을 크게 하고는 월도를 빠르게 휘둘렀다. 월도를 처음 손에 쥔 이후로 이처럼 열심히 애를 써서 휘둘러본 것은 이번이 처음이었다. 얼마 지나지 않아 땀이 비 오듯 우수수 쏟아지는데도 그는 무거운 월도를 휘두르는 것을 멈추지 않았다. 한참을 쉬지 않고 기합까지 넣어가며 열심히 연마하자 결국 눈동자에 땀이 스며들며 따끔거리는 통증이 전해져왔다.

"하아. 하아."

쉬지 않고 몇 시간을 연마했던 것일까? 그가 지친 듯 잠시 월도의 날을 하늘 높이 세우며 숨을 고를 때였다. 멀리서 계화가 다가오더니 봉림대군에게 땀을 닦을 수건을 내밀었다. 봉림대군이 그것을 받아들며 피화당에 눈길을 주었다.

"정말 대단하십니다! 천녀, 진심으로 탄복했습니다!"

감탄사를 연발하는 계화를 무시하고 봉림대군은 땀을 닦으며 말했다.

"아가씨는?"

"예?"

"네가 모시는 아가씨 말이다."

"아가씨야 피화당 안에 계시지요."

"내다보시지는 않더냐?"

"대군마마의 무예 연마를 말입니까?"

계화의 눈치 없는 직공에 봉림대군이 잠시 당황하며 말했다.

"혹시 아가씨의 휴식을 내가 방해하진 않았는지……."

"에이, 그것은 걱정 마십시오. 천둥번개가 내려쳐도 아가씨는 꿈쩍도 안 하시는 분이십니다. 또한 요양 중이시니 밖을 내다보실 일이 있으시겠습니까? 아마 이 집안 하인들이 무예를 단련하나보다— 하고 마시겠지요."

"뭐? 하인?"

봉림대군이 자신을 하인 취급한 계화를 노려보더니 그녀가 건
넨 수건을 내던지듯 돌려주며 돌아섰다. 이번에도 그는 씩씩거리
며 월도를 든 채 공터를 떠났다.

계화는 더욱 알 수 없다는 표정을 지었다.

"내가 무슨 말을 잘못했나?"

그다음 날은 활이었다. 봉림대군은 공터에 과녁을 설치해놓고
온종일 활을 쏘아댔다. 그가 화살을 쏠 때마다 대나무 숲에서 머
무르고 있던 새들이 놀라 도망을 쳤다. 나중에는 과녁에 자리가
없을 정도로 활을 쏘아버려서 결국 그는 대나무를 맞히거나 죄 없
는 새들을 조준시켜 땅에 떨어뜨렸다.

화살이 과녁에 꽂히는 소리. 대나무를 뚫고 지나가며 울리는 소
리. 심지어 멀쩡한 새가 화살을 맞고 툭, 툭, 떨어지는 소리에도 피
화당의 창문은 열리지 않았다. 애초에 그곳에는 아무도 살지 않는
것처럼 피화당의 주인은 전혀 밖을 내다볼 생각이 없어 보였다.

이제는 정말로 피화당의 여주인이 아픈 것이 아닌지 걱정해야
할 차례가 아닌가 싶었다. 그러나 이번에도 봉림대군은 애꿎은 자
신의 주먹만 세차게 움켜쥐고는 활을 내던지며 공터를 떠났다.

"도대체 어찌 그러신다요?"

계화는 이런 봉림대군을 이해하지 못했다.

그녀는 문을 사이에 두고 피화당 안에 있는 내게 자신의 생각을 털어놓았다. 나는 무표정한 얼굴로 조용히 계화의 이야기에 귀를 기울였다.

사실 나는 피화당이 아주 좋았다. 모든 것이 조용했고 하루 종일 조용한 곳이었다. 그런데 며칠 전부터 계속 봉림대군이 공터를 드나들며 무예 연습을 하기 시작했다. 이 때문에 나는 조용히 생각에 잠겨 정운을 마음 편히 그리워할 수가 없었다.

"날이 더워지니 체력 단련을 하시려는 것이겠지. 어차피 이곳은 모두 대군마마의 소유이니 모른 척하거라."

"하오나 아가씨는 대군마마의 측실이시잖아요."

"그래서?"

"내다보기라도 하시지요. 또 압니까. 대군마마께서는 여인의 외모는 보지 않는 분이실지도요. 아가씨의 마음이 곱다 여기시며 칭찬해주실지 또 압니까요?"

난 피화당 안에서 홀로 씁쓸한 미소를 지었다.

"아가씨?"

"내가 짧은 인생을 살아보니, 여인의 외모를 따지지 않는 사내가 없고 아름다운 여인을 쫓지 않는 사내가 없더라."

"그거야 당연한 것이니 천녀도 알지 말입니다."

그러나 정운은 달랐다. 어린 시절부터 함께 자라왔기 때문일까? 그는 단 한 번도 내게 예쁘다며 칭찬을 해준 적이 없었다. '그럭저럭 볼 만한'이라는 평가가 그가 내린 최고의 칭찬이었다. 모두가

76

다 나를 예쁘다 하며 칭찬하고 넋을 놓고 보아도 그는 그러지 않았었다. 단지 웃으며 바라보았고 소중히 여겨주었을 뿐이다.

❦

그다음 날도 마찬가지였다.

"천녀가 피화당으로 올라오기 전에 사랑채 앞을 지났사온데, 무예복을 입고 나오시는 것이 또 공터로 오시려나 봅니다."

계화가 알려주었기에 이미 알고는 있었다. 어제는 활이었고 그제는 월도였다. 그 전날에는 시를 읊었다. 그렇다면 오늘은 무엇일까 실로 궁금해지지 않을 수 없었다.

"검이네요."

계화의 말대로였다. 오늘 봉림대군은 검을 가져와 공터에서 연마를 했다. 그러자 보기 드문 월도를 휘두르는 소리에도 귀가 가지 않던 내 마음이 흔들렸다. 검은 정운이 가장 잘하던 무예였었다. 그가 만약 검을 잘 다루지 못했었다면, 그래도 어린 왕을 지키기 위해 자신의 목숨을 아낌없이 내놓았을까?

봉림대군은 자신의 연마를 위해 검을 휘두를 뿐인데, 나는 그가 휘두르는 검 소리를 들으며 소리 없는 눈물부터 흘렸다.

"천녀 생각에 분명 대군마마께서는 무과를 보시려는 것입니다. 그렇지 않고서야 저리 다양한 무예를…… 응?"

내가 갑자기 피화당의 문을 열자 계화가 깜짝 놀란 듯 다가왔다. 난 장옷을 뒤집어쓴 채로 계화에게 말했다.

"피화당 뒤쪽 산에 약수 나오는 곳이 있다 했지."

"예."

난 물그릇을 내어주며 말했다.

"가서 약수를 떠서 대군마마께 가져다드리렴."

"아…… 네."

물그릇을 들고 계화가 사라지고 난 후 난 창문 밖 멀리 공터에서 검을 휘두르는 봉림대군을 쳐다보았다. 정운의 검은 부드럽고 강했다. 그러나 봉림대군의 검에는 왠지 모를 분노가 담겨 있는 것 같았다. 다양한 무예를 자유자재로 익혀서인지 그의 검에는 확실히 힘이 있었다. 그러나 아직 그 힘을 제대로 조절하지 못했다. 아마도 저리 매일 무리해서 무예를 익히다가는 분명 며칠 못 가 쓰러질 것이라는 생각이 들었다.

잠시 후 약수를 떠온 계화가 봉림대군에게 다가가는 것이 보였다. 봉림대군은 휘두르던 검을 멈추고는 계화에게서 약수가 담긴 물그릇을 받았다. 그러나 그는 물을 마시지 않았다. 대신 물그릇을 들고 내가 있는 피화당 쪽에 눈길을 주었다.

"……!"

그와 나의 시선이 마주치기에는 상당히 먼 거리였으나, 난 곧바로 피화당의 창문을 닫아버렸다.

"그녀가 보냈다고? 참말이냐?"

"예. 그렇습니다요."

"내가 무예를 익히고 있다는 것을 알더냐?"

"아휴, 매일 이곳에서 오랜 시간 연마하시는데 어찌 모르시겠습니까요?"

"그래?"

피화당의 여주인은 그의 존재를 분명히 인식하고 있었다. 그 사실에 봉림대군의 가슴이 세차게 뛰었다. 그는 계화가 떠온 약수를 마치 성수를 받듯이 두 손으로 공손히 받아들었다.

방금 전까지 검을 휘두르던 손이 작은 물그릇을 받아들자 덜덜 떨려왔다. 마치 그녀가 자신에게 직접 물을 건네는 듯한 착각에 빠져들었다. 순간 봉림대군은 고개를 들어 피화당 쪽을 응시했다.

"……!"

평소와 다르게, 굳게 닫혀 있던 피화당의 창문이 조금은 열려 있는 것이 보였다. 그가 그 틈으로 보일 듯 말 듯 한 사람의 존재를 확인하기 위해 두 눈에 힘을 바짝 주었을 때였다. 피화당의 창문이 그대로 닫혀버렸다.

피화당의 창문은 조용히 닫혔기에 그 소리가 공터에 있는 봉림대군의 귓가에는 들려오지 않았다. 하지만 창문이 닫히는 것을 보는 것만으로도 터질 듯 세차게 뛰던 봉림대군의 가슴이 한순간 맥이 빠진 것처럼 무겁게 가라앉아버렸다.

"대감."

"으응······."

"대감."

봉림대군의 잠을 깨우는 고운 목소리.

"으음······ 누구냐?"

"소녀이옵니다."

"소녀라니?"

그가 눈을 비비며 이불 위에서 몸을 일으켜 자리에 앉았다. 곧 문이 열리며 어둠 속에서 은은한 달빛을 받은 그의 측실이자 피화당의 여주인인 화진이 걸어 들어왔다. 막 잠에서 깬 봉림대군의 눈에 힘이 들어가며 그의 정신이 말짱해졌다.

"소녀이옵니다."

"그대가 이곳에는 어찌······."

당황하는 봉림대군의 옆으로 화진이 다가와 살포시 앉았다. 그녀는 자신에게 맹목적으로 쏟아지는 봉림대군의 시선이 부끄러운지 얼굴을 붉힌 채 고개를 숙였다.

"그간 소녀가 대감께 큰 죄를 지었사옵니다."

"죄라니? 그것이 무슨 말이오?"

"대감의 하해와 같은 마음을 알면서도 오랜 기간 받아들이지 않은 채 속앓이를 하게 만들었으니 말이옵니다. 이런 소녀에게 벌을 내려주시옵소서."

이게 웬일인가? 그녀가 자신의 죄를 청하다니? 봉림대군의 가슴이 터질 듯이 뛰며 온몸이 뜨거워졌다.

"죄라니…… 이제라도 그대가 나의 마음을 알았다 하니, 더는 내 바랄 것이 없겠소."

"송구할 따름이옵니다. 하오면 소녀는 이만 물러가겠사옵니다."

도로 일어서 나가려는 화진의 손목을 잡으며 봉림대군이 소리쳤다.

"잠깐!"

"예?"

화진이 놀란 듯 돌아섰을 때였다.

"어디 가시오?"

"피화당으로 돌아가려 하옵니다만은."

"허나 그대는 나의 측실인데 어디를 가려 하시오?"

봉림대군의 말뜻을 알아차린 화진이 부끄러운지 얼굴을 붉혔다. 자신을 향해 부끄러워하는 화진을 본 봉림대군은 더는 주저하지 않았다.

"내가 그대의 죄를 용서하였으니 이제 그대는 나의 명을 따르시오."

"명이라 하심은?"

"오늘밤 내 시침을 드시오."

"어머……"

당황한 듯 어쩔 줄 모르는 화진이었지만 왠지 싫어하는 것 같진 않다. 드디어 봉림대군의 오랜 숙원이 풀어지려는 순간이었다.

"이리 오시오."

봉림대군은 그녀의 손을 부드럽게 잡으며 자신의 이불 위로 이끌었다. 자연스럽게 그의 이불 위로 올라오는 화진의 옷자락이 바람 따라 한 올 한 올 풀어져 내렸다. 그녀의 희고 깨끗한 어깨가 드러나자 봉림대군은 정신이 혼미해질 지경이었다.

"대감……."

봉림대군이 그녀를 자신의 가슴 깊이 끌어안았다. 그리고 그녀의 목덜미를 살짝 깨물며 귓가에 속삭였다.

"그러고 보니 그대의 이름을 아직 묻지 못했군. 그대의 이름은 무엇이오?"

"소녀의 이름은……."

봉림대군의 품에 안긴 화진이 입을 열어 소리를 내자 몽롱한 꽃향기가 풍기며 그의 숨을 장악해나갔다.

"대군마마?"

누군가 그의 귓가에 대고 큰 소리로 불러대고 있었다. 그러자 봉림대군은 그대로 잠에서 깨어나며 눈을 번쩍 떴다.

"대군마마? 어찌 이리 얼굴이 불덩이처럼 뜨거우시옵니까?"

깊은 잠에 빠져있던 그를 깨운 것은 다름 아닌 우 상궁. 우 상궁의 얼굴을 본 봉림대군은 큰소리로 비명을 질러댔다.

"뭐, 뭐냐! 이 흉측한 것은 무엇이냐?!"

"휴, 흉측한 것이라니요? 소인에게 어찌 그런 말씀을 하시옵니까? 흑!"

봉림대군의 말에 큰 충격을 받은 듯 우 상궁이 눈물을 글썽였다. 그러나 봉림대군은 정신이 없었다. 우 상궁의 뒤로 줄지어 나타난 나인들을 보자 그는 자신이 조금 전까지 베고 있던 베개를 우 상궁에게 내던지며 소리쳤다.

"당장 저들을 데리고 물러가라! 어서!"

"하오나 대군마마께서는 얼굴도 붉으시고 소인이 이마에 손을 대보니 열이 있으셨사옵니다. 우선 의원을 불러 진맥하실 동안 안정을 취하며 누워계심이……."

"물러가라 하지 않았느냐! 물러가라! 어서!"

베개를 내던진 봉림대군은 이제 옆에 놓인 상까지 들어 내던질 기세였다. 결국 우 상궁과 나인들이 겁에 질려 모두 도망치듯 사랑채를 떠났다.

그들이 나가자 봉림대군은 이불 위에 앉아 연신 거칠어진 숨을 내쉬며 씩씩거렸다. 꿈이지만 결코 깨고 싶지 않은 꿈. 그러나 꿈이 전해준 열기와 후폭풍이 여전히 그의 몸을 에워싸고 있었다.

"이러다 정말 병이 나겠군."

그가 지친 듯 그대로 이불 위로 누워버렸다. 늘 자신에게는 익숙한 공간인 사랑채였지만, 오늘만큼은 어딘가에 피화당에서 옮겨온 향이 있을까 싶어 그것을 잡아보려 손가락을 꿈틀거렸다.

다음 날은 궐에서 중전 한씨가 주최하는 다과 모임이 있었다. 세자 부부 그리고 봉림대군 부부는 물론이고 아직 혼인 전인 인평대군까지 참여했다. 분위기는 화기애애했으나 봉림대군만 홀로 지친 기색이 역력해 보였다.

이런 아들의 상태를 제일 먼저 알아차린 것은 중전 한씨였다.

"요새 봉림에게 무슨 일이 있느냐?"

중전 한씨의 발언에 다과 모임에 모인 모든 이들의 시선이 봉림대군에게 모아졌다. 그제야 봉림대군이 고개를 저으며 억지웃음을 지어 보였다.

"아무것도 아닙니다."

"어찌 아무것도 아닐 수 있겠습니까."

봉림대군의 말을 세자가 받았다. 그러자 중전 한씨가 세자를 보며 물었다.

"세자는 봉림이 어찌 저런지 아는 것이 있느냐?"

봉림이 말하지 말라는 듯 세자를 쳐다보았지만, 세자는 웃으며 중전 한씨를 향해 대답했다.

"부부인이 자리하고 계시니 함부로 꺼낼 말은 아니지만, 얼마 전 아바마마께서 봉림에게 측실을 한 명 내려주셨지요."

"나도 들었다. 공신의 손녀라 들었지. 헌데?"

"그 여인이 밤낮으로 봉림을 잠을 괴롭히는 것 같사옵니다."

세자의 말은 농담이었으나 봉림대군은 마치 자신의 꿈을 세자에게 들킨 듯 당혹스러워했다. 그런 봉림대군의 표정을 본 부인 장씨의 표정이 어두워졌다. 중전 한씨도 이 점을 놓치지 않았다.

"막 들인 측실이라면 어여뻐 할 만하다. 허나, 사내의 총애가 한 여인에게만 쏠리면 집안이 평화롭지 못한 법이다. 이를 명심해야 할 것이다."

"그것이 아니라……."

변명하려고 했지만 중전은 엄한 눈길로 봉림대군을 쳐다보았다. 아마도 그의 옆에 앉아 있는 장씨를 배려해서인 것 같았다. 뒤늦게 장씨의 존재를 알아챈 봉림이 고개를 끄덕였다.

"그리하겠습니다. 소자, 그리할 것이옵니다."

"그래."

이번에는 중전 한씨가 며느리인 장씨를 보며 말했다.

"사내를 나눠 가지는 것이 여인에게 얼마나 힘든 일인지 잘 안다. 그러니 투기를 하지 말라는 것이 아니다. 투기도 지혜롭게 해야 한다. 괴롭히는 것으로 투기하기보다는 자애로움으로 지아비의 첩을 살뜰히 살피거라. 그리하면 모든 이들이 너를 칭송하고 봉림 역시도 네 마음을 기특하게 여길 것이다."

"예, 어마마마."

장씨의 목소리가 울적해졌다. 중전은 이를 일부러 모른 척하고는 세자 부부가 데려온 어린 여아에게로 화제를 돌렸다.

퇴궐하자마자 쉬겠다며 장씨를 돌아보지도 않고 사랑채로 들어가 버린 봉림대군은 이른 저녁부터 이불 안에서 뒤척거렸다. 보통이라면 무예를 단련하며 보냈을 시간이었다. 그러나 그리 자신 있던 자신의 무예들도 피화당의 여주인의 눈길을 끌지 못하자 식상해졌다.

사랑채에서 머무는 시간이 길어질수록 꿈속의 화진이 계속 머릿속을 둥둥 떠다녔다. 정작 그 실체는 자신의 사저 안에 함께 살고 있음에도 다가갈 수도 마주 보고 앉아 손을 잡아볼 수도 없는 상태였다. 그는 이런 자신의 처지가 비참하게 느껴져 또다시 화가 났다.

"대군 마님. 방에 불을 켜올까요?"

화진의 생각으로 밤을 맞은 봉림에게 문밖 하인이 불을 켤 것을 물어왔다.

"들어오너라."

초를 하나 들고 들어온 하인이 대군의 사랑채에 놓인 등잔에 일일이 불을 켜기 시작했다. 방이 밝아지자 오히려 봉림대군은 쓸쓸함과 적막함을 느꼈다.

방의 불을 모두 붙인 하인이 뒷걸음쳐 나가려고 하자 봉림대군이 물었다.

"안채에도 불을 밝혔느냐."

"예. 우 상궁 마마께서 방금 그리하신 것을 보았사옵니다. 또한 피화당에도…….

"피화당?"

하인의 입에서 나온 피화당 소식에 봉림대군의 눈과 귀가 번쩍 뜨였다.

"예. 불을 나누러 갔으나 평소와 다르게 불이 켜져 있었사옵니다."

그랬다. 보통 피화당은 불을 켜는 일이 없었다. 그 안에서 사는 화진은 일부러 그러는지 초저녁부터 불을 끄고 전혀 활동을 하지 않았던 것이다.

"피화당에 불이 켜졌다고?"

"예. 그래서 피화당 몸종인 계화에게 물었사옵니다. 듣자 하니, 피화당이 후원 안쪽에 있어, 대군 마님께서 퇴궐하신 사실을 모르고 있었사옵니다. 아마도 대군 마님께서 퇴궐하시는 것을 기다리고 계시느라 불을 켜두신 것이 아닌가…….

"그녀가 나를 기다리고 있었다고?"

넘겨짚는 봉림대군을 보며 하인이 당황한 목소리로 말했다.

"그것이 아니오라, 소인이 추측하기로…….

"그러니까 네 말은 내가 퇴궐한 것을 모르기에 불을 켜고 있었다는 것이 아니냐? 허면 그녀가 나를 기다리고 있었다는 것이 아니냐?"

"예에…… 뭐, 그러셨을 수도 있겠습니다만."

"그럼 알려줘야지!"

봉림대군은 당장 피화당으로 달려갈 태세로 자리를 박차고 일어섰다. 그러자 하인이 어쩔 줄 몰라 하며 말했다.

"허나 지금쯤 불을 끄고 잠드셨을 것이옵니다. 소인이 계화에게 대군 마님이 퇴궐하신 소식을 전했으니 아마도……."

"불이 꺼지는 것을 보았느냐?"

"예?"

"네가 피화당의 불이 꺼지는 것을 보았느냔 말이다."

"그것은 아니옵고……."

"허면 아직도 나를 기다리고 있을지도 모를 일이지!"

제 마음대로 생각하고 판단까지 내린 봉림대군은 부리나케 후원의 피화당으로 달려갔다. 아니나 다를까 피화당에는 불이 켜져 있었다. 원래부터가 작은 정자인지라 불을 밝히니 그 안에 앉아 있는 한 여인의 그림자가 바깥까지 비쳤다. 봉림대군의 가슴이 또다시 요동쳤다.

"흠흠."

피화당의 앞에 선 봉림대군이 헛기침을 하자, 피화당에 비치는 여인의 그림자가 살짝 흔들렸다.

─……

"안에 있소?"

─……

"나요. 봉림."

재차 자신의 신분을 밝혔음에도 돌아오는 대답이 없었다. 봉림대군은 지난 꿈속에서 자신의 앞에서 부끄러워하던 화진의 얼굴을 떠올리며 입가에 미소를 지었다

"아직 잠들지 않았다면…… 잠시 대화를 나누었으면 하오. 안으로 들어가도 되겠소?"

사실 안채에 있는 부인 장씨를 찾아갈 때도 허락을 구하고 들어간 적이 없던 그였다. 그저 왔다는 사실만 알리면 알아서 문을 열어주었으니까. 그러나 피화당 만큼은 달랐다. 그는 진정 화진이 스스로 문을 열어주길 바랐다. 그렇게만 된다면 그의 오랜 고뇌가 오늘밤으로 끝을 맺게 될 것이다.

"송구하오나……."

드디어 피화당 안에서 봉림대군이 그토록 듣고 싶던 화진의 목소리가 흘러나왔다.

"몸이 좋지 않아 이만 쉴까 하옵니다. 다른 날에 뵙겠사옵니다."

- 훅.

화진의 말이 끝나기가 무섭게 피화당의 불이 꺼졌다. 그 즉시 밖에서도 보이던 화진의 그림자는 어둠 속 깊이 사라져버리고 말았다. 간절히 원하고 원하던 그녀의 그림자가 눈앞에서 사라지는 것을 두 눈으로 똑똑히 목격한 봉림대군의 마음 안에 분노가 치밀어올랐다. 당장 피화당의 문짝을 부수고 들어가 어찌 그리 자신에게 매몰찬지를 따져 묻고 싶었다. 그러나 지금까지 딱 한 번 보았던 그녀의 외모를 마주하는 순간, 자신은 천하의 몹쓸 놈이 되어버릴

것이다.

봉림대군은 쓸쓸히 피화당에서 돌아섰다. 멀리 후원의 대나무 숲으로 사라지는 봉림대군의 뒷모습을 바라보며 숨어 있던 계화가 모습을 드러냈다. 계화는 문을 사이에 두고 아직 잠들지 않았을 화진에게 말을 걸었다.

"아가씨. 어찌 이런 기회를 놓치십니까요? 기회다 여기고 대군 마마와 동침하셨어야지요. 어차피 불을 꺼놓으면 아가씨의 외모도 전혀 보이지 않을 텐데요."

"……."

화진은 대답하지 않았다.

❦

깊은 밤. 풀벌레 소리가 요란스러워 나는 잠들 수가 없었다. 결국 피화당을 나와 맞은편 공터로 향했다. 공터에는 달빛이 조용히 내리고 있었다. 나는 그 공터를 걷다가 문득 발에 잡히는 무언가를 집어 들었다. 화살이었다. 며칠 전 이곳에서 활을 쐈던 이가 봉림대군이었으니, 이 활은 그의 연습이 남긴 증거품이었을 것이다.

실은 알고 있었다. 그가 내게 호기심을 갖고 있다는 것을. 하인들에게 보인 내 외모를 듣고 그대로 믿어주길 바랐지만, 앞서 왕과 세자가 내 얼굴을 보았었다. 그들이 아마도 하인들과 다른 말을 대군에게 전한 것인지도 모른다. 대군은 직접 확인하고 싶은 것일 테고.

어쨌든 나는 그의 첩실이니 내게 찾아오는 그를 밀어낼 권한이 없다. 싫다면 이곳을 떠날 수밖에 없다. 하지만 떠나는 것도 걱정이었다. 내년이 바로 병자년, 호란이 일어나는 해였다.

밤하늘은 무수한 은하수를 그려냈다. 나는 그 은하수에서 정운의 별을 찾아내어 바라보았다.

"정운아……."

그의 이름만 불렀을 뿐인데도 눈물이 흘렀다. 여전히 난 그의 죽음에 아파하고 괴로워했다. 이런 내가 다른 누군가에게 마음을 연다는 것은 상상조차 할 수 없는 일이다.

하지만 각석은 완전히 닫혀버렸다. 그의 별을 보고 희망을 품고 찾아갔던 관상감에서 나는 또다시 좌절했다. 정말 나는 이곳에서 영영 떠나지 못하고 죽을 때까지 살아야 할지도 모른다. 이런 내게 남은 시간은 십 년이다. 십 년 안에 이 시간을 떠나지 못하면 동화된다.

"이름 없이 평생 피화당 구석에서 살다 죽는 첩의 인생도 나쁘지 않다고 생각했었는데……."

난 눈물을 훔치며 생각했다.

어차피 호란이 끝날 때까지는 갈 곳이 없는 신세였다. 어딜 가도 위험했다. 그러니 나를 향한 대군의 호기심도 시간이 흐르며 함께 잦아들기를 바라는 수밖에 없었다.

본격적으로 여름에 들어서면서부터 날씨가 매일같이 무더웠다. 중전 한씨는 세자와 대군들을 경희궁으로 불러 야외에서 피서를 즐겼다.

"드시지요, 어마마마."

"고맙네, 빈궁."

얼음이 둥둥 떠있는 제호탕을 두 손으로 든 빈궁이 중전 한씨에게 올렸다. 한씨는 제호탕을 마시다가 멀리 활쏘기 경합을 벌이는 세자와 봉림대군의 얼굴을 쳐다보았다. 세자는 웃으면서 계속 봉림대군에게 말을 걸고 있었는데, 마주선 봉림대군의 얼굴이 많이 수척해 보였다. 안색도 칙칙한 것이 햇볕에 많이 그을려 보이기도 했다.

제호탕을 한 모금 마신 한씨가 반대편에 앉아 있는 봉림대군의 부인 장씨에게 말을 걸었다.

"근래에 봉림의 건강이 좋지 아니한 것이냐?"

중전의 말에 장씨가 봉림대군 쪽을 한번 바라보더니 퉁명스럽게 대구했다.

"밤낮 가리지 않고 매일 무예 연마에 기력을 쏟으시니 수척해지신 듯하옵니다."

장씨의 말투가 중전의 심기를 건드린 모양이었다. 그녀가 제호탕 그릇을 소리 나게 탁자에 내려놓으며 화를 냈다.

"허면 네가 잘 챙겼어야지! 어찌 저 지경이 되어 내 눈에 띄었는데도 안사람이라는 여인이 고작 한다는 말 따위가……!"

중전이 이토록 화를 낼 줄 미처 예상하지 못했던 장씨는 뒤늦게 당황해 말을 바꾸었다.

"송구하옵니다. 소첩은 그저……."

무엇 때문인지 장씨의 표정이 울상이 되었다. 반대편에 앉아 있던 세자빈이 이를 눈치채고는 웃으며 중전에게 말했다.

"젊은 부부간에 바쁘면 놓치는 것이 있을 수도 있지 않겠사옵니까? 소첩도 종종 그러하옵니다. 저하께서 챙겨주시는 부분이 없으시다면 전 아주 모자란 며느리로 어마마마께 비춰졌을 것이옵니다."

"세자와 빈궁이야 걱정할 것이 없다. 헌데 출합 전까지는 아무런 문제도 없이 잘 지내던 이들이 어찌 요즘 따라 내 심기를 건드리는지 모르겠구나."

중전은 대놓고 며느리 장씨를 흘겨보았다. 장씨는 울상 지으며 입을 꾹 다물었다. 그때 활쏘기를 마친 세자와 봉림대군이 여인들이 있는 쪽으로 걸어오고 있었다.

"저하께 가보겠사옵니다."

"그리하여라."

세자빈이 제호탕을 챙겨서는 세자가 있는 곳으로 쪼르르 달려갔다. 그러나 장씨는 중전의 눈치를 보느라 이러지도 저러지도 못했다.

"으이그."

이런 장씨를 답답한 듯 쳐다보던 중전이 자리에서 일어섰다. 그녀는 장씨를 놔둔 채 자신 쪽으로 걸어오고 있던 봉림대군에게 다가가 말했다.

"잠시 이 어미와 얘기나 나누자꾸나."

"예…… 어마마마."

봉림이 고개를 끄덕이며 중전과 함께 걷기 시작했다. 사람들이 몰려 있는 곳을 벗어나자 중궁전 상궁은 나인들과 함께 그들 모자의 곁에서 멀찍이 떨어져 섰다. 그것을 확인한 중전이 봉림대군에게 손을 뻗어 야윈 그의 얼굴을 쓸었다.

"요즘 식사는 제대로 하고 있는 것이냐? 어찌 이리 야위었어."

"걱정을 끼쳐드려 송구하옵니다. 허나 소자는 잘 먹고 잘 지냅니다."

"잘 먹고 잘 지낸다면서 얼굴이 이리 안 좋으냐? 너는 특히 무예에 한번 빠지면 체력을 소진하느라 식사도 거르기 일쑤였지. 요즘도 그러하느냐? 요즘은 무슨 무예에 빠져 그러느냐?"

"무예 때문은 아닙니다."

"아니라니? 안 그래도 네 안사람에게 들었다. 요즘 무예 연마에 매진한다지. 날이 덥지 않으냐? 일찍 지치면 없던 병도 생긴다."

무언가 할 말이 있는 얼굴이긴 한데, 봉림대군 성격에 제 스스로 입을 열 것 같지는 않았다. 결국 중전은 의문만 품은 채 봉림대군과 함께 돌아섰다.

자리로 돌아온 모자는 각자 자리에 앉았다. 늘 그렇듯 성격 좋은 세자와 세자빈이 분위기를 띄우고 있었다. 그러나 중전의 시선은 계속 봉림대군의 얼굴에 가 있었다. 봉림대군은 모든 것이 재미없다는 듯 계속 바닥이나 먼 곳에 시선을 두고 있었다. 평소와 다르게 말도 거의 하지 않았다. 이런 봉림대군 때문인지 종종 대화의 맥이 끊어지기 일쑤였다. 세자도 이를 알아차렸는지 문득 웃으며 이런 말을 꺼냈다.

"봉림은 집에 두고 온 우미인 생각을 하루 종일 하는 모양이구나."

세자의 말에 봉림대군이 고개를 들어 세자를 쳐다보았다. 하지만 봉림대군은 웃지 않았다. 농담으로 던진 말에 다시 분위기가 어두워지려 하자 중전이 나섰다.

"우미인이라니?"

세자가 중전에게 대답했다.

"아바마마께서 내려주신 봉림의 측실 말입니다. 외모가 아주 뛰어나 아바마마는 그 여인을 '우미인'이라 칭하셨지요. 그 뒤로 소자도 '우미인'이라 부르옵니다."

"우미인이라면 고서에 나오는 초패왕의 여인이 아니더냐."

"그렇사옵니다."

중전은 봉림대군을 보며 물었지만 대답은 세자가 했다. 봉림대군은 대답할 의지도 없어 보였다. 만사 귀찮다는 표정이 딱 맞았다. 그제야 중전 한씨는 통명스럽던 장씨의 태도와 계속 표정이 좋지 않던 봉림대군의 행동에 그의 측실이 관여되어 있음을 눈치 챘다.

그날 오후. 세자와 세자빈은 동궁전으로 돌아갔다. 봉림대군과 함께 장씨가 퇴궐하려는데 중궁전 상궁이 봉림대군만 붙잡았다. 중전이 부른다는 것이었다. 장씨는 홀로 돌아갔고 봉림대군은 중궁전에 들었다.

"봉림대군마마께서 오셨사옵니다, 중전마마."

"들라하라."

"예."

문이 열리고 들어오는 아들의 모습을 보는 중전의 표정은 좋지 못했다. 낮에는 낮이라서 야위어 보이더니 밤에 보는 얼굴은 죽을 상에 가까웠다.

"어찌 부르셨습니까?"

자리에 앉자마자 귀찮다는 듯 묻는 봉림대군을 보며 중전이 숨기지 않고 물었다.

"네 측실이 그리 속을 썩이더냐."

측실 이야기에 봉림대군의 눈에 보이지도 않던 생기가 떠올랐다.

그제야 중전은 봉림대군을 이렇게 만들어버린 연유에 대한 확실한 답을 얻은 것 같았다.

"사내가 밤낮으로 계집을 품고 놓지 않으면 단명한다지. 설마 너도 그렇더냐?"

정작 중전이 짚은 것은 헛것이었다. 봉림대군은 중전에게서 시선을 돌리며 쌀쌀하게 대답했다.

"차라리 밤새 품어보기라도 했으면 이 지경까지 가진 않았을 것이옵니다."

"뭐라? 한 나라의 대군이라는 자가 어찌 어미 앞에서 하는 말이!"

"송구하옵니다. 소자, 잘못했습니다. 어마마마."

봉림대군은 바로 꼬리를 내렸지만, 중전은 연거푸 한숨을 내쉬었다.

"그리 예에 밝고 그 누구보다도 착하고 얌전했던 며늘아기가 이리 변했을 때부터 알아봤어야 하는 것인데……. 네 얼굴을 보아하니 단순 투기로 보기에는 도가 지나쳤구나. 그 계집이 공신가의 손녀라지?"

"예."

"전하께서 네게 내리셨다지?"

"예……."

"허면 내치거라, 당장. 전하께는 내가 잘 말씀드릴 것이다."

"어머마마!"

봉림대군이 당황하는 표정을 짓자 중전은 더욱 화를 냈다.

"고작 계집 하나에 이리 자신을 흩트려놓다니. 아직도 정신을 못 차렸느냐? 득이 되는 계집도 있다. 허나 내가 보기에 그 계집은 사내에게 해가 되는 계집이야. 당장 내쫓거라."

"그것이 아니오라……!"

"그것이 아니면? 소상히 말해보거라. 도대체 무엇이 문제더냐?"

중전이 펼쳐놓은 공법에 열일곱 봉림대군은 넘어가버렸다. 그는 결국 자포자기 심정으로 어머니 앞에 모든 것을 솔직히 털어놓았다.

"소자가 찾아가도 아프다며 만나주지 않습니다."

"그 계집이?"

"예. 방문을 꼭꼭 닫고 얼굴조차 보여주려 하지 않습니다. 대화라도 나누고 싶다 청해도 매번 아프다고 하니……."

마치 내일모레 하늘이 무너진다는 사실을 털어놓는 것처럼 봉림대군의 표정은 어두웠다. 그러나 정작 모든 사실을 듣게 된 중전은 웃음을 터트리고 말았다.

"호호호!"

"어마마마?"

"호호! 호호호……!"

한참을 웃어대던 중전이 봉림대군을 향해 말했다.

"여인은 사내와 다르다. 아주 깨지기 쉬운 도자기와 같아서, 그 속을 들여다보고 싶다고 절대 두드려서도 깨트러서도 안 된다."

"허면 소자는 어찌해야 하옵니까?"

수척해진 아들을 보니 중전도 진심 어린 고민을 함께해줄 수밖에 없었다.

"우선은 네 바람대로 서로의 얼굴을 보고 대화부터 나눠야 겠지."

"당장 그것만이라도 할 수 있다면 소자는……!"

"내가 도와주마."

"예?"

중전이 아들을 위해 꾀를 냈다.

"그 정도는 내가 도와줄 수 있을 것 같으니. 허나 그다음은 네 지혜로 해결해보아라. 알겠느냐?"

❧❧❧

"중전마마께서 아프시다고?"

"네. 그래서 며칠째 부부인께서 입궐하시나 봐요. 어제는 퇴궐하지도 않으시고 곁을 지키셨대요. 많이 위중하신 게 아닐까요?"

"그건 아닐걸."

"아니라고요? 아가씨가 어찌 아세요?"

난 대답하지 않았다. 그러자 계화는 한참을 피화당 앞에서 서성이더니 대답도 듣지 않고 그냥 피화당을 떠났다. 보통 우리의 대화는 이런 식으로 끝났다. 내가 대답하지 않으면 더는 말하고 싶지 않은 것으로 알고 계화가 물러나는 식이다.

"그나저나 지금쯤이면……."

중전의 나이 마흔셋. 중전은 올해 아이를 낳다가 산후병으로 죽는다. 차기 중전이 될 장렬왕후는 이제 고작 열 살이 되었을 것이다. 늦은 회임이니 작은 병에도 왕실 가족들이 요란을 떠는 것쯤은 이해가 간다.

그날 오후 부부인을 모시는 상궁이 피화당을 찾아왔다.

"소인 우 상궁이옵니다."

난 장옷을 뒤집어쓴 채로 고개를 슬쩍 내밀고는 그녀의 얼굴을 확인했다. 그녀는 혼자였다.

"잠시 들어가도 되겠사옵니까?"

난 다시 문을 닫았다. 나 대신 계화가 나섰다.

"아가씨께서는 병이 있으십니다. 그래서 얼굴을 마주하고 대화하시는 것은 불가합니다."

계화의 말에 우 상궁이 어이가 없다는 듯 말했다.

"무슨 병이기에 이리 오랫동안 낫지도 않으며 사람을 피하시는지 궁금하옵니다. 차라리 마마(천연두)이면 석 달 안에 죽기라도 할 터인데⋯⋯."

"지금 우리 아가씨더러 죽으라는 말씀입니까?"

계화가 눈치 없이 끼어들자 우 상궁이 버럭 화를 냈다.

"천것이 어디 감히 나서느냐?"

"그, 그러니까⋯⋯."

우 상궁은 계화를 내버려둔 채 피화당에 있는 나를 향해 말했다.

"이 천것이 오랫동안 아가씨를 모시는데도 병에 걸린 적이 없으니, 옮기는 병은 아니겠지요. 부부인께서 전하라 하십니다. 중전마마께서 위중하셔서 모든 왕실 종친 여인들이 다 문병을 왔었는데도 불구하고 오직 피화당 아가씨만 가지 않으시어, 대군마마의 체면이 말이 아니라고요. 하오니 내일 입궐하셔서 중전마마를 찾아뵙고 안부를 여쭙고 오시옵소서."

"난 아프네."

내 말에 우 상궁이 코웃음을 쳤다.

"그 사실을 모르는 이가 있답니까?"

"옮길 수도 있는 병이네. 하여 밖을 출입하는 것은 내겐 어려운 일이네."

"죽을병이 아니라면 다녀오시지요. 내일 입궐하실 때 쓰실 가마를 이곳까지 보내드리지요."

"혹시라도 중전마마께 내 병이라도 옮기면……."

"아가씨!"

우 상궁이 내 말을 멋대로 끊어버렸다.

"그리 중한 병인데 어찌하여 이 피화당에는 반년이 다 돼가도록 의원 한 명 드나들지 않는 것이옵니까?"

"!"

우 상궁의 예리한 지적에 난 속으로 크게 놀랐다.

"부부인을 존중하시어 대군마님의 시침을 피하시는 것은 옳은 일이나, 궁중에는 법도가 있습니다. 사가에서 나가 산다 하여 대군마님께서 종친이 아니신 것은 아니지 않사옵니까? 그러니 측실이신 피화당 아가씨께서도 법도를 따르셔야지요."

나는 할 말을 찾지 못한 채 피화당에 가만히 앉아 있었다.

"더 하실 말씀이 없으시다면 소인은 이만 물러가겠사옵니다."

그녀가 자신의 치맛자락을 피화당 쪽을 향해 털어내듯 치더니 자리를 떠났다. 눈치 없는 계화는 신이 난 듯 피화당 안에 있는 나를 향해 말했다.

"아가씨, 내일 궁궐 구경하시겠어요."

전혀 예상하지 못했었다. 부부인을 모시는 상궁이 내가 일부러 아픈 척하고 있다는 사실을 알고 있을 정도면, 이미 부부인도 알고 있다는 것이다. 그런데도 그들은 왜 나를 가만히 내버려두고 있는 것일까?

하지만 봉림대군에게서는 그런 낌새를 찾아보기 힘들었다. 내 병이 가짜 병이라고 판단했다면 그는 우 상궁이 할 말을 먼저 하고 이미 피화당 안으로 들이닥쳤을지도 모른다.

"천녀도 따라가면 안 됩니까? 궁궐 구경이 너무너무 하고 싶습니다!"

들뜬 계화의 말에 나는 그저 긴 한숨만 내쉬었다.

이른 아침, 피화당 앞에 가마 한 대가 도착했다. 모든 준비를 마친 나는 장옷을 뒤집어쓴 채 조심스럽게 피화당에서 걸어 나왔다. 기다리던 가마에 올라타자 신이 난 계화가 가마 옆을 따랐다.

도착한 곳은 창경궁이었다. 창경궁 입구에서 가마가 내리자 중궁전 상궁이 나와 나를 맞이했다.

"김 상궁이옵니다."

눈동자 하나만 빼꼼히 내민 나는 그녀의 얼굴을 살폈다. 중전이 아프다는 것과는 별개로 나를 대하는 그녀의 표정은 지나치도록 밝아 보였다.

"가마꾼들과 계집종은 이곳에 두고 가셔야 하옵니다."

김 상궁의 말에 계화는 곧 울상이 되었다. 낮은 담이 겹겹이 쌓여 있는 이곳에서는 계화가 기대하는 궁궐 구경은 전혀 불가능하기 때문이었다.

"따라오시지요."

김 상궁의 뒤를 따라 창경궁을 걸었다. 담과 담 사이로 난 좁은 문 몇 개를 지나고 나자 여휘당에 이르렀다. 신을 벗고 여휘당에 오르자 나를 안내한 김 상궁이 말했다.

"장옷을 벗어 이리 내어주시지요."

장옷을 뒤집어쓰고 왕비를 알현할 수 없다는 사실은 알고 있었다. 그러나 난 혼자만 독대하듯 왕비를 만나게 될 것은 아니라 여기고 장옷을 쓴 채로 뒤에 조용히 물러앉아 있을 생각이었다.

"어서요. 어찌 얼굴을 가리고 중전마마를 배알하려 하시옵니까."

난 잠시 고민하다 김 상궁에게 물었다.

"지금 저 안에……."

"중전마마께서만 계시옵니다."

그제야 나는 안심하고 쓰고 있던 장옷을 벗었다. 그러자 주변이 약간 소란스러워졌다. 분명 고개를 숙인 채 서 있던 나인들도 어느새 내 얼굴을 보았는지 저마다 감탄사를 내뱉었다.

"봉림대군마마의 측실이라고?"

"전하께서 내려주셨다잖아."

"저 정도 얼굴이 궐에 있었으면 벌써 전하의 귀인 자리는 꿰찼겠다."

나인들에게 주의를 주어야 할 상궁도 내 얼굴을 보고는 약간 놀란 표정이었다. 난 어색한 웃음을 한번 짓고는 고개를 살짝 숙였다. 김 상궁이 내게서 돌아서더니 중전이 있는 여휘당 안쪽을 향해 목소리를 냈다.

"중전마마, 소인 김 상궁이옵니다."

"어서 들어오너라."

"예."

김 상궁의 목소리에 되돌아온 중전의 목소리가 분명 밝았다. 아픈 사람의 목소리라고는 전혀 생각되지 않아서 나는 이상하다는 생각에 고개를 갸웃거렸다.

곧 문이 열리고 김 상궁이 나보다도 먼저 안으로 걸어 들어갔다. 그 뒤를 내가 따라서 걸어 들어갔을 때였다. 여휘당의 가장 안쪽, 분명 아픈 중전이 누워 있어야 할 그 자리에 그녀는 당당한 풍채로 앉아 나를 올려다보고 있었다.

문득, 어디선가 한 번 보았던 눈이었다. 처음 왕을 알현하던 자리에서 보았던 세자의 눈. 세자의 눈은 그의 어머니인 중전의 눈을 닮아 있었다.

"아, 그렇구나. 그래……."

그녀는 자신에게로 걸어 들어오는 내 얼굴을 보며 연신 고개를 끄덕였다.

"인사 올리옵니다, 중전마마. 소녀는……."

"알고 있다. 인사는 되었고 어서 앉거라."

인사를 생략하는 중전의 태도에 당황한 것은 오히려 나였다. 그러나 김 상궁은 내가 앉을 방석을 앞에 놓아주며 자리를 안내했다. 난 방석 위에 앉고는 예법대로 고개를 숙였다. 중전은 그것을 신기하다는 듯 쳐다보았다.

"공신가의 손녀라 들었다. 허나 그 공신이 초야에 묻혀 살아 그 손녀는 반가의 예법도 모르는 촌것이라 들었지. 헌데 오늘 너를 보아하니 궁중 예법을 바르게 알고 있는 듯하구나. 조실부모하였다 들었는데 누구에게 그 예법을 배웠느냐?"

난 잠시 고민하다 대충 말을 지어내기로 했다.

"제가 살던 촌 인근에 노쇠한 상궁이 살았사옵니다. 그분께 배웠사옵니다."

"노쇠한 상궁이라…… 혹 내가 아는 이냐?"

"폐주(광해군)를 모시던 상궁이라 들었사옵니다."

"그래? 허면 나는 모르는 이겠구나. 어찌되었든 네가 소문의 '우미인'이 확실한 듯하구나."

'우미인'은 왕이 처음 나를 보고 한 말이었다. 어느새 그 말은 나를 가리키는 하나의 단어로 굳어진 듯 보였다.

"이름을 불러야 하나, '우미인'이라 불러야 하나? 너를 우미인이라 부른다면 슬퍼할 여인들이 꽤 되겠구나."

나를 두고 농담 아닌 농담을 건네는 중전을 보면서, 나는 그녀가 병에 걸리지 않았다고 확신했다. 모든 것은 나를 이곳까지 불러내기 위한 그녀의 술수였을 것이다. 그리고 그녀가 이렇게 술수를 부린 이유가 있다면 단 하나.

"중전마마."

나를 안내한 후 밖으로 나갔던 김 상궁의 목소리가 다시 들려왔다.

"무슨 일이냐?"

"봉림대군께서 오셨사옵니다."

모든 의문이 바로 풀리는 순간이었다.

"어서, 어서……."

그녀는 아주 반갑게 아들을 맞이했다.

곧 문이 열리며 남자의 걸음이 나의 뒤쪽으로 가까워졌다. 잠시 후 내 뒤에서 걸음을 멈춘 그가 정중한 목소리로 중전에게 인사를 올렸다.

"어마마마."

"앉거라. 이쪽으로."

그녀는 직접 내 옆자리로 봉림대군을 안내했다. 봉림대군이 그곳에 앉자, 나를 향해 쏟아지는 그의 시선이 느껴졌다. 그는 내게서 눈을 떼지 못하고 있었다.

"인사만 하고 어미에게는 눈길도 주지 않을 셈이냐?"

"아, 예……."

뒤늦게 봉림대군이 중전에게로 고개를 돌렸다. 중전은 나란히 앉은 우리 두 사람을 바라보며 흡족한 목소리로 말했다.

"잘 어울리는구나. 아주 잘 어울려. 참으로 선남선녀가 따로 없구나."

그녀는 만족한 듯 긴 한숨을 풀어내고는 다정한 목소리로 내게 말했다.

"부부인은 집안을 다스리고 살림을 돌보는 역할을 한다. 허면 측실의 역할이 무엇이더냐? 바로 사내의 마음을 돌보는 일이다. 헌데 네가 그것을 게을리하고 있다고?"

내가 대답을 하지 못하자 봉림대군이 나섰다.

"어마마마. 무슨 말씀이시옵니까?"

"보거라. 대군은 너를 감쌀 생각밖에 없구나. 오늘 너를 이리 불러 크게 혼을 내려 하였는데, 그것도 하지 못할 것 같다."

그녀는 짧게 웃은 뒤 말을 이었다.

"그간 네가 대군에게 소홀했던 일은 용서해주마. 대신 앞으로는 세 사람 모두 화목하게 지내거라. 알겠느냐?"

세 사람 중 한 사람은 지금 이 자리에 없는 봉림대군의 부인 장씨를 가리키는 말이었다.

"예, 어마마마."

뭐가 신이 났는지 바로 웃으며 대답하는 봉림대군과 달리, 나는 처음부터 끝까지 단 한 번도 감정의 변화를 드러내지 않았다.

⌒⌒⌒

"어서 들어오시오."

봉림대군이 나를 안내한 곳은 그가 출합 전까지 살았다던 자신의 거처였다. 깔끔하게 치워진 방안에는 언제라도 그가 머물다 갈 수 있도록 모든 살림살이들이 그대로 남아 있었다.

그는 나를 방안으로 이끈 후 자리에 앉았지만 나는 자리에 앉지 않고 고개를 숙인 채 서 있었다. 이런 본 그가 서둘러 자리에서 일어서더니 직접 내 손을 잡고 나를 자리에 앉혔다.

우리는 그렇게 마주 앉았지만 나는 그의 눈을 쳐다보지 않았다.

"그러니까……."

내게 무언가를 말하려는 그의 목소리가 떨려오는 것이 느껴졌다. 그는 몇 번씩 답답한 한숨을 내쉬기도 하고, 무언가를 말하려다가 그만두기도 했다. 그동안 나는 여전히 고개를 숙인 채 요지부동이었다.

"저…… 아니, 그러니까……."

한참을 무언가 말을 하기 위해 고민하던 그가 갑자기 덥석 내 두 손을 잡아버렸다. 내 손을 잡은 그의 두 손이 바들바들 떨려왔다. 많은 힘을 주고 잡고 있는 것도 아니었다. 슬쩍 눈을 들어 그를 바라보니 그는 붉어진 얼굴로 상당히 흥분해 있는 것처럼 보였다. 내가 지금 어떤 행동을 하더라도 그가 화를 낼 것 같진 않았다. 나는 이런 판단이 서자 그의 손에 잡혀 있던 내 손을 빼냈다.

그가 당황한 얼굴로 내게 사과했다.

"미안하오……."

여전히 난 그에게 눈길조차 주지 않았다. 그러자 막상 내게 사과부터 한 그도 답답한지 속상한 듯 입을 열었다.

"어찌 그리 아름다운 외모를 가지고서도 나와 시선조차 마주치려 하지 않는 것이오?"

"병이 있습니다."

더는 속일 수 없게 된 핑곗거리였지만 그렇다고 마땅히 다른 핑곗거리도 없어 나온 말이었다.

"무슨 병인지는 몰라도 그리 아름다운 병이면, 내게 옮겨도 상관없소."

그의 저돌적인 고백은 내게 부담이 되었다. 난 결국 짧은 한숨을 내쉬며 고개를 들었다. 그러자 나와 시선을 마주한 그가 마른침을 삼키며 두 눈을 크게 떴다.

"대감."

"말해보시오! 뭐든…… 뭐든……."

"대감의 측실이 된 것은 소녀의 뜻이 아니었습니다."

돌려 말해 싫다는 뜻인데도 그는 내가 하는 말이라면 욕이라도 좋게 들을 기세였다.

"자고로 여인이 어찌 스스로 사내를 선택하겠소. 다 부모님이 정하시는 것이고……."

"저는 아니었습니다."

"아니라니?"

나는 숨기지 않기로 결심한 후 입을 열었다.

"대감의 측실이 되기 전, 마음에 품은 사내가 있었습니다."

이 말은 조금 달랐다. 나의 이 말은 봉림대군에게 충격을 준 것 같았다. 그는 뒤통수를 돌로 한 대 얻어맞은 얼굴이 되었다.

"그는 불의의 사고로 세상을 떠났고 소녀는 평생 그를 잊을 수가 없습니다."

"그가…… 죽었소?"

난 힘없이 고개를 끄덕인 후 말했다.

"허나 외조부님의 뜻으로 대감의 측실이 되었습니다."

"인연이란 하늘이 정하는 거니까."

그도 이런 경우는 처음 겪는지 어디에 눈을 둬야 할지 몰라 하며 말했다.

그러나 나는 그의 두 눈을 똑바로 바라보며 말했다.

"대감께서 허락해주신다면, 소녀는 평생 피화당에서 그 마음을 지키고 살아가고자 합니다. 그러니 소녀를 없는 듯 그리 여겨주십시오."

이쯤 되면 반응은 두 가지다. 첫 번째는 내 바람대로 그가 나를 잊어주는 것이다. 다른 사내를 마음에 품었다고 하니, 기분 나쁘다는 식으로 나를 매몰차게 대하는 것이다. 두 번째는 내가 전혀 예상하지 못한 답이 나올 것이다. 봉림대군은 과연 어느 쪽일까?

잠시 후 내 얼굴로 되돌아온 그의 시선은 안정적으로 보였다. 내 얼굴을 보며 흥분한 모습도 어느 정도 가라앉아 있었다.

"미안하지만 그럴 수가 없소."

"네?"

"그대를 보기 전에는 그리할 수 있었을지 몰라도, 그대를 본 후 내 마음을 이처럼 그대에게 빼앗겨버렸으니 그럴 수 없소."

"전……!"

"난 이미 그대의 포로요. 내 마음은 이미 그대가 소유하였소. 허니 나는 그대를 향한 내 마음을 절대로 포기하지 않을 것이오."

"대감!"

"또한 그대가 마음에 품었다는 사내는 이미 죽은 사람."

"!"

봉림대군은 유정운을 두고 딱 '죽은 사람'이라는 표현으로 자신과 비교할 수 없음을 선을 긋듯 말했다.

"내가 죽은 사내보다 못한 사내일 리가 없소. 마지막으로 그대는 나의 측실이나, 그대에게 나는 부부의 연을 맺은 사내요. 그러니 그대에게 시간을 주겠소."

"시간이라니요?"

"그대의 마음을 내게로 돌이킬 시간."

그의 선포에 나는 할 말을 잃었다.

그는 젊었고 그의 생은 길었다. 그는 그 시간에 충분히 내 마음을 돌릴 수 있음을 자신했다. 나도 자신할 수 없는 마음을 그는 자신했다. 하지만 나는 절대 정운을 향한 마음을 버릴 생각이 없었다.

우리가 전각의 밖으로 나오자 김 상궁이 앞에서 기다리고 있었다. 그녀는 내가 여휘당으로 들어갈 때 가져갔던 장옷을 돌려주러 온 것이었다.

그녀가 내게 장옷을 건네는 것을 본 봉림대군이 단호한 목소리로 말했다.

"돌려주지 말게."

"예?"

김 상궁이 당황해 되묻자 봉림대군이 나를 돌아보았다. 나와 시선을 마주친 그는 웃으며 말했다.

"앞으로 그대의 얼굴을 가리는 것은 그 무엇이든 내가 허락할 수 없소."

웃으며 말했지만 분명한 명령이었다.

내가 탄 가마는 봉림대군의 사저 대문을 넘어 사랑채 앞에 내려졌다. 계화가 가마의 문을 열고는 이미 본 내 얼굴을 보고는 한 번 더 깜짝 놀랐다.

"휴우, 간 떨어지는 줄 알았네!"

이미 궁궐에서 장옷을 벗은 나를 보고 놀란 계화였지만, 또 한 번 드러난 내 얼굴에 그녀는 또 놀랐다. 하지만 그녀뿐만이 아니었다.

"비켜라."

봉림대군은 나를 부축하려는 계화를 밀어내고는 자신이 나서서 내게 손을 내밀었다. 나는 그 손을 잡지 않으려고 했지만, 불편한 한복 치마를 입고서 혼자 가마에서 일어나는 건 무리였다. 나는 어쩔 수 없이 그가 내민 손을 잡았다. 그는 내 손을 잡은 것만으로도 다시 싱글벙글한 얼굴이 되어버렸다.

웅성거리며 몰려든 하인들 사이로 우 상궁이 나타나 내 얼굴을 보더니 기절초풍하며 자빠졌다. 그녀는 다른 나인들의 도움을 받아 일어서려 했지만, 다른 나인들도 모두 내 얼굴을 보느라 그녀를 부축해줄 여력이 없었다. 결국 서 있는 나인의 몸을 제 스스로 붙잡고 일어선 우 상궁이 거의 울먹이는 목소리로 장씨를 찾았다.

"마님……!"

봉림대군과 함께 궐에서 돌아온 내 소식을 들었는지 서둘러 나온 장씨도 나의 얼굴을 보고는 할 말을 잃은 듯 두 눈만 크게 떴다.

봉림대군은 의기양양한 얼굴로 가마에서 나올 때부터 잡았던 내 손을 더욱 힘주어 잡으며 말했다.

"피화당까지 내가 안내해주리다."

난 그의 손을 뿌리치고 싶었지만 주변에 보는 시선이 많아 그럴 수가 없었다.

〜〜〜

그날 이후로 하루가 멀다 하고 피화당이 시끄러웠다. 분명 곰보에 애꾸에 가까운 가라앉은 눈을 보았던 하인들이 무슨 인두겁을 벗은 신기한 사람 구경하듯이 피화당 담벼락으로 몰려든 것이다. 처음엔 다른 하인들처럼 내 얼굴을 넋 놓고 쳐다보던 계화도 어느 순간부터는 모여든 하인들을 쫓아내느라 바빠졌다.

문제는 그다음이었다. 하루가 멀다 하고 봉림대군으로부터 선물 세례가 쏟아졌다. 귀한 비단과 장신구들이 대부분이었다. 하지만 내 반응이 시큰둥해지자 갖은 보석과 서책, 심지어 붓과 고급 종이까지 보냈다. 나중에는 좁은 피화당 안에 쌓아둘 곳이 없다는 핑계로 받지 않자, 그는 하인들을 보내 피화당 담벼락 안쪽에 작은 창고까지 세워주었다.

여기서 그치지 않았다.

"아가씨, 어서 식사하셔야죠."

매일 하루 세끼. 내가 밥 먹는 시간은 매우 중요한 시간이었다. 밥상이 피화당 안으로 들어오면 봉림대군의 식사를 책임지는 나인들이 피화당으로 우르르 몰려왔다. 그녀들은 내가 숟갈을 드는 것을 보고 나서야 다시 봉림대군이 있는 사랑채로 달려갔다. 나중에 들은 사실이지만, 그는 내가 숟갈을 들었다는 말을 들어야만 숟갈을 뜬다고 했다. 이러한 사실을 계화가 말했을 때는 믿지 않았지만, 그가 일부러 자신의 마음을 알리려는 듯이 사랑채 나인들을 피화당까지 매번 보내 확인하게 되면서 나도 확실히 알게 되었다.

그는 선물이든 사람이든, 무엇이든 자신이 늘 나를 생각하고 마음에 두고 있다는 사실을 피력하기 위해 하루를 다 쏟았다. 그사이 장씨는 안채에 드러누워 계속 잔병을 앓고 있었다. 나는 그 병의 원인균이 다름 아닌 나라는 사실도 잘 알고 있었다.

이래저래 답답한 시간만 흐르고 있었다. 내가 봉림대군의 사저 안 피화당에 들어온 후에 계절이 세 번 바뀌었다. 추운 겨울이 찾아왔다. 여전히 난 피화당을 떠나지 않았다.

지난번 궁궐에서 자신은 내 마음속에 있는 유정운을 이길 때까지 기다릴 수 있다고 말하던 봉림대군이 앓아누웠다. 처음에는 겨울에 찾아온 감기 정도로 알았으나, 실은 상사병이었다. 사내답게 호언장담했지만 계절이 바뀌도록 선물 공세에도, 적극적인 마음 표현에도 요지부동인 나를 두고 애태우던 마음이 닳고 닳아 병이 나고 만 것이다. 이 와중에도 봉림대군은 혹시라도 자신이 아프다는 소식이 궐에 전해져 내가 또다시 중전에게 불려가는 일이 생길까, 아파도 멀쩡한 듯 자신에게 맡겨진 행사들에 모두 참여했다.

"아가씨. 우 상궁 마마님께서 오셨어요."

계화의 말에 문을 열자 눈을 맞고 서 있는 우 상궁이 보였다. 그녀는 나와 눈도 마주치기 싫다는 얼굴로 입을 열었다.

"사랑채에 가보시옵소서."

"무슨 일이 있는가?"

"대군마마께서 종친부에서 돌아오시는 길에 쓰러지셨다 하옵니다."

그때까지도 나는 상사병을 안일하게 보았던 것 같다. 게다가 봉림대군이 평소 갈고닦은 무예 실력이라면 어떤 병이 와도 쉽게 나을 것이라 여겼다. 다만 약이 없는 병은 어쩔 수 없더라도 말이다.

"부부인께서 가셨을 텐데."

"부부인께서 아가씨께 부탁하신 것이옵니다."

부부인이 직접 우 상궁을 피화당으로 보내 부탁했던 것이다. 일이 이렇게까지 되자 나는 사랑채에 가보지 않을 수가 없었다.

"어서 가보시옵소서."

"알겠네."

피화당에 들어온 이후 처음으로 나는 봉림대군이 머무는 사랑채로 향했다.

"콜록콜록!"

독한 기침 소리가 사랑채 밖에까지 흘러나왔다. 그것은 봉림대군의 기침 소리였다. 나는 그의 기침 소리에 잠시 걸음을 멈췄다. 기침이 잠깐 난 것인지 소리가 금방 그쳤다. 그러나 그는 다른 감기 증상 때문에 괴로운지 연신 숨을 골랐다. 소리만 들어도 힘들어하는 것이 드러났다. 그 이유가 무엇 때문이든 나 역시도 책임에서 자유로울 수 없다는 것을 잘 알았다. 나는 주저하며 소리를 낼까 말까를 고민하고 있었다.

그때 봉림대군이 나인에게 물어보는 소리가 들렸다.

"피화당에는 불은 잘 지펴졌는지 확인해보았느냐? 오늘 눈이 오지 않았느냐? 그녀는 아프지 않다더냐?"

"걱정하지 마시옵소서. 피화당 아가씨께서는 아주 잘 지내시옵니다."

"그럼 다행이다. 콜록."

여기까지 대화를 들은 뒤에야 나는 내가 왔음을 알렸다.

"대감. 피화당이옵니다."

만약 그가 나를 걱정하는 말들을 더 들었다면, 나는 왠지 모를 죄책감에 그를 만나지 않고 돌아갔을 것이다.

"피화당? 어서 들어오시오, 어서."

조금 전까지 기운 없던 목소리는 모두 사라졌다.

문을 열고 안으로 들어가자 깔린 이부자리 위에 멀쩡하게 앉아 있는 그의 모습이 보였다. 분명 방금 전까지 누워 있었던 것 같은데, 나를 본 그는 멀쩡한 척 마냥 웃고 있었다.

"어찌 이리 먼 길을 오시었소."

그에게 자신이 머무는 사랑채와 내가 머무는 피화당의 거리가 한 집 안에 있는 것이 아닌 '먼 길'인 것일까?

"아프시다고 들었습니다."

내가 자리에 앉자마자 그는 식은땀이 흐르는 얼굴로 고개를 가로젓는다.

"내가 아프다니? 누가 그런 소리를…… 콜록."

멀쩡한 듯 연기하는 건 좋았는데 마지막은 기침이었다. 그는 기침 한 번을 내뱉고도 민망한 듯 씩 웃어 보인다.

"이 추운 겨울에 기침 한번 안 하는 것이 이상한 일이지. 나는 아주아주 건강하오."

"예에……."

그사이 사랑채 안에 있던 나인이 조용히 물러가는 것이 내 눈에 띄었다. 난 그와 나란히 남겨진 것이 불편해서 자리에서 일어서려고 했다. 그는 이미 마음이 문에 가 있는 나를 알아차렸는지 아쉬운 듯 말했다.

"눈이 곧 그칠 것 같으니, 그때까지만이라도 이곳에 머무시오."

간절함이 섞인 요청이었다. 마냥 뿌리치기에도 한계가 있어서 나는 고개 한 번 끄덕인 채 고개를 숙였다.

"모처럼 그대가 이곳까지 왔는데 눈 구경을 함께할 수 없는 게 심히 안타깝소."

"아프신 듯한데, 이런 날씨에 눈 구경하시면 병이 덧납니다."

"어떤 병이든 그대가 이처럼 나를 찾아와준다면 금방 나을 것이오."

여전히 그는 솔직하다. 그리고 나는 이런 그가 부담스럽기만 하다. 나는 고개를 들고 그를 바라보며 말했다.

"이러실수록 제 마음은 더욱 대감에게서 멀어진다는 것을 모르십니까?"

그러나 그는 넉살 좋게 웃는다.

"멀어질 거리가 있다면 가까워질 거리도 분명 있지 않겠소?"

나는 그런 그의 말이 이해가 가지 않아 조소하듯 말했다.

"가까워질 거리가 어디에 있……!"

그 순간 그의 얼굴이 내게로 가까워져왔다. 그가 내게 입을 맞추려 한다는 사실을 깨달았을 때는 반응하기에 이미 늦은 뒤였다. 그는 내게 짧게 입을 맞췄고 곧바로 떨어졌다. 정작 내 얼굴은 더 딱딱하게 굳어버렸다. 반대로 그는 생애 첫 입맞춤을 한 소년처럼 얼굴이 불덩이처럼 벌겋게 달아올랐다.

"이리 있지 않소. 가까워질 거리가."

나는 더는 그와 눈도 마주치지 않았다. 표정을 어떻게 지어야 할지 몰랐다. 입맞춤이 가져다주어야 하는 행복한 감정 따위는 애초에 내게 없었다. 난 간신히 분노를 참았다. 그가 모르게 아랫입술을 깨물었다 놓았다. 이런 작은 틈이라도 허락했던 나 자신이 너무나도 싫어졌다.

"미안하오."

그가 내게 사과했다.

"그대에게 허락을 구했어야 하는 건데……."

"아닙니다."

나는 짤막한 말만 남긴 채 자리에서 일어섰다. 밖으로 나온 나는 피화당으로 발걸음을 돌렸다.

빼빼 마른 대나무 숲도 추운 겨울, 눈 속에 제 몸을 감췄다. 몇몇 하인들이 가끔씩 다니는 후원으로 이어진 길에는 눈이 쌓이기 시작해 발자국을 자세히 보지 않으면 길을 잃어버려 도로 사랑채로 가야 할지도 모른다.

눈을 맞으며 나는 오로지 몸이 지닌 감각만으로 걷고 있었다. 그리고 그 길 속에 나의 과거가 있었다.

어느 날. 우리의 미래에 대해 정운과 이야기를 나눴던 그 어느 날. 그는 임금님이 성군이 되시면 한양을 떠나겠다고 말했다.

["네가 태어난 곳은 한양이잖아. 그런데 어디로 가려고? 낙향할 고향도 어차피 한양이면서."]

["마음에 둔 곳이 있어."]

["어딘데?"]

["의주."]

["의주?"]

명나라로 가는 길목. 한때 정운의 부친은 의주 목사였다. 그리고 우리는 그때 의주에서 처음 만났다.

["거긴 겨울에 엄청 춥잖아. 난 추운 거 싫은데."]

["무슨 말이야?"]

["응?"]

["내가 말년에 의주로 가서 살겠다는데…… 네가 추운 거랑 무슨 상관인데?"]

전혀 웃지 않는 얼굴로 되묻는 그를 보면서 나는 가슴에 비수가 꽂히는 기분이었다. 그래도 난 태연한 척 그에게 반문했다.

["나…… 안 데리고 갈 거야? 의주에?"]

조심스럽게 묻는 나를 본 그가 큰 웃음을 터트렸다. 그제야 나는 그가 나를 놀렸다는 걸 알아차렸다.

["유정운 너! 나를 놀려?"]

["하하하! 하하하!"]

그의 웃음소리가 멀어진다.

그와 그렸던 미래도 멀어진다.

"으흐흑……."

피화당으로 돌아온 나는 눈물을 쏟았다.

봉림대군이 무섭지 않았다. 이 나라의 대군이고 사내이기 전에 그는 나보다 두 살이나 어렸다. 갓 소년티를 벗은 청년일 뿐이다. 그가 아무리 내게 제 마음을 고백한들 끝까지 무시하면 된다.

하지만 그의 마음이 무서웠다. 홀로 남아 무섭고 너무나도 외롭게 느껴질 때, 내 마음을 두드리고 그 안으로 불쑥 들어와 있을지 모를 그의 마음이 무서웠다. 칼을 든 왜군보다도 창을 휘두를 금군보다도 더 무서웠다.

내가 가진 능력을 잃은 나는 갈 곳이 없다. 길을 잃었다.

얼마 후면 곧 전쟁이었다. 이곳을 떠나 운이 좋으면 전쟁통에 살아남을지도 모른다. 아니, 볼모로 청국으로 끌려갈 수도 있다.

그런데도 능력을 되찾지 못한다면?

청국으로 끌려간 나를 외할아버지가 찾아내지 못한다면?

봉림대군은 왕이 될 것이다. 왕이 된 뒤에도 그의 마음을 이렇듯 계속 밀어만 낸다면 그의 마음이 바뀌어서 큰 벌을 받을지도 모른다. 그러니 그가 내게 자신의 마음을 계속 드러낼수록 나는 내 미래를 생각해야 한다. 떠나야 할지 말아야 할지를 결정해야 한다.

난 정운이 죽은 뒤로 살아도 산목숨이 아닌데…….

"정운아…… 흐윽!"

피화당 밖에서 내리는 눈에 바람 소리가 덧대어진다. 그 덕분에 뒤늦은 나의 곡소리도 눈바람에 파묻혀버렸다.

그해 겨울.

마흔셋의 중전이 대군을 낳았다. 그러나 대군은 만 하루를 넘기지 못하고 세상을 떠났다. 이 충격 때문인지 중전은 산후병을 얻었다. 그리고 대군을 낳은 지 열흘도 못 되어 승하했다.

이것은 병자년 불행의 시작을 알리는 것이었다.

2장

답교놀이

　추운 겨울, 땅이 얼어 능 조성공사가 더뎌졌다. 원래대로라면 한 달 만에 탈상을 하고 상복을 벗어야 했지만, 능을 제대로 조성하기 전에 탈상을 하는 것은 무리였다. 한 달 만에 마무리가 되어야 할 왕비의 장례가 늘어지고 있었다.

　그 때문인지 궁궐의 분위기는 좋지 않았다. 왕은 새해에 꼭 치르는 망궐례도 병을 핑계로 하지 않았다. 종종 조정에 나설 때면 왕비의 죽음과 관련된 문초만 줄기차게 이어졌다. 세자와 대군들은 어머니인 중전의 빈소를 지켰다. 나아가던 봉림대군의 감기도 다시 심해지고 있었지만, 다른 누구도, 그 자신도 몸을 신경 써서 돌봐줄 수 있을 정도로 상황이 녹록지 못했다.

　"약을 또 안 드시고 가셨대요."

　보름 만에 사저로 돌아온 봉림대군은 옷만 갈아입고 빈소를 지키러 입궐했다. 그의 소식은 늘 계화가 전해다준다.

"아가씨께서 식사는 잘하고 계시는지 물으시더라구요. 아무래도 상중에는 고기를 먹을 순 없으니까요. 아가씨 식사는 무조건 잘 챙기라는 당부를 또 하신 거 있죠."

이젠 습관처럼 봉림대군이 내 걱정을 했다는 이야기가 앞서 나온다. 난 흘려듣고 있었지만, 마음은 편치 못했다.

"다음에 퇴궐하시면 아가씨께서 직접 약을 올려보세요. 그럼 드실 텐데요."

"부부인께서 챙기시겠지."

나도 모르게 무뚝뚝하게 되돌아 나온 말.

"하지만 부부인께서도 정신이 없으실걸요?"

그녀도 퇴궐하지 못하고 내내 궁중에서 빈소를 지키고 있다. 그러나 '후궁'이나 '첩'의 신분은 빈소에 들어갈 수 없다. 좋은 법도인지 나쁜 법도인지 모를 궁중 법도다.

또다시 보름이 흐르고 나서야 승하한 왕비의 시신이 차디찬 겨울 땅속에 묻혔다. 이렇게 국상이 마무리되고 나서야 조정은 안정을 되찾았다. 봉림대군도 자신의 사저로 돌아올 수 있었지만, 어머니를 잃은 충격이 커서인지 한동안 두문불출했다.

봄이 찾아와도 그는 사저를 떠나는 일이 거의 없었다. 나를 신경 써주는 것은 전과 같았기에 나는 오히려 그런 그가 불쌍해 종종 마음이 흔들렸다. 그러나 절대 피화당 밖을 나가는 일은 없었다. 대신 나의 고민은 깊어졌다.

곧 일 년이었다. 이 시간에 갇힌 지 일 년.

어쩌면 각석이 내게 시간의 문을 열어줄지 모른다는 마지막 희망이 남아 있었다. 나는 일 년째 되는 날이 오기만을 손꼽아 기다렸다. 일 년 만에 각석이 내게 문을 열어준다면, 난 지긋지긋한 이곳을 떠날 수 있었다. 하지만 여전히 문을 열어주지 않는다면 앞으로 나는 어떻게 해야 한단 말인가?

∽✤∽

능묘 조성이 완전히 끝난 후 처음으로 봉림대군은 어머니의 능을 다녀왔다. 한양으로 다시 돌아온 시각은 매우 늦은 때였다.

"다녀오셨습니까."

하인이 맞이했고 그는 고개를 끄덕이며 사랑채 안으로 들어갔다. 옷을 갈아입으려다가 한숨과 함께 털썩 자리에 앉았다. 말끔히 정비된 능은 보기에는 훌륭했지만, 그것은 다른 누구도 아닌 그의 어머니의 무덤이었다.

그의 어머니는 눈에 띄게 말수가 적고 조용한 그를 손이 많이 가는 막내 돌보듯 챙겨준 유일한 사람이었다. 세자인 형님이 누구보다 모범이 되어야 한다는 이유로 부왕과 모든 사람들의 관심을 받고 있을 때, 그를 신경 써주고 살뜰히 보살펴준 사람은 오로지 그의 어머니뿐이었다. 측실의 문제로 고민하던 그를 챙겨준 것도 그의 어머니였다.

갑자기 울컥하는 마음에 봉림대군은 쓰린 속을 가다듬었다. 문득 화진이 떠올랐다. 그녀의 얼굴만 마주하더라도 큰 위로가 될 것 같았다. 적어도 어머니를 잃은 그를 그녀가 매몰차게 내쫓지는 않을 것이라는 생각 또한 있었다.

그는 다시 자리에서 일어나서 피화당으로 가는 후원 길에 들어섰다. 곳곳에 봄을 알리는 매화들이 피어 있었다. 그윽한 꽃향이 마치 화진이 그를 기다리고 있을 것이라는 기분 좋은 착각마저 불러 일으켰다. 그는 한결 가벼운 마음으로 피화당 앞에 섰다. 하지만 늦은 저녁. 피화당의 불은 꺼져 있었다. 어쩌면 화진이 일찍 잠들었을지도 모른다는 생각에 봉림대군은 쓸쓸한 마음을 안고 돌아섰다.

그 순간, 무언가 이상하다는 생각에 그가 다시 피화당을 돌아보았다. 섬돌 아래 가지런히 놓여 있어야 할 여인의 신발이 전혀 보이지 않았다. 불길한 예감은 늘 틀리지 않는다. 그는 서둘러 피화당에 올랐다. 그리고 닫혀 있던 문을 두 손으로 활짝 열었다.

깔끔히 정리된 방안에는 아무도 없었다. 온기조차 없는 비어버린 방안을 둘러보던 봉림대군의 머릿속에서 아주 오래전 기억 하나가 떠올랐다. 그날도 그가 찾아온 피화당에는 아무도 없었다. 그리고 그는 예상치 못한 곳에서 그녀를 찾아냈었다. 자신이 그녀의 얼굴을 처음으로 보았던 그날의 그곳. 봉림대군은 그녀가 어디로 사라졌는지 알 것 같았다.

첫사랑이었다.

처음이었기에 마지막이길 바랐다. 단 한순간도 의심한 적이 없는 사랑이었으며 영원할 것을 의심치 않았다. 내 목숨 귀한 줄 모르고 상대를 위해 위험에 뛰어들었을 정도로 무모한 사랑이기도 했다.

늘 변화무쌍한 나의 생각과 감정 기복이 심한 나의 마음을 붙들어줄 수 있었던 사내. 수백 년 된 고목나무보다도 더 단단한 기강으로 일평생 내 옆에서 머물러줄 것이라 여겼던 사내.

십 년의 세월을 한 시간 안에서 보내게 되면 나는 영원히 그곳을 떠나지 못한다는 사실을 알고 있었다. 그런데도 두렵지 않았다. 그가 있었으니까. 그가 내 곁에 있을 것이라고 믿었으니까.

그러나 그는 죽었다.

"어째서……."

일 년 만에 마주한 각석은 여전히 아무런 변화가 없었다. 마치 더는 만날 수 없는 정운을 만져보듯 조심스럽게 쓸어도 보고 살며시 매만져도 보았지만 그 어떤 변화도 일어나지 않았다.

"왜……."

이제는 울음을 쏟아낼 힘도 없었다.

정말 나는 이 시간 안에 영원히 갇혀버리고 마는 것일까? 시간이 내게 벌을 준 것일까? 시간과 맞서려 하고 죽은 정운을 되살려보려 한 내게 벌을 내린 것일까?

"흑-"

흘릴 수 있는 모든 눈물을 흘렸다고 생각했을 때, 내 눈에서 새로운 눈물이 또다시 흘렀다. 그러나 이 눈물은 다른 때와 달랐다.

좌절.

절망.

그리고…….

난 눈물을 훔쳐내고는 각석에서 돌아섰다. 당장은 포기해야만 하는 심정이라도 언젠간 기운을 차려 새 의지를 가지고 돌아가기 위해 노력할 것이다.

그 후에는? 정운이 없는 미래는 내가 꿈꾼 미래가 아니다. 그 미래에서 나는 도대체 무엇을 할 수 있을까?

눈물을 삼키며 각석이 있는 누각을 나왔을 때였다. 어둠 속에서 사람의 그림자가 스쳤다.

"누구예요?"

놀란 내가 어둠 속을 쏘아보며 상대방의 신분을 물었을 때였다. 어둠 속에 숨어 있던 상대는 곧 환한 달빛 아래로 나섰다.

"나요, 봉림."

봉림대군이었다.

그는 들킨 것이 멋쩍은지 미소를 지어 보였다. 다만 새해 벽두부터 있었던 어머니의 죽음과 이어진 국상 기간 동안 그는 제대로 된 몸조리도 못 했는지 전보다는 야윈 얼굴로 나를 마주했다.

"많이 놀랐소?"

"이곳까지는 어인 일이십니까?"

그를 경계하며 쏘아보는 내게 그는 미안한 듯 웃어 보인다.

"피화당. 그대는 내 측실이오. 측실이 이렇듯 홀로 밤이슬을 맞고 다니는 데도 화를 내지 않는 사내가 도대체 어디에 있단 말이오? 그러니 좀 보시오."

재치 있게 말장난을 거는 그를 보며 나는 더 이상 할 말이 없었다. 애초에 그와 웃으며 이야기를 나눌 기분도 아니었다. 나는 그를 그대로 놔둔 채 스쳐 지나가려 했다. 그러자 그가 내 뒤를 쫓아오며 말한다.

"어쨌든 이리 달 밝은 밤에 만났으니 오랜만에 이야기나 나눕시다."

"늦었으니 어서 돌아가시지요. 소녀도 돌아가야 합니다."

무뚝뚝하게 되받아치는 나를 보고 그가 한마디를 더 할 것이라 예상했다. 그런데 돌아오는 것은 내가 예상한 것이 아니었다.

– 털썩

"아얏……."

사람이 주저앉는 소리에 돌아서니 그가 바닥으로 털썩 주저앉는 것이 보였다. 나는 당황하며 서둘러 그에게 달려갔다.

"대감!"

갓에 가려져 보이지 않던 그의 이마에서 식은땀이 흘러내리고 있었다. 그제야 나는 그의 상태가 보기보다 더 좋지 않다는 것을 알고는 부축했다. 그는 내게 부축받는 것이 민망한지 식은땀을 흘리면서도 애써 웃어 보인다.

"며칠 잠을 제대로 이루지 못했더니 피곤해서 다리의 힘이 살짝 풀린 것뿐이요. 걱정하지 마시오. 내 체력은 내가 더 잘 아니까."

일어날 힘도 없으면서도 멀쩡한 듯 행동하려는 그를 보며 나는 화를 냈다.

"오늘 중전마마의 능묘에 가셨다 들었습니다. 이렇듯 몸이 좋지 않으시다면 하룻밤 그곳에서 유숙하고 돌아오시면 될 일이지, 어찌 무리해서 돌아오신 것입니까?"

화를 내는 나를 보면서 그는 싱글벙글한 얼굴이 되었다.

"그대가 이렇듯 내게 화를 내니, 오늘따라 어마마마의 생각이 간절하군. 실은…… 어마마마께 가서 빌었소. 생전에 그대와 마주할 수 있게 도와주신 것처럼, 또 한 번 그대와 마주할 수 있게 해달라고. 그런데 이뤄졌소."

"말도 안 되는 소리를……."

"피화당. 내가 아파야만 그대가 이렇듯 나를 돌아보고 생각하여 꾸짖어준다면…… 나는 평생을 아파도 좋소."

그의 진심 어린 고백에 난 오히려 더 화가 났다.

"이러셔도 제 마음은 움직이지 않습니다."

"허나 그래도 나는 멈추지 않을 거요."

"대감!"

그가 겨우 몸을 일으켜 세웠다. 그러고는 나의 치마에 묻은 흙을 털어주려 고개를 숙였다. 그의 손이 내 치마에 붙은 흙을 털어내는 것을 보면서도 나는 예전처럼 매몰차게 밀어낼 수가 없었다.

흙을 모두 털어낸 후에 그는 허리를 세우고 뿌듯한 얼굴로 나를 바라보았다.

"아시오? 난 그대를 못 보면 밥도 넘어가지 않소. 이처럼 그대를 마주해도 그대가 웃지 않으면 내 숨이 잘 쉬어지는지도 모르겠소. 이러다가 내가 그대보다 먼저 죽는다면……."

죽음으로 동정표를 얻으려는 그를 보며 난 짧은 한숨을 내쉬었다.

"죽지 않으실 거예요."

적어도 내가 아는 역사대로라면 당장은 말이다.

"마치 그대는 나의 모든 것을 다 안다는 듯 말하는군. 특히…… 그대의 눈. 그 눈이 나의 모든 것을 꿰뚫어 보는 것 같소."

그의 말과는 반대로 오히려 그는 두 눈으로 나를 꿰뚫어 볼 것처럼 바라보고 있었다. 나는 그와 더는 눈을 마주치기가 부담스러워졌다.

나는 고개를 숙였다. 그러자 그는 내가 부끄러워한다고 여겼는지 자신의 손으로 내 턱을 슬쩍 들어올렸다. 나는 바로 그를 쏘아보았다. 그가 나를 만진 것이 싫어서가 아니었다. 그에게 아직 내 곁으로 다가오도록 허락한 적이 없었기 때문이었다.

그는 웃으며 턱을 잡았던 손을 놓으며 각석이 있는 누각으로 고개를 돌렸다.

"실은 그대를 처음 본 곳이 바로 이곳이오."

난 그를 쳐다보며 인상을 썼다.

"그게 무슨 말씀이시죠?"

"우연히 그대가 밤이슬을 맞으며 관상감으로 오는 것을 보게 되었소. 뒤쫓았고. 이 각석 앞에 서서 울고 있는 그대를 보았지."

나의 눈동자가 서서히 커졌다. 그리고 내가 그때 했었던 말들을 되짚어보았다. 딱히 중요하다거나 위험할 만한 말은 없었던 것 같다. 그랬다면 시간여행자인 내가 '통증'을 느꼈을 테니까. 적어도 그때 나는 혼자였고 많은 말을 하진 않았었다.

"그때 달빛을 받은 그대가 미치도록 아름다워서 그대의 얼굴을 비추는 달을 하늘에서 빼앗아 그대의 방을 밝히는 하찮은 등불 따위로 만들어버리고 싶었소."

그의 장렬한 고백은 나를 늘 당황스럽게만 만들 뿐, 가슴 떨리는 설렘을 주지는 못한다. 그것이 그의 잘못은 아니었다.

내 사랑은 늘 그래왔다. 내가 허락한 만큼만 열려 있었다. 단 유정운은 예외였다. 어린 시절부터 정운과 가까웠던 나는 어느 순간 나의 마음 안으로 들어오는 모든 문을 그에게 열어두었다. 그는 그것을 알면서도 아주 천천히. 한 걸음 한 걸음씩 들어왔다. 내가 모르는 사이에 그렇게 그는 내 사랑이 되었다.

하지만 봉림대군은 다르다. 내 안의 문 하나하나를 모두 두드리며 들어오려고 한다. 마치 위풍당당한 개선장군처럼 자신의 존재를 드러내고 또 드러내며 자신만만하게 외친다. 자신의 마음을 받아들이라고. 그리고 내 마음을 자신에게 내어달라고.

"달은……."

내 입이 열리자 각석이 있는 누각을 바라보던 그의 시선이 내게로 돌아왔다. 그러나 내 시선은 하늘에 떠 있는 달을 향해 있었다.

나는 달을 바라보며 말을 이었다.

"달일 뿐이에요. 결코 등불이 될 수 없어요."

"그런가……. 하하."

그의 웃음에 내 마음은 더욱 차갑게 굳어만 갔다.

◦∾❥∾◦

다음 날 아침이었다.

계화가 아침상을 들고 피화당을 찾았다. 그녀는 아침상을 놓자마자 무언가 이상한지 이곳저곳을 둘러보았다. 평소와 다르게 피화당의 창문이 모두 열려 있었기 때문이다.

아침에 일어나 나는 따뜻한 햇살이 피화당 안으로 스며들어오는 것을 보고서는 창문을 열어두었다. 당시 생각에 날씨가 좋으니 환기를 시키자는 마음이었던 것 같다. 그러다가 창문 밖 담벼락에 핀 꽃도 보았고 나비도 보았다. 눈이 즐거워지자 마음도 즐거워졌는지 계화가 아침상을 들고 올 때까지 창문을 닫는 것도 잊고 창밖을 내다보고 있었던 것이다.

그러나 계화는 늘 그렇듯 아침상을 놓자마자 활짝 열린 피화당의 창문을 하나씩, 하나씩 닫기 시작했다. 그제야 나는 피화당의 창문이 열려서 봄의 향기가 밀려들어 오고 있었음을 알아차렸다. 계화가 창문을 닫자 그 향기는 곧 끊어졌다.

나는 인상을 쓰며 계화에게 물었다.

"무엇 하느냐?"

"예?"

오히려 계화가 당황한 얼굴로 나를 쳐다보았다.

"어찌 창문을 닫느냔 말이다."

"그거야 원래 늘 닫아놓으라고 하셨으니까요."

그제야 내 실수를 깨달았지만 이미 늦은 뒤였다. 난 핑곗거리를 찾았다.

"나인들이 없으니 놔두거라."

"아, 예에……."

평소라면 내가 밥숟갈을 뜨는지 안 뜨는지를 확인하러 사랑채의 나인들이 몰려와서 구경부터 했을 시각이다. 그런데 오늘은 이상했다. 사랑채의 나인들이 하나도 보이지 않았다. 이를 핑계 삼아 계화에게 창문을 닫지 못하게 했지만, 정작 나인들이 왜 나타나지 않는지 궁금해졌다.

"계화야."

"예, 아가씨."

"오늘 대감께서 일찍 입궐하셨더냐?"

"예?"

이번에도 계화는 어리둥절한 눈으로 나를 쳐다봤다. 평소 한 번만 있어도 신기할 일이 두 번 연속해서 일어났기 때문인 것 같았다. 첫 번째는 피화당의 창문을 열어둔 것이고 두 번째는 내가 봉림대군의 안부를 물은 것이다. 물론 나는 핑계 댈 말들이 아주 많았다.

"나인들이 보이지 않으니 하는 말이 아니냐."

"천녀가 피화당으로 오면서 듣자 하니, 몸이 안 좋으시대요. 그래서 나인들이 죽을 끓이고 있던데…… 그래도 아가씨께 올릴 상은 제일 먼저 준비해서 차려주던데요. 대군마마께서 그리 지시하셨다면서요."

"몸이 아프다고?"

"계속 국상 중이라 몸조리를 잘 못 하셔서 병이 난 것이지요. 또 그 상태로 중전마마의 능묘까지 밤새 다녀오셨으니……."

어젯밤 관상감에서 만났던 봉림대군의 모습을 떠올렸다.

내게 농담을 계속 건네는 그의 안색이 좋지 않아 보였다. 결국 다리에 힘이 풀려 주저앉기까지 하지 않았던가? 그 상태로 오늘 아침에 멀쩡하다면 난 어제의 그의 모습을 연기로 치부했을지도 모를 일이다.

그대로 수저를 잡은 나는 밥을 덮은 뚜껑을 열었다. 뜨끈한 김이 모락모락 올라오는 밥은 빛깔이 좋아 먹음직스러웠다. 반찬들도 푸짐했다. 그러나 입맛이 돌지 않았다. 난 다시 수저를 내려놓았다.

그때 열려 있는 창문 밖에서 한 여인의 목소리가 들려왔다.

"입맛이 없는 사람이 여기 또 한 사람이 있었군."

그녀는 봉림대군의 부인 장씨였다.

나는 자리에서 일어나 고개를 숙였다. 그녀는 창문 밖에 서서 인사를 받는 둥 마는 둥 한동안 빤히 쳐다만 보더니 말했다.

"잠시 밖으로 나오게."

내가 피화당 밖으로 나왔을 때, 그녀는 이미 햇살이 비치는 공터를 걷고 있었다. 그런 그녀의 뒤로 우 상궁과 나인 한 명이 멀찍이 서 있었다. 난 그녀의 곁으로 다가가 고개를 숙이고 섰다.

그러자 그녀가 걸음을 멈추고는 나를 돌아보았다.

"나비가 꽃을 찾아드는 것을 어찌 막을 수 있겠으며, 꽃 중에서도 꿀을 품은 꽃만 찾아가는 것을 어찌 막겠는가. 그것은 자연의 이치네. 그리고 자네는 그 자연에서 가장 아름다운 꽃이지."

그녀의 말끝에 한숨이 배어 나왔다. 난 고개를 들어 그녀의 얼굴을 바라보았고 그녀는 내게서 시선을 돌렸다.

"나는 자네를 볼 때마다 속이 상한 마음을 금할 수가 없네. 허나 그렇다고 한 사내를 두고 내 것이니 네 것이니 아웅다웅하고 싶지도 않아. 그러나 대감께서 아프신 것을 보는 것은 힘드네."

그녀는 봉림대군을 진심으로 걱정하고 있었다.

"또한 그 연유가 승하하신 중전마마 때문이든 아니면 자네 때문이든…… 내겐 중요치 않아."

그녀의 말을 있는 그대로 믿을 순 없었다. 그러나 그녀가 지금 피화당에 나타난 이유는 알 수 있었다.

"사람은 살리고 봐야 하지 않겠는가."

난 그녀의 말에 고개를 숙였다.

❧

"대군마마. 우 상궁이옵니다."

사랑채 앞에 선 우 상궁의 목소리에도 봉림대군의 대답은 돌아오지 않았다. 그러자 그녀는 문 앞을 지키는 나인들에게 문을 열고 물러서라고 지시하며, 자신이 들고 온 죽 그릇이 놓인 쟁반을 내게 내밀었다.

"들어가보시옵소서."

그녀는 나와 눈도 마주치지 않은 채 쌀쌀맞게 답했다. 부부인의 명이라 어쩔 수 없이 따르면서도 영 내가 탐탁지 않았던 것이다. 나는 조금 망설이다 그녀가 건네는 쟁반을 받아들며 안으로 들어섰다. 곧 내 뒤로 사랑채의 문이 닫혔다.

봉림대군은 이불을 가슴께까지 덮은 채 누워 있었다. 잠들었는지 두 눈을 감고 있었다. 환한 대낮에 마주한 그의 모습은 의외로 어제보다는 나아 보였다. 며칠 동안 잠을 제대로 못 잤다는 그는 지난밤에는 곤히 잠들었는지 얼굴도 한결 편한 듯했다. 그런 그를 바라보며 최대한 발소리를 내지 않고 다가갔다.

그러나 그의 곁에 앉으며 죽 그릇이 든 쟁반을 내려놓을 때는 그만 소리를 내고 말았다.

– 탁.

쟁반이 땅에 닿는 소리가 들리자마자 잠든 듯 보였던 그의 입이 열렸다.

"먹지 않겠다 하지 않았느냐. 나는 되었으니 피화당에나 가보거라. 그녀가 아침 식사를 끝냈는지 아니면⋯⋯."

"끝내지 못했습니다."

"!"

내 목소리가 들리자마자 감겨 있던 그의 눈이 번쩍 뜨였다. 그는 바로 자신의 옆에 앉아 있는 나를 보자마자 허리를 일으켜 세웠다.

그런 그를 보니 나는 긴 한숨밖에 나오지 않았다. 나를 본 그의 얼굴에는 생기가 피어올랐다. 어디가 아픈지 의심스러울 정도로 얼굴이 약간 야위어 보이는 것이 전부였다.

"죽을 가져왔습니다. 어서 드시옵소서. 드셔야⋯⋯ 기력을 차리신다고 부인께서⋯⋯."

"어찌 이곳까지 온 것이오? 아니지, 식사는 한 것이오?"

난 그의 시선을 피해 건성으로 답했다.

"대감께서 아침은커녕 죽도 드시지 않았다는데 제가 어찌 먼저 먹을 수 있겠습니까? 그러니 드시지요. 저를 굶기기 싫으시다면요."

"먹겠소. 물론 먹어야지!"

그가 다짜고짜 죽그릇을 열더니 옆에 놓인 수저를 들어 한입 크게 죽을 먹었다. 그러나 죽이 많이 뜨거웠던지 곧 인상을 쓰며 뱉어버리고 말았다.

"아뜨뜨!"

그가 매우 뜨거워하는 것을 보면서 나는 놀라 인상부터 찌푸렸다. 이런 내 얼굴을 슬쩍 쳐다본 그가 입꼬리를 당겨 귀엽게 웃음 지었다. 나는 그런 그가 어처구니가 없어 짧게 웃음을 터트렸다. 그는 웃는 나를 보며 뭐가 좋은지 더 환하게 웃었다. 나는 또 웃고 말았고 우리는 처음으로 서로의 얼굴을 마주한 채 웃을 수 있었다.

한참을 웃던 그가 내게 말했다.

"이젠 죽이 좀 식었겠군."

그가 다시 수저로 죽을 한 숟갈 떴다. 곧바로 입으로 가져간 그는 혹시나 몰라 그것을 호호 불었다. 나는 그런 그를 보며 다시 웃었고 그는 이런 나의 얼굴을 바라보느라 그만 숟가락을 입이 아닌 코에 가져다댔다.

"으……!"

코에 닿은 그의 죽은 갈 곳을 잃어버린 채 그대로 그의 얼굴에 묻으며 흘러내렸다. 나는 그런 그의 행동에 더는 크게 웃지 않았지만, 대신 죽 그릇과 함께 딸려온 수건을 들었다. 내가 수건을 그의 얼굴로 가져가자 그는 얼굴을 붉히며 내게서 수건을 빼앗았다.

"내가 할 수 있소."

혹시라도 자신을 어린아이 취급을 할까 걱정이라도 했던 것일까?

그는 스스로 얼굴을 닦으려고 했지만, 여전히 시선은 내 얼굴에서 떨어질 줄 몰랐다. 그러니 얼굴을 닦는 것인지 보이지 않는 상상 속의 얼굴을 닦는 것인지 세 살 먹은 어린아이가 제 얼굴을 닦는 것보다도 더 서툴게 굴었다.

"주세요."

나는 그의 손에서 수건을 다시 빼앗았다. 그리고 죽 묻은 얼굴과 옷을 정성껏 닦아냈다. 그사이에 그는 마치 얼음이 된 것처럼 잠자코 있었다. 다만 시선은 계속 내 눈을 쫓고 있었다.

다 닦아낸 나는 쟁반에 수건을 놓고는 죽 그릇을 들어올렸다. 그가 손에서 놓쳤던 수저도 다시 들어 죽을 떴다. 그리고 그의 눈치를 보며 숟가락으로 푼 죽을 호호 불었다. 순전히 여기서 내가 직접 한 입 떠먹여주면 그의 얼굴이 어디까지 빨개질까 궁금해서 한 행동이었다. 그런데 이번에 그는 나와 눈도 마주치지 못했다. 내 예상대로 빨개진 얼굴은 그대로였지만 고개를 푹 숙이고만 있다.

"어서 드세요. 드시고 기력을 되찾으셔야죠. 잘 먹어야 병도 빨리 낫고요."

그때였다.

그가 고개를 들었다. 그러나 그의 눈은 내가 아닌 내 손에 들린 수저를 향해 있었다. 그는 그대로 내 손에서 수저를 빼앗아 쟁반

위에 내던지듯 내려놓았다.

"……!"

순간적으로 일어난 일이라 그가 무슨 일을 벌이려는지 난 알지 못했다. 그는 수저를 내려놓자마자 그 손으로 나의 팔을 잡더니 그대로 돌려세워 이불 위로 넘어뜨렸다.

"피화당……!"

잔뜩 빨개진 얼굴은 내가 기대한 것 이상이었지만, 난 그다음에 일어날 일까지는 미처 예상하지 못했었다. 그저 흥분으로 점철된 그의 얼굴을 무뚝뚝한 시선으로 마주한 채 이불 위에 몸을 뉘고 있을 뿐이었다.

그다음은 입맞춤이었다. 그 어느 때보다도 뜨겁고 거친 입맞춤. 갓 십칠 세가 된 소년이 하기에는 너무나도 어른스러운 입맞춤이었다. 나는 돌보다도 더 딱딱한 몸으로 막무가내로 밀어붙이는 그의 입술을 받았다. 내 입술은 얼음처럼 차가웠지만, 사내의 열기가 닿자 곧바로 뜨거워졌다. 한참을 내 입술을 물고 빨며 정신없이 몰입하던 그가 억눌렀던 숨을 토해내듯 내쉬며 겨우 고개를 들어 나를 내려다보았다.

왜 나는 이 순간 아무런 생각이 들지 않는 걸까? 어느 정도는 충분히 예상했던 상황이었는데도 말이다. 나는 여전히 가만히 눈을 뜬 채로 그를 말없이 올려다보고 있었다. 그는 이런 목석같은 나의 태도에 상처받았다. 하지만 그 상처로 나를 자신의 곁에서 밀어내기에는 젊었다. 그는 자신의 젊음이 분명 나를 정복시킬 것이라고 믿는 사내였다.

"그대가 나의 자존심을 끝까지 무너뜨리려 해도 난 자신 있소."

그는 상처 입지 않은 눈으로 상처받았다고 내게 말한다.

"대감……."

그를 진정시켜야 하는데 정작 내 입에서 흘러나오는 목소리에 영혼이 담겨 있지 않았다.

"오늘부터 나를 대감이라 부르지 마시오. 정연이라 부르시오. 그것이 내 이름이오."

"저는……."

그가 눕혀놓기 위해 붙들었던 내 양팔을 잡은 손에 힘을 주었다. 내가 하려는 말을 막으려는 것 같았다. 나는 깨달았다. 그는 이 순간 나를 자신의 뜻대로 다루고 싶어했다. 이런 그를 내가 어디까지 제어할 수 있을까?

"나라는 사내를 보아주시오! 지금 그대를 바라보고 있는 건 이 정연이라는 사내요!"

그의 목소리는 절절했다. 그러나 그 절절함은 내 마음의 문을 열지 못했다. 마음은 강요한다고 열리는 것이 아니었다.

"나는……! 나는 그대를 진심으로 아껴줄 것이오! 오직 그대만……! 다른 측실은 더는 들이지 않을 것이오! 그러니 내 여인이 되어주시오…… 제발."

절정에 이른 그의 목소리는 되레 자신이 없는 듯 힘없이 기어들어 갔다. 그리고 그는 자신의 머리를 내 가슴에 파묻었다. 오로지 그가 감당할 수 없을 정도로 거칠어진 숨소리만이 그와 맞닿은 내 가슴을 울리고 있었다.

난 어차피 돌아가지 못해. 외할아버지가 끝내 정운을 살리지 않고 나를 봉림대군의 곁으로 보낸 이유는 이러한 결말을 알고 있어서일지도 몰라.

"내 여인이 되어주시오. 피화당……!"

그의 애절한 고백은 여전히 나와는 상관이 없었다. 그러나 나는 눈을 질끈 감은 채 두 팔로 그의 목을 천천히 끌어안았다. 내 안의 그가 잠시 움찔하는가 싶더니 빠르게 내 옷을 벗겨내기 시작했다.

환한 햇살이 사랑채 안으로 스며들어오고 있었다. 그 빛은 분명 내가 오늘 아침에 보았던 빛과 같은 빛이었다. 그러나 이 환한 빛 속에서 나는 혼자였다. 봉림대군 이정연. 그와 함께 있었음에도.

.

.

.

❧

작은 별궁 크기의 사저임에도 불구하고 소문은 빨랐다.

그다음 날 초저녁이 되자마자 계화는 평소와 다름없이 피화당에 내 이부자리를 마련했다. 그러나 전과는 달라진 것이 한 가지 있었다. 그녀가 깐 이부자리 위에는 베개가 하나 더 있었다.

온몸을 빌빌 꼬아가면서까지 좋아라 웃던 계화가 나간 후, 얼마 지나지 않아서 정연이 피화당을 찾아왔다. 그는 내 허락을 구하지도 않고 문을 열고 들어왔다. 전과는 달랐다. 난 그에게 왜 찾아왔느냐고 묻지도 않았고 돌아가 달라는 말도 하지 않았다. 그는 제 스스로 옷을 가지런히 벗고 이불 속으로 들어갔다. 나는 내 스스로 불을 끄고 옷을 벗은 뒤 그의 옆자리로 들어가 누웠다. 어느새 이러한 일은 일상이 되었다.

나를 열렬히 사랑한다는 사내의 앞에서 내 마음을 숨기는 일은 아무것도 아닌 것이었다. 생각보다 너무 쉬운 일이어서 놀라울 정도였다. 아니면, 사내가 원래 다들 이리 단순한 것인지.

"보시오."

그는 한순간도 자신에게서 내가 눈을 떼는 것을 원치 않았다. 매일같이 공터에서 무예를 연마할 때는 더욱 그러했다. 그는 또 내 처소인 피화당에서 공부를 하고 내 무릎을 베고 시를 읽는 것을 즐겼다. 나는 그럴 때마다 그와 눈을 맞추며 눈웃음을 지어주고 그의 이마를 쓸어주고 머리카락을 매만져주었다. 아이처럼 대한다며 싫어할 법도 한 일들을 할 때마다 그는 매우 행복해 했다.

어느 날 밤. 일상적인 행위가 끝난 후 그가 내게서 내려오더니 숨을 고르며 물었다.

"여인의 거처를 이름으로 삼는 것은 오래전부터 내려온 예이나, 난 그대의 이름이 알고 싶소."

"……이름이요?"

예상하지 못했던 일이었다.

"혹시 이름을 지어주지 않으셨소?"

조선 시대에는 집안의 분위기에 따라 여인에게 이름을 지어주지 않기도 했다. 적어도 어린 시절 부르는 아명은 있었으나, 그것을 이름이라고 칭하진 않았던 것이다.

"어차피 전 이제 대감의 사람이니 대감께서 지어주세요."

어둠 속에서 무뚝뚝하게 돌아오는 나의 대답이 그를 만족시키지 못한 것 같았다. 그는 아이처럼 어미를 채근하듯 뒤에서 내 등을 끌어안으며 투덜거렸다.

"있으면 말해주시오. 그대의 조부가 부르고 부모가 불렀을 이름을 나도 알아야겠소."

그의 고집을 잘 알았기에 나는 포기한 듯 웃음소리부터 냈다. 그것은 정말 웃음이 나와서가 아니었다. 그의 장난에 응대하기 위한 거짓 웃음이었다. 그 웃음이 조금 전 그가 내게 한 장난에 대한 응대로 그를 만족시키리라는 것을 알고 있어서 한 웃음이기도 했다.

"한 번만 말씀드릴 터이니 다시 물으시면 안 됩니다. 잊으셨다고 또 물어보셔도 알려드리지 않을 거예요."

"좋소. 어서 말해보시오."

나는 어둠 속에서 무거운 침을 한번 삼킨 뒤 입을 열었다.

"'이난'이에요."

"이난?"

"네. 오얏나무 '이'에 옥광채 '난'을 써서요. 이난."

"이난? 그럼 난아? 예쁜 이름이군. 누가 지어주었소? 부모님이 시오?"

"태어나자마자 지어졌으니 누군가는 지었겠지요. 그걸 제가 어찌 다 알겠어요."

"그나저나 아주 좋은 이름인데. 신경 쓰고 고심해서 지었겠군."

내 목소리에 기운이 빠져나갔다.

"그런가봐요."

내 등 뒤에 있던 그가 갑자기 나를 자신 쪽으로 돌아눕혔다. 그는 어둠 속에서 어찌 잘도 내 이마를 찾았는지 이마 위에 뜨거운 입술 도장을 찍었다. 그다음에는 내 입술에 자신의 입술을 가져다 대며 속삭였다.

"앞으로 그대를 '난아'라고 부르리다."

그는 또다시 내 허락을 구하지 않았다.

"난아……."

그리고 그는 내 입술에 멋대로 뜨거운 입맞춤을 해왔다.

병자년 초여름, 단옷날.

"답교놀이?"

"네에!"

계화가 싱글벙글이었다.

답교놀이는 주로 정월대보름에 하는 것이다. 보름달 아래 한양 사람들이 청계천의 다리 위를 왔다 갔다 하며 무병장수와 다리 건강을 빈다. 때문에 다리밟기라고도 한다.

하지만 단옷날 행해지는 답교놀이는 좀 다르다. 단옷날 밤의 달이 밝을 리 없으니, 저마다 은은한 등을 하나씩 들고 나와 다리를 밟는데, 이곳에서 많은 연인들이 생겨난다. 물론 평민과 일부 남자 양반들이나 가능한 일. 양반가의 부녀자들 특히 혼인 전인 처녀들은 다리 근처에 얼씬도 할 수 없다.

대신 청계천을 따라 등을 밝혀놓기 때문에 그 모습이 장관이라, 그 주변을 따라 걸으며 달밤의 등불을 감상하는 것은 일부 가능하기도 했다.

"아씨도 가실 거죠? 네에?"

"내가 가야 네가 가니까 그러는 모양인데 난 분명히 말하지만 그런 것엔 관심 없다."

"허나 나는 관심이 있소."

피화당의 문이 또 제멋대로 열린다. 그리고 등장한 것은 정연이었다. 나는 그를 흘겨보며 일부러 돌아앉았다.

"밤에는 피곤해요. 쉬고 싶다고요."

"등불이나 구경하러 나갑시다."

"싫다니까요."

나의 투정이 길어지자 이번에는 계화가 정연과 눈짓을 주고받으며 밖으로 나간다. 뒤는 정연에게 맡기겠다는 뜻이다. 그는 나와 단둘이 되자 기다렸다는 듯이 내 무릎을 베고 누워 팔을 잡고 흔들었다.

"나와 등불 구경을 하기 싫다는 것이오? 난 그대와 청계천에 나가보고 싶은데."

"등불 구경은 사내들이나 하는 말이겠지요. 전 나가면 장옷을 뒤집어쓰고 고개를 푹 숙이고 걸어야 할 텐데."

"무슨 소리!"

그가 내 무릎에서 머리를 번쩍 들어올리며 말한다.

"절대 그런 일은 없을 거요. 내가 하인들을 내보내 다리 하나를 세를 놓고 모두 쫓아버리리다."

"지금 이 나라의 대군께서 답교놀이를 하러 나오는 백성들을 내쫓겠다고요?"

"난아, 그대를 위해서라면."

자신만만한 그를 보던 나는 풋, 하고 웃음을 터트렸다. 그는 종종 이런 엉뚱함으로 나를 웃게 만들었다.

"갈 것이오?"

슬그머니 내 눈치를 보며 그가 물었다.

난 잠시 고민하다가 고개를 끄덕였다. 하지만 모든 일은 순탄하게만 풀리지는 않는 법. 해가 지기 전까지는 퇴궐해서 나와 답교놀이를 갈 준비를 하겠다던 그의 퇴궐이 오늘따라 늦었다. 때론 궐에 일이 있어서 늦게 퇴궐하는 경우도 있었으니 크게 걱정할 만한 일은 아니었다.

그러나 한 해에 몇 번 되지 않는 답교놀이를 놓칠지도 모른다는 것 때문인지 계화의 표정은 울상을 넘어서 참극을 향해 내달리고 있었다.

"대군마마는 왜 오시지 않는 거죠?"

달이 뜨는 것을 본 계화가 울음을 터트렸다. 나는 어쩔 수 없다는 듯 한숨을 내쉬며 장옷을 꺼내 들었다.

"가자."

"네? 아직 대군마마께서 오시지 않았는데요?"

"우리끼리 먼저 가서 답교놀이든 구경이든 하고 있자구. 그럼 대감께서 그곳으로 오시겠지."

"참말이세요? 참말로 천녀와 나가시려고요?"

"싫으니?"

계화가 격하게 고개를 가로저었다. 난 그런 계화를 보며 활짝 웃었다.

～∾⃜∾～

"와! 사람이 정말 엄청 많네요!"

한밤중 많은 사람들을 거리에서 보는 것도 드문 일이라 계화의 눈이 휘둥그레졌다. 눈을 청계천의 양쪽을 따라 늘어선 등불에 두어야 할지, 아니면 색등이 깔린 다리들을 향해야 할지. 계화는 정신을 차리지 못했다.

"자자, 자신의 인연을 찾기 위한 지선(종이배)입니다! 몇 개 안 남
았으니 서둘러 사가세요!"

자판을 벌인 상인의 외침에 계화가 내 팔을 잡아끌며 물었다.

"저건 또 뭐래요, 아씨?"

"저거?"

한양 청계천에서만 볼 수 있는 것. 청계천의 상류나 중류 쪽에서
종이배에 자신의 이름을 적어서 물 위에 띄워 보낸다. 하류에서 그
것을 집어 든 사람이 자신의 짝. 소중히 그 종이배를 간직하고 있
으면 반드시 서로 만나 부부의 연을 맺는다는 이야기도 있다. 이미
부부가 된 이들의 경우 서로의 이름을 적어 내려 보낸다. 아직 혼
인하기 전인 사람이 그 배를 주우면 혼인을 못 한다는 속설도 있
다. 어쨌든 청계천 답교놀이에서만 볼 수 있는 드문 풍경이다.

"하나에 얼마예요?"

"에게? 너도 사려고? 어린 게 벌써부터……."

"어리면 뭐, 제 인연 찾지 말라는 법이 있나요?"

"됐고, 비싸니까 어린애는 저리 가."

"뭐라고요?"

상인과 계화의 말싸움이 벌어진 사이, 우리가 있는 쪽으로 한 무
리의 젊은 유생들이 대거 몰려오기 시작했다. 아마도 우리가 서 있
는 곳이 광통교로 가는 방향이라서 그런 것 같았다. 달밤에 젊은
여인들을 볼 생각에 들뜬 유생들이 우르르 몰려오는 것을 본 나는
한발 물러섰다. 하지만 그들은 끝내 장옷을 뒤집어쓰고 있던 나를

보지 못했는지, 그대로 밀치며 지나갔다.

"앗!"

유생들에게 떠밀려 바닥에 넘어진 나는 바로 일어서려고 했지만, 뒤집어쓰고 있던 장옷의 긴 옷자락을 지나가는 또 다른 사람들이 밟아버리며 완전히 주저앉고 말았다.

그때 누군가 내 뒤에서 불쑥 나타나더니, 내 뒤에서 양손으로 내 팔을 잡아 일으켜 세워주었다. 장옷에 가려 뒤에 있는 사람의 형체조차 확인할 수는 없었지만, 내 팔에 닿는 손의 힘은 사내의 것이 확실했다.

그의 도움으로 자리에서 겨우 설 수 있었던 내가 고개를 들어 그를 바라보았다. 나를 일으켜 세워준 그는 뒤도 돌아보지 않은 채 그대로 그렇게 지나가려고 했다. 아마도 장옷을 쓴 내가 반가의 여인이라 넘어져 부축을 받아 일어선 것에 부끄러워할 것이라 여기고 조용히 떠나려 한 것 같았다. 뒤에서 보니 갓을 쓴 젊은 선비였다. 나는 그의 등 뒤에 대고 감사의 인사를 전했다.

"고맙습니다."

그 순간 그가 걸음을 멈추고는 내게로 돌아섰다. 그는 나를 바라보며 엷은 미소를 지었다.

"아니요, 실례했소."

그의 인사를 받는 순간 내 심장이 무겁게 내려앉았다. 내 앞에 드러난 그의 얼굴은 내가 아는 얼굴이었다. 단 하루도 잊어본 적이 없는 얼굴이었다. 이미 이 세상 사람이 아니었기에 마음에 묻어야 한다는 걸 알면서도 끝내 잊지 못한 채 평생을 이고 살아가려고 했던 사내의 얼굴이었다.

"아……!"

그는 놀란 눈으로 자신을 바라보는 나를 그대로 남겨둔 채 다시 돌아서 가던 길을 가기 시작했다.

"저……."

순간 목이 메여왔다.

"저…… 정운……."

오랫동안 마음에만 품고 있던 이름을 소리로 바꿔 부르려는 바로 이 순간에 말이다. 난 목이 거부하려는 소리를 내려, 목에 잔뜩 힘을 주었다.

"정운아……!"

─ ……

나의 외침에 많은 사람들 속으로 파고들려던 그가 잠시 걸음을 멈췄다. 그러나 그는 내가 있는 쪽을 돌아보려다가 그만두고는 다시 사람들 속으로 빠르게 사라졌다.

"정운아!"

두 눈으로 보고도 믿을 수가 없었다.

"정운…… 정운아!"

"아씨?"

뒤늦게 사라진 나를 찾으러 계화가 뛰어왔을 때였다. 나는 나를 부축하려는 계화를 밀친 채 사람들 속으로 사라진 그의 뒤를 쫓으려고 했다. 하지만 그가 사라진 방향으로 발을 내딛자마자 그대로 어지럼증이 찾아오며 정신을 잃고 말았다.

❧

"경하드리옵니다. 대군마마."

궐에서 나온 내의원 의관이 재차 나의 회임 사실을 확인했다. 정연의 표정은 이루 말할 수 없는 기쁨으로 가득 찼다.

"고맙소."

"송구하옵니다. 내의원으로 돌아가 피화당 아씨께서 드실 보약을 지어 보내겠습니다."

의원이 나가자마자 봉림대군은 내 옆에 배를 깔고 눕더니 내 얼굴을 한참 동안이나 들여다본다. 그는 뭐가 그리 좋은지 연신 싱글벙글.

"쉬고 싶어요."

"아…… 그래야지, 쉬어야지. 어머니가 쉬어야 아이도 쉬지."

눈치도 없으면서 눈치 빠르게 행동하려는 듯 자리에서 일어나 앉는다. 그런데 일어서서 나갈 생각은 없어 보였다. 대신 그는 한 손으로 내 손을 잡고는 다른 손으로 잡은 손의 손등을 쓸며 기분 좋게 말했다.

"장하오. 잘하였소. 아주 잘하였어."

"뭐가요?"

무뚝뚝하게 되돌아온 내 반응에도 그는 웃음을 거두지 않았다.

"일전에 아바마마께서 회임한 어마마마께 그리 말씀하시더이다. 그래서 이리 말하는 것이오."

"허면 부부인께서 회임하셨을 때도 그리 말씀하셨나요?"

부부인의 이야기를 꺼내자 그가 천장을 쳐다보며 눈동자를 이리저리 굴린다.

"그리 말했었던 것 같긴 한데……."

또 딴소리다.

나는 한숨을 내쉬며 그의 손에 붙잡힌 내 손을 빼냈다.

"이제 쉬어도 되지요?"

"아, 물론이오."

이번에도 내 말을 바로 들어주려는 것 같이 대답하더니, 정작 몸은 피화당에 찰떡처럼 붙어버렸다. 나는 그가 보란 듯이 긴 한숨을 내쉬었다. 그제야 그가 아쉬움이 가득 담긴 얼굴로 자리를 털고 일어섰다.

나는 누워서 일어서는 그를 멀뚱멀뚱 쳐다보며 말했다.

"사랑채로 가서 쉬세요."

"늦었는데?"

"늦었으니까요. 아니면 부부인께 가시던지요."

"꼭 그래야 하나?"

그가 내 눈치를 보며 묻는다.

때는 늦은 밤.

회임이라는 기쁜 사실까지 알았으니 더더욱 피화당을 못 떠나겠다는 거다. 하지만 난 지금은 혼자 있고 싶었다.

"어머니가 쉬어야 아이도 쉰다면서요. 둘 다 못 쉬게 하실 거예요?"

"알았소. 그리하리다."

풀 죽은 목소리로 대답하며 정연이 피화당을 떠났다. 그 후에야 난 마음 놓고 한숨을 돌렸다. 이때도 내 머릿속에는 청계천에서 우연히 스쳐 지나간 남자의 얼굴이 계속해서 떠올랐다.

잘못 보았을 거야. 정운일 리가 없어. 정운은 내 눈앞에서 죽었거든. 더욱이 그를 묻은 건 나야. 내가 그의 시신을 직접 묻었다고!

정신을 잃기 직전에 본 얼굴이라 잘못된 기억일 수도 있다 싶었다. 그래도 그를 생각하고 있었던 차에 본 닮은 사람이 아니었다. 전혀 그를 생각하지 못하는 사이에 나타난 그를 꼭 닮은 사람.

정운은 죽었다. 그 사람이 정운을 얼마나 닮았든 유정운은 아니다. 하지만 어떻게 그처럼 닮은 사람이 이 세상에 또 존재하는 것일까?

난 이 시대에 와서 보았던 정운의 별과 똑같은 별을 떠올렸다. 청계천에서 본 그 남자는 정운의 별의 운을 타고난 사람일까? 아니면 정운의 환생으로 보아야 하는 걸까? 만약 그가 다시 태어난 정운이라면 나를 보고도 못 알아보고 그대로 지나쳐 가버린 것을 이해할 수는 있었다.

아니다. 그때의 난 장옷으로 얼굴의 대부분을 가리고 있었다. 그가 내 얼굴을 전부 보았더라면 나를 기억해 낼 수 있었을지도 모른다. 그렇지만 정운은 오래전에 죽었는데…….

이렇듯 복잡한 생각들이 내 머릿속을 어지럽히고 있었다.

"아씨."

밖에서 계화가 목소리가 들려왔다. 곧 계화는 대야에 따뜻한 물을 가득 담아 그것을 낑낑거리며 들고 들어왔다.

"앞으로 목욕은 피하시래요. 찬 것도 피하고 찬바람도 피하고."

계화는 의원에게 들은 주의사항들을 일일이 나열하기 시작했다. 나는 들은 척 만 척 그녀가 가져온 대야의 물에 수건을 적셔 얼굴과 목 주변을 닦았다. 이런 나를 쳐다보는 계화의 눈빛이 이상했다. 회임했다는 사실에 상당히 흥분한 정연과 달리 평소와 다름없이 행동하는 나를 이해할 수 없는 것 같았다.

"기쁘지 않으세요?"

"기쁘다고?"

"네. 회임하셨잖아요."

"아, 그래. 회임했지. 그래서 그게 왜?"

"아직 부부인께서는 아드님이 없으시니, 아씨가 대군마마의 아드님을 낳으면 서자이긴 해도 장자인걸요. 그럼 대군마마께서 지금보다도 더 기뻐하실 거예요."

"그래?"

마치 남 일인 듯 되묻는 나를 이해할 수 없다는 표정을 지으며 계화가 밖으로 나갔다. 그녀의 발걸음이 피화당에서 멀어지는 소리를 들으며 난 혼잣말처럼 중얼거렸다.

"어차피 태어나지 못할걸. 태어나도 며칠을 넘기지 못할 텐데."

그래서 외할아버지도 내게 경고한 것이다.

난 고작 조선에서 일 년여를 보냈을 뿐이다. 나의 시간은 조선 시대의 시간이 아니다. 내 배 속의 아이가 역사에 존재하지 않는 아이라면 분명 잘못되어 유산되거나 아니면 태어난 뒤 얼마 살지 못할 것이다.

어차피 오래 살지도 못할 아이.

아무리 그래도 이상한 일이다. 태어나서 하루만 살든 이틀을 살든 분명 배 속의 아이는 생명이다. 그런데도 나는 이 아이에게 이토록 무심할까. 난 그저 아이가 들어섰다는 사실보다도 오늘 청계천에서 스쳐 지나간 정운을 닮은 사내가 자꾸만 머릿속에 떠올라서 그것이 너무나도 괴롭고 답답할 뿐이었다.

꿍꿍꿍

그해, 금나라의 황제 홍타이지는 중원을 차지하고 있던 명나라를 완전히 남쪽으로 밀어내고 이어 북쪽의 몽골족을 공격해 그들이 소유하고 있던 원나라의 옥새를 빼앗았다. 이로써 과거 원나라에 복속되어 있었던 수많은 민족들이 그에게 충성을 맹세한다. 때가 되었다고 판단한 홍타이지는 금나라의 국호를 '청(淸)'으로 바꾸고 황제에 즉위한다.

그러나 조선은 홍타이지의 황제 즉위에 관한 외교문서를 받기를 끝까지 거부하였으며, 즉위식에 참석했던 조선 사신들조차 황제로 등극한 홍타이지의 앞에 무릎을 꿇지 않는 만행을 저질렀다. 이에 분노한 홍타이지는 조선으로의 출정을 결심하게 된다.

ↄ℮ͽↄↄↄ

날이 추워지자 배만 눈에 띄게 불러왔다.

"올겨울은 따뜻하려나봐요. 곧 섣달그믐인데 눈 한번 내리지 않았으니 말이에요."

겨울 들어 잠이 많아진 나를 깨우는 것은 소셋물을 떠온 계화의 목소리였다.

그녀의 목소리에 누워 있던 내가 눈을 떴다. 그러자 계화는 잽싸게 다가와 나를 부축해 일으켜 앉혔다.

"글쎄 오늘 날씨도 아주 좋지 뭐예요? 햇살이 따뜻해서 천녀는 봄이 벌써 온 줄 알았다니까요."

"그리 따뜻하느냐?"

"보세요."

계화는 팔뚝까지 걷어올린 자신의 옷차림을 가리켰다.

"별로 안 춥다니까요."

"그럼 창문을 좀 열어보거라."

"네."

기다렸다는 듯 계화가 피화당의 창문을 열었다. 봄볕 같은 햇살이 피화당 안으로 스며들어왔다. 물론 겨울을 맞은 공기는 차가웠지만, 그 차가운 공기를 잠시나마 덮어버릴 만큼 햇살은 따뜻했다.

이런 내 곁으로 계화가 다가와 말을 걸었다.

"다행이죠?"

"응?"

말뜻을 이해하지 못해 되묻는 나를 두고 계화의 시선이 불룩한 내 배를 향했다.

"의원님이 그러셨잖아요. 섣달그믐쯤 아기님이 태어나실 거라고. 추운 날이 아니라 이처럼 따뜻한 날에 태어나셔야 할 텐데요."

나는 입을 굳게 다문 채 긴 한숨을 내쉬었다. 계화는 이런 나를 보지 못한 것 같았다.

"추운 건 둘째 치고 눈은 오지 않았으면 좋겠어요."

그녀의 간절한 바람에 나는 힘없이 눈을 깜빡이며 혼잣말처럼 중얼거렸다.

"아니, 눈이 올 것이다. 그것도…… 아주 많이."

병자년 남한산성을 휘감았던 눈은 조선의 패전의 예고편이었다고 외할아버지는 말했었다. 그리고 내가 배운 기억대로라면 곧 전쟁이었다. 그런데 거짓말처럼 한양의 일상은 평화로웠다.

나의 입에서는 연거푸 답답한 한숨만 이어졌다. 전쟁이 일어나면 분명 피난을 떠나야 했다. 아이는 그전에 태어나게 될까? 아니면 그 피난길에 태어나게 될까?

생겨서는 안 되는 아이였기에 자연적으로 유산이 될 줄 알았다. 그런데도 아이는 꼿꼿하게 열 달을 살아남았고 이제 곧 세상의 빛을 마주할 순간을 기다리고 있었다. 여기까지는 나도 미처 예상치 못했던 일이었다. 그랬기에 나는 그 누구에게도 말하지 못하는 두려움을 홀로 안고 있었다.

～～～

따뜻한 겨울을 맞이한 남쪽과 달리 북쪽의 날씨는 달랐다. 매서운 추위가 찾아온 북쪽 압록강은 전보다도 더 빨리 얼어붙었다. 그리고 모든 일은 아주 순식간에 찾아왔다.

"평안도 안주라니? 분명 적군이 안주에 도달했다는 것이냐? 그것이 사실이란 말이냐?"

급보를 받아들고도 왕은 도무지 그 말을 믿을 수가 없었다.

"예! 그러하옵니다!"

청나라 군대가 압록강을 건넜다는 소식보다도 더 먼저 그들이 안주성 부근에 나타났다는 급보가 더 먼저 도착했으니 놀랄 따름이었다. 압록강을 건넌 청군이 안주성까지 내려오기 전에 마주쳐야 하는 성들은 한두 곳이 아니었다.

모든 병사들이 성으로 들어가 청군의 공격을 대비하고 있던 상황이었다. 그런데 청나라 군사들은 보란 듯이 성들을 공격하지 않고 지나쳤다. 기병군 십만. 청나라의 주력부대인 팔기군은 아주 빠른 속도로 한양을 향해 남하하고 있었다.

"이를 어찌해야 한단 말이오?"

"전하께서 크게 당황하실 일은 아니라 사료되옵니다."

당황한 왕을 위로하려는 것인지 대신들의 태도는 일관되게 여유로웠다. 사실 생각보다 청군의 남하 속도가 빠르다는 것 외에는 크게 걱정할 것이 없었다. 이미 왕은 이괄의 난과 앞선 정묘호란 때 강화도로 피신해서 유야무야 위기를 넘긴 전력이 있었다. 이번에도 여차하면 강화도로 피신하면 그만이었다.

청군은 수군이 약하니 강화도에서 시간을 보내다보면 그들의 보급로를 북쪽 지역 성의 군대들이 끊어줄 것이고, 위기감을 느낀 그들은 압록강의 얼음이 녹기 전에 서둘러 돌아갈 것이라고 믿었다.

"아무래도 일이 심상치 않게 돌아가는 듯싶소."

동궁전.

세자의 말에 세자빈과 함께 마주 앉아 있던 봉림대군과 부인 장씨의 표정이 어두워졌다. 아무것도 모르는 세자의 어린 딸은 이제막 걸음마를 시작한 봉림대군의 딸과 함께 놀고 있었다.

"어찌 그리 생각하십니까?"

"순식간에 안주성까지 이르렀다는 것도 그러하고 평안도 쪽으로 남하하는 것도 그러하다. 지난번 정묘난의 일을 기억하느냐? 그때도 부왕께서는 강화도로 피신하셨다. 만약 청군이 계속 평안도 쪽으로 남하하다 보면 강화도로 이어지는 강가에 이를 것이다."

"형님의 말씀은 오랑캐가 필시 부왕께서 강화도로 피신하실 것을 미리 예측하고 그 길을 막으려고 한다는 것입니까?"

"그렇다."

세자의 확답에 세자빈의 얼굴이 새파랗게 질렸다. 그녀는 자신의 딸을 가까이 불러들여 품에 꼭 끌어안았다. 장씨의 딸도 유모가 안아 들어 장씨의 품에 건네주었다.

이를 본 세자빈이 장씨에게 말했다.

"당분간 퇴궐치 말고 궐에서 지내세요. 앞으로 정황을 알 수 없으니, 어느 정도 기약을 할 수 있을 다음에야 퇴궐하셔도 늦지 않을 것입니다."

장씨가 봉림대군의 얼굴을 쳐다보았고 봉림대군도 고개를 한번 끄덕였다. 그제야 장씨가 세자빈을 보며 대답했다.

"그리하겠습니다."

그때 밖에서 내관의 목소리가 들려왔다.

"세자 저하. 전하께서 급히 찾으시옵니다. 서둘러 대전으로 납시시옵소서."

"알겠다."

세자가 자리에서 일어서며 봉림대군에게 말했다.

"봉림, 너도 함께 가자꾸나."

"예, 형님."

봉림대군이 자리에서 일어서자 세자빈과 장씨도 함께 일어섰다. 세자가 먼저 밖으로 나가고 뒤따라 나가려던 봉림이 걸음을 멈추고 돌아서 장씨를 쳐다보았다.

봉림대군의 표정을 읽은 장씨가 말했다.

"사저에 있는 피화당을 걱정하시옵니까?"

"곧 출산이 아니오. 언제까지 궐에서 지낼지 모르지만 궐로 불러들였으면 하는데……."

"일이 잘 풀려 내일이라도 사저로 돌아가게 될지 모르는 일이 아닙니까? 그리되면 산모인 피화당이 이리저리 옮겨 다녀야 할 터인데 이는 배 속 아이에게 좋은 일이 아닙니다. 또한 피화당이 궐에 왔다가 해산기를 보이면요? 안 그래도 궐이 뒤숭숭한데 이런 곳에서 아이를 태어나게 할 수는 없지 않겠습니까?"

"그래도……."

계속 화진을 걱정하는 봉림대군을 보며 장씨가 안심하라는 듯 말했다.

"사람을 보내 피화당이 잘 지내고 있는지 알아오라 하겠습니다. 그러니 너무 걱정하지 마십시오."

"그럼 부탁하겠소."

"예."

봉림대군이 동궁전을 떠나자 장씨는 서둘러 우 상궁을 불러들였다.

"사저로 사람을 보내게. 피화당이 잘 지내는지 알아보고."

"열 달 동안 그리 잘 먹고 잘 지냈는데 무슨 일이 있겠습니까?"

"그래도 어찌하겠는가…… 대군께서 저리 걱정하시니."

한숨 섞인 장씨의 말에 우 상궁이 고개를 숙였다.

"나인을 보내도록 하지요."

"그리하게."

                      ✿

구름이 몰려오는 것이 아니라 조금씩 하늘을 채우고 있었다. 그러나 그 속도는 만만하게 볼 수 있는 것이 아니었다.

"들으셨어요?"

조그마한 틈으로 창밖 하늘을 바라보던 내게 계화가 말을 걸었다. 난 창가에서 눈을 돌려 계화를 돌아보았다.

"무슨 말이냐?"

"오늘 평양성에서 막 도착한 상인에게 들었는데요, 글쎄 대동강 오리 떼가 서로 죽일 듯이 하루 종일 싸우더래요. 그 일로 평양성 사람들이 죄다 몰려나와 오리 떼를 봤는데 아주 장관이었다고……."

"그래서?"

"좀 이상하지 않아요? 엊그제는 만초천에 개구리들이 수십 마리가 죽어 있더래요. 죽기 전날 밤은 어찌나 울어대던지. 겨울인데도 요. 이상하지요?"

"네 말대로 날이 따뜻하니 그런가보지."

반응이 미적지근한 나를 보며 계화도 더는 말을 꺼내지 않았다. 그녀는 피화당을 나가려는 듯 자리에서 일어섰는데, 문을 열자마 자 부인 장씨를 모시는 나인과 마주쳤다.

"여긴 웬일이래요?"

계화가 먼저 말을 걸었고 그녀는 피화당 안에 앉아 있는 나를 흘깃 보더니 고개를 숙여 짤막하게 인사한 후 말했다.

"부부인께서 보내셨습니다. 피화당 아씨께서 잘 지내시는지 안 부 여쭙고 오라 하십니다."

"아침 일찍부터 대군마마와 입궐하시지 않으셨대요? 갑자기 웬 안부?"

이런 계화를 대신해 내가 대신 나인에게 대답했다.

"난 잘 있다 전하거라."

"예. 그럼 소인은 물러가옵니다."

나인이 물러가자 계화가 나를 돌아보며 물었다.

"원래 아씨 안부에는 관심조차 없으시던 분이시잖아요."

"대군께서 나를 걱정하시나보지."

입궐한 지 얼마 안 된 정연이 나를 걱정한다. 그의 걱정에 나인 을 보내 내 안부를 물어온 장씨. 궐에서 잘 있는 그가 갑자기 나를 걱정했다는 건 분명 걱정될 만한 상황이 벌어졌다는 뜻이다.

"계화야."

"네, 아씨."

"짐을 꾸려놓아라."

"짐을요? 어디 가세요?"

"토 달지 말고, 내 말대로 하거라."

"아, 예에."

계화가 나를 이해할 수 없다는 듯 쳐다보았지만, 나는 다시 창밖으로 시선을 돌린 채 중얼거렸다.

"눈……."

❧

병자년 음력 12월 14일.

전날 왕은 청나라 군대가 남하한다는 소식에 전국에 징병하라는 명을 내렸다. 그러나 바로 그다음 날 아침. 개성에서 급보가 날아들었다. 적군이 개경을 통과했다는 소식이었다. 더는 가만히 있을 수가 없었다. 마침내 파천(왕이 난을 피해 궁궐을 떠나 다른 곳으로 피신함)이 결정되었다. 파천지는 지난번과 같은 강화도였다. 그러나 시간이 촉박했다.

왕이 파천을 떠나기도 전에 소문이 한양에 파다하게 퍼졌다. 백성들도 도망치는 왕을 따라 강화도로 갈 생각에 짐을 꾸리고 있었다. 대규모의 인원이 함께 이동한다면 시간은 더욱 지체될 것이다.

왕은 봉림대군에게 명을 내렸다. 그의 가족과 세자빈. 종묘의 역대 왕들의 신주와 함께 강화도로 피신하라는 것이었다. 왕은 세자와 가장 가까운 남한산성으로 피신했다가 상황을 봐서 강화도로 옮겨갈 생각이었다.

급히 떠나야 하는 상황에서 궁궐이 소란스러워졌다. 강화도로 갈 인원과 남한산성으로 갈 인원들이 속속 정해졌다. 나인들이 나누어지고 호위할 신하들과 병사들도 나누어졌다. 궁궐은 말 그대로 아수라장이었다.

"당장 사저로 가서 피화당을 궁궐로 데려와라, 어서!"

오늘 한양을 떠나면 언제 다시 돌아올지 모르는 상황이었다. 여기에 한양은 분명 며칠 안으로 청나라군에게 함락당할 상황. 봉림대군은 사저에 있는 화진을 데려오라고 명을 내렸다.

"예."

명을 받은 내관이 급히 창덕궁을 떠났다.

"나와보세요. 어서요!"

계화가 나를 피화당 밖으로 이끌었다.

산 중턱. 대나무 숲에 가려진 피화당에서는 산 아래, 길가에서 벌어지는 소란스러움이 전해지지 않기 때문이다. 잔뜩 무거워진 몸을 안고 나는 피화당을 나와 사랑채가 있는 바깥까지 나왔다.

문지기는 문을 꼭 닫아두고 있었지만, 담벼락 밖으로 짐 보따리를 짊어진 사람들의 피난 행렬이 쭉 이어지고 있었다.

"아씨. 저희는 어찌합니까요?"

어제 입궐한 정연과 장씨에게서는 소식이 없었다. 하인들은 제 맡은 바를 충실히 이행하고 있었지만 이 집에는 주인이라고 할 만한 사람이 없었다. 이렇다 보니 피화당에서만 지내는 내게 하인들의 시선이 모아졌다.

"곧 궐에 계신 대군께서 기별을 주실 것이다."

아마 지금 이 조선에서 무슨 일이 벌어지는지를 가장 잘 아는 사람은 나 하나뿐이라고 해도 과언이 아닐 것이다. 그러나 내가 이 상황에서 할 수 있는 일은 없었다. 전쟁이 일어나고 많은 사람들이 죽고 위험해질 테니 일단 다들 알아서 도망가라고 소리칠 수도 없는 노릇이었다.

"예상보다도 빨라……."

실제로도 그랬다. 청나라 군대의 남하 속도는 상상을 초월했다. 십만 기병대니 당연한 것이겠지만, 역사를 알고 있던 나도 미처 예상하지 못 했던 변수가 있었다.

배 속 아이다.

"계속 기다리기만 해야 하나요? 다들 떠나는데요. 다들요."

한양의 곳곳에서 불길이 솟아올랐다. 그것은 청나라 군대가 온 것이 아니었다. 사람들이 피난 가며 비어버린 집들을 노린 도둑들이 지른 불이었다. 모두가 피난을 떠나는 상황에서 불을 끄려고

달려드는 사람은 없었다. 이 불은 막 피난을 떠나는 사람들에게
큰 두려움을 주고 있었다.

❧

　다시 피화당 안으로 돌아오니 타는 냄새가 났다. 창문을 열자
먼 곳에서 불길이 낸 짙은 연기가 보였다. 가까운 거리는 아니라
안심이었지만 계화는 잔뜩 겁을 먹고 있었다.

　"아씨……."

　이미 피화당 안에는 내 지시로 계화가 싼 짐 꾸러미가 여러 개
놓여 있었다. 이 많은 것들을 모두 가져갈 수는 없었다.

　"하나로 줄이거라."

　"옷가지만 몇 벌 챙기면야 짐은 줄겠지만 패물은요?"

　"창고에 넣어놓고 잠가두면 되지 않느냐?"

　"도적들이 와서 가져갈지도 모르는데요. 아니면 적병이 와서 약
탈하면 어쩌지요?"

　"사람 목숨이 더 중하지 물건이 더 중하겠느냐."

　계화와 쓸데없는 입씨름을 하고 있는데 후원 쪽에서 하인이 헐레
벌떡 뛰어 올라오며 나를 찾았다.

　"아씨! 피화당 아씨!"

　계화와 함께 밖으로 나가자 뛰어 올라온 하인이 숨을 고르며 말
했다.

"대군마마께서 가마를 보내셨습니다! 서두르시지요, 지금 당장 궐로 가셔야 합니다!"

"알았다."

계화에게 짐을 챙겨 나오라고 하고서는 다시 피화당을 나와 바깥채 마당으로 향했다. 그곳에 가마가 기다리고 있었다. 두 사람이 앞뒤로 한 명씩 드는 가마였다. 작은 가마였지만, 이런 상황에서는 그 어느 때보다도 빨리 이동할 수 있었다.

"어서 타시지요."

가마에 타기 전에 하인들을 돌아보며 물었다.

"자네들은?"

"대군마마께서 저희들도 지금 당장 강화로 출발하라고 하셨습니다. 강화에 도착하면 다시 아씨를 찾아뵙겠습니다!"

나는 고개를 끄덕이며 서둘러 가마에 올랐다. 가마꾼이 대문을 나서자 짐 보따리를 든 계화가 그 옆을 바짝 쫓았다. 피난 가는 사람들은 모두 서쪽 성문을 향해 가고 있었다. 그들은 왕이 지난번처럼 강화도로 피난 갈 것이라고 생각하고 앞서가는 것 같았다. 하지만 이번만큼 왕은 강화도로 갈 여유도 시간도 없었다.

'왕은 남한산성으로 가겠지. 강화도는 남한산성보다 먼저 함락될 거야.'

가마 안에서 불안함에 휩싸여 있던 그때였다. 좁은 길로 사람들이 몰려드는 상황에서 좁은 길로 가마를 타고 이동하는 반가의 부인들도 여럿. 이들의 가마가 뒤엉키고 짐을 들고 맨 사람들과 뒤엉키며 내가 탄 가마가 기우뚱거렸다.

"아씨? 괜찮으세요?"

가마가 기울어지는 것을 보았는지 계화가 걱정스레 내게 물어왔다. 가마의 벽을 한 손으로 짚고 괜찮다고 말하려는 순간 나는 아랫배에서 통증을 느꼈다.

설마…….

"아씨?"

"나는 괜찮으니…… 서둘러라."

"예!"

가마가 다시 움직이기 시작했다. 그러나 가마가 성문을 빠져나가려는 사람들과 정 반대 방향인 궁궐 쪽을 향하고 있다 보니, 사람들을 뚫고 지나가는 것은 여간 힘든 일이 아니었다. 가마는 계속해서 부서질 듯 심하게 덜컹거렸다.

❧

창덕궁, 봉림대군의 전각.

"더는 지체하실 수 없사옵니다!"

"이미 승지께서 종묘의 신주를 모시고 강도(江島,강화도)로 출발하셨사옵니다. 대군마마께서도 서둘러 한양을 떠나셔야 하옵니다!"

문 닫힌 밖에서 검찰사 김경징과 부검찰사 이민구가 봉림대군

171

을 재촉하고 있었다. 그러나 봉림대군은 고개를 숙인 채 답을 주지 않았다. 결국 이 소식을 들은 부인 장씨가 되돌아왔다. 그녀는 이미 출발할 준비를 모두 마친 채 가마에 타고 있었던 상태였다.

"소첩입니다."

"……들어오시오."

봉림대군의 목소리가 들려오자 문밖에 서 있던 김경징과 이민구가 장씨에게 눈짓을 보냈다. 어서 봉림대군을 설득하라는 것이었다. 장씨가 무거운 마음으로 안으로 들어서자, 옷을 모두 갖춰 입은 채 출발할 준비를 마친 봉림대군이 홀로 앉아 있는 모습이 보였다.

장씨는 그의 옆에 다가가 앉으며 말했다.

"대감. 어서 가셔야지요. 강화로 떠날 모든 이들이 대감만을 기다리고 있사옵니다."

장씨의 애원에 봉림대군이 답답한 듯 소리쳤다.

"허나 피화당이 아직 오지 않았소!"

봉림대군이 꺼낸 화진의 이야기에 장씨는 이미 알고 있다는 듯 말했다.

"사저에서 이미 출발했다는 소식은 들었사옵니다. 그러니 우선 대감께서 강화로 출발하신 다음에……."

봉림대군이 장씨에게서 몸을 돌려 앉았다.

"피화당이 도착하기 전까지 출발하지 않을 것이오!"

"하오나 대감! 전하의 어명이옵니다! 또한 피화당 한 사람 때문에 빈궁마마와 소첩을 비롯한 많은 이들의 목숨을 위태롭게 하실 것이옵니까?"

"난…… 그것이 아니오! 허나 피화당은 홀몸이 아니지 않소? 그녀가 잘못되기라도 한다면……!"

끝까지 화진을 걱정하는 봉림대군을 보며 장씨는 결심한 듯 말했다.

"피화당 한 사람을 챙기다가 대감과 함께 강화로 떠날 모든 이들의 목숨이 위험해질 수도 있사옵니다. 그리되면 그 죄를 어찌 감당하려 하시옵니까?"

"부인!"

"지금 전하께서도 세자 저하께서도 국난을 맞아 모두 정신을 차리지 못하고 계시온데, 대감께서 피화당 한 사람 때문에 어명을 어기고 이리도 지체하고 계신 것을 전하께서 아신다면 어찌하려고 그러시옵니까? 저하께서도 빈궁마마를 대감께 맡기고 전하를 호송하셔야 하는 고충이 매우 크실진대, 만약 대감께서 빈궁마마의 안위에는 전혀 관심도 없고 오로지 피화당의 안위에만 관심을 두신 것을 아신다면 어찌 생각하시겠습니까?"

봉림대군이 주먹을 힘껏 쥐었다. 장씨가 그 손 위에 자신의 손을 포갰다.

"한양의 모든 백성들이 지금 강화로 향하고 있사옵니다. 피화당도 이 사실을 모르지 않을 것이니, 어떻게 해서든지 대군께서 가실 강화로 올 것이옵니다. 그러니…… 제발, 대군!"

장씨의 호소에 봉림대군이 두 눈을 질끈 감았다. 지금 그에게 지워진 무게가 막중했다. 왕은 급히 피난 가겠다며 궁궐의 모든 식솔과 심지어 한양의 백성들까지 그에게 맡겼다. 왕이 강화로 갈 것이라 믿은 백성들은 모두 남한산성이 아닌 강화로 향하고 있었다. 그는 왕을 대신해서 강화로 향하는 백성들을 이끌어야 했다.

잠시 후, 감았던 눈을 뜬 봉림대군이 자리에서 일어섰다.

"말을 대령하라. 지금 즉시 강화로 출발할 것이다."

❧❧❧

"궁궐에서 행차가 출발했대!"

"전하야? 전하께서 드디어 강화로 가시는 거야?"

"서두르자! 전하를 따라가야 안전하다고!"

염려는 현실이 되었다.

─ 빠직!

사람들에 떠밀려 그만 가마꾼들이 내가 탄 가마를 놓쳐버린 것이다. 가마가 바닥에 내동댕이쳐지며 두 쪽이 났다.

"아씨!"

부서진 가마에 깔린 나를 본 계화가 달려왔다. 하지만 못이 아닌 나무들을 끼워 넣듯이 만든 가마는 부서진 뒤에도 쉽게 잔해가 들리지 않았다.

"도와주세요!"

부서진 가마에 깔린 나를 구하지 못해 계화가 가마꾼들에게 도움의 손길을 요청했다. 그런데 그들의 행동이 어딘가 이상했다. 한쪽으로만 몰려가던 사람들이 갑자기 궁궐에서 출발했다는 행차를 따라가려 반대쪽으로 뛰어가기 시작하는 것을 보더니 뒷걸음쳤다. 그들은 곧 우리를 버려둔 채 방향을 바꿔 도망가는 사람들을 따라가버렸다.

"아씨…… 흐흑!"

가마꾼들이 도망치는 것을 본 계화가 겁에 질려 울먹였다.

"울지 말고…… 어서 거길, 거길 잡아봐."

"네에…… 흑."

난 계화를 진정시킨 후 그녀에게 부서진 가마의 양쪽 기둥을 붙들게 했다. 그러자 좁은 틈이 생겼고 난 그곳으로 겨우 빠져나왔다.

"하아……."

겨우 가마에서 빠져나온 나는 길가 담벼락에 등을 기댄 채 앉아 숨을 골랐다. 여전히 사람들은 우왕좌왕하며 뛰어다니고 있었다. 그런데 사저에서 출발하기 전에 보았던 것보다 사람들이 많이 줄어 있었다. 많은 사람들이 이미 한양 도성 안을 빠져나가버린 것 같았다.

"아씨. 걸으실 수 있겠어요?"

"네가 부축해주면."

난 침착하게 말했다.

이 상황에서 나도 함께 울어보았자 도움 될 일은 아무것도 없다는 걸 알았다. 그저 태연스럽게 굴며 나보다 어린 계화를 안심시키는 수밖에는.

"저를 잡으세요, 아씨."

계화가 눈물 콧물을 다 흘리며 자신의 작은 몸을 내밀었다. 평소의 나라면 부축은커녕 이 작은 몸에 의지할 필요조차 없었다. 하지만 지금은 달랐다. 막달인 데다가 곧 있으면 아이가 나올 것 같아서였다.

"아으⋯⋯."

계화의 부축을 받아 몇 걸음 걷다가 이 상태로는 궁궐까지 갈 수 없다는 걸 깨달았다. 아이는 궁궐에 도착할 때까지 내게 시간을 주지 않을 것이다.

"아씨?"

"자, 잠시만⋯⋯."

난 다시 바닥에 주저앉아 곰곰이 생각해보았다.

임신한 뒤로 피화당을 드나들던 의원과 산파에게 지겹도록 들었던 지식들을 말이다. 하지만 이 상황에서 마땅히 도움이 될 만한 것이 떠오르지 않았다. 아무리 배웠어도 아이를 낳는 것은 처음이니까. 겪어보지 않으면 알 수 없는 일들이다.

"근처에 빈집이 있는지 찾아봐."

"빈집이요? 빈집은 왜요?"

나는 잠시 망설이다 계화를 향해 입을 열었다.

"아이가…… 나올 것 같아."

계화의 눈이 크게 떠졌다.

"그러니까…… 어서. 빈집을 찾아봐."

"네에."

아이가 나온다는 말에 당황한 계화가 고개를 힘차게 끄덕이더니 허둥지둥 빈집을 찾으러 갔다.

나는 길가 구석에 앉아 뛰어가는 사람들을 물끄러미 쳐다보았다. 이곳은 강화로 가는 길목이 아니었다. 그러니 우연이라도 강화로 떠나는 정연의 일행을 만날 일은 없었다.

이제부터 모든 건 나 스스로 해야 했다.

"청군이 한양에 들어온 게 언제였지……."

머릿속이 뒤죽박죽이다. 역사 따위를 생각한다고 도움이 되는 건 아무것도 없는 상황이다.

"대체 얼마나 살려고 내 속을 이리 썩이는지……."

얼굴도 보지 못한 아이에게 원망하는 마음 따위는 없을 줄 알았는데, 이 아이로 인해 목숨이 위험해진다면 난 이 아이를 원망하게 될까?

"혼자 죽긴 싫구나. 그렇지?"

헛웃음을 짓던 그때였다.

"아씨!"

계화가 돌아왔다.

계화가 나를 데려간 곳은 빈 한옥이었다. 별로 중요하지 않은 살림살이들이 마당에서 뒹굴고 있었다. 집 마당에는 작은 정원까지 갖춰져 있었는데 주인이 상당히 공을 들여 꾸며놓은 것 같았다. 매화나무 한 그루가 곧 맞이할 봄을 알리려는지 메마른 가지가지마다 수십, 수백 개의 꽃봉오리를 달고 있었다.

"땔감 나무가 많이 있더라고요. 방으로 들어가세요. 천녀가 불을 피울게요."

그런데 이 집의 한옥이 유독 특이했다. 다른 집과 달리 한옥의 규모에 비해 아궁이가 딸린 사랑채 옆 부엌의 규모가 컸던 것이다. 열린 문으로 들여다보니 커다란 목욕통이 보였다. 주인이 목욕을 즐겨해 일부러 만들어놓은 공간인 듯싶었다.

"불 땔 시간 없어."

말이 점점 짧아졌다. 숨도 차고 숨을 내쉬고 들이쉬는 것도 힘들어서 그런 것 같았다. 나는 계화의 부축을 받으며 부엌으로 들어갔다. 끄다 만 불씨가 아직 살아 있는 아궁이에서는 가느다란 연기가 피어오르고 있었다. 그 옆에 놓인 목욕통은 장인이 만든 지 얼마 안 되었는지 나무가 거의 새것이었다. 반쯤 차 있는 물은 깨끗했다. 손을 담가보니 아쉽게도 물이 차가웠다.

"저 솥단지에 뜨거운 물을 끓여. 그리고 그 물을 이 통 안에 붓고."

"어쩌시려고요?"

"어쩌긴. 낳아야지."

나는 부러질 듯 아파오는 허리를 한 손으로 붙잡고는 부엌의 벽에 걸린 낫을 들려다가 그만 바닥에 주저앉고 말았다.

"아씨!"

주저앉으며 무릎을 땅에 먼저 대는 바람에 통증이 막심했다. 그렇다고 아프다는 소리도 맘껏 낼 수가 없는 상황이었다. 툭, 하고 치면 터져 나올 것 같은 눈물을 참으며 말했다.

"어서, 서둘러."

"네, 아씨."

계화가 불을 피우고 솥에 물을 끓였다. 다행히 부엌의 솥이 여러 개라 많은 양의 물을 끓이는 데 오래 걸리지 않았다. 그사이 나는 아까 쥐지 못했던 벽에 걸린 낫을 내려 아궁이 앞에 놓았다. 그 이상은 아무것도 할 수가 없었다. 나는 부엌 벽에 기대 물을 끓여 통에 옮겨 담는 계화의 모습을 가만히 지켜보았다. 배가 아픈데 졸음이 쏟아졌다. 짧은 시간 안에 겪은 모든 일들이 내게는 버거웠던 것 같았다.

"이런 일은 예상하지 못했는데……."

여러 개의 아궁이에 불을 피우자 훈훈한 열기 때문이었는지 스르르 눈이 감겨왔다. 아픈 통증이고 뭐고 아주 조금만이라도 자고 싶었다.

"아씨?"

열심히 물을 끓이던 계화가 나를 불러 깨운다.

"잠시만……."

"아씨? 정신 차리세요!"

눈이 감기자 대답할 기운이 없었다. 정신이 몽롱해지며 계화의
목소리가 멀어져 갔다.

"아씨! 이걸 어째! 아씨!"

당황한 계화가 소리쳤다.

"여기 누구 없어요? 도와주세요!"

계화가 밖으로 나가는 소리가 들렸다. 나는 계화를 붙잡으려 눈
을 뜨려고 했지만, 부엌을 가득 채운 뜨거운 김에 정신이 아득해져
왔다.

"계화, 계화야……."

다시 정신을 차렸을 때는 짙은 회색빛 구름이 하늘을 가득 메워
주변이 어둑어둑해져 있었다. 시간이 얼마나 흘렀는지는 알 수가
없었다. 다행인 것은 나를 불안하게 만들었던 아랫배의 진통이 느
껴지지 않았다.

겨우 한숨을 돌리며 주변을 둘러보았다. 커다란 통에는 물이 반
쯤 채워져 있었다. 벽을 짚고 자리에서 일어서 한 손을 통 안에 집
어넣어 온도를 재보았다. 뜨거웠을 물이 상당히 미지근해져 있었
다. 그제야 계화가 나간 후 상당히 많은 시간이 흘렀다는 걸 느끼
고는 서둘러 밖으로 걸어 나왔다.

"계화야!"

내가 머물렀던 한옥을 나오자 곧 큰길이었다. 그러나 길에는 사람 하나 보이지 않았다. 대신 사람들이 우왕좌왕 피신하며 떨어뜨리고 간 봇짐들이 널브러져 있었다. 한양은 마치 모두가 떠나고 버려진 도시처럼 고요했다. 가끔씩 이름 모를 새가 크게 울부짖고 지나가는 소리와 주인 잃은 들개들이 길에 걸어 나와 사람들이 떨어뜨리고 간 봇짐들을 뒤적거리며 킁킁대는 모습만 보였다.

"계화야!"

사라진 계화를 찾아 소리쳤지만 메아리만 쓸쓸히 돌아왔다. 왠지 모를 불안감이 나를 엄습해오던 그때였다.

큰길의 북쪽.

세상을 갈라놓을 듯한 육중한 북소리가 둥둥대며 울리기 시작했다. 북이 한 번 울릴 때마다 내 심장이 철렁일 정도로 큰 북소리였다. 계화를 찾던 것을 그만두고 북쪽을 바라보며 섰다. 북소리는 그치지 않았다. 북소리가 점점 내가 있는 곳으로 가까워지고 있었다. 동시에 거대한 눈보라의 시작을 알리는 매서운 진눈깨비가 휘몰아치듯 한양에 내리기 시작했다.

– ……

바로 그때였다.

북쪽에서부터 색색의 삼색기가 펄럭이더니 엄청난 규모의 기병들이 길에 모습을 드러냈다. 그들은 바로 조선을 침략한 청나라 대군이었다. 그들이 향하는 방향은 다름 아닌 내가 서 있는 곳이었다. 그들은 나를 향해 진군하고 있었다. 나는 그들을 바라보고 서서 무거운 침을 삼켰다. 불안감이 현실로 나타난 것이다.

❧

맨 앞에서 군대를 이끌던 장수가 한 손을 하늘 높이 들었다. 그러자 두 번의 북소리가 들렸다.

– 둥, 둥

이 북소리를 끝으로 행군은 잠시 제자리에 멈춰 섰다. 왜 청군이 행군을 멈췄는지는 알 수 없었다. 다만 맨 앞에서 대군을 이끌던 장수가 큰길의 한복판에 서 있던 나를 발견했다는 사실만큼은 알 수 있었다.

잠시 후 말을 탄 기병 여럿이 내가 서 있는 곳으로 재빠르게 말을 몰며 다가왔다. 몇 발자국 뒤로 물러섰지만 그렇다고 도망갈 수 있는 상황도 아니기에 제자리에 멈출 수밖에 없었다.

– 히이잉!

말을 탄 기병들은 위협적인 창을 들이대며 내 주변을 순식간에 포위하듯 에워싸버렸다. 이제 옴짝달싹도 할 수 없는 상황에서, 저 멀리 십여 명의 호위를 받으며 한 장수가 말을 타고 내가 있는 곳으로 다가왔다.

갓 스물을 넘겨 보이는 남자였다. 하지만 그가 지닌 체격은 예사롭지 않았다. 또한 얼굴 곳곳에 난 작은 흉터들은 그가 단순 무예

단련만으로 체격을 키운 것은 아니라는 걸 알려주고 있었다. 그는 분명 타고난 장수였다.

"(아이를 뱄군.)"

그가 말의 고삐를 느슨하게 잡은 채 나를 보며 생긋 웃었다. 그러나 그의 주변에 있는 기병들은 그 누구도 그의 말에 웃지 않았다. 분명 그는 이들 중에서 가장 높은 직위를 가진 장수가 틀림없었다.

"(어찌할까요?)"

그와 가장 가까운 곳에 서 있던 병사가 그에게 말했다. 그는 내 얼굴을 뚫어져라 보며 고민하는 표정을 지어 보였다.

"(이런 미색을 지닌 계집은 보기도, 얻기도 힘들지.)"

그가 말채찍을 꺼내 들더니 그 끝으로 불룩하게 솟은 내 배를 향해 쿡쿡 찔러댔다. 그의 행동에 놀란 내가 뒷걸음치자 주변에 선 기병들이 재미있다는 듯 웃어댔다.

그는 말채찍을 거둬들이며 말했다.

"(산달인 듯 보이니 데려가기가 어렵겠군. 데려가봤자 몇 번 놀아보지도 못하고 행군 도중에 죽을 거야.)"

"(행군 도중에 계집 시신을 치울 순 없지요.)"

"(그러니 아깝게 되었어. 남하한 뒤로 본 조선 계집 중에서는 가장 마음에 드는 외모를 지니고 있는데 말이지.)"

"(치울까요?)"

그의 말이 거의 끝나가자 기병이 나를 보며 칼을 빼 들었다.

─!

칼을 보고 나는 놀라 뒷걸음쳤다. 그러나 내 뒤에는 또 다른 기병이 창끝으로 나를 가리키며 옴짝달싹하지 못하게 했다.

"(미색이 아까우나, 그렇다고 시체를 끌어안고 잠들 순 없지. 죽여라.)"

"(예!)"

죽이라는 명령을 내린 그가 말의 고삐를 잡은 채 내게서 돌아섰다. 그러자 그의 명을 받은 병사가 칼을 뽑아 든 채로 말 위에서 가뿐히 뛰어내렸다. 칼을 든 병사가 향한 곳은 내가 서 있는 곳이었다. 이미 십여 명의 기병들이 나를 둘러싸고 있었기에 도망갈 곳은 없었다. 나는 마지막을 직감하고는 나를 죽이라고 명령한 채 돌아선 그에게 만주어로 소리쳤다.

"(나 같은 한낱 계집의 피를 취하려 출병하였느냐!)"

칼을 들고 내게 다가오던 병사는 물론이고 주변의 기병들이 모두 당황한 듯 서로의 얼굴을 보았다. 그사이 돌아섰던 장수가 다시 말머리를 돌려 나를 바라보았다.

그는 무척이나 흥미 있는 표정으로 내 얼굴을 보았다.

"(우리말을 아는구나. 그것도 아주 잘. 혹시 만주인이냐?)"

나는 그를 쏘아보며 소리쳤다.

"(너희는 스스로 황제의 나라라 칭하였지. 헌데 황제의 나라 장수가 하는 일이 고작 아이를 밴 여인을 죽이라는 것이라니.)"

그것은 그가 원하는 대답이 아니었다. 그가 나를 향해 무섭게 인상을 썼다.

"(내 말에 대답해라, 계집. 만주인이냐고 물었다.)"

"(만주인이면 어떻고 아니면 어떠냐? 어차피 나를 죽일 생각이
아니었더냐?)"

당당하게 소리쳤지만 사실 너무 긴장하고 이었다. 내 몸을 타고
흐르는 긴장감이 얼굴에 드러나지 않았을 리가 없다. 그는 이런 매
얼굴을 뚫어져라 바라보더니 갑자기 웃음을 터트리며 말했다.

"(내가 만난 조선인 중 우리말을 한 조선 계집은 네가 처음이다.
지금껏 내가 만난 조선의 사신은 명나라의 말만 쓰며 명나라의 말
만 고집했다. 그러니 우리말을 하는 계집은 네가 처음이다. 참 재
미있구나.)"

내 앞에서 칼을 든 병사가 그를 돌아보며 물었다.

"(어찌할까요?)"

"(살려주거라.)"

짧막하게 말한 후 그는 고요한 한양을 둘러보며 말했다.

"(이 상황에서 어미도 아이도 살아남는다면 그것이야말로 하늘
의 뜻이겠지. 허나, 아무리 잘난 계집이라도 계집은 계집일 뿐! 감
히 나 도르곤에게 대들었던 값은 받아야겠다.)"

그가 자신이 지니고 있던 말채찍을 칼을 든 병사에게 던졌다.
그러자 그가 칼을 내려놓고는 그 채찍을 받아들었다. 그리고 아
주 잠깐, 두 남자가 서로의 눈빛을 교환했다. 동시에 칼 대신 채찍
을 든 병사가 나를 돌아보며 채찍을 들어 사정없이 내려치기 시작

했다.

– 휘릭!

"아악!"

첫 번째로 휘두른 채찍질에 그대로 바닥에 주저앉았다. 그런데도 채찍질은 멈추지 않았다. 사정을 봐주지 않겠다는 듯 머리, 얼굴, 몸으로 채찍을 내려쳤다.

"아……! 악!"

스무 번도 넘는 채찍질 끝에 병사가 채찍을 거둬들였다. 그는 공손히 채찍을 두 손으로 받친 채 장수에게 내밀었다. 그가 말 위에 앉아 자신의 채찍을 받아들더니 내게 눈길조차 주지 않은 채 돌아섰다.

"(가자.)"

그가 말머리를 돌리자 나를 에워쌌던 기병들도 그 뒤를 따랐다. 내게 채찍질을 했던 병사도 다시 말에 올라타더니 그들은 행군 중인 병사들이 있는 곳으로 가버렸다.

나는 그들이 멀어지는 것을 확인하고는 겨우 고개를 들었다. 채찍을 맞아 머리카락은 풀어져 길게 흘러내리고 뺨을 스친 채찍 자국에 입술에는 비린 피맛이 돌았다. 옷은 군데군데 찢어졌고 채찍질을 막으려고 뻗었던 손등에는 칼에 베인 자국 같은 상처들에서 피가 흘러내렸다.

– 둥. 둥. 둥……

그사이 나에게 공포감을 전해주던 북소리가 다시 시작되었다.

병사들이 다시 내가 있는 쪽으로 행군하기 시작했다. 한 발자국을 내딛는 것조차도 고통스러웠지만 더는 그곳에 버티고 있을 수가 없었다. 혼자 걷는 것이 거의 불가능한 상황에서 몸을 지탱하기 위해 담벼락에 손을 얹었다.

"악……!"

손등에 가득한 채찍질의 상처 때문에 단순 손의 힘으로 몸을 지탱하는 것은 불가능했다. 해어진 치맛자락으로 손등의 상처를 대충 감싸고 나서야 벽을 지탱할 만한 힘이 생겼다.

"아아……."

그것도 몇 발자국 걷다 못해 주저앉기를 여러 번 반복해야 했다.

- 둥, 둥

행군이 가까워지고 있었다. 한시라도 이곳을 떠나기 위해 힘겹게 몸을 일으켜 세웠을 때였다.

"……!"

치맛자락에 핏물이 묻어 나왔다. 순간적으로 나는 양수가 터졌다는 걸 깨달았다.

❦

무슨 정신으로 다시 한옥으로 돌아왔는지도 모르겠다. 적어도 그곳에 계화가 돌아와 있기를 바랐다. 하지만 다시 돌아온 한옥의 부엌에는 아무도 없었다.

"으으……."

아직 불이 남아 있는 아궁이 곁에 주저앉아 홀로 진통을 겪어냈다. 정말 이 순간에 누구라도 좋으니 사람이 나타나길 바랐다. 곁에 있어주길 바랐다. 그러나 아무도 없었다.

- 둥. 둥. 둥.

더욱 가까워지는 북소리에 공포심만 차올라 어느 한 곳에 시선을 오래 둘 수조차 없었다. 어딘가를 잡아야 할 것 같아 손을 뻗었지만, 그대로 미끄러지며 쌓여 있던 물건들만 줄줄이 떨어져 바닥을 굴렀다. 어느 한 곳에서도 자리를 잡고 마음 편히 있을 수가 없었다. 이 상태에서 아이를 낳을 수 있다는 생각은 더더욱 들지 않았다.

"으으……."

막연히 찾아오는 통증을 입술을 깨물어 참아내던 나는 자리에서 겨우 일어섰다. 그리고 미지근한 물이 담긴 통속으로 몸을 집어넣었다. 통에 들어가니 물이 가슴께까지 차올랐다. 따뜻하진 않았고 미지근했지만, 그나마 물속에 있는 것이 마음에 놓였다.

사방이 감싸는 듯한 통 속에서 안정감이 느껴졌다.

"엄마……."

울며 내다본 밖에서는 눈이 내리고 있었다. 올해 한양에 내리는 첫눈이었다. 나는 내리는 눈을 바라보며 오늘 본 이 눈을 죽는 날까지 잊을 수 없을 거라는 걸 알았다.

3장

복면선비 이시백

    강화로 향하는 피난길은 실로 엄청난 규모였다. 한양과 그 인근에 살던 많은 백성들이 봉림대군의 뒤를 따라 강화까지 긴 줄을 만들고 있었다. 하지만 그 많은 사람들 중 그 누구도 먼저 입을 열어 말을 하지 않았다. 적군이 빠르게 남하한다는 소식에 끼니도 거른 채 쉬지 않고 걷는 길이었다. 지친 사람들의 입에서 말소리가 나올 수가 없는 상황. 마치 곡 없는 장례행렬처럼 사람들은 짙은 수렁 속으로 그렇게 빠져들어 가고 있었다.

    "대군마마, 눈이 옵니다."

    드넓은 김포평야를 지나던 때에 내관이 봉림대군에게 말했다.

    봉림대군은 말을 멈추고 하늘을 바라보았다. 정말 눈이 내리고 있었다. 실은 눈이 내리기 시작한 지는 조금 되었으나, 그는 말에 탄 채 계속 땅만 보고 가고 있어 눈이 내리는 사실을 몰랐다.

눈을 본 봉림대군의 마음이 초조해졌다. 갑자기 그는 자신의 앞뒤를 살피며 눈을 맞으며 강화로 향하는 백성들과 궁궐 나인들을 바라보았다. 어느 순간 봉림대군이 행렬에서 빠져나와 말을 되돌렸다.

"대군마마?"

왕의 명으로 강화까지 봉림대군을 호위하기 위해 따라나선 감찰사 김경징이 놀란 듯 그를 불렀다. 그러나 그는 돌아보지도 않은 채 말을 빠르게 몰았다. 그는 피난 가는 사람들 옆으로 말을 타고 거슬러 가며 누군가를 찾기 시작했다. 그가 찾는 사람은 바로 화진이었다.

"대군마마!"

멀어지는 봉림대군을 본 김경징이 당황하며 그의 뒤를 쫓았다. 그사이 봉림대군은 말 위에서 사람을 찾는 것이 어렵다고 여기고는 말에서 내려왔다. 그는 자신의 말을 병사에게 맡긴 채 피난 가는 백성들의 틈으로 파고들었다.

"어머나!"

그는 장옷으로 얼굴을 가린 여인들의 얼굴을 보기 위해 장옷을 들춰보기도 하고, 가마를 타고 이동하는 여인들의 가마 창문을 허락 없이 열어보기도 했다. 그러나 그 어디에도 그가 찾는 여인은 없었다.

"대군마마! 어디를 가시옵니까?"

뒤따라온 김경징도 말에서 뛰어내려 봉림대군을 뒤에서 붙들었다. 봉림대군은 자신을 붙드는 그를 밀쳐냈다.

"놓으시오!"

"어찌 그러시옵니까? 서둘러 강화로 가셔야 하옵니다!"

"찾는 이가 있소!"

"지금은 안 되옵니다! 우선 강화로 가신 후에……."

"놓으란 말이오!"

젊은 혈기의 봉림대군을 막을 수 없다고 판단한 김경징이 병사들을 불렀다. 병사들까지 달려와 봉림대군을 붙들자 그는 더는 마음대로 움직일 수가 없었다.

"놓으시오! 놓으란 말이오!"

병사들에게 붙들린 봉림대군의 어깨를 강하게 붙잡으며 김경징이 소리쳤다.

"놓으면? 어디로 가실 것이옵니까?"

"내가 찾는 이가 있소. 그이를 찾아…… 찾은 연후에……."

"이 백성들은 어찌하실 것이옵니까? 오로지 대군마마만 보고 뒤따르는 이 백성들은 모두 버리실 것이옵니까?"

"난……."

이번에도 봉림대군은 대답할 수 없었다. 그는 대군이었다. 자신의 신분과 역할. 그리고 부왕이 자신에게 맡겨준 임무에 대한 책임도 그 누구보다 잘 알고 있었다. 그러나 그는 마지막으로 보았던 화진이 얼굴이 잊히지가 않았다.

그날은 평소와 다름이 없었다. 그는 입궐한다며 피화당을 찾았고 화진은 부른 배를 안고 피화당 창가에 앉아 그를 바라보았다. 그는 그녀를 바라보는 것만으로도 좋았다. 일부러 피화당에 들어가 작별 인사를 하진 않았다. 화진은 그런 그를 보며 슬며시 웃었다.

아침 햇살이 눈 부셨다. 겨울 날씨라고 짐작도 못 할 정도로 따뜻한 아침이었다. 그 햇살이 자신이 퇴궐해 돌아올 때까지 그녀를 따뜻하게 감싸고 보호해줄 것이라 믿었다. 어리석게도 그리 믿었다.

정녕 그녀를 지키고 보호해줄 수 있는 이는 이 세상에 자신뿐이라는 것을 잘 알면서. 어찌 그 하루를, 어찌 그 아침을 그리 무심하게 바라만 보다 떠나왔을까. 이제 남는 것은 평생에 걸친 후회뿐이리라. 그는 그것이 가장 두려웠다.

"난아!"

그는 터질 듯이 갑갑한 가슴의 응어리를 터트려내듯 소리쳤다. 애달픔 섞인 그의 목소리가 고요한 김포평야를 울리고 있었다.

৩৫৩৫

통에 담긴 물이 모두 빨간 핏물로 물든 다음에야 아이가 세상에 모습을 드러냈다.

아이는 남자아이였다. 태어난 아이는 시끄럽게 울지 않았다. 아주 가녀리게 자신이 살아 있다는 존재만 드러낼 정도로 작은 소리로 웅얼거리듯 울었다. 나는 직감적으로 이 아이가 그리 오래 살지 못할 것이라는 걸 알았다.

그렇게 얼마나 시간이 흘렀을까? 태맥이 가라앉는 것을 확인한 뒤에야 짚으로 탯줄을 엮고 미리 달궈둔 낫으로 잘랐다. 그렇게 나와 아이를 엮은 끈은 모두 사라졌지만, 나는 아이를 내 품 안에서 놓지 않았다.

통속에서 아이를 소중히 끌어안은 채로 숨을 죽였다. 아이는 자세히 보지 않으면 죽었는지 살았는지 모를 정도로 작고 가냘팠다. 아직 눈도 뜨지 못한 상태로 가끔 고개를 까딱까딱하며 제 존재의 마지막 숨을 이어나가고 있었다.

"나는 더는 걸을 수 없고 너는 곧 죽을 테니······."

나는 아이를 끌어안은 채 눈물을 흘렸다.

"할아버지가 나를 네 아버지에게 맡긴 건 나를 살리기 위해서였을 텐데."

나는 결국 스스로 죽음을 선택하는 것일까?

"너무 늦었어. 진작에 그를 따라갔었어야 했거든······."

정운이 죽었을 때, 나는 그를 따라 죽을 용기가 없었다. 정작 살아갈 용기가 있었던 것도 아니다. 정운을 다시 살려보려는 희망을 완전히 잃어버린 후에야, 내가 가진 능력을 잃어버린 뒤에야, 나는 삶을 포기했다. 그렇게 흐르는 대로 시간을 흘려보냈고, 흘러가던 그 시간 속에서 나는 정연을 만나고 그의 아이를 가졌다.

"네가 조금만 더 늦게 태어났더라면 난 좋은 엄마가 되었을지도 몰라."

이제 내가 이 아이에게 해줄 수 있는 유일한 선물은 생을 끝까지 함께해주는 것. 오히려 서로에게 외롭지 않은 죽음을 맞게 된 것에 대해 시간에게 고마워해야 할지도 모를 일이었다.

우리 모자를 감싼 물이 빠르게 식어갔다. 나는 아이의 몸이 차가워지는 것을 느끼며 조용히 흐느꼈다.

◦◦~◦◦

청나라 군대의 행군을 알리는 북소리.

– 둥. 둥. 둥……

이 북소리는 또 다른 조선의 백성들에게도 큰 공포로 다가왔다.

"빠져나갈 수 있겠어요?"

"쉬잇!"

한양 내 민가.

행진하는 청나라 군대를 숨어서 내다보고 있던 젊은 부부가 있었다. 남편은 아내의 입을 손으로 틀어막은 채 작은 소리 하나도 내지 못하도록 했다. 이런 아내의 품에는 태어난 지 며칠 안 된 사내아이가 안겨 있었다.

"(수색하라!)"

행군하던 청나라 병사들이 멈춰 서더니 장수의 명령에 따라 일사불란하게 흩어졌다. 이들은 비어 있는 민가에 들어가 닥치는 대

194

로 곳곳을 창과 칼로 찔러대며 혹시라도 숨어 있을지 모르는 백성들을 찾아내고 있었다.

"이리 와!"

남편이 아내의 손을 잡아끌었다.

초가의 뒷마당에는 장독들이 몇 개 놓여 있었다. 몇 개는 뚜껑만 밖에 나온 채 땅속에 파묻어두었다. 그중 큼지막한 뚜껑을 연 남편은 그 안으로 자신의 아내를 밀어 넣었다. 그곳은 볍씨를 저장하기 위해 파묻어둔 땅굴이었다. 마치 토끼 굴처럼 두 사람이 몸을 웅크린 채 겨우 앉아 있을 수 있을 만한 크기의 땅굴. 부부는 그 안에 들어간 후 장독의 뚜껑을 닫고 숨을 죽였다.

잠시 후 그들이 사는 민가 안으로도 청나라 병사들이 뛰어 들어왔다.

"(샅샅이 수색해!)"

명령에 따라 움직이는 병사들은 집 안을 뒤지고 가져갈 만한 것이 없자 그대로 불을 질렀다. 활활 타오르기 시작한 불길을 뒤로 하고 한 병사가 집의 뒷마당으로 찾아왔다. 그가 밖에 세워둔 장독의 뚜껑을 하나둘 열어보더니 가져갈 만한 것이 아닌 것을 알고는 손으로 넘어뜨려 깨트렸다.

– 챙! 챙!

연달아 장독이 깨지는 소리가 숨어 있는 부부의 땅굴로 가까워지고 있었다. 아무런 빛도 새어 들어오지 않는 땅굴 속에서 긴장되는 시간이 흐르던 그때였다.

"(퇴각하라!)"

또 다른 명령에 땅굴로 향하던 병사의 발걸음이 조금씩 멀어져 갔다. 그제야 부부는 안도의 한숨을 내쉬었다. 바로 그때였다.

"으앵······."

아내의 품에서 곤히 잠들어 있던 아이가 깨어난 것이다.

"(소리가 들린다!)"

멀어지던 병사의 발소리도 또 다른 병사들의 소리도 다시 뒷마 당 쪽으로 가까워져 왔다. 놀란 아내가 서둘러 안고 있는 아이의 입을 틀어막았다.

"(분명 이쪽에서 들렸는데?)"

"(이곳이 수상하다! 다시 뒤져라!)"

우르르 몰려온 병사들의 소리에 숨어 있는 부부의 심장이 덜컹 했다. 여차하면 발각되어 모두 죽을 상황이었다. 아내는 저도 모르 게 자신이 안고 있는 아이의 입을 힘껏 틀어막았다.

"(분명 소리가 들렸는데······.)"

한참이 지나가도 별다른 소리를 듣지 못한 병사들이 결국 모두 뒷마당을 떠났다. 한참의 시간이 지난 후에 남편이 먼저 뚜껑을 살 짝 열어 밖을 내다보았다. 주변의 집들이 모두 타고 있었으나 청나 라 병사들의 모습은 보이지 않았다. 그들이 모두 떠난 것을 확인 한 다음에야 그는 땅굴에서 기어 나왔다. 그는 아직 땅굴에 남아 있는 아내를 잡아끌어 밖으로 나오도록 했다.

"어서 떠나자고!"

아내가 밖으로 나온 것을 본 남편이 재촉했다. 그런데 아내가 전혀 움직일 생각을 하지 않았다. 이상하다는 생각에 남편이 아내의 얼굴을 들여다보았다. 그녀는 눈물을 줄줄 흘리고 있었다. 그제야 남편은 아내가 안고 있는 아이의 숨이 끊어졌다는 사실을 알았다.

◦◦◦◦◦◦

"못된 놈. 어찌 부모를 두고 그리 숨이 빨리 끊어져!"

남편은 욕지거리를 내뱉으며 계속 땅을 팠다. 그가 땅을 파는 동안 아내는 옆에서 아이의 시신을 끌어안은 채 통곡했다. 처음에는 아내의 통곡을 내버려두던 남편도 나중에는 돌아보며 성을 냈다.

"적병을 다 불러들일 셈이야!"

"엉엉……!"

아내는 남편의 말이 들리지 않는지 더 큰 소리로 울어댔다. 결국 남편이 아내의 품에 안겨 있던 아이의 시신을 빼앗아 들었다. 그러자 아내가 기겁하며 남편에게 달려들었다.

"돌려줘요! 내 아이라고! 내 아이란 말이야!"

"누가 몰라? 어쨌든 묻고 빨리 떠나자고! 더 늦었다가는 해가 질 거야!"

"내놔요……! 내 아이를 돌려달라고…… 엉엉……!"

남편은 그런 아내를 밀어내며 아이를 거적에 말아 땅속 구덩이에 놓고는 흙으로 덮기 시작했다.

"안 돼!"

아내의 처절한 비명에도 남편은 서둘러 자리를 뜰 생각뿐이었다.

"난중에 태어난 것도 지 운이지. 어차피 죽을 놈은 살려고 발악해도 죽게 되어 있어!"

아내는 남편이 덮어버린 흙을 다시 치우려고 했다.

"이 여편네가 미쳤어!"

남편이 그런 아내를 밀쳐서 바닥에 쓰러뜨렸다.

"아이 뒤를 따라가고 싶어? 정녕 오늘 다 죽어보자 이거야? 어?"

"아이…… 흐흑……! 내 아이를 돌려줘…… 돌려달라고요……."

"미쳐 돌아버리겠군!"

남편이 주저앉아 우는 아내의 팔을 강제로 잡아 일으켜 세웠다.

"서둘러. 정말 다 죽기 전에."

넋이 나간 얼굴의 아내를 잡아끌던 남편이 갑자기 걸음을 멈춰 섰다. 누군가 그들 앞에 나타난 것이다. 복면을 한 선비였다. 남편은 그의 손에 들린 검을 보고는 겁에 질린 얼굴로 그를 쳐다보았다.

"누, 누구십니까?"

"피난민이오?"

"그, 그렇습니다만."

"어디로 가시오?"

"강화로 가려 했습니다. 헌데 오랑캐 놈들이 한양에 입성하는 걸 보지 않았겠습니까? 숨어 있다 잠잠해져 이제라도 강화로 가려 하는데……."

그때 복면 선비의 시선이 그의 손에 팔이 붙들린 아내를 향했다. 그녀는 넋 나간 얼굴로 울고 있었다.

"그녀는 누구요?"

"소인의 안사람이지요. 이 판국에 태어난 지 얼마 안 된 아들을 잃었습니다. 충격을 받은 듯한데…… 어휴. 그나저나 선비님은 어찌 검을 차고 계십니까?"

"난 피난을 떠나지 못한 사람들을 찾아 모으고 있소. 한양 내에 오랑캐 놈들이 모르는 거처가 있는데, 그곳으로 가시겠소?"

선비의 말에 잠시 고민하던 남편이 고개를 가로저었다.

"고마운 말씀이지만 저희 부부는 갈 길을 가겠습니다."

"그럼 몸조심하시오."

"예. 선비님도 조심하십시오."

부부가 떠난 뒤 선비는 언덕 위에 섰다.

조금 전 부부가 아들을 묻은 자리에 작은 아기 무덤이 생겨났다. 선비는 그곳을 빤히 바라보다가 안타까운 한숨을 내쉬었다.

한양에 도착한 청나라 군대는 이미 왕이 자신의 일가를 강화와 남한산성으로 나뉘어 피난을 떠났다는 걸 알아차렸다. 그들은 오늘밤 한양성 밖에 주둔하며 내일 일정을 고려하는 듯했다. 그사이 병사들을 한양 안에 들여보내 피난을 떠나지 못한 채 숨어 있던 백성들을 찾아 살육하고 있었다.

선비는 도망가지 못한 채 한양 안에 숨어 있는 백성들을 찾아 청나라 병사들 몰래 안전한 곳으로 피신시키는 일을 하고 있었다. 이 선비의 이름은 이시백. 전 병조판서 이귀의 장남이었다.

"아가…… 아가…….

아이를 잃고 큰 충격에 빠진 아내의 발걸음은 더뎠다. 급한 마음은 오직 남편뿐인 것 같았다.

"죽었다니까! 우선 산 사람부터 살자고, 응?"

그러나 설득이 통하지 않았다.

"으이그! 당장 도성을 떠나야 하는데 마누라가 이 지경이니!"

남편이 답답한 듯 아내를 강제로 끌고 가려던 때였다. 남편의 눈에 연기가 올라오는 굴뚝이 눈에 들어왔다.

"뭐지?"

남편은 걸음을 멈추고 주변부터 살폈다. 혹시라도 청나라 병사들이 나타날까 싶어서였다. 다행히 주변은 개미 한 마리 얼씬하지 않았다. 남편은 다시 연기가 나는 굴뚝을 쳐다보았다. 그 한 집의 굴뚝을 제외하고는 모든 집의 굴뚝은 잠잠했다.

"여기서 잠시만 기다리고 있어봐."

"아가…….

"소리 내지 말고. 금방 다녀올 테니."

어깨에 멘 짐을 내려놓고 그 위에 아내를 앉힌 그가 굴뚝에서 연기가 나는 집으로 들어섰다. 아담한 기와집이었다.

그는 제일 먼저 기와집의 본채부터 들여다보았다. 활짝 열린 방문 안으로는 사람의 기척이 전혀 없었다. 그다음으로 그가 향한 곳은 굴뚝과 연결된 아궁이가 있는 부엌이었다.

"뉘, 계시오?"

반쯤 닫힌 부엌의 문 너머로 남편이 소리를 냈다. 돌아오는 소리는 없었다. 잠시 망설이던 남편이 닫혀 있던 부엌의 문을 힘껏 밀어젖혔다. 부엌을 가득 채우고 있던 훈훈한 열기가 그가 연 부엌문을 통해 순식간에 빠져나가기 시작했다. 그럼에도 불구하고 부엌 안은 희뿌연 수증기로 가득 차 있었다.

누군가 부엌 솥에 물이 바닥날 때까지 끓인 모양이었다. 남편이 손을 휘휘 저어가며 수증기를 헤치던 그때였다. 커다란 목욕통이 보였다. 그는 호기심에 그 통으로 다가가 무심코 안을 들여다보았다.

"으악! 시체잖아!"

그가 기겁하며 바닥에 털썩 주저앉았다.

핏물이 가득 찬 통 안에 반쯤 물에 잠긴 모자가 죽어 있었던 것이다. 얼핏 잠든 것처럼 보이기도 하였으나, 핏물이 가득 찬 통을 본 그는 모자가 죽었다고 판단했다.

다시 용기를 내어 통 안을 들여다본 남편은 제일 먼저 여인의 얼굴부터 보았다. 차림새로 보아서는 돈 좀 있는 반가의 부녀자처럼 보였다. 아이를 안은 채 죽어 있는 여인의 얼굴은 보기 드문 미인이었다.

"쯧쯧."

피난 가는 길에 지아비도 잃고 아이를 낳다 죽었다고 생각한 남편이 혀를 찼다. 그는 여인이 안고 있는 아이의 코에 손을 가져다대었다. 부엌을 채운 수증기의 열기 때문인지 손을 가져다대어도 아이가 죽었는지 살았는지 감을 잡기 어려웠다. 다음으로 남편은 여인의 코에 손을 가져다대었다.

그때였다!

"아가!"

"히익!"

뒤에서 갑자기 튀어나온 아내에 깜짝 놀란 남편이 바닥에 털썩 주저앉았다. 그사이 아내는 통 안에 있던 여인이 안은 죽은 사내아이를 들어올려 안았다.

"아가……."

"미쳤어?! 죽은 아이라고!"

"아가…… 우리 아가……."

그러나 아내는 눈물을 뚝뚝 흘리며 남의 아이를 제 아이처럼 소중히 끌어안았다. 이런 아내가 안쓰러운지 남편이 말했다.

"거 죽은 제 어미와 함께 둬. 우린 떠나야 하니까."

하지만 아내는 한번 끌어안은 아이를 더욱 소중히 끌어안으며 고개를 세차게 저었다.

남편은 짜증 난다는 듯 아내에게 소리쳤다.

"임자 마음대로 해! 난 갈 테니까!"

이렇게 말하면 아이를 두고 자신을 따라올 것이라 믿었지만, 아내는 오히려 아이를 챙겨 안고 남편의 뒤를 따랐다. 부엌을 나선 남편이 걸음을 멈추고 아내를 돌아보았다.

"우리 아이가 아니라니까! 우리 아인 땅에 묻었어!"

"흐흑…… 아가."

아내는 아니라는 듯 울며 고개를 세차게 저었다. 이런 아내가 안쓰러운지 남편은 긴 한숨을 내쉬며 말했다.

"내 괜한 호기심이 짐만 늘렸구먼. 알았어. 일단 가자구. 가는 길에 적당한 곳에다가 묻어주면 될 테니까."

남편이 자포자기한 심정으로 말했을 때였다. 누군가 그들 부부가 서 있는 마당 안으로 들어섰다. 그는 조금 전 그들 부부가 만났던 복면 선비 이시백이었다.

❧

"어찌하여 아직도 떠나지 않고 이곳에 있으시오?"

"아, 선비님."

이시백은 사내의 아내가 안고 있는 아이를 보며 놀란 눈을 떴다.

"분명 아이를 묻지 않았소?"

"맞습니다. 분명 저희 아이는 죽어서 묻었지요."

"헌데 그 아이는 누구의 아이요?"

남편이 답답한 숨을 내쉬었다.

"지나가는 길에 이 집 굴뚝에서 연기가 나는 것을 보았지 뭡니까? 궁금하여 들여다보았더니, 부엌에 한 여인이 갓 태어난 사내아이와 함께 죽어 있었습니다. 제 안사람이 넋이 나가 그 아이가 제 아이인 줄 알고 저리 안고 놓아주지 못하니…… 가다가 적당한 곳에 묻어줄 생각입니다."

"허면 아이 어머니의 시신은 어찌하였소?"

시백의 말에 남편이 고개를 가로저었다.

"갓난아이는 그렇다 치더라도 길에 널린 시신들이 한두 구가 아닌데, 모두 안 되었다고 다 묻어주고 떠날 수는 없지 않겠습니까?"

시백이 알았다는 듯 고개를 끄덕였다. 남편은 아이 시신을 끌어안은 아내의 팔을 잡아끌며 서둘러 자리를 떠나려고 했다. 그때 시백이 그들을 붙잡았다.

"잠깐."

"예?"

어리둥절해 하는 남편에게 시백이 자신의 허리춤에 지니고 있는 무언가를 떼서 건넸다. 그것은 장식용으로 만들어진 작은 비단 부채였다.

"이리 귀한 걸 어찌……."

"그 아이와 함께 묻어주시오."

"예?"

"지금 내가 가진 것은 그것뿐이요. 저승 가는 길, 먼저 죽은 제 어미를 만나 노잣돈이라도 할 수 있게."

실은 이 비단부채 장신구는 어릴 적 그의 모친이 그의 무병장수를 위해 만들어준 것이었다. 지금 그가 검을 제외하고 지닌 유일한 값어치 있는 물건이기도 했다.

"예에……."

부부가 고개를 끄덕이며 죽은 아이와 함께 떠났다. 그들 부부가 멀리 사라지는 것을 지켜보던 시백은 문이 열린 부엌 쪽을 돌아보았다. 부엌 안에서는 계속해서 희뿌연 수증기가 흘러나오고 있었다. 사실 시백도 멀리서 연기가 나는 굴뚝을 보고 이곳에 찾아든 길이었다.

사내아이를 낳은 여인의 시신 외에는 아무것도 없다는 사실을 사내에게 전해 들었기에 시백도 서둘러 자리를 뜨려고 했다. 하지만 돌아선 시백의 발걸음이 주춤했다.

['…… 모두 안 되었다고 다 묻어주고 떠날 수는 없지 않겠습니까?']

"……."

망설이던 그가 다시 부엌으로 돌아섰다. 부엌으로 들어선 시백은 수증기 속에 둘러싸여 있던 커다란 통을 발견했다. 그 안을 들여다보자 조금 전 사내의 말처럼 여인의 시신이 핏빛 물통 안에 담겨 있었다. 잠시 그녀의 얼굴을 가만히 응시하던 그가 시신이라도 묻어주기 위해 그녀를 통 안에서 꺼내려고 두 손을 뻗었을 때였다.

"으음……."

그가 물속에서 여인을 살짝 들어올리자 그녀의 입에서 짧은 신음이 터져 나왔다.

"……!"

시백이 놀라 그녀를 다시 통에 내려놓고는 얼굴을 들여다보았다. 부엌을 채운 수증기와 열기에 가려져 보이지 않았던 그녀의 식은땀 흐르는 이마가 눈에 들어왔다. 이를 확인한 시백은 그녀의 손목과 목의 혈을 짚었다. 맥이 뛰고 있었다. 여인은 아직 살아 있었던 것이다.

여인이 아직 살아 있다는 것을 확인한 시백은 그녀를 통 안에서 꺼내기 위해 두 팔로 안아 들었다. 그 순간 죽은 듯 잠들어 있던 여인의 두 눈이 떠졌다.

"……."

한동안 공허한 움직임을 보이던 눈동자는 마침내 눈을 제외한 얼굴 전체를 복면으로 가리고 있던 시백을 뚫어져라 쳐다보았다.

그 여인은 화진이었다.

아이를 안은 팔이 저릿해왔다. 정신이 반쯤 혼미한 상태였기 때문에 저릿한 느낌에 내가 할 수 있는 대응은 아무것도 없었다. 그저 마지막을 아이와 함께하는 것뿐. 어쩌면 외할아버지는 이 아이가 죽을 걸 알고 있었는지도 모른다. 그래서 절대 아이를 낳아서는 안 된다는 경고와 같은 말을 내게 남기고 떠난 것이겠지.

정운의 죽음을 막지도 그렇다고 다시 되살리지도 못한 외할아버지를 원망하는 마음은 없다. 차라리 잘되었다. 난 일찌감치 죽었어야 했으니까. 저릿한 느낌이 내 몸속에 흐르는 모든 피를 빼앗아 간다는 생각이 들었다. 저릿한 감각도 시간이 지날수록 사라져갔다. 아무런 감각도 느껴지지 않는 그 정점이 내가 바로 죽는 순간이라고 여겼던 그때, 누군가 나를 번쩍 안아 들었다.

"으음……."

정신이 들자 추위가 엄습해왔다.

입고 있는 옷이 모두 젖어 있다는 느낌이 들었다. 그 젖은 모든 부위가 추웠다. 그 추위는 나를 깨우고 내 눈꺼풀을 들어올렸다. 눈을 들자 주변을 가득 채운 수증기가 제일 먼저 보였다.

분명한 색이 없는 수증기 속을 떠다니던 내 눈동자는 이윽고 나를 들어올린 사람의 얼굴로 향했다. 희고 두터워 보이는 천으로 눈을 제외한 얼굴을 모두 가린 남자였다.

"정신이 드시오?"

그 남자가 내게 물었다.

하지만 내게는 대답할 힘이 남아 있지 않았다. 나는 그 남자의 눈을 말없이 바라보았다. 왠지 모르게 편안한 느낌이 찾아왔다. 순간 무의식에 내 품에 안겨 있을 아이를 돌아보았다.

아이가 없다……!

나는 그의 품 안에서 아이를 찾아 버둥거렸다.

"아이…… 아이……!"

"아이?"

아이를 찾는 나를 그는 불가에 조심스레 내려놓았다.

"아이…… 아이 어딨어요?"

"아……."

무언가 알고 있는 듯한 대답이다.

나는 빠르게 엄습해오는 추위에 몸을 격렬하게 떨면서도 그의 팔을 강하게 부여잡았다.

"아이……! 내 아이요……!"

그의 두 눈동자가 내 집요한 시선을 피한다. 대답을 알면서도 망설이는 듯한 표정.

나는 그제야 내 품에서 죽어가던 아이의 마지막 얼굴을 떠올렸다.

"죽었군요……? 그렇지요?"

"그렇소."

"!"

나 역시 아이가 살지 못할 것을 알고 있었다. 내가 잠드는 것보다도 더 빠르게 숨이 사그라져갔을 아이. 그러나 내가 알고 싶은 것은 그것이 아니다.

"아이는 어디에 있는데요?"

"조금 전, 지나가던 부부가 묻어준다며 데려갔소."

아이가 곧 땅에 묻힌다는 말에 입술이 파르르 떨려왔다. 추위 때문인지 슬픔 때문인지 알 수 없었지만, 난 억지로 눈물을 삼키고 있었다.

어쩌면 내 손으로 했어야 할 일. 이 전쟁통에 누군가의 동정으로 그리되었다면 차라리 잘되었다고 위안으로 삼아야 할까?

"옷 한 벌도 제대로 입히지 못했는데……."

"우선 이곳을 떠납시다. 곧 적병이 다시 이곳으로 올 것이오."

"아니요. 그럴 순 없어요."

나는 자리에서 일어섰다. 순간 어지럼증과 하체에서 오는 통증에 비틀거렸다. 그가 부축하려 손을 뻗었지만, 나는 이를 거절하고 벽에 홀로 손을 지탱하고 섰다. 식은땀이 추위로 인해 얼어붙은 물기 위로 겹쳐 흘러내렸다.

"조금 전에 떠났다고 하셨잖아요. 그들…… 그들을 찾아서…… 아이를…… 어미인 내가 묻어줘야 해요."

"이 몸으로 그들을 뒤쫓는 것은 무리요."

난 고개를 완강히 저었다.

"그쪽은 갈 길을 가세요. 난 내 길을 갈 테니."

나를 부축하려 뻗는 그의 손길을 완강히 거부하며 한 걸음씩 앞으로 발을 내디뎠다. 그때마다 몸을 뒤덮는 통증과 추위가 내 발

목에 얽혀 들어갔다.

그도 내 고집을 알았는지 포기한 듯 뒤로 물러섰다.

나는 어렵게 한 발 한 발 떼어 부엌을 벗어나려 문가로 향했다.

"미안하오."

내 등 뒤에 서 있는 그의 사과하는 목소리가 들려온 듯싶었다.

– 탁!

곧바로 한쪽 어깨에 강한 통증이 느껴지는가 싶더니 그대로 나는 정신을 잃고 말았다.

◈

이리 고집이 만만찮은 여인은 처음이라고 시백은 생각했다. 아무리 낳자마자 아이를 잃었다고 하더라도 저마다 살겠다며 부모 형제도 버리고 도망치는 전쟁통이었다.

"미안하오."

시백은 재차 미안하다는 말을 하며 기절시킨 화진을 다시 안아 들었다. 물에 젖은 옷에 이제 살얼음이 붙고 있었다. 이대로 데려가는 것은 위험하다 싶었는지 그는 잠시 화진을 내려놓고 그녀가 걸칠 만한 것을 찾아 두리번거렸다.

"나으리! 이곳에 계셨습니까요?"

그때 밖에서 그의 하인이 안으로 뛰어 들어왔다. 시백은 그가 가져온 자신의 호피를 보고는 소리쳤다.

"어서, 어서 그것을 이리 내놓거라."

"에?"

"어서!"

시백의 외침에 하인이 호피를 건넸다. 시백은 서둘러 쓰러진 화진의 어깨에 호피를 걸쳐주었다.

"그 여인은 누굽니까?"

"이곳에서 찾았다."

"죽은 거 아닙니까? 얼굴이 파리한 게……."

화진의 얼굴을 살펴보던 하인의 두 눈이 동그랗게 떠졌다.

"상당한 미인인데요? 오랑캐 놈들이 보면 아주 좋아하겠습니다."

"무어라?"

시백이 하인을 노려보자 하인은 금세 꼬리를 내며 물러섰다.

"소인이 또 말실수를……!"

시백이 화진을 번쩍 안아 들며 하인에게 물었다.

"더는 도성에 남아 있는 사람을 보지 못하였느냐?"

"못 봤습니다."

"그럼 어서 동굴로 돌아가자."

"그 여인도 데려가시게요?"

"살아 있다. 그러니 내가 데려갈 것이다."

시백은 화진을 안아 든 채로 부엌문을 나섰다.

그의 부친은 외할아버지의 제자였다. 어릴 적부터 외할아버지가 직접 학문을 가르쳤다고 들었다. 외할아버지가 그의 부친을 찾아갈 때마다, 나는 외할아버지의 손을 꼭 붙잡고 그를 만나러 갔다.

유정운.

그를 좋아한다는 마음을 깨달았던 것은 내 나이 열두 살. 할아버지는 알 듯 모를 듯한 미소를 지닌 얼굴로 내게 이렇게 말씀하셨다.

['화진아. 정운이를 좋아하니?']

['네.']

['하지만 사랑해서는 안 된다.']

사랑이라는 단어가 좋아하는 단어와 같다는 것만 알던 나이. 외할아버지의 말은 오래도록 내 머릿속을 떠나지 않았다.

정운을 사랑하게 된 뒤에도…….

.

.

.

똑.

똑.

똑.

동굴 속에서 벽을 타고 계속 물방울이 떨어진다.

이곳은 도성 인근 산속. 수십여 명의 백성들이 청군을 피해 몸을 숨기며 지내고 있는 곳이다. 다행히 동굴에서는 한겨울에도 마르지 않는 샘이 있어서 식수는 걱정이 없었다. 다만 식량이 모자랐다. 이곳에 있는 사람들은 밤이 되면 남자들만 짝을 지어 산을 내려가 식량을 구해왔다. 처음에는 제법 풍족했던 식량도 점점 줄어들고 있었다. 식량이 줄어들자 다들 불만이 하나둘씩 생겨나기 시작했다.

"일단 산에서 내려갑시다. 남쪽으로 가다보면 아군을 만날 수 있을 거요!"

"임금님도 남한산성으로 갔다고 하시던데 우리도 그곳으로 갑시다!"

"위험한 짓이오! 아직 오랑캐가 물러갔는지 안 물러갔는지도 알 수 없소!"

"이미 물러갔겠지. 지난번에도 나라님이 금방 오랑캐를 달래서 돌려보내지 않으셨소? 이번에도 그러셨을 것이오."

"말도 안 되는 소리!"

동굴이 떠나가라 소리치는 사람들. 이러다가 정말 없던 청군도 소리를 듣고 몰려올 것만 같았다. 이런 곳에서 묵묵히 검을 든 채, 동굴의 입구를 지키고 있는 복면을 한 남자.

"나으리. 좀 드시지요."

싸우느라 시끄러운 사람들을 피해 하인이 그에게 보리밥으로 만든 작은 주먹밥을 건넨다. 그러고 보니 그가 무언가를 먹는 것을 본 적이 없다. 입을 가리고 있는 흰 천을 벗는 모습도.

물끄러미 그를 바라보는데 하인과 대화를 하던 그가 나를 바라봤다. 그는 나를 구해서 이곳까지 데려온 사람이다. 정신을 잃었던 내가 깨어났을 때부터 난 이 동굴에 있었으니까. 한참을 그와 눈을 마주치던 나는 조용히 어두컴컴한 동굴 벽으로 고개를 돌렸다. 잠시 후 사람의 기척에 돌아보니 그였다.

"……."

나는 멀뚱멀뚱 그의 얼굴을 쳐다보았다. 가려진 그의 얼굴에서 드러난 유일한 것은 두 눈. 이제는 이상하게 익숙해지려는 그 눈이 나를 보며 말한다.

"드시오."

그가 내민 것은 방금 전 하인이 그에게 챙겨다주었던 보리 주먹밥이다. 아이의 주먹만큼 아주 작은 것. 어른에게는 간에 기별도 안 갈 만큼 아주 작은 크기다.

"괜찮아요."

"동굴에 온 뒤로 먹는 것을 도통 못 보았소. 나중에는 없어서 못 먹을 수도 있으니, 드시오."

나는 그의 두 눈을 빤히 쳐다보았다. 나도 그가 무언가 먹는 것을 본 적이 없었다. 그런 그도 내가 무엇을 먹는지 안 먹는지 관심을 두고 있었던 것이다.

남자란…… 저렇듯 얼굴의 반을 가려 제 모습을 감추어도 본 모습은 이렇게 드러나는 것일까?

나는 그를 뻔하디뻔한 사내로 여기고는 속으로 조소하며 비웃듯 말했다.

"왜 나서지 않으시죠?"

"무슨 말이오?"

"이곳에서 가장 신분이 높은 분도 나으리 한 분뿐이시고…… 여기 동굴에 있는 대다수의 사람들을 나으리가 구해오셨잖아요. 그러니 말할 자격도 충분하신 듯한데."

내 시선이 동굴이 떠나가라 말싸움을 벌이고 있는 사람들을 향했다.

"허리춤에 지니신 검만 빼 들어도 저 시끄러운 사람들은 입을 싹 닫을 거예요."

그가 시선을 내려뜨렸다. 화가 난 것 같았다. 아니, 분명 화가 났을 것이다. 고작 여인이 이렇듯 자신을 비웃고 비난하고 질책했으니까. 명색이 사내이고 조선의 양반이라면 분명…….

"신분 고하가 어디에 있겠소."

그가 다시 시선을 들어 내 두 눈을 바라봤다.

"이 전쟁통에 제 부모도 자식도 삶의 터전도 재산도 모두 잃은 이들이오. 그들에게 신분 고하를 따지는 것이 무슨 도움이 되겠소?"

그의 시선이 싸우고 있는 사람들을 향한다.

"저들은 단지 살고 싶어서 그러는 것이오. 오랑캐에게 죽을까봐 두려운 것이오. 그러니."

그가 나를 돌아보았다.

"그들이 잃었던 것을 되찾아주고 이 전쟁터에서 그들의 목숨을 살려줄 수 있다면, 난 이미 나섰을 것이오. 그대의 말처럼 검을 들고 나서든 목소리를 높이며 나서든."

그는 슬픈 눈으로 웃었다.

아주 잠깐, 나는 오랫동안 보지 못했던 누군가의 웃음을 떠올렸다. 그리고 나도 모르게 한 손을 뻗어 그의 입가를 가리고 있는 천을 떼어내려 했다. 그러나 그의 동작이 더 빨랐다.

- 탁!

그가 자신의 천을 떼어내려는 내 손목을 낚아채듯 잡은 것이다.

"뭐 하는 짓이오?"

당황한 그가 예리한 시선으로 나를 노려본다.

"아, 아니……! 저…… 그 얼굴을 가리고 있는 천이 답답해 보여서……."

변명 아닌 변명에 그는 어처구니가 없다는 듯 짧게 웃더니, 잡은 내 손에 주먹밥을 쥐여주고는 놓아준다.

"드시오. 기운을 내야 살아서 남은 가족을 만나지 않겠소?"

그는 곧 자리에서 일어서 동굴의 입구 쪽으로 걸어가버렸다. 괜한 내 행동이 그의 기분을 상하게 했다는 것을 깨닫는 것도 잠시뿐.

잘못 본 것이겠지?

대신 묘한 의문만 남아 그의 얼굴의 반을 덮은 흰 천으로 시선
이 향했다.

～✲～

"산 아랫마을부터 인근 마을까지 싹 다 뒤졌지만 이것밖에 못
찾았소."

그를 따라다니는 하인이 투덜거리며 자루 하나를 내려놓았다.

자루는 반도 채 차 있지 않았다. 그 안에는 잡곡이 조금 들어 있
을 뿐이었다. 이것 가지고는 동굴 안의 수십 명이 한 끼도 먹을 수
없는 양이었다.

"더 멀리 나가보지 그랬소! 검만 들고! 겁이 나서 못 간 게지?"

제일 덩치가 큰 사내가 나서서 소리친다.

그는 단 한 번도 식량을 구하러 나가는 사내들을 따라나서지 않
은 이였다. 겉으로는 동굴에 남아서 부녀자들을 지키기 위함이라
고 했지만 겁이 나서다. 덩치에 어울리지 않게, 그의 얼굴에는 겁
이 잔뜩 서려 있다.

"큭."

나도 모르게 터진 웃음.

순간 동굴에 침묵이 내려앉는다. 조금 전 큰소리치던 사내의 눈
이 바로 동굴 가장 구석진 자리에 앉아 있는 나를 향했다. 작지 않
은 크기의 동굴이지만 아주 작은 소리도 크게 울린다.

"거기, 지금 날 보고 웃었소?"

"네, 웃었어요."

웃었다고 당당히 말하며 일어서는 나를 보고는 그 사내의 인상이 더욱 험상궂게 변한다.

"뭐야? 꼴에 반가의 부녀자라고 대접 좀 해줬더니…… 미쳤나, 저년이!"

나는 그가 들으라는 듯 코웃음을 치며 팔짱을 꼈다.

"내가 미친년이면 댁은요? 그 덩치에 뭐가 무서워서 동굴 밖으로 한 발자국도 못 나가죠?"

"나야 당연히 여기에 있어야지! 사내들이 전부 나가면, 누군가는 여인들을 지켜줘야 하니!"

"그럼 그렇게 큰소리칠 바에 이번에는 댁이 직접 나가서 식량 좀 구해와요. 얼마나 많이 구해오나 좀 보게."

"뭐!"

무식하면 주먹이 먼저 나간다고 했다.

그가 나를 때릴 듯이 팔뚝을 걷어올리며 걸어왔다. 나도 지지 않고 그를 노려보며 맞섰다. 맞는 것 따위는 두렵지 않았다. 어차피 죽음도 두렵지 않은 나였다. 죽음이 두려워 겁에 질린 얼굴로 아무렇지도 않은 듯 큰소리치는 사내들 따위…….

-!

그때 나와 그 사내를 가로막는 사람이 있었다. 흰 천으로 얼굴을 가린 그였다.

218

"진정하시오."

"지금 진정하게 생겼어?! 저 미친년이 떠드는 걸 들었냐고?"

그의 목소리가 쩌렁쩌렁하게 동굴 안을 울렸다. 여인들은 서로를 끌어안고 두려움에 떨었다.

난동 아닌 난동을 부리는 이 상황 때문에? 아니면 이 소리에 산 아래 어딘가에 있을 청군들이 찾아올까봐?

"곧 날이 저무니 조금 더 멀리 가서 식량을 구해보리다."

이번에도 그다.

그는 검을 가졌고 다른 이들은 곡괭이를 비롯해 무기로 삼을 만한 것들을 전부 가졌다. 그러나 늘 앞장서는 것은 그다.

그는 도대체 무엇을 위해 또 누구를 위해 앞장서는 것일까?

◦◦◦◦◦◦◦◦

날이 저물기 시작하면서 다시 식량을 구하러 산 아래로 내려가기 위해 사내들이 저마다 준비를 했다. 곡식을 찾으면 담아올 자루들과 기마병으로 이루어진 청군 앞에서 제 목숨 하나 지키는 것이 불가능할 무기들을 챙긴 채로. 사내들이 준비하는 것을 묵묵히 지켜보던 그가 동굴 구석에 앉아 있는 내게로 다가왔다. 그가 다가오는 것을 본 나는 일부러 고개를 돌려 시선을 외면했다.

그러나 그는 내 옆에서 침착하고 낮은 목소리로 말했다.

"그리 먹지 않고도 기력이 남아 있소?"

이유는 모르지만 이상하게 그의 앞에서는 무례하게 행동하게 된다. 마치 자신을 챙겨주는 선생님에게 일부러 대드는 십 대 불량 소녀 같다.

이 사람은 날 살린 사람이니까.

차라리 죽고 싶었던 나를 살려주었던 사람이니까.

나의 무례함에 불쾌함을 느낀 그가 나를 살린 것을 후회하길 바랐다. 그게 아니라면 이런 처지에 놓인 내가 누군가에게 화를 내고 싶었는지도 모른다. 그게 바로 나를 살린 이 사내고.

"어차피 다 죽을 거예요."

틱틱대듯 말하는 나를 보며 그가 탄식하듯 말한다.

"보시오."

그가 가리키는 것은 산 아래로 떠날 채비를 하는 사내들과 그를 배웅하는 가족들의 모습이었다. 혹시라도 잘못될까 혹시라도 돌아오지 못할까 걱정하는 이들.

"우린 단 한 명이라도 살아남기 위해 이러는 것이오."

"아닐걸요."

내 시선은 계집처럼 여인들과 동굴에 남은 덩치 큰 사내를 향했다.

"여기 있는 모두가 죽어도 꼭 자기 혼자만은 살겠다는 사람도 있으니까."

나는 일부러 덩치 큰 사내를 가리키며 말했다. 그러나 그는 그쪽을 전혀 돌아보지 않았다. 내 말의 의미를 담고 있는 상대가 그 못

된 덩치 큰 사내라는 것을 알면서도 오직 내 얼굴만 쳐다보며 말했다.

"그대도요?"

예상치 못한 그의 반문에 나는 조금 당황했다.

"네?"

"그대도 이곳에 있는 모든 이들이 죽어도 혼자라도 살고 싶소?"

그는 내 마음을 모른다. 난 이미 죽었어야 할 사람이었다. 살아서는 안 되는 사람이었다.

금방이라도 터져 나오려는 눈물을 보이지 않으려 난 입술을 꽉 깨물었다. 그리고 그를 노려보며 말했다.

"모두가 죽었어요. 다 죽었어요. 이 조선에 내 피붙이는 단 한 명도 없어요. 이제라도 내가 죽는다고 슬퍼할 사람이 이 조선에는 아무도 없다고요. 그런데도 내가 살기를 바랄 것 같아요?"

정운이 죽었다.

외할아버지가 떠났다.

내 몸에서 나온 생명도 죽었다.

어차피 난 혼자였다.

일찍 더 일찍…… 정운이 죽었을 때 함께 죽었어야 했다.

독기 품은 말의 끝은 눈물이었다. 눈물이 터지자마자 그 모습을 보이기 싫어 고개를 돌려버렸다.

"나으리! 준비가 끝났습니다! 이제 가시지요!"

하인의 목소리를 들은 그가 돌아서서 산을 떠났다. 떠나는 사내들을 여인들은 눈물로 배웅했다. 그러나 배웅하는 사람도 배웅해줄 사람도 없는 두 남녀가 있었다.

그와 그리고 나였다.

꿈

다시 조용해진 동굴 속.

사내들이 떠난 곳에는 다시 천장에서 벽을 타고 떨어지는 물방울 소리뿐이다.

고요함.

십여 명의 여인들이 남았지만, 그 누구도 소리를 내지 않는다. 작은 소리에도 청군이 나타날까봐서?

밤은 깊었지만 잠은 오지 않는다. 혹시라도 동굴이 들킬까 불도 지필 수 없다. 동굴이 전해주는 한기가 바닥에 깐 짚 위로 스멀스멀 올라왔다. 덮고 있던 거적때기를 힘주어 끌어올리던 그때였다. 거적 안으로 단단한 손 하나가 들어오더니 내 허리를 냉큼 잡아채 끌어안는다.

"흐흐……!"

동굴 안에 남은 유일한 사내. 나와 언쟁을 벌였던 덩치가 큰 사내였다.

"전란에 지아비와 아이도 잃더니 실성했나보네. 밤에 잠도 안 오지? 내가 위로해줄게, 응?"

"!"

나는 바로 소리를 지르려고 입을 열었다. 그러자 그가 재빠르게 내 몸 위로 올라타며 자신의 큰 손으로 내 입을 틀어막는다.

"가만있어! 즐겁게 해줄 테니!"

"으읍······!"

분명 아주 작은 소리임에도 조용하기만 한 동굴을 울리고 있었다. 그러나 떠난 사내들을 기다리느라 잠 못 이루고 있을 여인들 중 그 누구도 이 소리에 반응을 보이지 않는다.

"이리 미인이 어찌 홀몸이 되었을까? 흐흐흐"

그는 한 손으로 내 입을 틀어막고 제 몸으로 나를 누르고 남은 손으로 내 몸을 거칠게 더듬어갔다. 저고리 끈을 쥐어뜯듯 잡아당기고 치마 속을 헤집었다.

"나도 알아. 그 양반 나으리 놈이랑 벌써 붙어먹었지? 그자가 널 안고 올 때부터 알아봤다니까. 멀쩡한 사내라면 이런 보기 드문 예쁜 계집을 가만 놔둘 리가 없겠지."

"읍······ 으읍!"

육중한 몸이 누르고 있어 벗어나는 것이 불가능했다. 그리고 그 누구도 나를 도와주지 않았다.

지금 이 동굴 안에는 이 사내와 나 외에는 아무도 없는 것처럼 모두 침묵이라는 깊은 잠에 스스로 제 몸을 주었다.

어째서?

짓눌린 상태라 눈동자는 안압으로 인해 터질 듯 아프고 눈물이 빠르게 맺혔다. 겁이 나서라기보다는 분해서였다. 억울해서였다.

덩치 큰 사내가 내 귓불을 혀로 핥아 올리며 속삭였다.

"가만히 있어. 지아비도 애도 죽었다면서? 걱정 말라니까. 나도
마누라가 죽었어. 널 내 마누라 삼아줄게. 그러니까…… 악!"

내 입을 틀어막고 있던 그의 손에 살짝 틈이 생긴 것을 본 나는
그의 손가락 하나를 힘주어 깨물었다. 그가 잠시 비명을 지르더니
내게서 조금 떨어졌다. 그 틈에 도망치려 하자 그가 내 머리채를
뒤에서 잡아챘다.

"악!"

나는 그대로 끌려들어 가며 바닥에 엎어졌다.

"이년이 곱게 생겨 곱게 다뤄주려고 했더니!"

그가 쓰러진 내게로 다시 달려들려고 했다. 나는 머리맡에 두었
던 낫을 잡았다. 그리고 질끈 눈을 감은 채로 몸을 돌려 힘껏 내려
쳤다.

"…… 윽!"

무슨 일이 벌어졌는지 모른다. 동굴은 어두컴컴했고 보이는 건
없었다.

"흐읍……! 흐읍……!"

내가 휘두른 낫에 거칠어진 숨소리를 내는 사내. 그가 무릎을 꿇
으며 털썩 바닥에 주저앉았다. 무언가 호흡이 거칠고 막힌 듯한 느
낌이 들었다. 서서히 어둠이 익숙해져갈 무렵 목구멍에 낫이 꽂힌
채 죽어가는 사내와 마주했다.

– !

'내가 사람을……'

숨이 점점 거칠어진다.

"흐억……!"

숨이 멎은 듯 사내가 뒤로 쓰러졌다. 그제야 잠든 척하던 여인들
이 하나둘씩 초에 불을 켜고 다가온다.

"주, 죽었어!"

"히익……!"

"저, 저 여자가 죽였어!"

"꺄악!"

그녀들은 이미 숨이 끊어진 덩치 큰 사내를 보자 비명을 지르기
시작했다. 이미 내 옷에도 그의 피가 잔뜩 튀어 있었다.

– ……

한동안 멍한 상태로 죽어 있는 사내를 가만히 내려다보던 나는
여인들의 비명이 잦아들 즈음 담담하게 사내에게 다가가 목에 박
힌 낫을 빼냈다. 그리고 아직 사내의 피가 묻어 있는 낫을 들고 여
인들 얼굴 하나하나를 가리키며 말했다.

"다 똑같아."

더 이상 무슨 할 말을 할 수 있을까?

"이자와 다 똑같다고."

소리칠 힘은 없다.

며칠째 제대로 된 것을 먹은 적이 없었으니까.

"그게 그러니까!"

"우린 말이에요. 그저……."

여인들 중 한 명이 내게 무언가 말을 하려고 했다. 하지만 나는 들고 있는 낫을 들어 위협하듯 말했다.

"내게서 물러서!"

내가 든 피 묻은 낫에 여인들이 겁을 먹고 물러섰다. 나는 그 틈에 동굴을 빠져나왔다. 밖으로 나오니 바로 환한 보름달을 마주했다. 보름달 속에 갇힌 세상은 온통 눈밭이었다. 나는 동굴에서 멀어지기 위해 한참을 내달렸다.

달리는 동안 옷이 거친 겨울 나뭇가지에 찢기고 살에 상처가 나는 것을 알면서도 달렸다. 쉬지 않고 달리다 손에 든 낫도 어느 순간 잃어버리고 말았다. 언제부터인가 달리는 속도를 제어할 수 없게 되자 눈을 감아버렸다. 낭떠러지가 나와서 죽든 아니면 큰 나무에 몸이 부딪혀서 죽든 죽고 싶었다.

이대로 죽어버리고 싶었다……!

– 탁!

눈을 감고 산 아래로 내달리던 내 팔을 누군가 잡아채는 바람에 함께 눈으로 뒤덮인 땅을 굴렀다. 몇 번 구르고 나서야 나는 누군가 나를 끌어안고 함께 굴렀음을 깨달았다. 구르던 몸이 멈추고 두 눈을 떴을 때 나를 대신해 차가운 바닥에 등을 대고 누워 양팔을 붙잡고 있는 흰 복면의 사내와 마주했다.

"도대체 이게 뭐 하는 짓이오!"

이번에는 그도 크게 당황한 듯싶었다.

그의 두 눈을 보자 마치 기다렸다는 듯 눈물이 터졌다.

"흐흑……!"

나도 제어할 수 없을 만큼 많은 눈물이 한꺼번에 그의 얼굴로 떨어졌다.

"대체…….'

그가 허리를 일으켜 세웠다. 그러더니 피에 젖은 상태로 엉망이 되어 풀어헤쳐진 내 옷을 보며 말했다.

"다쳤소?"

"흐흑……."

난 울며 고개를 내저었다.

"이건 누구의 피요?"

"흑…… 흐흑……."

내가 사람을 죽였다는 사실을 어떻게 말해야 할까?

어린아이처럼 마냥 울던 나는 그의 허리춤에 찬 검을 보았다. 빠르게 그의 허리춤에서 검을 빼들어 바로 내 목을 베어버리기 위해 휘둘렀다.

- 휘익!

아주 짧은 시간에 일어난 일이었다. 그랬기에 나는 스스로 자살할 수 있을 것이라고 믿었다.

.

.

.

뚝.

뚝.

달빛을 받아 반짝이는 붉은 피가 흰 눈밭 위로 떨어져 내렸다. 그것은 내 피가 아니었다. 내 목을 베려는 순간 그의 한 손이 검 날을 움켜잡은 것이다.

"정녕 미쳤소?"

그가 손에서 붉은 피를 흘리며 내게 물었다.

나는 내 목이 아닌 그의 손에서 흐르는 피를 보며 검을 잡은 손을 놓았다.

"도대체 무슨 일이오?"

울음을 왈칵 터트리며 나는 어렵게 그에게 말했다.

"제가…… 사람을 죽였어요."

꽃무늬

-타닥. 타닥……

불이 커지자 앙상한 가지 사이로 연기가 모락모락 올라갔다. 청군이 이를 보면 위험해질 텐데 내게 자신의 호피를 건네주고 불가에 앉은 그는 말이 없다. 타고 있는 불을 가만히 바라만 보고 있을 뿐이다.

나는 그를 바라보며 생각했다.

왜 하필 그일까.

매번 죽어야 할 순간에 날 구해주게 되는 것은 왜 그일까.

"……윽."

그가 갑자기 인상을 찌푸리며 신음을 냈다.

자세히 보니 그의 왼손에 문제가 있었다. 아까 자살하려던 나를 막기 위해 검날을 움켜잡았던 손을 대충 천으로 둘둘 말아놓았는데 그 손으로 나뭇가지를 잡았다가 덧난 모양이었다. 뒤늦게 미안한 마음이 일었다.

그때 그가 시선을 들어 내 얼굴을 쳐다보았다. 아마도 자신이 낸 신음을 내가 들었다고 생각한 모양이었다. 그가 혹시라도 민망해할까 못 들은 척 시선을 돌렸다. 그런데 시선을 회피하듯 고개를 돌리는 나의 행동을 그가 알아챈 것 같다.

"도와주겠소?"

"뭘요?"

그가 다친 손을 내 앞에 내민다. 엉성하게 두른 천은 이미 피가 배어 나와 엉망이었다. 나는 순순히 고개를 끄덕이며 불 건너편에 앉아 있는 그에게 다가갔다. 그의 옆에 가까이 다가가자 갑자기 그가 기침을 했다. 그제야 그가 걸쳐야 했을 따뜻한 호피를 내가 걸치고 있다는 것을 깨닫고는 더욱 미안해졌다. 하지만 도무지 입밖으로 미안하다는 말이 나오지 않는다.

이건 내 못난 성격 탓이겠지만.

"주세요."

그의 다친 손을 손바닥이 보이게 내 무릎 위에 올려놓고는 묶인 천을 풀었다. 기다렸다는 듯이 피가 검날이 만든 상처를 따라 배어 나온다. 나는 벗겨낸 천을 다시 곱게 펴서 천천히 피가 나오는 손바닥을 지혈하기 위해 살짝 눌렀다.

이런 나를 보며 그가 말했다.

"너무 걱정 마시오. 국법에 반가의 여인을 희롱한 죄는 참형이니."

"내가 사람을 죽인 것이 두려워서 이러는 줄 아세요?"

난 그의 다친 손바닥이 그의 얼굴인 양 노려보며 말했다.

"허면?"

"내 선택이 여기서는 잘못되었다는 것쯤은 알아요. 안다고요."

"잘못되었다?"

"반가의 여인이라면……."

난 고개를 들어 그의 얼굴에서 유일하게 보이는 두 눈을 쳐다보며 말했다.

"제 목숨을 스스로 끊었겠죠. 정조를 잃든 안 잃든 말이에요."

반가의 여인이라면 결코 하지 않을 말들을 외간 사내에게 스스럼없이 말하는 나. 이 말을 가만히 듣던 그의 시선이 잠시 흐트러진다.

"어차피 반가의 사내들이란 부부의 연을 맺고도 정조를 잃은 부인은 일말의 주저함도 없이 내칠 테니까. 나으리도 그러시겠지요?"

내 얼굴로 그의 시선이 다시 돌아왔다.

"난 그러지 않소."

전혀 상상하지 못한 그의 대답에 내 입은 꿀 먹은 벙어리가 되고 말았다.

"살아 있어준 것만으로도 고마웠으니까."

"……네?"

나는 무언가 잘못 들었나 싶어서 그에게 반문했다.

그가 타들어가는 불로 잠시 시선을 옮겼다. 그곳에는 단지 불과 연기만 있을 뿐이었다. 하지만 그의 기억 저편에서는 또 다른 기억이 꿈틀대며 되살아나고 있었다.

"정묘년의 난에 아내는 친정인 의주에 가 있었소. 청군은 제일 먼저 의주성을 공격했지. 그 소식을 들은 나는 아버님의 반대도 무릅쓰고 아내를 찾아 혼자서 의주까지 갔었소."

여기서 난 무슨 말을 해야 할까?

"청군이 지나간 의주성의 참혹함은 이루 말할 수가 없었소. 길에는 수많은 백성들의 시체가 썩어가고 있었소. 청군은 조선인 사내라면 닥치는 대로 죽였소. 여인은 살려두었지. 그래서 내 아내도 목숨은 건질 수 있었소."

그다음 이야기는 듣지 않아도 알 수 있었다.

"내 아내를 찾아낸 곳은 청군이 머물고 있는 객사였소. 난 그곳에서 아내를 구출해 남쪽으로 도망쳤소. 그러나 한양 성문을 가까이 두고 아내는 한밤중 나무에 목을 매달아 자결했소."

아내의 시신을 발견했을 때의 그의 두 눈이 바로 지금 내 앞에 있었다.

"아내가 죽고 집 앞에는 열녀문이 세워졌소. 아버님은 그 열녀문을 아주 자랑스러워하셨소. 출타하시고 돌아오시면 말을 타든 교자를 타든 꼭 그 문 앞에서 내려 웃으며 집으로 걸어 들어오셨소. 허나 그 문은……! 그 문은…… 내 아내의 피로 세워진 문이란 말이오!"

그는 소리치지 않았다.

그는 분노하지 않았다.

단지 내가 지혈하고 있던 손을 꽉 움켜잡았다. 피가 지혈을 위해 막아두었던 천을 적시고 흘러내린다. 내 눈에는 그것이 그가 지금 흘려야 할 피눈물을 대신하는 듯 보였다.

나는 힘껏 움켜쥔 그의 손을 부드러운 손길로 풀어주며 말했다.

"다시 지혈부터 해야겠네요."

나의 작은 손힘이 그의 움켜쥔 손을 저절로 풀리게 만들었다. 담담하게 지혈하는 나를 내려다보며 그가 입을 열었다.

"그대는 강한 여인이오."

"그러길 바라요. 이런 전쟁터에서 살아남으려면 적어도 그래야겠죠."

"내 아내도 그대와 같았다면……."

"살아 계셨겠죠."

그를 오해했던 모든 마음이 눈 녹듯 풀어지는 것을 느꼈다.

왜 그를 다른 사내들과 같은 사내라고 취급했을까? 죽고자 하는 나를 살려주고 내 안에 있는 꺼져가는 작은 불씨 같은 용기까지 되살려준 그인데.

"이 천으로는 더는 지혈이 안 되겠어요."

나는 고개를 들어 그와 눈을 맞췄다.

"그 복면. 지혈하는 데 쓰게 이리 주세요."

그렇게 나는 그의 얼굴을 가리고 있던 천을 요구했다. 그가 순순히 고개를 끄덕였다. 그러더니 다치지 않은 한 손으로 천을 풀려고 했다. 그 순간 지혈을 위해 누르고 있던 다른 손이 움직이며 피를 흘렸다.

"제가 할게요."

그가 다시 고개를 끄덕였다.

그를 대신해서 한 손으로 그의 얼굴의 반을 가리고 있던 천을 벗겨냈다. 그리고 내 앞에 처음으로 드러난 그의 얼굴 전부와 마주했다.

– !

달빛이…… 그 어느 때보다도 환한 달빛이 내 앞에 그의 얼굴을 정확히 비춰준 순간.

"어찌 나를 보고 그리 놀라시오?"

흰 복면을 한 사내의 얼굴은 나의 연인.

정축년(1455년)에 세상을 떠났던 유정운의 얼굴이었다.

내가 그토록 찾아 헤매던 정운의 별을, 정운의 운명을 타고난 사내.

"내 얼굴에 뭐라도 묻었소?"

단옷날 우연히 마주쳤던 그 사내, 그가 바로 지금 내 눈앞에 있었다.

정운의 얼굴과 똑같아······.

나도 모르게 그의 얼굴로 손이 뻗어졌다. 눈으로 확인한 진실을 받아들이지 못한 손이 제 스스로 움직인 것이다.

그는 자신에게로 다가오는 내 손길을 보고서도 아무런 움직임도 보이지 않았다. 마침내 내 손끝이 그의 뺨 언저리에 닿으려고 했다. 그때였다.

"나으리!"

그의 하인의 목소리가 가까운 곳에서 들려왔다. 그 소리에 흠칫 놀라 손을 거두고는 고개를 푹 숙였다. 심장은 금방이라도 터질 듯 아프게 뛰었다. 숨을 쉬는 것만으로도 엄청난 통증이 가슴에서부터 전해져왔다.

─ ······

말없는 그의 시선이 고개를 숙인 내게로 향하는 게 느껴졌다.

"살아 있답니다!"

하인이 가져온 놀라운 소식에 나는 숙였던 고개를 들어올렸다. 동시에 다시 그와 눈이 마주쳤다. 나의 두 눈을 확인한 그가 무슨 말을 하려다가 그만두고는 자리에서 일어섰다.

"살아 있다니?"

"낫으로 목이 베인 사내 말입니다."

하인이 슬그머니 내 눈치를 보며 말했다.

"살아 있다고요?"

하인의 말에 내가 반문하며 일어섰다. 하인은 움찔거리며 내게서 한 걸음 뒤로 물러섰다.

"뭐, 동맥은 아슬하게 비켜간 듯싶던데…… 그래도 움직이기만 하면 피가 흘러서 꼼짝도 못 하고 누워서 끙끙대고만 있답니다."

"분명 숨이 멎는 걸 보았는데……."

"동굴에서 뛰쳐나갈 때 낫을 도로 뽑아 들었다면서요? 그때 막혔던 숨구멍이 트였는지 맥이 떠나고 다시 숨을 쉬더랍니다."

그자가 살았다니 기뻐해야 할까? 속으로는 안도의 한숨이 나왔지만, 표정은 안도할 수가 없었다.

"동굴 일은 얼추 마무리된 듯싶으니 동굴로 돌아가시지요, 나으리."

이렇게 말하면서도 하인은 다시 내 눈치를 봤다. 왠지 나를 동굴로 데려가고 싶지 않은 것 같았다.

"나으리?"

아무 말도 하지 않는 그를 하인이 재차 불렀을 때였다. 고민하던 표정의 그가 말했다.

"동굴로 돌아가지 않겠다."

"네?"

"남한산성까지 멀지 않으니 남한산성으로 가겠다."

"예에?"

하인이 어이없다는 듯 인상을 썼다.

그러고 나서 그는 바로 나를 돌아보며 물었다.

"나와 함께 가겠소?"

얼굴을 분명하게 알아보게 되자 그의 목소리는 더 또렷하게 들렸다. 달밤이 부린 마법이 아니라면 이젠 목소리조차도 그리웠던 정운의 목소리였다. 결코 내가 거절할 수 없는 목소리.

"남한산성은 위험해요."

"지금 이 조선에서 위험하지 않은 곳은 없소."

"저 때문에 동굴로 돌아가지 않으시는 거라면…… 가세요."

남한산성에서 일어날 참혹함이 지금 이 조선 곳곳에서 벌어지는 살육의 현장보다 나을 건 없다. 그래도 정운과 꼭 닮은 그가 위험해지는 건 싫었다.

"그대 때문이 아니오. 난 반드시 그곳으로 돌아가야 할 이유가 있소."

"가족이 그곳에 있나요?"

"그건 아니오. 아버님은 몇 해 전 돌아가시고 어머님은 계시나, 어머님은 내 아우와 함께 강화로 가셨소."

"그러면 강화로 가셔야지요."

그를 가르치는 듯이 들려서인지 하인이 내게 기분 나쁘다는 듯 말했다.

"뭘 모르면 나서지나 마시오."

나는 하인을 돌아보았다. 하인이 겁먹은 듯한 발짝 뒤로 물러서
며 말했다.

"우리 나으리는 말이오. 전 병조판서이시자 영의정으로 추증되
신 이귀 대감의 장자이시오."

"이귀?"

"아, 우리 돌아가신 대감마님 함자를 아는 거 보니, 댁이 뭘 좀 아
나보네. 그렇소. 우리 돌아가신 대감마님은 정사공신(靖社功臣, 반정
공신) 중에서도 일등 공신이셨소."

"금치야."

"소인이 틀린 말한 것은 아니잖습니까?"

이귀?

이귀의 장자라면…….

"이시백?"

내 입에서 튀어나온 이름 석 자에 그의 표정이 달라졌다. 그의
얼굴을 보니 내가 추측한 대로 그의 이름이 맞는 것 같다.

"당신이 이시백이에요?"

"그렇소."

머릿속이 복잡해졌다.

이시백이라니……!

정운을 꼭 닮은 그가 이귀의 아들 이시백이었던 것이다. 이시백
은 훗날 영의정까지 오르는 인물이다. 하지만 그보다 그가 더 알려
지게 된 계기는 따로 있었다.

"박씨전……."

나는 박씨전과 관련된 단어들을 떠올렸다.

이시백.

박씨 부인.

피화당.

계화.

이 모든 게 그저 우연이라고?

피화당이라는 이름을 지은 건 외할아버지였다. 그건 단지 병을 가장한 나를 봉림대군 일가가 피하도록 지은 줄로만 알았는데…….

"아니야. 아니야……."

나는 내 몸 곳곳을 살펴보았다.

아직 십 년도 채 되지 않았는데 이 시대에 동화된 건가?

다행히 몸은 멀쩡해 보였다. 내 몸은 사라지지도 희미해지지도 않았다.

"여기 이곳에 영영 묶여버리면 안 돼……."

갑자기 많은 것이 머릿속에 떠올라 복잡하게 얽혀 들어간다. 복잡한 머릿속 때문에 어지러워 한 가지 생각에 집중할 수가 없었다.

"사람을 낫으로 베고 미쳤나? 뭘 저리 혼자 중얼거린대요?"

"조용히 하거라."

그들의 대화 소리에 잠시 정신을 차린 나는 이시백을 보며 물었다.

"생일…… 그러니까 생년월일은요?"

그가 잠시 머뭇거리더니 대답했다.

"을묘년 병진월 정축일이요. 헌데 그건 어찌 묻소?"

"을묘년 병진월 정축……."

생일보다 더 정확한 것은 따로 있었다. 그를 보며 늘 세었던 밤 하늘의 별. 그중에서 내 눈에 가장 빛나고 화려하게만 보였던 별 하나.

나는 고개를 들어 하늘을 쳐다보았다.

─ !

제 주인의 머리 위에서 가장 크고 분명하게 반짝이는 별.

그 별의 존재가 모든 진실을 깨달을 수 있도록 알려주고 있었다. 나는 힘없이 바닥에 주저앉으며 중얼거렸다.

"다시 만났어……."

나의 연인 유정운을─

"괜찮소?"

그가 몸을 숙여 내게 다가왔다. 나는 고개를 들어 그의 두 눈을 바라보았다.

이시백, 그는 나와 같은 기억을 공유한 유정운이 아니었다. 그러나 얼굴은 정운의 얼굴을 지니고 있었다.

"……흑."

참으려고 해도 다시 마주한 정운의 얼굴 앞에서 눈물은 힘없이 뺨을 타고 흘러내렸다.

"어찌……."

혹시 내가 어디를 다친 것일까 걱정하는 마음을 품은 저 두 눈. 정운의 눈이 바로 내 앞에 있었다.

이 상황에서 더는 울면 안 돼.

침착해.

"아니에요, 아무것도."

마음을 다잡으며 눈물을 닦고 일어섰다.

"지금이 아마…… 아니, 내가 한양에 첫 입성한 청군을 본 게 며칠 전이니까……."

이미 강화도로 가는 길은 청군이 차단했다. 어차피 이곳에서 가장 가까운 곳은 남한산성뿐이야. 그보다도 이시백이 남한산성으로 가야 하는 이유는 따로 있다.

"이시백. 당신은 더 늦기 전에 남한산성으로 가야 해요."

"나를 아시오?"

그의 물음에 난 잠시 할 말을 잃었다.

나는 그의 이름을 안다. 그의 아버지 이름을 듣자마자 알아차렸으니까. 그의 생일도 물었다. 어찌 보면 조선에선 무례하기만 한 나의 행동에 그는 모두 대답을 주었다.

이젠 내가 그의 물음에 대답할 차례다.

"알아요. 전 병판대감이 반정의 일등 공신이라 워낙 유명하신 분이시니……."

"내 이름도 그래서 알았소?"

"정묘년의 난이 지나간 후, 아버님과 남한산성을 축조하셨죠. 그 공으로 내린 관직을 받지 않으셨다죠. 그건 도성에 파다한 소문이 아니던가요?"

파다한 소문인지 아닌지는 모른다. 하지만 약관의 나이에 임금이 직접 내린 관직을 뿌리쳤다면 그것은 분명 도성 안팎으로 소문이 났을 만한 일일 것이다. 이것은 전부 내 추측이지만 말이다.

"맞소. 열녀문과 함께 내려진 것이기도 했지."

그의 말끝에 무게가 실린다.

그가 관직을 거절한 이유를 알 것 같았다.

"전 병판 대감은 이미 돌아가셨으니 남한산성 구조에 대해서 잘 아는 사람은 이시백, 당신뿐이에요. 그러니 어서 남한산성으로 가세요."

조금 전 시백의 훈계에 얌전해졌던 하인이 입을 열었다.

"우리 나으리에 대해 저리 잘 아는 것을 보니, 보통 여인이 아닌가보네. 나으리, 조심. 또 조심하셔야 합니다. 대감마님 유언도 그게 아니었습니까? 사내가 늘 경계하고 조심해야 하는 것이 바로 재물과 권력. 그리고 아름다운 여인이라고요."

나는 하인을 노려보았다.

"히익!"

내 매서운 시선에 하인이 기겁하며 물러섰다.

나는 다시 시백을 향해 말했다.

"그보다 남한산성에 있어야 할 당신이 왜 아직 이곳에 있는 거죠?"

이시백은 남한산성에서 청군을 막는다. 원래 역사대로라면 그렇게 되어야 한다.

"아니 듣자듣자 하니 더는 못 참겠네! 어디 댁이 중전마마라도 되시오? 우리 나으리께 자꾸 반말이오?"

하인이 신경질적으로 소리쳤다.

"금치야!"

"나으리! 이제 소인은 저 여인의 낫에 목이 베여도 할 말은 할 겁니다! 이보시오, 그게 다 댁 때문이잖소! 남한산성에 계셔야 할 나으리가 이곳에 있는 연유가!"

"나…… 때문이라고요?"

"그걸 정녕 모르쇠로 일관할 거요? 댁을 구해놓고 걱정된 나으리가 댁이 깨어날 때까지 기다리다가 결국 오늘까지 이곳에 붙들린 게 아니오? 백성들 식량이나 구해주자고 밤마다 마을에 내려가 식량을 구해오고. 그것도 모르고 동굴에서 사고나 치고……!"

"나…… 때문에?"

……엮였구나.

어디에서부터인가 이시백으로 태어난 유정운과 운명이 엮이고 말았다. 이게 다 시간의 장난이 아니라면 우린 이 병자호란 속에서 다시 만날 운명이었던 것이다. 어디서부터인지 모르지만 이 모든 것이 오래전부터 정해져 있었다는 강한 느낌을 받았다. 외할아버지라면 진실을 조금이나 알지도 모르지만 지금은 만날 수가 없다.

그리고 난 내 운명과 엮인 정운…… 아니, 이시백과 함께다. 그가 이번 생에도 나와 운명이 엮이게 되었다면 난 그를 지키고 싶다.

다시는 그를 잃고 싶지 않아.

정운을 꼭 닮은 시백의 두 눈이 내 눈을 바라본다. 그때마다 기다렸다는 듯이 눈물이 흘러내리는 것을 멈출 수가 없다.

내 목숨을 버리고서라도 지키고 싶었던 사람. 그 사람은 결국 목숨을 잃었다. 그리고 다시 태어나 내 앞에 서서 나를 바라보고 있다.

이번 생은 절대 실패하지 않을 거야.

반드시 널 살릴 거야.

내 모든 것을 다 걸어서라도.

"함께 가요. 남한산성으로."

함께 남한산성으로 가겠다는 나의 선언을 가만히 듣고 있던 그가 내게 물었다.

"난 그대와 남한산성까지 함께할 수 없소."

"역시! 우리 나으리!"

나와 함께 가지 않겠다는 그의 선언에 하인이 신이 난 듯 주먹을 흔든다. 이제 당황한 것은 나였다.

"왜요? 그곳도 위험할까봐요? 아니면 나 같은 여인은 남한산성에 들어갈 수 없나요? 분명히 말하지만, 난 낫을 사내에게 휘두른……."

"누군지도 모르는 여인과는."

그의 입가에 지어진 옅은 미소를 보고 나서야 난 그가 이미 동행을 승낙했음을 깨달았다. 그리고 그의 미소. 내가 기억하는 정운의 미소다.

"흐흑!"

눈물이 다시 터졌다. 그러나 이번에는 도무지 그칠 틈이 없다. 실컷 울어야 조금이라도 풀릴 것 같은 응어리가 내 가슴에 수북이 쌓여 있었으니까. 그러니 지금이라도 조금은 내려놓아야 할 것 같다.

"또 우는군."

"잠깐만요. 조금만 울고 갈게요. 흐흑!"

앙상한 나무에 한 손을 기댄 채, 바보처럼 엉엉 울음을 토해냈다. 이런 내가 두 사람에게는 어처구니가 없어 보일지 모르지만 지금은 마냥 울고만 싶었다.

"그거 아시오?"

내 울음이 조금 잦아들 때쯤 그가 말한다.

"내 얼굴을 본 뒤로 그대는 계속 울고 있소. 내가 그리 무섭게 생겼소?"

"아니요…… 흐헝!"

아니라며 고개를 젓는데 다시 울음이 커진다.

결국 이시백 때문이다. 아니라지만 정운을 꼭 닮은 그 때문이다. 그는 아니라면서도 눈물 콧물 다 쏟는 나를 보며 당황한 듯 웃음을 흘렸다. 치맛자락으로 눈물 콧물을 닦으며 어떻게든 울음을 그치려는데 그의 하인이 또 나서서 초를 쳤다.

"미인도 사람이라 울면 콧물이 흐르네요."

나는 지금 낫이 있으면 당장이라도 휘두를 기세로 하인을 노려보았다.

"금치야, 네 덕에 울음을 그친 모양이다."

"소인이 무식해도 가끔 쓸모가 있지요?"

씩씩거리며 하인을 노려보며 얼굴에 남은 눈물까지 모두 훔쳤다.

"이름이 있소? 통성명이나 합시다."

"제 이름이요?"

나는 그의 모든 것을 아는데 다시 태어난 정운은 나에 대해 아는 것이 없다.

"이름이 없소?"

"있어요, 이름."

정연에게 이름을 알려주던 순간과 달리 조금의 주저함도 없이 대답했다.

"화진이요. 제 이름은 이화진이에요."

4장

남한산성으로

추위와 매서운 바람. 살을 베고 지나가는 듯한 칼바람이다. 남한 산성에 도착하자마자 우리를 맞이한 것은 바로 이 추위였다.

여기가 이렇게 추운 곳이었나?

따뜻한 봄날 가족과 나들이를 왔던 곳이다. 더운 여름에는 별을 세러 한밤중에 올랐던 곳이다. 가을에는 낙엽을 구경하기 위해 찾 았던 곳이다. 그리고 겨울에 가족과 함께 남한산성의 꼭대기에서 바라본 서울의 야경은 눈이 부시도록 아름다웠다.

- 휘이이잉

하지만 겨울바람을 맞으며 바라보는 곳에는 아무것도 없었다. 바람과 추위. 설경으로 뒤덮인 풍경 외에는.

"이시백 나으리!"

시백을 알아본 누군가가 뛰어왔다. 내관이었다. 그의 하인인 금치의 옆에 서 있던 나는 주변에서 쏟아지는 시선들을 둘러보았다.
청군을 뚫고 들어온 우리 세 사람에게 쏟아지는 관심은 어쩌면 당
연한 것일지도 모른다.

"전하께서 기다리십니다!"

"알겠네."

내관을 따라 바로 가려던 그가 멈칫하고 나를 돌아봤다. 그가
건네준 호피를 하나 걸친 것을 제외하면 피가 잔뜩 묻은 상태로
여기저기 뜯어진 옷에 헝클어진 머리. 거지도 이런 상거지가 어디
에 있을까? 괜히 얼굴이 붉어져 헝클어진 머리를 계속 귓등으로
넘기며 매만졌다. 그래봤자 크게 달라지는 것은 없겠지만.

이런 내 모습을 살펴보던 그가 금치를 돌아보며 말한다.

"금치야."

"예, 나으리."

"깨끗한 옷이 있으면 구해다주어라."

"소인이요?"

나를 챙겨주라는 것을 알면서도 금치가 딴청을 피운다. 시백은
눈을 약간 부릅뜨며 금치를 쳐다보았다. 금치가 빠르게 꼬리를 내
렸다.

"예예~ 알겠습니다요!"

금치에게 내가 갈아입을 새 옷을 부탁한 시백이 말없이 돌아서
서 내관을 따라가버렸다.

모여든 사람들 중 여인들이 주고받는 목소리가 들려왔다.

"아까 그 전 병판대감의 아드님이시잖아."

"그럼 함께 온 저 여인은? 부인인가?"

"옷차림을 보면 그런 것 같지도 않은데……."

"그나저나 얼굴이 어찌 저리 곱대."

금치도 이 말을 들었는지 내게 다가와 말한다.

"솔직히 말해서 소인이 태어나 본 여인들 중에 외모가 세 손가락 안에는 든다 칩시다."

"무슨 말이냐?"

"보소, 보소! 나으리가 사라지시니까, 딱 얼굴값 하시네. 꼴이 그래도 양반은 양반이다. 이거죠?"

"네 주인의 말씀 못 들었느냐? 가서 갈아입을 옷이나 구해 오너라."

"예에. 마님."

금치가 굽실거리며 가버리고 혼자 남겨졌다. 그러나 사람들의 시선은 여전히 산성처럼 나를 둘러싸고 있었다.

༺ၷၹ༻

1636년 음력 12월 20일, 왕이 남한산성으로 들어온 지 6일째.

왕은 적진을 뚫고 남한산성으로 들어온 이시백에게 관직을 내렸다.

"이시백이 적진을 뚫고 성안으로 들어왔으니 참으로 가상하기 그지없다. 응당 직책을 제수하라."

"무슨 직책이 합당하온지요?"

"이시백은 이귀를 도와 남한산성을 축조하여 이곳 지리에 능하니, 수어사에 제직하게 하라."

⌒◦⌒❥⌒◦⌒

"고깃국?"

"보고도 모릅니까?"

방문 밖에 걸터앉은 금치가 투덜댔다. 작은 반상 위에는 고기 조각이 몇 개 들어간 투명한 국과 쌀밥이 놓였다. 기록에는 먹을 게 없어서 깔고 자는 짚으로 죽을 쑤어 먹었다던데…… 이 정도면 내가 알던 남한산성의 상황보다 덜 심각한 것 같다.

"군소리 말고 드시지요. 싫으시면 소인을 주시든가."

밖을 내다보니 금치는 나무를 깎아 만든 그릇에 정체를 알 수 없는 나물이 섞인 보리밥이다. 그러니 당연히 흰쌀밥에 고깃국을 먹는 내가 부러울 만도 했다.

"이게 어디서 났느냐?"

"저~ 수라간 상궁들이 나눠주는 걸 하나 들고 왔지요."

"산성의 모든 사람들이 이리 먹는 것은 아닐 테고."

"당연한 거 아니겠습니까? 정 삼품 이상 고관대작에게만 특별히 주상전하의 명으로 내려지는 밥상이요, 그게."

"고관에게만 내려지는 상이 내게 어찌 왔느냐?"

"나으리가 부인께 갖다주라 하셨소."

"나한테? 그럼 이 상이 나으리의 상이란 것이냐?"

"그렇소."

이시백은 하루 종일 안 보인다. 그런데 정 삼품 이상에게만 주는 음식상을 내게 보냈다.

"내가 알기로 그는 아직 관리가 아닐 텐데?"

금치가 수저 하나로 밥을 퍼먹으며 말했다.

"오늘 여기 남한산성 수어사가 되셨소. 주상전하의 명이지. 보시오, 우리 나으리가 얼마나 대단하신 분인지!"

"수어사…… 맞아. 이시백은 수어사지."

"참나, 우리 나으리가 여기 없다고 이름도 막 부르네."

투명하고 맑은 국 안에 담긴 고기의 향이 코를 찌르자 배 속이 요동쳤다. 피화당에서 지낼 때는 하루에 한 번씩은 당연하게 먹던 고깃국이었다. 그 고깃국을 오랜만에 마주하니 마른입에 침이 고였다. 일단 수저를 들고 고깃국을 한 숟갈 뜨려는데 짧은 기억이 나를 머뭇거리게 만들었다.

태어나자마자 젖 한번 물지 못하고 죽은 아이.

어디에 묻혔는지도 모르는 아이.

나는 결국 수저를 도로 내려놓았다.

"왜? 입맛이 없으시오?"

금치의 눈은 계속 고깃국에 향해 있었다. 난 그것을 알면서도 모

250

른 척 금치에게 물었다.

"나으리는 언제 오시느냐?"

"수어사가 되셨으니 바쁘실 거 아닙니까."

"그럼 나는 계속 이곳에 머물러야 하느냐?"

"참……."

금치가 혀를 찬다.

"아직도 상황 파악을 못 하시는구만."

"그건 또 무슨 말이냐?"

"지금 안 그래도 좁은 산성에 소문이 파다하오, 파다해!"

"소문?"

"그러니 지금 이 방에서 가만히~ 틀어박혀 지내는 것이! 우리
나으리를 돕는 것이란 말이지요!"

"소문이라니?"

❦

날이 어두워질 때까지 남한산성을 순시하던 시백이 가장 망루
에 올랐다. 보초를 서던 병사들이 힘없이 고개를 숙여 인사를 했
다. 많이 지치고 피곤한 기색으로 보아서 교대는 거의 이뤄지지 않
고 있는 듯 보였다.

"내가 이곳에 있으니 잠시 내려가 쉬어라."

"예!"

시백의 말에 병사들이 기뻐하며 서둘러 망루를 내려갔다.

홀로 망루에 서서 칼바람을 맞던 시백의 뒤로 사람의 그림자가 다가왔다. 이를 알아차린 시백이 돌아서려던 그때였다.

"난세에 미인이 많은 것인지……."

시백에게도 익숙한 목소리.

세자 이왕이었다.

"저하."

시백이 예를 표하려 하자 세자가 만류하며 그의 어깨를 쳤다.

"지난해 아바마마가 아우 봉림에게 첩을 하나 내려주셨는데 상당한 미인이라 다들 '우미인'이라고 불렀지. 소문을 몰고 다녔어. 그리고 오늘 자네가 이곳에 데려온 여인도."

"!"

시백이 당황하자 이를 보며 세자가 피식 웃었다.

"정묘년에 상처(喪妻)한 뒤로 자네는 아직 혼자인 것으로 아는데."

세자가 화진에 대해 묻고 있다는 것을 깨달은 시백이 대답했다.

"우연히 신이 도성에서 만나 목숨을 구해주었습니다. 전란 중에 지아비도 아이도 잃은 불쌍한 여인이지요. 신이 남한산성으로 간다고 하자 함께 가겠다고 하여 데려온 것입니다."

"물론 나는 자네의 말을 믿네. 자네는 좋은 사람이니까."

"……."

"허나 자네도 알다시피 이곳에 온 대신들은 모두 자신의 가족을 두고 왔네. 심지어 나도 빈궁을 봉림과 강화로 보냈지. 그녀가 누구든 간에 이 좁은 산성에서 주목받는 일은 좋은 일이 아니야. 아직 젊은 자네가 수어사 직책을 받은 것으로도 트집 잡으려는 자들이 아주 득실득실하거든."

세자의 말에 시백은 생각에 빠진 듯한 얼굴이 되었다. 그런 그의 어깨를 다시금 툭툭 두드린 세자가 돌아서며 말했다.

"그나저나 가족 모두를 잃어서 갈 곳이 없는 여인이라…… 그런 여인이 의지할 만한 사내로 자네를 택했다면, 아주 영특한 여인이겠군."

◆◆◆

['그니까요. 벌써 소문내기 좋아하는 것들이 입방정을 떨어대고 있다니까요! 다 부인 미모가 뛰어나니 시기해서 그런 것이겠지만 부인을 구해준 우리 나으리는 무슨 죄래요?']

['뭐, 평양의 유명한 기생이라는 소문부터…… 살겠다고 우리 나으리를 꼬신 계집이라는 둥.']

소문은 늘 따라다녔다.

나는 아무 말 하지 않았는데도 다들 나를 가만두려 하지 않는다. 그것이 시기이든 질투이든 꼭 무언가 부정적인 이유를 내게 갖다붙이려 한다. 현대나 과거나 다른 건 크게 없는 것 같다.

아름다운 외모를 타고난 여인에게 선택이란 없다. 그저 자신을 지켜줄 강한 사내의 곁에 있어야만 한다. 어쩌면 할아버지가 날 봉림대군에게 맡긴 이유도 거기에 있는지 모른다.

"제가 뭘 도울 게 없을까요?"

큰 가마솥에 죽을 끓이고 있는 여자들에게 다가가 먼저 말을 걸었다. 그녀들은 대부분 관비로 어쩔 수 없이 남한산성까지 끌려와 부엌일을 하고 있었다.

용기 내서 건넨 말이었는데 벌써 나를 본 다른 여자들이 수군대기 시작한다.

"그 여인 아니야?"

"새 수어사 나으리가 데리고 온."

"처소에 모셔놨다던데 여기까진 왜 왔지?"

대놓고 들으라는 듯 떠드는 말을 못 들은 척 다시 말했다.

"제가 조금이라도 도울 게 있을까요?"

"여기서, 죽 좀 푸시오."

마침 교대로 성벽에서 내려오는 병사들이 늦은 저녁을 기다리고 있었다.

"네."

그녀가 끓이던 가마솥 옆에 서서 커다란 주걱을 받았다. 죽이 뭉치지 않도록 계속 저으면서 물을 붓는데 건더기보다도 물이 더 많았다.

며칠 되지도 않았는데 벌써부터 음식 상태가 이렇다니…….

식량을 제대로 챙길 시간도 없이 급하게 남한산성으로 들어온 게 확실했다.

"뭐 해요? 굶었어요?"

주걱을 휘젓는 내 손이 마음에 안 들었는지 옆에 선 여자가 짜증을 냈다. 다시 열심히 주걱을 젓는데 뒤에서 수군대는 소리가 이어진다.

"눈치가 보이나보지? 일하는 것도 서툴러 보이는데, 뭘 하겠다는 거야?"

"얼굴 반반한 게 분칠만 하며 살았겠네."

병사들이 그릇을 하나씩 들고 긴 줄을 섰다. 나는 나무 국자를 들고 죽을 담아주기 시작했다.

"많이 담지 마요! 너무 많아!"

그리 많은 양을 푼 것도 아닌데도 옆에 선 여자가 내게 지적했다. 앞에서 죽을 받아들던 병사가 그 여자에게 짜증을 냈다.

"거참, 이걸 누구 코에 갖다붙이라고!"

음식에만 시선을 두던 병사가 우연히 내 얼굴을 보더니 눈을 크게 떴다.

"이야~ 이런 미인이 있었어?"

곧바로 주변에서 죽을 먹던 사내들까지 우르르 몰려들었다.

"어느 관아 소속이더냐? 응?"

"여긴 어떻게 왔어?"

"서방은 있고? 없고?"

"내가 죽 푸는 거 도와줄까?"

더는 일을 할 수 없는 지경이 되었다. 전쟁의 긴장 속에 지쳐 있
다 조금 풀어진 병사들에게 나는 호기심을 끄는 재밋거리였다.

"비키시오! 하여간 사내들은 예쁜 계집이라면 득달같이 몰려든
다니까!"

여자 하나가 나를 병사들 틈에서 빼내더니 짜증을 냈다.

"댁은 여기 있지 말고, 저기 가서 다른 일이나 하시오!"

거의 내쫓기다시피 쫓겨나 막사 안으로 들어갔다. 그곳에서는
여자들이 모여 식용으로 쓰이는 나무껍질을 망치로 두드려 펴고
그것을 다시 물에 삶아 죽에 넣을 건더기로 만들고 있었다.

구석진 자리에 앉아 망치를 든 나는 앞에 놓인 나무껍질을 두드
리기 시작했다. 단순한 일이었지만 이마저도 쉬운 일이 아니었다.
이런 나를 두고 주변에 앉아 같은 일을 하는 여자들이 떠들어댔다.

"기생년도 전쟁 나면 그냥 계집년이지."

"호호!"

❦

날이 완전히 어두워지고 나서야 시백은 처소로 돌아왔다. 방 두
칸에 행랑이 딸린 작은 기와였다. 그런데 방의 불이 전부 꺼져 있
었다. 게다가 불을 때지 않는지 굴뚝에서는 연기조차 올라오고 있
지 않았다.

"하암~ 나으리 돌아오셨습니까."

하품을 하며 금치가 걸어 나왔다.

금치를 본 시백이 물었다.

"그녀는? 잠들었느냐?"

"그 부인이요?"

금치가 머뭇거리자 시백이 예리한 시선으로 물었다.

"그녀는 지금 어디에 있느냐?"

◦◦ ◦◦◦

집이, 집이 아니었다. 이곳은 마구간으로 쓰이던 곳이었다. 짚만 잔뜩 깔리고 얇은 나무판이 벽을 대신하는 그런 곳. 그곳에 화로 하나 없이 여자들이 꽉 들어차서 모여 잤다. 한데 모여 누운 여자들이 숨을 쉴 때마다 입김이 생겨났다 사라졌다. 나무 벽에는 구멍이 뚫려 있어서 찬 바람이 그대로 통과했다.

"콜록콜록."

"콜록…… 켁!"

이미 감기에 걸려 기침하는 사람들도 부지기수. 여기서도 내가 배정받은 자리는 문 앞이었다. 다 떨어진 문 사이로 시린 겨울바람이 그대로 들어왔다. 다행히 입은 옷이 솜옷이지만 손발 끝은 시려 왔다. 하루라면 어떻게든 버텨도 계속 이렇게 자다가는 동상이 걸릴지도 모른다는 생각이 들었다.

추워…….

시간을 넘나들면서도 이런 고생은 처음이었다. 게다가 병자호란의 중심의 남한산성에서 겪는 추위라니.

어떻게든 버텨야 해.

자보려고 눈을 감았지만 문 사이로 쏟아져 들어오는 달빛이 너무 환했다. 해가 지닌 따스함이 달에게는 없었다. 눈을 깜빡이며 하현달을 가만히 응시하는데 '타닥' 하며 나무 타는 소리가 들려왔다. 문 사이로 달빛을 등지고 검은 그림자가 생기더니 누군가 문을 열었다.

– 끼익

놀라 몸을 일으키니 금치였다.

"왜 여기……."

"쉿."

금치가 혹시라도 다른 사람들이 깰까봐 걱정했는지 쉿 소리를 낸다. 금치는 작은 화로를 내 옆에 놓아주었다.

"이건?"

"조용히 하고, 이제 따뜻할 터이니 어여 자시오. 어여."

금치는 제 할 일을 다 끝냈다는 듯 돌아서서 문을 닫았다. 하지만 난 그대로 잘 수가 없었다. 바로 금치를 뒤쫓아 밖으로 나왔다. 내가 뒤를 쫓아오는 것을 알아챈 금치가 걸음을 멈췄다.

"어딜 따라오시오?"

"저 화로를 보낸 이, 나으리시지?"

"그렇소이다."

"나으리는? 지금 어디에 계시지?"

금치가 고개를 하늘로 까닥 까딱거린다. 어리둥절한 얼굴로 금치의 시선을 따라간 곳에 성벽 위 망루에 홀로 서 있는 시백의 모습이 보였다. 그는 조용히 나를 내려다보고 있었다.

꿰꿰

시백은 내가 망루 위에 올라서는 것을 가만히 지켜만 보았다. 내가 망루에 도착하자 그는 어두컴컴해 아무것도 보이지 않는 산성 너머로 눈을 돌렸다. 나는 그런 그의 옆에 다가가 조용히 섰다.

"도와주지 마세요. 소문으로 폐 끼치고 싶지 않아요."

그가 나를 돌아보았다.

"이미 난 소문을 막을 순 없지 않겠소."

그가 난처함을 피하려는 듯 지은 어색한 미소가 내 눈에 콕 박혀온다. 정운이 떠올라 그에게서 고개를 돌리며 대답했다.

"도움이 되고 싶어요. 이곳에서까지 폐가 되고 싶지 않다고요."

"안 그래도 그대의 도움이 될 만한 일이 있소."

"뭐죠?"

그가 고개를 들더니 망루 옆 작은 정자로 걸어간다. 그의 뒤를 따라가자 그가 그곳에 걸터앉더니 내게 한 손을 내밀었다.

"아……!"

나로 인해 다친 손이다.

"금치가 가져다준 것인데……."

정자 위에는 깨끗한 천과 소독에 필요한 약초 가루가 놓여 있었다. 나는 그의 뜻을 알아차리고는 옆에 앉았다. 그리고 그가 내민 손에 묶인 붕대를 조심스럽게 풀었다.

"손이 차갑소."

"나으리 손도 차가워요."

그가 건넨 말에 너무 차갑게 응수한 것일까?

그가 짧게 웃으며 말한다.

"필요한 게 있으면 금치에게 말씀하시오."

"없어요."

붕대를 벗겨내자 드러난 그의 상처에는 어설픈 딱지들이 앉아 있었다. 그 상처를 손가락 끝으로 조심스레 쓸며 나는 한숨을 내쉬었다.

"흉터가 생길 것 같아요."

"사람을 살리다 난 흉터는 사내에겐 자랑스러운 것이지."

그 말에 난 고개를 들었다. 그가 멋쩍은 듯 부드러운 미소를 지으며 나를 바라보고 있었다. 그의 미소에 나도 모르게 눈물이 터져 나올 것 같았다. 웃는 그를 얄밉다는 듯 흘겨주고는 다시 상처로 눈을 돌렸다.

정운이 아니야.

그는 정운이 아니라고……!

약초를 바르고 새 붕대를 감는 나를 보며 그가 말했다.

"내가 머무는 집에 방이 두 개요."

"알아요. 하지만 거기에 가진 않을 거예요."

"소문 때문이오?"

"나으리 말씀대로 이미 알 사람은 다 아는 소문인데요."

"소문이 무섭소?"

"그런 소문. 많이 겪어봐서 알아요. 하나도 두렵지 않아요.
다만……."

"다만?"

붕대를 모두 감은 후 나는 다시 그를 향해 애써 퉁명스럽게 말
했다.

"저 때문에 나으리가 그런 소문에 휩싸이는 건 싫어요. 이 조선
에서 사내가 여인과 얽히는 소문은 추문뿐이니까요."

"그 마음은 내가 그대를 살린 은인이기 때문이오?"

그가 묻는다.

물으며 나를 쳐다보는 저 눈은 죽은 정운을 똑 닮았다. 결국 한
줄기의 눈물이 소리 없이 뺨을 타고 흘러내렸다. 이번에는 나와 가
깝게 있던 그가 손가락으로 살며시 그 눈물을 쓸어주었다.

-!

시백과 똑같은 얼굴을 가진 사내가 이렇듯 얼굴을 쓸어주던 때
가 내게 있었다. 그래서 내겐 너무나도 어렵다. 외모만 똑같을 뿐
전혀 다른 두 사람이라는 사실이 말이다. 나는 그의 이런 작은 행

동에도 정운을 떠올린다. 시백이 정운과 똑같은 사람이라는 생각 밖에 들지 않는다.

정작 정운을 닮은 그는 나를 전혀 모르는데도…….

"또 우는군."

"안 울어요."

나는 한 손으로 그의 손길을 쳐내며 정자에서 일어섰다. 그도 나를 따라서 일어섰다.

"그리 울며 또 거짓을 말할 참이오?"

그의 앞에서 대놓고 눈물을 흘린 건 사실이었다.

"그래요, 울었어요. 됐나요? 추우면 울 수도 있는 거죠."

"추워서 울었다?"

"너무 추우면 여인은 울어요."

말도 안 되는 논리라는 걸 이시백도 알 것이다. 그는 어차피 이 눈물에 담긴 의미를 설명해주지 않으리라는 걸 깨닫고는 더는 묻지 않는다.

"내일부터는 관비들 틈에서 일을 하지 마시오."

그는 알고 있었다.

"금치가 머무는 옆 행랑이 비었소. 내 처소 옆방이 불편하다면 그곳을 쓰시오."

난 고개를 저었다.

"마냥 나으리의 보호만 받을 순 없어요. 여긴 전쟁의 한복판이 잖아요!"

"그럼 그대에게도 할 일을 주리다."

"일이요?"

"금치도 곧 징병되어 바빠질 것이오. 그동안 내가 머무는 집의 살림을 맡아주시오."

"살림이요? 살림이랄 것도 없던데요, 거긴."

"작은 집이고 임시로 머무는 곳이지만 청소해줄 사람도 필요하고 또……."

말도 안 되는 핑곗거리를 찾는 그를 보며 난 한숨을 내쉬었다.

"알았어요. 그렇게 하죠."

"고맙소."

고맙다는 그의 괜한 인사에 할 말을 잃어버리게 된 건 내 쪽이다. 오히려 고맙다는 말을 해야 할 사람은 나인데.

"제가 그 집의 살림을 맡으면 분명 소문은 날 거예요. 그건 각오하세요."

"그대가 일거리를 찾아 산성 안을 활개치고 돌아다니는 것보다는 덜 할 거요."

오늘 낮에 내가 겪은 일들을 그가 이미 전부 알고 있는 것 같아 부끄러워졌다. 그렇지만 난 당당하게 맞섰다.

"늘 그런 걸요. 제가 뭘 하든 늘 제 주변이 소란스러워져요. 제 외모가 보통 여인네들보단 눈에 띄는 걸 어쩌겠어요?"

너무 당당하게 말했나?

그가 눈을 동그랗게 뜨고 날 쳐다보더니 갑자기 '풋' 하고 웃음을 터트렸다.

"지금 스스로가 미인이라 일컬은 것이오?"

그의 말은 내 말이 아니라는 식으로 들린다.

"그, 그럼요! 얼마나 많은 사내들이 내 마음을 얻고 싶어서 안달복달했는데! 그중에는 종친만…… 하나, 둘, 셋…… 셋! 셋이나 있었다고요!"

손가락까지 세어 보이며 자랑스럽게 말했지만 그는 오히려 더 크게 웃어댔다. 그의 웃음소리가 커질수록 얼굴이 화끈거려 시선을 어디에 두어야 할지 몰랐다. 정운이 살아 있을 때 그의 관심을 끌고자 벌였던 어린아이 같은 행동들을 나도 모르게 시백에게 하고 있었다.

한참을 웃던 시백이 헛기침으로 웃음을 마무리하며 내게 말했다.

"그렇다면 그런 그대의 마음을 얻은 사내는 행운이었겠군."

마치 자신과는 전혀 상관없는 사람의 이야기를 듣는 것처럼 말하는 시백.

당당함과 그의 도도함이 더욱더 정운의 모습을 떠올리게 한다. 나를 사랑한다 고백하기 전의 정운의 모습을 보는 것 같았다. 시작이 어떠했든 정운은 결국 나를 사랑했다.

"나으리가 보시기에 제가 어여쁘지 않으신가요?"

"어여쁘오."

조금의 고민도 없이 바로 나온 대답이다.

아무런 감정이 실려 있지 않은 듯 들리는 말인데도 대놓고 들으니 얼굴이 다시 뜨거워졌다. 그러나 그의 말 한마디에 이처럼 가슴 떨리는 나와 달리 그의 얼굴에서는 미소가 점점 사그라들었다.

"다른 이들도 모두 그대를 그리 어여쁘다 여기는 듯하니. 허나…… 우리는 서로를 보며 다른 것을 보고 있는 것 같소."

"다른 것?"

"난 그대의 어여쁜 외모 뒤에 숨겨진 마음을 보는데, 그대는 나를 보며 내가 아닌 다른 이를 보는 것 같소."

그의 지적은 옳았다. 그를 볼 때마다 그의 작은 표정 변화에도 나는 정운을 떠올리며 눈물을 흘렸다. 머리보다 감정이 마음이 먼저 반응해서 눈물을 흘렸다.

"아니에요."

그의 말이 옳았지만 차마 사실로 인정하지 못했다. 난 이시백을 보며 유정운을 생각한다. 정운이라 믿고 정운이라 생각한다.

"지금 흐르는 그대의 그 눈물이 방증이오."

그의 말을 듣자마자 한 손을 얼굴로 가져다댔다. 정말로 그의 말처럼 다시 눈물이 흐르고 있었다.

"아니에요, 아니라고요."

부정하면서 나는 계속 눈물을 훔쳤다. 그런 나를 무표정한 얼굴로 바라보며 시백이 말했다.

"우리는 서로를 보면서 다른 것을 찾고 있소. 그러니 난 다른 이들처럼 그대가 어여쁘다 생각하지만, 마음이 동하지는 않소."

마음이 동하지 않는다라…….

그는 내게 끌리지 않는다고 고백했다.

그에게 거절당하는 이 순간에마저도 나는 정운을 떠올리며 울고 있다.

"혹 내 대답에 실망했소?"

정운도 그러했다. 설렘 가득한 나의 첫 고백을 당당하게 거절했다. 하지만 결국 나를 사랑하게 되었다. 그래서 나는 자신 있었다. 그 어떤 사내라도 내가 주는 마음을 끝내 거절하진 못하리라고.

"그럼요! 무진장 실망했죠!"

울던 눈으로 그를 흘겨보며 말했다.

그가 크게 웃으며 말했다.

"그러기에 그대가 내 곁에서 머물러도 다른 사내들보다는 믿음직할 거요."

이 말을 남긴 채 그는 내게서 돌아서 망루를 떠났다.

⁕⁕⁕

청나라 황제가 개경에 이르렀다는 소식이 전해진 이후 남한산성 안이 쥐 죽은 듯이 고요해졌다. 왕은 결전의 의지를 다진다는 의미로 사흘 후 망궐례를 행하였다.

망궐례는 원래 명나라 황제의 탄신일을 기념하는 것이었다. 거짓말처럼 망궐례 날부터 진눈깨비가 휘날리기 시작했다. 남한산

266

성 안의 사람들은 저마다 입을 꾹 다문 채 더욱 불안해 했다.

"꽃?"

밤새 꽁꽁 얼어붙은 얼음을 깨고 그 속에 있는 찬물에 천을 적셔 방바닥을 닦았다. 청소하며 환기를 위해 창문을 열다가 문틈에 핀 이름 모를 작은 꽃을 발견했다. 아주 잠깐이지만 나는 피화당에서 내다보았던 꽃들을 떠올렸다. 그리고 오랫동안 떠올리지 않았던 한 사내를 기억했다.

봉림대군 이호.

['오늘부터 나를 대군이라 부르지 마시오. 정연이라 부르시오. 그것이 내 이름이오.']

내게는 정연이라 불리기를 바랐던 사내. 그는 지금 강화도에 있다. 앞으로 사흘 후 강화도는 만 오천이 넘는 청군에 의해 함락된다. 그곳에서 남한산성에서는 벌어지지 않았던 끔찍한 참극이 닥친다.

왕족인 그는 살겠지만······.

나는 무거운 침을 삼켰다.

강화도의 함락 소식은 이로부터 한 달 뒤에 남한산성에 전해진다. 왕이 항복을 결심하는 것은 바로 그때였다. 그때까지 남한산성은 항전 상태였다.

1636년 음력 12월 27일 강화도.

만 명이 넘는 대군을 이끌고 청군이 배를 동원해 강화도로 향했다. 강화도 안에는 수백 명의 병사들과 함께 한양 도성에서부터 피난을 온 수많은 백성들이 있었다. 배를 타고 강화도로 들어가려는 청군을 막고 있는 것은 충청도에서 온 수군 이백여 명이 이끄는 배 단 칠 척뿐이었다.

강화도는 한겨울임에도 풍족했다. 또 배가 없이는 강화도로 들어올 수 없다는 이점도 있었다. 세자빈과 세손, 그리고 봉림, 인평 두 대군을 호위하며 강화도 수비 임무를 맡은 검찰사 김경징은 안이한 태도로 아무런 대비를 하지 않고 있었다.

"어찌 또 그대로 나온 것이냐?"

잘 차려진 음식상이 봉림대군의 처소에서 그대로 나오는 것을 본 장씨가 물었다.

"입맛이 없으시다 하여……."

"입맛이 없으시다니? 아침 수라도 입맛이 없으시다며 거르시지 않았더냐?"

"소인들은 그저 대군마마께서 물리라 하시어……."

"비켜라."

장씨가 날을 세우자 나인들이 재빨리 물러섰다.

"대감. 소첩입니다."

─ ……

그러나 안에 분명히 있을 봉림대군에게서는 대답이 돌아오지 않았다.

장씨는 이것이 혼자 있고 싶다는 뜻임을 알고 있었다. 하지만 끼니도 거른 지아비를 두고 모른 척 돌아설 수만은 없는 일이었다.

"들어가겠사옵니다."

장씨가 문을 열고 안으로 들어서자 벽을 보며 침통하게 돌아앉아 있는 봉림대군의 뒷모습이 보였다. 장씨는 그가 그러고 있는 연유를 잘 알고 있었다. 며칠 전 화진의 여종인 계화가 강화도까지 찾아왔다. 계화는 화진과 헤어지기 전까지의 일들을 소상하게 고했다.

봉림대군과 만나지 못한 화진은 홀로 아이를 낳으려고 했다. 모두가 떠난 한양 도성에서! 그러나 아이를 낳던 도중 정신을 잃고 말았다. 도움을 구하러 계화가 나갔다가 돌아왔을 때 온통 핏물로 가득 찬 목욕통만 그대로 놓여 있었다고 했다.

아이도 화진도 없었다.

계화는 청군을 피해 겨우 도성을 빠져나온 이야기를 덧붙였다. 도성에 남아 있던 몇 안 되는 이들을 잔인하게 살육하는 것을 직접 보았다고도 했다. 그중에는 여인도 아이도 있었다. 그러니 아이를 낳았든 낳지 못했든 화진은 이미 죽었을 것이라며 봉림대군 앞에서 통곡한 것이다.

이후 봉림대군은 입맛도 잃고 방안에서 두문불출했다. 가끔 그가 밤에 홀로 흐느끼는 소리를 장씨는 들었다.

"피화당은 죽지 않았을 것이옵니다."

이 말을 자신의 입으로 하게 될 줄은 몰랐던 장씨다. 그래도 지금은 봉림대군에게 어떻게든 기운을 주고 싶었다. 그것이 그녀의 솔직한 마음이었다.

"죽지 않았더라도 홀로 아이를 어찌 낳아 살렸겠소?"

"어머니는 강합니다."

"아이가 혹시 잘못되어 그 충격에……."

차마 끝말을 맺지 못한 봉림대군이 눈물을 삼켰다.

"어찌 그리 나쁘게만 일을 생각하시옵니까?"

"혹여 피화당이 살았다 한들 도성은 적병 천지요. 지아비도 잃어버린 여인을 적병이 가만둘 리가 없지 않소?"

장씨는 다음 말을 이어나갈 수가 없었다. 혹시라도 피화당이 살아 있다는 주장을 계속 펼치려면 그녀는 청군이 포로로 잡았다는 수많은 여인들 속에 있어야 했다.

혹여 그녀가 능욕을 당했다면?

살아 있더라도 영영 봉림대군의 곁으로 돌아오진 못할 것이다.

"대감. 지금 이 강도에서 가장 신분이 높은 분이 바로 대감이시옵니다. 대감께서 이곳 강도에 모여든 백성들에게 힘이 되셔야 하옵니다."

"제 여인도 지키지 못하는 사내가 도대체 누구의 힘이 된단 말이오."

"대감······!"

그때였다.

"대군마마! 큰일 났사옵니다!"

밖에서 내관이 다급히 소리치며 뛰어 들어왔다.

봉림대군과 장씨가 내관을 돌아보았다.

"무슨 일이냐?"

"저, 적병이! 적병이 지금 강화도에 상륙했다 하옵니다!"

"무엇이라?"

놀란 장씨가 바닥에 주저앉자 봉림대군이 소식을 가져온 내관을 다그쳤다.

"그게 무슨 말이냐! 강도를 지키는 수군은 어찌되었다더냐?!"

"일부는 이미 도망쳤고 일부는 이미 사로잡혔다 하옵니다!"

"그럼 검찰사 김경징은 어디에 있느냐?"

"소, 소인이 이곳으로 오는 길에 보았는데 병사 몇에게 재물을 챙겨 함께 도망가는 것을 보았사옵니다······."

- !

봉림대군이 큰 충격을 받은 듯 말을 잇지 못했다.

장씨가 울먹이며 봉림대군에게 말했다.

"대감! 이제 이 일을 어찌하옵니까?"

고뇌에 빠진 봉림대군을 두고 내관이 말했다.

"작은 배 몇 척이 있사오니, 그 배를 타고서라도 강도를 빠져나 가시옵소서!"

장씨가 내관의 말에 동조했다.

"예. 그리하시옵소서. 어서 세자빈마마와 인평대감께도……."

"아니다."

봉림대군이 자리에서 일어섰다.

"대감?"

"이대로 물러서서는 안 된다. 강도에는 많은 백성들이 있다."

"하오나 이미 강도에 적군이 상륙하였다고 하온데……."

봉림대군이 바닥에 놓아둔 검집에서 검을 뽑아 들었다. 그리고 내관에게 명했다.

"너는 가서 당장 모을 수 있는 장정들을 모아오너라. 나 봉림이 친히 그들을 이끌고 적병에 맞설 것이다."

"예…… 예에! 대군마마!"

내관이 뒷걸음치듯 서둘러 봉림대군의 처소를 빠져나갔다. 뒤이어 봉림대군이 처소를 나가려 하자 장씨가 그의 옷자락을 붙잡고 늘어졌다.

"아니 되옵니다! 이대로 가시면 죽사옵니다! 명을 거두시옵소서! 흐흐흑!"

"놓으시오."

"아니 되옵니다! 이리 가시면 억울한 죽음이 되시옵니다! 사셔야 하옵니다! 사셔서…… 사셔서 훗날을 도모하시옵소서!"

"놓으라 하지 않았소!"

봉림대군이 장씨를 뿌리치고는 한 걸음 앞으로 내디뎠을 때였다.

"피화당."

"!"

장씨가 흐느끼며 꺼낸 '피화당'이라는 말에 봉림대군의 걸음이 멈췄다.

"지금 대감께옵서는 공과 사를 구분치 못하고 계시옵니다!"

장씨의 말에 봉림대군의 두 눈이 흔들렸다.

"피화당이 죽었을 것이라 여기시니 정녕 죽음이 두렵지 않다고 여기시옵니까?"

장씨의 말은 틀리지 않았다.

그는 생각했다. 오늘 적병에 맞서 싸우다 자신이 목숨을 잃는 일이 생기게 된다면 혼백이 되어서라도 그녀와 재회할 수 있게 될 것이라고. 이러한 결심을 한 봉림대군이 잡은 검 손잡이에 힘을 주었다.

그가 처소 밖으로 뛰쳐나가자 장씨는 바닥에 엎드려 통곡했다.

❧

고요한 두려움 속에 잠긴 남한산성 안에서는 한 줄기의 빛이 찾아오기만을 기대하고 있었다. 왕은 작은 임무를 완수한 자에게도 신분에 상관없이 큰 상을 내리거나 허울뿐인 관직을 남발하듯 내리는 것을 아까워하지 않았다. 그것은 두려움 속에 잠긴 백성들에게 보내는 왕의 애원과도 다름없었다.

수어사가 된 시백은 제 할 일에만 열중하는 듯 보였다. 신하들이 왕의 앞에서 저마다 항전할 것인지 항복할 것인지 외치는 가운데도 그는 묵묵히 산성을 순시하고 병사들을 살폈다.

그리고 오늘, 1636년 음력 12월 28일. 며칠 동안 남한산성 안의 사람들을 괴롭히던 진눈깨비가 잦아들 무렵, 사람들은 오래간만에 보인 맑은 겨울 햇살에 희망찬 하루를 기대했다. 그러나 이날 강화도에서 벌어질 일들에 대해 알고 있는 나의 마음은 무겁기만 했다.

"날도 좋은데 어찌 그리 표정이 어두우시오?"

금치가 마당으로 걸어 들어오며 내게 말한다.

"옛말에도 미인이 인상을 쓰면 나라가 망한다는 징조가 있소. 그러니 좀 웃으시오."

날더러 웃으라고 던진 농담 같은데 난 억지로라도 웃을 수가 없었다.

"금치야."

"또 어찌 그리 부르시오?"

"여분의 초가 있느냐?"

"초야 얼추 구할 수 있긴 한데 모자라시오?"

"대부분 황초뿐이라서 백초를 구해주면 좋겠는데."

"백초는 지금 여기선 귀할 텐데 일단 구해보겠소."

"고맙다."

내가 고맙다고 인사하는 게 어색한지 금치가 빠르게 밖으로 나간다.

얼마 지나지 않아서 금치는 세 개의 백초를 구해왔다. 나는 방한구석에 작은 상을 놓고 백초에 불을 켰다.

이를 본 금치가 내게 묻는다.

"헤어진 가족의 생사라도 걱정하시오?"

백초는 조선에서 '기원'을 뜻한다. 바라는 것이 있고 소원을 풀것이 있으면 백초를 켜둔다. 그것은 정말로 사람의 원을 들어준다기보다는 위안이 되어 돌아오기 때문이다.

나는 초를 들여다보며 기원했다.

내가 만든 이 작은 위안이 강화도의 사람들에게도 전해지기를.

오늘 강화도에서 벌어질 끔찍한 일들을 남한산성의 사람들은 전혀 모른다. 이곳에는 두려움만 있다. 오히려 남한산성의 이들은 풍족한 강화도로 피신한 사람들을 부러워하고 있을지도 모른다. 병자호란 당시 남한산성이 겪은 일이 조선의 치욕이라면 강화성이 겪은 일은 조선의 참극이었다.

강화도.

청 태조 누르하치의 열네 번째 아들인 예친왕 도르곤이 이끄는 병력 삼 만이 김포 문수산성 앞에 진을 쳤다. 어제 오후부터 시작된 강화성 공격을 위해 청국에서부터 데려온 수군들과 김포 인근 어민들의 배를 빼앗아 만 명이 넘는 병력으로 강화성을 침략하게 했다.

처음에는 수군으로 이를 막아내던 조선군도 육지에서부터 홍이포를 쏘아대는 청군대의 맹렬한 공격 앞에 결국 후퇴하며 상황은 급속도로 청군에 유리해졌다. 이 모든 것을 문수산성 위에서 지켜보던 도르곤은 일부 병사들이 강화성의 남문을 뚫고 안으로 들어가기 시작했다는 보고를 받자 거칠게 물어뜯던 말고기를 내던지며 자리에서 일어섰다.

"(배를 준비해라. 내가 친히 강화로 들어가겠다.)"

"(예!)"

그는 저 멀리 금방이라도 손에 닿을 듯 보이는 강화도를 응시하다가 무언가 생각난 듯 중얼거렸다.

"(그나저나 그 계집은 어찌되었을까?)"

한양 입성 당시 마주쳤던 화진을 떠올리며 입맛을 다셨다.

"(시체로 만들더라도 숨이 끊어지기 전까지 끌고 다녔으면 심심하진 않았을 텐데.)"

- 콰콰쾅! 쾅!

그때 강화도 쪽에서 화약이 연달아 터지는 소리가 들렸다. 이어 성벽이 무너지며 우레와 같은 소리가 천지를 진동했다.

"(뭐냐? 이 소리는?)"

도르곤의 명에 병사들의 움직임이 바빠졌다. 곧 병사 한 명이 뛰어 올라와 보고했다.

"(누군가 강화성 남문을 화약으로 폭파시킨 것 같습니다!)"

남문으로 병사들이 들어섰다는 보고가 들어온 상황에서 남문을 화약으로 폭파시켰다는 것은 끝까지 항전하는 조선인들이 있다는 뜻이었다.

도르곤이 화를 냈다.

"(후방에서 당할 셈이냐?! 당장 강화성에 있는 왕족들부터 사로잡아라! 어서!)"

"(예!)"

이날 강화성 남문을 화약으로 폭파시킨 이는 전 우의정 김상용이었다.

강화도로 떠나는 봉림대군을 따라 선왕들의 위패를 호송하는 일은 대부분 연로하여 관직에서 물러난 대신들이 맡았다. 이들은 청나라 군대에 의해 강화도가 함락되는 것을 목격하자 스스로 목숨을 끊어 순절했다. 이 밖에도 자신이 죽을 구덩이를 파고 그 앞에서 목을 매 아들과 함께 순절한 종 육품 봉사시정 이시직을 비롯 정 삼품 우승지 홍명형, 정 사품 별좌 권순장, 정 사품 사헌부 장령 정백형도 첩 두 명과 함께 목을 매 자살했다.

유생들의 자살도 잇따랐다. 세 아들과 세 며느리를 직접 칼로 베어 죽인 후 뒤따라 자결한 사람도 있었다. 많은 부녀자들이 정절을 지키기 위해 스스로 목숨을 끊었다. 어떤 이들은 죽음이 두려워 자신의 아내와 어머니와 조모에게 자결을 강요하고 인근 섬으로 도망치기도 했다.

조선의 역대 왕과 왕비들의 위패는 급하게 땅에 파묻다가 일부를 잃어버리기도 했다.

"(저기, 저자는 누구냐?)"

배를 타고 강화도 해변에 다다른 도르곤이 성벽 위에서 항전하는 조선인들 가운데 한 사내를 지목하며 물었다.

봉림대군이었다.

십 대 후반의 소년이 월도를 능숙하게 휘두르는 모습이 그의 눈길을 사로잡았던 것이다. 그 와중에 봉림대군은 남아 있는 조선의 병사들에게 큰 소리로 지휘를 하기도 했다.

"(나이는 어리나 행동은 장수로 보이는구나. 허나 내가 알기로 조선인은 나이가 어리면 요직을 맡기지 않는다 들었다. 강화성을 맡은 장수는 아닌 듯한데…….)"

"(통역하는 자의 말로는 그가 입은 옷이 조선의 왕족들만 입는 옷이라 합니다.)"

"(그래? 왕족? 그렇단 말이지?)"

도르곤이 비릿한 웃음을 흘리며 말했다.

"(저자는 반드시 살려서 잡아라. 그 후에 내 앞으로 끌고 와라.)"

남한산성.

- ······

나는 이 고요함이 두렵지 않다.

내가 이 세상에서 두려워할 만한 일은 이미 모두 겪어봤으니.

"안에 있소?"

시백의 목소리였다.

바닥에 얼굴을 댄 채로 누워 있던 내가 벌떡 일어서는 동시에 문이 열리며 시백이 보였다. 그가 문을 열며 들이친 바람이 방구석에 놓여 있던 촛불을 꺼트렸다.

나는 가냘픈 검은 연기 한 가닥을 남기며 꺼진 초를 허망하게 응시했다.

자신이 초를 꺼트리고 말았다는 걸 깨달은 시백이 재빨리 방으로 들어와 초에 불을 켰다. 다시 초가 타오르는 것을 보고 나는 시백에게 말했다.

"괜찮아요."

"금치에게 들으니 특별한 의미가 있는 초인 것 같다고 하던데. 걱정하는 가족이 있소?"

"제 가족은 모두 죽었다고 말씀드렸잖아요. 오히려······."

난 일부러 화제를 돌리려 그의 가족 안부를 물었다.

"아우 분이 어머니를 모시고 강화로 가셨다면서요."

"그렇소."

"소식은 들으셨나요?"

시백이 자리에 앉으며 고개를 저었다.

"저하도 빈궁마마의 소식을 궁금해 하시면서 그 누구에게도 묻지 못하고 계시오. 하물며 신하인 내가⋯⋯."

"만약 강화성이 함락된다면 어찌될 것이라고 생각하세요?"

시백의 시선에 얼음장 같은 추위가 서린다.

"함부로 입에 담아서는 안 될 말이오. 무엇보다 강화성은 이곳 남한산성보다도 안전한 곳이오."

일단 부정부터 하는 그의 마음을 이해하지 못하는 것은 아니었다. 하지만 오늘 강화도에서 벌어지는 참극을 알고 있는 사람은 이 남한산성에 나 혼자뿐이었다.

"오늘 강화⋯⋯ 아!"

순간 눈을 뜰 수 없을 정도의 강한 통증이 머리를 쳤다.

"어찌 그러시오?"

"그게⋯⋯ 괜찮아요. 괜찮아질 거예요⋯⋯."

통증은 사라졌지만 잔통이 남아 여러 차례 눈을 질끈 감았다.

시간여행자의 통증은 역사를 바꿀 만한 영향을 줄 때만 느껴진다. 그 말은 다시 말해 내 말을 듣는 상대가 역사를 바꿀 만한 결심을 할 만큼 무조건적으로 내 말을 믿어준다는 가정을 동반하는 것이다.

그는 내가 무슨 말을 해도 믿는구나. 그러면서 나를 보고 마음이 전혀 동하지 않는다는 둥 끌리지 않는다는 둥 헛소리나 하다니. 그의 이러한 태도가 이중적으로 보일 만큼 괜히 얄미워진다.

"만약, 그러니까 '만약'에요."

만약을 크게 강조하는 건 '시간' 때문이다. 형체도 없이 존재하지만 분명 지금 내가 하는 말을 듣고 있을 그 '시간'.

"만약에 강화가 함락된다면 이 남한산성에서는 어떤 일이 벌어질까요?"

잠시 고민하던 시백이 대답했다.

"그곳에는 지금 두 대군마마와 빈궁마마. 세손 저하가 계시오. 또한 그분들보다 더 중요한 것이 있소."

"그게 뭐죠?"

"선왕의 위패, 신주요."

조선은 유교 사회다. 유교에서 위패. 그것도 왕과 왕비의 위패는 산 사람보다도 더 대접을 받을 만큼 중요한 것이었다.

"만에 하나라도 적군에게 선왕의 신주가 넘어간다면 전하께서는 항복하실 수밖에 없을 것이오."

그의 말대로다. 강화도가 함락되었다는 소식을 들은 후에야 왕은 항복을 결심했다.

"그럼 나으리가 바라는 가장 좋은 결과는 무엇인가요?"

"날이 따뜻해져 적병이 스스로 물러가는 것이오. 아니면 후방에서 명나라군이 도와준다면……."

말을 하던 시백이 고개를 가로젓는다.

"청나라 황제가 삼십 만 대군은 이끌고 조선으로 출병했다는 소문이 있소. 삼십 만 중 절반인 십오 만의 병력만 왔더라도 이길 수 없겠지만."

"명군이 조선에 그만한 병력을 보내줄 수 없으니까요?"

"그렇소."

임진왜란 때와 병자호란 때의 명나라의 국력은 심각한 차이가 있다. 임진왜란 때도 고작 5만의 지원병을 보낸 명나라였다. 지금은 저 살기도 급급한 때다. 망조가 낀 명군이 무리를 하면서까지 조선을 도우러 나서지도 않을 것이다. 이는 이미 내가 아는 먼 미래의 역사에서 답을 찾을 수 있다.

"결국 패배군요."

"모두가 무사한 항복을 바라야겠지."

나는 안다. 이시백은 모르지만 나는 안다. 왕족은 모두 살고 이 전쟁은 곧 끝난다. 딱 한 달 남았을 뿐이다.

그리고 전쟁이 끝나면?

난 다시 봉림대군에게로 돌아가야 할까?

정운의 별을 타고난 시백을 만나기 전의 나라면 그랬을지도 모르겠다. 아니, 그날 낳은 아이만 살아 있었더라도 돌아갔을지도 모른다. 적어도 외할아버지가 나를 이 시대에서 빼낼 방도를 찾을 때까지만이라도 봉림대군의 곁에서 몸을 보전하며 지내려는 선택을 했을 것이다.

그러나 이제는 다르다. 이시백, 그를 만났으니까. 나는 정운의 별을 타고난 그와 함께하고 싶다.

봉림대군에게 돌아가고 싶지 않아.

"부탁드릴 게 있어요."

"무엇이오?"

"이 전쟁이 끝나고 모든 것이 안정되어 다들 이 남한산성을 내려가야 할 때 저를 나으리의 첩으로 삼아주시겠어요?"

나를 바라보는 그의 눈동자가 미세하게 흔들렸다. 한 번은 밀어내도 두 번은 밀어낼 수 없을 거다. 내가 이렇게 나오는 이상 그도 더는 거절할 수 없을 거란 확신이 있었다. 과거 내게 여인은 열 번 찍어도 넘어가지 않지만 사내는 세 번 안에 넘어간다고 가르쳐준 여인이 있었다.

"……!"

그의 눈은 분명 놀라서 흔들리는데 막상 대답은 바로 나오지 않는다. 아마 이 조선에서 자신을 첩으로 삼아달라고 말하는 반가의 여인은 손에 꼽을 것이다. 적어도 시백이 만난 여인들 중에서는 유일할 것이다.

그나저나 내가 너무 당당했나?

"아시다시피 전 이제 갈 곳이 없어요. 전쟁통에 가족도 모두 잃었고요. 반가의 규수였지만 가족을 모두 잃은 지금은 화전민보다 못한 신세. 이미 잃었으나 아이도 있었고 지아비도 있었지요. 그러니 재취도 불가능해요. 습첩(拾妾)으로 거두신다 여기시고 첩으로 삼아주신다면, 일평생 나으리의 곁에서 모시고 싶습니다."

이래도 거절한다면 눈물 콧물 쏟는 연기라도 해볼 참이었다.

침착함을 되찾은 시백의 입이 열렸다.

"왜 하필 나요?"

이번에도 그는 내가 예상하지 못한 방법으로 답을 돌려준다.

왜 하필 나라니?

내가 마음을 준다고만 하면 이유를 떠나 무조건 좋다고 하던 사내들만 보아왔다. 그의 이러한 답은 나를 당황하게 만든다. 그리고 정운을 떠올리게 한다.

"그, 그러니까……. 제가 그간 나으리의 곁에서 지켜보니 나으리만큼 의지할 사내가 이 세상에는 없다는 것을 깨달았고……."

거짓말이다. 내가 그의 첩이 되고 싶은 건 그가 정운을 닮았고 그가 정운의 별을 타고난 사내라서다. 다시 태어난 정운이라서 선택하는 것뿐이다.

"허면 나도 한 가지 묻겠소."

"무엇을……?"

"어찌하여 내 얼굴을 처음 본 순간, 울었소?"

"예?"

"그 뒤에도 나를 볼 때마다 눈물을 흘리지 않았소?"

"그건……!"

"어찌 그런 것이오?"

그를 통해 유정운을 보아서다. 정운이 다시 살아서 내게로 돌아온 것만 같아서. 그래서였다. 하지만 그 말을 시백에게 할 수는 없었다.

이번에는 내 눈동자가 흔들렸다. 진실을 숨기고 또 다른 거짓을 둘러대야 하는 내 눈동자가 흔들렸다.

시백은 그런 내 두 눈을 말없이 응시하다가 자리에서 일어섰다.

"어디 가세요?"

그를 붙잡는 내 말에 시백에 답했다.

"단지 의지할 사내가 필요하여 나를 원한다면 거절하겠소. 그대와 같은 미모를 지닌 여인을 거둬줄 사내는 전쟁이 끝나기 전에도 쉽게 찾을 수 있을 터이니."

이번에도 거절당했다. 나는 화를 참지 못하고 나가려는 그의 팔을 붙잡았다.

"나으리! 어째서 그리 무정하세요?"

"무정하다?"

돌아보는 그의 눈에서는 더는 그 어떤 흔들림도 찾아볼 수가 없었다. 차갑고 냉정했다. 어린 시절부터 친구로 자란 정운에게서는 단 한 번도 볼 수 없는 눈이었다. 정운에게서 없던 눈이 지금 나를 바라보고 있었다.

"제 어디가 싫으세요?"

"이건 싫다 좋다 문제가 아니오."

"그럼요? 다른 사내의 아이를 가졌던 여인이라 싫으신가요? 지아비도, 아이도 잃은 지 얼마 안 되는 여인이 갈 곳이 없다며 첩으로라도 받아달라 매달리는 게 마음에 안 드세요? 그래서 첩으로라도 삼기 싫을 정도로 제가 싫으신가요?"

나의 외모가 불리하게 작용될 때도 많았다. 그렇다고 유리하지 않았던 것도 아니었다. 이런 상황에 놓이는 것이 낯설다. 정운을 꼭 빼닮은 얼굴의 사내 앞에서는 더더욱.

어처구니가 없다는 듯 나를 쳐다본 그가 말했다.

"지금 들은 말은 못 들은 것으로 하겠소."

"나으리!"

그는 내 손길을 뿌리친 채 처소를 떠났다.

강화도.

세자빈 강씨는 강화성이 함락되었다는 소식을 접하자마자 어린 세손을 내관의 등에 업혀 인근 섬으로 도망치도록 했다. 성벽 위에서 청군에게 둘러싸인 채 항전하던 봉림대군은 산 채로 잡혀 도르곤의 앞으로 끌려왔다.

"(꿇어라!)"

도르곤 곁의 청나라 병사가 만주어로 소리쳤다.

그의 옆에 있던 통역관이 대신 봉림대군에게 조선말로 말했다.

"꿇으시오! 대청국의 친왕 전하시오."

이 말을 듣고도 봉림대군은 무릎을 꿇으려 하지 않았다. 그의 옆에 서 있던 청나라 병사가 창의 막대 부분으로 그의 무릎을 쳤다.

"악!"

이에 어쩔 수 없이 봉림대군이 고통스러운 소리를 내며 강제로 무릎을 꿇었다.

도르곤의 입가에 미소가 지어졌다.

"(젊은 왕손의 패기는 마음에 든다. 허나, 약자가 강자 앞에 무릎을 꿇는 것은 세상의 이치. 그것을 알기에는 너무 젊구나.)"

그가 무슨 말을 하는지는 봉림대군은 알 수 없었지만, 자신을 모욕하고 있다고 생각한 봉림대군이 소리쳤다.

"날 죽여라! 어서 날 죽이란 말이다! 이 오랑캐 놈들아!"

통역관을 통해 이 말을 전해 들은 도르곤이 크게 웃었다. 도르곤이 병사에게 명을 내렸다.

"어머니!"

"세손! 세손!"

봉림대군의 뒤로 함께 끌려 나온 세자빈이 소리쳤다.

바로 청나라 병사의 팔에 감겨 끌려온 어린 세손을 본 것이다. 세손에게 다가가려는 세자빈의 길을 청나라 병사가 막았다.

"비키시오! 그 어린아이에게 대체 무슨 짓을 하려는 게요!"

"마마!"

상궁과 나인들이 통곡하며 세자빈을 붙들었다. 도르곤은 이 사태를 미소 띤 얼굴로 관망하다가 봉림대군을 바라보았다. 그는 칼을 빼 들고는 칼끝으로 어린 세손과 봉림대군을 차례차례 겨누며 말보다도 더 정확한 행동으로 자신의 의사를 표현했다.

"(죽여달라고? 허면 누구를 먼저 죽여줄까?)"

통역관이 전한 도르곤의 말에 봉림대군을 비롯해 세자빈의 얼굴이 사색이 되었다.

"제발! 제발 우리 세손을 살려주시오! 세손!"

세자빈의 애처로운 절규가 봉림대군의 가슴을 울렸다.

"(대답을 못 하는군.)"

지루한 것은 참지 못하겠다는 듯 도르곤이 다시 통역관에게 명했다.

"(기다리기 싫다. 한 나라의 대를 끊는 것이 이리 지루해서야 재미가 없다 전해라.)"

그때 옆에서 도르곤이 통역관에게 하는 말을 들은 부관이 나섰다.

"(친왕 전하. 폐하께서는 단지 사로잡으라고만 하셨습니다.)"

"(나도 안다.)"

"(허면……)"

"(단지 재미를 쫓고자 함이다. 보거라, 저 눈)"

도르곤이 칼끝으로 봉림대군의 눈을 가리켰다.

"(저리 독을 품고 노려보는 듯해도 그 안에는 두려움을 애써 숨기려고 하는 것이 보인다. 난 저런 눈을 보는 것이 좋다.)"

겁에 질린 어린 세손이 울먹거리며 세자빈을 찾았다.

"흐윽…… 흐윽…… 어머니……."

자신을 향한 칼끝 너머로 보이는 도르곤과의 기 싸움을 벌이던 봉림대군이 고개를 숙였다.

"원하는 것이 무엇이냐."

봉림대군의 말을 통역관에게 전해 들은 도르곤의 입가에 미소가 번져나갔다.

"(처음부터 그리 했어야지.)"

도르곤이 봉림대군을 향한 칼을 거둬들였다. 그는 병사가 가져온 종이를 봉림대군의 발치에 내던지며 말했다.

"(내가 부르는 대로 써라. 첫 번째, 강화도의 조선인은 대청국에 항복한다. 두 번째, 강화도의 조선 왕족들은 대청국에 협조한다. 그리고 세 번째는⋯⋯.)"

도르곤이 세손을 돌아보았다.

"(대청국에 비협조시 저 어린아이부터 개의 먹이로 던져버리는 데 동의한다.)"

통역관이 하는 말을 전해 들은 세자빈이 힘없이 바닥으로 주저앉으며 정신을 잃었다.

"아아⋯⋯!"

"마마! 마마!"

봉림대군이 이를 돌아보며 어찌할 바 모르는 표정을 짓자 도르곤의 웃음소리가 커졌다.

"(하하하하!)"

쓰러진 세자빈을 장씨와 나인들이 부축하는 것을 본 봉림대군이 도르곤을 돌아보며 소리쳤다.

"그것이면 되겠느냐! 그것이면 강화성의 백성들과 세손을 비롯한 종친들의 목숨을 해치지 않을 것이냐?!"

"(약조하지.)"

봉림대군은 청나라 병사가 가져다준 붓을 집어 들었다. 떨리는 손을 부여잡으며 그는 빠르게 도르곤이 말한 내용들을 적어 내려 가고는 마지막에는 자신의 이름과 군호를 적고 인장을 찍었다.

이 모든 것을 다 마치자 도르곤의 부관이 재빨리 그 종이를 가져다 도르곤에게 전해주었다. 종이의 내용을 살펴본 도르곤이 봉림대군을 보며 물었다.

"(세손을 개의 먹이로 준다는 내용이 빠졌구나?)"

"!"

"(뭐, 이곳에 적지 않아도 내가 그리한다면 그리할 것이니. 다만, 내 말을 그대로 적는다 하며 적지 않았으니 그다음에 일어날 일에 대해서는 나에게 그 책임을 물을 순 없을 것이다.)"

도르곤이 한 말의 의미를 깨닫지 못한 봉림대군이 고개를 갸웃 거렸다. 도르곤이 돌아섰고 이어 청나라 병사들이 봉림대군을 비롯한 왕족들. 그 왕족들을 수행하는 일부 나인들만을 강화성 밖으로 끌어내 배에 태웠다.

그들이 탄 배가 강화 나루터를 출발하던 바로 그때였다. 강화성 안에서 여인들의 비명이 터져 나왔다. 놀란 봉림대군이 배 위에서 강화도를 돌아보았다. 곳곳에서 연기가 피어오르고 있었다.

"이게 도대체 어찌된 것이냐! 약속과는 다르지 않으냐?"

통역사가 도르곤의 말을 대신 전했다.

"이번 강화성 함락을 위해 노력한 우리 대청국 병사들도 마땅히 취할 것이 있어야 하지 않겠소?"

통역사가 돌아간 후 봉림대군은 말을 잇지 못한 채 힘없이 어깨를 늘어뜨렸다.

이날 봉림대군을 비롯한 종친들이 강화도를 떠나자마자 청나라 군대의 약탈이 시작되었다. 청군은 강화성 곳곳에 불을 지르고 약탈과 강간을 자행했다. 노모와 아내, 여식이 강간당하는 것을 가만히 지켜본 이는 살아서 청나라의 노비로 끌려갔고 이를 반항하거나 제지하는 이들은 모두 죽임을 당했다.

이날 조정에서 은퇴한 노신, 전 공조판서 이상길은 자신의 손녀가 청군들에게 강간당하는 것을 만류하다 뒤에서 목이 졸려 죽었다.

◦◦◦◦◦◦

남한산성.

"난중에 목숨을 잃는 것이 두렵소? 아니면 소문이 두렵소?"

아침부터 날 찾아온 금치가 처마 밑에 서서 투덜댄다.

"그건 또 무슨 말이냐?"

"첩? 습첩? 반가의 여인이 부끄럽지도 않소?"

난 금치가 시백에게 들은 줄 알고 되물었다.

"나으리가 말씀하셨느냐?"

"참나! 우리 나으리가 그런 일을 입에 담으실 분인 줄 아시오?"

그럼 엿들었다는 거다. 언제 엿들었지?

"내가 요즘 망루 보초 서는데 끌려갔다고 여기는 들여다보지도 않는 줄 알았소?"

금치가 투덜대는 것을 가만히 들으니 여기가 청나라 대군에게 포위된 남한산성 안이라는 사실도 잊게 된다.

나는 소리 내어 깔깔 웃었다.

내가 크게 웃는 소리를 처음으로 들은 금치가 당황한 듯 물었다.

"정녕 미쳤소?"

"차라리 미쳤다면 그런 소리를 네 주인께 하지도 못했겠지."

"그럼 참말로 우리 나으리의 첩이 되려는 거요?"

"왜? 내가 나으리의 첩이 되면 너도 날 주인으로 모셔야 하니, 그게 싫으냐?"

"그게 아니오! 나, 난……! 그러니까 나는……!"

금치가 무슨 생각을 하는지 얼굴이 붉어져서는 말을 더듬거린다.

"너 혹시 나를 마음에 품은 것이냐?"

"무, 무슨……!"

그런데 왜 얼굴이 더 붉어져서는 저리 난리인지 모르겠다. 하긴 어릴 때 보면 나를 좋아해 따라다니던 남자아이들 중에 일부러 말을 짓궂게 하거나 놀리는 식으로 괴롭히던 애들도 있었다.

"너, 나이 몇이니?"

"열일곱이오."

"장가는 갔니?"

금치가 고개를 도리도리 젓는다.

"아무리 과부라도 노비가 반가의 여인을 취하는 건 국법으로 엄히……."

"아, 아니라니까! 아니라니까 왜 이러시오, 참나!"

금치가 손을 내저으며 도망치듯 뛰어가버렸다. 멀어지는 금치의 뒷모습을 보면서 나는 한숨을 내쉬었다.

"적어도 당분간은 그의 앞에서 날 놀릴 생각은 못 하겠지."

그래서 날 그렇게도 깎아내리려고 했던 걸까?

"사내들이란……."

그의 노비조차도 제 마음을 숨기지 못하는데 왜 이시백만큼은 그 뻔한 사내들 속에 속하지 않는 걸까?

༼ეჯ

음력 새해.

남한산성에서 두 번째 망궐례가 행해졌다. 첫 번째 망궐례가 명나라 황제의 탄신일로 인한 것이었다면 두 번째 망궐례는 새해를 맞이하여 명나라 황제를 알현하는 의식이었다. 망궐례가 진행되는 동안 들리는 아악 소리 외에는 성안의 이 만여 군중 중 그 누구도 입을 열어 소리를 내지 않았다.

내가 머무는 처소에서도 아악 소리가 또렷이 들렸다. 남한산성

전체를 울리는 듯한 그 소리를 이미 산성 밖에 도착한 청나라 황제도 듣고 있을 것이라는 생각에 소름이 돋았다. 청나라 황제를 앞에 두고 명나라 황제에게 예를 올리는 의식을 치르는 조선. 그 끝을 아는 내가 침묵하는 것이 옳은 것일까?

 ❧

수어장대에서 시작해 산성을 순시하는 일은 한나절이면 가능했다. 그러나 시기는 겨울. 사기가 가라앉은 병사들을 일일이 다독이며 돌다보면 시백의 순시는 새벽부터 시작해 한낮이 되어서도 반도 채 끝내지 못했다.

남한산성의 북문 인근 성벽에 선 시백의 시선이 산성 안 민가가 몰린 곳을 향했다. 그는 한 여인을 떠올렸다. 화진이었다.

['왜 하필 나요?']

그 스스로도 먼저 던지고 놀란 말이었다. 마치 이 세상 사람이 아닌 것 같은 천궁 항아의 모습을 지닌 아름다운 여인이 자신을 취해달라 청을 하는데도 말이다. 어쩌면 꿈인지 생시인지 잠시 헷갈려서인지도 모른다. 아니, 그보다도 어찌 자신처럼 평범한 사내의 앞에서 저를 낮추며 첩으로 삼아달라고 한 것일까?

시백이 본 화진은 고고한 심성을 지닌 당찬 여인이었다. 자신을 첩으로 낮춰서라도 원하는 사내를 얻고자 할 정도로 자신만만한 여인. 위기의 순간 제 목숨을 버리는 선택이 아닌, 자신이 살고자 하는 선택을 하는 그런 여인이었다. 그가 지금껏 그 어디에서도 본 적이 없는 여인이었다. 이 세상에 존재한다 하더라도 직접 보지 않고서는 그 존재를 쉽게 받아들이지 못할 여인이었다.

['허면 나도 한 가지 묻겠소. 어찌하여 내 얼굴을 처음 본 순간, 울었소?']

화진의 청에 마음이 흔들리는 자신을 감추려 내뱉은 말이었다. 아름다운 외모에 가려진 그녀의 숨은 심성을 찾아낸 것처럼 그녀 역시 그 안에 있는 참된 심성을 찾아내었기에 그러한 청을 한 것이라면?

찌릿한 통증이 그의 가슴을 쓸고 지나갔다. 바로 그때였다.

"나으리."

"!"

머릿속에 떠올렸던 화진의 목소리가 실제로 들리자 시백이 놀라 뒤로 돌아섰다. 그곳에 화진이 서서 자신을 바라보고 서 있었다.

그를 찾아내는 것은 어렵지 않았다. 하루의 대부분을 성벽을 순시하며 보낸다는 것을 알고 있었으니까. 그를 본 병사들을 거슬러 올라가면 그가 있을 것을 알았다. 그리고 그를 찾아냈다.

"나으리."

민가 쪽을 내려다보고 있던 그가 등 뒤에서 들려오는 내 목소리를 듣고 놀라 돌아섰다.

"드릴 말씀이 있어요."

나는 아무것도 하지 않을 것이다. 시간여행자이기 전에 시간의 지배를 받고 그 시간으로 인해 사랑하는 사람을 잃었던 나이니까. 그래서 단지 그가 나를 믿을 준비가 되어 있다면, 시간과 역사의 경계 사이에서 조금이나마 도움이 되는 방법을 제시하고 싶을 뿐이었다.

"여기까지는 어쩐 일이오?"

"오늘."

난 손가락으로 하늘을 가리켰다.

"일식이 일어날 거예요."

"일식?"

내 말에 그가 바로 하늘을 쳐다봤다. 그러나 일식이 일어날 조짐은 전혀 보이지 않았다.

"지금요."

그리고 거짓말처럼 일식이 시작되었다. 달이 해를 가려 빛이 점점 줄어드는 가운데 성벽 위의 병사들이 동요하기 시작했다.

"일식이다! 일식이야!"

"오늘 일식이 일어난다는 말은 없었는데?"

"어서 주상전하께 보고하라!"

일식은 좋은 징조가 아니었다. 그랬기에 서운관 관리들은 정확한 천문관측을 통해서 미리 일식을 알렸다. 이번에 남한산성으로 피신할 때도 서운관 관리 두 명이 따랐다. 그러나 그 두 명 중 그 누구도 오늘 일식을 미리 점치지 못했다.

일식은 짧았다. 곧 다시 드러난 햇살 아래서 우리 두 사람은 조금 전 일식이 시작되기 전 모습 그대로 여전히 서로를 바라보며 서 있었다.

"그대가 신묘한 조화를 부려서 일식을 일으킨 것이 아니라면 일식을 예측한 것이오?"

"천문에 대해서는 조금 알지만, 일식을 예측할 줄은 몰라요. 그러니 지금 있었던 일식은 예측한 것이 아니고요."

"허면 어찌 알았소?"

"미래에 일어난 일을 미리 알고 있었을 뿐이죠."

그의 눈에 살짝 힘이 실렸다.

"지금 그 말을……."

"믿으라고 강요하진 않겠어요. 그저 제가 아는 것들을 가지고 나으리를 돕고 싶어요."

그가 짧은 웃음을 흘렸다.

"난 그대의 도움이 필요 없소. 한데 어찌 자꾸 나를 돕겠다고 말하는 것이오?"

"그건……!"

나를 바라보는 그의 눈이 조금은 사나워졌다.

"그대는 어찌 나를 물가에 내놓은 어린아이를 보듯 말하시오? 내가 혼자서는 아무것도 능히 해결 못할 무능한 사내로만 보이시오?"

"아니요! 그런 게 아니에요!"

그가 내게서 고개를 돌렸다.

그가 분명 오해를 하고 있다. 나는 정말로 그를 돕고 싶었을 뿐이다. 시간에 갇혀 오도 가도 못하며 봉림대군의 사저에서 지낼 때, 나는 나의 인생을 포기할 각오로 살았다. 하지만 이시백으로 태어난 정운과 재회한 순간 그를 지키고 싶었다.

그 시작은 그를 돕는 것이라고 생각했다. 이 끔찍한 전쟁으로부터.

"좋소."

그가 다시 나를 돌아봤다.

"지금 그대가 나를 도와줄 일이 하나 있소."

"그게 뭐죠?"

"그대의 처소로 돌아가시오."

그의 대답에 나는 크게 실망했다. 그의 말을 따르지 않고 계속 그 자리에 서 있었다. 그러자 시백은 나를 두고 반대 방향으로 가버렸다. 속상한 마음에 성벽으로 내려가는 계단에 걸터앉았을 때였다.

"정말 미래를 아시오?"

돌아보니 망건만 두른 깡마른 체격의 중년의 선비가 창을 든 채로 서서 내게 묻고 있었다. 만약 왕을 호송해서 남한산성까지 따라온 병사라면 군복을 입고 있었을 것이다. 그랬기에 그가 강제 징집되어 끌려온 사람이라고 생각했다.

이 추운 겨울에 그는 제대로 옷을 갖춰 입지도 못하고 있었다. 창을 든 손가락 중 몇몇 손가락은 동상으로 까맣게 변해 있는 것이 보였다. 아마 여기에 오기 전까지 고생 한 번 한적 없이 글만 읽던 선비임이 분명했다.

"나이가 있어 보이시는데 출세는 못 하셨나봐요?"

비아냥까지는 아니었지만 듣는 상대에 따라 부정적으로 받아들일 수도 있었다.

"퍽 예리하신 마님이시군."

그는 넉살 좋게 웃으며 나와 어느 정도 거리를 두고 앉았다.

"광릉(경기도 광주) 초야에 묻혀 글만 읽었소이다. 임금께서 남한산성으로 피난을 오신다는 소문을 듣고 확인하러 나왔다가 그대로 남한산성까지 끌려왔소. 이 전쟁이 끝날 때까지 오도 가도 못한 채 산성에 갇힌 신세가 되었지."

"오도 가도 못 한 채 산성에 갇힌 신세는 저와 같으시네요."

한숨을 내쉬며 나는 멀리 보이는 시백을 쳐다보았다.

"혹 수어사 나으리의 부인이시오?"

나는 기운 없이 고개를 내저었다.

"첩으로 삼아달라고 했다가 까이긴 했죠."

"까여?"

"차였다는 말이에요."

"차여? 나으리가 마님을 발로 찼소?"

나는 시백에게서 눈을 떼고 선비를 돌아보았다.

"왜 자꾸 물으시죠? 보아하니 성벽을 수비하는 일을 맡으신 듯한데 이리 딴청 피우시다가 걸리면……."

"이미 수어사 나으리는 순시하고 가시지 않았소. 그러니 상관없지."

헤벌쭉 웃는 게 악의가 있어 보이진 않았다.

"광릉 사신다면서요? 그럼 가족은 지금 산성 밖에 있나요?"

"죽었소."

여전히 웃는 얼굴로 말하는 선비를 보며 잠시 할 말을 잃었다.

"부인은 오래전에 병으로 세상을 떠났고."

"아, 그런 말이었구나."

뒤늦게 안도의 한숨을 내쉬는데 그가 고개를 숙이며 힘없이 웃는다.

"하나뿐인 여식은 적병이 능욕하려는 것을 피하려 자결했소."

너무 담담한 설명에 어떤 표정을 지어야 할지 몰랐다.

"그게 언제 일인가요?"

"오늘로 꼭 보름이 되었나……."

그의 긴 한숨에 희뿌연 입김이 어린다.

"그럼 광릉에서 따님을 잃은 건 아니시군요?"

"맞소. 실은 내가 보기보다 나이가 좀 많소. 여식을 늦게 얻었지. 가난하여 혼처를 쉽게 찾지 못하였는데 고맙게도 송경(개경)에서 혼처를 찾지 않았겠소?"

선비는 마치 그때 심정을 떠올리듯 함박웃음을 지었다.

"신랑을 불러 여식을 데려가라 해도 뭐 차려서 대접할 것이 있어야지. 그래서 신랑집에서 혼례를 치르고자 여식과 송경으로 상경하던 길이었소."

"그럼 송경에서 남하하던 적병을 만나셨군요?"

그가 딸을 잃어버린 부분에서 힘없이 고개를 끄덕였다.

"그렇소. 여식은 어렵게 빌려 마련한 낡은 혼례복이 담긴 보따리를 소중히 품고 있었지. 죽는 순간에도 한 손으로 그 보따리를 움켜쥐고 있었어. 그러고 보니 여식의 신랑 될 사람도 참 괜찮은 사람이었소. 지금이야 죽었는지 살았는지 알 길이 없게 되었지만. 애초에 인연이 아니었던 게지."

웃으며 시작한 이야기는 침통함으로 마무리되었다.

"착한 아이였지. 딱 마님 또래였소. 가족은? 가족은 있소?"

선비의 물음에 봉림대군의 모습이 머릿속을 짧게 스쳐 지나갔다.

"있었어요……."

"마님도 나처럼 적병에게 가족을 잃은 게요?"

"그런 셈이죠."

무거워지는 분위기에 선비가 말을 돌렸다.

"그나저나 정말 미래를 아시오?"

난 다시 시백이 가버린 방향을 쳐다보며 말했다.

"알든 모르든 도움을 주겠다는데도 상대가 관심도 없고 받지도 않는다고 하잖아요."

"왠지 수어사 나으리께 감정이 있는 듯 들리는데?"

나는 인상을 썼다.

"감정이야 있죠. 아주아주 많이!"

"첩으로 삼아달라고 했다가 까여서? 아니면 차여서?"

난 선비를 흘겨보았다.

"다 알아들으시고서 못 알아들으신 척하신 거예요?"

"아니, 내가 글 모르는 무지한 백성도 아니고 어찌 그 말을 모르겠소. 까였다는 건 호두 껍데기 까듯이 마님의 청을 까버렸다는 것일 테고. 찼다는 건, 발로 뻥뻥 차듯이 마님을 차서 내쫓았다는 말이 아니겠소."

"뭐라구요!"

"하하!"

그가 뭐가 좋은지 크게 웃었지만 이제 그의 웃음은 슬픔을 애써 감추려는 슬픈 웃음임을 알았다. 그랬기에 웃는 그를 보면서도 마음이 편하진 못했다.

"일찍 아내가 죽은 뒤로 여식과 이런 말놀음을 많이 했지. 이 늙은 아비가 심심하지 않도록 마님처럼 재치 있게 받아주던 여식이었소. 마님보다 예쁘진 않았지만."

그제야 그가 나를 딸처럼 편하게 대하고 있음을 알았다.

"죄송하지만 전 아버지가 없어요."

"돌아가셨소?"

"아니요. 살아계시지만 오래전에 어머니와 이혼하셨거든요. 그래서 외할아버지와 함께 살았는데 가끔 아버지를 만나긴 해요. 잠깐씩."

"어찌 아버지와 살지 않고 외가로 갔소?"

"아버지는 많이 바쁘시거든요."

"바쁘다라……."

"게다가 저희 아버지는 제가 이러고 있는 걸 알면 경을 치고도 남을걸요."

"이러고 있다니?"

"사내에게 첩이나 되어달라고 하고 까이기나 하고."

"정말로 수어사 나으리가 마님같이 예쁜 여인을 마다했소?"

"네! 그것도 두 번씩이나요!"

"두 번씩이나?!"

추임새를 넣어가며 내 말을 받아주니 시백에게 풀 성질들이 다 쏟아져 나온다.

"제가 예쁜 건 알지만, 끌리지는 않는데요."

"끌려? 어디를 끌려간단 말이오?"

"마음과! 마음이! 안 끌린다고요!"

"마님은 수어사 나으리에게 끌리는데?"

"그러니까요!"

"어허, 이거 참 문제일세."

어떻게 보면 그리 심각한 일은 아닌데 진지하게 함께 고민해주니 말이 더 길어졌다.

"전 어떻게 해야 좋을까요?"

"뭘?"

"세 번째까지 까이면 그때는 확!"

"확? 확, 뭘?"

"꽁꽁 묶어놓고 마구마구 때려야죠."

"하하!"

내 말에 선비가 웃음을 터트렸다. 한참을 웃던 선비가 겨우 숨을 가다듬으며 물었다.

"정녕 수어사 나으리의 첩이 되고 싶은 거요?"

"아니요."

"아니라고?"

"그냥 곁에 있고 싶어요. 떨어지고 싶지 않아요."

"엄청~ 수어사 나으리를 사모하나보군."

"아니요."

"뭐가 또 아니요?"

"제가 사모하는 사람은 수어사 나으리는 아니에요."

그의 먼 과거다. 이런 걸 다른 말로 전생이라고 하는 걸까?

난 전생을 믿지 않는다. 전생이든 현생이든 내 눈에 이시백은 유정운이다. 유정운의 다른 모습이고 유정운의 다른 부분으로만 보인다.

"무슨 말인지 난 이해가 안 가는데? 수어사 나으리의 첩이 되고 싶다면서, 수어사 나으리가 아닌 다른 사내를 사모한다니?"

"저도 이해가 안 가는데 남이 저를 이해한다는 게 말이 안 되겠지요. 그러니 그도 저를 거절한 거고…… 두 번씩이나."

한숨을 푹푹 내쉬며 난 둥글게 세운 무릎 위에 턱을 올려놓았다.

"어이! 거기 뭐 해?!"

그때 사라진 그를 찾는 병사의 목소리가 들려왔다.

"이크! 이만 가봐야겠군. 만나서 반가웠소."

"네에. 가보세요."

"그럼 다음에 만나면 서로 아는 척이나 합시다. 이렇게 알게 된 것도 인연인데."

"뭐, 그러죠."

다시 제 위치로 돌아가려는 그를 물끄러미 쳐다보며 소리쳤다.

"그런데 뭐라고 불러드려요? 성함이라도 알아야……."

선비가 씩 웃으며 말했다.

"박 처사."

"처사?"

"내 성은 박가요. 그리고 광릉 사람들은 내가 초야에서 글만 읽는다고 처사(處士, 초야에 묻혀 사는 선비)라고 불렀소. 박 처사."

그가 가버린 후 나는 머리를 긁적였다.

"박 처사? 설마 내가 아는 〈박씨부인전〉의 그 박 처사는 아니겠지? 그건 단지 소설이잖아."

❦

꿈을 꿨다.

남한산성 위에 눈보라가 흩날렸다. 아무도 없는 성벽 위를 눈을 맞으며 걷던 내 앞에 누군가 나타났다. 갓을 쓴 사내였다. 뒷모습뿐이었지만 난 단번에 그가 누구인지 알아차렸다. 남한산성 성벽 위에서 만날 사람은 단 한 사람뿐이었으니까.

"이시백."

그의 이름을 불렀다.

그가 내 부름에 뒤를 돌았을 때였다. 공허한 두 눈이 나를 가만히 응시하는 순간 나는 무언가 평소와 상황이 다르다는 걸 깨달았다.

"화진아……."

그는 이시백이 아니다. 오래전에 죽은 내 연인 유정운이었다.

"정운아……?"

그가 갑자기 고통스러운 얼굴로 허리를 숙이더니 붉은 피를 와락 토해냈다.

"읍……!"

순식간에 붉은 피가 그의 옷을 새빨갛게 물들어가기 시작했다.

"정운아!"

그의 이름을 부르며 달려가려는데 그가 한 손을 뻗어 제지한다.

"오지 마."

"!"

"가……!"

"정운……."

"가라고!"

그는 내가 자신에게 다가오는 것을 단호하게 거절하고는 비틀거리는 상태로 눈을 맞으며 성벽 너머로 사라졌다.

❧

"아아……!"

의원이 내 아랫배를 누른 순간 신음이 터져 나왔다.

"흐음. 언제부터 이랬소?"

난 누운 상태로 기억을 되짚었다.

"잠에서 깨는 순간부터 배가 아팠어요."

"단순 통증이라면 상관이 없겠지만……."

"전에는 이런 일이 없었어요. 단 한 번도요."

"요즘 특별히 신경 쓰는 일이 있소?"

순간 한 사람의 얼굴이 떠올랐다. 얼굴은 하나인데 두 사람으로 나뉘어 생각나는 사람. 꿈에서 본 유정운일까? 아니면 이시백일까.

내가 대답을 못 하자 의원이 고개를 가로젓는다.

"고립된 산성 안에서 아무 일도 일어나지 않는다는 것이 더 이상한 일이겠지."

의원이 자리를 정리하며 말했다.

"안타깝게도 지금 이 월경통에 쓸 약재는 산성에서 구할 수 없을 거요. 비슷한 증상의 궁녀 몇몇도 약재를 구하지 못해 고생한다고 들었거든. 그저 시간이 지나가면 나아지기를 기다리는 수밖에 없겠소."

"저…… 혹시 아이를 낳으면 통증이 생기나요?"

"보통은 아이를 낳으면 통증이 줄어들거나 없어진다고 들었소."

의원이 떠난 후 난 이불 속에서 몸을 웅크렸다. 시간이 갈수록 통증이 줄어드는 게 아니라 더 심해지는 기분이었다. 식은땀이 나고 이리저리 몸을 뒤척여보아도 통증은 줄어들기는커녕 더 심해졌다. 현대에서는 약 한 알로 끝날 일이 이런 식으로 찾아올 줄은 몰랐다.

벌 받은 걸까?

아이는 어딘지도 모를 차가운 땅속에 묻혀 저승으로 갔는데 나는 청군에게 둘러싸인 남한산성의 안에서 이시백의 첩이나 되겠다고 설치고 있으니.

그러나 이럴 때일수록 마음을 다잡아야 했다. 봉림대군에게 돌아가지 않고 이시백에게 남기로 한 이상 말이다. 그가 내 외모에는

308

끌리지 않으니 도움이 되는 존재가 되어야 했다. 그래야 그는 나를 자신의 곁에 두려고 할 테니까.

이 통증이 빨리 가라앉기를 기다리며 이불 속에서 끙끙거리던 때였다.

"흠."

"……."

"흠흠."

"?"

헛기침 소리가 연달아 들려 하는 수 없이 아픈 몸을 일으켜 닫힌 문을 열었다. 문이 열리며 보이는 얼굴은 다름 아닌 이시백이었다.

그가 왜 이 시간에 여기에 있지? 산성을 순시할 시간인데?

그보다 생리통 때문에 방구석에서 끙끙댄다는 사실을 들키면 안 된다.

"오늘은 매우~ 한가하신가봐요, 나으리?"

나는 일부러 차갑게 말을 걸며 그를 빨리 이곳에서 보내려고 했다.

"그건 그대도 마찬가진가보오?"

"무슨 말이죠?"

"오늘도 나를 돕겠다고 성안 이곳저곳을 돌아다니고 있을 줄 알았는데…… 멀리서 찾을 필요가 없지 않았소."

"저를 찾아다니셨어요?"

"흠흠."

대답이 대신 어색한 헛기침이 되돌아왔다. 그리고 이런 그의 모습이 묘하게 나를 기쁘게 한다.

"혹시 제 도움이 필요하셔서 찾으셨다면…… 윽."

바로 문밖으로 나가려는데 다리에 힘이 풀릴 만큼 강한 통증에 나는 그대로 바닥에 주저앉았다. 손발은 밖에서 밀고 들어온 한기에 쥐가 나는 듯했다. 이런 날은 선택의 여지없이 이불 속에서 끙끙거리며 보내야 한다.

하필 이런 날 이시백이 나를 찾아오다니!

"도움이 필요하다면 도와줄 것이오?"

마음이야 그렇다고 외치고 싶은 마음이 굴뚝같았다. 하지만 상황이 좀 그렇다.

"추워요."

"춥다?"

"오늘은 너무 추워서 감기에 걸릴지도 모르니 그냥 쉴래요. 내일 도와드리면…… 안 될까요?"

아니다. 이런 기회를 물리면 다음에는 시백이 내게 도움을 구하지 않을지도 모른다.

"아, 아니! 이따 오후에 괜찮아지면……."

"혹 어디가 편찮으시오?"

"아니요! 전 멀쩡해요!"

멀쩡하다고 소리치는데 아랫배의 통증이 아우성치듯 나를 괴롭혔다. 마치 시백의 앞에서 비명이라도 지르게 해서 자신의 존재를 드러내려는 듯.

"그저 날이 오늘처럼 너무 추울 때는 밖에 나가면 안 돼요."

"어째서?"

더는 앉은 상태로 말을 이어나가는 것도 힘들었다. 나는 벽에 이불을 기댄 채 추워서 그런 것처럼 이불부터 끌어 올렸다.

"미인은 피부가 상하거든요! 추위에 약해서요……!"

이제는 소리를 지르는 것도 기운이 없어서 못 할 것 같다.

"그대는 여러모로 손이 많이 가는 사람이군."

"마, 맞아요! 원래 미인은 손이 많이 가요. 타고난 걸 가꾸고 유지하는 게 뭐 쉬운 줄 아세요?"

"그대의 말이 맞는지도 모르겠군."

그가 문이 열린 방문 앞에 무언가를 내려놓았다. 직사각형 모양의 납작한 비단 주머니였다.

"뭐죠? 이건?"

그는 대답 대신 짧은 헛기침과 함께 시선을 피했다. 내가 손을 뻗어 그 비단 주머니를 잡자 따뜻한 열기가 전해져왔다. 슬쩍 들춰보니 불에 달군 듯 보이는 따뜻한 돌이 들어 있었다.

"이건……?"

그가 내게 이런 것을 준 이유를 몰라 고개를 갸웃거렸다.

그가 멋쩍어하며 말했다.

"달군 돌을 아픈 부위에 올려놓고 따뜻하게 하면 통증이 조금은 가실 거라 했소."

"누, 누가요?"

"조금 전에 이곳에서 나간 의원이 말하더군."

알고 있었어?

나는 밀려오는 엄청난 쪽팔림에 벽쪽으로 고개를 돌리며 아랫입술을 깨물었다.

그놈의 생리통을 숨기겠다고 뻔뻔하게 거짓말을 늘어놓았으니.

달군 돌의 온도보다 더 뜨거워진 얼굴로 다시 문밖의 그를 쳐다보았다. 그는 입가에 미소를 짓고 있었다.

"참으로 미인은 손이 많이 가는 모양이오."

내가 그에게 도움을 주어야 하는데 그가 내게 도움을 준다.

"일부러 거짓말을 하려던 건 아니었어요. 하지만 정말로 나으리를 돕고 싶은 건 사실이에요."

"알고 있소, 그 마음."

"알고 있다고요?"

"허나. 그대가 지금 나를 돕겠다고 이 산성 안을 헤집고 다닌다면, 그것은 도움이 아니라 민폐요."

부끄러워 더는 그의 얼굴을 똑바로 쳐다볼 수가 없었다. 이불을 눈 아래까지 끌어올린 채 퉁명스럽게 말했다.

"나으리께서 순시하실 시간에 이곳에 와 계신 것도 민폐예요."

"전하의 부름을 받고 침소에 갔다 나오는 길에 들렀던 것이오."

"의원을 만나셨군요."

"그렇소."

"여인의 치부를 뒤에서 알아보시는 건 나쁜 거예요."

그가 이불 위로 드러난 내 두 눈을 살짝 흘겨본다.

"정녕 모르고 그리 말하시오? 지금 이 산성 안에서 그대는 내게
몸을 의탁하고 있지 않소? 그러니 그대를 걱정해줄 사람도 나 하
나일 듯한데."

저렇게 좋은 사람인데 내가 마음에 들지 않다니…….

나는 이불을 어깨까지 내린 채 벽에 등을 대고 앉았다.

"좋은 분이세요, 나으리는."

"이 세상에 나보다 좋은 사람은 많소."

난 기다렸다는 듯 다시 고개를 돌려 그를 바라보며 말했다.

"적어도 제가 만났던 사내들 중에서만요."

그는 내 말을 이해하지 못한 표정이다.

난 키득 웃으며 말했다.

"거봐요, 그래서 우리말은 끝까지 들어봐야 한다니까요."

뒤늦게 내 말을 이해한 그가 씩 웃는다. 그 웃음이 내 기억 속의
또 다른 정운의 모습을 상기시켰다. 그래서인지 지난밤 꿈속에 나
온 피투성이의 정운의 모습이 잊히지 않는다.

정운은 그렇게 피를 흘리며 고통 속에서 죽어갔는데…….

그래서 다시 이처럼 좋은 사내인 이시백으로 태어났는데…….

"나으리처럼 좋은 분이 저를 거절한 이유를 알 것 같아요. 이해
못 하시겠죠. 전쟁통에 가족을 잃었다는 반가의 여인이 다짜고짜
첩으로 거둬달라며 매달리는 모습이라니…… 제 얼굴이 아름답

든 못생겼든 그저 제가 싫으실 거예요."

나는 긴 한숨을 내쉬며 문을 닫으려고 했다.

"돌아가세요. 이곳에 너무 오래 계셨어요. 소문, 조심하셔야죠. 아까 그 의원이 가서 또 무슨 말을 할지……."

"그대를 싫어한다고 한 적은 없소."

"……!"

놀란 눈을 들어 그를 쳐다보았다. 여전히 웃고 있는 그의 눈이 보인다. 이상하게 야속한 마음이 인다.

"저를 좋아한다고 하신 적도 없지요."

바로 내가 자신의 말을 받아칠 것이라고는 예상하지 못했는지 그가 약간 당황한 듯 웃음을 거둔다.

내가 예상한 대로 그는 좋은 사람이다. 그러니 내가 아닌 못생긴 여인이 몸을 의탁했더라도 받아줬을 사람이다. 친절했을 사람이다. 그것을 아니까 더 속상했다.

정운아. 너는 다시 태어나도 좋은 사람이구나.

"적어도 당분간은 마음대로 성안을 돌아다니고 싶어도 못 돌아다니겠군, 쉬시오."

난 그를 얄밉다는 듯 쳐다보며 응수했다.

"그 말씀을 들으니 벌써 통증이 거의 다 사라진 것 같네요. 아마 한낮이면 나으리를 도우려고 성안을 '헤집고' 다닐 거예요. 그러니 그리 아세요!"

"하하!"

314

그가 정말 얄밉게도 웃었다.

난 일부러 '쾅' 소리가 나도록 세게 방문을 닫았다. 닫힌 문밖에서 그의 목소리가 들렸다.

"참, 의원이 손발을 따뜻하게 하는 것도 통증에 도움이 될 것이라 말했소."

"저도 알거든요!"

다시 그의 웃음소리가 들리고 이번에는 정말 떠났는지 웃음소리가 멀어졌다.

"알미워."

그가 듣지 못할 말을 투덜거리면서도 뺨이 너무 뜨거워 두 손으로 감싸쥐었다.

❦

겨울 추위가 한 치 앞도 내다볼 수 없는 운무를 불러왔다. 새벽부터 반나절 이상 해를 가린 운무로 인해 탈영병이 늘어났다. 탈영병 중 몇몇은 도중에 붙잡혀 효수되었다. 오후에 운무가 가라앉고 해가 사라지자 산성 사람들은 효수된 병사들의 수가 많다는 것을 알게 되었다.

산성 위에 매달린 수많은 이들의 머리.

"여인이 무섭지도 않소?"

박 처사였다.

"저 중에 댁의 목이 없어서 얼마나 다행인지 모르겠네요."

농담 반 진담 반으로 건넨 인사에 박 처사는 씩 웃고 만다.

"죽음을 많이 본 눈이로군."

"맞아요. 죽음은 많이 봤어요. 나와 상관없는 죽음에는 무관심했을 뿐이죠. 어쨌든 탈영하는 건 어리석은 짓이에요. 다 죽든 다 살든 전쟁은 언젠가는 끝나니까요."

"미래를 안다더니 정말 아는 것처럼 말하는군."

내가 시백에게 한 말을 박 처사가 엿들은 걸 기억해냈다.

"이건 미래를 아는 것과 상관없는 말이에요."

"그나저나 미래를 안다는 것은 어떤 기분이오?"

호기심 어린 박 처사의 질문에 나는 의문이 들었다. 그는 정말 내가 미래를 안다고 믿고 있는 것일까? 그가 목격한 것은 고작 일식 하나를 맞춘 것뿐이었는데 말이다.

"별거 아니에요. 미래를 말하는 데 여러 가지 제약이 있긴 하지만 편법은 어디에나 있으니까."

"마치 월성궁의 항아처럼 말하는군. 옥황상제를 모시는 궁녀들 말이오. 알지?"

난 인상을 찌푸렸다.

"옥황상제 따위는 없어요."

"글쎄, 마님 같은 미인이 이 세상에 존재하는 걸 보면 옥황상제도 분명 존재할 것 같은데?"

"정말 없다니까요. 옥황상제 같은 거."

"에이~ 말 함부로 하지 말게. 그러다가 옥황상제의 진노라도 사면……."

"없다고요. 그런 거."

단호하게 말하는 내 목소리에 화가 묻어났다.

박 처사도 장난이 지나쳤다 여겼는지 더는 말을 이어나가지 않았다. 이제 씩씩거리고 있는 것은 나뿐이었다.

옥황상제라…….

조선인들에게는 마치 하느님 같은 존재겠지. 우리 시간여행자들에게 옥황상제는 없어도 그런 존재가 있긴 하다.

바로 '시간'.

그 시간이 나를 이 병자호란 한복판에 가둬놓았고 나의 연인의 목숨을 앗아가버렸다. 외할아버지는 '시간여행자'의 특별한 능력은 오로지 '시간'을 위해서라고 했다.

시간이 만약 '신'이라면 시간여행자는 신의 '종'일 뿐이다. 시간을 자유롭게 넘나드는 대신에 시간이 만든 규율을 어그러뜨려서는 안 된다. 내가 정운을 살리려 한 것은 바로 시간이 만든 규율을 깨트리는 무모한 짓이었다.

차라리 나도 같이 죽어버렸다면 어땠을까?

"어차피 사람은 모두 죽소."

"!"

박 처사의 말에 난 깜짝 놀랐다. 그는 효수된 머리들을 쳐다보며 읊조리고 있었다. 순간이었지만 그가 내 속마음을 읽은 것이 아닐까 착각했었다. 다행히 그건 아닌 듯하다.

"따님의 죽음을 막을 수 있었다면 그렇게 하셨을 거지요?"

내 말에 고민하던 박 처사가 고개를 가로젓는다.

"아니, 난 그러지 않을 것이오."

"어째서요?"

난 그의 말을 이해하지 못했다.

"잔인하고 끔찍하게 따님을 잃으셨겠죠. 그런데도 살릴 기회를 저버리겠다고요?"

"내 여식의 억울한 죽음이 어찌 슬프지 않겠소. 허나 사람은 영원히 살 수 없소. 언젠가는 죽게 되지. 그건 나라님도 마찬가지가 아니오."

"하지만 부모잖아요. 부모라면 자식을 살리고 싶은 게 당연한 거죠."

"그래서? 위기마다 매번 그 아이를 되살려도 언젠가는 죽을 거요. 가는데 순서 없으니 나보다도 먼저 죽을 수도 있지."

박 처사의 말이 마음에 들지 않았다. 그의 말에 따르면 정운을 살리기 위해 위험을 감수한 나의 행동은 크게 잘못되었다.

어차피 정운은 죽는다. 심지어 시간여행자인 '나'도 언젠가는 죽는다.

박 처사의 말은 정해진 운명을 거스르는 것은 잘못되었다고 말하는 것 같이 들렸다.

"그렇다고 아무런 노력도 하지 않는 건 옳지 않아요."

"그래서 윤회가 있는 것이 아니겠소."

"윤회요?"

박 처사가 슬픈 목소리로 말했다.

"불가에서 어떤 사람은 죽어도 다시 태어난다고 하지. 허나 내 생각에 대부분의 사람들은 다시 태어나고 싶지 않을 거요. 죽어서 간 세상이 더 좋은 곳일 테니까. 그곳에서만 머물고 싶겠지, 이런 생로병사를 겪는 인간으로 태어나고 싶진 않을 거야."

혼잣말처럼 끝맺는 그의 말을 들으며 한 가지 의문이 생겼다.

"만약 다시 태어나기 싫은 사람이 다시 태어나게 된다면 그건 이유가 무엇일까요?"

"지난 생에 이루지 못한 것을 다음번 생에 이루고자 함이겠지."

"이루지 못한……?"

"그래서 그 마음이, 죽은 자가 다시 태어나는 윤회를 일으키는 것이 아닐까?"

박 처사도 의문으로 대답을 끝맺었다.

그것은 당연한 일이었다. 아직 죽지 못한 그도 죽음 이후의 세계에 대해서는 알 수가 없을 테니까. 단지 추측일 뿐이다.

"수어사 나으리다!"

누군가의 외침에 나는 고개를 들었다. 효수된 목이 걸려 있는 성벽 위에서 무겁고 지친 표정의 시백이 나타났다. 탈영병을 효수하는 것은 군법이다. 붙잡힌 탈영병들을 효수하라고 명을 내린 것은 시백일 것이다. 그러나 내가 아는 그는 그러길 원치 않았을 것이

319

다. 그는 지금 얼마나 힘들까?

나는 시백을 바라보며 정운의 얼굴을 떠올렸다. 정운은 나를 위해 죽지 않았다. 그는 나를 사랑했지만 왕을 위해 죽었다. 왕을 위해 충심으로 목숨을 바쳐 죽었다. 나는 그런 그를 이해할 수 없었지만 그의 뜻을 따르려고 했다. 그 결과 그를 완전히 잃고 난 위험해졌다. 이렇게 시간 속에 갇힌 것이다.

하지만 우린 다시 만났다.

"……."

박 처사의 말대로 정운은 이루지 못한 것을 이루기 위해 다시 태어난 것일 수도 있다. 그렇다면 그는 죽어서 못내 이루지 못한 충심을 이루기 위해 다시 태어난 것이다. 그의 곁에 난 여전히 함께하길 원하고. 이러다 그가 예기치 못한 사고로 다시 목숨을 잃는다면 나는 또다시 어찌해야 할까?

ᕙᕗ

탈영병들을 효수하고 나서, 산성 안 민심이 흉흉해졌다. 다들 마음으로야 탈영하고 싶을 것이다. 적병에게 둘러싸인 채 언제 어떻게 죽을지 모른다는 두려움은 분명 사람들을 보이지 않는 손으로 옥죄고 있었다.

시백은 그런 가운데 성벽에 올랐다. 효수된 머리들을 내려다보고 이를 두려워하는 사람들을 바라보았다. 왕과 백성을 지키기 위해 산성에 들어온 그였다. 그러나 무언가 잘못되었다.

"운무 때문에 밤을 꼬박 지새우시지 않으셨습니까? 잠시만 처소로 가서 쉬시지요."

부장의 말에 시백이 고개를 끄덕이며 성벽에서 내려왔다. 자신의 처소가 있는 집으로 돌아온 시백은 제일 먼저 화진이 머무는 행랑 쪽을 쳐다보았다. 행랑의 문은 굳게 닫혀 있었다.

한낮임을 감안한다면 화진은 이 집 안 어딘가에 머무르고 있어야 했다. 시백이 자연스레 행랑 쪽으로 걸음을 옮기려다가 멈칫했다. 그는 자신도 모르게 화진의 처소부터 찾아왔다는 것을 깨달았다.

언제부터 그녀가 그의 마음 안에 들어와 있던 것일까?

겉으로는 평소와 다름없어 보였지만 실은 그는 지쳐 있었다. 병사들이 탈영병들의 목을 하나하나 내려칠 때마다, 그는 수어사로서 이를 모두 지켜봐야 했다. 탈영병 중에는 살려달라며 마지막 순간까지 애걸복걸하는 자들이 태반이었다. 시백은 그들에게 다시 기회를 주고자 했다. 살려주고자 했다. 그러나 병조판서는 왕의 어명임을 들어 가차 없이 목을 베라 지시했다.

시백은 이행자였다. 그래서 그는 지쳤다. 지쳐서 돌아온 그는 화진이 보고 싶었다. 그녀의 모습이 그리웠다.

"……."

닫혀 있는 행랑의 문을 물끄러미 응시하던 그가 결국 말없이 자신의 처소 쪽으로 돌아섰을 때였다.

– 끼익

행랑의 문이 열리는 소리에 시백이 돌아섰다. 그 안에서 화진의
얼굴이 나타났다. 그녀의 얼굴을 본 순간 시백의 가슴이 철렁 내려
앉았다. 적군에게 둘러싸인 남한산성 안에서 홀로 고고하게 핀 아
름다운 꽃. 저런 미모를 가진 여인을 보자마자 마음이 설레지 않
았다면 거짓말이었다.

핏빛으로 가득 찬 목욕통 안에 정신을 잃고 쓰러져 있는 화진을
안아 들던 순간이 떠올랐다. 그녀를 처음 본 순간엔 가슴이 아팠
다. 설렘보다도 아픔을 느꼈다.

이러한 화진과의 인연은 어쩌면 그가 아는 것보다도 더 깊을지
도 모른다. 그 시작이 어디부터인지는 알 수 없었다. 다만 그는 이
미 처음 만난 순간부터 그녀에게서 눈을 떼지 못하고 있었다. 그런
자신이 다른 사내들과 별반 다르지 않은 것 같아 한심하다고 느낀
적도 있었다.

그렇지만 이제는 다르다. 그는 오늘, 또 다른 적병인 운무 속에
갇힌 산성을 내려다보면서 왕과 백성 이외에도 자신이 이곳에서
지켜야 하는 존재가 하나 더 있음을 깨달았다.

이화진.

그녀가 문을 열고 걸어 나와 시백을 향해 입을 열었다.

"답을 드릴게요."

"답?"

"왜 나으리의 얼굴을 처음 본 날, 제가 울었는지를요."

그 이유는 처음부터 중요한 것이 아니었다. 단지 시백은 그녀에게 끌리는 자신의 마음을 감추기 위해 핑계가 필요했을 뿐이다. 하지만 화진이 그 물음에 대한 진지한 답을 하기로 결심한 순간, 감추었던 시백의 가슴이 자신의 존재를 드러내며 세차게 뛰기 시작했다.

"전란 중에 잃은 지아비는 외조부님의 뜻으로 맺어진 사내였어요. 끝까지 거부하고 싶었지만 제 의지로 가능한 일이 아니었어요."

봉림대군의 후실이 된 것이 내 의지가 아니었다고 말한다. 이제와서 이런 말을 한다는 것이 얼마나 우스운 일인지 안다. 그러나 그 당시에는 내게 선택이란 없었다.

정운은 죽었고 난 시간에 갇혔다. 죽을 용기는 없었고 살고 싶진 않았다.

"지아비를 거부한 건 바로 사모하던 사람이 있었기 때문이에요."

이시백의 두 눈을 보고 유정운을 떠올리며 난 고백한다.

"제 앞에서 죽어갔던 정인. 그는 나으리와 꼭 닮은 얼굴을 가진 사내였어요."

여기까지 말하는 순간에도 나는 다시 눈물을 흘렸다. 이번에도 내 의지가 아니었다. 나는 흘러내리는 눈물을 느끼면서도 닦으려 하지 않았다.

"왜 나으리의 얼굴을 보았을 때 울었냐고요? 그가 살아 돌아온 줄 알았어요. 기쁘고 억울하고 슬프고 속상하고. 그 모든 감정들이 하나로 뒤섞이니 눈물이 나오더군요. 그때부터였어요. 제가……나으리에게서 눈을 뗄 수 없었던 건."

이제야 밝혀지는 눈물의 진실을 그는 담담하게 듣고만 있다. 나는 그런 그의 머릿속이 궁금해졌다. 그리고 두려워졌다. 지아비도 아닌 옛 정인을 그린다는 여인을 어떻게 생각할지는 뻔하다. 거부감이 들겠지.

"하늘이 다시 그를 되살려서 제게 보내준 것이라면 죽을 때까지 나으리의 곁에서 살고 싶었어요. 그게 제게 큰 위로가 될 테니까요. 살아가는 용기를 다시 줄 테니까. 나으리 곁에 있는 순간만큼은 그가 죽지 않고 살아 있다고 믿으며 살아갈 수 있으니까."

내 말이 모두 끝났다.

"……."

그는 내 긴 말이 모두 끝날 때까지도 한마디도 하지 않았다.

단 한마디도.

그저 나를 뚫어져라 바라보며 내 말이 진실인지 아닌지 탐독하는 듯한 눈을 했을 뿐이다. 이제 나는 모든 진실을 밝혔다. 이제 아무리 아름다운 외모를 가진 나라도 싫어질 것이다. 결국 내 말은 시백을 보며, 그와 똑같은 얼굴을 가진 정인을 그리워한다는 말이었으니 어떤 사내가 화를 내지 않을까.

추위 속 이어지는 침묵과 바람 따라 어디선가 불어온 눈가루. 다만 우리 두 사람이 서 있는 곳에서만 자잘한 열기가 맴돌고 있을 뿐이었다.

마침내 그가 긴 입김을 뿜어내며 입을 열었다.

"미래를 안다 하지 않았소."

"네?"

뜬금없는 그의 말에 난 울던 눈을 들었다.

"내가 무슨 답을 할 것 같소?"

조금 전과 다름없는 표정으로 그가 내게 묻는다. 그러니 알 수가 없었다.

"그런 것까지는 몰라요. 제가 아는 미래는 사책에 기록될 만한 국운과 관련된 일들뿐이에요. 사람의 생각까지 읽는 능력 따위는…… 읍!"

내 말이 끝나기도 전에 그가 내게로 다가왔다. 그의 한 팔이 내 허리를 감아 끌어안더니 그대로 숨 막히도록 깊은 입맞춤을 해왔다. 너무 순식간에 일어난 일인 데다가 우느라고 무방비 상태나 다름없던 나는 그의 입술을 거절할 타이밍을 놓치고 말았다. 아니, 그런 타이밍이 있었다고 하더라도 내가 과연 그를 거절할 수 있었는지도 의문이었다.

그는 쉽게 내 입술을 놓아주려고 하지 않았다. 이 남한산성의 혹독한 추위 속에서 내게 열기를 줄 수 있는 곳이 이곳뿐이라는 걸 깨닫는 순간 두 팔로 그의 목을 휘감아 더 깊은 입맞춤에 매달렸다.

열기와 열기를 나누는 사이 온몸이 후끈 달아올랐다. 이제 겨울의 매서운 추위도 전혀 느껴지지 않았다. 내 입술을 어렵게 놓아준 그가 물었다.

"그 사내의 이름이 무엇이었소?"

시백이 묻는 것. 바로 정운에 대한 것이었다.

"유정운이요."

"유정운이라……."

그가 잠시 시선을 흐트러트리며 정운의 이름을 되뇌었다. 정운의 얼굴을 하고서는 입에서 나오는 이름은 정작 퍽 낯설게만 들렸다.

다시 내 눈을 바라보며 눈웃음을 짓는다.

"내 이름은 이시백이요."

이미 알고 있다. 그런데도 그가 내게 자신의 이름을 상기시키는 이유는 단 하나. 자신과 같은 얼굴을 가진 정운과 구별하라는 것. 두 사람은 같은 얼굴을 가지고 있지만 다른 사람이라는 것이다.

"이 전쟁이 끝난 뒤에도 그대와 함께하리다."

"네?"

"그러니 나, 이시백과 함께해주시오."

"!"

그를 바라보는 내 눈에 힘이 실렸다.

"지금껏 그 사내를 닮은 내 얼굴을 보고 그리워 울었다면, 앞으로는 내 얼굴을 보며 웃는 날만 있으시오."

그제야 난 정운을 닮은 그의 웃음과 정운의 웃음이 서로 다르다

는 것을 알았다. 그는 처음 만난 순간부터 이시백이었다. 정운의
별을 타고났지만 그는 이시백이었다.

난 시백과 어디까지 함께할 수 있을까?

그리고 언제까지 함께할 수 있을까?

사실 이런 것은 두렵지 않다. 단명할 운명을 가진 정운을 선택했
을 때부터 두려움이 없었으니까.

"그리하겠소?"

그의 마지막 물음은 이런 것이었다. 과거의 내 눈물의 의미는 더
는 중요하지 않으니 자신을 선택하겠다면 그 자신을 온전히 바라
보라는 것이었다.

그 의미를 깨달은 내 눈에서는 계속 눈물이 흘러내렸다. 하지만
난 울면서도 웃을 수 있었다. 이시백이라는 사내를 바라보며 웃을
수 있었다. 난 그와 눈을 맞춘 채 눈물을 흘리면서도 방긋 웃으며
고개를 끄덕였다.

"네."

언행일치가 되어 나온 내 대답에 시백이 나의 이마에 자신의 이
마를 맞댄다. 그것도 잠시, 그가 다시 내게 입을 맞춰왔다.

5장

숭렬전에서의 혼인 서약

남한산성의 밤은 춥다.

왕도 낮에는 불을 전혀 때지 않은 침전에서 지내고 있다고 한다. 하물며 그 밑에 일반 백성들이야 오죽할까?

관리들에게 보급되던 탄이 떨어진 지는 오래. 추위를 버티려면 두꺼운 솜이불과 사람의 온기에 기대야 한다.

"정말 이러고 잘 거예요?"

깔린 이불은 하나가 아니라 두 개다. 메마른 잔가지를 태웠던 작은 화로의 불도 꺼진 지 오래이며 어둠이 찾아온 처소 안은 어두컴컴하기만 하다.

"그렇소."

어둠 속에서 나와 조금 떨어진 곳에 나란히 누워 있는 시백의 말이다.

"정말요?"

나는 도무지 이 상황을 믿을 수가…… 아니, 받아들일 수가 없다! 입도 맞췄는데? 함께해달라며?

그의 이름 이시백. 석 자를 되뇌며 떠오르는 이야기는 〈박씨부인전〉. 거기서도 부인 박 씨의 정체가 미인으로 드러나자마자 이시백은 좋아 죽던데.

이렇게 되면 이판사판이다.

"추워요……."

방안에서 단둘이 누워 있는 남녀. 여기에 여인이 춥다고 대놓고 유혹하는데도 안 넘어오나보자. 이시백, 그도 사내는 분명 맞을 테니 말이다.

"……."

목소리가 작아서 못 들었을 리는 없는데 돌아오는 대답이 없었다. 그래서 난 조금 더 강한 어조로 다시 말했다.

"춥다고요."

"알았소."

그가 대뜸 대답하더니 몸을 일으켜 세운다. 이렇게 내 이불 속으로 슬그머니 들어올 줄 알았다. 그런데 웬걸? 그는 자신이 덮고 있던 속이불 하나를 꺼내서 내가 덮고 있는 이불 위에 덮어주는 게 아닌가? 그러더니 다시 제자리로 돌아가 남은 이불 한 장을 덮고 눕는다.

"……!"

기가 막혀서 입을 쩍 벌렸다.

"조금 나을 거요."

"아니, 그게 아니라요!"

여자인 내 입으로 말하는 건 좀 뭐하지만 보통 영화든 드라마든 서로의 마음을 확인하고 난 다음에는 전부! 자연스럽게 베드신으로 직행하던데? 심지어 봉림대군은 자신의 마음을 내게 억지로 밀어붙였다. 모든 사내들이 내게 그러했다. 그런데 이시백은…….

"혹시 무슨 '문제' 있어요?"

분위기 잡기에는 날이 너무 춥나?

"그게 무슨 말이오?"

진지하게 돌아오는 그의 말에 난 얼굴이 화끈거려 천장으로 눈을 돌렸다. 동시에 내가 쉬는 숨이 하얀 가루처럼 천장으로 흩뿌려진다.

"이런 미인을 두고 그냥 잘 거냐고요."

이렇게까지 말했는데 뭐라고 대답하는지 한번 두고 보자.

"……."

"계속 제가 먼저 말을 시키게 할 거예요?"

민망함과 부끄러움도 내 몫.

"훗-."

그가 갑자기 짧은 웃음소리를 냈다.

"뭐죠? 왜 웃어요?"

난 그가 누워 있는 쪽으로 돌아누웠다. 그는 천장을 보며 반듯하게 누워 있었다. 우리 둘 사이에 놓인 문을 통해 겨울 달빛이 쏟아져 들어왔다. 그 빛이 그의 얼굴을 푸른색으로 보이게 만들었다.

"잠이 안 오는 것 같으니 이야기나 합시다."

뜬금없이 갑자기 무슨 이야기를 하자는 거지?

여기에 한술 더 뜨는 그를 보니 기가 막히고 코가 막힐 지경이다.

"난……."

"지난번 뜯어진 내 도포를 바느질한 것이 그대였소?"

얼마 전 금치가 내던지듯 주고 간 흰 도포를 떠올렸다. 팔꿈치 부분이 뜯어져 있었는데 나보고 시간 있으면 돌아다니지 말고 옷이나 꿰매놓으라 했다지. 문제는 내가 바느질은 전혀 못 한다는 것이었다. 그래도 나름 시백의 옷이니 열심히 바느질을 하긴 했었다.

바느질한 티가 많이 날 뿐, 뜯어진 옷은 확실하게 메꿔놓았는데……

"안방마님으로 다소곳하게 앉아 바느질을 해본 적은 '없던' 솜씨던데."

또 다른 부끄러움이 밀려와 조금 식었던 얼굴이 다시 뜨거워졌다.

"모든 안방마님들이 다 바느질을 잘하는 건 아니라고요!"

"나도 그리 생각했소. 특히 대가댁 마님이었다면 바느질 같은 일을 할 필요는 없었겠지."

난 그에게서 고개를 돌리며 이불 속에서 팔짱을 끼었다.

"맞아요. 엄청난 대가댁이었죠. 하루 종일 하는 것이라고는 바깥 출입 없이 하녀들이 가져다주는 세 끼만 꼬박꼬박 먹는 거였어요. 그게 일이었죠. 하인들도 무진장~! 많은 집이었고요."

대갓집은 대갓집이다. 대군의 사저였으니.

"한양에서 살았소?"

훅 치고 들어오는 시백의 질문에 내가 눈을 동그랗게 떴을 때였다. 달빛에 비춰 보이는 그는 눈을 뜬 채 천장을 바라보고 있었다.

"어릴 적 아버지를 따라 남경에 가 본 적이 있었소. 청군에 밀려 남경까지 쫓겨났으면서도 그곳은 엄청난 대도읍이었소. 한양이 조선에서 제일 크다지만 남경은 한양의 열 배 이상은 커 보였지. 그걸 보고 대명국은 절대로 망하지 않겠다는 생각도 했었소."

난 그가 내게 무슨 말을 하고 싶은 건지 알 수 없었다. 그저 그가 내가 그를 쳐다보는 것처럼 나를 쳐다봐주기만을 기다렸다.

"조선은 아주 작소. 명나라보다도 청나라보다도. 이 작은 나라에서 그대 같은 미인이 있었다면, 그 소문을 분명 들었을 텐데."

난 그가 이 긴 이야기를 꺼낸 이유를 깨달았다.

"그대의 죽은 지아비는 그대를 꽁꽁 숨겨두었나보군."

"혹시 지금 질투하는 거예요?"

"질투가 무엇이오?"

딴청 피우는 그에게 난 정확한 단어로 답을 되돌려주었다.

"투기요."

이 말에 잠시 내게로 고개를 돌린다. 그는 나와 눈이 마주치자 바로 천장으로 고개를 돌리며 헛기침을 한다.

"흠흠."

난 그가 일부러 내 쪽을 쳐다보지 않고 있다는 걸 알았다.

흐응. 그렇단 말이지?

단지 '그런 이유' 때문이라면 다른 곳에 문제는 분명 없는 거다.

"나으리."

난 작정하고 그를 불렀다.

"다 자란 소녀가 언제 여인으로 보이는 줄 아세요?"

"무슨……."

"바로 '여우짓'을 할 때예요."

"무슨 말을 하는 것이오?"

"그럼 저 같은 미인이 '여우짓'을 하면 어찌 보일까요?"

그가 놀랄 틈도 없이 난 그가 덮고 있는 이불을 들추고 그 안으로 쏙 들어갔다. 놀란 그가 나를 밀어낼 틈도 없이 난 그의 팔을 꽉 끌어 잡았다. 그리고 그의 귓가에 대고 가냘픈 숨소리를 흘렸다.

"하아……."

순간 그의 어깨가 움찔하는 것이 느껴졌다.

진작 이럴 것이지. 세상에서 제일 답답한 선비를 지금까지 조선에서 딱 한 명 만났는데 그게 이시백일 줄이야.

"혹시 송도 기생 명월이를 아세요?"

"며, 명월?"

"이 조선에서 몇 안 되는 제 막역지우 중 한 명이었죠. 그녀가 제게 사내에 대해 가르쳐준 것이 몇 가지 있는데…….'

배울 때는 눈을 어디에 두어야 할지 모를 정도로 부끄러워 어쩔 줄을 몰랐지만 실전까지 그래서는 절대 안 된다.

암, 그렇고말고.

"나으리는 오늘밤 제가 하는 걸 가만히 지켜만 보세요."

이제 거의 다 넘어왔다!

난 승리의 노래를 부르며 저고리 고름을 잡아 풀었다. 그러면서 그 손으로 그가 입은 두터운 솜옷 저고리의 끈을 풀어 양쪽으로 벗겨냈을 때였다.

– 탁!

"하하하! 나으리 소인이 해냈습니다! 탄을 구해왔어요!"

금치가 문을 열며 등장한 것이다. 동시에 놀란 우리 두 사람이 허겁지겁 풀어헤친 옷을 가리며 떨어졌지만 상황은 이미 종료.

"나…… 으리?"

금치의 눈이 달빛이 환하게 비추고 있는 우리 두 사람 사이를 빠르게 오가고 있었다.

❧

시백은 금치가 구해온 탄을 내가 머무는 행랑에 쓰게 했다. 무언가 할 말이 아주 많은 듯한 금치는 시백의 말대로 행랑에 탄을 뗐다.

"훈훈하니 두 분 모두 행랑에 들어가서 쉬시지요."

약간 비꼬듯이 말하며 금치가 가버렸다. 금치가 가버린 뒤에도 우린 한동안 행랑 앞마당에 서서 말이 없었다. 그사이 구름 속에 달이 가려지며 옅은 눈발이 휘날리기 시작했다. 시백은 행랑의 굴뚝에서 연기가 올라오는 것을 보며 말했다.

"어서 들어가 쉬시오."

"나으리는요?"

"난……."

그가 무언가 대답하려던 그때였다. 밖으로 나갔던 금치가 다시 되돌아왔다.

"대전내관이 밖에서 기다리고 있습니다."

"이 시각에?"

"예. 내관의 말로는 전하께서 나으리를 찾으신답니다."

금치가 다시 가버리고 난 어쩔 수 없다는 표정으로 한숨을 내쉬었다.

"전 따뜻하게 잘 쉴 테니 어서 가보세요. 전하께서 부르신다잖아요."

부드럽게 말을 하려고 해도 자꾸 불만이 말에 묻어나 틱틱거리게 된다.

"그러리다."

그가 돌아서려는 듯 보였고 난 또 한 번의 한숨을 내쉬며 처소

안으로 들어가 문을 닫았다. 따뜻하게 달궈진 방안에는 한 사람의 이불만이 깔려 있었다. 괜히 이불에 성이 나 발로 이불을 한 번 걷어차고는 바닥에 앉았을 때였다.

"아쉽소?"

문밖에서 들리는 시백의 목소리에 고개를 들었다. 시백이 아직 가지 않고 문밖에 있다는 걸 깨달은 나는 문에 등을 기댄 채 투덜거렸다.

"어차피 아쉬워도 저만 아쉬울 테지요."

얼굴이 안 보이니 목소리에 더욱 감정이 드러난다.

"그대가 원하는 건 나도 원하는 것이오. 그러니 나도 아쉽소."

"치…… 거짓말."

아까 그는 내게 눈길조차 주지 않으려고 했다. 그렇게까지 용기 내어 유혹의 손짓을 보냈는데도 전부 거절당했다. 마지막에 금치가 나타나지 않았더라도 그는 날 밀어냈을 것이다.

그랬다면 상처가 되었을까?

아니면, 그에게 따졌을까?

그 따질 말을 지금 해도 되는 걸까?

"거짓이 아니요."

"그럼 왜……."

'나를 안지 않느냐?'라는 말은 목구멍에서 멈춰버린다. 여기까지 나오면 여자 아니, 미인의 자존심은 안드로메다에 도착할 테니까.

그때였다.

"그대가 원하는 건…… 혼인한 다음으로 미룹시다."

혼인?

나는 두 귀를 의심했다.

혼인이라니?

난 분명 그에게 '첩'으로 받아달라고 했다. 그도 오늘 내게 마음을 고백했으니 당연히 그가 나를 첩으로 맞이할 것이라 믿었다.

그런데 혼인?

내가 잘못 들었나 싶어 문을 열고 밖을 내다보았다. 그는 내 처소 문밖에 걸터앉아 웃으며 나를 쳐다보고 있었다.

그래서 나를 밀어낸 거였어?

나와 정식으로 혼인하려고?

아무리 생각해도 말이 안 된다.

"나으리는 반가의 자제이고 저는…… 아니, 반가 여인의 재가는 불가능한 일이에요."

지금은 조선 후기다. 이미 성종 때 과부 재가 금지법이 실행되었다. 이후 과부가 재가를 하면 그녀가 낳은 아이에게는 과거에 응시할 자격을 주지 않았다. 이 때문에 사대부들은 과부와의 재혼을 기피했다. 그리고 수백 년이 흐른 지금은…….

"그리되면……."

과부와 재혼했다는 소문만 돌아도 그의 출세에는 지장이 생긴다.

"나으리의 출셋길은 막혀요."

그는 그것이 아무 문제도 되지 않는다는 듯 웃으며 말했다.

"이 난이 끝나면 난 초야에 은거할 생각이오. 이 결심은 오래전에 굳힌 것이고. 애초에 조정 일은 나와는 맞지 않소. 그러니 그때 나 이시백의 부인으로서 함께해주시겠소?"

처음부터 그의 고백은 청혼이었다.

이시백의 미래가 초야에 은거하는 선비의 삶이었나?

내가 알기로 그는 역사적으로는 영의정의 자리에까지 오르는 사람이다. 청나라에 사신으로도 여러 차례 다녀오기까지 했다. 소설 〈박씨부인전〉 속 그는 대장군이다. 역사적으로든 설화 속에서든 그는 초야에 묻혀 산다는 결말을 가지고 있지 않았다.

"전……."

단지 그의 곁에 있고 싶은 것뿐이었다. 하지만 나로 인해 역사가 또다시 바뀐다면? 정운을 잃었던 것처럼 이번에는 시백을 잃을지도 몰라. 그건 내가 바라는 결말이 아니라고!

난 시선을 힘없이 아래로 늘어뜨리며 말했다.

"나으리의 부인이 될 생각이 없어요."

"화진."

난 다시 시선을 들어 그의 얼굴을 바라보았다.

"첩으로 만족해요. 그러니 다시는 그런 말씀 하지 마세요."

"화진."

두 번째로 나를 부르는 그의 목소리에 화가 실린 것 같다.

"나으리! 서두르셔야 합니다!"

밖으로 나갔던 금치의 목소리가 멀리서 메아리쳐 들려왔다.

"어서 가세요. 전하께서 부르시잖아요."

그가 내게 한 손을 뻗어왔다. 난 그 손을 못 본 척 서둘러 문을 닫아버렸다. 내가 문을 닫은 후에도 한참 동안이나 그의 발걸음은 행랑 앞을 맴돌았다. 결국 밖에서 기다리던 내관이 안으로까지 들어와 그를 찾았다.

그는 닫힌 문 안의 나를 향해 이 한마디를 남겼다.

"다녀와서 다시 이야기하겠소."

그는 나와 혼인하겠다는 자신의 결심이 허투루 꺼낸 말이 아님을 또 한 번 강조한 것이다. 그의 발소리가 멀어지자 소복소복 쌓이는 눈 소리만 들려왔다. 난 여전히 이불을 방 한구석에 내팽개친 채, 무릎을 세우고 그곳에 얼굴을 파묻었다.

무언가 잘못됐어.

한때 나는 '시간'의 존재를 두려워하지 않았다. 과거에도 있었고 현재에도 있었으며 미래에도 존재하는 '시간'. 외할아버지는 그 '시간'이 '시간여행자'를 만들어냈다고 했다. 특정한 한 사람을 택해 시간을 자유롭게 여행할 수 있는 권한을 주었다고 했다. 그것은 다른 평범한 인간은 하지 못할 일들을 즐기라는 뜻이 아니라고 했다. '시간'이 정한 규칙과 규율이 제대로 이행되는지를 지켜보는 것. 바로 정해진 역사가 어긋남 없이 흘러가는 것을 지키기 위한 것이라고 했다.

망치는 것이 아닌.

달라지게 하는 것이 아닌.

그 대가는 죽음 이상의 것으로 되돌려 받는다고도 했었다.

정운을 잃기 전까지 난 그 말을 단 한 번도 진지하게 받아들인 적이 없었다. 이시백은 내가 정운을 잃고 다시 만난 사내였다. 유정운, 그 자체였다. 그를 다시 잃어버린다는 것은 상상만으로도 내게 끔찍한 일이었다. 난 단지 그의 곁에서 함께하고 싶은 것뿐이다. 역사에 어긋나지 않은 상태로 그의 아내가 될 수 있다면 그 방법은 단 한 가지뿐.

십 년.

십 년만 조선에서 머물면 난 조선에 동화된다.

대신 미래로는 영영 돌아가지 못한다. 미래의 나의 존재는 사라지고 조선 속 나의 존재만 남을 테니까. 그때가 되면 시백이 나를 아내로 삼더라도 '역사가 바뀌는' 문제 따위는 생기지 않는다.

"십 년……."

꿈꾸는

왕은 남한산성 안에 있는 작은 종묘라고 할 수 있는 좌전에 있었다. 그곳에서도 자신의 친부인 원종대왕(정원군 이부)의 영정 앞에 앉아 예를 올렸다.

늦은 밤 시각.

착잡한 마음이 왕으로 하여금 죽은 부친을 찾아가게 만들었다.

"전하."

시백의 목소리에 왕은 올린 향을 마저 피운 후 돌아섰다.

"왔는가."

"부르셨사옵니까."

"이리 오게."

왕은 친히 이시백의 팔을 잡아 원종대왕의 영정 앞으로 이끌었다. 그러고는 영정을 올려다보며 이시백에게 말했다.

"과인은 살고 싶었네. 헌데 매일같이 조정 신료라는 자들은 항복을 해라, 자결을 해라 하며 임금에게 강요하고 눈치를 주는 꼴이라니. 피 흘리는 싸움만 없을 뿐 이 산성 안의 조정에서는 매일같이 모두 보이지 않는 피를 흘리고 있어. 과인은 피를 흘릴 만큼 흘렸네. 이젠 죽음도 두렵지 않아. 차라리 죽어버렸으면 싶네."

"전하!"

시백이 왕의 앞에 무릎을 꿇었다. 왕은 하염없이 긴 한숨만을 원종대왕의 영정 앞에 흘렸다.

"과인은 지쳤네. 나라를 지키는 것에도 지쳤고 세자를 지키는 것에도 지쳤네. 이 나라의 종묘사직의 무게를 감당하는 것에도 지쳤네."

지친 듯 왕의 목소리는 늘어졌다. 한참 후 왕이 시백을 친히 일으켜 세우며 말했다.

"이 산성 안의 끔찍한 상황을 보면서도 자네의 눈빛은 처음 보았을 때와 달라진 것이 없군."

"소신은 전하를 지키는 것이 이 나라를 지키는 일이라 믿사옵
니다."

"그렇다면 자네가 지키고자 하는 다른 것은 없는가?"

"예?"

"자네는 상처하여 아내도 없고 아이도 없는 것으로 알고 있네.
늙으신 노모는 아우에게 의탁하여 강화로 보냈다고 했지. 그렇다
면 정녕 더는 지킬 것이 아무것도 없는가? 이 나라가 망조에 들어
선 바로 지금 말일세."

좌전에서 물러 나온 시백은 자신의 거처로 돌아왔다. 그는 화진
이 머무는 행랑의 불이 꺼져 있는 것을 확인하고는 돌아섰다. 그러
나 처소로 들어가 쉬지는 않았다. 대신 산성에 올랐다.

새벽부터 쏟아진 눈으로 인해서 산성을 지키는 병사 여럿이 얼
어 죽었다. 꽁꽁 언 그들의 시신이 쌓인 곳을 지나던 시백은 산성
의 가장 높은 곳에서 아래를 내려다보았다. 청나라군의 주둔지는
곳곳이 불이 밝혀져 한양 도성마냥 환하기만 했다.

['정녕 더는 지킬 것이 아무것도 없는가?']

왕의 물음에는 다른 의미가 담겨 있는 듯했다. 혹시 왕도 소문을
들었을까? 그가 데리고 있다는 여인, 화진에 대해서 말이다. 그렇
다고 하더라도 왕은 지금 그런 사소한 것에 신경 쓸 만큼 제정신

342

을 지키고 있긴 어려워 보였다. 왕의 말대로 왕은 지쳤다. 사소한 소문 따위에 흥미를 느낄 만큼의 여력도 없어 보였다.

['나으리의 부인이 될 생각이 없어요.']

적군에게 둘러싸인 상황에서 죽음밖에는 두려울 것이 없다고 생각한 시백이었다. 그러나 그에게는 지킬 사람이 생겼다. 그리고 그는 꼭 그녀를 지키고 싶었다. 살아남는다는 가정하에 그가 꿈꾼 미래는 부족한 것이 없었다. 그녀도 그럴 것이라 여겼다.

['첩으로 만족해요. 그러니 다시는 그런 말씀 하지 마세요.']

사내와 여인의 생각은 다르다 하지 않던가. 화진은 살아난 이후에 자신의 존재가 그에게 짐이 될 것을 염려하는 듯 보였다. 시백은 걱정하지 말라고 말해주고 싶었다. 그저 자신에게 의지하고 자신에게 모두 맡기라고 말해주고 싶었다. 하지만 그가 아는 화진은 강한 여인이다. 그가 알았던 그 어떤 여인들보다도 그녀라면 자신에게 짐이 된다고 여긴 순간 떠날지도 모른다는 생각이 들었다.

"수어사 나으리 아니십니까?"

자신을 부르는 소리에 뒤를 돌아보자 박 처사가 서 있었다. 그는 보초를 서고 있었는지 반쯤 동상에 걸린 손에 천을 둘둘 말아 겨우 창을 하나 들고 서 있었다.

그는 시백을 보며 태연스럽게 웃어 보였다.

"혹 소인을 아십니까?"

시백의 눈동자를 빠르게 읽은 박 처사가 물었다.

"그녀와 함께 있는 걸 본 적이 있소."

"아, 그 마님! 보기 드문 미인이시지요."

화진의 외모 이야기에 시백의 시선이 박 처사를 잠시 떠났다. 박 처사는 그것이 시백의 기분을 상했을까 싶어 서둘러 말을 돌렸다.

"지난번 그 마님께서 그러시더군요. 나으리께 마음이 끌린다고."

그 이야기에 시백의 입가에 살짝 미소가 번졌다. 눈치 빠른 박 처사는 계속 말을 이어나갔다.

"첩으로 삼아달라 하셨는데도 거절하셨다고 들었습니다. 어찌 그러셨습니까?"

이 말에 시백은 한 점의 흔들림 없는 목소리로 말했다.

"첩이 아니오. 처음부터 부인으로 마음에 둔 여인이오."

"아하!"

박 처사가 붕대를 감은 두 손을 탁 쳤다. 그러나 곧 얼얼함이 전해졌는지 살짝 인상을 썼다.

"아, 추워서……."

그런 박 처사를 보던 시백이 자신이 끼는 털토시를 박 처사에게 내밀었다.

"아이구! 나으리!"

"어서 받으시오."

"안 됩니다요!"

"밤새 보초를 서야 하는 것은 내가 아니라 그대가 아니오."

"아무리 그래도……."

"별 도움도 안 될 것이니, 그냥 가벼이 받으시오."

"고맙습니다요."

박 처사가 꾸벅 인사를 올리며 두 손으로 시백의 토시를 받았다. 토시를 건네준 시백이 돌아서 자리를 떠나려고 할 때였다.

"나으리. 정녕 그 마님을 아내로 맞으실 것입니까?"

박 처사의 말이 시백의 발걸음을 잡았다.

"난중에 지아비를 잃었다 하더라도 첩이 아닌 부인으로 삼는 것은 나으리의 출세에 도움이 되지 않을 것입니다."

"나도 알고 있소. 어차피 출세에는 더는 마음이 없어 초야에 묻혀 살 생각이오. 그런데 그녀도 내 출셋길이 걱정인지 혼인하자는 말을 거절하더군."

시백이 쓸쓸하게 웃는 것을 박 처사가 동정하듯 쳐다보았다.

"그녀가 보기에 내 그릇이 거기까지인가보오."

"그건 아닐 겁니다!"

"아니라고?"

"예. 제가 아는 그 마님은 아주 대단하신 분입니다. 보통 분이 아니세요. 이 산성 안의 사대부가 여인들은 가족을 잃었든 잃지 않았든 다들 두려움에 떨며 몸을 사리는데, 그 마님 좀 보십시오. 그리 눈에 띄게 아름다운 외모를 지니시고도 늘 당당하지 않으십니까?

절대 놓치시면 안 됩니다. 꼭! 꼭! 부인으로 삼으십시오! 소인이 응원하겠습니다!"

시백이 짧은 웃음을 터트렸다. 그런 시백을 보며 박 처사가 말했다.

"소인에게 한 가지 묘책이 있는데 한번 들어보시겠습니까?"

"묘책?"

"두 분이 부부의 연으로 맺어져 백년해로하실 수 있는 묘책 말입니다."

박 처사의 눈이 비상하게 빛났다.

◦◦∼◦◦

이른 아침 눈이 그쳤다.

밤새 잠을 설친 상태로 경대 앞에 앉으니 몰골이 말이 아니었다. 뽀얗기만 하던 피부는 피곤해서인지 죽은 사람처럼 파리하게만 보인다. 여기에 헝클어진 머리까지…… 지난밤 시백이 이런 내 모습을 제대로 보았다면 도망가지 않으면 다행이었다.

['당연하지.']

경대 속 뒤로 어느 봄날의 황진이의 화사한 얼굴이 보였다.

['아무리 타고난 얼굴이라도 전혀 꾸미지 않는 건 안 돼.']

['그래?']

['물론이지. 여인에게 화장은 매우 중요하다고. 외모가 아름다운 여인은 사내의 눈을 끌기 쉽지. 하지만 화사함을 덧입히면 마음까지…… 쉽게 사로잡게 될 거야.']

그녀의 입술은 늘 연지를 발라 붉었다. 작은 미소만 지어도 눈에 확 띌 만큼 입술은 붉게 반짝였다.

['그렇게 사내의 마음을 끌면? 그다음은?']

['돈? 호호. 사내들이란 아름다운 여인에게는 천만금을 쓰는 것도 아까워하지 않지. 허나 못생긴 여인에게는 천만금을 받아도 부족하다 여기는 게 사내들이야.']

"전쟁터 한복판에서 화장도구가 어디에 있다고."

체념하듯 중얼거리는 내게 경대 속에서만 비추는 황진이가 말한다.

['분가루가 없으면 얼굴이라도 씻어. 눈곱은 떼고 나가야 할 거 아니야.']

이 말을 끝으로 황진이의 모습은 완전히 사라졌다.

"넌 좋겠다. 전쟁은 안 겪었으니……."

투덜거리며 처소 밖으로 나오니 날이 여전히 추웠다. 부엌으로 가서 지난밤 받아놓은 대야 속 물을 확인했다. 윗부분이 꽁꽁 얼어 있었다. 두꺼운 나무로 몇 번 툭툭 치니 얼음이 깨지며 그 틈으로 차가운 물이 샘솟는다. 손만 대도 동상에 걸릴 것 같은 아주 차가운 물이었다. 끓여서 쓸까 생각도 했지만 불을 붙이려면 시간이 걸린다. 그사이에 시백이 나타나서 아침부터 엉망인 내 몰골을 볼 수도 있다. 선택의 여지는 없다. 그 물로 세수하며 난 계속 투덜거렸다.

"으~ 이시백!"

이 추운 날 사내 때문에 얼음물로 얼굴을 씻고 있다니. 자존심이 보통 상하는 일이 아닐 수 없다.

─ 둥! 둥!

북소리였다. 처음에는 느리게 들려오던 북소리가 어느 순간 매우 빠르게 들려오기 시작했다.

─ 둥둥둥둥!

저 북소리가 적군이 나타났을 때만 들리는 것이라는 걸 알기에 긴장한 채 부엌을 나섰다. 북소리는 계속 이어지고 있었다.

나는 집을 나와 성벽 쪽으로 달려갔다. 이미 병사들을 비롯해 산성 안의 많은 사람들이 성벽에 모여 있었다. 사람들 틈을 비집고 들어서 성벽 위에서 가까운 남문 쪽을 바라보았다. 산성 아래쪽에서 흰 천에 활개 치는 용이 그려진 커다란 깃발이 제일 먼저 눈에 들어왔다. 그 깃발을 내세워 산성으로 다가오는 이들은 바로 청나라의 병사들이었다.

"공격인가?"

"공격하는 것 같지는 않은데……."

사람들이 수군거렸다.

그것도 그럴 것이 청나라 병사들은 무기를 들고 있었지만 공격하러 오는 것은 아닌 것 같았다. 길게 늘어선 대열의 가장 앞에 말을 탄 한 사내가 있었다. 그가 입은 갑옷은 투구를 제외한 전체가 흰색이었다. 청나라 장수인 듯싶었다.

나는 그가 입은 갑옷과 깃발을 번갈아 보고 나서야 그가 누구인지를 알아차렸다.

"타타라 잉굴다이⋯⋯."

그는 바로 조선의 역사서에 기록된 청나라 장수 용골대였다.

- 휘이익!

매가 하늘을 가르며 요란한 소리를 내고 지나갔다. 동시에 용골대가 말을 세우더니 소리가 난 방향을 찾아 고개를 이리저리 돌렸다. 그가 성벽에 몰려든 사람들을 발견하고는 시선을 고정했다. 그의 시선은 거짓말처럼 사람들 틈에 서 있는 나를 정확히 향했다. 나와 눈이 마주치자 그는 초점을 맞추려는 듯 눈썹을 일그러뜨렸다. 잠시 후 용골대는 나를 보며 입꼬리를 당겨 웃었다.

웃어?

"청나라 사신이 왔다!"

용골대가 남한산성에 온 이유는 청나라 황제의 국서를 전하기 위해서였다. 장문의 국서에서 청나라 황제는 빨리 항복할 것을 종용했다. 그는 일부 병사들만 데리고 성안으로 들어왔고 나머지 병사들은 성 밖에 두었다. 그럼에도 성안을 누비는 내내 걸음걸이는 당당했다. 그가 왕을 만나는 동안 따라온 청나라 병사들이 남문 안쪽에서 기다리고 있었다.

병사 수십 명이 열 명도 안 되는 청나라 병사들을 위협하듯 에워쌌다. 그러나 한눈에 보더라도 조선군은 동상에 걸린 손발과 추위와 배고픔에 지쳐 보였다. 이들은 고작 열 명도 안 되는 청나라 병사들을 상대하기에도 무리인 듯 보였다. 조선군 중에는 무기를 든 금치도 있었다.

"금치야!"

금치가 나를 돌아보았다.

"마님?"

"나으리는 어디에 계시느냐?"

"조금 전까지 수어장대에 계시는 것을 보았습니다. 참, 그보다 얼른 들어가십시오! 또 이리 나온 걸 나으리께서 아시면……."

금치의 말을 듣고 있던 그때였다. 누군가 내 뒤에서 내 오른쪽 팔을 붙잡아 강제로 돌려세웠다.

"!"

놀라 돌아본 곳에는 조금 전 성벽 위에서 보았던 용골대가 나를 바라보고 있었다. 그는 나를 보자마자 다시 입꼬리를 당겨 웃으며 말했다.

"(여기 있었군, 미인.)"

그의 말을 알아들은 나는 손아귀에서 벗어나려 붙잡힌 팔을 흔들었다. 그러자 그는 작정한 듯 힘주어 나를 잡더니 말했다.

"(조선 계집들이 미인이라는 말은 다 거짓인 줄 알았는데, 너를 보니 그 말이 사실임을 알겠다.)"

그의 옆에 통역관으로 보이는 자가 나섰다.

"(이만 돌아가셔야 합니다. 장군.)"

"(조선의 왕은 항복을 주저하니 황제께서 분노하실 일이다. 허나 너 같은 미인을 데려가면 그 화가 조금은 누그러지실지도 모르지.)"

그가 하는 말을 알아듣지는 못해도 정황상 나를 희롱한다는 것은 주변의 모든 사람들은 알 터였다. 그러나 누구 하나 나서는 사람이 없었다. 수적으로 우세임에도 그가 청나라 장군이라는 사실에 모두가 기가 죽은 것이다.

"이, 이, 이놈!"

금치가 창을 들고 나섰다.

"그, 그, 더…… 더러운 손을 치우지 못하느냐!"

겁에 질려 덜덜 떨면서도 금치가 창끝으로 용골대의 얼굴을 겨누었다.

"(하하하!)"

용골대가 재미있다는 듯 크게 웃더니 순식간에 금치가 든 창을 빼앗아 반대로 돌려세웠다. 그는 발로 금치를 바닥에 밀어 넘어뜨리더니 곧바로 빼앗은 창을 들어 내려찍었다.

"(죽어라!)"

나는 금치가 창에 찔리는 것을 볼 수 없어서 눈을 질끈 감았다.

하지만 금치가 내지르는 비명은 들을 수 없었다. 다시 눈을 뜨자 금치와 용골대 사이에 서 있는 한 사람이 보였다.

"나, 나으리……!"

시백이었다!

그가 검집으로 금치를 찌르려던 용골대의 창끝을 막아서고 있었다.

"(누구냐?)"

용골대의 물음에 그의 곁에 있던 통역관이 대신 대답했다.

"(조선의 장수 같습니다.)"

이 말에도 용골대는 전혀 물러서지 않았다. 그는 한 손으로 잡았던 창을 두 손으로 잡더니 더 힘껏 찌르려고 했다. 이를 막으며 버티는 시백의 힘도 만만찮았다. 꿈쩍도 하지 않는 시백의 태도는 용골대의 화를 더욱 부채질하고 있었다.

그때 시백이 입을 열었다.

"(분노를 가라앉히시오.)"

시백의 입에서 나온 청나라 말에 용골대가 깜짝 놀란 듯 창을 거둬들였다.

"(우리말을 아느냐?)"

"(그대는 황제의 사신으로 온 것이지, 조선의 부녀자를 희롱하고 그를 막으려던 병사를 해하려 온 것은 아니지 않소.)"

시백의 말이 틀린 것이 하나도 없었기에 용골대는 잠시 할 말을 잃었다. 그는 시백의 말을 알아들었을 청나라 병사들의 얼굴을 살피며 말했다.

"(틀린 말은 아니지.)"

용골대는 손에 들고 있던 금치의 창을 양손으로 잡더니 자신의 무릎으로 쳐서 두 동강을 냈다. 그리고 그것을 바닥에 내던지며 말했다.

"(허나 내가 죽이고자 한 자는 반드시 죽인다.)"

용골대는 시백과 금치를 번갈아 노려보더니 말 위에 올라탔다. 그는 남한산성을 떠나기 전 나를 향해 이렇게 선언했다.

"(이번 전쟁에서 내가 취할 전리품 중에 가장 값비싼 것이 바로 너일 것이다, 미인.)"

그의 말에 등골이 서늘해진 나는 저절로 고개가 숙여졌다.

"(너를 취하러 다시 올 것이다.)"

처음으로 두려웠다. 언젠가 동굴에서 나를 겁탈하려고 했던 사람은 혼자였다. 그러나 용골대는 다르다. 그는 청나라의 장군이었다.

그런 내 앞에 시백이 나서서 용골대와 나 사이를 가르고 섰다. 그런 시백을 노려보던 용골대는 잠시 후 말을 타고 함께 온 병사들과 남한산성을 떠났다.

용골대가 떠난 후 시백은 금치에게 나를 부탁한 후 어디론가 가버렸다. 나는 금치의 부축을 받으며 처소로 돌아왔다.

"괜찮으세요?"

어쩌면 나보다도 더 두려웠을 금치가 나를 부축한 채 묻는다.

난 대답할 힘도 없어 고개만 간신히 끄덕이다가 금치를 보았다.

"고마워."

"뭐, 뭘요?"

멋쩍은 듯 모른 척하는 금치를 보며 난 가냘픈 웃음을 지었다.

"나서준 거. 너도 분명 두려웠을 텐데."

"두, 두렵지만! 그, 그 적군이 마님을 희롱하는데 어찌 소인이 가만히 있겠습니까?"

지금도 그 생각을 하면 무섭기는 무서운지 말하는 금치의 손이 덜덜 떨리는 것이 보였다. 나는 그 손을 잡아주며 금치에게 다시 말했다.

"고마워."

"아이…… 참."

금치가 부끄러운지, 먼저 내가 잡은 손을 놓는다.

"소인은 다시 성벽으로 가야 하니 좀 쉬십시오."

"그래. 알았다."

금치가 날 행랑 앞에 두고 돌아서다가 집 마당으로 들어서는 시백을 발견했다.

"나으리."

시백은 제일 먼저 내 얼굴을 바라보더니 다시 금치를 돌아보며 말했다.

"잘했다."

"참 오늘 소인, 칭찬 복이 터졌네."

금치는 생글생글 웃으며 자리를 떠났다. 금치가 사라진 후 시백이 내게 다가왔다. 그런 그를 보고 마루에서 일어서는데 다리에 힘이 풀려 다시 주저앉았다.

"괜찮소?"

놀란 시백이 달려와 물었다. 난 그가 내민 팔을 거절하지 않고 붙잡았다.

아주 세게.

그리고 힘껏.

그런데 세게 힘주어 잡을수록 이번에는 내 손이 떨려왔다. 이 떨림을 고스란히 느끼고 있을 시백이 내게 물었다.

"무서웠소?"

"……네."

나는 고개를 약하게 흔들며 대답했다. 하지만 시백의 얼굴을 올려다볼 자신은 없었다. 내가 느끼는 무서움을 그에게도 전해주고 싶지 않아서였다.

"그는 다신 오지 않을 거요. 마주칠 일도 없을 것이고."

내가 청나라 말을 모른다고 생각했는지 시백은 거짓말을 한다. 이게 다 겁에 질린 나를 안심시키기 위함임을 알았다. 그러나 나는 그를 속이고 싶지 않았다. 난 고개를 들어 시백의 눈동자를 쳐다보며 말했다.

"만주족의 말을 알아요."

"안다고? 청군의 말을?"

"네……."

이 말에는 시백도 잠시 당황했는지 말을 주저했다.

"그래서 그가 무슨 말을 했는지도 알고요."

"그랬군……."

시백은 내가 보인 태도가 단순히 청나라 장군에게 희롱을 당해서가 아님을 알게 되었다.

나는 그에게 짐이 될까 두려워졌다. 용골대는 무서웠고 시백에게는 미안했다. 속에서부터 눈물이 치고 올라오는 것을 느끼며 시백에게 말했다.

"항복하면 나으리는 살 거예요. 임금님도 살 거고요. 많은 사람들이 살 거예요."

하지만 천만 명의 백성들이 청나라로 끌려간다. 노예가 되어 다시는 조선 땅을 밟지 못하는 이들이 대부분이다.

"그때에 제가 나으리와 함께할 수 없게 되더라도……."

뜨거운 눈물이 뺨을 타고 흘러내렸다. 왜 우는지 그 이유를 모르겠다.

용골대가 무서워서?

시간에 갇혀버려서?

이 남한산성에서 살아남지 못하거나 포로로 끌려가는 신세가 될까봐?

아니다. 역사에 기록되지 않은 존재인 내가 남한산성 항복 이후에 어찌될지 나도 모른다. 용골대가 나를 노리고 있으니 시백과 헤어지게 될지도 모른다.

　왜란 때 일본으로 끌려간 많은 조선인들이 돌아오지 못했다. 일본은 섬이었으니까. 반대로 청나라로 끌려간 많은 사람들은 돌아왔다. 그들 중 여인들은 '환향녀'라 불리며 가족들에게 버림받았고 많은 이들이 고향에 돌아와서도 죽음을 선택했다. 돌아갈 수 있는 기회를 얻은 여인들은 스스로 돌아가는 것을 포기하고 청나라 남았다. 살아서 돌아가도 어차피 죽을 수밖에 없다는 것을 알기에.

　그러나 난 그런 이유로 죽음을 택하진 않을 것이다. 어떻게든 살아남아서 시백을 찾아갈 자신은 있었다.

　"반드시 살아서 나으리 곁으로 돌아올 테니까…… 흐흑…… 저를 받아주세요."

　시백과 헤어질까봐 두려웠다. 그게 가장 무서웠다. 다시 돌아온 나를 시백이 거절할까봐 두려웠다. 나는 어떻게 해서든 살아서 그의 곁으로 돌아올 자신이 있는데 그의 마음이 변해버린다면…….

나는…… 어디로 가야 하지?

　"화진!"

　시백이 나를 끌어안았다.

　"그럴 일은 결단코 없을 것이오. 내가 그대와 함께하겠다고 약조하지 않았소?"

　"흐흑……."

　"내가 그대를 지켜주리다. 내 모든 것을 걸고서라도. 나를 믿소?"

　"네에, 믿어요. 흑."

난 그의 어깨에 얼굴을 기댄 채 한참 동안 눈물을 펑펑 쏟았다.

꧁

얼마나 많이 울었는지 기억조차 나지 않았다. 이렇게 많이 울어 본 것은 정운이 죽은 다음 처음 있는 일이었다. 다행인 것은 울음이 그칠 때까지 시백이 함께 있어주었다는 것이다. 그런데 울다 지쳐 잠깐 잠이 든 내가 눈을 떴을 때 시백은 내 곁에 없었다.

"나으리? 나으리!"

그를 찾아 문을 열고 밖으로 나왔을 때였다. 아침에 잠시 그쳤던 눈이 다시 내리고 있었다.

꧁

밤.

산성에 다시 어둠이 짙게 내려앉았다. 그 어둠 속에서 행랑 옆 마루 위에 사방등 하나가 걸려 있었다. 그 사방등을 등지고 한 남자가 서 있었다. 그는 내가 시백을 찾으며 문을 열고 나오는 소리를 들었는지 내게로 돌아섰다.

박 처사였다.

"때마침 일어나셨군."

"아저씨……?"

박 처사가 왜 여기에 있는지는 모른다. 어리둥절한 눈을 하고 있는 나를 보며 박 처사가 씩 웃는다.

"지금 그렇게 멍하니 계실 때가 아니오."

"그보다 나으리는요?"

"나으리? 아, 그렇지."

박 처사가 마루 한 켠에 놓아두었던 납작한 보따리를 내게 내밀었다.

"새 옷은 아니나 깨끗한 옷이요. 나으리께서 어렵게 구하신 듯하니, 어서 갈아입으시오."

"옷을…… 왜?"

"나으리가 그리 하라셨소. 어서, 서둘러야 하오. 시간이 없소."

난 영문을 모른 채 박 처사가 건네는 옷 보따리를 받아들었다.

꿈꿈

새 옷은 아니라고 했는데 갈아입는 동안 살에 닿는 촉감이 빳빳했다. 다 입고 보니 새 옷은 아니지만 그렇다고 헌 옷도 아니다. 누군가 깨끗하게 보관하고 있었을 이 귀한 옷을 시백은 어디에서 구한 걸까?

"다 입으셨소?"

문밖의 박 처사가 재촉한다.

"네. 다 입었어요."

"그럼 갑시다."

문을 열고 나오자 박 처사는 마루 위 처마에 걸려 있던 사방등을 떼어낸다. 그것을 길잡이 등으로 삼으려는지 손에 쥔 박 처사가 앞장서서 걷기 시작한다. 난 연유도 모른 채 그 뒤를 따랐다. 박 처사의 발걸음은 황량한 남한산성의 겨울 숲으로 향해 있었다. 행궁을 두고서는 서쪽 방향. 민가가 있는 곳도 아니고 그렇다고 성벽을 벗어난 길도 아니어서 뒤따르면서도 의문이 들었다.

"어디로 가는 거죠?"

"거의 다 왔소."

박 처사는 무언가를 숨기고 있는 것 같았다. 그런 그의 행동이 나를 불안하게 만들던 그때였다.

"저기군."

박 처사가 가리킨 곳은 숲속 한가운데였다. 나무숲 사이로 뾰족 솟은 전각의 건물이 보였다. 눈발이 휘날리는 가운데 을씨년스럽게까지 보이는 것 외에는 건물은 관리가 되어온 듯 깔끔했다. 가까이 다가가자 나름 규모를 갖춘 전각임을 알아볼 수 있었다. 그러나 그곳은 거주의 용도로 보이진 않았다.

"사당이에요?"

남한산성에 종묘로 사용되는 좌전 빼고 사당의 용도가 있었던가?

전각을 둘러싼 낮은 담벼락 안을 보니 전각 안에는 누가 있는지 불빛이 문에 비쳤다.

"다 왔소."

박 처사가 담벼락 한가운데에 서 있는, 작지만 웅장한 문을 밀려다가 잠시 주춤했다. 그는 두 손을 모아 하늘을 향해 휘휘 내젓더니 공손하게 말했다.

"이 조선을 지켜주십시오."

그때 안에서 먼저 문이 열리더니 금치가 나타났다.

"아이, 어찌 이리 늦으셨습니까?"

"늦다니. 시간을 정한 것도 아닌데."

"나으리께서 기다리십니다."

금치와 박 처사의 말을 듣던 나는 생각했다.

나으리? 시백이 여기에 있어?

"소인은 일이 있으니 어서 들어가보시지요."

"같이 가지 않고? 좋은 구경일 텐데."

"소인은 할 일이 있으니까요."

비장한 듯 말하는 금치의 모습은 평소의 깐죽거리던 모습과는 달랐다. 박 처사가 고개를 두어 번 끄덕이자 금치가 나를 돌아보았다. 눈발이 날리는 가운데 금치는 내 얼굴을 말없이 몇 초간 응시하더니 꾸벅 고개를 숙이고 돌아섰다.

금치가 향한 곳은 문을 열고 들어서자마자 보이는 큰 전각이었다. 가운데 마루를 끼고 두 개의 방으로 나누어져 있었다. 사당이 이 전각 뒤편에 위치하고 있는 것으로 보아서 그 건물은 재실로 쓰이는 건물 같았다.

"오늘밤에 무슨 제사를 지내나요?"

나의 섣부른 추측에 박 처사가 웃음을 흘렸다.

"그건 수어사 나으리에게 물어보시구려."

"나으리는 여기에 계세요?"

일단 시백이 이곳에 있다니 안심이었다.

"따라오시오."

박 처사가 재실 뒤편으로 걸음을 옮겼다. 몇 개의 계단 위에 또 다른 작은 문이 나왔다. 그 문을 통과하자 드디어 사당의 모습이 나타났다. 지붕 가득 눈이 쌓인 사당은 앞에 위치한 재실에 비해서는 조금 작은 규모였다. 안에는 여러 개의 초가 놓였는지 불이 환하게 밝혀 있는 것이 보였다.

"나으리가 저 안에 계시오."

박 처사의 말이 끝나기가 무섭게 난 사당으로 뛰어 올라갔다. 그리고 닫혀 있던 사당의 문을 열고 안으로 들어섰다.

"나으리!"

사당 안에는 높은 상과 그 위에 신주 하나가 놓여 있었다. 향이 피어오르고 있는 신주 앞에 시백이 서 있었다. 그는 자신을 부르는 소리에 돌아서더니 나를 발견하고는 환하게 웃었다.

"여긴 어디죠? 왜 이곳에 있어요?"

그러고 보니 그의 옷차림도 다르다. 남한산성에 온 뒤로 계속 갑옷을 입고 있었던 그였다. 그러나 그는 깨끗한 흰 도포에 갓을 쓰고 있었다. 두터운 솜이 들어간 도포는 그를 한층 위엄 있는 존재로 보이게 했다.

"이곳이 어딘지 아시오?"

시백이 물었다. 난 고개를 저으며 대답했다.

"몰라요."

"온조왕의 신주를 모신 사당이오."

"온조왕…… 아!"

난 남한산성 안에 위치한 백제 온조왕의 사당을 떠올렸다. 먼 미래에는 외딴곳에 위치해서 방문객이 거의 없는 곳이었다. 길 잃은 등산객들이 가끔씩 스쳐 지나가는 숲속에 놓인 외딴 사당이었다.

"조선은 이 남한산성을 지켜주는 수호신으로서 온조왕을 이곳에 모시고 있소."

"그런데 여기엔 왜요?"

무슨 죄를 지은 것도 아닌데 가슴이 쿵쾅거리기 시작한다. 머릿속으로는 그 이유를 가늠할 수 없었지만 몸은 알고 있었다.

시백이 내게 한 손을 내밀었다. 나는 그의 손을 잡고는 온조왕의 신주에 한 걸음 더욱 가까이 다가갔다. 우리는 나란히 서서 한동안 향이 피어오르고 있는 온조왕의 신주를 가만히 바라보았다.

잠시 후 시백이 옆에 선 나를 돌아보며 말했다.

"화진. 오늘밤 우린 온조왕의 앞에서 혼인의 서약을 할 것이오."

"!"

그의 말을 들은 내 두 눈이 크게 떠졌다.

늦은 밤 봉림대군 일행은 도르곤과 함께 남한산성 인근의 청나라 병영에 도착했다. 병영 막사 곳곳이 불을 환히 밝히고 있었다. 마찬가지로 병영에서 올려다 보이는 남한산성도 성벽을 따라 불을 밝히고 있었다. 그러나 눈발 속에서 남한산성에서 보이는 불빛은 작고 가냘프게만 보였다.

"여정에 노곤하실 터이니 막사로 들어가 쉬시지요."

청나라 통역관의 말에도 봉림대군은 아무런 대답이 없었다. 그런 그를 이끌어 막사로 데려간 것은 부인 장씨였다. 막사 안으로 들어가자 임금님 수라상만큼의 화려한 음식상이 놓여 있었다.

– 꼬르르륵

포로로 잡힌 이후 매끼를 제공받았지만, 그때마다 봉림대군은 물 몇 모금 마시는 것이 전부였다. 그는 입맛을 잃었고 살 의지도 잃은 듯 보였다.

"청나라 황제가 왔다 하던데 수라상을 보아하니 그 말이 사실인 듯하옵니다."

상궁 우씨의 말에 봉림대군의 표정이 더욱 좋지 못했다. 장씨가 눈치 빠르게 우씨를 밖으로 내보내더니 봉림대군을 음식상 앞으로 끌어다 앉혔다.

"살아야 원한도 갚고 복수도 할 수 있는 것이옵니다!"

"아바마마께서는 적군에게 둘러싸인 산성 안에서 수라를 제대로 드시고나 계시겠소?"

차갑게 되돌아오는 봉림대군의 말에도 장씨는 단호하게 말했다.

"허면 이리 대감께서 굶고 계시는 것을 바라시겠사옵니까? 이러다가 정녕 대감께서 잘못되시면 강화에서 함께 끌려온 이들은 누굴 의지한단 말이옵니까?"

그때 막사 밖에서 세자빈의 흐느끼는 소리가 들려왔다. 아마도 막사 안으로 들어오려다가 밖에서 봉림대군과 장씨의 말을 모두 엿듣고 있었던 듯했다. 흐느끼던 세자빈의 목소리가 멀어지자마자 봉림대군이 눈앞에 있는 음식상을 팔로 뒤집어 엎어버렸다.

– 쨍그랑!

바닥에 음식과 그릇이 뒤섞여 나뒹굴자 장씨가 속상한 듯 울분을 터트렸다.

"대감!"

"난 음식을 아니 먹을 것이오! 그러니 더는 강요치 마시오! 내 어찌 이런 치욕을 받고도 살아서 밥을 먹는단 말이오?"

"아직 끝나지 않았사옵니다! 저 남한산성에 전하와 세자 저하께서 살아계시지 않사옵니까?"

"차라리 내가 남한산성에 있었어야 했소. 내가…… 아바마마의 곁에서 지켜드려야 하는데……."

봉림대군의 눈에서 한 줄기의 눈물이 흘러내렸다.

"대감."

장씨가 봉림대군의 팔을 잡았다.

"연안군이 남한산성에 있다 하지 않았사옵니까? 강화에서 분명 연안군도 남한산성에 있다는 소식을 들으셨지 않사옵니까?"

"연안군?"

"예. 그가 전하와 저하의 곁에 지금 함께 있사옵니다. 그러니 그가 대감을 대신하여 반드시 전하와 저하를 지킬 것이옵니다."

장씨의 말에 조금은 안도한 듯 봉림대군이 눈물을 훔치며 자리에서 일어섰다. 그가 장씨를 두고 막사를 나오자 막사 앞을 지키던 청나라 보초병들이 앞으로 나섰다.

그러나 봉림대군은 겁 없이 앞으로 걸어 나갔다.

"(멈춰라!)"

병사들이 창을 들고 봉림의 앞길을 막았을 때였다. 강한 눈발이 봉림대군의 앞에 휘몰아쳤다. 동시에 남한산성의 모습이 봉림대군의 눈앞에 또렷이 들어왔다. 남한산성을 향해 새하얀 입김을 내뱉으며 봉림대군이 중얼거렸다.

"연안군 이시백……."

❧

"화진. 오늘밤 우린 온조왕의 앞에서 혼인의 서약을 할 것이오."

온조왕의 앞에서 혼인서약을 한다?

"나와 혼인해주시오."

"왜……."

난 그에게 혼인하지 못하겠다고 말했다. 그런데 그는 왜 나와 혼인을 결심하게 된 것일까?

"그대를 내 아내로 맞이해야겠소. 전란 중이라 많은 것을 갖추지는 못했지만 그대는 내가 지켜줄 사람이오. 영원히 내 사람으로 맞이하고 싶소."

"혼인은 못 한다고 했잖아요……."

또 눈물이 내 의지와 상관없이 흐른다.

기쁜데 너무 기쁜데…….

정운은 나를 사랑했다. 하지만 그는 나와 혼인하지 못했다. 아니, 혼인할 수 없었다. 그에게는 꼭 해야만 하는 일이 있었다. 청령포로 쫓겨난 단종을 복위시켜야 했고 우리의 사랑은 그다음이었다. 나는 그 약속을 믿었고 그래서 목숨을 걸고 그를 도왔다. 하지만 단종은 죽었고 정운도 죽었다. 그렇게 다시 태어나 만난 유정운, 이시백은 내게 정운이 하지 못했던 일을 이야기한다.

바로 혼인이다.

"혼인은 못 해요."

난 사당에서 빠져나가려 시백에게서 돌아섰다. 그러자 시백이 나를 불러 세웠다.

"나 때문이오? 그대의 과거가 나의 발목을 잡을까봐?"

"그래요!"

또다시 눈물을 쏟으며 그를 돌아보았다.

"못 해요! 그래서 못 한다고요! 이 혼인!"

그는 더 이상 웃지 않는다. 웃지 않는 얼굴로 나를 똑바로 응시하고 서 있을 뿐이다.

그러나 나는 운다. 방금 전까지 기뻐서 흘리던 눈물이 슬픔의 눈물이 되어서 또 운다. 울고 만다.

"나으리의 앞길을 막느니 차라리 나으리의 곁을 떠날 거예요."

"화진……."

"제가 바라는 건 나으리의 곁에서 함께하는 것이지만 이건 아니에요. 아니라고요. 흑."

시백은 병자호란 이후 승승장구하는 인생을 가진 위인이다. 그리고 나 이화진은 능력을 잃어버린 시간여행자. 먼 미래의 사람이다. 미래의 사람인 나와 과거의 사람인 시백이 맺어진다는 것은 결코 쉬운 일이 아니다. 난 이미 정운의 죽음을 통해서 큰 깨달음을 얻었다. 시간과 맞선다는 것은 어리석고도 바보 같은 짓이었다.

"혼인은 못 해요. 그러니 제발 이러지 마요……."

엉엉 울며 고개를 숙였을 때였다. 내 눈물이 흐르는 뺨 끝에 시백의 손길이 닿는다.

"화진…… 나를 보시오."

"싫어요."

난 울며 고개를 가로저었다.

"자, 내 얼굴을 보시오."

"싫어요. 싫다고요……."

그의 얼굴을 보면 다시 마음이 흔들릴 것이다. 그것이 그의 운명을 위협하고 나를 다시 고통스럽게 하는 것이라면…… 지금 이 고통의 순간만 참고 넘기면 된다. 그러면 더는 고통스럽지 않으리라. 난 그렇게 여겼다.

"화진."

그가 강제로 내 얼굴을 들어 세웠다. 자신의 얼굴을 보게 하려고 했다. 그러나 난 얼굴은 강제로 들릴지언정 시선만큼은 끝까지 바닥에 고정한 채 그의 시선을 피했다.

"고집스럽군."

되돌아오는 그의 목소리가 조금은 차갑게 들린다고 여긴 그때였다. 그가 내게 부드러운 입술을 맞춰왔다. 그 입술을 피해 고개를 돌리려고 했지만 이미 얼굴은 그의 양손에 붙잡혀 있었다. 부드럽게 시작한 입맞춤이 나의 반항으로 조금은 거칠어지던 그때였다. 시백이 나를 놓았다. 나를 풀어주었다. 난 눈을 들어 그의 얼굴을 쳐다보았다.

"그대에게 내 마음을 빼앗긴 순간부터 난 그대를 아내로 맞겠다고 결심했소. 그러니 그대가 아니라면 나 이시백은 그 누구와도 혼인하지 않을 것이오."

그의 마음이 내 마음을 아프게 쿡쿡 찔러온다.

"그러지 말아요. 혹, 나를 힘들게 하지 말라고요."

많은 걸 바라지 않았다. 단지 첩이 되겠다고 했다. 봉림대군의 첩으로서 사는 것도 문제가 되지 않았다면 그의 첩으로 사는 것도 문제가 될 리가 없을 테니까.

"내가 그대를 지키지 못할 것이라 여기시오?"

난 고개를 강하게 가로저었다.

"허면 나를 지아비로는 원치 않으시오?"

이 물음에는 대답을 할 수가 없었다. 아니라고도, 맞다고도 할 수 없었다. 그의 질문은 직접적이라 대답할 수가 없었다.

"나를 보고 대답해보시오."

난 시백을 원한다.

간절하게…… 아주 간절하게 그를 원하고 있다.

"화진."

그가 내 이름을 불렀을 때였다. 닫혀 있는 줄 알았던 사당의 문이 열리며 박 처사의 목소리가 들려왔다.

"혼인이란 자고로 인륜지대사라 엄청 길다는 것은 알고 있었지만 시작조차 못 하신 겁니까?"

박 처사의 등장에 우리는 동시에 그를 돌아보았다. 상황이 말이 아니었다. 난 울고 있었고 시백은 무표정이었지만 분명 쩔쩔매고 있는 것으로 보였을 것이다.

"으휴~"

대놓고 한숨을 내쉰 박 처사가 우리 곁으로 다가왔다.

"이리 질질 끄시다가는 날이 밝아오겠습니다. 아니지, 온조왕께서 기다리고 계시지 않습니까?"

박 처사의 말에도 우린 아무런 대답도 하지 않았다. 박 처사가 나를 보며 말했다.

"전란 중에 많은 이들이 죽었소. 내 하나뿐인 여식도 그러했소. 그래서 마님과 처음으로 만났던 날, 내 죽은 여식이 살아 돌아온 것만 같았지."

자신의 딸의 죽음에 대해서 마치 거스를 수 없는 운명처럼 말하던 박 처사였다. 그러나 지금 죽은 딸의 이야기를 하는 박 처사의 눈가는 촉촉해지고 있었다.

"마님께서 내 여식이 되는 것이 어떻겠소?"

"네?"

나는 귀를 의심했다.

"혼인도 못 하고 죽은 내 딸을 대신하여 내 여식이 되어주시오. 전란 중에 가족을 모두 잃었다 하지 않았소? 그 과거를 모두 잊고 내 여식으로 나으리와 혼인한다면 나중에 과부의 재가를 금하는 국법과는 상관이 없어질 터이니, 나으리의 출셋길을 잡을 일도 없게 될 것이 아니겠소."

"하지만 아무리 그래도 그건 말이 안 돼요."

"안 되긴? 죽은 지아비가 살아 돌아올 것도 아닌데."

"그게……"

난 지아비가 없다. 물론 남편을 잃었다고 말했지만 애초에 남편은 없다. 봉림대군의 첩이었지 그의 아내는 아니었으니까. 그의 아내는 장씨였다. 어쩌면 시백을 만나기 전부터 난 그에게 돌아갈 생각이 없었다. 그랬기에 봉림대군은 내 안에서 이미 죽은 사람이었다.

"내 초야에 묻혀 사는 한심한 양반이라 그런 양반의 여식은 못되겠다는 거요?"

"그건 아니지만…… 그럼 저보고 수양딸이라도 되라는 말씀이세요?"

"그렇소. 그리되면 마님은 이제 내 성을 물려받아 박씨가 되는 것이지."

"박씨?"

난 박 처사와 이시백의 얼굴을 번갈아 쳐다보았다.

이시백과 박 처사. 〈박씨부인전〉 속 이시백은 박 처사의 딸과 혼인한다. 그리고 오늘 만났던 용골대까지……. 난 실제 역사가 아니라 설화 속 조선 시대에 갇혀버린 걸까? 혼란스러웠다. 하지만 이 혼란을 끝내는 손길이 있었다. 이시백이 내 손을 잡아준 것이다.

"내겐 그대의 성은 중요치 않고 그대의 가문도 중요치 않소. 내가 선택한 여인은 가문을 보고 선택한 것이 아니니. 허나, 그대가 중요하다 여긴다면 난 존중할 것이오."

"전……."

아직 조선에서 십 년의 시간이 흐르지 않았다. 조선에 동화되지 않았는데도 이시백의 아내가 되어도 되는 것일까? 온조왕의 앞에서 말이다.

"저는……."

성을 바꾸고 시백과 혼인해 함께 산다면 외할아버지는 나를 찾아내지 못할지도 모른다. 그러나 그보다도 더 내게 소중한 것은 시백과 헤어지지 않는 일이었다.

"이러다 날 새겠소~"

박 처사가 바람잡이 노릇을 톡톡히 했다. 난 시백에게 잡힌 손에 힘을 풀었다. 그리고 천천히 고개를 끄덕였다.

"그렇게 하겠어요."

내 결심을 들은 시백의 표정이 환해졌다. 우리 곁에 선 박 처사도 마찬가지였다.

"거 보시오. 사람의 운명이란 이처럼 기이하지. 난 여식을 잃었지만 다시 여식을 얻지 않았소."

난 시백을 잡은 손을 놓고 박 처사의 앞에 무릎을 꿇었다.

"절 받으세요, 아버지."

내가 박 처사에게 큰절을 올리자 그도 함께 맞절하며 말했다.

"내가 마님의 절을 받아도 되나? 아차차! 마님이 아니라 이젠……."

"딸이죠."

시백도 내 옆에서 함께 박 처사에게 절을 올리며 말했다.

"사위도 얻으셨습니다. 장인어른."

박 처사의 얼굴이 환해졌다.

"오늘은 참으로 기쁜 날이군그래!"

박 처사에게 큰절을 올린 후 시백과 나는 손을 맞잡고 자리에서 일어섰다. 이제 우리는 온조왕의 신주를 향해 돌아섰다. 그리고 나란히 그 앞에 무릎을 꿇고 앉았다.

"나와 혼인하는 걸 후회하지 않겠어요?"

내 물음에 시백은 조용히 웃으며 답했다.

"이제 이 세상에서 나 이시백의 아내는 화진, 그대 한 사람뿐이오."

박 처사가 뒤에서 나섰다.

"나으리의 약조에 너는 할 약조가 없느냐?"

난 그가 입고 있는 도포가 지난번 내가 바느질했던 도포라는 걸 알아차렸다. 잠시 고민하던 나는 방긋 웃으며 시백에게 말했다.

"바느질을 잘하는 아내가 되겠어요."

시백이 짧게 소리 내 웃더니 말했다.

"그대가 이처럼 나를 보면 늘 웃을 수 있게 하는 지아비가 되겠소."

"후훗."

내 입에서 터진 웃음소리에 박 처사가 따라 웃으며 말했다.

"자자, 여기까지 하고! 이러다가 사당에서 날밤을 새우겠군!"

난 시백의 손을 잡고 일어섰다.

박 처사가 시백에게 말했다.

"전란 중에 맺은 소중한 인연입니다. 꼭 소중히 지켜주십시오."

박 처사가 지켜달라고 말하는 사람은 바로 나였다.

"아버지."

코끝이 찡해진 나는 박 처사를 처음으로 아버지라 불렀다.

"그래, 화진아."

눈보라가 휘몰아치던 그날 밤. 남한산성의 온조왕사에서 일어난 일은 참으로 설화 속 옛이야기처럼 기이하기만 했다. 전란 중에 하나뿐인 딸을 잃었던 박 처사는 새 딸을 얻었고. 우국충정 이시백은 아름다운 아내를 얻었으며. 정운의 죽음으로 시간이 갈며 모든 것을 잃어버린 줄 알았던 나 이화진은 이시백과 혼인했다.

그것은 내가 알고 있던 이야기와는 전혀 다른 〈박씨부인전〉의 시작이었다.

꺄〜

온조왕사의 재실은 큰 마루를 끼고 각각 하나씩, 총 두 개의 방이 자리한다. 왼편 방으로 들어가자 한가운데에 커다란 목욕통이 놓여 있고 그 안에는 모락모락 김이 올라오는 따뜻한 물이 잠겨 있었다. 주변에는 이 안을 환하게 밝히고도 남을 만큼의 초들이 순서 없이 놓여 있었다.

"금치가 왜 '일'이 있다고 했는지 알 것 같네요."

어색한 분위기를 벗어나보려 한 말이었지만 더욱 어색해진다. 이유는 모르겠지만 정말 정성껏 밝혀놓은 저 불들 때문이다.

딱 하나면 충분할 것을…… 눈치 없기는!

"오랫동안 씻지 못했을 텐데, 먼저 씻겠소? 난 건너편 방에 가 있을 테니……."

이럴 때 무슨 말을 해야 할지 모르겠다. 어쨌든 우린 부부가 되었다. 그리고 오늘밤은 첫날밤이다. 괜히 부끄러운 마음만 인다.

"제가 먼저 씻으면 나으리는요?"

"그대가 씻고 난 다음에 씻으면 되지 않겠소."

목욕통 크기는 그게 아닌데요—

목구멍까지 올라온 이 말이 다시 바닥으로 가라앉는다. 이 환하고 환한 분위기에서 딱히 무슨 말을 꺼내야 할지 모를 뿐이다. 내 작은 감정도 모두 시백에게 들킬 만큼 환했으니까. 난 한 손을 목욕통 안에 넣어 휘휘 저어보았다. 온도는 딱 좋았지만 이 추위라면 금방 식어버릴 것 같다.

"그때쯤이면 식어버릴 거예요."

같이 씻자는 말은 절대 아니다! 그런 건 절대 아니라고! 난 단지…….

"먼저 씻으셔도……."

"같이 씻겠소?"

"!"

대담한 시백의 발언에 난 꿀 먹은 벙어리가 되어버렸다. 그런 나를 보며 그는 싱긋 웃었다.

"이런 일에 부끄러워할지는 몰랐는데……."

"저도 여인이니까요!"

"그런 여인이 혼인도 전에 사내를 그리 유혹하시었소?"

"어차피 그 유혹에 넘어가진 않았잖아요!"

"그럼 이번에는 넘어가 줄 터이니 다시 해보시오."

"에?"

그의 말뜻을 이해하지 못해 고개를 갸웃거리는데 그사이 그가 갓을 벗어 옆에 내려놓는다. 그다음에는 도포. 두터운 솜 도포가 벗겨지고 그 안에 입은 저고리를 아무렇지도 않게 쓱쓱 벗어던지는 그를 멍하니 쳐다보다가 뒤늦게 그의 말뜻을 알아차렸다.

"정말로 가, 같이 씻자고요?"

"그대의 말대로라면 누군가는 식은 물에 씻어야 할 터인데, 그럼 고뿔이라도 걸릴지 모르지 않소."

너무 태연하다. 태연해!

"그건 그렇지만은……."

"싫소?"

싫다는 말은 안 나온다. 난 깊은 한숨과 함께 통 안의 물처럼 뜨뜻해진 얼굴을 숙이며 말했다.

"대신 불은 몇 개만 꺼요."

"어째서?"

"너무 환하잖아요. 부끄럽다고요."

시백이 이런 나를 보며 귀엽다는 듯 웃는다.

"미인은 까다롭군."

농담처럼 이 말을 남긴 그가 방안을 환하게 밝히고 있던 불들을 하나씩 꺼트린다.

그의 두 손가락에 붙잡힌 심지가 불꽃을 잃어가는 동안, 나는 그에게 등을 돌린 채 옷을 하나씩 벗기 시작했다. 다 벗을 순 없었다. 겉에 입은 솜저고리와 솜치마를 벗자 드러난 얇은 속적삼. 고민 끝에 속저고리만 벗었다. 그러자 어깨 뒤로 속저고리가 흘러내리며 맨 어깨가 벽 그림자에 비친다.

동시에 하나씩 꺼진 불이 요동치더니 더는 불빛이 줄어들지 않았다. 등을 돌리고 있었지만 시백의 시선이 내 몸에 꽂혀 있다는 것을 알 수 있었다. 나는 속으로 큰 숨을 들이켠 다음은 일부러 시백을 쳐다보지 않은 채 욕탕 안으로 몸을 집어넣었다.

"후우- 깊다."

내가 들어가자 물이 조금 넘칠 정도로 찰랑거렸다. 욕탕 안의 뜨거운 열기를 온몸으로 받으면서 난 시백을 쳐다보았다. 그는 단 세 개의 촛불만을 남겨놓은 채 욕탕 안에 들어가 있는 나를 가만히 바라보고 있었다. 나를 바라보는 그의 눈빛이 촛불보다도 더 뜨겁게 느껴졌다.

"안 들어올 거예요?"

내 말에 그는 아무런 대답도 하지 않았다. 그저 욕탕 안에 있는 나를 바라보며 자신이 입고 있던 속저고리를 벗어 내렸다. 무예로 다져진 탄탄한 근육으로 이루어진 몸이 바로 보이자 나는 무슨 죄인처럼 물속에서 푹 고개를 숙였다.

잠시 후 그가 속바지 하나만을 아래에 걸친 채로 욕탕 안으로 들어섰다.

– 쏴아아아

다량의 물이 욕탕 밖으로 넘쳐흘렀다.

"금치의 수고가 아깝게 되었어요."

혀를 차며 진심으로 아까워하는 내게로 시백이 손을 뻗어왔다. 욕탕 안에서도 어느 정도 거리를 두고 있던 나는 그대로 그의 손에 이끌려 자연스레 품에 안겨들었다.

"물보다도 더 따뜻하군."

"사람 체온이니까요."

이렇듯 가까워지자 더 시선을 마주치는 것이 어려워졌다. 난 일부러 그에게 등을 대고 돌아앉았다. 그는 이런 나를 뒤에서 끌어안더니 드러난 나의 어깨 위에 살며시 입을 맞춰왔다. 바로 그 자리에서 작고 뜨거운 인두가 지지고 지나가는 것 같은 느낌이 들었다. 싫지 않은 느낌이었다.

"여긴 너무 환해요."

"그대의 말대로 금치의 수고이자 정성이지."

"금치는 어디로 갔을까요?"

"자꾸 다른 사내의 이야기만 할 것이오?"

난 어이없다는 듯 고개를 돌려 시백을 쳐다보았다.

"사내라니요? 금치가요?"

얼떨결에 그렇게 그와 얼굴을 맞대고 말았다. 그는 내 얼굴을 바라보는 것만으로도 좋은지 싱글벙글 웃는다. 난 그런 그의 얼굴을 계속 보고 싶으면서도 내 마음을 대놓고 보이는 것이 싫어 일부러 시선을 이리저리 돌렸다.

"이래서는 밤을 새워도 욕간을 끝내지 못하겠군."

그가 갑자기 급하게 입술을 맞춰왔다. 난 재빨리 두 팔로 그의
맨 가슴을 밀어내며 고개를 돌렸다. 그가 이런 나를 보며 어리둥절
한 표정을 지었다.

"어찌 그러시오?"

"욕간하신다면서요. 이건 욕간이 아니라고요."

"이것이 그대가 하는 유혹이오?"

그가 어이없다는 듯 웃음을 흘리며 반문한다. 일부러 그를 달아
오르게 할 생각은 아니었다. 다만 환한 곳에서 적극적인 그의 태도
가 낯설었고 반대로 적극적으로 받아주기도 난처했다.

"불을 하나만 더 끄면……."

그가 더는 기다릴 수 없다는 듯 내 팔을 잡아 힘주어 끌어안더
니 내 목에 입술을 묻으며 속삭인다.

"부끄러워 그러는 것이라면 더는 부끄럽지 않게 해주리다."

그가 매끄러운 곡선을 그린 눈빛을 흐트러트리며 웃더니 한 팔
로 나를 강하게 끌어안았다. 다른 그의 손은 젖어서 바짝 살에 붙
어버린 내 치마를 걷어올렸다.

"!"

그의 행동에 놀라 온몸이 움찔하며 모든 동작을 멈췄다.

시백은 대범하게도 맨살이 드러난 내 몸 곳곳에 자신의 입술 인
두를 찍어댔다. 그의 한 손은 입술이 닿지 못하는 내 살들을 바쁘

게 쓸어내렸다. 그의 손길에 굳었던 내 몸이 빠르게 풀어지며 막 잡힌 물고기처럼 파닥거렸다. 나의 이러한 반응에 시백의 입가에는 미소가 그려졌다.

– 찰랑찰랑

우리의 움직임에 물이 넘실거렸다. 벽의 벽에 비친 그림자가 불규칙적인 곡선을 그리며 요동쳤다. 그의 능숙한 손놀림에 굳어졌던 내 몸은 풀어졌다 굳어졌다를 반복하며 점점 흥분이 고조되고 있었다.

"하아……."

나도 모르게 터진 신음에 그가 내 귓가에 속삭인다.

"이런 것을 좋아하시오?"

"네…… 좋아요. 하웃……!"

이곳이 어디인지 잊어버릴 정도로 머릿속이 새까맣게 뒤덮여버렸다. 눈을 떴다가도 곧바로 엄청난 무게에 짓눌려 다시 눈을 감아버리게 된다.

이어 터지는 것은 신음뿐.

물속에 반쯤 잠긴 몸이 시백의 손길에 계속 튕겨졌다 가라앉는 것을 반복하고 있었다.

"더, 더는……!"

온몸을 휘감는 짜릿함에 두 팔로 시백의 목을 감싸 안았다. 그대로 그의 가슴에 매달리며 물속에 잠긴 두 다리로 그의 허리를 감았다.

- 쏴아

많은 물이 한꺼번에 쏟아지는 소리가 들렸다. 온몸으로 자신을 휘감은 나를 번쩍 들어 안은 시백이 목욕통 안에서 일어섰다. 허리로 모아진 젖은 치마로 인해서 나의 몸은 거의 나체 상태였다.

정신없이 세상이 도는가 싶더니 겨우 들어올린 눈꺼풀 사이로 나의 몸을 내려다보는 시백의 눈빛이 보인다. 그를 안 뒤로 처음 보는 그의 뜨거운 눈빛이었다. 사내들에게서만 볼 수 있는 강한 소유욕을 담은 눈빛. 그는 오늘밤 내 몸과 마음을 전부 차지할 것이다. 두 팔로 그의 목을 힘껏 휘감은 채로 나는 내 몸 전부를 시백의 손에 내맡겼다.

❦

뜨거움을 실은 광풍이 한차례 지나갔다. 목욕통 안의 물도 반쯤 식었지만 아직은 서로의 몸을 부대끼고 있어 그리 춥진 않았다.

난 두 다리에 힘이 풀린 상태에서 그의 가슴에 머리와 등을 기댄 채 반쯤 누운 자세로 물속에 있었다. 이런 나를 뒤에서 끌어안고 있던 그가 내 젖은 머리카락을 긴 손가락으로 헤집으며 말한다.

"약간 흙색이군."

"뭐가요?"

"그대의 머리카락."

새침하게 돌아보는 나를 그는 바라보지 않는다. 여전히 내 머리카락에만 그의 시선이 박혀 있었다.

"미인의 기준은 칠흑같이 검은 머리카락이라죠. 그러니 전 미인이 아닌가봐요."

내 얼굴을 보지 않는 그를 향해 계속 얄밉게 말을 늘어놓는데 그는 계속 딴소리다.

"드디어 미인이 아니라는 증좌를 하나 찾은 것이군."

내 얼굴이 아닌 머리카락에만 관심을 갖는 그가 싫었다. 난 두 손으로 그의 얼굴을 잡아 내 얼굴을 돌아보게 만들었다.

"날 봐요. 내 얼굴만 보라고요. 적어도 오늘밤은."

"보고 있지 않소?"

"방금 전까진 머리카락만 봤으면서."

"이 머리카락도 그대니까."

틀린 말은 아니다. 그가 내 얼굴을 보며 씩 웃는다. 나의 가슴은 그런 얼굴을 보며 짧게 요동쳤다가 가라앉는다.

"좋았어요?"

"무엇이?"

알며 묻는 것일까? 모르고 묻는 것일까?

"그렇게 자꾸 날 부끄럽게 할래요?"

신경질 부리는 내 뺨에 그가 입을 맞춘다.

"허면 그대는 좋았소?"

이 대답은 분명하게 해줄 수 있지.

"좋았어요."

"조금의 망설임도 없이 말하는군."

난 진지한 얼굴로 고개를 크게 끄덕였다.

"정말 좋았으니까. 나으리는요?"

"나으리?"

"그럼 나으리를 나으리라 부르지, 이시백이라 부를까요?"

그가 웃는 얼굴로 입술을 다문다. 뒤늦게 난 내 실수를 깨달았다.

"우린 혼인했으니까 이제는 다르게 불러야겠네요. 서방님이라고 부를까요?"

닫힌 입술의 꼬리가 슬그머니 올라가며 미소를 그린다.

"이제 보니 '이런 거' 좋아하시는구나, 우리 서방님은."

이 말이 그를 놀린다고 여긴 것일까?

그가 갑자기 내 쇄골에 입술을 가져다대더니 아프게 빨아 문다.

"그대는 '이런 것'을 좋아하지 않소!"

"아, 아파요!"

"아파?"

그가 정말로 당황하기에 나는 코끝을 손가락으로 만지작거리며 작게 대답했다.

"아니요-"

"하하!"

그가 다시 내 쇄골에 입을 맞췄다. 그러나 이번에는 아프게 빨아 물거나 하진 않았다. 말 그대로 입술을 대었다가 뗐다. 그런데도 붉은 자국이 쉽게 남는다.

"꽃이군. 열꽃."

"열꽃⋯⋯?"

"내가 피운 그대 몸의 열꽃 말이오."

그는 흥미로운 것을 발견했다는 듯이 내 몸 곳곳에 다시 입술을 갖다댄다. 그때마다 내 몸은 의지와 상관없이 튕겨 올랐다.

"하아⋯⋯."

분명 내뱉지 않으려 참으려고 노력하는데도 신음은 제멋대로 터져버린다.

"하, 하지 마요⋯⋯! 이, 이런 건⋯⋯!"

"좋소?"

점점 가빠 오는 신음을 내뱉는 나의 허리를 끌어안고 그가 묻는다. 그와 눈을 맞대고 시선을 나누자 원래 하려던 말은 까맣게 잊어버리고 말았다.

"으응⋯⋯."

아이처럼 얼버무리는 소리는 평소의 나라면 절대 하지 않았을 것이다. 그의 앞에서는 하게 된다. 그가 좋아한다는 것도 안다. 지금은 그가 좋아하는 것이라면 그 어떤 소리라도 내줄 수 있을 것 같다.

"그만두면 안 되겠지?"

"으응⋯⋯."

고개를 끄덕이며 순종적으로 구는 나를 시백이 쳐다보며 매끄

럽게 웃는다. 그가 나를 끌어안은 채로 어깨까지 물속에 잠기도록
욕탕에 앉았다. 난 그대로 그의 넓은 가슴을 끌어안고 물속으로
서서히 잠겨 들어갔다.

"서방님."

"응?"

그를 끌어안은 채로 난 그의 귓가에 대고 말했다.

"지금 하고 싶은 말이 있어요."

"무엇이오, 그게?"

그가 고개를 돌려 내 얼굴을 바라보려고 했다. 난 일부러 그가
나를 돌아보지 못하도록 얼굴을 살짝 밀며 그의 귓가에 대고 숨을
불어넣었다.

"하아……."

"!"

그의 심장박동 소리가 다시 빨라지는 것이 느껴진다. 난 또다시
그의 귓가에 대고 같은 숨소리를 불어넣었다.

"하아……."

"……."

그의 심장은 터질 듯이 뛰는데 대답은 없다. 난 일부러 그를 자
극하듯 몰아세웠다.

"여기서 두 번도 가능하시겠어요?"

그가 나를 쳐다보며 눈을 흘겼다.

"그 말, 곧 후회하시게 될 거요, 부인."

386

난 거친 물살을 만들며 그를 피해 도망치듯 돌아섰다. 그러나 곧바로 나를 잡으려는 그의 손아귀에 붙들려 물속으로 끌려들어 갔다. 물속에서 만난 그가 내게 숨 막히도록 깊은 입맞춤을 해왔다. 하나 남은 촛불이 꺼져 들어가고 있었다.

⌒⌒⌒

"흐음…… 음…… 음…… ♬"

난 시백의 팔을 베고 누워 무슨 노래인지 기억나지 않는 팝송의 음을 중얼거렸다. 몸은 피곤한데 이상하게 잠은 오지 않는다. 어슴 푸레 밝아오는 새벽녘이 재실 창에 비춰온다. 이런 적은 처음이었다. 내 의지와 상관없이 몸이 제멋대로 달아올라 주체할 수 없었던 것은.

이부자리가 마련된 욕탕 건넛방에 와서도 시백은 날 품안에서 내려놓지 않았다. 그런데도 그의 몸도, 내 몸도 전혀 지친 기색이 없었다.

과거, 정연의 품에 안길 때는 난 그저 그의 욕정받이라는 생각을 했다. 그랬기에 그가 내게서 풀겠다는 그 마음을 억지로 받아내는 밤들을 보내야만 했다. 그런 삶의 방식도 익숙해졌을 때 난 그의 아이를 가졌다. 그건 이 조선 시대를 살아가는 대다수 여성들의 삶을 그대로 따라가는 것이었다.

현대인의 사고방식을 포기하고 짓누르며 살아가는 것 외에 다른 삶의 방식을 찾을 수 없던 그때, 자연의 섭리를 따라 내게 찾아온 아이. 아이 생각이 나자 내 입가를 맴돌던 음도 멈춰버렸다.

"더는 부르지 않을 거요?"

내가 흥얼거리는 음을 들으며 잠든 줄 알았던 시백의 목소리가 들려온다. 난 허리를 일으켜 세우고 내 뒤에 누워 있는 그를 돌아보았다. 그는 눈을 감고 있었다. 어쩌면 날이 새기 전에 조금이라도 잠들어야 하는 것은 시백이었다. 그가 곤한 잠에 빠져들려고 한다면 그를 깨우지 말아야 했다. 이런 일로는 더더욱.

"서방님."

"……."

"서방님?"

"음……."

반쯤 잠든 그가 내가 웅얼거리듯 되묻는다.

"할 말이 있어요."

그가 잠들었는지 잠들지 않았는지 모른다. 물에서 깨끗하게 씻어낸 두 남녀의 체취가 한데 뒤섞인 방안은 포근함으로만 가득 차 있었으니까.

"당분간 아이를 갖고 싶지 않아요. 여긴……."

시간여행자가 조선에 동화되기까지는 십 년의 시간이 필요하다. 십 년간 조선을 떠나지 않고 이 시간에 머물러야 한다. 그전에 태어나는 아이들은 반드시 죽는다. 미래의 사람도 과거의 사람도 아닌 아이의 수명은 애초부터 역사에 기록되지 않았으니까.

아이가 배 속에 있을 때도 시간은 끊임없이 그 아이를 해치려고 한다. 태어난 다음에도 마찬가지다. 탄생이 예정되어 있지 않았기에 시간은 그 아이를 밀어내듯 아주 잔인하게 죽여버린다. 그것이 내게 외할아버지에게 배운 것이다. 정연과 낳은 아이도 그렇게 태어나자마자 죽어버렸다.

"전쟁터니까요."

이 말 한마디에 내 눈에서는 한 줄기의 소리 없는 눈물이 흘러내렸다.

〈박씨부인전〉 속 박씨부인은 이시백과 어떠한 결말을 맞았더라? 그 설화는 적어도 해피엔딩이었다. 역사와는 다른 해피엔딩. 그래서 그들 부부는 행복하게 살았을 것이다. 영원히…….

"잠들었어요?"

"……."

하지만 나는?

나도 그렇게 될 수 있을까?

"자요."

난 잠든 그의 이불귀를 만져주고는 조용히 밖으로 나왔다. 밤새 내리던 눈은 재실 앞의 발자국들을 모두 덮어버렸다.

"흐흑…… 흑!"

이 눈물이 마지막 눈물이다. 죽은 아이를 떠올리는 것도, 모든 것을 내려놓은 내 마음이 외로움에 잠시나마 정연에게 흔들렸던 것도 이 눈물로써 마지막이다.

나는 이제 이시백의 부인이니까.

그의 아내 박씨부인이니까.

재실의 기둥을 붙잡은 채 나는 하염없이 눈물을 흘렸다.

◦◦◦

큰 눈이 내렸다. 지친 병사들은 성벽 위의 눈을 치우는 것도 버거워했다. 쌓인 눈은 그대로 얼음처럼 단단히 굳어졌다. 차라리 이 눈들이 새로운 성벽이 되어 적병으로부터 지켜주기만을 바라는 상황이었다.

눈이 온 다음 날.

– 쾅!

천지가 진동하는 듯한 대포의 소리가 산성을 뒤덮었다.

– 쾅! 쾅!

오전에 시작된 대포 소리에 처소에 혼자 남아 있던 나는 깜짝 놀랐다.

– 쾅!

몇 번의 대포 소리가 이어지자 이번에는 무언가 무너져 내리는 소리도 들려왔다.

"마님!"

문밖에서 들려오는 금치의 목소리에 난 방문을 열고 밖으로 나왔다.

- 쾅! 쾅!

"저, 적이……! 대포를 쏘고 있답니다! 어서 피하세요!"

"나으리는?!"

"아마 수어장대에 계실 겁니다! 마님을 행궁 안으로 피신시키라고 하셨습니다! 어서요!"

대포가 산성의 하늘 위를 날아다녔다. 떨어진 곳에서는 가옥이 무너지고 사람이 깔리며 비명을 질러댔다. 다행이라면 포가 떨어지는 방향은 행궁 쪽이 아니었다. 행궁 쪽에는 포를 쏘지 않으니 단순 위협으로 볼 수 있었지만 사상자가 나왔다.

"여기로 들어가십시오!"

금치가 나를 안내한 곳은 행궁 안에 사대부 여인들이 모여 있는 곳이었다. 행궁 밖 민가에서 지내던 여인들은 청나라군이 포를 쏘자 전부 이곳으로 몰려들었다.

한때 서책을 보관했을 곳으로 보이는 커다란 서고 안에는 사대부 여인들이 옹기종기 모여 두려움에 떨고 있었다. 난 가져온 솜장옷을 어깨에 걸치고는 그녀들 틈에 앉았다.

- 쾅!

그곳에서 한참 동안이나 포 소리를 들었다. 여인들은 서로를 끌어안고 숨죽여 울었다. 간간이 아이의 울음소리가 섞여서 들려오기도 했다.

난 무엇보다도 시백이 걱정되었다. 그가 남한산성에서 죽지 않을 것임을 알지만 적군이 포를 쏘는데도 그의 행방을 알 수 없어

두려운 마음이 일었다. 마음 같아서는 이곳을 나가서 그를 찾고 싶었다. 하지만 지금 내가 이곳에 있는 것이 그를 안심시키는 것이라는 걸 알기에 포기했다.

"제발……."

– 쾅!

포 소리가 그치기만을 기다리며 숨을 죽이고 있던 그때였다.

"반가의 여인들은 모두 피신시켰느냐?"

"예. 저하!"

'저하'라는 소리를 듣는 순간 나는 고개를 번쩍 들었다.

서고 문 밖에 서 있는, 검은 철릭을 입은 세자 이왕이 보였다. 그가 별감의 보고를 받으며 나와 여인들이 모여 있는 서고 쪽으로 고개를 돌렸을 때였다. 그가 내 얼굴을 본 적이 있다는 사실을 떠올리고는 그의 눈에 띄지 않기 위해 서둘러 솜 장옷을 머리 위로 끌어올렸다. 그러나 무언가가 세자의 시선을 사로잡은 것이 틀림없었다.

"저하?"

"잠시 비켜주게."

세자가 서고를 빼곡히 채운 여인들 사이를 비집고 내가 있는 쪽으로 걸어오기 시작했다. 그가 내 쪽으로 다가온다는 것을 느낀 나는 장옷을 뒤집어쓴 채로 일어서서 더 안쪽으로 걸어 들어가기 시작했다.

그때 세자가 나를 불렀다.

"거기! 잠시만…… 멈춰 서시오."

"!"

세자의 이 말 한마디에 서고에 가득 찬 여인들의 시선이 내게로 모아졌다. 나는 더는 걸을 수가 없었다. 세자와 등을 돌리고 우뚝 멈춰 선 채로 숨소리만으로도 들킬까 숨을 죽였다.

"그대, 혹시……."

나를 향해 입을 연 세자의 목소리가 나를 두렵게 만들었다. 세자는 내가 봉림대군의 첩실인 피화당이라는 사실을 알고 있었다. 그가 알아본다면 난 시백과 헤어져야 한다. 난 뒤집어쓴 솜장옷을 움켜잡은 채 눈을 질끈 감았다.

제발…… .

어느새 세자가 바로 내 뒤에 다가와 섰다.

"혹시 우미인이오?"

세자의 목소리가 떨려오고 있었다.

"!"

그 순간이었다!

- 콰쾅!

서고 가까운 곳에 포가 떨어졌다. 서고가 일부 무너질 정도로 큰 진동이 바로 이어지며 서고 안은 아수라장이 되었다.

"꺄악!"

여인들이 비명을 지르며 서고 밖으로 뛰쳐나가는 가운데 익위사들이 달려와 세자를 에워쌌다.

"남문이 공격받고 있다 하옵니다!"

"저하! 어서 행궁 안으로 피하시옵소서!"

익위사들에 둘러싸인 세자는 반강제적으로 서고를 떠났다. 세자의 모습이 시야에서 완전히 사라질 때까지 장옷을 움켜쥔 내 손은 오들오들 떨려왔다.

⚬⚭⚬

포 소리가 그쳤다. 시백의 지휘하에 조선군은 마지막 힘을 다해 남문을 지켜냈다. 하지만 공격이 남긴 상흔이 산성 안을 지배했다. 포에 죽은 사람들의 시신이 여럿이었다. 남문을 지키다 많은 병사들이 죽거나 다쳤다. 성안의 분위기는 더욱 어두워졌다.

다행히 포격을 받지 않은 집은 무사했다. 포 소리에 도망치듯 떠났던 상태 그대로인 집을 둘러보고 있는데 등 뒤에서 시백의 목소리가 들렸다.

"화진."

반나절 만에 본 그의 모습은 많이 달랐다. 피가 묻고 얼룩진 갑옷은 엉망이었고 검집을 잃어버렸는지 피가 말라붙은 검날이 그대로 보이도록 들고 있었다. 난 속으로 큰 숨을 들이쉬었다.

"놀랐잖아요."

"놀랐다?"

난 그에게 다가가서 손에 들린 검을 두 손으로 받았다.

"계백장군이 온 줄만 알아서."

"계백? 백제의 명장 말이오?"

"네."

"마치 계백을 본 적이 있는 것처럼 말하는군."

봤었다.

그가 자신의 가족들을 죽이러 가는 그 순간을.

['살아서 적의 노예가 되느니 차라리 죽어라!']

아무렇지도 않게 검집에 넣지 않은 검을 들고 나타났다. 그리고 그는 자신의 처자식을 전부 죽여버렸다.

시백은 그런 사람이 아냐.

무엇보다 그는 이 병자호란에서도 살아남는다. 마음 같아서는 조선이 이 이후로도 수백 년간 절대 망하지 않는다는 사실을 알려주고 싶지만, 머리만 깨지도록 아프고 끝날 것이다.

시백이 마루에 걸터앉으며 말했다.

"옷만 갈아입고 바로 나가야 하오."

나는 물을 가져와 태연스럽게 검에 묻은 피를 씻어냈다. 말라붙은 피는 차가운 물에 씻기기는커녕 더욱 굳어졌다. 나는 부드러운 천을 가져와 검에 묻은 피를 박박 닦아냈다.

"금방 끝나요."

"무섭지 않소?"

"뭐가요?"

남문 전투에서 막 돌아온 그는 상당히 지쳐 보였다. 그럼에도 내게 말하는 순간만큼은 기운이 나는지 약간 장난기 섞인 어조로 말했다.

"내 어머니는 바느질하다 잘못하여 손가락을 찔려 본 핏방울에도 기겁을 하시던데."

난 그를 얄밉다는 듯 흘겨보았다.

"이제 전 무인의 아내라고요. 그러니 무서워도 어쩔 수 없죠."

'아내'라는 말이 그를 기쁘게 했나보다. 그의 표정이 밝아졌다. 난 밝아진 그의 표정을 보고는 다시 검을 닦기 시작했다. 그가 검을 닦는 나를 보며 말한다.

"어떤 여인네들은 피가 무서워 아이도 낳지 않겠다 한다던데 그대는 그럴 걱정은 없겠소."

아이 이야기에 검을 닦던 내 손길이 멈췄다.

"셋만 낳읍시다. 아들 셋이면 더 좋겠지만……."

못 들었던 걸까? 재실에서 눈을 감고 있던 그에게 속삭이듯 했던 말.

['저는 당분간 아이를 갖고 싶지 않아요. 여긴 전쟁터니까요.']

"여자아이는 싫어요?"

"싫지 않소."

"그런데 왜 아들 셋이죠?"

"그대가 낳은 여자아이는 필시 그대만큼 어여쁠 텐데, 조선팔도의 사내들이 전부 아내로 달라 줄을 서면 내 골치가 아프지 않겠소?"

그의 상상력에 나도 모르게 피식 웃음이 났다.

"벌써 거기까지 상상하셨단 말이에요?"

"이 전쟁이 끝나면 그래서 봄이 오면 아이를 가집시다."

들었구나.

그런데 그는 내가 한 말을 다른 의미로 알아들었나보다.

"어찌 대답이 없으시오? 이런 말에 부끄러워할 여인은 아니잖소, 그대는."

"아이는 하늘이 주시는 거예요."

난 자리를 털고 일어나 깨끗하게 닦은 검을 그에게 내밀었다. 그는 검을 바로 받아들지 않고 대신 나를 올려다보며 말한다.

"검집에 꽂혀 있지도 않은 장검을 이리 위풍당당하게 건네는 여인이니 그대는 필시 아들 다섯은 낳을 것이오."

"욕심도 많으셔라."

아이를 안 낳겠다는 것은 아니지만 십 년. 아니, 이제 구 년의 시간이 남았다. 시백은 기다려줄 것이다. 사실대로 말하지 않더라도 그는 내 말에 따라줄 것이다.

"저 서방님."

"응?"

"드릴 말씀이⋯⋯."

"나으리!"

금치였다.

시백은 내가 내민 검을 집어 들고는 급히 자리에서 일어섰다.

"지금 바로 성문으로 가보셔야 할 것 같습니다!"

"무슨 일이냐?"

"그때 그 청나라 장군이 다시 왔습니다!"

용골대의 이야기에 내 얼굴이 싸늘하게 굳었다. 시백이 이런 내 얼굴을 보았는지 나의 어깨를 감싸 안으며 다정히 말했다.

"이곳에만 있으시오. 그 어디에도 나가지 말고."

"알았어요."

말을 마친 시백은 나를 놓은 채 자리를 떠났다.

❧

그날 용골대가 다시 남한산성에 왔다.

"(황제께서 곧 황경으로 돌아가실 예정이시오. 그전까지 조선 국왕이 항복하지 않는다면 이 남한산성은 물론이거니와 조선 사람은 이 세상에서 단 한 명도 볼 수 없게 될 것이오.)"

최후의 선전포고였다. 여기서 그치지 않았다. 용골대는 선심 쓰 듯 강화도가 함락된 소식도 함께 전했다.

"(강화도 함락된 소식은 들으셨소?)"

왕과 왕실의 입장에서는 청나라 황제의 마지막 경고보다도 더 무서운 말이었다. 봉림대군과 세자빈과 세손이 포로로 잡혀 있는 것을 한 달이 다 지난 다음에야 알게 되었다. 여기에 봉림대군과 함께 보냈던 종묘의 선왕의 신주들이 대부분 소실되었기 때문이었다.

이 소식에 왕은 항복을 결심했다. 주전파 신하들은 죽기로 이런 왕과 맞섰다. 그러나 결말은 정해져 있었다.

용골대가 가져온 소식은 빠르게 남한산성 안으로 퍼져나갔다. 남녀 모두 가리지 않고 흐느끼는 소리가 밤까지 산성을 가득 채웠다. 낮에 남문 공격을 잘 막아냈던 병사들의 사기는 완전한 나락으로 떨어졌다.

"죽을까요?"

금치는 더는 성벽을 지키지 않고 돌아와 있었다.

"누가?"

"산성 안의 사람들 말입니다. 임금이시야 쓸모가 있으면 살려두겠지요."

"말조심하거라."

금치에게 주의를 주면서도 나 역시 불안했다. 왕이 항복하면 용골대는 그의 약속대로 나를 취하러 올지 모른다. 시백이 나를 구한다고 나섰다가 혹여 그가 잘못되기라도 한다면?

"오면서 들으니 몇몇 사대부가의 여인들이 성벽을 넘어 도망치고 있답니다."

왕과 왕족은 무사해도 사대부와 그 가족까지 왕은 지켜줄 수 없을 것이다. 자결을 선택할 수 없는 그녀들의 마지막 선택은 도망이었다.

"가다가 청군에게 붙잡히면 어쩌려고……."

"그리 죽으나 저리 죽으나 어차피 뾰족한 수가 없으니 그러는 것이 아니겠습니까."

나도 모르게 시백의 도포를 가져와 만지작거렸다. 지난번 어설프게 바느질했던 뜯어진 부분을 다시 뜯고 새로 바느질을 했다. 그래도 실력이 한 번에 늘지는 않는지 별 차이는 없어 보였다. 속으로 연거푸 답답한 한숨만 나왔다. 결국 다시 바느질한 것을 뜯자 이를 본 금치가 조심스레 묻는다.

"정말 대가댁 마님이셨습니까?"

"그건 왜 묻느냐?"

"사대부의 여인들은 누구나 할 것이 없어서 아깃적부터 바느질만 배운다던데 마님은 아무것도 못 하시니."

"네 이놈. 상전을 능멸하려는 것이냐?"

"하하……."

긴장 풀린 금치는 내 호령에도 기분 좋게 웃는다. 그런 금치의 얼굴을 보니 장난으로라도 더는 화를 낼 수가 없었다.

"내가 나으리께 부족해 보이느냐?"

진심 어린 고민에 금치가 기겁하며 두 손을 내젓는다.

"저, 절대 아닙니다요! 소인이 말실수를 하였으니 마음에 두지 마십시오! 어휴! 이놈의 입방정! 나으리가 꾸짖으실 때마다 고쳤어야 하는 것을!"

금치가 자신의 뺨을 치기 시작했다. 그래봤자 아플까봐 흉내만내는 것이었지만 오히려 미안해졌다.

"나도 말실수한 것이니 그만하거라."

"헤헤…… 예, 마님."

금치가 바로 방긋 웃으며 손을 내려놓는다. 난 다시 바느질을 하려 도포를 바닥에 펼쳤다. 그때 금치가 내게 말한다.

"소인의 눈에는 마님은 후궁마마나 대군마마의 부인처럼 어여쁘십니다!"

바느질하던 내 손길이 잠시 멈췄다.

"아니지, 그분들은 가꿔서 그리 어여쁜 것인데 마님이 어여쁜 것은 타고나시지 않았습니까?"

잊으려던 봉림대군의 모습이 떠올랐다. 난 그를 머릿속에서 지우려 고개를 가로저었다.

할아버지는 무슨 뜻이었을까?

나를 위한다고 그의 첩이 되게 만드셨다. 하지만 결국 난 정운의 별을 찾았다. 시백을 만났어. 우리의 인연은 그리고 우리의 운명은 끝나지 않았다. 다만 복잡하게 엉킨 실타래가 남아 있을 뿐.

"너는 언제 궐에 계신 후궁마마나 부부인들을 보았다고 그리 말하느냐?"

"본 적이야 아주아주 많지요!"

"아주 많다고?"

"예. 소인이 어릴 적부터 나으리를 모시지 않았습니까요?"

"그런데?"

"나으리께서는 어릴 적부터 궐 출입을 하셨으니 따라다니면서 보았지요."

"나으리가 어릴 적부터 궐 출입을 하셨다고?"

난 금치의 얼굴을 돌아보았다.

"아아, 나으리께 듣지 못하셨습니까? 돌아가신 나으리의 부친이 신 대감마님께서 반정공신이지 않으십니까?"

"그래…… 그렇지."

이시백의 부친은 이귀다. 그는 반정 일등공신이다. 인조가 가장 신뢰하는 신하 중 한 명이었다.

"공신의 자제라 하여 어릴 적부터 궐 출입을 하며 세자저하와 대군마마와 함께 강학을 하셨지요."

"세자와 대군?"

"예. 거기다가 승하하신 중전마마께서 돌아가신 대군마마를 닮 았다며 나으리를 대군마마처럼 특별히 아끼셨습니다. 중전마마 께서 승하하실 무렵에는 나으리께서 친아들처럼 곁에서 간병하시 니, 중전마마의 유지로 인하여 전하께서 나으리를 '연안군'에 봉작 하시지 않으셨겠습니까?"

"연안군?"

역사에 기록된 이시백에 대해서는 어느 정도는 알고 있다고 생각했는데…… 이런 사적인 기록까지는 누군가 남기지 않는 이상 내가 알 턱이 없었다.

"애초에 나으리는 관직에 나가실 필요가 없으십니다. 연안군에 봉작되어 '군'이 되셨으니 말입니다. 그것도 극구 사양하시다 받으신 것인데…… 이후에는 부끄럽다 하시며 궐 출입을 끊으셨습니다. 저하와 대군마마께서 부르시는데도 입궐을 끝내 안 하셨으니까요."

"그 대군마마가……."

금치가 환하게 웃으며 대답했다.

"봉림대군마마이십니다. 세자저하보다도 나으리를 더 형님처럼 따르시지요."

"!"

온몸에 소름이 쫙 돋았다. 봉림대군과 나의 인연은 내 스스로 끊어 없애버렸다고 믿었다. 그러나 시백이 봉림대군뿐만 아니라 왕실 가족들과 이러한 인연이 있을 것이라고는 전혀 알지 못했다.

"그러니 마님께서도 난이 끝나면 군부인이 되시는 겁니다. 좋으시지요?"

몰랐다.

정말 몰랐어……!

"그가……."

봉림대군을 알고 있다. 그와 교류하고 있다.

사색이 된 내 얼굴을 보며 금치가 당황한다.

"마님?"

이대로 시백의 아내로서 계속 곁에 머무르다가는 언젠간 봉림 대군과 마주칠지도 모른다. 봉림대군이 아니더라도 세자와 다시 마주치게 될지도 모른다.

그게 아니더라도 나에 대한 이야기가 그들의 귀에도 들어가게 될까?

아무리 세자에 대군이라 하여도, 사대부가 아녀자의 얼굴을 함부로 볼 수는 없다. 그러나 언제까지 피할 수 있을까?

"부인."

방문이 열리더니 시백의 모습이 보였다.

"오셨습니까, 나으리?"

금치가 자리에서 벌떡 일어섰다. 나도 일어서서 그를 맞아야 한다고 생각했지만 두 다리에 힘이 들어가지 않는다.

"부인?"

그와 눈을 마주치는 것도 피한 채 앉아 있던 내 몸이 오들오들 떨리고 있었나보다. 시백이 걱정하며 내게로 몸을 숙였을 때였다.

난 두 팔로 그의 목을 끌어안으며 그의 넓은 가슴에 머리를 기댔다. 그런데도 떨림이 사라지지 않았다. 시백이 이런 내 손을 잡아주며 나와 눈을 맞춘다.

"무슨 일이 있었소?"

금치는 자신은 아무런 잘못도 하지 않았다면서 고개를 도리도리 저으며 밖으로 나간다. 난 눈을 들어 나를 바라보고 있는 시백과 눈을 맞췄다.

"서방님 오셨어요?"

뒤늦은 인사에 시백이 의아한 듯 어색하게 웃는다.

"이제야 나를 보았소?"

"청나라 장수가 온 일은……."

"모레 전하께서 산성을 떠나실 것이오."

"예?"

"전쟁이 끝났소. 조선이 항복했소."

난 눈을 크게 뜨고 그를 쳐다보았다. 그가 이런 나를 보며 묻는다.

"그대는 미래를 안다 했지. 헌데 조선이 항복했다는 소식에 어찌 그리 놀라시오?"

"그 때문이 아니에요. 서방님은…… 군(君)이셨어요?"

시백이 짧게 웃는다.

"금치가 말하였소?"

"저는 상상도 못 한 일이라……."

"아버지께서 공신이시라 어릴 적부터 궐 출입이 잦았소. 중전마마께서 특별히 나를 아끼시어 그리된 것이지. 군이라 불리나 허울 뿐인 칭호요."

"종친들도 많이 알아요?"

"세자저하를 비롯하여 대군마마들과 교류가 있었소."

"대군마마라면……."

"봉림대군마마와 인평대군마마, 두 대군마마들이시오."

"!"

숨이 제대로 쉬어지지 않는 기분이었다. 이런 내 속을 아는지 모르는지 갑자기 시백이 눈을 돌리며 웃는다. 난 그가 왜 웃는지 영문을 모르겠다는 표정을 지었다.

시백이 사과하며 말한다.

"미안하오. 갑자기 옛일이 하나 떠올라서."

"무슨 옛일인데요?"

"봉림대군께서 어릴 적에는 나를 '형님, 형님'이리 부르시었소. 그때 저하께서 질투하시며, 봉림대군께서 저하보다도 나를 더 형님이라 부르시니, 세자의 자리도 가져가라 농을 하시었소."

"그랬군요."

"그것이 이리 사색이 되어 놀랄 일이오?"

"제가……."

시백은 내 지아비가 죽은 줄로만 알고 있다. 실은 그가 살아 있고 더군다나 봉림대군이었다는 사실을 안다면? 난 더욱이 봉림대군의 첩실이었는데……. 이 사실이 세상에 알려지면 그는 대군의 첩실을 빼앗은 사내가 되어버린다.

"제가……."

내 운명이 어쩜 이렇게 가혹할까!

서러움에 복받쳐 눈물이 흘러내린다. 시백이 가장 싫어하는 것이 내가 그의 앞에서 눈물을 흘리는 것인데도 말이다.

"화진."

"제가 이리도 못나서……."

봉림대군의 첩실이었다는 사실을 안다면 배신감에 나를 버리려고 할지도 모른다. 버리지 않더라도 봉림대군에게 돌려주겠지.

그는 대군이니까.

그는 이 조선의 왕이 될 테니까!

"부끄러운 아내밖에 되지 못하는 것 같아서…… 흑."

진실을 감출 수밖에 없는 이 현실이 너무나도 잔인하다. 봉림대군을 만나기 이전에 시백과 만나지 못한 운명도 야속하다.

이 모든 것이 시간의 장난일까?

정운을 앗아간 고통의 연장선일까?

"그대가 이리 우는 것은 싫지만……."

시백이 내 눈에서 끊임없이 흐르는 눈물을 쓸어내린다.

"어찌 그대는 조선이 항복했다는 소식보다도 내게 부족한 아내라는 사실에 더 슬퍼하는 것 같소?"

난 눈을 크게 뜨고는 그의 얼굴을 바라보았다. 그는 우는 나를 보면서도 오히려 조선의 패망에 위안을 받은 듯 이마에 입을 맞춘다.

"그대가 말한 계백 장군 말이오. 전장에 나가기 전에 처자식을 모두 살해하였다지."

"맞아요."

"내가 계백 장군이었다면 말이오."

그가 내 이마에서 입술을 뗀다. 그리고 천천히 내 입술로 자신의 입술을 가져오며 말한다.

"'반드시 살아남으라'고 하였을 것이오. 그래야 나도 살아서 그대를 찾아낼 것이니……."

그의 입술이 내 입술에 부드럽게 닿으며 짙은 숨소리와 함께 떨어진다.

그의 다정한 입맞춤에도 여전히 난 눈물을 그치지 못하고 있었다. 그만큼 내가 받은 충격은 컸다.

"미래를 안다고 생각했어요. 이를 두고 자만했던 적도 있었죠. 그런데 지금 보니 전 아무것도 몰라요. 무지하고요. 어리석어요."

"겸손해진 것이오?"

난 그의 품안에서 고개를 가로저었다.

"나으리에 대해서 다 안다고 생각했었는데……."

내가 보았던 것은 정운과 닮은 모습을 통해 본 이시백이었다. 시백은 정운과 다른 사내였다. 그와 함께하는 시간 속에서 나는 배워간다, 이시백이라는 사내에 대해서. 그가 유정운의 환생이라도 그는 유정운이 아니었다.

"부인."

그가 나를 이부자리 위에 조심스럽게 눕혀주며 말한다.

"한양으로 돌아가면 그대가 모르는 나에게 대해 하나씩 알려주리다."

이어 그가 깊고 농밀한 입맞춤을 해왔다.

"나에 대해 알고 싶어하는 것이 있다면 그것도 전부 알려주리다."

입술이 떨어졌다 붙었다를 반복하는 사이, 어느 정점에서 그의 혀가 내 안으로 깊숙이 파고 들어왔다. 눈물에 섞여 달콤한 맛을 살짝 잃어버린 타액이 서로의 입속을 오갔다.

그사이에 내 눈물은 그치고 어느새 난 그가 입은 갑옷을 벗기고 있었다. 눈물이 그치고도 젖어버린 내 얼굴 곳곳을 그의 입술이 애무하는 동안 손길은 내가 입은 옷의 끈을 풀어 내리고 있었다.

⌘

눈은 남한산성에서 만난 지겨운 적군이었다.

"안 추워요?"

속적삼 위에 솜옷을 걸친 채 그는 마루에 앉아 있었다. 멀리 행궁 쪽에서 밤새 반짝이는 불빛 외에는 아무것도 없이 눈만 내리는 밤. 나는 마루 위에 달린 사방등에 불을 켜고는 그의 옆에 나란히 앉았다.

"춥소, 들어가시오."

"싫어요. 남한산성에서 보는 눈 구경도 며칠 안 남았는데."

그의 어깨에 머리를 기대며 난 추위 속에 남는 것을 선택했다.

"서방님."

"말해보시오."

"만약에요, 그러니까 아주 만약에요. 아주 높으신 분이 저를 달라고 하면 내어주실 거예요?"

하늘에서 내리던 눈을 바라보던 그가 나를 돌아본다. 난 그의 어깨에 기대고 있던 머리를 들어 그와 눈을 맞췄다.

"높으신 분?"

"전하나 저하나 혹은 대군마마 같은 분들이요."

"하하!"

시백이 웃음을 터트렸다.

난 진지하게 말했기에 인상을 썼다.

"웃을 일인가요, 이게?"

"그게 아니라 나는 높으신 분이라기에 오랑캐 황제쯤은 되는 줄 알았소."

난 한숨을 길게 내쉬었다.

"그럼 좋아요. 오랑캐 황제가 절 달라고 하면 어쩌실 거예요?"

"용골대도 그대를 취하겠다 했지."

"그래서요?"

"그대를 노리는 오랑캐가 하나이든 둘이든 어차피 내겐 매한가지요."

"그래서 줄 거냐고요! 날!"

그의 얼굴에서 웃음기가 모두 사라졌다.

"나 이시백이 살아 있는 한, 그대를 다른 사내에게 빼앗기는 일 따위는 없을 거요."

"!"

그것은 죽음을 건 맹약과도 같은 것이었다. 그는 내게 약조했다. 자신의 목숨을 걸고서라도 나를 다른 사내에게 내어주지 않겠다고. 하지만 애초부터 내가 다른 사내의 것이었다는 사실을 알고도 그 누구도 아닌 봉림대군의 것이었다는 것을 알고도 그는 이 맹약을 끝까지 지킬 수 있을까?

"이 대답으로 충분하오?"

이 이상의 대답은 결코 없다는 것을 안 그의 자신감 섞인 반문이었다.

"네. 충분해요."

난 동시에 한쪽 뺨을 타고 흘러내리는 눈물을 감추려 재빨리 그의 어깨에 다시 머리를 기댔다. 그때부터였다. 살을 에는 듯한 남한산성의 추위가 전혀 내게 느껴지지 않은 것은.

그날은 정축년 1월 28일이었다.

조선의 정식 항복과 인조의 삼배구고두례는 이틀 뒤 삼전도에서 있었다.

༄༅༅

이틀 뒤, 왕이 남색 옷을 입고 백마를 타고 산성을 나섰다. 왕의 뒤를 왕세자가 따랐다. 무기를 지닌 자들은 단 한 명도 대동하지 않았다. 삼정승과 육조판서. 도승지를 비롯한 대신들이 왕을 모시고 있었다. 산성에 남겨진 자들은 통곡했다.

산성을 내려간 왕이 기다리니 수백 명의 청나라 병사들이 달려와 에워쌌다. 모두 무기를 들고 에워싸기에 왕이 긴장했다.

"이들은 뭐 하는 자들인가?"

도승지가 대답했다.

"전하를 영접하기 위해 온 자들인 듯하옵니다."

한참 후에야 용골대가 나타났는데 그는 일부러 왕이 겁을 집어먹은 것을 멀리서 구경하고 있다 나타난 것이었다. 왕이 용골대를 보고 말 위에서 내려가 예를 표했다. 용골대가 병사들을 시켜 의자를 가져와 왕과 나누어 앉으며 말했다.

"(그리 겁을 집어먹지 않으셔도 됩니다. 우리 황제께서는 너그러우신 분이시오.)"

하지만 왕은 잔뜩 긴장한 얼굴이었다. 얼마 후 병사가 와서 황제가 부른다는 명을 가져왔다. 왕과 용골대는 다시 말에 탔고 함께 삼전도로 나아갔다.

차디찬 한겨울의 삼전도 모래사장 위에는 휘황찬란한 황금빛 천으로 막사가 세워져 있었다. 그 가운데 높은 단이 있고 금박이 씌워진 황제의 옥좌가 놓여 있었는데, 그곳에 앉아 있는 자가 바로 청나라의 황제임을 모두가 알았다.

옥좌 좌우로 셀 수 없을 정도로 많은 청나라 병사들이 갑옷과 투구 차림으로 활과 칼을 지닌 채 그들의 황제를 호위하고 있었다. 나루터에 들어서기 전 용골대가 먼저 말 위에서 내리고 왕도 뒤따라 말에서 내렸다. 그때부터 병사들 뒤에 있던 청나라 악공들이 악기를 연주하기 시작했다. 왕은 용골대의 안내를 따라 옥좌의 동쪽 가까운 곳에 이르러 고개를 숙이고 있었다.

이윽고 음악이 멈추고 청나라 황제가 말했다.

"지난날의 일을 이야기하자면 길다. 허나 그대가 용단을 내려 이곳까지 왔으니 매우 기쁘다."

왕은 떨려오는 입술을 감추려 더욱 깊게 고개를 숙이며 답했다.

"천은이 망극하옵니다."

기다렸다는 듯이 용골대가 왕을 옥좌가 바로 보이는 북쪽으로 안내해 세웠다.

"들어가시지요."

청나라 병사들이 진을 친 곳에 있던 봉림대군에게 통역관이 말했다. 봉림대군이 입술을 깨물며 주먹을 쥐자 옆에 있던 장씨가 달려와 그 손을 붙잡았다.

"참으셔야 하옵니다! 이 자리는 분노를 드러내는 자리가 아니옵니다!"

이를 악물며 봉림대군이 장씨를 둔 채 병사의 뒤를 따랐다. 진의 동쪽에 오랫동안 보지 못했던 세자가 서 있었다.

"봉림아."

"형님!"

분노에 차 걸음을 옮기던 봉림대군도 세자를 보자 눈물부터 보였다. 봉림대군의 뒤를 이어 나타난 인평대군도 세자에게 안겨들며 눈물을 쏟았다.

"무탈하셨습니까?"

"너는 괜찮으냐?"

"이 아우는……."

봉림대군이 차마 말을 잊지 못하는 사이 통역관이 재촉했다.

"어서 들어가시오. 폐하께서 기다리고 계시오."

세자와 두 대군은 억지로 떠밀려 진지 안으로 들어섰다. 옥좌의 가까운 곳, 북쪽에 그들의 부친인 왕이 홀로 서 있었다. 세자와 대군은 차례로 왕의 뒤에 가서 적당한 거리를 두고 섰다. 이들이 온 기척을 느낀 왕이 고개를 돌리고 싶었으나, 차마 청나라 황제 앞에서는 그러지 못하고 고개만 숙였다. 세자와 대군의 뒤로는 삼정승과 육조판서가 섰다. 그때 청나라 황제의 가까이에 선 자가 큰 목소리로 예를 표할 것을 알렸다.

왕이 세 번 절하고 아홉 번 머리를 조아리는 예를 올렸다. 세자와 대군, 신하들도 그 뒤를 따라 함께 행동했다.

그렇게 조선은 항복했다.

༺ႏჄჂ༻

삼배구고구례가 끝나자 청나라 황제는 자신이 앉은 옥좌의 한
단 아래, 동쪽에 의자를 놓았다. 왕이 그곳에 앉고 세자와 대군은
그보다 더 낮은 단 아래 서쪽에 앉았다. 그 옆으로 청나라 황제의
형제인 황자 도르곤이 앉았다. 그 외에 남한산성에서 따라온 조선
의 신하들과 강화도에서 붙잡혀온 신하들은 전부 황제의 눈에 띄
지 않는 서쪽 모퉁이에 앉았다.

분위기가 무거웠다.

청나라 황제가 일부러 크게 웃으며 말했다.

"이제 두 나라가 한 집안이 되었으니 활 쏘는 솜씨를 겨뤄봄이
어떠하냐?"

왕을 호종하던 도승지가 대답했다.

"이곳에 온 자들은 모두 문관이라 활을 잘 쏘지 못합니다."

순간 황제의 얼굴이 굳었다. 이를 본 용골대가 눈치 빠르게 나
섰다.

"(겨뤄보지 못하면 보이기라도 하면 될 것이 아니겠소?)"

억지로 문관 하나가 끌려 나와 청나라 장수와 겨루기를 시켰으
나 활과 화살이 조선의 것과 달라서인지 모두 맞지 않았다. 황제
가 재미가 없는지 술상을 들이라 명했다. 왕이 황제에게 술을 올리
고 황제가 왕에게 술을 내렸다. 여러 차례 술을 마셨으나 왕은 취
하지 않았다. 반대로 도르곤과 청나라 장수들은 술을 마시며 시끌
벅적하게 굴었다. 침묵에 잠긴 것은 조선인들뿐이었다.

용골대가 나섰다.

"(진영 밖에 왕실의 여인들이 모여 있으니 이들도 불러 폐하께 예를 올리게 하는 것이 어떠시옵니까?)"

이 말을 통역관으로부터 전해 들은 왕과 세자의 표정이 굳었다. 혹여 왕실 여인들을 희롱할까 염려해서였다.

"(그리하라.)"

황제가 허락하자 용골대가 진영 밖으로 나가 왕실 여인들이 모여 있는 곳으로 다가갔다.

"(강도에서 온 여인들은 모두 이곳에 있사옵니다.)"

병사의 말을 듣고 용골대는 직접 강도에서 온 세자빈과 부부인들 살폈다. 그러더니 고개를 젓고는 이들을 진영 안으로 들여보내며 말했다.

"(남한산성에서 온 여인들은 없더냐?)"

"(그곳에는 왕실 여인들은 없었고 계집이라고는 궁인 몇 명만 있다 합니다.)"

"(그래? 그렇단 말이지?)"

용골대가 실망한 기색을 지었다. 곧이어 황제가 그를 불렀으므로 용골대는 준비한 백마를 이끌고 진영 안으로 들어왔다. 황제가 준비한 백마는 화려한 안장을 착용하고 있었다.

"(폐하께서 내리시는 것이오.)"

용골대의 말을 통역관에게 전달받은 왕이 자리에서 일어나 고삐를 직접 전달받았다. 또 용골대는 황제를 대신하여 귀한 담비로 만들어진 외투를 왕에게 건넸다.

"(이 역시도 폐하께서 내리시는 것이오.)"

왕이 밖으로 나가 외투를 입고 들어와 황제에게 감사의 예를 표했다. 분위기가 조금 풀어진 상황에서 황제가 용골대를 향해 말했다.

"(이번 두 나라의 화합에 있어, 너의 공이 크구나. 하여 네게 상을 내리고자 한다. 원하는 것이 있으면 말해보거라.)"

용골대는 젊은 시절부터 선황제를 모셨다. 지금의 황제와는 호형호제하며 많은 전장을 누볐던 장수였다. 황제는 그런 용골대를 특별히 아끼고 있었다.

"(하오면 받잡겠습니다.)"

정중히 예를 표한 용골대가 자신의 본심을 황제에게 아뢰었다.

"(마음에 드는 조선인 계집이 하나 있사온데, 이번 전쟁의 전리품으로 취하고자 합니다.)"

떠들며 술을 마시던 도르곤의 시선이 용골대를 향했다.

"(오오? 그 계집이 조선의 공주라도 되느냐? 어찌 짐에게 물어보고 취하려는 것이냐?)"

"(폐하께서 보시면 마음에 든다며 내놓으라 하실까 하여 드리는 말씀입니다.)"

"(그 정도의 미인이 조선에 있었다는 말이냐?)"

황제가 수염을 쓰다듬더니 고개를 끄덕였다.

"(선황제께서 네게 죽을죄를 지어도 반드시 단 한 번은 살려주도록 사면패를 내리실 만큼 총애하셨지. 나 역시 네게 사면패를 내려 그 공을 치하하고 싶었으나 이미 있는 사면패를 두 개나 내릴 필요는 없는 바. 좋다, 그 계집이 불고륜(佛庫倫)이라 하여도 네게 주마.)"

"(황은이 망극하옵니다!)"

용골대는 환하게 웃었지만 도르곤은 입가에 술잔을 가져다댄 채로 마시지 않고 가만히 그를 쳐다만 보고 있었다. 무언가 깊은 생각에 잠긴 듯한 얼굴이었다.

이 사이 황제와 용골대의 대화가 궁금해진 왕이 통역관에게 물었다.

"그가 무슨 말을 아뢴 것이오?"

통역관이 귀찮다는 듯 손을 내저었다.

"별말 아니오."

왕은 더 묻지 못했다.

᠁ᢧᡄᡐᢩᢲ᠁

연회가 무르익을 무렵 황제는 왕을 따라온 신하들에게도 옷을 하사했다.

"(왕을 모시고 남한산성에서 수고했기 때문에 내리는 것이다.)"

옷을 받은 이들이 모두 황제에게 엎드려 사례했다. 연회가 길어지는 가운데 해가 지고 있었다. 황제는 피곤하다며 연회를 종료했다.

왕에게는 도성으로 돌아가도 된다는 허락이 떨어졌다. 그러나 세자와 세자빈. 대군과 부부인은 데려가지 못하게 했다. 왕은 도성으로 떠나기 전 세자빈이 머무는 막사를 찾았다. 세자빈은 세손을 끌어안고 있다가 왕을 맞았다.

"아바마마…… 흑."

"빈궁이 고생이 많다."

왕은 세자빈을 위로하고는 어린 세손을 꼭 끌어안았다. 왕이 세자빈, 세손과 이별의 인사를 나누는 동안 세자는 막사 밖에서 터져 나오는 흐느낌을 억누르고 있었다.

"전하. 더 늦어지면 배를 타실 수가 없사옵니다."

내관이 왕의 환궁을 재촉했다. 왕은 눈물을 삼키며 끌어안은 세손을 놓아주었다. 밖으로 나온 왕이 나루터로 가니 빈 배 두 척만이 남아 있었다. 왕이 먼저 타고 대신들이 왕을 뒤따라 배를 타려고 했다. 좁은 배로 여러 명의 신하들이 몰리니 심지어 왕의 옷자락을 붙잡고 배에 타려 매달리는 신하도 있었다. 마침내 왕이 신하들과 배를 타고 건너가자 황제는 왕을 호위할 병사들을 보냈다.

왕은 조선의 병사들이 아닌 청나라 병사들의 호위를 받으며 도성으로 향했다. 그 길에 청나라 병사들에게 붙잡혀 끌려가는 여인들의 비명이 곳곳에서 쏟아졌다. 백성들이 왕에게 애처롭게 소리쳤다.

"우리 임금이시여! 어버이시여! 어찌 우리를 버리십니까!"

왕은 고개를 꼿꼿하게 든 채로 아무런 말을 하지 않았다. 왕이 탄 말이 도성으로 향하는 동안 수만 명의 백성들이 몰려나와 울부짖었다. 이 광경을 멀리서 지켜보던 용골대가 결심한 듯 기병 여럿을 모았다.

"(남한산성으로 갈 것이다. 나를 따르거라.)"

"(예!)"

용골대가 말을 급히 남한산성으로 몰았다. 기병들이 그를 따라 말을 달려 황제가 머무는 진영을 떠났다. 이들이 일으키는 모래바람을 지켜보는 이가 있었다. 도르곤이었다. 술을 많이 마셨음에도 취기가 오르지 않은 도르곤이 자신의 마동으로 하여금 가장 빠른 말을 가져오도록 명했다.

"(어디 가십니까?)"

"(용골대의 뒤를 쫓을 것이다.)"

도르곤은 짚이는 것이 있었다. 용골대가 불고륜에 버금가는 여인을 황제에게 달라고 했을 때부터 떠오르는 여인이 있었다. 설사 자신이 생각하는 그 여인이 아니더라도 용골대가 저토록 원하는 여인이라면 그도 흥미가 있었다.

"(나 역시 빈손으로 조선을 떠나진 않을 것이다! 이럇!)"

도르곤의 말이 남한산성으로 가는 용골대 일행의 뒤를 바짝 쫓았다.

남한산성의 각 성문 앞에는 청나라 병사들이 지키고 있었다. 아직 명이 떨어지지 않아서인지 그 누구도 성안으로 들어오려고 하지 않았다. 대신 성안의 백성들은 두려움에 떨고 있었다. 조선군이 모두 무장을 버린 상태였기에 작정하고 청나라 병사들이 들이친다면 그들을 지켜줄 사람은 아무도 없었기 때문이었다.

"도망이라도 쳐야 하는 거 아니야?"

"전하와 저하는 이곳을 떠났으니 살겠지. 하지만 우리는?"

몇몇 사람들은 청나라 병사들이 모르는 곳을 통해 탈출을 시도하고 있었다. 시백도 갑옷을 벗고 흰 도포와 갓을 썼다. 그는 갑옷은 버렸지만 검을 버리진 않았다.

"삼전도로 간 전하께서 무사하셔야 할 텐데……."

난 걱정하는 시백의 손을 잡아주며 위로할 수밖에 없었다.

"무사하실 거예요."

왕이 무사하고 세자가 무사하면? 다음은 남한산성의 사람들 차례였다. 왕이 이곳에 남은 신하와 백성들을 무사히 풀어달라고 청하겠지. 그때가 되면 용골대에게 걸리지 않고 남한산성을 벗어나기만을 바랄 수밖에 없다.

그러다 용골대가 청나라로 돌아가면 나는 안전해지는 걸까?

끝을 알 수 없는 기다림은 모두를 지치게 한다.

"나으리!"

문밖에서 금치의 다급한 소리가 들려왔다. 시백이 닫혀 있던 방문을 활짝 열며 밖을 내다보았다.

"그때 그 청나라 장수가 와서 마님을 찾고 있습니다!"

시백과 나의 놀란 시선이 마주쳤다.

['(반드시 너를 취하러 다시 올 것이다.)']

용골대가 남한산성으로 온 것이다!

❦

용골대가 나를 찾아내는 것은 그리 어렵지 않았다. 그가 찾는
'미인'의 소재는 남한산성에 있는 대부분의 사람들이 알고 있었으
니까. 용골대가 우리가 머무는 집까지 병사들을 이끌고 나타났다.
그들은 모두 무기를 소지하고 있었다.

"(미인이 여기에 있단 말이지?)"

방문 밖에서 용골대의 목소리가 들려왔다. 시백이 내려놓은 검
을 집어 들자 난 그의 손을 잡았다.

"안 돼요!"

"화진."

"안 돼요. 서방님이 다치는 거 싫어."

결국 또 눈물을 보이고 만다. 그는 나와의 혼인으로 날 웃게 해
준다고 약조했었다. 왜 맨날 나는 그가 약조를 어기도록 하고 마
는 것일까.

"여기에 있으시오!"

"안 돼요!"

난 문을 열고 나가려는 그의 손을 다시금 붙들었다.

"제가 가면 서방님이 살아요…… 흑. 우리가 살아요. 그러면 나중에 반드시 만날 수 있어요. 그러니까……."

내가 말을 마치기도 전에 시백이 나를 끌어안는다. 아프도록 나를 끌어안고 자신의 얼굴을 내 얼굴에 아프도록 짓누르며 그가 속삭인다.

"미안하오!"

"서방님!"

나를 뿌리친 그는 밖으로 나오자마자 문을 닫았다. 쾅! 소리와 함께 닫힌 문을 두고 그가 문고리를 걸어버렸다.

"서방님!"

그를 부르는 나의 외침 끝에 칼을 검집에서 뽑아 드는 소리가 들려온다.

"(재미있구나. 결국 미인을 위해 죽음을 선택하겠다는 것이냐?)"

용골대의 비웃음 소리가 내 귓가에 꽂혔다.

"안 돼……! 안 돼!"

문에 가려져 아무것도 보이지 않는 상황에서 난 비명을 질렀다. 잠긴 문을 열기 위해 세게 밀었지만 문고리의 탁탁거리는 마찰음만 들릴 뿐 문은 쉽게 열리려 하지 않았다.

그사이 검과 검이 부딪히는 소리가 들려왔다.

"이시백!"

그는 여기서 죽어서는 안 된다.

나 때문에 죽어서는 안 된다.

정운의 죽음이 다시금 떠오르며 내 눈앞을 캄캄하게 만들었다.

"안 돼요! 나 때문에 죽으면 안 돼!"

난 엉엉 울며 문을 계속 두드렸다.

그사이에도 검과 검이 부딪히는 소리가 계속해서 들려왔다. 낮고 짧은 신음이 들려올 때도 있었는데 그것이 시백의 소리라는 것을 깨달을 때는 까무룩 정신을 놓아버릴 것만 같았다.

"제발! 그러지 말아요…… 흐흑!"

나의 애원 섞인 울음소리가 그에게는 전해지지 않는 것일까? 검끼리 맞부딪치는 소리가 이어지는 가운데 갑자기 말 울음소리가 들려왔다.

- 히이잉!

급하게 달려온 말이 멈춰 서는 소리와 함께 어디선가 한 번은 들었던 사내의 목소리가 똑똑히 들려왔다.

"(조금만 더 늦었으면 재미있는 구경을 놓칠 뻔했네?)"

['(미색이 아까우나, 그렇다고 시체를 끌어안고 잠들 순 없지. 죽여라.)']

목소리만으로도 난 단번에 그의 얼굴을 또렷하게 떠올렸다.

"…… 도르곤."

그때 잠겨 있던 문이 탁, 하는 소리와 함께 풀렸다. 기다렸다는 듯 내가 문을 밀고 나가자 제일 먼저 금치가 보였다.

"금치야……."

"마님……!"

금치가 문을 열어준 것이다. 금치를 지나 마루에 섰다. 좁은 마당 앞에 서로 검을 든 채로 마주서 있는 시백과 용골대가 보였다. 그 뒤로 말에 탄 도르곤도 보였다.

"(아니?)"

도르곤은 방안에서 나타난 나를 보자 잠시 얼빠진 표정을 지어 보였다. 그러나 곧 남한산성이 떠나가라 미친 사람처럼 크게 웃어 댔다.

"(하하하하하! 하하하하! 하하하하!)"

그의 웃음은 참으로 기이하고도 공포스러웠다. 그는 말에서 떨어질 것처럼 허리를 젖히고 한참을 웃어대며 말했다.

"(너였느냐? 계집. 너였어?)"

그는 분명 나를 잊지 않고 있었다.

"(그때는 만삭이었거늘. 죽은 줄 알았으나 살아서 이 남한산성에 있었단 말이냐?)"

도르곤이 하는 말을 알아들은 시백이 잠시 나를 쳐다보았다.

"(재미있군! 아주 재미있어! 이번 전쟁에서 가장 재미있는 일이 아닐 수 없다!)"

다시 웃어대던 도르곤이 용골대를 보며 말했다.

"(저 계집을 먼저 점찍었던 것은 나다.)"

용골대가 날카로운 눈으로 도르곤을 노려보며 말했다.

"(저 계집은 폐하께서 내게 하사하셨소.)"

"(하사?)"

황제가 나를 하사했다는 말은 나는 전혀 모르는 말이었다. 웃던 얼굴의 도르곤이 불편한 인상을 쓰며 내게 물었다.

"(이자는 누구냐?)"

그의 물음은 나를 향해 있었다. 난 도르곤을 향해 분명한 어조로 답했다.

"(내 지아비요.)"

"(오호, 지아비? 난 그때 우리가 무서워 네년을 버리고 도망간 줄 알았는데…… 보아하니, 무인이구나. 그럼 지금부터 네 사내에게 할 말이 있으니 우리말을 아는 네가 전하거라. 내가 하려는 말은……)"

"(내게 직접 하시오.)"

시백이 만주어로 대답하자 도르곤은 다시 미친 사람처럼 웃었다.

"(쓸모없는 역관 따위가 끼지 않으니 오히려 편하구나. 좋다. 잘 들어라. 저 계집은 폐하께서 용골대에게 주신다고 했다. 헌데, 임자가 있다. 그럼 나도 만주인이고 용골대도 만주인이니, 만주인의 방식으로 하자.)"

"(친왕 전하.)"

용골대가 도르곤의 생각을 알지 못해 고개를 갸웃거렸을 때였다.

"(두 사람 중 이긴 자가 저 계집을 갖는다.)"

도르곤의 말에 시백과 용골대가 서로의 얼굴을 쳐다보았다.

"(허나 진 자는 계집도 차지하지 못할뿐더러 오늘 이 자리에서 죽어야 한다.)"

도르곤은 도대체 무슨 생각인 것일까?

정말 시백이 이기면 순순히 물러날 생각인 걸까?

하지만 시백이 이긴다면 용골대는 죽어야 한다.

청나라 장수를 죽인 사실이 알려지면 지금 조선의 상황에서 청나라 황제가 시백을 가만히 놔둘 리도 없었다. 결국 용골대를 이겨도 시백은 목숨을 잃을 것이고 나를 차지하는 것은 도르곤이 될 것이다.

"그의 말을 듣지 말아요!"

난 시백의 등 뒤에 대고 소리쳤다. 그러나 시백은 들고 있는 검을 내려놓지 않았다. 그의 결심은 이미 굳혀진 듯 보였다.

"(어찌하겠느냐?)"

도르곤이 용골대에게 물었다. 용골대는 비릿한 웃음을 지으며 도르곤에게 답했다.

"(좋소. 그러겠소.)"

"(그럼, 시작!)"

도르곤이 소리쳤고 용골대가 제일 먼저 검을 들고 시백에게 달려들었다.

　"(악!)"

　용골대가 친 검을 막아낸 시백이 바로 그에게 반격했다.

　"서방님!"

　내가 그를 부르며 앞으로 달려나가려 하자 금치가 나를 붙들었다.

　"안 됩니다! 마님! 위험합니다!"

　"안 돼……! 제발……!"

　나 때문에 시백은 위험해졌다.

　나 때문에 시백이 죽는다.

　"나를 포기해요! 제발!"

　내 비명 같은 목소리가 들리던 그때였다.

　"(이얏!)"

　용골대의 칼이 시백의 검을 쳐내며 그를 넘어뜨렸다.

　"!"

　시백이 잡은 검이 바닥으로 떨어지고 용골대가 그 위에서 시백의 목을 위에서 아래로 겨눴다.

　"안 돼!"

　금치를 밀치고 시백에게 달려가려고 했지만 금치의 힘이 만만찮았다. 난 엉엉 울며 바닥에 주저앉았다.

　"(죽어라!)"

용골대가 작정한 듯 시백의 목을 향해 칼을 내려쳤다. 오로지 모든 시선이 시백의 목을 향해 있는 용골대의 빈틈을 찾아낸 시백이 빠르게 칼을 피하며 용골대를 부둥켜안고 바닥을 굴렀다.

"……!"

시백의 목숨을 거두며 이 결투가 끝날 것이라 예상했던 용골대가 당황하며 칼을 놓쳤다. 두 사람이 부둥켜안은 채 몇 번 구르다 떨어지자 시백이 재빨리 자신이 떨어뜨린 검을 집었다. 이를 본 용골대도 자신이 떨어뜨린 칼을 집으려 넘어진 상황에서 손을 뻗었을 때였다. 이미 검을 집은 시백이 그 칼을 발로 차버리고는 자신의 검으로 누워 있는 용골대의 목에 검을 가져다대었다.

"헉……헉……!"

시백의 승리다! 그의 승리였다!

앞선 결투로 지쳐 있던 용골대는 자신의 패배가 확실시되자, 칼을 잡으려던 손의 힘을 풀었다. 그리고 마치 어서 자신의 목을 베라는 듯이 고개를 뒤로 젖히며 눈을 감아버렸다.

"아아……."

시백이 이겼다. 시백이 이겼지만 청나라 장수인 용골대를 죽인다면 그도 살아남지 못할 것이다.

"(뭐 하느냐? 어서 죽이지 않고?)"

도르곤이 그런 시백을 자극했다. 하지만 시백은 용골대의 목에 검을 겨눈 상태로 아무런 행동도 취하지 않았다. 도르곤은 그 짧은 기다림도 짜증난다는 듯 신경질적으로 말했다.

"(우리 만주인을 무시하는 것이냐? 진 자는 죽어야 한다. 어서 죽여라.)"

시백의 눈에 갈등하는 빛이 어렸다. 분명 도르곤은 이겨서 나를 차지하는 상대가 있다면 다른 한 상대는 죽어야 한다고 말했다. 그 논리대로 시백이 이겨 나를 차지하려면 용골대는 죽어야 했다.

"(어서 죽이라니까?)"

도르곤이 재차 시백에게 말했을 때였다. 시백이 자신의 검을 거둬들였다. 그는 자신의 한 손을 용골대에게 내밀었다. 이 행동에 용골대는 물론이고 도르곤도 크게 놀란 기색이었다.

"(일어나시오.)"

시백이 말하자 망설이던 용골대가 그의 손을 잡고 일어섰다.

"(그대는 졌고 나는 이겼소. 승패는 이것으로 갈렸으니, 난 죄 없는 이의 목숨을 빼앗지 않을 것이오.)"

시백의 말에 도르곤이 코웃음 치며 말했다.

"(그자는 수많은 조선인들을 죽였다. 그런데도 죽일 기회를 놓치겠다는 것이냐?)"

시백이 도르곤을 돌아보며 말했다.

"(전쟁은 이미 끝났소. 조선은 졌고. 앞으로 두 나라는 우호적인 관계가 될 것이오. 일일이 원한을 따지다가는 이 전쟁은 영원히 끝나지 않을 것이오.)"

도르곤이 어이없다는 듯 웃으며 용골대를 바라보았다. 뒤늦게라도 그에게 시백과 다시 붙거나 그를 죽일 용기가 있는지 궁금한 듯 보였다. 용골대는 떨어뜨린 무기를 다시 집지 않았다.

그는 도르곤을 향해 고개를 가로저었다.

"(나는 패배했고 황자 전하께서 정하신 규칙대로 저 여인은 이 사내의 것이오.)"

도르곤이 말고삐를 잡아당기며 내게 소리쳤다.

"(운이 좋구나, 계집!)"

이 말을 남긴 채 그는 말을 타고 가버렸다. 도르곤이 떠나자 용골대가 시백에게 말했다.

"(내가 졌소. 내가 받아들인 승부고 규칙이오. 그러니 날 죽이시오.)"

"(난 이겼소. 허나 나는 받아들인 적 없는 승부요. 그리고 난 그대를 살려주겠소.)"

시백의 인품을 확인한 용골대가 고개를 천천히 끄덕였다.

"(그럼 나는 저 여인을 포기하겠소.)"

믿을 수 없는 용골대의 선언에 시백은 깜짝 놀랐다.

"(참말이오?)"

용골대가 재차 확인하듯 고개를 끄덕이더니 말했다.

"(우리 만주인은 목숨을 살려준 사람을 부모와 같이 섬기오. 오늘 그대는 내 목숨을 살려주었소이다.)"

용골대가 두 손을 모아 정중한 자세로 시백에게 고개를 숙이며 예를 표했다. 그의 행동에 함께 온 청나라 병사들도 시백에게 고개를 숙였다.

그들이 하는 대화는 알아듣지 못했지만 용골대가 시백에게 하는 행동을 본 금치가 나를 놓아주었다. 난 시백에게로 달려가 그를 끌어안았다.

"서방님!"

"화진……."

우리의 이런 모습을 지켜보던 용골대는 병사들과 함께 조용히 남한산성을 떠났다.

6장

봉림대군의 절규

봄은 아직이었다.

하지만 평화는 찾아왔다. 청나라 황제는 그들의 나라로 돌아갔다. 조선의 왕은 환궁했다. 그러나 세자 부부와 봉림대군 부부는 돌아오지 못했다. 이들은 도르곤과 함께 볼모 신세가 되어 청나라로 끌려갔다.

조선 전체의 피해가 막심했다. 항전했던 강화도의 참상은 가장 끔찍했다. 청나라군과 마주치기도 전에 정조를 지키고자 자결한 여인들의 수를 헤아리기가 어려웠다. 왕은 이를 알아보고 기록해 올리도록 전국에 명을 내렸다. 그러자 이를 빌미로 열녀문을 얻고자 청나라의 피해를 입지 않은 지역에서도 자신의 어머니를 죽음으로 내몰고 아내와 딸을 살해하는 일이 일어나기도 했다.

전쟁의 참상으로 전 국토가 혼란스러웠고 왕은 이를 재정비하느라 아들 부부를 청나라에 보낸 슬픔을 위로할 겨를도 없었다.

∾∾∾∾

압록강, 청나라 막사.

봉림대군이 계화와 함께 돌아온 내관의 보고를 받고 있었다.

"그때 그 빈집에서 아이를 막 해산한 여인이 죽어 있었다는 걸 본 자들이 있다 합니다. 그 여인의 외모가 상당히 아름다워 잊지 못한다고도 말했다 합니다."

내관이 보고를 읊는 동안 옆에 선 계화는 계속 흐느꼈다. 함께 있던 봉림대군 부인 장씨가 계화를 밖으로 내보냈다.

"그래서?"

그런데 의외로 이를 듣는 봉림대군의 태도는 침착했다. 그는 이미 오래전부터 피화당의 죽음을 예상했던 것일까?

"아이는 묻어주었다는 말까지 들었사온데 어디인지는 알 길이 없고, 그 여인은 죽은 채로 버려졌는데 이 역시 누가 수습했는지도 알 길이 없다 합니다."

"알았다. 알았으니 그만 물러가라."

"예."

내관이 나가자마자 장씨는 봉림대군의 눈치부터 살폈다. 봉림대군은 내관의 보고를 받던 자세 그대로 앞을 응시한 채 말이 없었다.

"대감?"

장씨가 조심스럽게 다가가 봉림대군을 불렀을 때였다. 봉림대군의 눈가에 눈물로 차오르는 것을 보았다.

"대감. 전란 중에 많은 여인들이 죽었사옵니다. 많은 어미들이 아이를 잃었고 피화당은⋯⋯."

봉림대군이 자리에서 벌떡 일어섰다.

"나가시오!"

"대감⋯⋯!"

"나가시오. 부탁하오."

마지막 남은 이성의 끝을 겨우 붙잡은 봉림대군이 침착한 목소리로 장씨를 내보냈다.

"예에⋯⋯."

장씨가 밖으로 나가자마자 안에서는 물건을 내려치고 깨부수는 소리가 이어졌다.

"무슨 일인지요?"

놀란 나인들이 달려오자 장씨가 고개를 저으며 나인들을 물렸다.

"어차피 한 번은 겪을 일이다."

장씨는 속상한 마음을 애써 누르며 물러갔다. 막사 안의 모든 물건을 다 부수고 흐트러트린 후에야 봉림대군은 포효하듯 울음을 터트렸다.

그의 머릿속에는 화진과 처음 나눴던 입맞춤이 생생했다. 그녀가 자신에게 처음으로 보인 홀리듯 한 미소도 가득했다. 그녀의 작은 몸가짐 세세한 손가락의 길이까지도 금방이라도 잡힐 듯 눈에 선했다. 살아남기 어렵다는 걸 알고 있었다. 살아남더라도 청나라 병사들이 화진을 가만두지 않으리라는 것도 알았다.

아이를 밴 몸으로……!

그 연약한 몸으로……!

자신의 아이를 낳으며 죽어갔을 화진만 생각하면 봉림대군은 피가 거꾸로 솟는 기분이었다.

"아아악!"

제 옷을 잡아 뜯으며 봉림대군은 청나라 막사 안에서 엎드려 울부짖었다.

"난아…… 난아…….''

피가 터져 흐를 정도로 자신의 입술을 아프게 깨물었다. 붉은 핏물이 뚝뚝 떨어져도 그의 가슴을 파헤치는 고통은 쉽게 가실 줄을 몰랐다.

"그대의 시신도 온전히 거두지 못한 이런 못난 사내의 여인으로 어찌 그리 짧은 생을 살다 가시었소…… 흑!''

통곡하며 제 가슴을 치는 봉림의 곁으로 계화가 뛰어 들어왔다.

"마마! 아씨는 아직 살아 계실 것입니다! 포기하지 말아주십시오! 제발…… 흐흑!''

봉림이 울음을 터트리며 머리를 바닥에 박았다.

"대군마마!''

"차라리 내가 죽을 것이다! 내가 죽어 피화당의 곁으로 갈 것이다! 가서 피화당을 지켜줄 것이란 말이다!"

"그러지 마십시오! 제발!"

계화가 울며 바닥에 머리를 박으며 자해하는 봉림대군을 붙잡았다. 두 사람은 바닥에 주저앉은 채로 한참을 울었다.

해가 질 때까지 넋 나간 사람처럼 주저앉아 울던 봉림대군이 정신을 차린 것은 어두워진 다음이었다. 계화는 울다 지쳐 막사 구석에서 몸이 축 늘어진 채 잠들어 있었다.

그는 붓과 종이를 가져왔다. 붓으로 종이에 무언가를 써 내려가려던 그가 멈칫하고는 눈을 질끈 감았다. 아무리 생각해도 도무지 써 내려갈 자신이 없었다. 그러나 이를 할 수 있는 사람이 자신밖에 없음을 깨닫고는 눈을 떴다.

[조선국 이정연의 첩 이씨]

그의 수려한 필체가 오늘따라 아프도록 눈을 콕콕 찔러왔다. 그다음으로 그는 [무명아]라는 한자까지 적은 다음에야 종이를 바닥에 힘없이 내려놓았다. 완성된 신주가 바닥에 홀로 놓인 것을 바라보는 그의 뺨을 타고 뜨거운 눈물이 흘러내렸다.

◦◦◦◦◦◦

그의 어머니와 그의 아우가 저 멀리 대문 앞에 서 있었다. 난 시백의 뒤를 따라 걷다가 잠시 걸음을 멈추고는 그의 팔을 잡았다.

"어찌 그러시오?"

"한번 봐 봐요. 저 옷차림 어때요? 단정해 보여요?"

난 심각한데 그는 웃는다.

"왜 웃어요? 나 지금 진지해요."

"너무 어여쁘오."

"아이씨! 그런 말 말고요! 옷을 보라고요."

"아무리 그래도 내 눈에는 그대의 얼굴만 보이는 것을 어쩌란
말이오."

"에휴, 물어본 내가 바보지!"

투덜거리면서도 난 터질 듯이 뛰는 심장을 가라앉힐 방도가 없
었다.

그랬다. 전쟁이 끝났고 시백은 그의 어머니의 소식을 들었다. 그
의 아우인 이시담이 어머니를 강화에서 잘 모셨고 무사히 도성으
로 돌아왔다는 것이다. 그의 집안에 기쁜 소식들은 연이었다. 전쟁
으로 거의 불타버린 도성에서 그가 나고 자란 집은 무사했던 것이
다. 시백은 오늘 그 집에서 가족과 재회하며 동시에 나를 인사시키
기로 했다.

"나 정말로 착한 며느리는 못되어도 좋은 며느리가 될 자신은
있어요."

"훌륭한 각오요. 그 각오면 이미 충분한 듯싶지만."

"첫인상이 진짜 중요한데……!"

"내 아우도 사내이니 조심하시오."

438

"지금 그걸 말이라고……!"

"농이요, 농! 하하하!"

그도 오랜만에 가족과 재회해서인지 상당히 들떠 있었다. 그리고 마침내 우린 집 대문 앞에 서서 그가 오기만을 눈 빠지게 기다리던 어머니와 아우를 만났다.

"시백아!"

"형님!"

가족은 만나자마자 얼싸안았다. 시백은 재회의 정을 나누자마자 바로 어머니를 보며 큰절을 올렸다.

"어머니, 절 받으십시오."

"네가 무사하고 또 공도 세우고 돌아왔다니, 난 이제 죽어도 여한이 없구나."

저고리 고름으로 눈물을 찍어대는 그의 어머니는 작고 아담한 키를 가지고 있었다. 겉으로만 보면 여린 듯했지만, 그의 뒤를 따라 나타난 나를 본 순간 그녀의 표정은 아주 무섭게 변했다.

아니, 굳었다.

"그 처자는 누구냐?"

이런 가운데 내 눈에 띄는 한 소녀가 있었다. 열여섯쯤 되었을까? 시백의 어머니 옆에 찰거머리처럼 붙어서는 잔뜩 불안한 표정으로 나를 쳐다보고 있는 소녀. 내가 알기로 시백은 시집간 누이동생이 딱 한 명만 있다고 들었다.

저 소녀는 아직 머리를 올리지 않았으니 시집을 간 누이는 아닐 테고…….

"전란 중에 맞아들인 제 아내입니다, 어머니."

"아내?"

'아내'라는 그 한마디에 그의 어머니는 당장이라도 입에 거품을 물 것 같은 얼굴이 되었다.

"형님! 그게 무슨 말씀이십니까?"

그가 말했던 '인품 좋고 성격 좋다는' 아우 이시담은 입에서 불을 내뿜으며 나를 노려보았다.

이 상황은 분명 내가 환영을 못 받는 거 맞지?

이렇게까지 극적으로 날 싫어할 줄은 몰랐는데 그 이유는 그리 멀리 있지 않았다.

나의 시선이 그의 어머니 뒤에 서 있는 소녀를 향했다. 불안한 예감은 늘 잘 맞아떨어져서 문제다.

"안으로 들어오너라."

그녀는 차가운 목소리로 시백에게 말하고는 나를 한 번 더 노려보았다.

❧

"어찌 부모가 모르는 혼인을 할 수 있단 말이냐!"

"어머니. 어찌 그녀에 대해 알아보려 하시지도 않으시고 이리 성부터 내신단 말입니까?"

440

"내가 어찌 안 그러게 생겼느냐? 네가 누구냐. 넌 전하께서 직접 연안군에 봉작한 '군'이다. 네가 하는 행동 몸가짐 그 하나하나를 도성 안의 모든 이들이 주시한다 말하지 않았더냐? 헌데 어찌 출신도 모르는 여인을…… 아이고야. 아이고야, 조상님!"

조상님 등판.

이다음으로는 아마…….

"우리 집안의 열조께서는 다들 무엇하시고……!"

열조님도 등판.

이제 마지막 한 명이 더 남은 것 같은데?

"돌아가신 네 아버지께서 이 사실을 아신다면 저승에서 통곡하실 것이다! 흑!"

"어머니……!"

돌아가신 부친 등판.

이 정도면 쓰리아웃 체인지 수준이네.

게다가 안에 들어가서는 밖에 서 있는 나보고 다 들으라는 듯 그녀의 목소리는 커져만 간다.

"정식으로 올린 혼례가 아니니 나는 절대 인정할 수 없다!"

네네, 암요. 당연히 그러시겠죠. 다 이해합니다. 다 이해해요.

하지만 이미 일이 벌어진 걸 어찌하겠어요?

어떻게든 아주머니 마음에 들도록 노력할게요.

아니, 이젠 어머니인가?

속으로 연거푸 한숨을 내쉬는 사이, 마당에서 나와 함께 서 있는 두 사람. 바로 그의 아우 이시담과 정체 모를 소녀다. 이시담은 나를 노려보는 시선을 거두지 않고 있는 데다가 저 소녀는……

운다.

"흐흑…… 흑……."

네가 왜 울어?

이 상황에서 울고 싶은 건 나라고!

난 황당한 표정을 지으며 한 손으로 이마를 쳤다.

❧

지금부터 하려는 이야기는 아주아주 길다. 그래서 짤막하게만 늘어놓고자 한다.

그랬다. 내가 시백을 만나 남한산성에서 어려운 고난을 여러 차례 넘기고 있을 때, 그의 어머니와 아우에겐 강화도에서도 어려운 시기를 함께 여러 차례 넘긴 인연이 있었다.

소녀의 이름은 황다희.

열다섯. 아직 어리고 어린 소녀.

첫 번째 부인을 잃은 후 혼인에는 전혀 관심이 없던 이시백 몰래 그의 어머니…… 아니, 그의 가족이 몰래 준비시킨 그의 신붓감. 물론 그녀와 혼인하라는 사실을 알리기도 전에 호란이 터졌다.

그런데 다희의 부모는 어차피 이씨 집안의 며느리가 될 것이라면서 강화도로 피난 가는 이씨 모자에게 다희를 맡기고 가버렸단다. 그리고 그녀의 부모는 전란 중에 사망한 것으로 추정. 고아가 된 다희에게는 이제 오늘 처음으로 얼굴을 본 이시백이 자신의 미래의 서방님이자 동시에 평생을 모시고 따를 그런 사내였던 것이다.

그녀는 이미 시백의 어머니를 시어머니처럼 받들고 강화도에서 그 어려운 고생을 다 해가면서 곁을 지켰단다. 당연히 시백의 어머니인 '대부인' 입장에서는 다희는 이미 며느리가 된 것과 다름없었다. 그런데 굴러들어온 돌 같은 나 이화진이 등장했으니……!

૰ఌఌ

"어머니. 절 받으세요."

이런 결혼생활을 하게 될 줄은 꿈도 꾸지 못했었다. 난 일단 시백의 옆에서 큰절부터 올렸다. 그러나 대부인은 내 절을 못 받은 것으로 치겠다는 듯 아예 고개를 옆으로 돌려버린다. 이런 대부인과 그의 아우 이시담까지. 여기에 오늘 처음 본 다희까지 끼고 제일 난처한 것은 다름 아닌 시백, 그였다.

"어머니. 이미 그녀는 제 아내입니다."

"나는 인정 못 한다."

"어머니!"

"형님. 저도 인정 못 합니다!"

"시담아!"

"분명 저리 어여쁜 여인이니 마음이 동하셨겠지요. 당연히 아내로 맞고 싶으셨을 것입니다. 허나 어디 이 세상에 부모 몰래 하는 혼인이 어디에 있답니까?"

"몰래 한 것이 아니다. 난중이라 알리지 못했을 뿐이다."

"기다리셨어야지요. 난이 끝나고 나서 올려도 되는 혼인이었습니다!"

시백이 속으로 답답한 한숨을 삼키는 것이 내 눈에는 보인다, 보여.

"시담이의 말이 옳다. 나는 인정 못 한다. 무엇보다 내 며느리는 이 아이야. 이미 마음을 굳혔어."

그러면서 다희의 손을 살포시 잡아주는 대부인. 다희는 그런 대부인에게 모든 것을 의지하겠다며 다시 눈물을 글썽거린다.

아, 뒷골 땡겨.

"허면 날을 잡아 정식으로 혼례를 올리겠습니다. 그리하면 되겠지요?"

"택도 없는 소리는 말거라!"

대부인이 빽 소리를 내질렀다.

◦◦◦

그날 밤.

대부인이 '남'인 나를 내쫓겠다는 것을 시백이 거의 반강제적으

로 손님방에 들어가게 했다. 대부인은 안채로 들어가고 안채 건넛
방에는 다희가 들어갔다. 시담은 자기 방인 별당으로 가버렸고 부
친이 돌아가시고 사랑채의 주인이 된 시백은······.

"나요."

손님방 문밖에서 들려오는 시백의 목소리에 난 바로 불을 껐다.

"문 안 열 것이오?"

그의 앞에서 바로 불을 꺼버렸다는 것은 그의 방문을 거절하겠
다는 뜻과 같다. 당연히 그가 황당하다는 듯 내게 되물은 것이다.

"······."

난 대답하지 않았다. 도대체 이 상황을 어떻게 헤쳐나가야 할지
답이 나오질 않았다.

"화났소?"

화났냐고 묻는 순간 정말 거짓말처럼 갑자기 화가 났다. 그에게
화가 난 것은 아니고 그의 어머니에게 화가 난 것도 아니었다. 그
의 아내인데 손님방으로 쫓겨난 내 신세에 화가 났나보다.

"흥. 그 소녀에게나 가보세요. 오매불망 서방님만 기다릴 텐데."

어느새 화난 목소리는 삐친 목소리가 되어버린다. 시백이 그제
야 안도한 듯 피식 웃고는 방문을 열고 안으로 들어온다.

"어딜 들어와요?"

대놓고 내쫓겠다는 내 기색에 그가 좁은 방구석에 자리를 잡고
앉으며 말한다.

"그대 입으로 내가 그대의 '서방'이라 말하지 않았소? 서방이 가

445

는 곳이 아내의 곁이지. 어디겠소?"

"몰라요."

그가 부드러운 손길로 나를 끌어안으려 했지만, 난 그 손을 살며시 밀어냈다. 그리고 그에게 등을 보이며 돌아앉았다.

"어찌 그러시오?"

"머리 아파요. 피곤해요."

둘 다 사실이다.

오늘 일로 머리가 아프고 밤이 늦었으니 피곤했다. 이런 상황에서 그와 이렇게 한 공간 안에 있다 보면 애꿎은 화가 그에게로만 향할 것 같다.

정말 오늘 밤은 손님이 되어 그와 떨어져 자야 하나…….

"냉큼 이리 오시오!"

그가 용기 있게 팔로 내 허리를 감아 자신에게로 끌어당겨 안았다.

"싫다니까요……!"

난 몸부림치며 그에게서 빠져나가려고 했지만 그는 내 뺨에 자신의 뺨을 갖다대 비벼댄다. 피부로 와닿는 그의 체취가 다시 내 몸을 나른하게 녹이고 있었다.

"싫어, 싫다구……."

이미 목소리도 녹고 몸도 녹고 있었다.

"앙탈도 부릴 줄 아시오?"

"앙탈 아니에요."

"허면? 지금 하는 것은 무엇이오?"

그가 내 옷 속을 급하게 손으로 헤집는다. 나도 모르게 터지는 신음소리에 그가 큭큭거리며 웃었다.

"내 부인은 오직 그대 한 사람뿐이오."

더는 그를 밀어낼 핑곗거리가 없었다. 불 꺼진 좁은 방안이 곧 남녀의 신음으로 가득 찼다.

❧

같은 시각 안채의 불은 꺼질 줄을 몰랐다.

"계집 하나가 잘못 들어오면 집안이 망한다고 했다. 지금이 딱 그짝이로구나."

대부인이 화를 내자 마주 앉은 다희가 고개를 숙였다. 그런 다희를 보던 시담이 대부인에게 말했다.

"어머니. 절대 받아들이시면 안 됩니다!"

"당연한 일 아니냐. 참나, 어디 가서 말도 못 하겠다. 광릉 사는 박 처사의 여식이라? 어디 과거도 본 적 없는 서생 나부랭이의 여식 따위가 우리 시백이의 짝이 될 수 있단 말이냐?"

고개를 숙이고 있던 다희가 소리 없는 눈물을 뚝뚝 흘렸다. 이를 본 대부인이 다희를 끌어안아주었다.

"울지 말거라, 다희야. 내가 강도에서 말하지 않았느냐? 우리 시백이 짝은 오직 너뿐이라고."

"하오나, 어머니. 나으리께서 계속 저리 나오시면 소녀는 이제 어디로 가야 하옵니까?"

"걱정 말거라. 지금 시백이가 저 계집의 반반한 미색에 빠져 잠시 정신 줄을 놓은 모양이지만. 미색이 뛰어난 계집은 기껏해야 첩살이나 할 팔자. 너처럼 정숙하고 단아한 여인이야말로 사대부가의 안주인이 되어야 한다. 내가 반드시 그리되게 해주마."

"예에. 어머니. 흐흑……."

꙳

남자 쪽 가족의 반대. 그리고 눈물겨운 긴 싸움. 지겹게 본 주말 드라마의 스토리인데 그 엔딩은 뭐였더라? 그보다 난 애초에 주말 드라마 따위를 좋아하지도 않았다고!

– 짹짹

평화를 알리는 소리다. 겨울의 남한산성에서는 들어본 적이 없는 참새 소리.

"으응……."

누운 자세로 길게 기지개를 켜는데 온몸이 쑤신다. 몸을 이리저리 뒤틀어보는데 손을 뻗는 곳마다 뭐가 닿는다.

한쪽은 벽.

한쪽은 시백.

"……."

두 사람이 겨우 누울 좁은 손님방에서 뭐가 좋다고 저리 곤히 편안한 얼굴로 잠들었는지, 이런 그의 얼굴만 보아도 마냥 신이 난 듯 입가에 미소가 그려진다. 물론 드라마만 보더라도 이러한 평화는 보통 그리 길지 않던데?

"금치야, 시백이가 이른 아침부터 어딜 간 것이냐?"

"!"

문밖에서 그를 찾는 대부인의 목소리가 들리자마자 난 벌떡 일어나 자리에 앉았다.

"출타하신 것은 아니신 듯한데……."

금치의 목소리.

"서방님. 서방니임-"

난 혹시라도 내 목소리가 문밖으로 들릴까, 잠든 시백의 몸을 흔들며 다급하게 속삭였다.

"음……."

"서방니임…… 어서 일어나세요!"

금방이라도 대부인은 그를 찾겠다고 온 집안을 뒤집어놓을 기세다. 그러다 내가 머무는 손님방에서 나오는 것을 본다면! 부부 사이인데 당당하지 못할 이유는 없다. 다만 아직 그의 가족에게 정식으로 인정받지 못한 게 걸릴 뿐.

"어머님이 찾아요……!"

"…… 음."

내 말이 들리는지 안 들리는지 그가 자연스럽게 팔을 뻗어 나를 끌어안는다.

"아우씨……!"

자연히 이불 속으로 끌려들어 가고 그는 뭐가 좋은지 나를 꼭 끌어안는다.

"일어나라구요오……."

전혀 일어날 생각이 없어 보인다.

"시담아. 별당에 시백이가 있느냐?"

"아닙니다, 어머니. 형님은 별당에 안 계십니다."

"허면 대체 이 아이가 어디를 갔단 말이지…… 혹시?"

문밖에서 들려오는 소리의 끝은 내가 머무는 손님방을 향해 있는 것 같다. 난 시백의 품에서 벗어나려 몸부림치며 소리쳤다.

"일어나라구!"

"……!"

동시에 시백이 감은 눈을 번쩍 떴다.

아차…….

뒤늦은 후회를 하기엔 좀 많이 늦었다. 문밖에서 시백을 찾느냐 소란스럽던 사람들의 목소리가 일시 정지된 듯 들려오지 않았으니까.

망했다…….

난 머리를 이불 속에 박았다. 시백은 이런 나를 보며 뒤늦게 사태 파악을 한 듯싶다.

"아……."

그가 주섬주섬 벗어놓은 옷을 입는 사이 문밖에서 엄한 대부인의 목소리가 들렸다.

"열어라."

난 그 '열어라'라는 방문이 내가 머무는 방문인 걸 알고는 깜짝 놀랐다.

"예에? 하오나……."

"어서 열래두!"

대부인의 화난 목소리.

나도 벗어놓은 옷을 끌어당겨 입으려는데 문이 활짝! 열렸다. 순간 그와 나는 속적삼 차림으로 동작을 멈췄다.

"……!"

"!"

문밖에 있던 이시담과 금치가 우릴 보고 민망한지 고개를 돌려 버렸다. 오직 대부인만 입이 쩍 벌어진 채 상황을 주시했다.

"시, 시백이 너……!"

이런 개망신이…… 이건 악몽이라구!!

아침 햇살이 쫙쫙 들어오는 안채.

나를 노려보다 말고 뜨뜻한 찻물을 마시는 대부인의 눈치 속에 난 저절로 무릎을 꿇고 앉게 된다. 아직까지는 대부인과의 기 싸움에서 조금 밀리는 것 같다. 아니지, 난 분명 떳떳한 사랑을 하고 있는데도 왜 그의 어머니 앞에서는 고개가 절로 숙여지는지 모르겠다.

"차를 참 잘 끓이는구나."

그리고 대부인의 옆에 친딸처럼 앉아 있는 황다희…… 양?

"고맙습니다, 부인."

"부인이라니? 어머니라 부르라 하지 않았느냐?"

나에게는 전혀 보여주지 않는 다정한 눈길까지 공유하며 보란 듯이 시어머니와 며느리 관계를 드러내신다.

아…… 아침부터 뒷골이 땅기려 해.

"너도 차를 우릴 줄 아느냐?"

드디어 내게로 온 대부인의 시선.

남 취급한다면서 반말하는 거 보니 반쯤 며느리로 인정해준 것일까?

"차는……."

그러고 보니 내가 차를 타는 법을 잘 모르네.

지금껏 사내들이 먼저 나서서 타주는 차만 마셔보았지, 남을 위해서 예의범절 잘 받은 티를 팍팍 내며 차를 끓여본 적은 없다.

"조금 압니다."

아예 모르지만 여기서 그렇게 대답했다가는 비웃음당할 분위기다.

"그래? 그 반반한 미색만 믿고 도통 배운 게 없나보구나?"

그녀가 웃는다. 비웃으며 웃는다. 적어도 기분이 나빠 보이지는 않았다. 그러나 이것은 곧 나의 착각임이 드러났다.

"그게……."

"어디서 말대답을 하는 것이냐?"

난 아직 말을 꺼내지도 않았는데?

"죄송합니다."

죄송한 게 없는데 죄송하다고 해야 하는 이 기분은 뭘까?

나 벌써 시집살이가 시작된 거야? 흑!

대부인이 찻잔을 내려놓으며 엄하고도 강한 어조로 내게 말한다.

"분명히 말하지만 나는 너를 내 며느리라 생각하지 않는다. 우리 시백이가 어떤 아이인데…… 네가 그 반반한 미모로 우리 바르고 바른 시백이를 홀려 여기까지 왔다마는— 좋다. 쫓아내지는 않으마."

"고맙습니다!"

이제야 일이 좀 술술 풀리나 싶어 어색한 웃음을 지어 보이던 그때였다.

"첩 자리를 주마."

"예?"

난 내 귀를 의심했다.

"둘이서 남한산성에서 혼례를 올렸든 안 올렸든 그건 내가 못 봤으니 인정할 수 없다. 너도 반가의 규수라니 알겠지만 부모가

453

허락지 않는 혼인을 어찌 혼인이라 할 수 있겠느냐."

"저희 아버지가 그 자리에 계셨는데요?"

말대답으로 받아들인 대부인이 눈을 부릅뜨며 나를 노려본다.

난 다시 꼬리를 내리고 말았다.

"시백이의 정실 자리는 이 아이의 것이야."

대부인이 자신의 옆에 앉은 다희에게 눈길을 준다.

"그러니 너는 시백이의 첩실이 되거라."

결국 그녀는 나와 시백의 혼인을 인정할 수 없다는 것이다. 대신 선심 써서 받아줄 테니 '첩' 자리라도 고맙게 받으라는 거다.

난 가슴속에서 치고 올라오는 화를 꾹꾹 눌러 담으며 단호하게 거절했다.

"싫습니다, 첩."

"뭐?"

"전 남한산성에서 서방님과 혼례를 올렸고, 그 자리에 저희 아버지도 분명히 계셨습니다. 그러니 전 서방님의 정실입니다. 이 사실은 절대 변하지 않을 거고요."

"뭐어? 아이구야! 아이구야!"

그녀가 손으로 가슴을 치며 숨넘어갈 연기를 시전한다. 그러나 나는 여기서 절대 기가 죽을 생각이 없었다.

"다른 것은 다 양보하고 다 드려도 그 제안, 못 받아들입니다. 죄송합니다."

고개를 숙이고 물러 나오려는데 바로 숨넘어갈 줄 알았던 대부인이 내 등 뒤에 대고 소리친다.

"네까짓 게 무언데?!"

무어냐고 묻는다면 할 말은 없다. 난 돌아서서 대부인을 보며 말했다.

"이시백 나으리의 부인. 박씨요."

"말세로구나! 천지신명이시여 어찌 저런 계집을 저희 집안에 들이셨습니까!"

이젠 '숨넘어가는 소리'를 내며 그녀가 다희의 무릎에 머리를 기댔다. 그런 대부인을 부축하는 앳된 얼굴의 소녀 다희는 안절부절 못했다.

내 시선이 그런 그녀의 얼굴을 향했다.

다음은 재인가?

황 규수.

"저기, 잠깐 나 좀 봐요."

난 대부인의 처소에서 나오던 다희를 따로 불러냈다.

"저, 저요?"

"그럼 거기 댁 말고 누가 있어요?"

주변을 한번 둘러본 다희는 자신만 있음을 쉽게 인정하고 나를 따라온다. 나는 장독대가 잔뜩 몰려 있는 집 뒤편으로 그녀를 데려갔다. 장독대 옆으로 커다란 고목나무 한 그루가 놓여 있었다.

난 나무 앞에 등을 지고 서서 그녀에게 다짜고짜 물었다.

"우리 서방님 좋아해요?"

"예?"

아까 '우리 시백이' 소리를 지겹게 들었으니, 이제는 '우리 서방님'이다.

"우리 서방님 좋아하냐고요?"

"그런 말을 어찌 입에……"

"안 좋아하는데도 혼인하겠다고요? 그게 말이 돼요?"

눈을 어디에 두어야 할지 모르던 그녀가 잠시 후 시선을 땅에 고정한 채로 입을 연다.

"부모님이 대부인과 이야기를 하셨고 나으리와 혼인할 것이라고 하셔서……"

"그럼 좋아하지도 않는 사람과 혼인하려고 했다고요?"

내가 너무 몰아붙여서인지 그녀가 고개를 들어 나를 보며 외쳤다.

"혼인은! 부모님이 정하시는 것입니다!"

"우린 우리가 정했어요."

'우리'라는 말 안에는 단 두 사람만 들어가 있다.

이시백과 나.

"누가 시키거나 강요해서 한 혼인이 아니라고요."

"그런 혼인은 인정될 수 없습니다."

"우리가 인정해요."

이번에도 '우리'다.

그녀의 시선이 다시 바닥으로 곤두박질친다.

"대부인께서 인정하지 않으신다고 했습니다."

"서방님도 당신을 인정하지 않을걸요. 그러니 포기해요. 대부인을 설득해줘요. 당신의 말이라면 들을 것 같은데."

"전……."

무언가 말하려던 그녀의 어깨가 들썩인다. 자세히 보니 조용히 흐느끼고 있었다.

내가 울린 거야?

"저는 이제 아무도 없습니다. 흐흑— 전란 중에 가족을 모두 잃었고 부모님께서도 살아 계실 적에 저는 이씨 집안의 사람이라며 대부인께 보내셨습니다. 흑— 저는 이시백 나으리와 혼인해야 합니다."

내가 무서운지 고개조차 못 드는 열다섯 소녀는 땅만 보고 눈물을 뚝뚝 흘린다. 상황이 이렇게 되고 보니 내가 너무 나쁜 사람이 된 것 같은 아주 안 좋은 기분이다. 그렇다고 남편을 눈앞에서 빼앗길 순 없다.

고작 열다섯 어린애한테 말이다.

"미안한 일이지만 다른 길이 있을 거예요. 여기를 나가도 의지할 만한 친척도 있을 거고……."

"없습니다. 이젠 아무도 없습니다."

그녀가 울며 고개를 가로젓는다. 그런 그녀를 보니 조금 마음이 아팠다. 어찌 보면 나 역시도 이 조선에서 가족이라고 할 만한 사람이 아무도 없었다.

"서방님은 제 편이에요."

자랑스럽게 해야 하는 말인데 난 승자의 입장과는 잘 안 어울리나보다. 이 말을 하는 순간 마음에 이는 작은 죄책감이라니.

이런 기분 그닥 좋진 않은데.

"알고 있습니다. 흐흑. 송구합니다!"

그녀가 갑자기 울며 자리를 뛰쳐나갔다. 순식간에 사라진 그녀의 행방을 눈으로 좇으며 난 한숨을 내쉬었다.

"이게 아닌데……."

◦◦◦◦

"울렸다고?"

"울린 게 아니라 갑자기 울었어요."

"그게 울린 거지."

밖에 나갔다 온 시백은 다시 손님방 행.

그는 아예 자신의 방이 사랑채라는 걸 잊은 것 같다. 난 남한산성에서 들인 버릇대로 그가 벗는 옷을 받아 가지런히 벽에 걸어준다. 어쩌다 손님방이 신혼방이 된 건지 참 알다가도 모를 일이다. 여하튼, 그는 오늘 있었던 일을 듣고 피식 웃고 만다. 일의 심각성을 아직도 모르는 걸까?

"서방님은 어디 다녀오셨어요?"

"전란 중 살아남은 집안사람들과 지인들을 수소문하고 다녔소."

"도련님도 안 보이시던데 도련님과 함께요?"

"도련님?"

난 두 손가락으로 그의 양 눈꼬리를 잡아 올리며 말했다.

"저만 보면 이렇게 쳐다보는 서방님의 아우님이요."

"하하! 내 아우가 그대를 그리 보던가?"

"못 보셨어요?"

그는 웃으며 고개를 가로젓고는 자신의 눈꼬리를 올리고 있던 내 손가락을 잡아내려 입을 맞춘다.

손가락에.

손등에.

손목에.

그러면서 입을 맞출 때마다 묘한 시선을 자꾸 내게 보낸다. 아주 자연스럽게 내 뒤에서 끌어안는다. 그는 저고리 속에 가려진 내 어깨에 입을 맞추겠다고 당연한 듯 고름을 풀어버린다. 난 슬그머니 대화를 중단하려는 그의 속셈을 알아채고는 손으로 그를 밀어냈다.

"어찌 그러시오?"

"지금 상황이 아주아주 심각한 건 아시죠?"

"아니. 내가 보기에는 그리 심각하지 않소."

"뭐라고요?"

난 그를 얄밉다는 듯 쳐다보았다.

"어머니의 반대도 어느 정도 예상했던 바요. 아우까지 그럴 줄은 몰랐다는 게 예상 밖일 뿐."

"그래서요?"

그가 자신의 뺨을 긁적이며 말한다.

"실은 아우가 황 규수를 마음에 둔 것 같소."

"정말요?"

이번에는 내 입이 쩍 벌어졌다.

"확신은 아니지만 내가 보기엔 그러하오."

"어떻게요? 언제요? 어디서요? 왜 그렇게 생각하는데요?"

질문을 쏟아내는 나를 귀엽다는 듯 시백이 쳐다보며 말한다.

"아우가 그리 황 규수의 일에 발 벗고 나서는 것이 이상하다고 생각했소. 오직 책만 보며 여인에게는 관심이 없던 녀석이라……아마 난중에 강화에서 황 규수와 지내면서 정을 쌓은 것 같소."

"제가 보기엔 황 규수는 아닌 것 같던데요?"

"물어봐야겠지. 만약 두 사람의 마음이 같다면……."

"두 사람이 혼인하면 되겠네요?"

내 눈이 반짝였다.

황 규수도 시백과 혼인하지 않으면 마땅히 갈 곳이 없는 처지. 만약 시담과 맺어진다면 이거야말로 일석이조가 아닐까?

떨 듯이 기뻐하는 나를 보며 시백이 말한다.

"황 규수의 마음을 우선 알아야 하니 너무 좋아하지는 마시오."

"그건 제가 물어볼까요?"

시백이 잠시 생각하더니 고개를 가로저었다.

"아니오."

"아니라니요?"

"오늘 황 규수를 울렸다고 하지 않았소."

"그랬죠? 그게 왜요?"

"내가 보기에 황 규수는 마음이 여린 여인이니 그대를 보면 다시 겁을 집어먹고 울지도 모르오. 자신을 울린 사람에게 속마음을 털어놓기란 어려울 것이오. 내가 만나보리다."

"흠…… 듣고 보니 그렇네요."

"이제 되었소?"

난 방긋 웃으며 고개를 크게 끄덕였다.

"네. 반쯤 해결된 것 같아요."

"자, 그럼-"

시백이 깔린 이불을 들춰 올리더니 다른 한 손으로 이불 바닥을 탁탁, 친다. 난 그가 들춘 이불 아래로 쏙, 들어가 몸을 눕혔다. 그를 올려다보며 손으로 그의 매끈한 턱선을 쓰다듬었다.

"서방님."

"응?"

그는 내 손길이 좋은지 눈을 감은 채 가만히 있었다.

"도련님과 황 규수가 잘되면 어머님도 빨리 우릴 인정해주시겠지요?"

"그게 지금 그대의 가장 큰 고민이오?"

"네. 그래요."

"내게 가장 큰 고민이 무엇인지 아시오?"

그가 눈을 뜨고 나를 내려다본다.

"아니요, 몰라요. 말해주세요."

정말 모르는 얼굴로 쳐다보는 나를 보더니 씩 웃는다.

"날이 추워지기 전에 그대가 아이를 낳으려면 지금쯤 아이를 가져야 할 텐데……."

이 말을 하는 그의 얼굴이 살짝 붉어진다. '아이' 문제만 아니라면 나도 얼굴을 붉히면서 그를 바라볼 수 있었을 텐데.

"서방님. 아이는……."

"전쟁도 끝나지 않았소."

"또 일어날지도 모르죠."

"그럼 내가 그대와 아이를 둘 다 지켜주리다."

그의 자신만만한 발언에 난 할 말을 잃었다.

"싫소?"

그가 보내는 부드러운 눈짓.

나도 그의 아이를 갖고 싶지 않은 것은 아니다.

조선에 온 지 십 년 안에 낳게 되는 아이는 모두 죽는다.

죽을 운명이다.

십 년, 딱 구 년만 기다려달라는 말이 목구멍에서 걸려 도통 입

밖으로 나오려 하지 않는다.

"아이가 생기면 닫힌 어머니의 마음도 금세 풀릴지도 모르오. 그대가 마음고생도 덜 하고."

사실 조선 시대에 그의 나이라면 벌써 아이를 여럿 두었을 나이다. 사랑하는 사람과 마냥 함께하는 미래만 고민했지, 이런 고민을 하게 될 줄이야.

"서방님."

"쉿."

그가 손가락으로 내 입술을 꾹 찍어 누른다.

"더 소리를 냈다가는 어머니가 이를 듣고 오늘 아침처럼 나타나실지도 모르오."

내가 조용해지자 그가 손가락을 거두더니 내 입술에 자신의 입술을 부드럽게 맞춰왔다.

ꞏ◦⁂◦ꞏ

시백이 그녀를 만난다.

안채에서 나오는 다희를 기다리던 시백. 다희는 안채에서 나오다 앞에 서 있는 시백을 보고는 잠시 당황한 듯 걸음을 멈췄다. 그리고 멀리 떨어져서 벽에 기대 숨어서 그들을 지켜보고 있는 건 나다. 시백이 알아서 한다고 했고 그러니 별 관심 없다는 투로 행동했던 것도 나다. 그러니 대놓고 나서서 그들이 나누는 이야기에 낄

수는 없는 처지. 이렇게 계속 멀리서 지켜볼 수밖에.

다희는 시백을 보자 고개를 숙여 인사를 올린다. 시백은 그녀의 인사를 받더니 말한다.

"잠시 이야기를 나눴으면 하오만."

돌아선 시백을 다희가 말없이 뒤따른다. 이윽고 그들이 간 곳은 안채 뒤. 이 패턴이 이상하게 낯이 익다 싶은데 시백은 안채 뒤 그 큰 나무 앞에 서서 걸음을 멈춘다. 다희도 걸음을 멈춘다. 난 이제 안채 기둥 벽 뒤에 숨어서 그들을 지켜본다.

그런데 문제는⋯⋯ 전혀 안 들린다는 거!

안채가 그리 큰 것도 아닌데 두 사람이 나누는 대화가 이상하게 안 들린다. 귀를 열심히 내보였지만 결국 들을 수 있는 소리는 아무것도 없었다. 그저 그들이 입을 열어 몇 마디 주고받았다는 것만 눈으로 확인했을 뿐이다. 말도 그리 길지는 않았다. 그들의 짧은 대화가 끝나자 시백은 바로 자리를 떴다.

다희는 시백이 멀어지는 뒷모습을 한동안 지켜보더니 돌아서서 그의 뒤로 서 있던 나무를 한번 쳐다보았다. 그게 다였다. 다희는 울지도 그렇다고 내게 소리를 친 것처럼 목소리를 높이지도 않았다.

❦

시백은 그 뒤로 밖에 나갔다가 돌아왔다. 오늘도 전란 중에 실

종된 지인들의 소식을 수소문하고 다녔다고 했다.

"뭐라고 했어요?"

난 그가 벗는 갓을 재빨리 받아주며 물었다. 도포 자락 끈을 잡아당기던 그가 하던 행동을 멈추고 나를 돌아보았다.

"뭐라니?"

"오늘 황 규수를 만났잖아요."

"내가 말이오?"

멀쩡한 얼굴로 모르쇠로 일관하니 나는 대놓고 그를 흘겨보며 말했다.

"안채 뒷마당에서요."

그가 웃으며 말했다.

"다 보았군. 다 보았어."

"안채 뒤로 가는 것만 보았을 뿐이에요!"

뒤늦게 항변했지만 시백은 예상했다는 투다.

"다 보았으니 무슨 말을 주고받았을지도 다 알 거 아니오."

"몰라요. 그리고 안 봤다니까요!"

안 봤다고 똑 부러지게 말하는데 얼굴은 화끈거린다. 저녁이니 다행이지, 밝은 햇살 아래에서 지금 내 얼굴을 시백이 본다면 거짓말인 줄 금방 알아챌 정도였다.

"다 알 테니 말하지 않겠소."

"뭐요?"

겉옷을 벗은 그가 태연스럽게 손님방에 깔린 이불 위에 앉으려고 했다. 난 재빨리 달려가 그가 이불 위에 앉지 못하도록 이불을 반으로 접어버렸다.

맨바닥에 앉게 된 시백이 어리둥절한 얼굴로 나를 쳐다본다.

"말해줘요. 정말 못 들었단 말이에요!"

"어제 우리가 나누었던 대화대로 말했을 뿐이오."

"도련님과 혼인하라고요? 아니면 도련님을 좋아하냐고요?"

시백의 표정이 살짝 굳는다.

"그 이야기는……."

"알아요, 알아! 대놓고 할 말은 아니죠. 그럼 무슨 이야기를 했어요? 아니, 뭐라고 했어요, 황 규수가?"

시백의 질문도 궁금하고 그녀의 대답도 궁금하다. 도대체 어느 것부터 물어야 할지 모르겠다.

시백이 진지한 표정으로 내게 말한다.

"그대를 진정으로 사랑한다고 했소."

다른 상황에서 들었으면 두근거렸을 이 말이 지금은 심각하게만 들린다.

"그리고요? 그러니까 뭐래요?"

"상관없다더군."

"상관없다고요?"

난 실망한 표정을 지었다. 뭐, 황 규수 성격에 그 말에 눈물이 나 뚝뚝 흘릴 것 같진 않았다.

"그게 다예요?"

"그대가 아니면 그 누구와도 혼인하지 않을 것이라 했소."

나는 엎드린 자세로 앉아 있는 그의 얼굴에 내 얼굴을 바짝 갖다대며 항의했다.

"우린 이미 혼인했잖아요!"

가까워진 내 얼굴을 부드럽게 훑어보며 그가 말한다.

"설사 그대가 나보다 먼저 죽더라도 나 이시백은 평생 혼인하지 않고 혼자 살 생각이라고도 했소."

"……!"

순간 가슴이 먹먹해졌다.

내가 먼저 죽었을 것을 가장한 말에 가슴이 먹먹하다니. 나도 웃기지.

덕분에 전투적인 자세에서 뒤로 몸을 뺐다.

"그랬더니요?"

"알았다고 하더군."

그는 물러나려는 나의 팔을 잡더니 얼굴을 다시 자신에게 향하도록 돌린다. 그의 손길에 이끌려가면서도 난 궁금한 것들을 놓치지 않았다.

"그러고는요?"

"그게 다요."

그는 이 말을 끝으로 내게 입을 맞추려고 했다.

"정말 그게 다였어요?"

여전히 내 물음은 끝나지 않았다. 그는 아쉬운 듯 내 입술에 닿으려던 자신의 입술을 거두며 한숨과 함께 자세를 고쳐 앉는다.

"정말 그게 다였소."

"도련님 이야기는 정말 안 했어요?"

"그건 오늘 황 규수를 만나 하려던 이야기는 아니었으니까."

"그래도 순순히 이야기를 들어주는데 그 말 한마디를 못 해요?"

이 답답한 사내야!

"한번에 모든 걸 끝낼 순 없소. 차근차근 하나씩 해결하려고 해야지. 제발, 천천히 합시다."

그가 흥분한 나를 가라앉히려는 듯 훈장님 말투를 쓴다.

난 그런 그의 태도가 마음에 들지 않았다.

"아이는 급해 하면서!"

"이 문제는 다른 이들의 문제니까."

난 말이 통하지 않는 그에게서 돌아앉았다.

"미워요."

"누가?"

"누구긴요, 서방님이지."

"어째서?"

그가 정말 모르겠다는 듯 묻는다. 이번에는 내가 가르쳐줘야 한다.

"우리 문제만 조급하고 정작 당장 해결해야 할 남의 문제에는 느릿느릿하잖아요!"

"부인."

그가 한숨과 함께 나를 부르며 뒤에서 끌어안았다. 이번에도 그를 얄밉다는 듯 밀어내려 했지만 다시 '앙탈 부린다' 소리를 들을까 그러지도 못했다. 난 딱딱하게 굳어버린 얼음상처럼 아무런 미동도 없이 그대로 그에게 끌려들어 가듯 안겼다.

그는 이런 나를 녹이려는 듯 끌어안은 채로 자신의 뺨을 내 볼에 대고 비비적거렸다.

"내가 우리의 문제에만 조급한 것은 그대만 생각하기 때문이오. 하루 종일 그대가 내 곁에 있든 없든 오로지 그대 생각뿐이지."

"그럼 나만 생각하지 말아요. 내 일은 내가 알아서 해결할 수 있으니까."

"나도 알지."

그가 웃는다.

"허나 그대의 편은 이곳에 아무도 없지 않소. 나 하나뿐이지. 그러니 난 그대 편이오. 누가 뭐라 해도 그대 편만 들 것이오."

또 슬슬 넘어가는 분위기다.

도무지 이 사내는 싸움을 걸어도 나와는 싸우려 하지 않는다. 이게 좋은 건지 싫은 건지 앞으로 살면서 계속 고민해볼 문제인 것 같다. 하지만 그보다 중요한 건 따로 있다. 이런 사람에게 아이 문제를 어떻게 이야기하느냐는 것이다.

황 규수 거취가 확실히 결정되어야 아이 문제를 톡 까놓고 이야기할 수 있을 것 같았다. 그런데 황 규수 거취가 결정되기는커녕, 그냥 내가 좋다고 황 규수에게 선언하고 물러 나온 것뿐이라니.

이게 어디가 해결한 거야! 이걸로 끝인 거야?

황 규수가 도련님과 행복해지면 모를까, 이 문제는 내게 아직 변한 게 아무것도 없는 현재진행형이다.

"자자, 부인."

날 품에서 놓은 그가 알아서 이불을 깐다.

또 이런 식으로 넘어가자는 거지?

손님방을 밝히는 불을 끄려고 그가 손을 뻗는다. 난 잽싸게 손바닥을 펼쳐서 불을 끄려는 그의 손을 막았다.

"응?"

"오늘은 혼자 자고 싶어요. 사랑채로 가서 주무세요."

"오늘 일로 삐쳤소?"

"아니요. 하지만 혼자 자고 싶어요."

그가 무척이나 실망한 표정을 지어 보인다. 게다가 내가 가라는 말에 일어날 생각은 전혀 보이지 않는다.

"부부는 아무리 싸워도……."

"알아요. 한 이불 덮고 자라는 거."

박 처사가 덕 있는 말이라고 우리에게 일장연설을 했을 때 나온 말이다. 그때는 웃으면서 들었는데 지금은 웃으면서 들을 수가 없었다.

"우리…… 부부 아니오?"

그의 정공법이다.

여기서 아니라고 할 수는 없으니 결국 그는 내 곁을 떠나서 잠들어서는 안 되겠지.

　어쩔 수 없다. 난 뻔뻔한 거짓말을 시도했다.

　"달거리 중이에요."

　"어제는 아니었잖소?"

　"오, 오늘 아침부터요!"

　그의 의심의 눈길이 내 얼굴을 훑고 지나간다. 내 표정에서 거짓이 드러날까, 서둘러 그에게서 고개를 돌렸다.

　"배도 아파요."

　그의 의심이 계속되는 한 쏟아낼 거짓말들은 한 트럭이나 될 것같다.

　"정말이에요!"

　설마 벗겨서 확인해보려거나 하진 않겠지?

　"좋소."

　그가 겉 이불을 들추더니 먼저 그곳에 눕는다.

　"오늘은 조용히 이곳에서 '잠'만 자리다."

　안심하라는 듯 그는 눕자마자 눈부터 감아버렸다. 그제야 난 안심한 채 그의 옆에 어느 정도 거리를 두고 누웠다. 그래봤자 성인 두 사람이 누우면 가득 차는 방이라서 조금만 몸을 움직여도 바로 닿을 거리지만 말이다.

　이번에는 그가 삐쳤는지 눈을 감고는 팔짱까지 끼고 있다. 절대 내 몸에는 손댈 일도 닿을 일도 없다고 보여주기식 시위를 하나 보다.

난 속으로 한숨을 길게 내쉬었다. 이런 밤이 불편하지만 어쩔 순 없다. 배란일인걸. 앞으로 며칠이 더 걱정이긴 하지만 매달 이럴 수도 없는 일이다. 나의 이런 고민을 아는지 모르는지 여전히 삐친 자세로 누워 있는 시백. 그도 쉽게 잠들진 못할 것 같고 나도 마찬가지다. 난 결국 이불을 들추고 일어섰다.

"측간에 갈 거예요."

방구석에 놓인 멀쩡한 요강을 두고도 난 밖으로 나왔다. 그런데 그에게서는 대답이 없다. 잠든 것이 절대 아니니 삐친 거다. 어찌 보면 먼저 내가 풀어져서 달래달라고 항의하는 것 같기도 한데…… 달래주면 바로 베드신 직행각이다.

저 사내를 어찌하나…… 에고고.

문을 닫고 나오자 속으로만 내쉬던 한숨이 연거푸 쏟아진다. 정말 측간 갈 생각도 아니니 시백이 잠들 때까지 산책이나 할까 싶어 안채 쪽으로 걸었다.

달밤, 고요하게 뜬 반달이 혼자 손님방 구석에 누워 시위 중인 시백을 떠올리게 한다. 복잡한 마음을 안고 한숨을 내쉬는데 어디선가 방문이 열리는 소리가 들렸다.

시백인가?

고개를 내미니 흰 소복을 입은 여인의 치마가 멀리 보였다. 눈에 힘을 주고 바라보니 황 규수였다. 소복을 입었다는 점만 제외하면 낮처럼 단정하게 머리를 빗은 모양이다.

그녀가 향하는 곳은 안채의 뒷마당.

나처럼 답답한 마음에 바람이나 쐬는 걸까 하고 그녀와 마주치지 않으려 손님방 쪽으로 돌아서려 할 때였다. 그녀의 오른손에 들린 희고 긴 줄이 내 눈에 밟혔다.

에이 설마…….

시백이 한 말에도 눈물 한 방울 흘리지 않았다던 그녀였다. 울지 않았다는 말은 애초에 시백에게 마음이 없었다는 소리가 아닐까? 그래서 그녀도 시백이 아닌 시담에게 마음이 있을지도 모른다고 여겼다.

그런데 그게 아니라면?

혹시 모르니까 확인하자는 마음으로 뒤늦게 그녀의 뒤를 밟았다. 그리고 난 설마가 진짜로 나타난 장면을 두 눈으로 똑똑히 목격하고 말았다. 그녀가 안채 뒷마당에 있는 나무에 흰 천을 매달더니 어느새 가져다놓은 나무 반상을 밟고 올라가 자신의 목을 천에 거는 장면을 본 것이다.

그녀는 조금의 망설임도 없이 목을 매단 채 상을 걷어찼다.

– 탁!

"안 돼!"

그녀의 몸은 허공 위에 둥둥 매달렸고 목이 졸려오자 고통스러운 신음을 내뱉는다.

"으……!"

"서방님! 서방님!"

난 시백을 찾으러 갈 시간이 없어 그를 부르며 황 규수에게 뛰

473

어갔다. 끈에 매달려 고통스러워하는 그녀의 두 다리를 끌어안았지만, 줄이 어떻게 걸렸는지 그녀는 여전히 목이 졸린 채로 매달려 있었다.

"서방님!"

나는 다시 소리 높여 시백을 불렀다. 오히려 시백보다도 먼저 나타난 것은 그의 어머니인 대부인이었다.

"이, 이게 어찌된 일이냐! 다희야!"

그녀는 나무 아래로 달려오더니 나를 도와주기는커녕 바닥에 엎드려 땅을 치고 통곡한다.

"줄을 끊어야 해요!"

내 외침은 전혀 듣지도 않는다.

"다희야! 어찌 이런 선택을 하였느냐?"

"으……."

"아직 안 죽었어요!"

사람을 살릴 생각은 안 하고 꾸짖기만 하는 대부인에게 소리쳤다. 그때 뒤늦게 나타난 시백이 검을 가지고 왔다.

"서방님! 도와주세요!"

난 그에게 큰 소리로 도움을 청했다. 시백은 바로 상황을 이해하고는 검으로 나무에 묶인 천을 베어냈다. 뚝, 천이 끊어지며 난 다희의 다리를 끌어안은 채로 함께 바닥으로 뒹굴었다.

"화진!"

시백이 놀라 내게 달려왔다. 시백이 나를 부축하고 다희는 대부인이 달려가 부축했다.

"콜록……! 콜록……!"

"다희야!"

다행히 다희는 의식도 있었고 상태도 멀쩡해 보였다.

"다희야!"

"대부인…….""

대부인이 다희 앞에서 눈물을 흘렸다. 다희도 많이 놀랐는지 대부인을 보며 눈물을 흘렸다. 시백의 부축을 받고 있던 나는 그를 밀어내며 다희에게 다가갔다.

– 찰싹!

난 그녀의 뺨을 세게 내리쳤다. 놀란 다희의 눈이 크게 떠진 순간 시담이 나타나 그녀와 나 사이를 가르고 섰다.

"이게 무슨 짓이오!"

시담의 뒤에서 맞은 뺨을 부여잡고 놀라 있는 다희에게 말했다.

"왜 죽어? 네가 왜 죽으려 하냐고!"

"……!"

"서방님이 널 원하지 않아서? 서방님의 부인 자리는 얻지 못할 것 같아서? 너보다도 더 힘들었던 여인들도 전쟁에서 죽지 않고 다 살았어! 살아서 오늘 같은 좋은 날을 봤는데……! 이게 고작 네가 죽을 이유니?"

정운을 만나기 전까지 난 특별한 능력을 가진 소녀였다. 하지만 그를 사랑하게 되면서, 그를 살리기 위해 많은 희생을 치렀다. 그럼에도 그를 잃었다. 살지도 죽지도 못하는 시간 속에서 돌고 돌아 병자년 호란에서 시백과 만났다. 아니, 정운과 재회했다. 그를 만난 이후에도 그를 만나기 전과 마찬가지로 내게 사는 것은 전쟁과도 같았다. 난 고작 남자에게 차였다고 죽으려고 하는 여자애와 싸우려고 여기까지 온 것이 아니었다.

"전 당신처럼 강하지 못해요."

뺨을 부여잡은 다희의 눈에서 한 줄기의 눈물이 흘렀다.

"부모님이 돌아가셨다는 소식을 들었을 때, 그때 차라리 죽었어야 했는데……."

"한 대 더 맞아볼래!"

난 다시 그녀에게 손을 들었고 시담이 나를 막고 대부인이 다희를 보호하듯 끌어안았다.

"봐."

난 다희를 향해 말했다.

"지금 너와 가족도 아닌 사람들이 너를 내게서 지켜주려고 저렇게 행동하는 걸."

다희의 눈동자가 대부인과 자신의 앞을 두 팔 벌려 막아선 시담의 등을 향했다.

"넌 혼자가 아니야. 서방님에게 거절당했다고 이 세상에 혼자 남은 게 아니라고. 강화에서 사정은 나도 알아. 넌 그곳에서 이들과 함께 있었다며? 그리고 함께 의지하며 살아남았잖아. 나도 서방님과 그랬어."

난 잠시 시백의 얼굴을 돌아보았다.

"이제 서방님이 내 가족이야. 너도 네 가족을 찾아."

"흐흑!"

대놓고 도련님을 선택하라고도 덧붙이고 싶은 걸 겨우 참았다.

소리 내어 흐느끼기 시작한 다희를 대부인이 품어주고 시담이 안쓰러운 눈길을 보내고 있으니 분명 저들은 잘 풀릴 거다.

"그리고 다시 말하는데 한 번만 더 이런 짓 하면……!"

난 눈을 번쩍 뜨고 다희를 노려보았다.

"내 손에 먼저 죽을 줄 알아."

이 말에 흐느끼던 다희가 눈물을 뚝 그친다. 내가 무섭기는 무서운 모양. 여기에 시담과 대부인까지 입이 떡 벌어졌다. 그들은 이제야 자신의 형수와 며느리의 본색을 알았는지도 모른다.

"가요, 서방님."

당당하게 돌아본 시백의 얼굴은 웃음을 참고 있는 표정이다. 모두가 심각한데 그 혼자만 재미있다. 그리고 난 그에게 재미있는 구경거리를 준 아내다, 아내!

◯◦◦◦◦◦◯

손님방으로 돌아온 뒤에 그가 배꼽을 잡고 한참을 웃어댔다. 난 마음껏 웃으라는 듯 일부러 무시하고 바느질거리를 꺼냈다. 내가 바느질을 시작하자 그는 겨우 그친 웃음을 다시 터트렸다.

"이 상황에서 바느질을 하겠다고?"

"그래요! 할 거예요. 내 마음이에요. 잘 들어요. 서방님도 앞으로 제 말을 안 들으면 바늘로 콕콕 찔릴 줄 알아요."

"아니, 그보다 이곳에 있는 그대의 짐부터 싸시오."

"짐을 싸라니요?"

설마 자기 어머니 앞에서 황 규수에게 손찌검했다고 날 내쫓기라도 하겠다는 거야? 그가 웃음을 그치더니 미소를 띤 얼굴로 말한다.

"앞으로 사랑채로 건너갑시다. 그곳에는 방이 두 개이니 어머니께서 안채의 방을 내어주실 때까지 그곳을 처소로 쓰시오."

"그건 어머니께서 반대하실 텐데요."

"앞으로는 그러지 못하실 것이오. 어쩌면 내일 일찍 안채에 빈방을 내어주실지도."

"건넛방에 어머니가 계시다면 가지 않을 거예요. 그보다 그게 무슨 말이에요?"

"오늘 밤 어머니의 표정을 보아하니 다시는 그대 앞에서 큰 소리 한번 내지 못하실 것이오."

"제가 황 규수의 뺨을 때린 것 때문에요?"

찔렸다는 말을 하고 싶은 걸까?

"두고 보면 알 것이오."

그의 아리송한 말의 비밀은 바로 내일 아침에 풀렸다. 손님방에서라도 쫓겨날까, 나는 손님방을 떠나지 않고 버티고 있는데 다희가 찾아온 것이다.

"사랑채로 짐을 옮기신다고 들었습니다."

그러고 보니 아침부터 시백이 자신의 옆방을 내어주겠다며 하인들에게 청소하라고 이르는 소리를 듣긴 했다. 분명 그 소리를 안채에 있는 대부인과 다희도 들었을 것이다.

"서방님께서 그리하라고 하셔서요."

어제는 반말.

오늘은……

"그러지 마십시오."

다희는 고개를 숙인 채 나와 눈을 마주치려 하지 않는다. 난 약간 붉게 오른 그녀의 한쪽 뺨이 자꾸 신경 쓰였다.

"제가 오늘부터 이 방으로 옮기기로 하였습니다. 대부인께서도 허락하셨고요. 그러니 부인께서는 앞으로 안채에 대부인의 처소 건넛방을 쓰십시오."

'부인'이라……

"저……."

"더는 아무 말 마십시오. 그럼."

일어나려는 그녀를 이대로 보낼 수가 없었다.

"다희 아가씨."

내가 그녀의 이름을 부르자 그녀가 걸음을 멈추고 나를 돌아본다. 난 그녀와 눈이 마주치자 어색한 미소를 지어 보였다.

"어제 일 미안해요. 때려서…… 미안해요."

"아닙니다. 다 제가 부덕한 탓입니다. 부모님께서 주신 소중한 몸을 해하려 하였으니 부끄러운 일입니다."

"이제 괜찮아요?"

걱정은 진심이었다.

"네."

"실은 나도 혼자예요. 서방님을 만나기 전까지 혼자였어요. 모든 걸 다 잃었다고 생각했으니까."

'혼자'라는 말 때문인지는 몰라도 다희의 눈에서 다시 눈물이 흐른다. 나는 그 소녀가 불쌍해 보였다. 내가 정운과 사랑에 빠졌던 딱 그 나이의 소녀. 난 그녀의 손을 잡아주었다. 그녀는 내가 잡은 손을 밀어내려다가 내가 힘주어 잡자 그것도 포기했다.

"부끄럽습니다. 이런 모습을 보여서……."

"우는 건 부끄러운 게 아니에요. 울지 못하는 게 부끄러운 거지."

"부인은 대단하신 분입니다. 똑같이 저와 전쟁을 겪으시고도 이처럼 강하시니까요."

"강화에서는 어떻게 살아남았어요?"

"강화가 항복하고 몇몇 사람들만 살아서 나올 수 있었습니다. 연안군의 어머니시라 대부인은 시댁 도련님과 강화를 빠져나오실 수 있었는데 그때 '며느리'라 하시면서 남겨질 뻔한 저를 데리고 와주셨습니다. 안 그랬다면……."

"알아요."

강화에 남겨진 여인들의 운명을 안다. 절개를 지키기 위해 죽어야 했고 지키지 못하고 살아남은 여인들은 전부 노예로 청국에 끌려갔다.

"이제 소녀의 부모님도 돌아가셨으니 이 집안에도 남을 수 없다면…… 흑."

"대부인께서도 그러세요? 떠나라고?"

"아니요! 대부인께서는 결코……! 다만 제가 이곳에서 무슨 염치로 지내겠습니까? 살 곳이 정해지면 떠날 것입니다."

"가족도 모두 잃었다면서요?"

"기생이 되어서라도 죽지 않고 살겠습니다."

어려서 기생을 하면 예인이 되지만 어느 정도 나이를 지나서 기생이 되면 몸을 파는 은근자 신세다.

"가지 마요. 여기서 계속 지내요."

"고맙습니다만 부인. 부인께선 저를 보시기 불편하실 겁니다."

"내가 왜요? 전혀 그렇지 않아요."

"하오나……."

우는 얼굴로 나를 쳐다보는 이 어린 소녀는 가련하기 그지없다. 난 우는 그녀를 다독이며 말했다.

"가족이 없다고 했지요? 그럼 제가 아가씨의 가족이 되어줄게요."

"예?"

"아가씨가……."

시담 도련님과 혼인하면 되니까. 하지만 시백의 말처럼 이 말을 쉽게 꺼내기가 어렵다. 이런 상황에서는 마치 도련님과 혼인시키기 위해 이용하려는 것처럼 들릴 수도 있으니.

"아가씨가 내 동생이 되면 되죠!"

"동생?"

"우리 의자매를 맺어요. 어때요?"

⊙⊱⊰⊙

"그래서, 정말 의자매가 되었소?"

저녁. 난 시백의 앞에서 뿌듯하고 자랑스럽게 오늘 낮의 일을 늘어놓았다.

"네. 어머니도 허락하셔서 집안 사당에서 무릎 꿇고 했어요."

"그건 또 어디서 배웠소?"

"서방님도 온조왕사에서 저와 혼약을 하셨잖아요. 같은 거지. 그리고 전 이 집안사람이잖아요. 그러니 이 집안 어른들 앞에서 맹세한 거죠."

"흑……."

"응?"

"황 규수도 박씨가 된 건 아니겠지?"

"뭐예요!"

난 웃으며 그의 목을 끌어안았다. 내가 기분이 좋다고 여긴 것인지 그는 달려드는 내게 제 몸을 내어주며 바닥에 등을 대고 눕는다. 난 그의 몸 위에 내 몸을 포갠 채 그의 가슴에 머리를 기댔다.

"동생이 생겨서 좋아요."

"그대가 좋다면 나도 좋지만……."

"곧 그 동생은 도련님과 혼인하겠죠."

"아직 두 사람의 마음을 모르지 않소. 게다가 황 규수는 나와 혼인할 수 없다는 것을 깨닫고 스스로 목숨을 끊으려 했소."

난 그의 가슴에 기댄 머리를 들었다.

"그 말은 그녀가 도련님을 좋아하지 않을 수도 있다는 거죠?"

"그렇지."

"그럼 걱정 안 할래요."

"안 한다고?"

"네. 시간이 해결해줄 거예요. 서방님 말대로 도련님이 황 규수를 마음에 둔 것이 맞는다면 말이죠. 시간이 지나면 황 규수도 도련님을 좋아하게 될 거예요."

"그리만 된다면……."

"다 잘 풀리는 거죠!"

대부인은 며느리가 둘이나 생기는 거고. 그중에 하나는 마음에 드는 다희일 테니까.

"그나저나 그대가 이리 사람을 잘 다루는지 몰랐소."

"어머? 몰랐어요? 저는 저 나이 때 소녀들을 아주 잘 다뤄요."

"그렇소? 내가 후에 첩 다섯을 두어도 관리는 아주 잘하겠소."

"뭐라고요?"

483

난 눈을 부릅뜨고 시백을 노려보았다.

그는 허허 웃으며 나를 올려다보더니 갑자기 고개를 들어 내 입술에 입을 맞춘다. 그러더니 자연스럽게 몸을 돌려 나를 이불 위에 살포시 눕혔다. 그런 다음에도 그의 입술은 내게서 떨어질 줄 몰랐다. 이대로 오늘밤은 어쩔 수 없이 그에게 넘어가나 싶은데 갑자기 문밖에서 헛기침 소리가 들린다.

"흠흠."

헛기침 소리가 낯설지 않은데 시백은 바로 알아챈 모양. 그저 무시하라는 듯 더 깊은 입맞춤을 내게 해온다.

"누, 누가 온 것 같은데⋯⋯."

"신경 쓰지 마시오."

"흠흠."

하지만 신경 써야 한다. 며칠 동안은 밤에 시백을 피해야 하거든.

"누구예요?"

점점 거칠어지는 시백의 입맞춤을 겨우 피하며 난 문밖에 소리를 냈다. 밖에서 금치의 목소리가 되돌아온다.

"접니다, 마님."

"금치?"

금치라는 걸 알고 내가 허리를 일으켜 세우자 시백이 툴툴거리며 내 옆에 앉는다.

"무슨 일이냐?"

"마님. 대부인께서 어디에 갔는지 찾으십니다."

"날?"

대부인이 날 찾다니, 자다가 기절할 일이다.

"예. 오늘부터 대부인의 옆 처소를 쓰지 않으십니까. 원래 황 규수께서 쓰시던 처소요. 그 처소에 사람의 기척이 없으니 '많이 걱정하고 계신'답니다."

한마디로 여전히 대부인은 나를 마음에 들어 하지 않고 있고, 시백과 함께 있는 것을 아니까 서둘러 돌아오라는 소리다. 그와 한창 뜨거울 때는 반갑지 않은 소리지만 지금은 전혀 다르다.

아주아주 반가운 소리라고!

"알았다. 금방 가겠다고 그리 전하거라."

"예."

금치가 가고 나는 시백을 밀어내며 밖으로 나가려고 했다. 그러자 시백이 뒤에서 나를 끌어안으며 이불 위로 다시 쓰러진다. 그는 내 목과 어깨에 입을 맞추며 옷을 벗기려고 했다.

"어서 가야 해요."

"무시하시오."

"안 돼요! 이제 겨우 어머니께 잘 보일 기회를 잡았는데……."

"그럼 조금만 늦게 가시오."

전혀 나를 놓아줄 생각이 없는 그를 밀어내는 것도 고역이 아닐 수 없다.

"자꾸 이럴래요?"

힘주어 그를 밀어내자 그가 씩씩대며 묻는다.

"내가 싫소?"

싫긴. 너무 좋아서 문제지.

풀어헤쳐진 그의 옷 사이로 보이는 맨살의 가슴이 나를 설레게 한다. 나를 한 품에 꼭 끌어안아주고 보듬어주고 다루어줄 그의 품이 말이다.

난 침을 꼴깍 삼키며 자리에서 일어섰다.

"며칠만 참아요."

문을 열고 나가려는 내 등 뒤에 그의 예리한 질문이 꽂힌다.

"어째서 내일이 아니라 며칠 뒤요?"

"그, 그건……! 며칠 동안은 어머니께 잘 보이려고 하니까요."

"그 말은 그동안 그대의 곁에는 얼씬도 하지 말라는 소리로 들리는군."

그가 다시 팔짱을 끼고 날 쳐다본다.

이제 알겠다. 그는 내게 불평불만이 있으면 보란 듯이 팔짱부터 끼는 사내란 걸.

"그 며칠이 참기 어려워요?"

"어렵소."

"그걸 못 참으면서 어떻게 남한산성에서는 그렇게 잘 참았대요?"

"화진."

이제 나를 부르는 그의 목소리가 화난 듯 들리네?

그보다 그때의 일을 말하니 갑자기 속에서 열불이 난다. 그때 내가 얼마나 쪽팔림을 감수하고 달려들었는데! 이참에 복수나 하자.

"잘 참는 건 서방님 특기잖아요. 며칠 동안 더 참아 봐요."

"화진."

"갈게요."

그가 다시 나를 잡을까 잽싸게 문을 닫고 나와버렸다.

밤하늘 위에 홀로 놓인 반달이 보였다. 그 반달을 보는데 다시금 한숨이 터진다. 몸이 열난 듯 달아오른 것 같은 느낌은 아마 나의 착각일까?

청나라 수도 심양, 황궁.

"(도르곤이 왔다고?)"

청나라 황제의 후궁인 장비(莊妃)의 눈이 반짝였다. 곧 밖에서 도르곤이 빠른 걸음으로 들어왔다.

"(도르곤!)"

바로 그의 팔을 잡으려는 장비의 손을 뿌리치며 도르곤이 고개를 숙여 예를 표했다. 그의 팔에 닿지 못한 장비의 손이 허공을 맴돌았다.

"(왔군요! 오랜만이에요.)"

도르곤은 장비의 첫사랑이었다. 하지만 장비는 부친의 뜻으로 나이 차이가 많이 나는 고모부인 황자와 혼인했다. 그는 얼마 후 청나라의 황제가 되었고 얼마 전에는 조선 정벌에까지 나섰다. 그 길에 도르곤은 동행했다.

"(그간 잘 지내셨습니까?)"

"(저는…….)"

자신의 안부를 물어주는 도르곤의 말 한마디에 장비의 두 뺨이 발그레해졌다. 그러나 장비에게서 돌아올 답이 늦어지자 성미 급한 도르곤이 서둘러 답했다.

"(기홍대를 주십시오.)"

"(예?)"

기홍대는 장비를 모시는 궁녀였다. 장비와 같은 몽골 과이심 부족 출신으로 여러 가지 신기한 재주를 지녔다. 다만 외모가 아주 못생겼기에 여색을 밝히는 도르곤이 찾을 만한 여인은 아니었다.

"(그 아이가 필요합니다.)"

"(궁녀인 아이를 어째서요?)"

"(곧 돌려드릴 것입니다.)"

도르곤은 자신이 기홍대가 필요한 이유를 설명하지 않았다. 애초에 장비에게 설명할 가치조차 느끼지 못하는 듯했다.

"(그 궁녀가 필요하니 제게 주십시오.)"

"(알았어요. 그러죠.)"

장비는 도르곤을 거절할 수 없음을 알았다. 그의 말은 장비에게 황제의 말보다도 더 가슴 깊이 남았다. 아주 작고 사소한 말이라도 말이다.

"(기홍대를 불러와라.)"

"(예.)"

기홍대를 부르는 장비의 목소리가 싸늘했다.

황후궁.

"(도르곤이?)"

"(예.)"

조선에서 돌아온 도르곤이 제일 먼저 장비를 찾았다고 한다. 그 소식에 장비의 고모이자 청나라 황후인 철철은 장비 곁에 숨겨둔 심복을 불러 물었다. 그녀는 궐 안에서 벌어지는 모든 소식에 밝았다.

"(기홍대를 원하다니. 그 못생긴 아이를…… 연유를 모르는 옥아의 속이 꽤나 타겠구나.)"

옥아는 장비의 이름이었다.

"(황자께서는 무슨 생각이신 걸까요?)"

"(글쎄다…… 기홍대를 품에 안겠다고 찾은 것은 아니겠지.)"

피식 웃던 철철이 궁녀에게 명했다.

"(기홍대의 뒤를 캐거라. 도르곤이 무슨 생각으로 옥아에게서 기홍대를 데려갔는지 나는 알아야겠으니.)"

"(예.)"

༄·ৡ৵

다희를 위한 약재를 구하겠다며 하루 늦게 돌아온 시담은 예상
치 못한 사실과 마주했다.

"포기하겠다니?"

"부인…… 아니, 언니와 의자매를 맺었으니 더는 시백 나으리를
마음에 담지 않을 것입니다."

"포기하지 마시오."

시담이 시백을 포기하겠다는 다희를 설득했다.

"말씀은 고맙습니다만, 소녀는 이미 마음을 정했습니다."

"황 규수……."

다희가 조용히 고개를 숙이자 대부인이 시담에게 말했다.

"들었지? 그러니 이제 너도 시백이와 다희의 혼사 이야기는 꺼
내지 말거라."

"허면 황 규수는 앞으로 어찌됩니까?"

"의자매를 맺었다 하니 그 계집도 내쫓을 생각은 아닌 것이겠지.
계속 우리와 지낼 것이다."

"대부인. 언니는 나쁜 분이 아닙니다."

"아이구! 넌 착해서 그 계집에게 당한 게야. 의자매를 맺는 조건
으로 우리 시백이를 포기하게 한 것이겠지."

490

"아니에요. 아직 다 알지는 못하지만 좋은 분이세요."

"아휴. 나는 더 말 안 하련다."

대부인이 머리를 싸매고는 보료 위에 누워버렸다. 시담이 주먹을 불끈 쥐더니 자리에서 일어나 안채를 나섰다. 시담이 향한 곳은 사랑채였다. 마침 시백은 허수아비 하나를 마당에 세워놓고 무예를 연마하고 있었다. 계속 땀을 흘리며 무예를 연마해도 지난밤 자신을 남겨놓고 안채로 가버린 화진의 모습이 머릿속에서 떠나지 않았다.

시백은 그답지 않게 검을 바닥에 놓쳐버렸다. 바닥에 떨어진 검을 주워들기 위해 시백이 허리를 굽혔을 때였다. 그의 시선 아래에 신이 보였다. 허리를 세우자 자신을 노려보고 있는 아우 시담의 모습이 보였다.

"돌아왔느냐."

"어찌할 생각이오, 형님은?"

다짜고짜 묻는 시담의 말에 시백은 황 규수를 두고 하는 말임을 알았다.

"어차피 처음부터 나는 모르는 혼인이었다."

"우리도 형님의 혼인은 알지 못하였지."

"미안한 일이다만, 나는 이미 아내를 맞아들였으니 황 규수와 혼인하는 일은 절대 없을 것이다."

"그 불쌍한 여인을……!"

시담이 허수아비에게 검을 휘두르려는 시백의 앞을 가로막고

섰다. 시백은 더는 검을 휘두르지 못하고 검집에 꽂아 넣었다.

"그래서?"

"형님은 황 규수가 불쌍하지도 않소? 가족 모두를 잃은 여인이오."

"내 아내가 그녀와 의자매를 맺었지."

"그것은 진정한 가족이 아니오. 혼인으로 맺어진 사이만이 그녀에게 가족이······."

"네가 그 가족이 되어주면 될 것이 아니냐."

"에?"

시백의 입에서 나온 말은 시담을 당혹시켰다.

"마음에 드는 여인은 자신이 가장 아끼는 사내라도 주는 것이 아니다."

자신의 속마음을 한순간에 들켜버린 시담의 얼굴이 새빨갛게 달아올랐다. 시백은 그런 아우가 귀여워 피식 웃으며 검을 내려놓고 천을 집어 들었다. 그는 얼굴에 묻은 땀을 훔쳐내며 말했다.

"어머니께 말씀드리거라. 어머니께서 허락하시면 그다음에는 황 규수에게 묻고."

"혼인은······."

"인륜지대사지. 부모님의 허락이 필요하고. 허나 너는 나와 다르지 않으냐."

시담은 홀로 씩씩거리다 아무 말도 못 하고 자리를 떴다.

다희는 안채 뒷마당에 홀로 서 있었다. 그녀의 시선은 자신이 목을 매달았던 나무를 향해 있었다. 그녀는 그곳에서 시백과 단둘이 만났던 어제 낮을 회상했다.

['규수는 어찌 나와 혼인하려 하시오?']

['부모님께서 정하신 일입니다.']

['나는 알지 못하였소.']

['혼인이란 자고로 부모님께서 정하시는 것입니다.']

['설사 규수와 나 사이에 혼담이 오간 사실을 알았더라도 나는 규수를 아내로 맞으려 하지 않았을 것이오.']

그 말에 다희의 가슴이 아팠다. 어쩌면 분노했어야 할 말에 가슴이 아팠다. 처음에 다희는 그 이유를 몰랐다.

['어째서입니까?']

['내가 상처한 사실을 알고 있소?']

다희가 조심스럽게 고개를 끄덕였다.

['그녀는 규수처럼 착하고 바른 여인이었소. 순종적이었고 지

아비인 나를 누구보다도 잘 따랐소.']

　['소녀도 그럴 수 있습니다.']

　['그래서 그대가 안 된다는 것이오.']

　['예?']

　['내가 지금 그녀를 아내로 선택한 이유는 죽은 아내와는 정반대이기 때문이오. 타고난 천성은 바르지만 때로는 악할 줄도 알고 순종적이지는 않소. 지아비인 나를 그 누구보다도 은애하지만 나를 따르려 하지 않소.']

　['어째서 그런 여인을 마음에 두셨습니까?']

　['조선의 모든 여인들은 사내가 지켜주지 못하면 스스로를 지키는 것을 포기하오. 죽소. 자결하오. 진정으로 강해야 할 순간에 스스로 목숨을 버리는 것을 당연시 여기오. 나는 일평생 내 아내를 지켜줄 것이지만, 내가 지켜주지 못하는 순간도 분명 있을 것이오. 그때 그녀는 스스로를 지키고 내게로 반드시 살아서 돌아올 여인이오.']

　그 순간 다희는 자신이 절대 화진을 이길 수 없음을 깨달았다. 슬픈 일이었다. 그런 여인을 원한다는 시백의 눈에 자신이 부족한 여인임을 알았고 괴로웠다. 또한 가슴이 아팠다. 이리도 훌륭한 인품을 가진 사내의 마음에 들 수가 없다니.

　['그러한 분을 만나신 나으리는 복이 많으신 분입니다만. 만약

그분을 잃으신다면, 그분과 같은 분을 다시 만나기는 어려우실 것입니다.']

['알고 있소. 그래서 난 설사 그녀를 잃는 일이 생긴다 하더라도 다시 아내를 맞아들이진 않을 것이오.']

시백의 마음 안에는 화진 외에는 그 어떤 여인도 들어설 자리가 없었다. 그것을 두 눈으로 확인하는 순간 다희는 절망을 느꼈다. 부모님이 모두 돌아가셨다는 소식을 들었을 때의 절망과 같은 절망이었다. 다희는 살고 싶지 않았다. 시백을 향한 마음을 깨달았던 그 장소에서 다희는 죽기를 결심했다. 그렇게 목을 맨 곳이 바로 이곳이었다.

"아가씨."

금치의 목소리에 다희가 뒤를 돌았다.

"대부인께서 찾으십니다."

시담이 다희를 향한 마음을 대부인에게 고백했다. 무슨 이유에서인지 갑자기 밝힌 것이다. 대부인은 놀란 듯 보였지만 곧 침착함을 되찾고는 힘없이 고개를 끄덕였다. 어쩌면 그녀 역시 어느 정도 예상했던 일인지도 모르겠다.

"오히려 일이 잘 풀렸다고 여겨야겠구나."

그녀는 금치를 시켜 다희를 불러왔다.

다희가 안채로 들어오며 대부인과 시담은 물론이고 시백과 나까지 모여 있는 것을 보며 잠시 의아한 표정을 지었다.

"이리 가까이 와서 앉거라."

대부인이 다희를 자신의 곁으로 불러 앉혔다. 다희가 자리에 앉자 대부인이 한 손으로 그녀의 작은 얼굴을 쓸며 말했다.

"처음부터 널 내 며느리로 생각했다. 허나 아쉽게도 인연이 되진 못하였구나. 그래도 하늘이 무심치는 않나보다."

말을 마친 대부인이 시담을 한번 쳐다보더니 다희에게 말했다.

"시담이 널 처로 맞아들이고 싶다고 했다."

"예?"

다희가 놀란 듯 시담을 돌아본다. 시담은 얼굴이 붉어진 상태로 다희를 똑바로 쳐다보지 못하고 고개만 숙인다. 무언가 잘 되어가는 분위기라고 느낀 그때였다.

다희가 대부인에게 묻는다.

"저를 시담 도련님의 처로 삼으려 하십니까?"

"네가 원한다면, 그렇다."

대부인의 대답에 눈이 동그랗게 떠진 다희가 한 손으로 자신의 입을 가렸다. 예상하지 못했던 일은 분명한 듯 보였다.

"생각할 시간이 필요하냐?"

분명 다희의 성품이라면 시담에게 크게 끌리지 않더라도 대부인의 말에 순응할 것 같았다. 시담이 어떤 사람인지 나도 아직 다 알지는 못하지만, 자신이 좋아하는 여자에게는 잘해줄 것이다. 그렇게 생각하고 마음속으로 그들의 행복을 빌었을 때였다. 이런 내 마음을 아는지 옆에 앉은 시백이 슬그머니 손을 뻗어 내 손을 잡왔다.

"죄송합니다. 소녀는 시담 도련님과 혼인할 수 없습니다."

단호한 다희의 발언은 이 자리에 모인 모두를 놀라게 만들었다.

"시백 나으리의 부인과는 의자매를 맺었으니 그것만으로도 송구한 일입니다. 다만 갈 곳이 없으니 평생 이 집안의 노비로 살게 하여주십시오."

"그건 말도 안 되는 일이다!"

"노비가 되더라도 소녀는…… 시담 도련님의 처가 감히 될 수 없습니다."

"다희야……!"

"용서하여 주십시오, 대부인."

다희가 굳은 결심을 드러내자 아무도 입을 열지 못했다.

나는 밖으로 나가는 다희의 뒤를 쫓아 나왔다.

"다희야."

"언니……."

난 다희의 손을 붙잡았다.

"도련님이 싫으니?"

"아니요."

이 물음에 다희는 고개를 젓는다.

"시간이 필요한 거야?"

"언니."

울 것 같은 눈임에도 눈물 한 방울 흘리지 않은 채 다희가 나를 본다. 지금 그녀는 전과 달랐다. 아주 조금의 진척이지만 그녀의 마음은 강해졌다.

"이미 나으리는 언니의 지아비지만, 전 나으리가 좋아요."

"!"

다희의 말에 나는 크게 놀랐다. 그녀의 마음이 이렇듯 강해진 이유가 시백 때문이라면 난 어떻게 해야 할까?

"하지만 걱정하지 마세요. 제가 나으리를 원하는 일은 평생 없을 거예요. 나으리는 언니만 마음에 담으셨으니까요."

"다희야……."

"인연이 아니에요. 억지로 맺으려고 하지 않을 거예요. 누군가는 불행해질 테니까. 저는 나으리와 언니의 행복만을 빌겠어요."

"그럼……."

"정업원에서 저를 받아주셨어요. 대부인께서는 저를 노비로 삼지는 못하실 터이니, 앞으로 정업원에 가서 지내겠어요."

"출가하겠다고?"

"제 팔자가 그렇다면 그리해야지요."

할 말을 잃어버린 나를 두고 다희는 돌아서서 가버렸다.

다희가 정업원으로 떠난 후 대부인은 앓아누웠다. 시담은 별당에서 두문불출했다. 나는 무슨 죄를 지은 것마냥 가슴도 답답하고 마음이 편치 못했다. 오히려 태평한 것은 시백이었다.

"그 역시 그녀의 선택이오."

"서방님이 좋다면서 출가하겠다는 여인을 두고요?"

"그럼 나보고 어쩌란 말이오?"

며칠째 배란일을 피해 잠자리를 거부하고 있었던 데다가 다희의 일까지 겹쳐 내 신경은 잔뜩 예민한 상황. 처음에는 아무것도 모르고 나를 달래기만 하던 시백도 결국 한계에 왔나보다.

"정업원에 가서 황 규수를 데려올까? 첩으로도 삼을까?"

"그게 아니라……!"

"허면 도대체 그대는 무엇이 문제요?"

"문제요?"

"내가 싫은 것도 아니라면서 밤에는 어머니 때문에 그대가 있는 안채에는 오지도 말라 하지. 허면 사랑채로 건너오라 하니 그것도 싫다 하지. 달거리도 아니면서 달거리를 핑계로 나를 멀리한 것도 벌써 열흘이 다 되어가오."

"그건……!"

달거리가 아닌 걸 어떻게 알았는지는 모르겠다. 어쨌든 시백이 그간 내 거짓말을 알면서도 봐주고 참고 넘어갔다는 사실도 드러났다.

"이런데도 더는 할 말이 있소?"

"그러니까 저는……!"

무슨 말을 해야 할지 모르겠다. 조선 시대에 피임약이 있었으면 진작 먹었지! 여긴 그런 것도 없단 말이야!

"말해보시오."

내가 무슨 말을 하더라도 다 새겨듣겠다는 시백의 태도. 물론 화가 잔뜩 난 얼굴로 말이다. 난 에라 모르겠다, 입을 열었다.

"아이 갖기 싫어요."

"!"

놀란 그의 얼굴을 마주하자니 이 말이 꽤 그에게 충격이었다는 걸 알겠다.

"서방님이 아이를 간절히 원한다는 걸 알아요. 그래서 말을 못 했던 거고요."

"어째서요?"

"죽은 아이도 아직 잊지 못했고 다시 아이를 가지기 전에 시간이 필요하다고요."

그 시간이 구 년이나 필요하다면 시백과의 이 말싸움은 다시 원점으로 돌아갈 것이다.

"얼마나 필요하오?"

역시나 묻는다.

'구 년이요'라는 말이 목구멍까지 올라왔지만 도무지 소리가 되어 말로 나오지 않는다. 어차피 말해보았자 시백은 절대 받아들이지 않겠지만.

"어쨌든 시간이 필요해요! 필요하다고요!"

만약 내가 시백을 만나지 못했더라면 호란이 끝나고 다희는 시백의 아내가 되었을까? 그로 인해 내가 정해진 역사를 바꾼 것이라면 시간은 나뿐만 아니라 시백도 죽이려고 할 것이다.

내 엄마가 겪었던 일들이 그러했으니까.

"무언가 숨기고 있군, 그렇지 않소?"

"!"

그의 눈을 똑바로 바라보면서도 나는 아무런 말도 할 수가 없었다.

"말해보시오. 들어줄 터이니."

그의 목소리가 부드러워졌다. 그는 자신의 화를 다시금 억누르면서 내가 숨기고 있는 진실을 듣겠다고 말한다. 이런 상황에서도 내게 자상함을 보이는 그에게 너무나도 고맙고 미안했다.

"서방님을 사랑해요."

그의 눈을 똑바로 보고 말해야 하는 이 말이…… 고개를 숙인 채 그의 시선을 피하는 내 입에서 나온다.

그래서 진실은 거짓으로 둔갑해 그에게 전해졌다.

"화진. 그 말이 아니잖소."

난 다시 고개를 들어 그를 보며 말했다.

"아이를 갖기 싫어요. 서방님은 아이가 없어도 절 사랑하잖아요. 그렇죠?"

어쩌면 그에게 해서는 안 되는 질문이었다. 내게 유리한 답을 강

501

요하는 질문이었으니까.

"아니에요?"

난 어떻게 해서든 이번에 아이 문제를 매듭짓고 싶어했다. 그러나 그는 아닐 것이다.

가만히 내 얼굴을 응시하던 시백이 말없이 돌아서 자리를 떴다. 이후 며칠 동안 시백의 얼굴을 볼 수 없었다.

෧ඌ

– 탁!

화살이 정확히 과녁의 정중앙을 꿰뚫었다.

['아이 갖기 싫어요.']

– 탁!

두 번째 화살도 마찬가지였다. 두 번째 화살은 먼저 박힌 화살을 다시금 꿰뚫으며 정중앙을 차지했다.

['어쨌든 시간이 필요해요! 필요하다고요!']

– 탁!

집중력으로 맞춘다기보다는 머릿속을 가득 채운 기억 속에서 벗어나려 발악하듯 쏘는 화살에 가까웠다.

['아이를 갖기 싫어요. 서방님은 아이가 없어도 절 사랑하잖아
요. 그렇죠?']

- 탁! 탁!

['아니에요?']

연속해서 활시위를 당기던 시백은 어깨의 통증을 느끼고는 활
을 내려놓았다. 벌써 며칠째 도성 내 연무당에서 하루 종일 활을
쏘았다. 그러다 밤이 되어 어둑해지면 집으로 돌아가는 것이 아니
라 주막에서 잠을 청했다.
이런 시백의 태도에 죽어나는 한 사람이 있었다.
"괜찮으십니까, 나으리?"
금치였다. 정확히 늘 같은 시간에 연무당에 있는 시백을 찾아왔다.
"괜찮다."
"너무 무리해서 활을 쏘시는 것이 아닙니까? 이만 집으로 돌아
가시지요."
활을 다시 쏘려다가 어깨의 통증이 심해서인지 시백은 활을 내
려놓았다. 오늘은 그만하고 주막으로 돌아갈 생각이었다. 이를 알
아차린 금치가 그의 길을 막아섰다.

"마님께서 오매불망 나으리가 돌아오시기만을 기다리십니다. 밤새 안채의 불이 꺼지지 않고 있다니까요!"

"……."

"대부인께서도 걱정하십니다. 둘째 도련님도 지금 두문불출하시느라……."

"내가 이곳에 있다는 사실을 알렸느냐?"

"아니요! 절~대! 나으리께서 절대~! 못 찾았다고만 말씀드리라 하지 않았습니까?"

시백은 속으로 깊은 한숨을 내쉬었다.

"나으리마저 이러시면 부인은 둘째치고서라도 대부인 마님께서 병이라도 나시면 어찌하시려고 그러십니까?"

시백이 눈을 무겁게 감았다 떴다.

"그만 돌아가거라."

"나으리!"

그때였다.

"꺄아아악!"

여인의 비명이 연무당까지 들려온 것이다. 시백과 금치의 고개가 소리가 나는 방향으로 향했다.

한 젊은 여인이 두 명의 무뢰배들에게 둘러싸여 오도 가도 못 하고 있었다. 이 중 한 무뢰배는 그녀의 손목을 콱 틀어잡고는 어디론가 끌고 가려고 했다.

"도와주세요!"

그녀의 처절한 비명에도 도움의 손길을 내미는 사람은 없어 보였다. 그 순간 시백이 나섰다. 시백은 활을 들고 무뢰배들에게 다가가 과녁을 겨누듯 무뢰배 중 한 명의 뒤통수에 활을 겨누었다.

"멈춰라."

시백의 낮고 엄한 목소리에 여인을 끌고 가려던 무뢰배들의 걸음이 멈췄다.

"뭐냐, 넌?"

"죽고 싶으냐? 아니면 살고 싶으냐?"

"이……!"

자신의 머리에 화살이 겨눠진 것을 알아차린 무뢰배들이 겁을 먹고는 붙들었던 여인의 손을 놓아주었다.

"썩 꺼져라."

시백의 엄중한 경고에 무뢰배들이 도망치듯 자리를 떴다. 그제야 장옷 속에 얼굴을 감추고 있던 여인이 제 얼굴을 드러내며 시백에게 감사의 인사를 올렸다.

"소녀를 구해주신 은혜, 잊지 않겠습니다."

"!"

그녀의 얼굴을 본 순간 시백은 물론이고 함께 있던 금치도 깜짝 놀랐다.

"나으리! 이 여인의 얼굴이……!"

그녀는 화진과 똑같은 얼굴을 가지고 있었다.

7장

심양에서 온 여인

청나라 심양 황궁.

영복궁에 기거하는 청나라 황제의 후궁인 장비가 불안한 듯 처
소를 서성였다. 도르곤이 달라는 대로 기홍대를 주고 난 후 며칠이
흘렀다. 소식을 듣자 하니 기홍대는 도르곤을 만나자마자 심양을
떠났다고 했다. 말을 타고 떠났다고 하니 가까운 길은 아닌 듯싶
었다.

"(무슨 생각일까, 도르곤은.)"

머릿속뿐만 아니라 마음속까지도 알고 싶은 소중한 사람이었
다. 오래 가슴속에 품었고 그래서 갖지 못한 애틋함에 한을 품을
지경이었다. 장비는 도르곤을 생각하며 움츠러드는 제 마음을 보
호하듯 두 팔로 자신의 어깨를 감싸 안았다.

그녀의 옆에 있던 궁녀가 말했다.

"(지난번 마마께서 말씀하시기를 기홍대에게는 특별한 재주가 있다 하지 않았습니까? 그것이 무엇입니까?)"

"(그 아이가 가지고 있는 재주는 열 손가락으로 꼽을 수 없을 만큼 많다. 그중에서 가장 뛰어난 재주가 있다면, 한번 본 여인의 얼굴과 똑같은 면피(面皮)를 만들어 쓴다. 그리하면 다른 이와 똑같은 얼굴로 변장을 할 수가 있지.)"

"(하오면 어찌 그 흉한 미색을 감추지 않고 지냈답니까? 소인이라면 장비마마와 같이 아리따운 여인의 외모로 면피를 쓰고 살았을 텐데요.)"

"(그 면피는 만들기가 어렵고 채 하루를 쓰지 못한다. 하루가 지나면 조금씩 녹아버리니 소용이 없는 것이다. 무엇보다 얼굴 가죽을 미인과 같이 똑같이 만든다 하여도 목소리는 숨기지 못하니 특별한 재주이나 사실상 오래 쓸 재주는 못 된다.)"

궁녀가 고개를 끄덕이는 사이에도 장비의 생각은 오직 도르곤에게만 가 있었다. 그 아이의 재주가 그것 하나뿐은 아닐진대, 도르곤은 도대체 무슨 생각으로 기홍대를 달라 했던 것일까?

장비는 괜히 불안하여 제 손톱만 물어뜯었다.

　　　　　　　　　✿

연무당 안에 있는 누각에 오른 시백은 조금 전 자신이 구한 여인과 마주 앉았다. 금치에게 시켜 놀란 여인에게 진정에 도움이 될

물 한잔을 가져오라 하였더니, 정작 가져다준 것은 잘 차려진 술상이었다. 오히려 미안하여 술상을 거두려 하였더니 여인은 고개를 가로저었다.

"놀란 가슴을 진정시키는 데 술만 한 것이 없을 줄 아옵니다."

시백은 계속 그녀의 얼굴만 뚫어져라 쳐다보았다.

목소리는 다르지만 얼굴은 분명 화진과 쌍둥이라 할 정도로 똑 닮았다. 이리 보고 저리 보아도 너무나도 닮아서 시백은 제 시력을 의심해볼 지경이었다.

여인도 그것이 이상한지 고개를 숙이며 얼굴을 붉혔다.

"소녀의 얼굴에 부끄러운 것이 묻기라도 하였는지요?"

"아, 미안하오."

뒤늦게 시백이 정색하며 그녀에게서 고개를 돌리려고 했다. 그러자 그녀가 만개한 꽃처럼 활짝 웃으며 시백을 바라보았다.

"술은 겸상하지 않더라도 혼자 따라 마시지 않는다 하였습니다. 송구하오나 소녀에게 술 한잔을 따라주실 수 있는지요?"

평소의 시백이라면 그 청을 거절했을 테지만 화진과 똑같은 얼굴로 미소 짓는 그녀의 청을 거절하기가 난감했다. 무엇보다 혹 화진과 연관이 있는 사이인지 묻고 싶은 마음도 컸다. 시백은 그녀가 이미 머리를 올리고 있는 것을 보고는 말했다.

"하는 행동으로 보나 말씨로 보나 양가의 규수인 듯한데 사내에게 술을 따라 달라 청함은 어인 일이오?"

그러자 여인이 방긋 웃었다. 동시에 시백은 화진의 웃음을 눈앞에 둔 듯 가슴이 설레었다.

"실은 소녀는 강원도 회양 출신의 기생입니다. 일찍이 어린 나이로 머리 올리고 고을 관리의 첩살이를 하였으나, 난중에 그 관리가 처첩을 전부 버리고 도망을 가더니 나라님의 분노를 사서 한양서 처형되었다는 소식을 들었습니다. 소식 듣고 이곳 한양으로 달려오니 이미 가족들이 장례를 치렀고 갈 곳이 없어진 터라 방황하던 중 무뢰배들을 만난 것을 나으리께서 구해주신 것입니다."

기생이라는 말에 시백은 고개를 끄덕이고는 그녀에게 술 한잔을 따라주었다.

"소녀, 은공께서 주신 이 술잔을 감사히 받잡겠습니다."

그러면서 계속 시백을 보고 방긋방긋 웃음을 흘리는 것이 타고난 요부라. 자신을 유혹하는 것을 뻔히 알면서도 화진과 똑 닮은 얼굴에서 시백은 쉽사리 눈을 떼기가 어려웠다.

"그래서?"

"여전히 돌아오실 생각이 없으신 듯합니다."

금치의 보고를 받은 나는 마음이 심란해졌다.

아, 물론 금치는 지금 이중 스파이다. 시백이 하는 말은 전부 내게 가져다가 보고하면서 이러한 사실을 시백에게 숨기고 있는.

어쩔 수 없었다. 난 알면서도 그를 만나러 연무당까지 갈 수가 없었으니까. 우리는 분명 싸웠고 풀지 못한 숙제를 안고 있다.

아이……. 먼 미래, 현대를 사는 남자도 쉽게 받아들일 수 없는 말을 수백 년 전 조선 사람인 그가 받아들여 준다는 것은 말도 안 된다는 걸 안다. 게다가 그는 누구보다도 나와의 사이에서 아이를 원했다. 남한산성에서부터 그리 말했으니까.

덧붙이자면 그는 이 집안의 장남이다. 조선 시대에 장남이 가문의 대를 이어야 하는 것은 숙명과도 같은 일. 아이를 낳지 못하는 며느리는 쫓겨나도 할 말이 없는 시대다.

저러다 언젠가는 들어오겠지.

꼭 이 말은 나 자신에게 던지는 위안 같지만.

"그래, 수고했다. 그만 물러가 쉬거라."

"예."

밖으로 나가려던 금치가 걸음을 멈춘다.

"참, 마님. 드릴 말씀이 한 가지 더 있습니다요."

"그게 무엇이냐?"

"오늘 한 여인이 무뢰배들에게 끌려가려는 것을 나으리께서 구해주셨습니다."

"그런데?"

"그런데 글쎄 그 여인의 얼굴이 마님과 똑같이 생겼지 뭡니까?"

"나와 똑같이 생겼다고?"

금치가 고개를 세차게 끄덕였다.

"예. 그냥 똑같이 생긴 게 아니라 참말로 쌍둥이처럼 똑같이 생겼습니다. 나으리께서도 놀라고 신기하셨는지 그 여인에게서 눈을 떼지 못하시던 걸요. 강원도 회양에서 온 기생이라고도 했습니다. 첩살이를 했는데⋯⋯ 뭐라더라, 서방이 죽어서 갈 곳이 없답니다."

나를 똑 닮은 여인에게서 눈을 떼지 못했다는 말이 썩 좋게 들리진 않는다. 나도 모르게 인상을 쓰려던 것을 어렵게 참고는 최대한 침착한 목소리로 금치에게 물었다.

"그래서?"

"예?"

"그래서 나으리께서는 어찌하셨느냐?"

"그 여인 말입니까?"

"그래."

"그 여인이 갈 곳도 없고 노잣돈도 없다 하시니 일단 얼마간의 돈을 주어 보내셨습니다."

"돈을 주었다고?"

"예."

나랑 닮은 여인이 기생이라는 것도 마음에 안 드는데 게다가 돈까지 챙겨주었다니. 이 사내가 원래 이렇게 착한 사내였던가? 적어도 나와 닮았다면 마음이 흔들릴 법도 하겠다 싶었다. 하지만 그 꼴을 나 이화진이 절대 두 눈 뜨고는 못 보지.

"정말 그 여인이 떠난 것이 맞느냐?"

"거기까지 보진 못하고 돌아온 터라⋯⋯."

결국 난 씩씩거리며 자리에서 벌떡 일어섰다.

"나으리께서 머무신다는 주막이 어디에 있다 하였느냐?"

◠◠◠

시백은 자신이 이처럼 욕심이 많은 사내인 줄 몰랐다. 투기도 모르고 질투도 몰랐으며 더욱이 사내답지 못하게 삐친 모습까지 보일 줄이야. 그것은 나름 그의 이유 있는 시위였다. 여인을 이처럼 깊게 사랑해본 것도 처음이었다. 화진은 그에게 여러모로 특별한 존재였다. 오로지 그녀가 자신만을 보고 자신의 말에 귀를 기울이고 자신의 뜻을 따라주기만을 바란다면 그것은 지나친 그의 욕심일까?

술기운이 오르니 눈앞에 앉은 여인의 화장이 더욱 짙게 보이는 듯했다.

"화진……."

그도 모르게 튀어나온 화진의 이름에 여인이 붉게 칠한 입술로 미소를 짓는다.

"소녀의 이름은 '설중매'라 하지 않았습니까. 벌써 잊으셨습니까?"

"설……."

"설중매라 합니다, 나으리."

시백이 눈을 깜빡였다.

이상하게 어지럼증이 몰려오는 것 같았다. 그러고 보니 왜 그 여인이 자신이 머무는 주막의 방안에 함께 있는지도 알 수 없었다. 낮에 연무당에서 놀란 가슴을 진정하라며 여인에게 술 한잔을 따라준 것이 전부였다. 노잣돈을 쥐어 연무당에서 분명 내보냈고 날이 저물어 그는 주막으로 돌아왔다.

낮에 화진과 똑같은 얼굴로 눈웃음을 살살 뿌리던 설중매 때문이었을까? 그는 주모에게 술상을 달라고 했고 분명 혼자 술을 마셨다. 그런데 언제 설중매가 그와 한 방안에 들어왔단 말인가?

"머리가 어지럽군."

"그럼 소녀에게 기대시지요."

설중매가 두 팔을 벌려 시백을 자신의 가슴으로 끌어당겼다. 향기는 머리가 아플 정도로 진하고 낯설었다. 그러나 술기운에 취해 바라본 설중매의 얼굴은 화진의 얼굴이었다. 아이를 갖지 않겠다며 표독스럽게 쏘아붙이던 그 얼굴이 곱고 진한 화장을 하고 눈웃음을 살살 흩뿌리니 시백의 가슴에 불을 붙이는 꼴이었다.

"내가……."

설중매는 시백의 손을 자신의 가슴에 가져다대며 말했다.

"낮에 나으리께서 소녀를 연무당에서 그리 내치시니, 주모가 올리는 술상에 약을 조금 탈 수밖에 없었습니다."

"약?"

그제야 시백은 잠깐이나마 정신을 바짝 차린 기분이었다.

"한잠 푹 자고 나면 지금 소녀와 나누는 이야기들은 전부 기억나지 않으실 것입니다. 그러니 나으리, 오늘밤 소녀가 나으리의 즐거움이 되어드리지요. 나으리께서는 소녀를 나으리 부인인 양 따스히 보듬어주시기만 하면 됩니다."

설중매가 몽롱한 의식 상태로 빠져든 시백의 옷을 벗기기 시작했다. 이제 제 의지를 잃어버린 시백이 설중매의 얼굴에 손을 가져다대며 중얼거렸다.

"화진……."

"후훗."

화진과 똑같은 얼굴을 한 설중매 아니, 청나라의 궁녀이자 과이심 부족 출신의 기홍대는 시백의 몸을 올라타고 드러난 그의 단단한 가슴을 두 손으로 쓸었다.

"하아……."

흥분한 그녀가 그의 가슴에 얼굴을 가져다대며 차오르는 숨을 내뱉었다.

"(이리 멋진 조선인 사내라니……! 제정신으로 날 품어주면 얼마나 좋아. 하지만 어쩔 수 없지. 내일이면 나를 자신의 집으로 데리고 가지 않을 수 없을 것이야.)"

기홍대가 작정한 듯 시백의 바지 허리끈을 잡아 풀어 내리던 그때였다. 그녀의 턱 아래에 서늘한 칼끝이 닿았다.

"!"

놀란 기홍대가 행동을 멈추고 칼을 피해 턱을 들어올렸을 때였다. 그녀의 뒤에서 나타난 여인이 만주어로 날카롭게 속삭이듯 말

514

했다.

"(너, 기홍대지?)"

기홍대가 놀라 아무런 대답을 하지 못하자 여인이 그녀를 위협하듯 칼끝을 더욱 바짝 그녀의 목에 갖다대며 말했다.

"(당장 그 허리끈 잡은 손을 놓지 않으면 오늘 밤 너와 나, 둘 중 한 명은 반드시 죽는다.)"

여인은 바로 화진이었다.

❦

금치를 앞세우고 시백이 있다는 주막으로 가는 길에 나는 〈박씨부인전〉 내용을 되새겼다.

이곳은 분명 조선이었다. 그러나 누가 쓴지 모르는, 설화로만 전해져 내려오는 〈박씨부인전〉 내용과도 뒤섞듯 일치한다. 만약 〈박씨부인전〉의 내용이 어느 정도 실화를 담고 있는 것이라면 다음 내용은 해피엔딩뿐이다. 즉, 병자호란이 끝났으니 이시백과 박씨부인의 해로만 남아 있다.

그런데 왜 자꾸만 불길한 기분이 드는 것은 무엇일까?

단지 아이 문제 때문에?

그것이 아니라면 지금쯤 청나라에 볼모로 붙잡혀간 봉림대군 때문에?

"이곳입니다."

금치가 주막 앞에 멈춰 서며 돌아서 내게 말했다. [酒]라는 글씨가 크게 새겨진 등이 입구에서 빛을 내고 있었다.

멀쩡한 집을 놔두고 이런 작은 초가에 머물고 있다니.

속으로 한숨만 나오면서도 난 애써 짜증을 가라앉히며 금치에게 물었다.

"여기 주모가 예쁜 여인이거나 하진 않겠지?"

"그러믄요! 게다가 마님보다 예쁜 여인이 이 조선팔도에 어디에 있답니까?"

입바른 금치의 말이 내 짜증을 조금 가라앉혀 주었다. 난 시백과 만나서도 절대 기죽지 않겠다는 결심으로 의기양양하게 걸음을 내디뎠다.

"저쪽입니다."

금치가 손으로 가리킨 곳은 주막의 가장 끝 방. 난 금치를 뒤로 하고 시백과 마주할 생각으로 방으로 다가갔다. 마침 그 방안에는 불이 켜져 있었고 가까이 다가가자 사람의 그림자가 비쳤다. 그림자만으로도 난 시백임을 알아차리고는 숨을 크게 들이셨다.

"화진……."

그가 낮게 읊조리는 목소리.

역시나다.

그래, 날 이렇게 보고 싶어할 거면서 이런 데 와서 숙식하며 혼술이나 하고 계시겠다?

바로 그때였다.

어떤 여인의 그림자가 그의 그림자 앞에 나타난 것이다.

"소녀의 이름은 '설중매'라 하지 않았습니까. 벌써 잊으셨습니까?"

"설……."

"설중매라 합니다, 나으리."

설중매?

설중매라면 〈박씨부인전〉 속 청나라에서 온 여자애 하나가 기생인 척 자신을 숨길 때 쓰던 이름인데?

아마 그 청나라 여자애 이름이…… 기홍대!

여기까지 생각이 미친 나는 눈을 번쩍 떴다. 그리고 돌아서서 멀찍이 서 있던 금치를 손짓으로 불러 말했다.

"당장 주막 부엌에 가서 식칼 하나 가져오너라."

이시백을 죽이기 위해서 청나라 황제가 보냈다던 자객.

그녀가 바로 기홍대잖아!

೨೬•ꝏ

난 금치가 가져온 식칼을 힘주어 잡았다. 금치가 부부싸움이라도 벌어진다 여겼는지 기겁하며 뒤로 물러섰다. 식칼을 한 손에 든 나는 다른 한 손으로는 방문을 조심스럽게 열며 안으로 들어섰다.

그런데 웬걸? 〈박씨부인전〉 속에서는 그를 죽이기 위해 왔다던 그 기홍대가 술 취한 내 지아비 배를 깔고 앉았네?

확, 성질이 치솟았다.

물론 스토리가 약간 달라질 순 있지.

그건 설화이고 지금 내가 서 있는 이 자리는 역사 속이니까!

"(이리 멋진 조선인 사내라니……! 제정신으로 날 품어주면 얼마나 좋아. 하지만 어쩔 수 없지. 내일이면 나를 자신의 집으로 데리고 가지 않을 수 없을 것이야.)"

내 사내의 몸에 올라타는 것에 집중한 기홍대는 내가 들어온 줄도 몰랐다. 난 때를 놓치지 않기 위해 그녀의 뒤로 다가가 목에 칼끝을 가져다댔다.

시퍼런 날이 선 주막의 식칼을!

"(너, 기홍대지?)"

내 입에서 나온 만주어와 동시에 그녀의 목에 닿은 칼끝. 그녀는 기겁하듯 눈을 크게 떴다.

"(당장 그 허리끈 잡은 손을 놓지 않으면 오늘 밤 너 죽고 나 죽는다.)"

꼼짝도 못 하게 된 그녀가 난처한 웃음을 지으며 우리말로 말한다.

"호…… 호호! 무슨 말씀이신지요?"

"(어디서 구라까고 있어? 청나라 계집년이.)"

그녀도 더는 나를 속일 수 없다고 여겼는지 급하게 시백의 몸 위에서 내려왔다. 그리고 내 앞에 몸을 납작 엎드리며 사정하듯 말했다.

"고귀하신 부인을 몰라 뵙고 죽을죄를 지었습니다! 용서해주십시오!"

갑자기 돌변하니 오히려 칼 잡고 위협하던 내 꼴이 더 나빠 보였다. 난 여전히 칼을 잡은 채로 그녀에게 말했다.

"네가 하려던 짓이 무엇인지는 아니?"

"소, 소녀는 그저……! 힘없는 계집인지라 명을 받고 조선으로 왔을 뿐입니다!"

"도르곤이 보냈니?"

설마 하는 마음으로 물은 것이었다. 엎드려 있던 그녀가 움찔하더니 고개를 들어 나를 쳐다본다.

"어, 어찌 그것을……!"

〈박씨부인전〉에서는 청나라 황제가 기홍대를 보냈는데 실제는 좀 다른가보다. 게다가 금치의 말대로 나와 똑같은 얼굴을 하고 있었다. 내가 나에게 칼을 겨눈 형국이라 좀 황당한 기분도 들었다.

"그가 내 서방님을 해하라고 하였더냐?"

"아닙니다! 절대 아닙니다!"

"아니라고?"

"예에! 도르곤 황자님께서는 마님과 같은 외모로 마님의 서방님을 유혹하라고만 하셨을 뿐입니다!"

"그래서? 그다음은!"

윽박지르는 나를 찬찬히 살펴보던 그녀가 갑자기 울먹거리며 두 손을 얼굴에 가져다댄다. 그녀가 뒤집어쓰고 있던 내 피부가 조금씩 늘어지며 일그러지고 있었다. 대충 보아도 흉측한 모습에 절로 인상이 찌푸려졌다.

"소, 소녀는…… 흐흑. 용서해주십시오."

녹아내리듯이 흘러내리는 제 얼굴을 붙잡은 기홍대가 흐느끼던 그때였다. 왠지 모를 측은한 마음에 난 그녀를 향해 겨누던 칼끝을 천천히 내려놓았다. 그 순간 기홍대가 품 속에서 작은 표창을 꺼내더니 그것을 나를 향해 날린 것이다.

- 탁!

내 손에 들려 있던 칼이 표창에 맞아 바닥으로 떨어졌다. 동시에 기홍대가 내게로 달려들더니 바로 나를 쓰러뜨리며 이번에는 그가 아닌 내 몸에 올라탔다. 그녀의 몸에 숨겨진 무기가 몇 개 더 있는 것인지 바닥에 떨어진 표창 외에 아주 작은 단도를 들어 순식간에 내 목에 갖다대었다.

"훗. 조선의 여인들은 성정과 마음이 빈약하다더니 너 역시 딱 그 짝이로구나."

"너……! 너……!"

그녀에게서 벗어나고자 몸을 비틀었다. 그러자 기홍대는 내 목에 단도를 더욱 바짝 들이대며 위협했다.

"이 고운 살가죽을 벗겨 내 면피로 삼을까?"

"그러기만 해봐!"

"이미 네 목숨을 내가 쥐고 있는데도 군말이 많구나. 나 기홍대는 청나라 팔기군 장수 여럿과 겨뤄도 뒤지지 않는다. 하물며 너 같은 가녀린 계집 하나 못 누를까!"

꼼짝도 못 하니 열불만 났다.

"그럼 죽여!"

"뭐?"

"어차피 너 나 못 죽이잖아. 안 그래?"

"무, 무슨……?"

밑에 깔리고서도 당당한 내 태도에 기홍대가 당황했다.

"도르곤이 보냈다고? 그렇다면 네가 이곳에 온 이유야 뻔하지. 내 서방님을 죽이러 왔던가…… 아니면 날 데려오라고 했겠지?"

놀란 표정 감추려는 기홍대의 안색이 다시 측은해 보일 정도다.

"내 얼굴에 상처 하나 나 봐. 도르곤이 가만있겠어? 게다가 내가 또 도르곤 만나서 네 면피를 벗겨달라고 청하면 그가 해줄까? 안 해줄까?"

"너…… 이 계집……!"

"그러니 당장 그 징그러운 면상부터 치워줄래! 어차피 가짜 얼굴 뒤에 숨겨진 얼굴이 나보다는 못생겼을 거 아니야?"

분을 참지 못한 기홍대가 계속 단도를 내 목에 들이댔지만 정작 찌르지는 못했다. 결국 내 말이 맞은 것이다. 그녀는 도르곤이 보냈고 최종 목적은 나다. 그는 시체를 싫어하니 분명 날 살려서 잡아 오라고 했겠지.

"아니야? 홋."

자신만만하게 웃는 나를 내려다보던 기홍대가 갑자기 몸을 일으켜 세운다. 그녀는 쓰러진 시백에게로 다가가 그의 목에 검을 가져다대었다. 조금 전까지만 해도 기홍대를 보며 자신만만하게 웃던 내 얼굴이 굳어버린 건 당연지사. 이런 내 표정의 변화를 다시 즐기기 시작한 건 기홍대였다.

　"너를 살려서 데려오라고 하신 도르곤 전하의 명은 사실이다. 허나, 명이 하나 더 있지. 이시백을 죽여라. 워낙 마음에 드는 사내라 즐기고 죽이려 하였더니…… 그냥 죽여야겠구나."

　"너 당장 그 칼 못 치워!"

　"싫은데?"

　"너……!"

　"아니지. 이런 잘생긴 사내라면 면피를 벗겨서 기념으로 지니고 다녀야겠어."

　그녀의 단도 끝이 그의 턱을 찔렀다. 그러나 쓰러진 시백은 감은 눈을 찔끔했을 뿐 전혀 눈을 뜨지 않는다.

　"그에게 무슨 짓을 한 거야!"

　"특별한 약을 술에 조금 탔을 뿐이야. 내일 해가 뜰 때까지도 정신을 차리긴 어려울 것이다. 그러니 면피를 벗겨내는 고통 따위도 못 느끼겠지."

　달려들어 그녀의 칼을 빼앗으려고 했다.

　"너! 당장 그 칼 못 치워!"

　"다가오지 마!"

기홍대는 비명을 지르며 내게 다시금 경고했다.

"거기서 한 발짝만 더 다가오면 면피를 벗기기 전에 네 서방 숨통부터 끊어놓을 테니!"

"!"

〈박씨부인전〉 속 박씨는 도술을 부리는 재주가 있다. 그 재주로 기홍대 따위는 아주 쉽고 간단하게 제압해버렸다. 하지만 나는 도술 같은 건 하나도 못 한다. 전혀 모른다고! 그런 도술을 알았으면 진작에 이 조선을 떠나서 미래로 돌아가버렸을 거다.

그게 내가 아는 도술의 전부다!

"어, 어쩌려고!"

"어쩌긴? 널 못 데려가면 어차피 나도 살려두지 않겠다고 하셨다. 그러니 이시백이라도 죽여 그의 목을 가져가면 목숨은 구명할 수 있지 않겠느냐?"

"너 정말!"

기홍대가 얼마나 대단한지는 몰라도 이미 칼은 그녀가 쥐었다. 이번 조선행에서 그녀는 날 죽이지 못해도 이시백은 죽이려 할 것이다.

〈박씨부인전〉에서도 기홍대가 조선에 온 목적은 이시백을 죽이기 위한 것! 다만 도술을 부리는 부인 박씨가 있었기에 이시백도 살고…… 기홍대는 청나라로 돌아갔다.

그게 소설이라면 지금 이건 현실이다. 기홍대는 지금 내게 직접적으로 말하지 않지만 요구하는 것이 분명했다. 어찌할 바를 모르는 나를 보며 묘한 미소를 짓던 그녀가 단도를 높게 치켜든다. 그녀가 노리는 것은 그의 동맥. 목을 베어버린다면 아무리 도술을 부리는 〈박씨부인전〉 속 박씨부인도 시백을 살려내진 못할 것이다.

"갈게."

"뭐?"

"간다고. 청국으로."

"네가?"

"그럼 누구를 데려가려고? 어차피 넌 그냥 돌아가면 도르곤에게 죽는다며? 그러니 네가 살고 싶으면 나를 청국으로 데려가야겠지. 도르곤은 네가 서방님을 해치는 것보단 나를 데려오는 것을 더 반길 테니."

"참말이냐?"

정말 이런 선택을 하게 될 줄은 몰랐다. 그러나 일단 이시백을 살리고 봐야 한다. 그는 내일이면 정신을 차릴 거고 그때쯤이라면 난 아직 조선 국경을 넘기 전이다. 그전에 기홍대를 따돌리고 다시 그의 곁으로 돌아오는 거다.

난 할 수 있을 거야.

"가겠다고. 갈 테니까 그 칼 치워."

"흠."

기홍대가 눈동자를 이리저리 굴린다. 내 말을 받아들이겠다는 뜻인지 아니면 그를 죽이고 나도 데려가는 이중 공을 세울지 말지 고민하는지는 모르겠다.

"길게 끌지 마. 어차피 피차 시간이 없을 텐데?"

당당한 내 태도는 끝까지 기홍대의 기분을 상하게 만든 게 틀림없다. 그녀는 아랫입술을 보란 듯이 깨물며 인상을 찌푸렸다.

"뭐가 그리 당당하냐? 네 사내의 목숨을 걸고 하는 짓인데."

"넌 내 서방님을 죽일 순 있지. 하지만 날 죽일 순 없잖아?"

"널 죽이고 네가 청국으로 가기 싫어 스스로 자결했다고 도르곤님께 전하는 수도 있지."

이 말에 난 코웃음을 쳤다.

"웃어?"

"웃기니까."

"뭐가?"

"네가 나보다는 도르곤을 더 잘 알겠지. 나도 솔직히 그를 잘 몰라. 몇 번 만난 게 고작이니까. 하지만 그건 알아. 여인의 시체는 싫어한다는 거. 그리고 아마 그는 알 거야. 난 절대 자결할 여인이 아니라는 거."

전쟁이 불러올 참극이 두려워 지레 겁먹고 자결한 조선 여인들의 이야기는 수도 없이 들었다. 난 그 전쟁통에서 아이를 낳았다. 그리고 남한산성의 추위 속에서도 살아남았다. 도르곤은 이런 내 강함도 분명 엿보았을 거다. 난 스스로 목숨을 끊는 여인들과는 다르다. 정운이 죽었을 때조차 스스로 목숨을 끊지 못하고 살아남았으니.

"어서 선택해. 내 마음이 바뀌기 전에."

마치 난 청국에 가는 것을 스스로 선택했다는 듯 당당했다. 아니, 그 말이 맞다. 난 스스로 선택해서 청국으로 가려는 것이다. 일단 시백을 살리는 것이 우선이었으니까.

"받아."

그녀가 여전히 시백의 목에 단도를 가져다댄 채로 내게 끈 하나를 던졌다.

"이걸로 뭘 어쩌라고?"

"손을 감아. 어서."

"혼자서? 그건 못 해."

"시끄러워. 빨리해!"

기홍대의 짜증에 난 줄을 내던졌다. 그리고 바닥에 떨어뜨린 칼을 다시 집어 들었다. 이것을 보며 기홍대가 소리쳤다.

"무슨 짓을 하려는 거야?!"

"걱정 마. 다른 마음은 안 먹었으니까."

난 그 칼로 내 저고리의 고름을 뜯어내듯 베어버렸다.

두 개의 끈이 저고리에서 떨어지고 난 그중 한 개의 끈을 시백의 손목에 묶어주었다.

"조선에서는 그런 식으로 서방과 이별하나보지?"

"이별이 아니야. 약속이지."

글을 쓸 시간이나 여유 따위를 기홍대가 줄 리는 없다. 그러니 그에게 줄 수 있는 건 이것뿐이다.

기다려요. 하루라도 빨리 돌아올 테니까.

쓰러진 그를 보며 난 마음속으로 약속을 보냈다. 그 후에 다른 한 끈으로 손목을 대충 묶고는 기홍대에게 내밀었다. 기홍대는 내 눈치를 살피다가 시백에게 겨눈 단도를 내려놓고는 재빨리 내 손목을 단단하게 묶었다.

"아! 아프다고!"

"시끄러워."

"설마 청국까지 이러고 갈 건 아니지? 멍이 들 거라고! 피가 안 통하면 어쩔 거야?"

"시끄럽다고!"

손목을 다 묶은 기홍대가 그 끈을 잡고 내 등을 밀었다.

그녀에게 떠밀려 밖으로 나오자 주막 밖을 서성이고 있던 금치가 놀라서 뛰어왔다. 이를 본 기홍대가 내 등 뒤에서 작은 목소리로 속삭였다.

"(죽일까, 살릴까?)"

시백도 죽이려던 기홍대. 금치와 같은 하인 따위야 죽이는 것은 아무렇지도 않게 할 것이다.

"마님! 어쩐 일입니까?"

나는 기홍대의 뒤로 몸을 숨겨 손목이 묶인 것을 금치가 보지 못하도록 했다.

"아니야, 아무것도."

"잘 끝나신 겁니까?"

아무래도 부부싸움이라도 크게 내는 줄 알고 멀리 있었던 모양

이다. 상황을 아직 파악 못 한 게 금치에게는 퍽 다행스러운 일이
아닐 수 없다. 만약 내가 기홍대와 엎치락뒤치락할 때 나를 구하겠
다고 들어섰다가 기홍대가 표창이라도 날렸다면?

으……! 생각하기도 싫다.

난 금치를 향해 어색한 웃음을 지어 보였다.

"안에 들어가보거라. 나으리께서 술에 많이 취하신 듯하니."

"마님은요?"

"난 이 여인과 할 말이 더 남아 있어."

"아, 예에."

기홍대를 불안하게 쳐다보면서도 금치는 내가 시키는 대로 순
순히 안으로 들어가려고 한다. 난 신을 벗는 금치를 향해 말했다.

"금치야!"

"예에?"

"나으리를 부탁한다."

"아…… 예에."

그대로 안으로 들어가려던 금치가 무언가 이상한 듯 나를 돌아
본다.

"마님."

"왜 그러느냐?"

"집으로 가십니까?"

난 눈을 한 번 무겁게 감아 뜨고는 활짝 웃으며 말했다.

"응. 그러니 나으리가 깨어나시면 전해. 집으로 꼭 돌아간다고."

528

"아, 예에…… 그러지요."

무언가 이상하다는 생각을 하면서도 금치는 시백이 있는 방안으로 들어갔다. 하지만 내 발은 쉽게 떨어지지 않았다. 기홍대가 내 뒤에서 말했다.

"아쉽겠네. 서방도 하인도 보는 것이 오늘이 마지막일 테니."

난 기홍대를 노려보았다.

"이제 어쩌려고? 성문이 닫힌 시각인 건 알지? 어떻게 빠져나갈 건데?"

"그건 네가 걱정할 일이 아니야."

웃으며 기홍대가 나를 향해 말하던 그 순간이었다. 탁, 하는 소리와 함께 세상이 빙빙 도는가 싶더니 그대로 난 정신을 잃고 말았다.

❧

"부인……."

시백이 감았던 눈을 번쩍 뜨며 깨어났다.

시각은 이미 중천. 바깥에서는 주막을 찾은 손님들로 북적이는 소리가 들려왔다.

"아……."

깨어나자마자 머리에서 느껴지는 통증에 눈살을 찌푸리며 시백은 한 손을 이마에 가져다대었다.

"응?"

그때 그는 자신의 한쪽 손목을 감고 있던 저고리 고름을 발견했다. 노란 빛깔이 들어간 고름은 분명 여인의 옷에서 뗀 것이 분명했다.

"도대체……."

지난밤, 집으로 돌아가고 싶은 마음이었지만 차마 그러지 못한 그는 쓸쓸히 주막으로 돌아왔다. 쉽게 잠이 들지 않을 것 같아서 주모에게 술상을 내달라고 한 것이 기억의 마지막.

이처럼 머리가 아프다면 분명 술을 많이 마신 게 틀림없었다. 아무리 그렇다고 하더라도 그는 평소 자신이 이길 수 없는 만큼의 술을 마셔본 적이 없었다.

그때 문이 열리며 금치의 모습이 나타났다.

"나으리!"

금치는 깨어나 앉아 있는 시백을 향해 반가운 표정을 지으며 들어왔다. 그리고 밖에서 국밥이 담긴 상도 들었다.

"때맞춰 상을 가져왔습니다. 배고프시지요? 어찌 그리 많은 술을 드셨답니까? 해가 중천에 갈 때까지 깨어나지 못하시는 건 소인이 나으리를 모신 이후로 처음 봤습니다."

"벌써 시간이 그렇게 되었더냐?"

"예에. 안 그래도 소인이 밤새 곁을 지키면서 아침이 되자마자 나으리를 깨우려 했는데도 못 일어나시더군요. 막 흔들어도 전혀 깨어나지 않으셔서 의원이라도 부를까 했습니다."

"그래. 한데 어찌 집에 돌아가지 않고?"

"마님께서 부탁하셨으니 말이죠."

"마님?"

시백이 눈을 날카롭게 떴다. 이를 보고 금치는 자신이 말실수를 했다 여겼는지 한 손으로 제 입을 가리는 시늉을 했다.

"아차차! 그러니까……."

"내가 여기에 있다는 사실을 그녀에게 알렸느냐?"

"알렸다기보다는…… 아이고, 그보다 나으리! 어찌 지난밤 그런 실수를 하셨습니까?"

"실수라니?"

"지난밤 소인이 마님을 모시고 이곳에 오니까 글쎄, 나으리께서 술상을 홀로 받으신 게 아니더구먼요."

"무슨 말이야, 도대체?"

"그 어제 낮에 본 설중매라는 기생 말입니다. 그 기생과 함께 계셨습니다. 마님께서 이를 보시고 얼마나 화를 내셨는지 주막 부엌에서 칼을 가져오라 하지 않으셨겠습니까? 그래서 소인이 뭔 사달이 나는 줄 알고……."

시백이 금치의 말을 끊었다.

"부인이 이곳에 왔단 말이냐?"

"예에."

"게다가 설중매라니? 그 기생은 어제 내가 노잣돈을 주어 보내지 않았더냐? 그 기생이 어찌 이 주막에 나와 있었단 말이냐?"

"그야 소인은 모르지요. 함께 계시던 나으리께서 더 잘 아시지 않겠습니까?"

시백은 기억을 되짚어 보았지만 낮에 헤어질 때 보았던 설중매의 모습이 다였다. 그는 자신이 잃어버린 기억을 되찾아보려 생각을 집중해 보았지만 머리만 더 아플 뿐이었다.

깨질 듯이 아파오는 머리를 부여잡으며 시백이 금치에게 말했다.

"부인은 어디에 있느냐?"

"어제 그 설중매와 함께 가셨습니다. 집으로 가신다 하셨지요."

시백은 여전히 자신의 손목에 묶여 있는 고름이 신경이 쓰였다. 무언가 불안했다. 어제 낮에 보고 더는 본 적이 없는 설중매와 있었던 일 하며 뒤이어 나타난 화진이 설중매와 집으로 가버렸다는 일까지. 기억에 없으니 금치의 말만 듣고는 답답하기만 했다.

"집으로 가야겠다."

"옳으신 말씀이십니다! 하오나 그전에 식사부터 하시고……."

"되었다."

시백이 상을 물리고는 서둘러 주막을 나섰다.

"부인!"

집으로 돌아온 시백은 제일 먼저 화진이 지내는 안채로 달려갔다. 안채의 서쪽 방을 열어젖힌 시백은 지난밤 화진이 외출할 때 이후로 그대로인 방 상태를 보았다.

어디에도 화진의 모습은 보이지 않았다.

"시백이가 돌아왔다고?"

안채 동쪽 방에서 지내는 대부인이 시백의 목소리를 듣고는 버선발로 뛰어나왔다.

"다행이구나. 무사히 돌아와서 다행이야!"

"어머니. 제 안사람은 어디에 있습니까?"

"그러고 보니 오늘 아침부터 보이지 않더구나. 나야 너한테 간 줄로만 알았지. 아니었느냐?"

그 말을 듣는 순간 시백은 정신이 확 깨는 듯한 기분이었다. 무언가 잘못되었다. 잘못되어도 한참 잘못되었다. 자신에게 왔던 화진은 설중매와 함께 사라졌다. 집으로 간다고 했던 그녀가!

"금치야!"

시백이 다급한 목소리로 금치를 찾았다.

"예, 나으리!"

"지난밤 부인이 뭐라고 했느냐? 소상히 말해보거라!"

"그게 마님께서 낮에 자신과 똑 닮은 기생이 나타났다는 말씀을 들으시고는 갑자기 무슨 생각이신지 나으리께 가시겠다고 하지 않습니까? 그래서 마님을 모시고 나으리가 계신 주막으로 갔습지요. 그런데 그곳에 나으리와 그 기생이 한방에 있는 게 아닙니까."

"난 기억이 없다. 그 기생을 처소에 들인 일이 없어."

"소인도 그게 이상하긴 합니다만. 참, 그 기생이 다른 나라 말을 했습니다."

"다른 나라 말?"

"무슨 말인지야 못 알아들었지만 분명 남한산성에서 있을 때 소인이 들었던 말이니……."

"청나라 말이겠구나."

"예에. 그렇지요."

시백이 느낀 불길함이 현실이 되어 찾아오고 있었다.

"그 후에 마님께서 식칼을 가져오라시기에 소인이야 마님께서 화가 나셔서 기생에게 겁이라도 주시려는 줄 알고, 칼을 가져다드리고는 멀리 서 있었습니다. 그런데 얼마 지나지 않아서 그 기생과 함께 마님이 웃으면서 나오시는 겁니다. 마님께서는 나으리께서 많이 취하셨다고 저보고 잘 부탁한다─ 아, 그리고 또 그러셨지요. 나으리가 깨어나시면 '집으로 꼭 돌아간다고' 전하라 하셨습니다. 그래서 집으로 가시는 줄 알았지요."

"'집으로 꼭 돌아간다고'……!"

화진이 남긴 마지막 말을 되새기던 시백은 이제야 모든 전말을 알 것 같았다. 화진과 똑 닮은 얼굴을 하고 나타난 설중매는 분명 기구한 사연을 가진 기생이 아니었다. 청나라에서 보낸 세작(細作)이 분명했다. 그녀가 자신에게 접근한 이유가 무엇이든 목적은 분명했다. 청나라에는 화진을 노리는 자들이 있었으니까.

"대체 이게 어찌된 일이란 말이냐? 그 기생은 무엇이고 며느리는 어디로 갔다는 거야?"

대부인의 물음이 허공에 울리던 그때였다.

시백이 금치를 향해 소리쳤다.

"당장 내 말을 가져오너라!"

대부인이 시백의 옷깃을 붙들었다.

"말이라니? 도대체 어디에 가려는 것이냐?"

"더 늦기 전에 뒤쫓아야 합니다!"

"뒤쫓다니? 어딜?"

"어제 그 기생 아니, 그 여인이 그녀를 납치했습니다. 분명 청국으로 데려가려고 할 것입니다! 그전에 되찾아야 와야 합니다!"

"청국? 어찌 며늘아기를 청나라로 데려가려 한단 말이냐?"

"청국에 그녀를 노리는 이들이 있습니다."

화진의 특출난 미색이라면 충분히 조선뿐만 아니라 다른 나라의 사내들도 원할 것이라는 생각을 직감적으로 하는 대부인이었다. 그러나 이 문제는 조금 다르다.

"지금 쫓아가도 늦을지 몰라!"

"서둘러 쫓으면 가능할 것입니다."

"만약 네가 쫓아가도 늦는다면? 이미 국경을 넘었다면 어찌하려느냐?"

"청국에 가서라도 아내를 되찾아올 것입니다."

"시백아!"

대부인이 그런 시백의 팔을 힘주어 잡았다.

"청국이 조선보다도 더 큰 나라라는 것쯤은 나도 안다. 그 큰 나라로 끌려갔다면 며늘아기를 어찌 찾겠느냐? 만약 국경을 이미 넘었다면 포기하거라."

"어머니!"

"아니면 널 못 보낸다. 못 보내!"

"어찌 그러십니까?!"

"어찌 그러다니? 정묘년에 찾아온 새 아가는 어찌되었더냐? 갓 스물도 안 된 새 아가를 찾아오느라 넌 네 목숨을 걸었지. 겨우 살려서 데려왔더니 한성을 코앞에 두고 목을 매달았다. 정조를 잃었기에 그리했겠지. 이번에도 그런 일이 반복된다면 어차피 며늘아기도 죽을 거다. 죽을 아이를 구하기 위해 왜 네가 생목숨을 걸어?!"

시백의 기억 속, 나무 위 단단한 가지에 목이 매달린 채 흔들거리던 죽은 부인 윤씨의 뒷모습이 떠올랐다.

아버지의 오랜 지인의 딸이었다. 어릴 적부터 소꿉장난하며 함께 자랐던 사이. 동갑인 열 살의 나이에 혼인해 열여섯에 마주한 정묘호란.

하필 친정인 의주에 갔을 때 호란이 일어났다. 시백은 그때도 부모님의 만류를 무릅쓰고 부인 윤씨를 찾으러 적군이 주둔한 의주로 향했다. 이미 그녀는 적군의 막사에 붙들려서 목숨만 연명하고 있는 처지였다. 처음에는 그와 돌아가지 않겠다고 고집을 부렸다.

시백도 그 이유가 무엇인지 알고 있었다. 하지만 시백은 충분히 예상했었고 자신만 괜찮다면 다 상관없다고 여겼다.

['정조를 더럽힌 몸으로 어찌 서방님의 씨를 받아 어미가 될 생각을 할 수 있겠습니까?']

몇 번이고 떠나겠다고 죽겠다고 하는 것을 어르고 달래서 한양에 이르렀다. 집으로만 돌아가면 모든 것이 괜찮아질 것이라고 그녀를 계속해서 다독였던 시백이었다.

그러나 그가 잠든 사이 새벽.

그녀는 한양이 내려다보이는 산등성이 위에서 목을 매달았다. 시백이 그녀를 발견했을 때는 이미 숨이 끊어진 뒤였다.

"안 된다! 난 내 아들은 죽어도 못 잃어!"

오래된 기억 속에서 되돌아온 시백의 눈동자가 대부인을 향해 말했다.

"그녀는 다릅니다."

"시백아!"

"그녀는 다릅니다. 어머니."

그때 금치가 말을 가지고 마당에 나타났다.

"나으리!"

"죄송합니다, 어머니."

"시백아!"

시백은 대부인을 뿌리친 채 서둘러 말에 올랐다. 곧 그는 말을 타고 북쪽으로 내달렸다.

❦

얼마 동안 정신을 잃었는지 모르겠다. 깨어났을 때 제일 먼저 느낀 것은 배고픔이었으니까. 적어도 하루 이상은 시간이 흘렀다는 건 알 수 있었다. 그리고 덜컹거리는 마차 안이다. 손과 발이 꽁꽁 묶인 내가 누워 있는 곳은 성인 한 사람이 들어갈 만한 상자 안. 그 상자는 마차에 실려 어디론가 가고 있었다.

"으으……."

입이 틀어막혀 있진 않지만 천으로 둘러져 소리를 제대로 낼 수가 없는 상태였다. 정신이 조금씩 돌아오자 좁은 상자 안에 갇혀 있는 것이 힘들어지기 시작했다. 상자에서 벗어나기 위해 상자에 몸을 부딪쳐가며 몸부림을 치기 시작했다.

"(워워.)"

마부인 듯한 남자의 목소리가 마차를 멈춰 세웠다. 잠시 후 닫혀 있던 상자의 문이 열리더니 환한 햇빛이 안으로 쏟아졌다. 눈이 부셔 눈살을 찌푸리던 내 앞에 처음 보는 낯선 여인의 얼굴이 보였다.

삐쩍 마른 듯한 체구에 가녀린 얼굴. 얼굴 곳곳이 곰보투성이인 날카로운 인상을 지닌 여인이었다. 그녀가 누군지 모르는 듯한 표정을 짓자 갑자기 날 보는 그녀가 씩 웃는다.

"(나를 못 알아보느냐?)"

그녀의 목소리를 듣고 나서야 난 그녀가 누구인지를 알아차렸다.

기홍대.

그녀가 변장을 하지 않은 얼굴과 처음 마주한 것이다.

"(약효가 있긴 있더구나. 사흘을 꼬박 죽은 것처럼 궤짝 속에서 얌전히 자다니.)"

난 입을 막은 것을 풀어 달라는 듯 소리를 냈다. 의외로 기홍대는 순순히 내 입을 막은 천을 벗겨주었다. 그러나 두 손 두 발이 묶여 있어 상자 안에서 일어나 앉는 것은 혼자 힘으로 불가능했다.

입만 자유로워진 채로 난 누워서 기홍대를 노려보았다. 그녀가 우리말을 할 줄 안다는 것을 알았기에 난 우리말로 따져 물었다.

"여기가 어디야?"

"어디냐고?"

그녀가 웃으며 내 팔을 잡아 강제로 상자 속에서 일으켜 앉혔다. 그러고는 마차 밖을 내다보며 내게 말한다.

"(심양)."

"!"

그녀의 말대로 마차 밖에는 조선의 수도인 한양과 필적할 만한 대도시가 펼쳐져 있었다.

1625년 만주족이 세운 후금은 이곳 심양으로 천도한 후 '대청제국'을 선포하고 황제국이 되었다. 황제에게 걸맞은 최초의 황궁이 바로 이곳 심양에 세워졌다. 이후 북경이 함락되며 자금성으로 옮겨갈 때까지 십 년 가까이 이곳은 청나라의 중심부로서 '성경盛京'이라는 이름으로 불리게 된다.

"내가 심양에 왔다고?"

난 무겁게 침을 삼키며 심양의 중심부에 우뚝 솟은 봉황루를 오랫동안 응시했다.

◦◦◦◦

심양은 아직 추웠다.[*]

궁 후원에는 봄꽃이 피었지만, 궁인들 중 몇몇은 추위를 타는지 털옷을 걸치고 다녔다.

분주한 아침. 후비들이 황후궁에 모여들었다. 황후에게 문안을 드린 후비들은 저마다 궁녀들이 올린 찻잔을 입에 댄 채 말이 없었다. 가장 윗자리에 황후 철철이 자리하고, 양옆으로 귀비와 숙비가 앉아 있었다. 장비와 신비의 자리는 비워져 있었는데 장비는 아직 도착하지 않았고 신비는 회임 중이라 문안에 오지 않았다.

"장비가 늦는구나."

철철의 말에 궁녀가 재빨리 밖으로 나갔다. 장비의 소식을 알아보기 위해서였다. 그때 가만히 있던 귀비가 나섰다.

---

[*] 여기서부터는 외국어 ()표시를 하지 않고 표기합니다.

"참으로 이상한 일입니다."

"이상하다니?"

황후의 시선이 귀비를 향했다.

"장비와 신비는 모두 황후마마의 조카 분들이 아닙니까. 헌데 어찌 제 눈에는 황후께서 장비만을 챙기시는 듯하니…… 혹 신비를 챙기지 않는 연유가 따로 있으신 것이 아닙니까?"

대답할 가치를 못 느끼겠다는 듯 황후가 굳은 얼굴로 입을 닫아 버렸다. 그때 밖으로 나갔던 궁녀가 안으로 다시 들어왔다. 그녀는 황후의 곁에 다가가더니 작은 목소리로 속삭였다.

"기홍대가 돌아왔답니다. 이 소식에 장비마마께서 걸음을 돌려 다시 영복궁으로 돌아가셨습니다."

말을 아뢴 궁녀가 뒤로 물러섰다. 황후는 눈을 이리저리 굴리며 생각에 빠졌다. 그녀가 보낸 추적자의 말에 따르면 기홍대는 조선으로 향했다고 했다. 그 이후에는 알 수 없지만 그녀는 보름 만에 다시 돌아왔다. 그 소식에 장비는 황후궁으로 오던 발길을 돌렸다.

도르곤은 지금쯤 숭정전에 있겠지.

어전회의에 참석하고 있을 시간이었다. 여기까지 생각이 미친 황후가 자리에서 벌떡 일어섰다. 후비들의 시선이 황후에게 모아졌다.

"장비가 아프다 하니 문병을 가봐야겠소."

"저도 가겠습니다."

재미난 구경거리가 있다고 본능적으로 느낀 귀비가 자리에서 벌떡 일어섰다. 그러나 황후가 고개를 저었다.

"귀비의 말대로 장비는 내 조카가 아니오? 가족이 아닌 사람이 문병을 오면 반기지 않을 것이오."

황후의 말에 응대할 적절한 답변을 찾지 못한 귀비가 무릎을 꿇으며 황후를 배웅했다. 황후는 그런 귀비를 보며 입가에 미소를 지었다. 그러나 다시 돌아서 궁을 나온 순간 황후의 입가에서는 미소가 감쪽같이 사라져 있었다.

◦•୨ৎ•◦

"기홍대는 어디에 있느냐!"

장비가 고래고래 소리를 지르며 기홍대를 찾았다. 그녀의 처소 앞에 모여들었던 궁녀들이 장비의 고함 소리에 재빠르게 흩어졌다.

장비는 다짜고짜 기홍대의 처소의 문을 열고 안으로 들어섰다. 상당한 크기의 궤짝을 막 자신의 처소에 들여놓았던 기홍대는 장비의 등장에 상자를 나른 병사들을 밖으로 내쫓았다. 그 후 장비의 앞에 무릎을 꿇으며 예를 올렸다.

"장비마마."

"어디에 다녀온 것이냐? 보름간 어디에 있었어!"

장비가 궁금한 것은 기홍대가 어디에 갔는지가 아니었다. 도르곤과 함께 있었는지 아니면 그와 무슨 일이 있었는지를 더 궁금해 한 것이다.

지난 보름간 도르곤은 심양에 있었다. 자신의 사저에 있었고 매일 황제를 알현하려 입궐했다. 그러나 기홍대는 없었다. 심양의 어디에서도 기홍대를 본 사람이 없었던 것이다.

"소인은 그저……."

기홍대가 무언가 둘러댈 말을 찾던 그때였다. 당연하게도 장비의 시선이 기홍대의 처소를 가득 채울 만큼 커다란 궤짝에 머물렀다. 볼품없고 흔하게 볼 수 있는 큰 궤짝이었지만 그 안에 무엇을 담았는지 장비의 호기심을 자극했다.

"이것은 무엇이냐?"

"그게……."

이번에도 기홍대는 적절한 답을 내놓지 못했다. 자신의 주인은 장비였으나 이번 일을 지시한 것은 도르곤이다. 도르곤은 이 일을 기홍대가 처리함에 있어서 그 누구도 알길 원치 않는다고 했다. '그 누구도'에 장비도 포함되어 있음을 기홍대는 잘 알았다. 그 때문에 머릿속이 복잡해지는 기홍대였다.

그러나 어쩔 도리가 없었다. 이 정도로 큰 궤짝을 들고 들어오니 호기심 많은 궁녀들이 모여들어 구경하기 시작한 것이다. 그중 한 명이 분명 잽싸게 장비에게 다가가 이 사실을 알렸을 것이다.

"열어라."

"마마!"

"열라 했다!"

장비의 지시에 기홍대가 쩔쩔맸다.

장비는 기홍대가 자신의 지시에 따라 상자를 열 생각이 없음을 눈치챘다. 그녀의 손이 궤짝의 고리에 닿았다. 고리에는 커다란 자물쇠로 잠겨 있었다.

"열쇠는 분명 네가 가지고 있으렷다?"

"그게……!"

"열어. 어서 열어!"

장비의 고함 소리가 커져가자 결국 기홍대는 무릎을 질질 끌며 궤짝 앞까지 다가왔다. 그녀는 옷 속에서 열쇠를 꺼내 궤짝의 자물쇠를 열었다.

- 달칵

자물쇠가 풀리는 소리가 들리자마자 기홍대보다 장비가 먼저 궤짝의 문짝을 열었다. 문짝은 무거웠지만 여인이 양손을 사용한다면 열지 못할 무게까지는 아니었다.

"아니……!"

그 안에서 나타난 것은 사람.

그것도 여인이었다!

장비가 놀란 듯 한동안 말을 잊지 못했다. 여인의 두 손 두 발이 모두 묶인 채 얼굴에는 천보자기가 씌워져 있었다.

"만주인의 옷이 아니구나. 한인이냐?"

기홍대는 아무런 대꾸도 하지 못했다. 장비는 스스로 알아보겠다는 듯 상자 속에 눕혀진 여인의 얼굴을 뒤덮은 천보자기를 벗겨 냈다.

상자가 닫히기 전, 기홍대는 내 입을 다시 천으로 틀어막고는 그 위에 보자기까지 씌워 아무것도 보지 못하게 했다. 이미 상자 안에 갇혀서 어디로 갈지 모르는 신세였지만 말이다. 그래봤자 상자가 도착할 곳은 도르곤의 앞이 분명했다. 도르곤의 얼굴만 떠올리면 간담이 서늘해지는 터라 걱정이 이만저만이 아니었다.

빠져나갈 수 있을까?

심양. 청나라 제국의 첫 번째 수도.

이미 사흘 전에 깨어난 시백이 나를 찾고 있을 것을 생각하면 애가 탔다. 어디로 갔는지도 모를 나를 찾고 있을 시백의 마음에 비한다면야 아무것도 아니겠지만.

- 쿵

마차가 멈춰 서고 상자는 사람들에 의해 어디론가 옮겨지고 있었다. 나는 상자가 다시 땅에 내려지는 곳에 도르곤이 있을 것이란 걸 직감적으로 알았다.

"열어라."

"마마!"

"열라 했다!"

성난 여인의 고함 소리였다.

기홍대와 실랑이를 벌이는 여인의 신분이 높은 듯했다. 그렇다면 여긴 도르곤의 집이 아니라는 걸까?

안심해야 할지 말아야 할지 쿵쿵 뛰는 심장을 안은 채 난 상자 속에 죽은 사람처럼 누워 있었다.

잠시 후 딸깍, 하는 소리와 함께 자물쇠가 풀리더니 닫혀 있던 상자의 뚜껑이 열렸다. 희미하지만 얼굴에 뒤집어쓴 천보자기 위로 한 줄기 빛이 새어 들어왔다. 코로 들이쉬는 공기도 조금은 달라졌다. 누군가 내 얼굴에 씌워놓은 천보자기를 벗겨냈다.

눈앞에 보이는 것은 젊은 여인이었다. 마른 체구지만 얼굴만은 살이 통통하게 붙어 화려한 화장술로 얼굴을 가녀리게 보이도록 신경 쓴 모습이 돋보였다.

그녀는 나와 눈을 마주치자마자 기겁한 듯 눈을 크게 떴다. 난 이미 이런 반응에 지극히 익숙하다. 그보다도 제일 먼저 보인 사람의 얼굴이 도르곤이 아니라는 게 다행일 뿐이다.

"누구냐! 누구냐고!"

그녀가 내게서 눈을 떼지 못하며 고래고래 소리를 질러댄다. 바로 그 건너편에서 나타난 얼굴은 기홍대. 기홍대의 당황스러운 표정을 보아하니 그녀의 신분이 여간 높은 게 아닌가 싶다.

"마마!"

"이 계집을 도르곤이 데려오라 하였느냐? 그런 것이야?"

소리 좀 그만 질러요. 그 목소리가 상자 안에서 쩌렁쩌렁 울려서 귀가 다 아프거든요?

난 몸을 일으키려고 이리저리 움직였지만, 손이 뒤로 묶여 눕혀진 상태에서 꼼짝도 할 수가 없었다. 누군가가 나를 꺼내주기만을

간절히 바라야 하는 상황. 기홍대도 그 건너편의 여인도 나를 꺼내
줄 생각은 전혀 하지 않는 듯싶다.

"누구냐고!"

내 얼굴을 본 다음부터 흥분이 극에 달한 여인이 분을 참지 못
한 듯 선 자리에서 방방 뛴다. 아무래도 도르곤의 부인이 아닐까
싶은 그때였다.

─찰싹!

그 여인이 기홍대의 뺨을 내리쳤다. 기홍대는 아무런 반항도 하
지 않고 그녀가 내리친 뺨을 그대로 맞았다.

"길에서 죽어가던 비렁뱅이를 거둬준 게 누구더냐? 그런데 네
주인을 배신해도 이리 배신해?"

"소인은 그저 구황자님의 명으로……."

"이런 계집을 도르곤이 가져오라고 한 것은 취하기 위해서겠지!
그렇다면 네가 먼저 죽였어야 하는 것이 아니냐?!"

"죄송합니다, 마마……."

"듣기 싫다!"

그녀가 기홍대에게 다가가더니 무언가를 빼앗는다. 자세히 보
니 기홍대가 지니고 다니는 단도였다. 그녀는 기홍대가 단도를 옷
속에 지니고 다닌다는 것도 알고 있는 듯했다.

"도르곤이 보기 전에 이 계집의 숨통을 끊어 놓아야겠어!"

그 주인의 그 종년이라더니! 숨통 끊기 놀이는 서로가 서로에게
가르쳤나보네!

그녀가 작은 손으로 단도를 꽉 움켜쥐더니 상자 안에 누워 있는 내 목을 향해 내리쳤다. 이대로라면 도망갈 곳도 없이 그대로 그녀의 칼을 맞아야 하는 상황이었다.

나…… 이렇게 죽는 건 아니겠지?

눈을 질끈 감을 새도 없이 내게로 향하는 단도의 끝을 쳐다만 보고 있었다.

바로 그때였다! 내게로 단도를 내리꽂는 그녀의 손목을 움켜잡은 커다란 손이 보인 것은.

– 타!

손목이 잡혀 힘을 잃어버리자 그녀는 그대로 단도를 상자 안에 있는 내 몸 위에 떨어뜨리고 말았다.

"도, 도르곤……!"

말없이 여인의 손목을 움켜잡은 사람은 바로 도르곤이었다. 도르곤은 여인이 단도를 떨어뜨린 것을 확인하고는 마치 내던지듯이 그녀의 손목을 놓아버렸다. 그는 상자 안에 떨어뜨린 단도를 꺼내 두 발을 묶은 끈과 두 손을 묶은 끈을 단번에 끊어냈다.

손발이 자유로워진 내가 상자 안에서 멀뚱멀뚱 그를 쳐다보자, 그는 마지막으로 내 입을 가리고 있던 천을 손으로 내리더니 빙긋 웃었다.

"맞구나."

그는 만족스러운 웃음을 짓더니 기홍대에게 말했다.

"수고했다."

기홍대는 도르곤의 칭찬에도 여인의 눈치를 살피느라 안절부절 못하는 듯했다.

"자, 나는 이제 퇴궐할 것이니. 함께 가자."

도르곤이 상자 안에 있는 내게 한 손을 내밀었다.

난 그 손을 잡아야 할지 아니면 이곳에서 나를 죽이려 한 저 여인과 함께 있어야 할지 난감하기만 했다.

그때 그 여인이 흐느끼며 도르곤에게 외쳤다.

"이런 미색을 지닌 계집을 얻고자 기홍대를 내달라 하였나요! 도르곤, 말해봐요!"

도르곤이 내게 내밀었던 손을 잠시 거두고는 그녀를 돌아보며 차갑게 말했다.

"제가 어떤 여인을 취하든 장비마마께 이를 알려드려야 할 의무는 없지 않습니까."

나는 깜짝 놀랐다.

장비?

저 여인이 청나라 황제의 후궁인 장비란 말이야?

장비 포목포태. 일명 야사에서는 대옥아. 그녀는 바로 다음 청나라 황제가 되는 순치제의 생모이자 도르곤과는 황제 사후 재혼한다. 하지만 이 분위기는 절대 재혼할 분위기가 아니다. 누가 보더라도 도르곤은 장비에게 싸늘하기만 했다. 게다가 그는 흥분한 장비의 상태에는 관심도 없다는 듯 나를 돌아보며 아까 내밀었던 자신의 손을 다시 내민다. 속을 알 수 없는 미소를 지어 보이면서.

"내 손을 잡아라. 아니면 목에 목줄을 매어 개처럼 잡아끌고 갈 것이니."

섬뜩한 그의 목소리에 온몸에 소름이 돋았다.

장비가 나섰다.

"기홍대의 주인은 나이니 기홍대가 데려온 계집도 내 것이에요!"

"무슨 말입니까, 그게?"

장비의 질투 섞인 외침에 도르곤은 화로 맞섰다.

"그 계집을 절대 데려가실 수 없어요! 데려가려면 시체로 데려가시던지요!"

"장비마마!"

누가 그랬던가? 만주족 여인은 기가 세고 몽골족 여인은 힘이 세다고. 과이심 부족 출신의 장비는 징기스칸의 후예다. 그럼에도 그녀는 여인이라 이길 수 없는 한계점을 지니고서 도르곤의 팔을 붙잡고 늘어졌다.

대체 내가 알고 있는 역사 속의 지혜롭고 정숙하며 머리가 뛰어나다던 장비는 어디에 있는지? 순치제의 불같은 성격이 아버지인 청나라 황제를 닮은 게 아니라 어머니인 장비를 닮은 거였나 싶다.

"놓으십시오!"

"못 데려가요! 기홍대의 주인이 나이니, 그녀가 데려온 이 계집은 이제 내 것이에요!"

명색이 황제의 귀비라 자신의 팔을 잡고 늘어지는 장비를 대놓고 밀치지도 떨어뜨리지도 못하는 도르곤. 그 두 사람의 몸싸움을 상자 속에서 멀뚱히 지켜만 봐야 하는 나. 조선판 아니, 청나라판 사랑과 전쟁이 꼭 이런 스토리였나 싶던 그때였다.

"그만!"

또 다른 여인이 등판했다. 그녀가 이 안으로 걸어 들어오는 순간 난 그녀가 누구인지 옷차림만으로도 단번에 알아차릴 수 있었다.

"이게 도대체 무슨 추태냐!"

황후.

이 시기 청나라의 황후라면 단 한 명뿐이다.

'철철.' 별로 기억할 일이 없었던 초기 청나라의 황실 계보도가 머릿속에서 요란하게 춤춘다. 웃어야 할지 울어야 할지 난감한 상황에서 떠오르는 단 한 사람.

이시백.

그는 내가 이곳에 있는지조차 모르고 있겠지.

조선 시대에 심양과 한양은 너무 멀다.

심양성 대로(大路).

궁궐까지 길게 뻗은 대로의 앞에서 시백은 말고삐를 잡은 채 말과 함께 서 있었다. 조선의 국경을 넘을 때까지 그는 이곳까지 온다는 것은 상상조차 하지 못했다. 하지만 국경까지 가는 길에 화진을 찾지 못했다. 화진을 노리는 것은 분명 도르곤일 테니 화진은 도르곤이 있는 심양으로 올 것이다. 그가 먼저 왔든 아니면 화진이 먼저 왔든.

그러나 한양보다도 큰 심양에서 그는 어디로 가야 화진을 찾을 수 있을지 막막하기만 했다. 만약 도르곤의 저택을 찾아간다고 하더라도 그곳의 문이 쉽게 열릴지 또한 의문이었다.

"저하께서도 이곳에 계시니……."

일단 세자가 있는 곳을 찾아가기로 결심한 그가 말고삐를 잡아 당기며 걸어가려던 그때였다.

"비켜라! 물러서라!"

길 끝에서부터 소란스러움이 있었다. 사람들이 웅성거리고 큰 길 옆으로 빠르게 갈라지기 시작했다. 신분이 높은 누군가의 행렬이 지나간다고 여긴 시백도 말과 함께 옆으로 물러선 그때였다.

흰 깃발이 펄럭이더니 팔기군 병사들이 빠르게 길을 냈다.

그들은 창으로 사람들을 모두 길 가운데에서 내쫓더니 일렬로 늘어섰다. 잠시 후 누군가 병사들의 호위를 받으며 그 길 가운데로 말을 타고 나타났다.

용골대였다. 양옆으로 물러선 백성들에겐 눈길조차 주지 않던 그가 문득 백마와 함께 서 있던 시백을 발견하고는 말을 세웠다.

"설마……."

그는 믿기지 않는다는 듯 여러 차례 눈을 껌뻑이더니 뒤늦게 말 위에서 뛰어내려 사람들 사이를 헤치고 시백에게 다가왔다.

"그대는 조선에서 내 목숨을 살려주었던 이가 아니오?"

시백도 용골대를 알아보고는 고개를 끄덕였다.

"나를 기억하시오?"

용골대의 표정이 환해졌다.

"어찌 목숨을 살려준 은인의 얼굴을 잊을 수 있단 말이오."

그는 두 손을 모아 시백에게 공손히 예를 표했다. 그의 행동에 함께 나타났던 병사들도 시백에게 모두 고개를 숙였다.

"어찌 심양에 계시오? 사신으로 오시었소? 궁에서 나오는 길인데, 오늘 조선에서 사신이 왔다는 말은 듣지 못하였는데."

"사적인 일로 왔소."

"사적으로……."

말끝을 흐리던 용골대가 눈에 힘을 주며 말했다.

"혹 내가 도울 일은 없소? 도움이 필요한 일이 있다면 사양 말고 말씀하시오."

시백은 화진을 떠올렸다. 하지만 아직 화진을 납치하도록 지시한 사람이 도르곤이라는 확신도 없을뿐더러, 만약 그렇다고 해도 청나라의 신하인 용골대가 황자인 도르곤과 맞서서 자신을 도와줄 것이라는 믿음도 없는 상황이었다.

시백은 정중하게 사양했다.

"말씀은 고맙지만 공의 도움은 필요 없소."

시백의 말에 용골대가 아쉬운 듯 말했다.

"어디서 묵고 계시오? 사신관이오? 혹 누추하지만 내 집에서 묵으시는 것은 어떻소?"

"나는 조선의 신하이니 우선 심양에 계신 조선국 세자 저하를 뵈러 가야 하오."

"그럼 내가 세자가 머무는 조선관까지 길을 안내해주리다."

그것마저도 사양하기에는 용골대의 노력이 가상하기 이를 데가 없었다. 시백은 마지못해 고개를 끄덕였다.

꿈꿈

심양 조선관(朝鮮館).

세자와 세자빈의 표정이 어두웠다. 그들을 에워싸듯 서 있는 상궁과 나인들의 표정도 마찬가지였다. 세자가 두 눈을 감은 채 피곤한 기색을 보이자 세자빈이 주변의 나인들을 모두 밖으로 내보내게 했다. 둘만 남게 되자 세자빈이 조심스럽게 입을 열었다.

"조정에 이 어려움을 알리고 도움을 구하시옵소서, 저하."

"말처럼 그리 쉬운 일은 아니오."

세자가 눈을 뜨며 깊은 한숨을 내쉬었다.

심양에 온 지 여러 달. 이백여 명에 달하는 조선관의 살림을 책임져야 하는 것 역시 세자와 세자빈의 몫이었다. 그러나 전쟁이 끝나고 이를 복구하느라 막대한 재정을 쓰고 있을 조선에서 보내주는 돈은 식량만 사기에도 빠듯한 형편이었다. 청나라에서도 볼모로 온 조선관 사람들에게 일정 부분 돈을 지급해주었지만, 정작 문제는 돈보다 다른 것에 있었다. 기본적인 생필품과 식재료가 많이 달랐다. 이렇다 보니 세자의 고민은 날이 갈수록 깊어졌다.

"아직 날이 추우니 그렇겠지. 따뜻해지면 형편이 좀 더 나아질 것이오."

위로 섞인 세자의 말에도 세자빈은 근심 어린 표정을 지울 수가 없었다.

그때였다.

"저하! 대군마마! 어서 나와 보시옵소서!"

밖에서 내관이 요란스럽게 떠드는 소리에 세자가 자리에서 벌떡 일어섰다.

"어서 나와 보시옵소서!"

조선관의 구조는 조선의 일반적인 가옥과 달랐다. 가운데 큰 마당을 두고 여러 채의 건물들이 사방에 각각 놓여 마당을 둘러싸고 있는 형태로 지어졌다.

- 탁, 탁!

마당 한가운데에서 외치는 내관의 소리에 봉림대군의 처소인 서방의 문이 열리는 소리가 들렸다. 그 외에 이들을 호송하며 심양까지 따라온 학사들의 처소인 북방의 문이 열리는 소리도 들렸다. 마지막으로 세자가 머무는 동방의 문도 열렸다. 조선관의 모든 사람들이 문을 열고 마당으로 걸어 나왔을 때였다. 조선관의 출입문 쪽에서 갓에 도포를 두른 조선인 사내가 걸어오는 모습이 보였다. 그는 바로 이시백이었다. 그를 알아본 세자빈의 눈이 커졌다.

"연안군? 그가 왜……."

놀란 것은 세자도 마찬가지였다. 분명 조선에 있어야 할 이의 등장은 낯선 타국에서 크나큰 반가움으로 다가왔다.

"형님!"

서방에서 나타난 봉림대군이 이시백에게 달려가 그의 어깨를 감싸 안았다.

"대군마마."

"여긴 어인 일이십니까? 어찌 오셨습니까?"

반갑고도 기쁜 마음을 주체하지 못하는지 봉림대군은 두 팔로 감싸 안은 시백을 오래도록 놓지 못했다. 뜻밖의 환대에 시백이 뒤늦게 고개를 숙여 예를 표했다.

"그간 잘 지내셨습니까."

"어려운 자리가 아닙니다. 편하게 하시지요!"

봉림대군이 그를 친히 일으켜 세우더니 세자의 앞으로 데려갔다.

"연안군."

세자도 반가운 기색을 숨기지 않고 시백을 맞이했다.

"저하."

"어려운 걸음을 하시었소. 혹 아바마마께서 보내신 것이오?"

"아닙니다. 혼자 왔습니다."

"무슨 일로……."

세자가 시백이 심양까지 온 연유를 물으려는 그때였다. 봉림대군이 고개를 저으며 제지했다.

"이유가 무에 중요합니까? 그가 이곳에 있으니 든든하기만 합니다!"

세자가 그런 봉림대군을 흘겨보며 말했다.

"전쟁 중이더냐? 네 말은 마치 전쟁 중에 든든한 아군을 얻은 듯 그리 들리는구나."

"다른 이도 아니고 연안군이 아닙니까? 연안군에 진봉되자마자 궐 출입도 안 하고 보이지 않더니…… 섭섭했습니다."

"난 이미 그를 남한산성에서 보았다. 함께 있었지."

봉림대군이 기억났다는 듯 밝은 목소리로 시백에게 말했다.

"안 그래도 심양으로 오는 길에 세자 형님께 그곳에서 있었던 일도 들었습니다. 전쟁이 끝나고 바로 이곳으로 오느라 꼭 만나고 싶던 사람을 이제야 만나게 되었으니……."

"자자, 긴 이야기는 차근차근하도록 하고."

세자가 봉림대군을 만류하며 다시 시백에게 물었다.

"그나저나 자네는 무슨 일로 이곳에 왔는가?"

잠시 망설이던 시백이 대답했다.

"아내를 찾으러 왔습니다."

"자네. 혼인했던가?"

세자가 놀라 반문했다.

시백의 옆에 선 봉림대군도 처음 듣는다는 표정이었다. 이야기가 길어질 것 같아지자 뒤늦게 나온 봉림대군 부인 장씨가 나섰다.

"안으로 드시지요. 차를 올리겠습니다."

"차보단 술이지!"

봉림대군이 말했다.

❦

세자와 봉림대군, 시백은 봉림대군의 처소인 서방에 들었다. 문을 열고 들어서자마자 한족식 탁자가 놓여 있었는데 네 사람이 족히 앉을 만했다. 세자가 그곳에 앉으라며 시백에게 자리를 권했다. 그곳에 앉으려던 시백이 문득 탁자 옆, 벽에 높은 곳에 올려진 신주 두 개를 발견했다.

큰 것과 작은 것. 매일 깨끗한 향을 올리는지 피어오르는 향은 새것이었다. 시백은 눈으로 신주에 쓰인 글귀를 읽었다.

[조선국 이정연의 첩 이씨]

[무명아]

봉림대군의 처소 안에 있는 두 개의 위패. '첩'이라는 것을 보아하니 봉림대군의 여인이 틀림없었고 신주가 되어 있다는 건 이미 죽었다는 뜻이다. 순간 궁금증이 일었지만 차차 알게 될 일이었고 그보다 시백에게는 더 중요한 일이 있었다.

"난중에 인연을 만나 부부의 연을 맺게 되었습니다."

자리에 앉은 시백이 자신의 양옆에 앉은 세자와 봉림대군을 번갈아 쳐다보며 말했다.

"남한산성에서 함께 고전하던 중 그녀가 예친왕의 눈에 띄게 되었지요."

"예친왕이라면…… 도르곤?"

세자가 물었고 시백이 고개를 끄덕였다.

"허면 그녀를 찾으러 왔다는 말은……."

"얼마 전 청국에서 누군가 첩자를 보냈습니다. 그리고 제 아내가 사라졌지요."

"그녀가 심양에 있을 것이라고 여기고 여기까지 온 겁니까?"

봉림대군의 물음에 시백이 대답했다.

"예."

"그런 일이…… 그보다 아직 아내를 찾지 못했다면 애가 타겠군."

세자가 공감하듯 턱을 쓸었다.

봉림대군이 말했다.

"대로에 매일같이 열리는 조선인 노비를 거래하시는 시장이 있습니다. 혹 그곳으로 갔을지도 모르지 않겠습니까?"

시백이 고개를 저었다. 도르곤이 직접 데려가려고 사람을 보냈다면 화진은 도르곤의 집이나 그 외에 다른 곳으로 보내졌을 가능성이 높아서였다.

"술상입니다."

장씨가 세자빈과 함께 술상을 들였다. 그러나 안주가 궁궐과는 비교할 수 없을 만큼 초라했다. 장씨가 이를 부끄러워했다.

"아직 심양 살림살이에 적응하지 못한 터라 부족한 것이 많습니다. 연안군께서 너그러운 아량으로 이해해주시오."

"과분한 말씀이십니다."

시백이 예를 표했을 때였다.

"흠흠."

세자가 헛기침을 했고 눈치 빠른 세자빈이 세 사람만 남겨놓고 장씨와 문을 닫고 나갔다.

이들이 나가자 세자가 조심스럽게 시백에게 말했다.

"혹 남한산성에서 왔을 때 함께 왔던 그 과부인가?"

시백은 대답하지 못했고 봉림대군은 궁금한 얼굴로 세자와 시백의 얼굴을 번갈아 쳐다보았다.

"내가 묻는 것이 곤란하거든⋯⋯."

"아닙니다. 두 마마 앞에서 못 드릴 말씀은 없습니다. 그렇습니다. 제 아내는 그때 남한산성에 함께 갔었던 바로 그 여인입니다."

"연안군. 사대부가 과부와 혼인한다는 것은⋯⋯."

"알고 있습니다."

"그럼 알고도 과부와 혼인했단 말인가?"

세자가 놀란 표정을 지었다. 시백의 표정은 어두워졌고 이를 본 봉림대군이 세자에게 화를 냈다.

"세자 형님! 어찌 그를 나무라십니까?"

"나무라다니?"

"그는 공신입니다. 공신의 자제이기도 했고요. 과부든 아니든 그가 누구와 혼인을 하든 전 그의 선택을 지지할 겁니다."

단호하게 나오는 봉림대군의 모습에 세자는 잠시 할 말을 잃었다.

"좋네. 이 일은 우리끼리의 비밀로 하지."

"송구합니다."

"송구할 것까지야…… 우린 형제와도 다를 바가 없지 않은가."

세자가 웃자 봉림도 환하게 웃었다.

"그나저나 세자 형님. 형님은 시백 형님의 부인을 보신 적이 있으십니까?"

"나야 말로만 들었지. 듣자 하니 엄청난 미인이라더군. 연안군이 난중에 아내로 맞았다 하니 보통 미인은 아닐 테지."

세자가 소문을 열거하는 동안 봉림대군의 시선이 술잔으로 가라앉았다. 이를 보지 못한 세자가 남한산성의 행궁 서고에서 보았던 우미인을 닮은 여인을 떠올렸다.

"참, 이제야 기억났구나! 남한산성에서……."

그제야 세자는 봉림대군의 얼굴에서 웃음이 사라진 것을 확인했다. 뒤이어 세자의 시선은 봉림대군의 처소에 마련된 두 개의 신주로 향했다.

겨우 웃음을 되찾았는데…….

시백이 나타나기까지 봉림대군이 저렇게 기뻐하는 모습을 보지 못했던 세자였다. 게다가 우미인은 아이를 낳다가 숨이 끊어졌다는 사실이 전해졌다. 시신까지 거두지 못한 봉림대군이 몇 날 며칠을 울며 괴로워했는지 잘 아는 세자로서는 여기서 우미인의 이야기를 다시 꺼내는 것이 주저되었다.

"남한산성에서……."

세자는 적어도 당분간은 남한산성에서 우연히 보았던 우미인을 닮은 여인에 대해서 봉림대군에게 말하지 않기로 마음먹었다.

"……그 여인이 많은 이야깃거리가 되었지."

다시 고개를 든 봉림대군을 보며 세자가 화제를 돌렸다.

"며칠 후 청나라 황제가 주최하는 사냥대회가 열리네. 그때 도르곤도 필히 올 터이니, 자네가 내 호위무관으로 참여하지 않겠는가? 거기서 도르곤을 만날 수도 있으니 말일세."

시백이 고개를 숙이며 감사를 표했다.

"예, 저하."

"그만! 이게 도대체 무슨 추태냐!"

황후의 등장에 기홍대를 비롯한 궁녀들은 일동 기립했다. 도르곤과 장비는 약간 떨어져 고개를 숙이고 섰다.

눈을 부릅뜨며 들어선 황후는 도르곤과 장비를 번갈아 노려보더니 마지막에는 아직 상자 안에 앉아 있는 나를 바라보았다. 그녀도 조금 놀란 듯 내 얼굴을 유심히 보더니 상자까지 다가왔다. 그녀는 손가락에 낀 화려한 호갑투(護甲套)의 끝을 내 턱에 갖다대고는 이리저리 날 살펴보았다.

마치 노예시장에 매물로 내어진 기분이라 썩 좋진 않았다. 그렇다고 도르곤과 장비를 일순간에 조용히 만들어버린 그녀에게 대들 수도 없는 터라, 난 숨을 죽인 채 그녀의 다음 말만을 기다렸다.

한참 동안 나를 살펴보던 그녀가 이윽고 크게 소리 내어 웃더니 말했다.

"과이심에서 처음 해란주를 데려왔을 때, 폐하께서 이리 살펴보시더니 이제야 그 연유를 알 것 같다."

그녀가 내 턱에서 손을 떼더니 말을 이었다.

"옷차림을 보아하니 만주족도 아니고 한족도 아니구나. 넌 어디에서 왔느냐?"

"조선 계집이 우리말을 알겠어요?"

장비가 사납게 말하며 끼어들었다. 바로 황후가 장비를 돌아보며 입을 다물라는 듯이 표정으로 으름장을 놓았을 때였다.

"알아요. 전 조선 사람이지만."

내 입에서 나온 만주어에 황후가 다시 나를 돌아보더니 방긋 웃는다.

"최근 조선 계집들이 노비로 궁에 여럿 들어왔다는 말은 들었으나 실제로 그 얼굴은 처음 보았다. 모든 조선 계집들이 너처럼 우리말을 그리 잘하느냐?"

"제가 좀 특이한 거라고 해두죠."

너무 당당하게 말했나? 아니면 너무 재수 없게 들었을라나?

"궁금해. 아주 궁금해."

"에?"

"얼마 전 명나라의 귀족의 딸이라던 계집이 있었지. 우리말을 썩 잘했어. 궁인으로 들어와 폐하를 유혹하려 하지 않았더냐. 난 문득 궁금해졌다. 그런 계집이 사내의 밑에 깔려 무슨 말로 신음소리를 내지르는지. 그래서 이 궁금증을 풀고자 어찌했는지 아느냐?"

내 목구멍으로 침이 꼴깍 넘어가는 소리가 귓가에 울렸다.

"우리 만주족 용사들에게 던져주었지. 그랬더니 글쎄, 처음에는 살려 달라 우리말로 외치더니 나중에는 한족 말로 끙끙 신음소리를 내더구나. 넌 어떨까 궁금해지는데?"

난 놀라 눈을 크게 떴고 이런 나를 보며 장비가 비웃음을 지었다. 난 바로 상자 밖으로 나와 황후의 앞에 무릎을 꿇었다.

"살려주세요! 시키는 대로 뭐든 다 하겠습니다! 그러니까 그런 짓은 안 하실 거죠? 네? 화, 황후마마!"

청나라 황후한테는 뭐라고 하더라?

에라, 모르겠다!

"만세 만세 만만세!"

갑자기 주변에 무거운 침묵이 가라앉는다.

이게 아닌가? 그럼 말을 바꿔야겠다! 어쨌든 그녀가 여기서 도르곤보다 장비보다 더 센 건 확실하니까!

"황후마마! 만수무강하세요!"

냅다 머리를 조아리자 황후가 소리 내어 깔깔 웃더니 말했다.

"재미있는 계집이로구나. 나와 같이 가자."

이 말을 한 황후가 내게서 돌아섰다. 그녀는 도르곤과 장비를 향해 말했다.

"이 아이는 내가 데려가겠어요."

"황……!"

"쉬잇."

나서려는 도르곤을 보며 황후가 호갑투를 자신의 입가에 가져다대며 쉿 소리를 한다.

"내가 시키는 대로 하세요. 알겠죠?"

부드럽게 웃으며 말하고 있었지만, 도르곤은 더는 황후에게 아무런 말도 하지 못했다.

황후의 뒤를 따라 황후궁에 도착하자 그곳에 있던 궁녀들이 모두 나와 마중했다. 눈짐작만으로 대략 스무 명 남짓. 적은 수는 분명 아니었다. 황후가 안으로 들어가 내당 안에 자리한 의자에 앉자 기다렸다는 듯 궁녀가 따뜻하게 준비된 차를 올린다.

나는 갈 곳을 잃은 채 황후가 앉아 있는 자리만 바라보다가 그녀가 차를 한 모금 마신 후 내게 눈길을 주자 바로 무릎을 꿇었다. 황후는 그런 내 태도가 만족스러운 듯 만개한 꽃처럼 활짝 웃더니 말했다.

"조선 사람이라 하였지. 네 이름은 무엇이냐?"

"전······."

본명과 가명 사이에서 갈등하긴 했지만 내 이름이 여기서 크게 중요할 것 같진 않았다.

"이화진입니다."

"성이 이씨냐?"

"예. 그렇습니다."

"음······."

그녀가 입술을 모은 채 잠시 생각에 빠지더니 말했다.

"어찌하여 넌 도르곤의 눈에 들게 되었느냐? 그의 조선 원정에 수발이라도 들었더냐?"

잠깐 고민했지만 잘하면 조선으로 돌아갈 수 있지 않을까라는 희망이 있었다.

"저는 서방님이 있습니다."

"혼인한 계집이란 말이구나."

"예. 지금 서방님께서 저를 걱정하고 찾고 계실 것입니다. 그러니 조선으로 돌아갈 수 있도록 허락해주십시오."

나의 간절함이 담긴 목소리에 황후가 귀를 세우며 듣는가 싶더니 말한다.

"내가 왜 그래야 하지?"

황후는 킥킥대며 웃었다.

"네가 서방이 있는 게 나랑 무슨 상관이며, 네가 조선으로 돌아가야 하는 걸 내가 왜 허락을 해야 한다는 것이냐?"

"그게……."

"아! 알지."

그녀가 내 말을 끊었다.

"고향과 가족의 품으로 돌아가고 싶은 마음은 알겠다. 허나 지금 이곳 심양에서는 하루가 멀다 하고 조선인 노비들이 거래되고 있지. 난 너를 그 노비 시장에 보내 비싼 값을 받고 팔 의향도 있다."

"!"

그녀가 나를 판다는 말에 나는 크게 놀랐다.

"아니지, 아니야. 도르곤에게 준다면 그는 이 심양의 어지간한 갑부들이 낼 수 없는 큰돈을 내게 주고서라도 널 데려가려 할 것 같구나. 그럴까?"

"황후마마!"

"쉿. 내가 언제 너에게 입을 열라고 하였더냐?"

부드럽게 말하지만 결국 그 부드러움 속에는 무섭도록 잔인한 본성이 숨겨져 있음을 깨달았다. 차라리 도르곤에게 가는 것이 훨씬 나았을지도 모른다는 두려움이 일었다.

"우리말은 아주 잘하니 앞으로 황궁에서 지내려면 여러 가지 배울 것이 많겠다. 수아야."

"예, 황후마마."

황후의 곁으로 젊은 궁녀가 다가왔다.

"일하지 않는 계집에게 먹을 것을 줄 수는 없는 법이지. 무리되지 않는 선에서 일할 거리를 주어라. 가르침이 필요한 것이 있다면 그 역시 가르치도록 하고."

"예. 그리하겠습니다."

나는 궁에서 지내고 싶은 마음이 전혀 없었다. 조선으로 돌아가야 했다.

"저……!"

"나가라."

황후는 짤막한 이 한마디를 던진 채 내게서 고개를 돌려버렸다.

❧

"불편해도 참아."

수아라는 궁녀는 자신의 처소로 날 데려갔다.

"오래간만에 혼자 쓰는 줄 알았는데…… 그래도 넓어서 밤에는 좀 무섭긴 했어. 너도 혼자보다는 차라리 누군가와 같이 방을 쓰는 게 낫다 싶을걸?"

방에는 두 개의 침대가 있었고 각각 옆에 사물함처럼 쓸 수 있는 장롱과 서랍장이 있었다. 그녀는 비어 있던 건너편 침대를 가리켰다.

"물어보고 싶은 게 있으면 물어보고. 참, 너 조선인이라며? 또 남편도 있다고 하고."

그녀는 황후와 내가 주고받는 모든 말을 엿듣고 있었던 것이다.

"맞아."

"얼굴이 예뻐서 좋겠네. 남편도 있으면서 여기 황궁까지 오다니. 넌 정말 성공했다. 그나저나 정말 살결 곱네. 눈은 어찌 그리 예쁘니? 여인인 내가 봐도 반하겠다. 조선 여인들은 너처럼 다 예쁘니? 침공국(針工局)에 들인 새 노비가 조선인인데 그렇게 피부가 좋다더라고."

마치 인형을 보듯 허락도 없이 내 뺨부터 쓸어대는 수아를 지켜보던 내가 한마디를 툭 던졌다.

"너 몇 살이니?"

"아, 기분 나빴어?"

그녀가 서둘러 손을 떼더니 한 걸음 뒤로 물러섰다.

"난 열일곱 살이야. 넌? 나랑 비슷해 보이는데, 너도 나랑 나이가 같니?"

"난 스무 살이야."

오랜만에 내 나이를 되새겼다. 아이러니하게도 조선을 떠나지 못하고 맞이하는 두 번째 봄이다.

"아, 그럼 언니구나. 그래도 궁에서는 먼저 들어온 순서대로 그다음은 품계대로 부르는데……."

마치 내게서 '선배님' 소리라도 듣고 싶다는 표정이다. 그래도 건방지게 이래라저래라 내게 명령할 것 같은 성격은 아닌 듯하다.

"그래서 어쩌라고?"

"아, 아니…… 뭐. 그냥 그렇다고."

그녀는 내게 무언가를 크게 강요할 것 같진 않았다.

"아직 추운데 이불 한 장 더 가져다줄까?"

난 내 침상에 놓여 있는 이불이 얇다는 것을 확인한 후 고개를 끄덕였다.

"그래 주면 좋고."

"예쁜 애들은 다 너처럼 그리 당당하니? 얼굴이 무기니?"

투덜대면서도 순순히 이불 하나를 내게 내어주었다.

"하긴 너처럼 예쁜 애는 처음 봤어. 궁에서 신비마마가 제일 예쁜 줄 알았거든. 이제 보니 신비마마의 얼굴은 저리 가라다, 가라. 앞으로 후궁의 판도가 달라지겠어. 너 잘되면 나도 좀 챙겨줘라. 응? 이불도 줬잖아~"

"그게 무슨 말이야? 후궁의 판도가 달라지다니? 신비마마는 또 누구고?"

"네가 예쁘니까 하는 소리지이. 황후마마께서 조카인 신비마마를 폐하께 바쳤던 것처럼 너를 폐하께 바칠지도 모르니까. 그래서 널 이곳으로 데려오신 게 아니겠어? 안 그래도 요즘 신비마마가 만삭이시라 이를 핑계로 황후마마께서 예쁜 궁녀들을 뽑아 폐하의 시침을 들게 하시고 있거든."

"이봐, 난 혼인했다고. 멀리 있지만 조선에 남편이 있어."

내가 화를 내서일까 오히려 수아는 어이없다는 듯 말했다.

"그게 뭐? 조선은 명나라처럼 재가가 어려운가보지? 우리 청나라는 달라. 신비마마도 원래 남편이 있었는걸. 입궁 전에 혼인했었다고."

"뭐?"

"관저궁 신비마마와 영복궁 장비마마는 언니와 동생, 자매 사이거든. 황후마마의 조카들이기도 하시고. 황후마마께서 아들이 없으시니 같은 과이심에서 먼저 장비마마를 폐하의 후궁으로 들였거든. 그런데 딸만 셋. 얼굴도 그리 예쁘시진 않거든. 더는 폐하도 부르지 않으시니…… 그래서 나중에 신비마마를 과이심에서 데려오신 거야."

"그게 아니라 혼인했었다며, 남편이 죽어서 재가한 거야? 그 마마는?"

"사실 소문이긴 한데…… 신비마마의 남편을 황후마마께서 죽이셨대."

❧

"고모님!"

장비가 소리를 지르며 황후궁으로 뛰어 들어왔다. 그녀는 의자에 앉아 있는 황후를 보자마자 울며불며 매달려 떼를 썼다.

"그 계집을 당장 제게 내어주시어요! 네?"

황후는 찻잔을 내려놓으며 단호하게 말했다.

"싫다."

"고모님!"

"잘 들어라, 옥아야. 네 오랜 짝사랑이 불쌍해서 지금까지는 지켜보기만 했다만은…… 아직도 어릴 적 풋사랑에 울고불고할 나이냐? 정신 좀 차리거라!"

"전…… 흑."

황후가 부드러운 손길로 장비의 얼굴을 달래듯 쓸었다.

"넌 고작 측복진**이 되었지만, 네 언니인 해란주는 오자마자 대복진이 되었어."

"전 대복진의 자리를 원한 적이 없었으니까요!"

장비는 그날만 생각하면 억울했다. 그녀는 도르곤과 혼인하는 줄만 알았다. 황후와 한통속이 된 가족 모두가 그녀를 속였다. 설레는 마음으로 신방에 들었던 장비가 마주한 것은 고모부였던 황태극이었다.

"모든 여인들이 궁에 들어와서 그런 소리들을 하지. 특히 과이심 여인들이 심해. 한족 여인들을 보거라, 얼굴 한번 본 적 없던 사내와 혼인하더라도 다 순응하고 살지 않니? 어찌 넌 폐하의 아이를 셋씩이나 낳고도 포기를 못 해?"

"속아서 한 혼인이니까요!"

"옥아, 옥아……."

황후가 혀를 차며 장비의 이름을 불렀다.

** 초기 청나라는 정비인 황후를 제외하고 여러 명의 정실부인을 둘 수 있는 제도가 있었다. 여기서 대복진은 정실부인. 측복진은 첩이자 정실부인인 대복진보다 한 단계 아래의 신분이다.

"폐하는 네가 도르곤을 좋아하는 것을 알고도 아껴주셨어."

"전 싫다고요! 어차피 계집아이밖에 낳지 못하는데……."

"아니지."

황후가 고개를 단호하게 저었다.

"네게는 해란주에게는 없는 복이 있잖니."

"예?"

황후의 말을 이해하지 못한 장비가 되물었다.

황후가 말했다.

"오늘밤 폐하의 시침을 들거라."

장비가 고개를 저으며 자리에서 일어섰다.

"싫어요!"

"언제까지 피한다고 될 일이 아니야. 넌 시침을 들 때마다 아이를 가졌잖니. 폐하께 시집온 후 겨우 세 번 시침을 들었을 뿐인데 딸을 셋이나 낳았어. 남들이 들으면 믿지 못해 웃을 것이다. 그러니 이번에는 꼭 아들을 낳거라."

"고모님! 전 죽어도 싫어요!"

싫다며 고집을 부리는 장비를 보며 결국 황후의 표정도 싸늘하게 식었다.

"난 고모이기 전에 대청제국의 황후다. 넌 내 말을 들어야 해."

"전……!"

"그보다 도르곤은 네가 쉽게 다룰 수 있는 사내가 아니야. 게다가 이번에 해란주가 아들을 낳는다면 그 아이는 내 자리를 빼앗아

황후가 되고 너와 도르곤 사이를 폐하께 이간질해 둘 다 죽일지도
몰라. 폐하께서는 지금 도르곤을 총애하시니 너의 철없는 짝사랑
도 알면서 모른 척해주시는 것뿐이라고."

"어차피 폐하께서는 해란주 언니만 좋아하시니까요! 저 같은
건⋯⋯."

"그러니까 네 말대로 '저 같은 것'일 때 폐하의 아들을 낳으란 말
이다. 아들만 낳으면 다 해결된다. 그 아이를 내 양자로 삼아 황태
자로 만들어줄 것이니⋯⋯ 알겠니, 옥아?"

장비가 울며 돌아서 황후궁을 나왔다. 때마침 황후궁에 도착한
도르곤과 장비가 입구에서 마주쳤다. 그러나 도르곤은 장비에게
눈길조차 주지 않았다. 장비는 더 크게 소리 내어 울며 황후궁을
뛰쳐나갔다. 이 소란을 지켜보던 황후가 앉아서 혀를 찼다. 도르곤
은 황후를 보자마자 인사도 잊고 다짜고짜 이렇게 물었다.

"그 계집을 어찌하실 것입니까?"

"어찌하기는요?"

황후가 말하고도 싶지 않다는 듯 고개를 돌렸지만, 도르곤은 쉽
게 물러날 생각이 없어 보였다.

"황후께서 뽑아간 미색이 반반한 계집아이들은 전부 폐하의
시침을 들었지요. 혹시 그 계집도 폐하의 시침을 들게 하실 것입
니까?"

"그 계집이 말하기를 조선에 사내가 있답니다. 처녀 아이도 아닌
데 폐하의 시침을 들든 말든 그것이 예친왕과 무슨 상관인지요?"

"황후마마."

"그러다 다른 아이들처럼 하룻밤 시침으로 버려지면 그때 예친왕이 데려가도 늦지 않습니다만."

황후가 화진을 폐하께 바칠 것이라 판단한 도르곤이 말했다.

"그 계집은 절대 폐하의 시침을 들어서는 안 됩니다."

"어째서요?"

"폐하께서 이미 조선정벌 때, 용골대에게 그 계집을 주시겠다고 약조하셨습니다."

"뭐라고요?"

이 사실은 황후도 처음 듣는 것이었다.

"폐하께서 이미 그 아이의 얼굴을 보셨습니까?"

"보시진 못하셨습니다. 다만 용골대가 원한다 하여 주신다고 하셨지요. 그러니……."

황후가 손을 들어 도르곤의 말을 막았다.

"얼굴을 보지 못하셨다니 아마 그 계집의 얼굴을 보신다면 폐하께서는 용골대에게 그 계집의 무게만큼의 황금을 내려주시고서라도 취하실 것이라 확신해요. 그러지 않으신다 하더라도 용골대에게 돌려주시겠지요."

"용골대는 그 계집의 남편에게 돌려주었습니다. 포기했다고요."

"그럼 그 계집이 어느 사내에게 가든 폐하께서도 상관치 않으시겠군요?"

"황후마마!"

황후가 화진을 내어줄 생각이 없는 듯 보이자 도르곤이 화를 냈다. 그럴수록 황후는 재미있다는 표정을 지었다. 과이심 최고 미녀인 해란주에게도 마음이 흔들린 적이 없던 도르곤이었다. 그가 이렇게까지 얻지 못해 안달난 여인은 처음이었다.

"미인은 여러모로 쓸모가 많지요. 그 조선인 계집의 쓸모를 차차 두고 보려 합니다."

"황후께서 그 계집을 제게 주시지 않겠다면, 폐하께 가서 내어달라 하겠습니다."

"그래서요? 예친왕의 말씀대로 폐하께서 그 계집을 용골대에게 내려주신 것이 맞다면, 제가 가서 다시 용골대에게 돌려주라 말씀 올릴까요?"

"황후마마께서만 입을 다무시면 끝난 일을 어찌 복잡하게 만들려고 하십니까?"

"글쎄요……."

말끝을 흐리며 황후가 재미있다는 듯 미소를 지었다. 잠시 침묵하던 도르곤이 무겁게 입을 열었다.

"신비와 맞설 계집으로 폐하께 바치려는 것입니까?"

신비, 해란주에 대한 언급은 황후를 화나게 했다.

"나가세요."

"황후마마!"

"나가세요!"

황후가 화를 내자 도르곤은 거친 발걸음으로 돌아서 황후궁을 떠났다.

❧

관저궁. 신비 해란주의 처소.

신비는 의자에 비스듬히 앉아 불러온 배를 천천히 쓰다듬었다.

"폐하께서 내게 약조하셨어. 아들만 낳으라고. 그럼 그 아들을 황태자로 삼으시겠다 하셨다."

"꼭 그리되실 것입니다."

궁녀가 옆에서 맞장구를 치자 신비는 뭐가 신이 났는지 활짝 웃었다. 그때 밖에서 또 다른 궁녀가 뛰어 들어오더니 신비의 귀에 대고 무언가를 속삭였다.

신비의 눈동자가 동그랗게 떠졌다.

"그래? 계집 하나를 두고 도르곤과 장비가 소란을 피웠다? 폐하께서도 알게 되시겠구나."

"황후마마께서 입단속을 명하시기는 하셨습니다만……."

"그럼 내가 말씀드려야겠네. 호호."

신비가 소리 내어 웃자 궁녀들도 따라 웃었다.

"도르곤, 도르곤. 옥아는 어릴 적 도르곤에게 한번 반하더니 그의 이름을 노래처럼 부르고 다녔지. 이제 옥아의 나이도 스물넷. 애를 셋이나 낳고도 아직 철이 들지 않았으니…… 저러다 폐하께 밉보이면 분명 죽을 거야."

"폐하께서는 마마를 총애하시니 장비마마께서는 오늘날까지 예친왕에게 집착하시고도 살아계신 것이 아니겠습니까?"

"고모님은 그 아이에게서 아들을 보아 나를 견제하시려는 모양인데…… 글쎄다. 제아무리 화장으로 얼굴을 가꿔도 못난 얼굴을 다 가리지 못하니."

"어찌 한 배에서 나시고도 이리 외모가 다르실 수 있는지 소인은 참으로 그것이 궁금하옵니다."

궁녀가 계속 신비를 기분 좋게 하는 말들을 쏟아냈다.

궁녀의 말에 웃던 신비의 얼굴에서 순식간에 웃음이 사그라들었다. 잊고 있던 옛 기억이 다시금 떠오른 것이다. 과이심에서의 아름다운 추억, 그리고 가슴 아픈 일들.

그녀는 대부분의 과이심의 여인들처럼 자신이 사랑하는 사내를 남편으로 맞이했다. 그러나 황후가 아들을 낳지 못하고 장비까지도 아들을 낳지 못하자 결국 그녀를 선택했다. 처음에는 이혼을 시키려고 했지만, 그녀도 그녀의 남편도 이를 받아들이지 않으려 했다. 황후는 그녀의 앞에서 그녀의 남편을 활로 쏴 죽이도록 명령했다.

'그녀가 나중에 안 일이지만 과이심을 찾았던 황제가 우연히 해란주를 보고 마음에 들어했다. 그러나 이미 혼인했다는 소식에 더는 관심을 보이지 않았다고 했다. 황후는 그녀의 남편이 사고로 죽었다며 해란주를 궐로 들였다. 시간이 흘러 그녀는 동궁대복진,

신비가 되어 황제의 총애를 독식했다.

어느 날 황후가 신비와 단둘이 있는 자리에서 이런 말을 했다.

'네가 오늘날을 본 것은 내 덕이다.'

순간 울컥한 신비는 황후에게 이렇게 말하였다.

'오늘날이라니요? 아직 제가 가져야 할 자리가 하나 더 남았으니 그것을 얻은 후에야 오늘날을 논할 것입니다.'

'그게 무슨 자리냐?'

'황후마마께서 앉아 계신 그 자리 말입니다.'

"반드시 아들이어야 해. 이 제국을 물려받을 아들이."

신비가 자신의 배를 다시 쓰다듬었다. 그때 도르곤과 장비의 소식을 가져온 궁녀가 말을 이었다.

"참, 그 계집을 황후마마께서 데려가셨답니다."

"뭐?"

"얼굴이 어찌나 반반한지 아마 폐하께서 마마만을 총애하시니 그 총애를 어떻게든 빼앗아오고자 데려가신 것이 아니시겠습니까?"

신비가 피식 웃었다.

"그럼 걱정할 필요가 없겠구나. 폐하는 내게 푹 빠져계시니. 정궁의 자리는 황후에게 주었으나, 폐하의 마음속 정궁의 자리는 이미 나라고 하셨다. 난 그 말을 믿는다."

신비가 궁녀의 부축을 받아 몸을 일으켜 세웠다.

"폐하께서 오실 시간이 다 되었는데……."

그때 궁녀가 안으로 들어오더니 아뢰었다.

"폐하께서 오늘은 황후마마의 청으로 장비마마의 시침을 받으신다 합니다."

"영복궁으로 가셨느냐?"

"예."

신비가 속으로 짧은 한숨을 내쉬더니 말했다.

"그 못생긴 게. 또 질질 짜고 있겠네."

신비가 말하는 '못생긴 게'는 바로 동생인 장비를 두고 하는 말이었다.

❦

심양 황궁에서의 첫날밤이다.

오늘 아침에서야 정신을 차리고 심양에 온 것을 알았으니, 정신을 차리고 나서도 첫날밤이 된다. 즉, 내 기억으로는 시백을 본 것이 어젯밤 같다. 마치 비행기를 타고 대륙을 횡단해 지구 반대편에 반나절 만에 온 기분. 사랑하는 사람과 헤어진 채 말이다.

누웠는데도 잠이 쉽게 오지 않는다. 잠자리도 바뀌고 환경이 바뀌고 하는 건 어느 정도 적응이 되었다 싶었는데, 청나라에서, 그것도 심양 황궁에서 지내게 될 줄이야. 오늘이야 어찌어찌 황후의 도움으로 도르곤을 피할 수 있었지만 앞으로 걱정이다. 모든 게 말 그대로 첩첩산중.

"쿠우우……."

건너편 침대에서 잠든 수아가 코를 곤다.

그 소리에 피식 웃었다가 난 어둠 속에서 눈을 크게 떴다.

정신 차리자, 이화진. 호랑이 굴에 들어가도 정신만 차리면 산다고 했어.

아니, 실제로 호랑이를 만나 살아남은 엄마의 말을 들은 적이 있다. 여긴 단지 호랑이 굴일 뿐이고 난 호랑이를 만났을 뿐이다. 정신만 차리면 약간 다칠 순 있어도 난 살아서 이곳을 나갈 수 있다. 시백에게 돌아갈 수 있다. 하지만 이런 낯선 곳에서 홀로 맞이하는 고요한 밤이면 말로 설명하기 어려운 서러움이 복받쳐 목을 메이게 만든다.

"흑."

나도 모르게 터진 울음을 참아보려 이불을 쥔 손을 꽉 틀어잡았다.

❦

같은 하늘 아래에 있는 또 다른 한 사람, 이시백.

몇 날 며칠을 쉬지 않고 말에서만 지내며 달려온 터라, 그에게도 심양에서의 첫날밤은 오랜만에 마주한 포근한 잠자리가 되었다. 그럼에도 그는 쉽게 잠을 이루지 못했다.

화진이 과연 이 심양에 있을까? 도착했을까? 아니면 아직 도착
하지 못했을까? 아니면 그가 전혀 예상할 수 없는 곳에 있는 걸까?

마음 같아서는 밤새 이 심양을 이 잡듯이 샅샅이 뒤지며 다니고
싶고. 혹시라도 심양에 아직 오지 않은 화진을 찾으러 심양의 대동
문 앞에서 지나다니는 사람들을 살펴보며 몇 날 며칠을 죽치고 있
고 싶은 심정이었다. 그러나 지금 그가 할 수 있는 것은 아무것도
없다.

그래도 일단 심양에 온 이상 처음부터, 어쩌면 밑바닥부터 화진
의 소식을 수소문해야 한다. 천리 앞이 깜깜한 밤이니 쉽사리 잠이
들 수 없는 건 어쩌면 당연한 것.

"응?"

인기척을 느낀 시백이 고개를 돌렸다.

봉림대군이었다, 봉림대군은 한 손에 술병을 든 채로 활짝 웃
으며 시백을 쳐다보았다. 시백도 피식 웃더니 봉림대군에게 다가
갔다.

두 사람은 조선관의 정중앙에 위치한 마당 탁자에 자리를 잡았
다. 조선관의 모두가 잠든 새벽. 유일하게 깨어 있는 것은 두 사람
뿐이었다.

"세자 형님은 술을 아바마마께 배웠다는데……."

봉림대군이 시백의 앞에 놓인 술잔에 술을 따라주며 말을 이
었다.

"저는 형님께 배웠지요."

"부족한 신을 그리 불러주시니 송구할 따름이옵니다."

"자자, 이렇게 우리 두 사람만 있는데도 계속 그리 말씀하실 것입니까?"

"대군마마."

"여기는 조선도 아니고 우리는 모두 나라를 떠났으니…… 어릴 적처럼 형님, 아우님 하며 지내면 안 되는 것입니까?"

잠시 고민하던 시백이 웃으며 술잔을 받았다. 그리고 봉림대군의 앞에 놓인 술잔에도 술을 따라주었다.

"아직 심양은 춥습니다."

시백이 따라준 술 한 잔을 들이켠 봉림대군이 달 밝은 하늘을 쳐다보며 시 읊듯 말했다. 순간, 그의 뺨을 타고 한 줄기의 뜨거운 눈물이 흘러내렸다.

"!"

조금 전까지도 웃고 있던 터라 시백은 그런 봉림대군의 모습에 당황했다. 봉림대군도 자신의 눈물을 들킨 것이 부끄러웠는지 서둘러 옷깃으로 훔치며 말했다.

"잊으려고 해도 잊을 수 없는 사람이 있습니다."

"여인입니까?"

"여리디여린 여인이라 제가 지켜주었어야 하는데……."

시백은 봉림대군의 처소에서 보았던 두 개의 신주를 떠올렸다.

"첩을 맞이하신 일은 몰랐습니다."

봉림대군이 슬프게 웃으며 말했다.

"인연이라는 것이 신비하기 그지없습니다. 제가 약관의 나이에 첩을 맞이하게 될 줄……."

"어떤 여인인지 물어도 되겠습니까?"

"공신의 손녀라고 알고 있습니다. 아바마마의 명이었지요. 처음 그녀가 사저로 왔을 때는 병을 핑계로 저를 피하는지라 얼굴도 제대로 보지 못하고 여러 날을 보냈습니다. 그러다……."

봉림대군의 시선이 다시 밝은 달로 향했다.

"저 달과 똑 닮은 달이 뜬 날, 그녀의 얼굴을 처음 보았지요. 지켜주고 싶은 여인이었습니다. 제 옷 주머니 속에 담고 평생을 보듬으며 그 누구에게도 꺼내어 보여주고 싶지 않은 그런 여인이었습니다."

봉림대군이 시백을 돌아보며 물었다.

"형님의 부인은 어떤 분이십니까?"

"그녀는……."

시백은 단 한마디로 화진을 정의할 수 있었다.

"강한 여인입니다."

난중에 지아비를 잃었다고 했다. 홀몸으로 아이를 낳으며 생사를 넘나들었다. 그렇게 살아서 그 추운 남한산성까지 자신과 동행했다. 사대부가의 여인들이라면 눈으로 보아도 무서워하는 검을, 그것도 적병의 피가 묻은 검을 스스럼없이 씻어내어 건네던 당찬 대장부 같은 여인. 멀리서 보아도 당차고도 굳센 여인이었다. 그러나 함께 있을 때는 천생 여인이었다. 그의 보듬음에 얼굴을 붉히며 수줍어하는 그런 여인이었다. 그는 화진이 지닌 모든 면을 다 보았다. 그에게만큼은 더할 나위 없이 완벽한 여인이었다.

"세자 형님의 말씀으로는 엄청난 미모로 남한산성에서 소문이 자자했다 들었습니다."

"대군께서 이리 잊지 못하는 첩실 역시 상당한 미모를 지니셨다던데……."

여전히 슬픈 미소를 짓고 있는 봉림대군이 말했다.

"아름다운 여인이라 하여 성품이 모두 같지는 않은 것 같습니다."

다시 술을 나눠 마신 후 시백이 달을 올려다보며 말했다.

"부인과 헤어진 뒤부터 밤에 잠을 쉽게 이루지 못합니다."

봉림대군이 고개를 끄덕였다.

"저도 그 마음을 잘 압니다. 매일 아침 눈을 뜬 순간부터 이리도 많은 나인들에게 둘러싸여 하루를 보내는데도 불구하고 그녀를 잃은 뒤에는 마치 이 세상에 저 혼자만 남겨진 것 같은 기분 속에서 살고 있으니 말이지요."

"곧 조선으로 돌아가실 수 있을 겁니다."

"돌아간다 한들, 결국 그녀 없이 저 혼자만 돌아가는 것이 되겠지요."

생각보다 봉림대군의 상처가 깊어 보여 시백은 더는 그 어떤 말로도 위로할 수가 없었다.

"너 진짜 바느질 되게 못하는구나."

수아라는 애는 분명 나를 열받게 하려고 황후가 붙여놓은 게 틀림없다.

"못해. 그래서 어쩌라고? 못한다고 했는데도 이걸 준 건 너잖아."

나의 짜증에 수아가 어색한 웃음을 짓는다.

"바느질 못 하는 여인이 이 세상에 존재할 것이라고는 생각 못한 내가 어리석었다. 어리석었어⋯⋯."

난 신경질적으로 수아가 준 바느질감을 침대 위로 내던졌다.

"안 해."

"하지 마라. 도움이 되기는커녕 내 일만 더 만드는 것 같으니까."

난 보란 듯이 짜증 섞인 한숨을 내쉬고는 침대에 드러누웠다.

황후궁으로 온 지 며칠째. 바깥은 구경도 못하고 하루 종일 방 안에 갇혀 있기만 했다. 그런 내게 수아가 심심하면 이것이나 하라며 던져준 것은 바느질감이다.

['바느질을 잘하는 아내가 되겠어요.']

어차피 그가 없는 곳에서 바느질 따위 연습하고 싶은 마음은 전혀 없다.

"수아야."

밖에서 수아를 찾는 궁녀의 목소리가 들려왔다. 수아가 재까닥 밖으로 뛰어나가더니 얼마 후 돌아와 내게 말했다.

"어서 준비해."

"준비?"

"황후마마께서 지금 사냥터로 가시는데 너도 데려가신대."

"사냥터에서도 바느질을 해야 하는 거야?"

"아니야!"

아니라고 단호하게 말한 수아가 내 팔을 잡아끈다. 그러더니 거울 앞에 나를 앉히며 아주 빠른 속도로 내 머리를 풀기 시작한다.

"뭐 하는 거야?"

"옷은 곧 올 거래. 네가 온 첫날에 이미 침공국에 부탁해놓았거든."

"무슨 옷을 입어야 하는데?"

내가 지금 입은 옷은 궁녀들이 입는 흔한 옷. 그것도 누가 입었는지 모를 낡은 옷이다. 일단 주는 대로 입었을 뿐이고 난 내일이라도 당장 궁을 떠날 생각이니 옷 따위에 신경을 쓰진 않았었다.

"궁녀 옷이지. 지금 입은 거."

"이미 입었는데?"

"새 걸로 입어야지. 깨끗한 새 옷으로."

"왜?"

사냥터에 가는데 사냥복을 주진 못할망정 깨끗한 새 옷으로 갈아입으라니.

"아직도 모르겠어?"

수아가 내 머리를 빠르게 빗어내리며 말한다.

"오늘은 사냥대회 날이야. 폐하께서 자주 주최하시는 사냥대회야. 신비마마는 만삭이라 못 오실 거고 황후마마는 이때다 싶으신거지."

"뭐가 '이때다'인데?"

"널 폐하의 앞에 선보이시려는 거지. 아주 자연스럽게~"

"뭐어?"

"이렇게 궁녀들을 선보인 적이 한두 번이 아니니까, 난 익숙해. 그나저나 여기 온 지 이틀 만인가? 너도 참 빠르다. 역시 얼굴이 예쁜 애들은 달라."

그런 자리라면 절대 가고 싶지 않다고 말하고 싶다. 그러나 황후가 결심한 일이니 안 간다고 하면 날 가만둘 리가 없을 것이다.

◦◦◦◦

- 히이이잉!

조선관 앞에서 말을 타려던 세자가 말이 크게 울자 흠칫 놀라며 물러섰다. 엊그제부터 앓은 몸살이 심해져 신경이 잔뜩 예민해진 까닭이었다.

"이대로 사냥대회에 참석하시는 것은 무리이옵니다."

세자빈이 만류했지만 그렇다고 청나라 황제의 부름을 볼모 신세인 세자가 거절할 수도 없는 일이었다.

"걱정하지 마시오. 난 참석만 하면 되는 일이니. 사냥을 할 일도 없지 않소."

문제는 청나라의 사냥대회란 말을 타고 달리는 일이 의외로 많아서, 세자는 몇 번 무리 지어 달려가는 청나라 황족들을 뒤따르다가 말에서 떨어진 적도 많았다. 크게 다친 일은 없었지만 세자에게 사냥대회란 상당히 불편하고 고역인 자리임이 틀림없었다.

"형님. 제가 가겠습니다."

봉림대군이 나섰지만 세자는 고개를 가로저었다.

"황제 폐하가 부른 것은 네가 아니라 조선의 세자인 나다. 그러니 내가 갈 것이다."

봉림대군의 걱정을 뿌리치며 세자가 말에 다시 올라탔다. 시백도 그런 세자를 뒤따라 호위 무관으로서 말에 올라탔다. 조선관을 나오자 밖에는 황제가 보낸 용골대 일행이 기다리고 있었다. 용골대는 세자와 함께 나오는 시백을 보자마자 말 위에서 내려 시백에게 다가왔다.

"그간 잘 지내셨습니까?"

시백을 보며 반가워하는 용골대를 본 세자가 시백에게 물었다.

"그가 무어라 말하는 것이오?"

"남한산성에서 그가 제 은혜를 입은 일이 있습니다. 그 일로 인해 신에게 우호적입니다."

"그런 일이 있었소?"

세자는 용골대가 시백에게 우호적이라는 말에 화색이 돌았다. 어차피 시백이 없었다면 용골대의 마중은 세자에게 불편한 일이었기 때문이었다.

"가시지요."

다시 말에 올라탄 용골대가 길을 열었다.

"콜록콜록."

그때 세자가 기침을 했고 용골대가 세자의 안색을 살폈다. 그가 보기에도 세자의 안색은 그리 좋지 않았다.

"오늘 상당히 먼 거리로 나가실 터인데, 몸 상태가 좋아 보이시지 않습니다만."

시백이 용골대의 말을 통역했다. 세자가 이를 듣고 대답했다.

"괜찮소. 콜록."

그러나 다시 기침이 터지자 용골대의 표정도 좋지 못했다.

사냥터는 심양에서 몇 킬로미터 떨어진 초원이었다. 이미 청나라 황제의 막사가 크게 지어져 있었고 사냥을 시작하기도 전에 연회가 시작되어 있었다. 황제는 황후를 비롯해 귀비와 숙비를 불러 연회를 즐기고 있었다. 이곳에 나타난 조선국 세자를 본 황제가 미간을 찌푸렸다.

"사냥터에 올 몸 상태가 아닌 듯하다."

이미 용골대가 보낸 사람으로부터 세자의 몸 상태에 대해 전해 듣고 하는 말이었다. 황제는 사냥을 시작도 전에 이렇게 명을 내렸다.

"조선국 세자를 막사에서 쉬게 하라."

세자는 예를 표하고 막사로 돌아갔다. 황제가 돌아서는 세자를 보며 혀를 찼다.

"세자부터가 저리 나약하니 조선의 장래를 짐이 다 걱정해야 하겠구나."

그 말에 청나라 장수들이 껄껄 웃어댔다.

용골대가 앞으로 나섰다.

"안 그래도 폐하께 아뢸 말씀이 있습니다."

"무엇이냐?"

"신이 남한산성에서 대적했던 조선국 장수가 있사온데 그의 무예 실력이 꽤나 출중합니다. 오늘 보니 그가 세자의 호위 무관으로 사냥터까지 동석한 바, 그를 불러 우리 장수들과 무예를 겨뤄보게 함이 어떠신지요?"

용골대의 제의에 흥미를 느낀 황제의 표정이 밝아졌다.

"어서 불러라."

"예."

용골대가 허리를 숙이며 물러섰다.

ᑭᑫᒣᑯᒍ

"자네를?"

막사 안의 세자는 청나라 황제가 시백을 불렀다는 말에 귀를 의심했다.

"자네를 어찌 알고 황제 폐하께서 부르신단 말인가?"

시백은 막사 밖에서 기다리고 있는 용골대에게 눈길을 주며 말했다.

"아마도 용골대가 아뢴 듯싶습니다."

"그래. 그렇단 말이지……."

마음 같아서는 혹시 무슨 일이 생길까 시백을 보내고 싶지 않은 것이 세자의 마음이었다. 그러나 청나라 황제가 친히 불렀기에 거절할 수도 없는 처지였다.

"가보게. 가서 대처하는 것은 자네가 잘 알아서 할 것이라 믿네."

"예. 저하."

세자의 막사를 나온 시백은 용골대를 따라 청나라 황제의 앞까지 불려갔다. 청나라 황제는 남다른 기백을 지닌 시백의 등장에 만족스러운 표정을 지었다.

"이제야 재미가 있겠구나."

황제는 아우인 바부타이 황자를 불렀다. 그리고 시백의 옆에 나란히 세우며 말했다.

"오늘은 늑대를 가장 많이 잡아 오는 자에게 상을 내리고자 한다. 시간은 정오까지다."

황제가 연회장에 놓인 해시계를 가리키며 말했다.

"예!"

바부타이 황자는 즉시 말을 타고 출발했다.

시백도 말을 타고 뒤따르자 황제는 주변에 자신이 한 말을 통역해줄 통역관이 없음을 알고 용골대에게 물었다.

"아직 짐의 말을 통역하지도 않았는데 저자는 어찌 알고 출발을 아느냐?"

용골대가 웃으며 대답했다.

"저 장수는 우리말을 할 줄 압니다."

"그래?"

황제가 흥미 있다는 듯 고개를 끄덕이며 들었다. 그사이 분위기를 살피던 황후가 궁녀를 가까이 불러들였다.

"그 계집은?"

황후가 묻자 궁녀가 속삭이는 듯한 작은 목소리로 대답했다.

"천막에서 대기하고 있습니다."

황후가 묘한 미소를 지으며 고개를 끄덕였다.

෧෧

어차피 이 승부는 처음부터 시백에게 불리한 것이었다. 초원의 늑대는 야행성이다. 당연히 낮에는 그것도 햇살이 강한 아침에는 더더욱 찾아볼 수가 없다. 바부타이도 이를 모르지 않았다. 그래서 미리 하루 전날 심복들을 심어놓아 덫을 놓고 늑대들을 잡게 했다. 심복들은 바부타이가 나타나자 이미 잡은 늑대를 그에게 바쳤다. 바부타이는 그 늑대들을 거둬들이기만 하면 되는 것이었다.

"수고했다."

심복들을 칭찬하며 바부타이는 뒤늦게 나타나 이런 자신을 쳐다보는 시백을 보며 자신만만하게 웃었다.

"이런 머리를 굴리지 못하는 것 역시 너희 조선인들의 한계가 아니겠느냐? 하하하!"

바부타이는 죽은 늑대들을 말 뒤에 매달고는 요란스럽게 황제의 막사로 말머리를 돌렸다. 그가 먼저 가버린 뒤에도 시백은 한참이나 초원을 헤맸지만 늑대 한 마리로 찾아볼 수가 없었다. 어차피 승부는 났다. 운 좋게 늑대를 한두 마리 잡는다고 하더라도 바부타이가 가져간 늑대는 열 마리 가까이 되었기 때문이었다.

설사 이길 수 있다고 하더라도 황자와의 싸움에서 대놓고 이겨서는 안 된다는 것도 시백은 잘 알았다. 조선의 입장에서 청나라 황제의 심기를 불편하게 하는 것은 외교 문제로까지 커질 수 있기 때문이었다.

곧 정오였다. 슬슬 패배를 인정하며 막사로 돌아가려던 시백에게 끄윽 거리는 작은 소리가 들려왔다. 주변을 살피자 어미를 잃어버린 늑대 새끼 두 마리가 굴 밖을 돌아다니는 것이 보였다. 아마도 바부타이의 심복들이 지난밤 잡은 늑대의 새끼들인지도 몰랐다. 시백은 말에서 내려 새끼 늑대들에게 다가갔다. 늑대들은 기다렸다는 듯 시백에게 다가와 장난을 쳤다.

"하하……."

그런 늑대들이 귀여워 웃던 시백이 고민하다가 산 채로 늑대들을 잡아 안아 들었다.

"져서 조롱거리가 되더라도 못 잡았다는 소리는 듣지 않겠구나."

작은 새끼 늑대이니 털가죽을 벗겨 쓸 일도 없다. 시백은 나중에 이 늑대들을 풀어줄 생각으로 데리고 막사로 돌아왔다. 황제의 막사 앞 연회장은 축제 분위기였다. 바부타이는 자신이 가져온 죽은 늑대들을 일렬로 펼쳐놓고 황제에게 자랑하고 있었다. 당연히 두 마리의 살아 있는 새끼 늑대를 데려온 시백을 본 청나라 장수들은 크게 소리 내어 비웃었다.

"새끼 늑대도 무서워 죽이지 못하고 산 채로 데려왔나보지?"

"난 늑대가 아니라 강아지인 줄 알았지!"

그것은 황제도 마찬가지였다.

"용골대가 함부로 남을 천거하는 자가 아닌데, 만주인도 아닌 조선인을 추천하여 큰 기대를 했던 짐이 실망스럽기 그지없구나."

시백은 말을 아꼈다.

약소국이자 볼모국의 설움은 그가 심양에 머무는 이상 당연히 겪어야 하는 것인지도 몰랐다. 그러나 용골대의 표정은 시백보다도 더 어두웠다. 이를 본 황제가 용골대에게 말했다.

"네 추천이 허망하게 되어 실망스러우냐?"

잠시 고민하던 용골대가 연회장 한가운데로 나섰다.

"폐하. 신의 무례를 용서하십시오."

용골대는 바부타이가 잡아온 늑대들 중 한 마리를 들어올리더니 그대로 칼로 목을 베었다.

- 툭.

늑대의 목이 바닥에 떨어지자 용골대는 들고 있던 늑대의 몸을 뒤집어 목이 땅을 향하게 했다. 그가 하는 행동을 이해하지 못한 연회장의 사람들이 침묵을 지키는 가운데, 이를 지켜보던 황제의 표정이 점점 굳어가기 시작했다.

잠시 후 황제가 바부타이를 돌아보며 말했다.

"피가 흐르지 않는구나."

황제의 이 한마디에 바부타이의 얼굴이 사색이 되었다. 분명 갓 잡아, 죽은 지 얼마 안 되는 늑대였다. 그렇다면 아직은 피가 굳지 않아 땅으로 흘러내려야 정상이었다. 그러나 용골대가 늘고 있는 늑대에게서는 단 한 방울의 피도 흘러내리지 않았다.

"폐하! 용서해주십시오! 고, 공을 얻고 칭찬을 받고자 꾀를 낸 것이 그만……!"

바부타이가 바닥에 무릎을 꿇으며 죄를 빌었다. 그러나 황제의 화는 쉽사리 가라앉지 않았다.

"당장 짐의 눈앞에서 썩 꺼져라! 네 얼굴을 다신 보기 싫으니!"

바부타이가 도망치며 자리를 떠났다. 그사이 시백이 데려온 두 마리의 아기 늑대가 이미 죽어 있는 늑대들에게 다가가더니 낑낑 거리며 슬프게 울기 시작했다.

"돌봐야 할 새끼가 있는 늑대는 죽이지 않는 것이 우리들의 전통이다. 바부타이는 아주 무식한 방식으로 우리들의 전통을 깨트렸다. 본이 되지 못하였지. 조선국 장수라 하였느냐?"

"예."

시백이 만주어로 대답했다.

"이름이 무엇이냐?"

"이시백이라 하옵니다."

"짐이 황자의 실수에 부끄럽기 그지없구나. 이 부끄러움을 만회
코자 네게 상을 주고자 하는데 원하는 것이 있느냐?"

시백은 잠시 망설이다가 대답했다.

"그 말씀으로도 황공할 따름이옵니다."

"하하!"

시백의 태도가 마음에 들었는지 청나라 황제가 크게 웃었다.

"저 장수에게 술을 내려라."

이 말을 들은 황후가 재빨리 궁녀를 불러들였다.

"그 계집을 데려와라."

황후에게는 지금이 바로 기회였다. 황제의 시선이 닿은 저 조선
인 장수 앞으로 내보일 궁녀. 그 자리에 화진을 세울 생각을 한 것
이다.

❧

"나보고 나가라고?"

"황후마마의 명이오."

궁녀가 술병과 술잔이 놓인 작은 쟁반을 내게 내밀었다. 막사 안에 있던 나는 궁녀가 가져온 쟁반을 쳐다보며 머리를 긁적였다.

"단순히 술만 따르는 일이라면 내가 아니어도 할 사람이 많을 텐데. 왜 내가 가야 하는데?"

"황후마마의 명이라 하지 않았소. 서두르시오."

궁녀의 재촉에 난 반강제적으로 쟁반을 받아들었다.

"폐하께 따르는 것은 아니겠지?"

"자네 같은 천하디천한 여인이 어디 감히 폐하께 술잔을 따를 생각을 하시오? 오늘 사냥대회에서 폐하를 기쁘게 한 장수에게 내리는 술을 올리는 일을 하게 될 것이오."

"알았어요. 알았어."

수아보다도 더 사람 열받게 하는 궁녀네.

속으로 투덜거리며 난 쟁반을 들고 막사를 나섰다.

앞장서던 궁녀도 나와 똑같이 술병이 올려진 쟁반을 들고 있었는데, 그 쟁반 위에 놓인 술병은 금박이 입혀진 화려한 용무늬가 새겨져 있었다. 아마도 그 술병은 황제에게 올리는 것이 틀림없었다.

반대로 내가 들고 있는 건 무난한 모양이었다. 나는 이 술병을 받을 사람에게로 시선을 보냈다. 연회장 한가운데. 누군가 황제가 앉은 상석을 향해 무릎을 꿇고 앉아 있었다. 대충 보기에 내 눈에 익숙한 갓을 쓰고 있었다.

조선 사람?

그가 누구인지 유심히 보려던 바로 그때였다. 내 앞으로 누군가 나타나 그 사람과 나 사이를 가로막으며 섰다. 눈을 들어올리자 도르곤의 얼굴이 보였다.

"도르곤?"

놀라 눈이 크게 떠진 나를 보며 무표정의 도르곤이 내가 들고 있는 쟁반을 한 손으로 잡으며 말했다.

"나가지 마라."

"에?"

그러고는 내 곁에 있던 궁녀를 향해 명령했다.

"다른 아이를 내보내라."

궁녀가 난처한 듯 말했다.

"황후마마의 명이십니다. 분명 그 아이에게⋯⋯."

"내 말, 못 알아들은 것이냐?"

"하오나 황자님!"

도르곤과 궁녀의 말씨름이 이어지는 가운데 내 시선은 묘하게도 도르곤의 등 너머에 갓을 쓴 사내에게 향해 있었다. 다시 사내를 바라본 순간 때마침 그가 살짝 고개를 들며, 갓 아래에 감춰져 있던 얼굴이 드러났다.

– !

일순간 귓속이 울리며 도르곤과 궁녀의 말씨름 소리도 전혀 들리지 않게 되었다.

"서방님⋯⋯."

그 단 한마디에 잃었던 세상의 소리들이 전부 내 귓속으로 파고 들어왔다.

"서방님이야……."

한양에 있어야 할 이시백이 지금 내 눈앞에 있었던 것이다.

8장

황제의 제안

"서방님이야……."

내가 중얼거리듯 말하는 우리말에 도르곤이 밖을 돌아본다. 그도 뒤늦게 시백을 발견하고는 미간을 찌푸렸다.

"저자가 왜 이곳에……."

도르곤도 시백을 지금 본 것 같았다. 덕분에 궁녀와의 말씨름도 끝나버렸다. 도르곤이 믿기지 않는다는 듯 시백을 쳐다보는 사이, 난 그를 밀치고 밖으로 나가려고 했다. 도르곤의 손이 더 빨랐다. 그가 내 팔을 세게 움켜잡으며 밖으로 나가지 못하도록 막았다.

"놔요!"

나의 외침에 그는 내 얼굴에 자신의 얼굴을 바짝 가져다대더니 엄중한 경고를 하듯 무섭게 말한다.

"나가지 마라."

순간 그의 일그러진 얼굴이 무서워 잠시 멈칫했다. 하지만 다른 누구도 아닌 시백이었다.

"내 서방님이라고요!"

그의 손아귀에서 벗어나려는 나의 팔을 그는 아프도록 움켜쥐었다.

"널 이 자리에 내보내려 하는 황후마마의 의중을 모르느냐? 폐하께서 널 보신다면⋯⋯."

"이 세상의 모든 사내가 당신과 같다면 폐하도 위험한 사내겠죠."

"너⋯⋯!"

"봐요. 소리지를 거예요."

그는 자신의 말을 거역하고 듣지 않는 나를 이해할 수 없다는 눈으로 쳐다보았다. 어차피 그는 나를 죽이지 못했다. 그 자신감이 그와 맞설 수 있는 용기를 주었는지도 모르겠다.

"후회할 것이다."

"그깟 후회는 당신이나 실컷 해요."

그가 나를 잡은 팔을 서서히 놓았다. 난 마지막에 그의 손을 밀치며 그에게서 떨어졌다. 궁녀가 재빨리 내게 도르곤이 빼앗았던 술 쟁반을 내밀었다. 난 시백과 마주하듯 떨리는 심장을 안은 채 쟁반을 들고 앞으로 걸어 나갔다.

한 걸음, 두 걸음. 그에게 가까워질 때마다 주변의 소리보다도 내 심장이 뛰는 소리가 더 크게 들려온다. 그에게 다가가면서도 정말로 내 앞에 있는 저 사내가 시백인지 믿을 수가 없다.

그가 어떻게 이곳 청나라 심양에 있는 거지? 같은 하늘 아래가 아닌 먼 하늘 아래 있을 줄 알았던 나의 님이 바로 내 눈앞에 있다니!

내가 그의 곁에 섰는데도 불구하고 그는 내 존재를 전혀 알아차리지 못했다. 그저 평범한 청나라의 궁녀라고 생각했을지도 모른다.

"술을 내려라."

황제가 다시 명을 내렸고 뒤에서 나를 따라 나온 궁녀가 내 옆으로 다가와 술잔에 술을 따랐다. 그때였다. 시백의 시선이 자연스럽게 쟁반을 들고 있는 내 얼굴로 향한 것은.

- !

처음 자연스럽게 향했던 그의 눈가에 점점 힘이 실리기 시작했다. 그는 나와 마찬가지로 보고도 믿기지 않는다는 듯 내 얼굴만을 뚫어져라 쳐다보았다. 마침내 궁녀가 술잔에 술을 가득 채우고 물러서자 난 술잔이 놓인 쟁반을 그의 앞에 내밀었다.

이어 내 입에서 나온 말은 조선말이었다.

"드세요."

그것은 단순히 그가 조선인이라서 한 말이 아니었다. 그가 지금 나를 보며 품고 있을 생각에 대한 확신을 주기 위한 말이었다.

저예요-

당신의 아내, 화진이라고요-

"!"

그는 술잔을 보고 있지 않았다. 처음 자연스럽게 내게 향했던 시선 그대로 무릎을 꿇고 있던 자세에서 천천히 일어섰다. 그리고 나에게 두 팔을 뻗더니 내 양어깨 위에 살포시 손을 내려놓았다.

"정녕 그대요?"

그의 입을 떠난 목소리가 파장을 일으키며 내게 전해왔다.

"정녕 그대요, 화진?"

단순히 그가 나임을 묻는 그 말에 난 활짝 웃으면서도 동시에 두 눈에서 눈물을 쏟았다.

난 세차게 고개를 끄덕이며 웃었고 그리고 울었다.

"네. 서방님."

이제 내 어깨 위에 올려놓은 그의 두 손까지 떨린다. 우리는 그렇게 심양의 초원에서 재회했다.

ॐ

그가 내 어깨 위에 손을 올려놓았을 때부터 이 자리에 모인 모든 이들의 시선이 우리에게 모여졌음은 분명했다. 그 시선들 중에는 청나라 황제의 시선도 있었다.

"으응?"

그들에게는 조선인이 청나라 궁녀에게 손을 대는 것으로만 보였을지도 모르겠다.

"무슨 짓이냐?"

청나라 황자 중 한 명이 일어서서 시백을 향해 화를 냈다. 그제야 시백에 내게서 손을 떼며 황제를 향해 말했다.

"폐하. 이 여인은 제 아내입니다."

모두가 침묵 속에 젖은 그 순간 안에서 도르곤이 튀어나오며 소리쳤다.

"저 계집은 신의 것입니다!"

"예친왕!"

도르곤의 돌발 행동에 발끈한 것은 황후였다. 뒤늦게 황후도 나서서 소리쳤다.

"저 궁녀는 제 노비입니다!"

이러한 황후의 말에 주변이 술렁거렸다.

황제는 침묵으로 대답을 미루며 나와 시백을 번갈아 쳐다보았다. 나도 시백도 황제가 할 다음 말을 기다렸다. 이 틈에도 황제의 시선이 내 얼굴에 꽂혀 있음을 느꼈다. 이대로라면 황후의 목적대로 황제는 내게 흥미를 보일까? 나도 모르게 시백의 옷깃을 두 손으로 움켜쥐고 만다.

황제의 입이 열렸다.

"어찌하여 네 아내가 이곳에 있느냐?"

시백은 황제의 곁에 서 있는 도르곤을 한번 쳐다보았다. 그도 도르곤이 나를 데려갔다는 심증을 가지고 있는 듯했다. 그러나 황제를 납득시킬 만한 증거는 없었다.

"제 아내는 청나라 여인에게 납치를 당했습니다. 그 이후에 심양에 있을 것이란 확증을 가지고 이곳까지 온 것입니다."

"그 말은…… 너희 나라 세자의 무관으로 이 대회에 참가한 것이 아니라는 말이구나?"

시백을 향한 황제의 말에는 의심이 가득 배어 있었다. 시백이 마땅한 대답을 하지 못하는 사이 황제가 다시 물었다.

"헌데 왜 네 아내를 찾으려 노비가 거래되는 시장이 아닌 이 대회에 참석한 것이냐?"

시백이 대답했다.

"이곳에 오면 예친왕을 만날 수 있다고 판단했습니다."

"도르곤?"

황제가 도르곤을 흘깃 쳐다본다.

"어찌하여 도르곤을 만나려 하였느냐?"

"예친왕은 조선에서 제 아내를 본 일이 있었고 그가 제 아내를 노린다는 사실을 알았기 때문입니다."

황제가 도르곤을 돌아보며 물었다.

"도르곤. 조금 전 네 말을 들어보니 저자의 말이 거짓은 아닌 듯하구나."

도르곤이 황제 앞에 무릎을 꿇었다.

"저 계집은 신의 것입니다."

"어째서?"

"조선에서 손에 넣으려고 하였는데 운이 나빠 빼앗겼던 것입니다."

"허면 저 계집을 되찾고자 조선에 사람을 보냈느냐?"

"예."

도르곤이 예상외로 쉽게 인정했다. 그러나 그도 다음에 황제가 무슨 말을 할지 걱정이 되었는지 바로 말을 이었다.

"폐하께서도 조선에서 얻은 전리품은 모두 인정해주시지 않았습니까? 저 계집은 신의 전리품입니다!"

이번에는 황제가 황후를 향해 물었다.

"황후."

황후가 바로 앞으로 나와 도르곤의 옆에 무릎을 꿇었다.

"예, 폐하."

"저 궁녀는 황후의 소유요?"

"그렇…… 그렇습니다."

"도르곤은 제 전리품이라 하고 황후는 제 노비라 하고 저 조선인은 제 아내라 하니. 도대체 저 계집은 누구의 것이오?"

묻고 있었으나 답은 오로지 황제만이 알고 있는 것이었다. 황제는 이 상황을 어이없고 기가 막혀 하고 있었다. 동시에 계속 내게 눈길을 주고 있었다. 난 혹시라도 황제가 나를 도르곤에게 줄까 무서워 잡은 시백의 옷깃을 더욱 힘주어 잡았다.

그때 용골대가 앞으로 나와 무릎을 꿇었다.

"폐하!"

"너는 또 어찌 나서느냐?"

607

"'불고륜'을 기억하십니까?"

"불고륜?"

"조선에서 신에게 내려주신다 약조하셨던 여인 말입니다."

"아, 그랬지. 기억난다. 한데 어찌 그 이야기를 이 자리에서 꺼내느냐?"

"바로 그 여인이 저 여인입니다."

"무어라?"

상황이 더욱 복잡하게 돌아가고 있었다. 전부 다 나를 제 것이라고 주장하는 것과 다름이 없었으니까.

"그때 신은 저 여인을 취하고자 하였고 그로 인해 저 여인의 남편인 조선인과 목숨을 걸고 겨룬 일이 있었습니다. 허나 신은 패배하였고 응당 저 여인을 남편에게 돌려주었습니다. 그러니 저 여인은 저 조선인 사내의 것이 맞습니다."

이제 모든 판결은 황제에게 넘어갔다. 옳은 판결이든 그른 판결이든 황제의 뜻을 어길 수 있는 사람은 아무도 없었다.

"예로부터 미인의 팔자는 기구하다 하였지."

황제가 자리에서 일어섰다. 그는 무릎을 꿇고 있는 황후에게 다가가 친히 그녀를 일으켜 세웠다.

"폐하……."

황제는 황후를 자신의 옆에 세우며 나를 향해 말했다.

"처음은 제 사내의 것이었을 테고 그다음은 짐이 용골대에게 주었다. 허나 용골대는 다시 여인의 남편에게 돌려주었지."

저 말은 이제라도 나를 시백에게 돌려주려는 것일까? 그러나 황제의 말은 다 끝나지 않았다.

"도르곤은 저 여인을 취하고자 하였으나 결국은 황후의 노비가 되었으니……."

황제가 황후의 손을 잡아 가볍게 두드리며 말했다.

"황후의 것이오."

"!"

이 자리에 모인 모든 이들이 놀랐다. 그중에서 가장 기쁜 얼굴이 된 것은 다름 아닌 황후였다.

"폐하……."

"황후의 노비이니 황후가 알아서 하시오. 허나 그전에……."

황제가 시백을 보며 말했다.

"짐이 오늘 저 조선인에게 상을 내리고자 하였으니, 그 상으로 아내와의 짧은 재회를 허락한다."

황제가 돌아섰다.

"폐하!"

난 무릎을 꿇으며 황제를 불렀다. 돌아섰던 황제가 다시 나를 돌아보았다.

"간곡히 요청드립니다! 서방님과 조선으로 돌아갈 수 있도록 해 주세요!"

황제가 말없이 내 앞으로 걸어왔다.

"제발…… 간청 드립니다."

내 운명이 황제의 손에 달렸다는 것도 억울한데 뭐가 그리 서러운지 눈물이 계속 흘렀다.

　황제는 울며 간청하는 내 얼굴을 안되었다는 듯 바라보았다. 마치 나를 동정하는 듯 금방이라도 결정을 바꿀 것 같은 눈으로 내게 말한다.

　"지금 대청제국에 끌려온 조선인 노비가 셀 수도 없이 많다. 그들 중에는 너와 같이 남편과 헤어진 여인들도 부지기수지. 허면 짐이 그 모든 여인들을 다 조선에 돌아갈 수 있도록 해주어야 한다는 말이냐?"

　황제가 시백을 한번 쳐다보고는 나를 향해 말했다.

　"짐은 너그럽지만 자애롭진 않다."

　결국 황제는 나를 시백에게 돌려줄 마음이 없었던 것이다.

❦

　황제가 마련해준 막사 안은 동물의 가죽이 여러 겹으로 바닥에 깔려 있어서인지 걸을 때마다 부들부들한 느낌이 전해져왔다. 한쪽에는 황궁 내전에서나 사용될 고급스러운 이불이 깔린 침대가 있었다. 게다가 한낮의 태양 볕이 막사를 뒤덮어 가만히 있더라도 몸이 따스해지는 느낌이었다.

　여기에 궁녀는 그가 황제에게 하사받고도 마시지 못한 술을 가져다놓고 나갔다. 하지만 우리는 이러려고 만난 것이 아니다. 황제는 나를 마치 장수에게 내리는 하사품처럼 그와의 자리를 주선했다. 이것은 대단히 모욕적인 것이었다.

우리는 궁녀가 나갈 때까지 막사 안을 살피며 서로에게 시선을 주지 않고 있었다.

– ……

술을 내려놓은 궁녀가 나간 후 우리는 말이 없어졌다. 할 말이 많을 것 같았는데 막상 우리를 이렇게 만든 이들이 깔아준 명석 위에서는 입이 쉽게 열리지 않았던 것이다. 그러나 우리에겐 주어진 시간이 그리 길지 않았다.

"이리 와요."

내가 먼저 그의 팔을 잡고 침대로 이끌었다. 그는 순순히 끌려왔고 난 그를 침대에 앉힌 후 옆에 앉았다.

"어디 좀 봐요."

열흘 만에 마주하는 얼굴이다. 아니, 그에게는 보름 만일 것이다. 내가 본 그는 기홍대가 술에 탄 약을 먹고 잠들어 있는 모습이니 열흘이고, 그는 나와 싸운 후 집에 나간 뒤, 처음 나를 보았을 테니 보름 만이다.

"우리 서방님, 얼굴이 많이 야위었네."

난 그의 얼굴을 매만져주며 활짝 웃었다. 웃으며 보내기에도 아까운 시간이 아닐까 싶어서였다. 나를 바라보는 그의 눈길은 애잔하지만 표정은 무표정에 가까웠다.

"좀 웃어요."

"……."

"제게 할 말이 없어요? 전 할 말이 아주아주 많은데."

"……."

무슨 말로 시작해야 할까.

"글쎄 말이죠. 눈을 뜨니까 심양인 거예요! 그 기생으로 분장한 청나라 계집애 있죠. 걔가 그러는데 제가 약에 취해서 그런 거래요. 또 알고 보니 걔가 후궁의 궁녀인 거 있죠. 도르곤이 시켰더라고요. 그래서 저는 마치 하루 만에 심양에 온 것 같았는데……."

"힘들진 않았소?"

단 한마디였다. 그 한마디에 내 얼굴은 웃다가 눈물이 터져 일그러진 엉망인 얼굴이 되어버렸다.

"전…… 흑!"

울지 않으려 했다. 잠깐이니까 서로 얼굴 보고 웃고 그러다가…… 다시 힘내서 조선으로 돌아갈 방법을 생각해보자고 말할 참이었다. 그러려고 했는데…….

"전…… 흐흑!"

"부인."

"저는……."

결국 말문은 막혔고 난 아이처럼 엉엉 울었다. 시백은 그런 나를 말없이 자신의 품으로 끌어안아주었다. 난 이렇게 나약하게 울고만 있을 순 없었다. 이럴 때일수록 마음을 다잡아야 한다. 우린 조선으로 반드시 돌아가야 하니까.

난 그의 품에서 벗어나 눈물을 닦아냈다.

"길은 있어요."

"화진."

"우리가 이렇게 만난 거 봐요. 우리는 아무리 헤어져도 반드시 만날 운명이에요!"

울면서도 두 주먹 불끈 쥐고 긍정의 기운을 내뿜는 나를 보며 시백이 피식 웃고 만다.

"이제야 그대답군."

"호랑이굴에 잡혀 들어왔다고 울고만 있다가는 호랑이한테 잡아먹힐 테니까요!"

"그렇다고 너무 무리하진 마시오."

"서방님이나 무리하지 마세요. 저하가 볼모로 잡혀 오신 상황인데…… 잘못했다가 문제가 커질 거라는 걸 잘 알아요."

"황제가 그대를 보았는데도 순순히 조선으로 보내줄까?"

그의 걱정이 수면 위로 얕게 드러났다. 그 밑에는 빙산의 일각처럼 엄청나게 큰 걱정이 담겨 있을지도 모른다. 일단 그가 심양에 온 이상 나만 생각할 수는 없을 테니까.

세자도 있고 또…….

순간 스치듯이 봉림대군의 얼굴이 내 머릿속에 떠올랐다.

"이게 다 제가 너무너무 예쁜 탓이죠. 어쩌겠어요? 얼굴을 못생기게 고칠 수도 없고."

예상치 못한 내 말에 시백이 빵 터진다.

그가 웃는 모습을 보니 차라리 걱정이라도 잠시 잊는가 싶어 나도 기분이 좋아져 따라 웃었다. 한참을 웃던 나는 그의 가슴에 머리를 기대며 말했다.

"서방님."

"응."

"사랑해요."

"믿소."

믿는다라…….

어쩌면 지금 우리 두 사람에 필요한 것은 '믿음'일지도 모른다. 이 난국을 헤쳐서 벗어나기 위해서 서로를 향한 믿음만큼 중요한 무기도 없을 테니까.

"사랑해요."

두 번째 고백에 시백이 내 이마에 자신의 입술을 조용히 갖다대었다.

❦

막사 밖으로 홀로 나오는 나를 기다리는 건 도르곤이었다. 그는 아주 무서운 눈으로 나를 쏘아보며 단언하듯 말했다.

"어차피 넌 내 것이 될 것이다."

그가 경고하듯 던지는 이 말을 나는 받았다.

"황자님은 시체를 싫어하시지요?"

"뭐?"

"제가 시체가 될까…… 조선에서 저를 데려가시지 않으셨잖아요."

그는 나의 이런 당당함이 어처구니가 없다는 듯 비웃었다.

"지금 내게 무슨 말을 하려는 것이냐?"

"황자님이 겪은 전쟁보다도 제가 겪은 전쟁이 더 많아요."

"그래서?"

"전 죽음이 두려워서 살아 있는 게 아니에요. 제가 지금 살아 있는 건 제 서방님이 살아계시기 때문이에요."

그래서 너 따위가 주는 겁은 아무것도 아니다. 내게 가장 중요한 사람은 시백뿐이다. 그가 살아 있기에 나도 살아가는 것이다. 이것은 나의 엄중한 경고였다. 그는 이런 내 경고를 비웃음으로 받았다.

"그럼 그를 살려두고 널 취하겠다."

난 그의 말에 어이없다는 듯 쳐다보았다.

황후가 자신의 막사로 기홍대를 불러들였다.

"부르셨습니까."

황후는 화장대 앞에 앉아 있었다. 그녀는 거울을 통해 기홍대가 엎드려 절을 올리는 것을 보며 말했다.

"네 도움이 필요하구나."

"말씀만 하시지요."

"아주 오래전에…… 네 도움을 받아 성사시킨 일이 하나 있었지."

엎드려 있던 기홍대가 고개를 들었다.

"네겐 어렵지 않은 일일 게다."

"그 조선 계집에게 쓰시려는 것입니까?"

"그래."

"언제……."

"오늘 밤. 폐하의 막사로 그 계집을 데려다놓거라."

"알겠습니다."

기홍대가 물러가자 황후가 거울 속 자신의 얼굴을 살펴보며 중얼거렸다.

"이리 쉬운 일을……."

"연안군 부인이 이곳에 있었다고?"

세자의 막사.

세자는 돌아온 시백이 전해온 소식에 크게 놀랐다.

"예. 이곳으로 끌려온 뒤 황후궁의 궁녀로 지내고 있었던 것 같습니다."

"무사하다니 다행이네만 황후의 궁녀가 되었다니."

세자는 이해할 수 없는 표정이었다.

"이곳에서는 혼인한 여인도 나인이 될 수 있단 말인가?"

"잘은 모르지만 가능한 듯합니다."

"허면 돌아올 수는 있는가?"

세자의 걱정이 바로 그것이었다. 재회했다고 하지만 시백은 홀로 세자의 막사로 돌아왔다. 화진은 여전히 황후의 곁에 있는 듯했다.

"황후께서 내어주지 않으셨군. 그렇지?"

시백의 어두워진 표정만으로도 세자는 대충 상황을 알 것 같았다.

"자네라면 분명 돌려달라 했을 것이야. 헌데 받아들이지 않은 것이군. 그런가?"

"예……."

무겁게 돌아온 시백의 대답에 세자는 그가 했을 한숨을 대신 내쉬었다.

"내가 도울 일은 없겠는가?"

"현재로서는 저하께서 나서시지 않는 것이 좋겠습니다."

"어째서?"

"신의 아내를 예친왕이 원하고 있습니다."

"구왕(九王) 도르곤이?"

"예."

"어찌 그런……."

세자는 입을 다물지 못했다. 생각보다 복잡한 사실을 인지한 것이다. 화진은 단순히 황후궁에 궁녀로 붙잡혀 있는 것이 아니었다. 그녀를 노리는 사람이 다른 그 누구도 아닌, 지금 이 청나라에서 황제 다음으로 권력과 군사력을 지닌 예친왕 도르곤이라는 사실을 알게 된 것이다.

"어찌하려는가?"

"기회를 보아 황제에게 다시 청할 생각입니다."

오늘 사냥대회의 일은 내관을 통해 전해 들은 세자다. 이번 일은 어찌어찌 용골대의 도움으로 넘어갔다. 이다음에도 이런 기회가 다시 올지는 모르는 일. 여기에 한번 돌려주는 것을 거절한 황제가 다시 그것을 허락할지도 확신할 수가 없었다.

"자네…… 많이 괴롭겠군."

"아닙니다."

"그래서 지금 자네의 부인은 어디에 있는가?"

"아마도 인근에 있는 황후의 막사에 있을 것입니다."

시백의 마음은 여전히 화진과 함께 있었다. 당연히 그의 마음 같아서는 화진이 있는 곳으로 가보고 싶었다. 그 마음을 억누르고 세자의 곁으로 돌아왔으니…….

"폐하께서 며칠 이곳에서 머무시며 사냥한다 하니 다시 볼 기회가 있을 걸세."

"예. 저하."

시백이 고개를 숙이며 물러갔다. 돌아선 시백의 뒷모습을 응시하는 세자의 마음도 편치 못했다.

❧

"네 거래."

막사로 돌아오자 궁녀가 상 위에 놓인 음식을 가리키며 내게 말한다.

"내 거?"

"그래. 너 이제 왔잖아. 다들 먹었으니 어서 먹어. 저녁에 또 바빠질지 모르니 밥 먹을 시간도 없을 거야."

"또 일이 있어?"

"우리야 매일 일이 있지. 저녁에도 연회가 또 있다 하니 바빠질 거야."

궁녀가 나가자 난 음식이 차려진 상 앞으로 다가갔다.

저녁에 연회가 있다고? 그렇다면 시백이 참여할 가능성이 높았다. 하지만 시백이 참여한다면 세자도 참여할 것이다. 세자는 내 얼굴을 알 텐데?

어차피 연회가 열린다고 시백에게 다가가 말이라도 붙여볼 수 있는 것도 아닐 터였다. 난 황후의 궁녀로 따라왔으니 응당 황후와 관련된 일을 할 테니까. 아쉬웠던 짧은 재회를 되새기며 난 상 위에 놓인 흰 빵을 하나 입에 물었다. 그런데 빵이 식었는지 돌처럼 딱딱했다.

"뭐가 이렇게 딱딱해?"

난 빵을 도로 뱉어내고는 그 옆에 놓인 물 잔에 담긴 물을 한 모금 마셨다.

"황후의 궁녀면 뭐해? 돌처럼 굳어버린 빵이 다라니. 너무하다."

안 그래도 입맛도 없겠다 난 밖으로 나가려고 자리에서 일어섰다. 그런데 술을 마신 듯 머리가 어지러웠다. 몸의 균형을 간신히 잡으며 일어서는데 누군가 막사 안으로 들어왔다. 내게도 익숙한 얼굴이었다.

"넌……."

"오랜만이야."

장비와 도르곤 앞에서 보았던 것이 마지막이었던 기홍대였다.

"너도 여기에 왔어? 넌 장비마마의 궁녀잖아."

"정확히는 과이심의 궁녀이지. 그러니 황후마마를 부름도 받을 수 있고……."

"용건이 뭐야?"

날 이곳으로 데려와 시백과 생이별을 시킨 그녀이니 당연히 좋게 볼 수는 없다.

싸늘하게 돌아오는 내 물음에 기홍대는 킥킥거리며 웃었다.

"왜 웃어? 용건이나 말해. 없으면 나 나갈 거야."

난 그녀를 지나쳐 나가려고 했다. 그러자 그녀가 말한다.

"안 어지럽니?"

"뭐?"

"생각보다 오래 버틴다, 너."

"무슨……?"

그녀를 쏘아보려 돌아섰을 때였다. 순간적으로 몸에 힘이 빠지며 그대로 무릎을 꿇고 주저앉아버렸다.

"아……!"

머리가 무겁게 눌리는 것이 금방이라도 졸음이 쏟아질 듯 어깨가 무거워졌다. 뒤늦게 내 몸이 이상하다는 것을 느꼈을 때였다. 기홍대가 몸을 숙이더니 내 얼굴 가까이에 자신의 얼굴을 들이댄다.

"장비마마가 말이야. 구황자님 때문에 폐하의 측복진이 되지 않겠다며 혼삿날 울며불며 난리를 치지 않으시겠니. 그래서 황후마마께서 내게 부탁을 좀 하셨지."

"부…… 탁?"

"장비마마는 폐하와 보낸 첫날밤에 대한 기억이 전혀 없단다. 왜 그럴까? 바로 네가 먹은 약과 똑같은 약을 드셨거든."

"너……!"

이 말을 마지막으로 난 고개가 앞으로 고꾸라지며 그대로 정신을 잃어버렸다.

오후에 황제가 사냥을 나간 사이 막사에서는 저녁 연회 준비가 한창이었다. 해 질 무렵 황제가 돌아오자 황후는 황제가 씻을 물을 막사에 준비시켜 놓았다. 황제의 막사는 아주 컸다. 큰 천막의 중간에는 대호의 가죽으로 침실과 응접실의 공간을 나누었다.

황제는 응접실 공간에 마련된 커다란 목욕통에 들어가 몸을 담갔다. 그가 따뜻한 물에 사냥에 지친 근육을 푸는 동안 어린 궁녀가 다가와 어깨를 주물렀다. 그런데 이것이 영 신통치가 않았던 모양.

"다른 이는 없느냐?"

황제가 짜증을 내자 궁녀가 바닥에 몸을 엎드렸다.

"용서하여 주십시오!"

"그 말도 듣기 싫다. 나가라."

"예에……!"

궁녀가 나가자마자 밖에서 황후가 안으로 들어왔다. 그러나 눈을 감고 있는 황제는 황후가 들어온 사실을 알지 못했다. 황후는 목욕탕에 들어가 있는 황제의 뒤로 다가가 황제의 어깨를 주무르기 시작했다. 이에 만족스러운 듯 황제가 입가에 미소를 짓더니 말했다.

"역시 짐을 만족시키는 이는 황후밖에 없군."

"어찌 아셨습니까?"

"황후의 손길을 짐이 어찌 잊겠소?"

황제가 눈을 뜨며 기분 좋게 웃었다. 황후가 그런 황제의 얼굴에 제 볼살을 가져다대며 속삭였다.

"몸이 다 풀리시면 나오셔요. 선물을 준비해놓았습니다."

"선물?"

"안쪽에서 폐하를 기다리고 있지요."

궁금증이 인 황제가 욕탕에서 일어섰다. 발가벗은 채로 욕탕에서 나오는 황제의 뒤로 황후가 다가가 긴 천을 어깨에 덮어주었다. 그 천 하나만을 걸친 채로 황제가 침실이 마련된 대호의 가죽 뒤편으로 돌아갔다.

－!

황제의 침상이 놓인 자리에 한 여인이 이불을 덮고 잠든 듯 누워 있었다. 황제는 단번에 그 여인이 누구인지 알아보았다. 오늘 아침의 소동의 주인공이었던 황후의 궁녀인 조선인 계집. 바로 화진이었다.

"마음에 드십니까?"

황후가 황제의 뒤로 다가와 그의 팔을 쓸며 나긋나긋한 목소리로 물었다.

"어찌한 것이오?"

"어찌하긴요. 다 신첩이 폐하를 위해 준비시켰지요."

황제가 화진의 아름다운 외모에 이끌린 듯 침상으로 다가가 걸터앉았다. 화진이 내뿜는 숨소리마저도 향기를 머금은 듯 황제의 가슴을 설레게 만들었다. 확실히 이런 미인은 그도 처음 보았다. 도르곤이 죽자 살자 달려들고 팔기군에서도 애처가로 소문난 용골대마저 한때 가지고 싶다고 했던 이유를 알 것 같았다.

"저녁 연회 전에 좋은 시간을 보내시지요."

황제가 침을 삼키며 한 손을 화진의 얼굴에 가져다대었다. 보드라운 살결을 따라 황제의 손이 이불 밖으로 드러난 그녀의 봉긋한 어깨에 닿았다. 미인은 그 자체가 지닌 외모만으로도 사내의 가슴을 흔들어댄다. 그러나 화진은 풍겨오는 향취마저도 남달랐다. 그어떤 사내라도 화진이라는 미인의 여체 속으로 빨려 들어가고 싶어 안달 날 것이다.

막상 가까이서 화진과 마주한 황제는 얼굴이 붉어지고 가슴이 터질 듯이 뛰는 기분을 느꼈다.

"중원의 미인은 물론이고 조선 땅의 미인도 모두 폐하의 것입니다."

황후의 유혹적인 속삭임에 더는 참지 못한 황제가 고개를 숙여 화진의 목 언저리에 자신의 얼굴을 파묻었다. 깊게 숨을 들이쉬며 그녀가 풍기는 체형을 빨아들이던 그때였다.

"흑. 흐흑……."

황제가 고개를 들어 화진의 얼굴을 쳐다보았다. 잠든 듯 보이는 화진은 눈을 감은 채 흐느끼고 있었다. 이를 본 황제가 침상에서 몸을 일으키더니 연회에 가기 위해 준비된 걸어둔 옷을 챙겨 입기 시작했다.

황후가 당황한 듯 황제에게 다가갔다.

"마음에 드시지 않습니까?"

바지만을 입은 황제가 황후를 돌아보며 말했다.

"우는 여인을 취하는 것은 장비만으로 충분하오."

"폐하……!"

"짐은 짐을 원치 않는 여인을 취하고 싶지 않소."

"폐하!"

상의까지 입은 황제가 황후를 밀치고 막사를 떠났다. 남겨진 황후는 분을 참지 못하고 발을 동동 굴렀다.

"아악!"

신비보다 더 아름다운 외모를 가진 화진을 이용해 황제의 마음을 돌리려 한 계획이 수포로 돌아갔기 때문이었다.

"황후마마!"

황후가 내지르는 비명을 들었는지 밖에서 궁녀들이 뛰어 들어왔다.

황후는 씩씩거리며 황제의 침상에 누워 있는 화진을 가리켰다.

"저 계집을 당장 치워!"

"예에……!"

궁녀들이 서둘러 화진에게 다가가더니 그녀를 이불에 말아 둘러업고는 서둘러 막사를 나갔다.

❧

화진이 황후의 궁녀들의 등에 업혀 축 늘어진 채로 황제의 막사로 옮겨지는 것을 본 이가 있었다. 바로 도르곤이었다. 황후가 벌인 짓임을 알고도 도르곤은 결국 지켜보기만 할 뿐 막을 수가 없었다. 그는 사냥을 끝내고 돌아온 황제가 목욕을 하기 위해 막사로 들어가는 것을 보자 자신의 막사로 돌아와 상을 걷어찼다.

"결국……!"

화진 정도의 미모라면 황제가 아주 마음에 들어 할 것은 불 보듯 뻔했다. 그러니 소복진***(小福晉)이 아니라 측복진부터 될 가능성도 높았다.

어쨌든 화진은 이제 황제의 여인이 되었다.

"아우, 씨!"

화를 참지 못한 도르곤이 자신의 막사 밖으로 뛰쳐나왔을 때였다. 그의 심복이 다가왔다.

"황자님! 여기에 계셨습니까?"

"무슨 일이냐?"

"연회가 시작되었습니다. 어서 가시지요!"

"벌써 연회가 시작되었다니? 폐하께서 오시지도 않았거늘."

"폐하께서는 이미 진작 오셨습니다."

도르곤이 어리둥절한 표정을 지었다.

"무슨 말이냐? 폐하께서는 지금 막사에서……."

"아, 폐하의 막사에 들어갔다던 그 조선인 궁녀를 말씀하시는

***　서비庶妃 후궁의 가장 아래 단계

겁니까?"

벌써 소문이 날 만큼 난 모양이었다.

"역시 폐하는 신비마마뿐이신가 봅니다."

"그게 무슨 말이냐? 어서 소상히 말해보거라!"

"폐하께서 그 궁녀를 거절하셨답니다. 화가 난 황후마마께서 그 궁녀를 폐하의 막사 밖으로 내치셨다지 뭡니까."

"정말이냐?"

"예."

도르곤의 표정이 환해졌다.

"지금 그 궁녀는 어디에 있다더냐?"

"궁녀들이 머무는 막사 쪽으로 옮겨졌다 들었습니다."

심복의 말이 끝나기도 전에 도르곤이 궁녀들의 막사가 몰려 있는 곳으로 가려 했다. 심복이 도르곤의 등 뒤에 대고 소리쳤다.

"황자님! 연회는요?"

심복의 물음을 뿌리치고 궁녀들이 막사가 있는 쪽으로 가는 도르곤을 지켜보는 이가 있었다. 그는 바로 용골대였다. 용골대는 도르곤이 시야에서 사라지자 바쁜 걸음으로 연회장으로 향했다.

৩৮৯

연회 준비로 인해서 궁녀들의 막사 쪽은 조용한 편이었다. 대부분 비어 있어서 지나다니는 궁녀들이 거의 보이지 않았다. 도르곤은 그중 지나가는 궁녀 하나를 어렵게 붙잡아 물었다.

"조선인 궁녀는 어디에 있느냐?"

의외로 화진을 찾는 것은 매우 쉬웠다. 단순한 조선인 궁녀가 아니었기에 그녀를 모르는 궁녀는 단 한 명도 없었다. 궁녀가 알려준 막사에 들어서자 침상에 홀로 누워 있는 화진의 모습이 도르곤의 눈에 들어왔다. 황제의 막사에서 옮겨진 이후로 여전히 화진은 정신을 차리지 못한 상태였다.

마치 그를 위해 준비된 상태의 화진을 보듯 도르곤은 가슴이 뜨거워졌다. 그는 오랫동안 기다리던 산해진미를 맛보려드는 혀로 자신의 입술을 훑듯이 입맛을 다셨다. 더는 기다릴 필요가 없었다. 황제가 거절했으니 그가 화진에게 손을 댄다고 하더라도 황후는 더는 아무 말 못 하리라.

도르곤은 마치 한 마리의 야수가 되어 침상에 누워 있는 화진에게 달려들었다. 약에 취해 잠든 화진의 얼굴을 혀로 핥으며 손으로 그녀의 머리카락을 헤집던 그때였다. 누군가 그의 뒤에서 어깨를 양손으로 붙잡더니 화진에게서 떼어놓았다. 돌아본 도르곤은 시백의 얼굴과 마주했다.

"너는……!"

도르곤이 바로 자신을 잡은 시백을 떼어내려 주먹을 휘둘렀다. 시백은 그의 주먹을 피했고 대신 그의 몸을 잡아당기며 두 사람은 바닥을 뒹굴었다. 넘어져서도 서로 주먹질은 계속되었다. 서로 맞기도 하고 빗나가기도 했다. 간신히 두 사람이 떨어졌을 때, 소동에 몰려온 병사들이 막사 안으로 들어왔다.

"무기를 다오!"

도르곤이 병사에게서 긴 창을 빼앗더니 다시 시백에게 달려들었다. 시백에게는 무기가 없었다. 화가 오를 대로 오른 도르곤이 사정없이 창을 휘둘렀다. 시백은 좁은 막사 안에서 도르곤이 휘두르는 창을 피해 이리저리 움직이다가 다른 병사의 허리춤에 찬 칼을 빼앗아 들었다.

- 챙!

금속과 금속이 부딪히는 날카로운 소리가 막사를 울렸다. 무기와 무기가 만났지만 좁은 막사 안에서 겨루기에는 모두가 불리했다.

"황자님! 저희가 돕겠습니다!

병사들이 나서려 했지만, 도르곤은 이를 허락하지 않았다.

"끼어들지 마라! 저놈은 내가 갈기갈기 찢어 죽일 것이다!"

시백의 칼은 날렵했지만, 창에 비해 힘이 부족했다. 반대로 도르곤의 창은 칼에 비해 느렸지만, 그 무게감이 주는 공격은 대단히 위협적이었다.

-탁!

도르곤이 내려치는 창을 피해 칼로 막아내던 시백의 칼이 창의 날을 고정하는 긴 봉에 박혔다.

"으아아아!"

시백이 칼을 움직일 수 없게 되자 도르곤은 기다렸다는 듯이 힘으로 그를 밀어붙였다.

뒤로 밀리던 시백이 막사 바닥에 깔린 동물의 가죽에 발이 걸리면서 넘어지고 말았다.

"윽!"

바닥에 등을 대고 넘어진 시백을 본 도르곤이 창을 위로 들어올렸다. 그대로 창에 박힌 칼은 시백의 손을 떠나 허공 위로 들려졌다.

"죽어라! 조선인!"

도르곤이 다시 창끝을 시백의 목을 향하며 소리쳤다. 바로 그때 시백의 눈에 허공에 들렸다가 다시 낙하하고 있는 칼이 보였다. 시백은 잽싸게 한 손으로 떨어지는 칼을 잡고 다른 한 손으로는 도르곤이 휘두르는 창의 목을 붙잡았다. 도르곤의 창끝이 시백의 목젖을 앞에 두고 멈췄다. 시백의 칼끝이 도르곤의 목 옆에 닿은 채로 멈췄다.

"헉헉……."

"하아…… 하아……."

두 사내는 거친 숨을 몰아 내쉬며 서로를 죽일 듯이 노려보았다.

일촉즉발. 누구 하나라도 조금만 더 빠르게 움직인다면 서로의 목을 칠 수 있는 상황이었다.

"멈춰라!"

막사를 울리는 목소리. 황제가 막사 안으로 들어서며 병사들이 모두 양옆으로 물러섰다. 황제는 매우 화가 난 표정으로 대립하고 있는 두 사람을 노려보았다. 그러나 도르곤은 황제를 보고도 무기를 치우지 않았다. 이렇다 보니 시백도 꼼짝할 수가 없었다.

황제는 도르곤이 물러서지 않는 것을 보고는 크게 화를 냈다.

"도르곤!"

황제가 화를 내며 도르곤을 부르자 그제야 도르곤은 시백에게 겨눈 창을 치우더니 옆으로 내던지며 소리쳤다.

"먼저 공격한 것은 저놈입니다!"

도르곤의 말은 사실이었다. 그가 먼저 화진을 손대려고 했다는 점만 뺀다면 말이다. 그러나 황제도 이 사실을 어느 정도 예상하고 있었다. 막사에는 두 사람만 있었던 것이 아니었다. 아직도 약에 취해 깊게 잠들어 있는 화진이 침상 위에 누워 있었다. 그런 화진에게 눈길을 주었던 황제는 도르곤을 향해 엄중한 목소리로 경고했다.

"도르곤. 한 번만 더 짐의 허락 없이 저 조선인의 아내에게 손을 댄다면 아무리 황자라 해도 용서치 않을 것이다."

"폐하!"

"시끄럽다!"

황제의 목소리가 높아지자 도르곤은 씩씩거린 채 입을 굳게 다물었다.

"여기서 나가라, 도르곤."

조금은 잠잠해진 도르곤을 향해 황제가 말했다. 도르곤은 시백을 한번 매섭게 노려본 후 막사 밖으로 뛰쳐나갔다. 그가 나가자 황제가 시백에게 한 걸음 가까이 다가왔다.

"용골대에게 들었다. 도르곤이 네 아내에게 가는 것을 알고 뒤따라 왔다고."

"예……."

황제는 다시 화진을 쳐다보며 궁녀들에게 명했다.

"저 여인이 깨어날 때까지 옆에서 돌봐주거라."

"예, 폐하."

황제가 시백에게 말했다.

"너는 짐을 따라오너라."

황제가 앞장서서 막사를 나갔다. 시백은 궁녀들에게 에워싸인 화진을 걱정스레 쳐다보고는 뒤이어 황제를 따라 막사를 나섰다.

황제는 자신의 막사로 들어갔다. 시백이 따라 들어갔을 때 황제는 용상에 앉아 있었다.

"앉거라."

황제가 아랫자리를 권했다. 잠시 고민하던 시백이 황제의 말에 따라 자리에 앉았다. 궁녀들이 들어와 술을 올렸고 황제는 술 한 잔을 마시더니 시백에게 말했다.

"짐이 부탁한다면 네 아내를 포기할 수 있겠느냐?"

황제의 말에 시백은 술잔을 받고도 술을 마실 수가 없었다.

"말하라. 짐의 부탁을 받아들일 수 있는지."

시백은 고개를 숙인 채 예를 갖추면서도 망설임 없이 대답했다.

"아내를 찾아 이곳 심양까지 온 길입니다."

"알고 있다."

"이곳의 관습이 어떤지는 알 수 없으나, 조선에서는 군왕도 함부로 사대부의 아내를 빼앗지 않습니다."

"고개를 들어라."

시백이 고개를 들어 황제를 바라보자 황제가 입을 열었다.

"그 정도 미인은 한낱 소국의 장수가 감당할 수준이 아니다. 적어도 일국의 군왕은 되어야 한다. 네가 아무리 뛰어나도 주군이 있는 장수가 아니냐. 만약 네 주군이 네 아내를 원한다면 어찌할 것이냐?"

"그런 주군은 조선에 없습니다."

확신에 찬 시백의 말에 황제의 입은 잠시 벙어리가 되었다. 그러나 황제의 표정은 바뀌지 않았다.

"조선에서 온 젊은 장수여. 인생을 두고 장담치 말거라. 모든 일에는 정해진 바가 없으니."

"어찌 제 아내를 빼앗으려 하십니까? 대국에도 미인은 많지 않습니까."

"도르곤은 만주 최고의 용사다. 그런 그가 원한다. 짐은 분란을 일으키고 싶지 않다."

"예친왕께…… 제 아내를 주시려는 것입니까?"

"미인은 가치가 있다. 도르곤은 충분히 그 미인의 가치에 상응하는 대가를 짐에게 줄 것이다."

시백도 알고 있었다. 도르곤은 지금 이 청나라에서 황제 다음으로 가는 권력자이기 전에 만주족 제일의 용사였다. 그가 황제를 대신해 출전한 많은 전투들에서 승전고를 울려왔다. 황제는 그를 신임했고 그가 화진을 원한다면 어떻게 해서는 주고 싶을 것이다. 그것이 황제가 말하는 '분란을 일으키고 싶지 않다'는 뜻이다.

"네 아내는 이미 황후의 노비이니 짐의 백성이나 다름없다. 짐의 소유이지. 그런데도 정녕 네가 되찾고 싶다면 짐이 네게 아내를 돌려주는 대신에 무엇을 줄 수 있느냐?"

도르곤이 지닌 권위와 용맹함. 그가 이 청나라를 위해 쌓아 올린 수많은 공적들은 시백이 결코 따라잡을 수 없는 것이었다. 황제는 바로 도르곤의 그 공을 치하하기 위해 화진을 주려 한다. 시백은 그에 필적하는 그래서 황제를 만족시킬 만한 그 어떤 것도 가지고 있지 않음을 알았다.

대답하지 못하는 시백을 매의 눈으로 지켜보던 황제가 말했다.

"제 분수는 잘 아는 듯하구나. 그래, 좋다. 기회는 공평하게 주어야겠지. 조금 전에 보니 너는 도르곤과 충분히 맞설 만큼의 무예 실력을 갖췄더구나. 용골대의 눈이 틀리지 않음을 증명해 보였다. 그렇다면 짐을 위해 칠 년을 종사하라."

"예?"

예상치 못했던 황제의 발언에 시백이 당황한 듯 반문했다.

"짐의 꿈은 북경에 닿아 있다. 허나 그전에 많은 부족을 다스려야 한다. 그 전투에 네가 짐을 위해 나서서 공을 세운다면 네 아내를 돌려주마. 어떠냐? 짐의 제안이."

거절할 수 없는 제안이었다. 화진을 돌려받을 수 있는 기회가 온 것만으로도 감사해야 할지 모른다.

"저는 조선의 신하입니다."

"조선은 우리와 혈맹국가가 되었다. 형제국이지. 그래서 네가 짐을 위해 종사하는데 너의 조선의 국왕의 재가가 필요한 것이냐? 아니면 세자의 재가가 필요한 것이냐? 짐이 원한다면 너희 국왕도 세자도 거절치 못할 것이다."

"전⋯⋯."

"짐은 두 번 말하지 않을 것이다."

황제는 자신이 한 제안을 두 번 번복하지 않을 것임을 밝혔다. 이 기회는 다시는 오지 않을 것이다.

'칠 년⋯⋯.'

시백이 눈을 무겁게 감았다.

❦

"으음⋯⋯."

머리가 너무 아팠다. 그래도 깨어나야 한다는 정신력만큼은 분명히 있었다.

"일어났어요?"

낯선 목소리에 눈을 번쩍 뜨니 처음 보는 궁녀의 얼굴이 보였다.

"여, 여긴⋯⋯."

"더 누워 있어요. 그리고 이것 좀 마셔요. 그래야 약 기운이 가실 테니."

"약?"

"네, 취면산(醉眠蒜)을 드셨잖아요."

난 몸을 일으켜 세워 침상에 앉으며 물었다.

"취면산?"

"술을 마시지 않았는데도 취한 듯 깊게 잠드는 약이죠. 무슨 일이 있었는지…… 전혀 기억 안 나시죠?"

난 고개를 힘없이 가로저었다. 이 행동만으로도 머리가 지근지근 아파왔다.

"차라리 모르는 게 다행일 수도 있겠네요."

궁녀가 한숨을 내쉬며 말했을 때였다. 막사의 천이 거둬지며 누군가 안으로 들어오는 것이 느껴졌다. 내 곁의 궁녀도 마찬가지고 나도 고개를 들어 막사의 입구 쪽을 쳐다보았다.

"서방님……!"

시백이었다. 난 시백에게 가려고 몸을 일으켜 세우려고 했지만 금방 비틀거리며 앞으로 고꾸라졌다. 이런 나를 궁녀가 재빨리 부축해서 넘어지지 않도록 잡아주었다.

"여기 들어오시면 안 됩니다."

궁녀가 시백을 향해 말했고 난 금방 울 듯한 눈이 되어버리고 말았다. 그가 찾아왔는데도 대화도 나누지 못하고 헤어져야 할지도 모르기 때문이었다.

그때 시백의 뒤를 따라 들어온 용골대가 궁녀에게 말했다.

"폐하께서 허락하셨다. 너는 이만 물러가거라."

"예."

황제의 명이라는 말에 궁녀가 밖으로 나가고 용골대도 뒤따라 나갔다. 시백과 나만이 막사에 남게 되었다. 시백은 아직 침상에 앉아 있는 내게 다가왔다. 그는 내 옆에 앉으려다가 내 두 발이 맨발인 것을 확인하고는 허리를 숙여 무릎을 굽혔다.

"왜요……."

시백은 말없이 내 발을 소중히 쓸어주더니 옆에 놓인 족건(足件, 버선)을 들어 하나씩 신겨주기 시작했다.

"나 혼자 할 수 있어요."

그는 묵묵히 족건을 모두 신겨주더니 고개를 들어 내 얼굴을 바라보았다. 그의 눈가가 붉게 변해 있었다. 금방이라도 눈물이 흘러내릴 것 같은 그의 눈을 보며 내 가슴은 미어졌다.

"서방님."

"화진. 내가 한 말을 기억하오?"

"무슨……."

"나 이시백이 살아 있는 한, 그대를 다른 사내에게 빼앗기는 일 따위는 없을 거란 말."

['나 이시백이 살아 있는 한, 그대를 다른 사내에게 빼앗기는 일 따위는 없을 거요.']

그가 갑작스레 꺼낸 이 말이 나를 두렵게 만든다.

"기억하오?"

"왜……."

당연히 기억하는 말이다.

어쩌면 내 가슴속에 평생을 새기고 품고 살아갈 말이다. 그는 왜 이 말을 지금 꺼내는 것일까.

잠시 후 그의 한쪽 뺨을 타고 뜨거운 눈물이 흘러내렸다.

"그 약조……."

.

.

.

❦

어디선가 새의 지저귀는 소리가 들려왔다.

"아후, 어깨 쑤셔."

아픈 어깨를 두드리다 보니 어느새 손목도 아파진다. 눈도 침침한 것이 아침이 아니라 막 밤을 맞이한 기분이다.

"어어? 벌써 끝냈어?"

아침 일찍부터 기상한 황후의 시중을 들러 황후궁에 갔던 수아가 방문을 열고 들어오며 말한다.

난 밤새 끝낸 바느질을 수아의 앞에 보란 듯이 펼쳐 보였다.

"어때?"

"난 아직 반밖에 못 했는데."

"그게 바로 너와 나의 실력 차이라는 거다."

"아니지! 넌 하루 종일 바느질만 해도 되지만 난 아니잖아. 난 황후마마 곁에서 해야 하는 일도 많다고!"

"그래서, 어쩔 거야?"

"아휴-"

수아가 길게 한숨을 내쉬더니 고개를 끄덕인다.

"알았어. 언니라고 부를게. 됐지?"

"아싸!"

허리춤을 추며 자리에서 벌떡 일어선 나는 밤새 완성한 바느질을 자랑스럽게 살펴보았다.

"완성도는 이 정도면 되니까 속도만 좀 붙이면 되겠네."

"무슨 소리 한 거야? 지금 나 욕한 거지?"

우리말로 떠들어서일까 수아가 눈을 부릅뜨며 나를 한번 쳐다본다. 난 그런 수아에게 다가가 주저 없이 이마에 딱밤을 날렸다.

"아얏! 왜 때려?"

"언니라고 부르라고. 약속했잖아. 이거 이기면 날 언니라고 부르면서 '깍듯이' 모시겠다고."

"언니라고 부르기만 했지 깍듯이 모신다는 말은 안 했거든!"

"한 대 더 맞을래?"

"히잉……."

바로 자신의 이마를 두 손으로 보호하던 수아는 밖에서 자신을 부르는 궁녀의 목소리에 손이 바빠졌다.

"내 빨래 좀 완의국(浣衣局)에 보내줘."

"싫어."

"좀 해줘어—"

"정중히 부탁하면."

결국 수아는 졌다 싶은지 내게 고개를 90도 가까이 숙이며 말한다.

"정중히! 부탁드립니다! 언니!"

"하하! 알았어. 해줄게."

"칫."

수아가 뛰쳐나가고 난 그녀가 침상 위에 던져놓은 옷들을 챙기기 시작했다. 그러다 문득 지난밤에 밖에 내어놓았던 이불 빨래가 생각났다. 문을 열고 마당으로 나온 나는 눈부신 여름의 아침 햇살과 맞이했다.

"끝내주는 날씨네……."

벌써 심양에서 맞는 다섯 번째 여름.

그리고 이 시대를 떠나지 못하고 머문 지는 어느덧 칠 년째에 접어들었다. 시간은 기가 막히게 잘 간다. 아주 빠르게.

"어디 볼까?"

깜빡 잊고 못 치운 이불은 여름의 아침 햇살에 보송보송한 해님 냄새를 낸다. 이불에 코를 박고 혹시라도 숨어 있는 쿰쿰한 냄새를 찾아보는데 다행히 없는 것 같다. 난 이불을 거둬들이고는 수아의 빨랫감을 들고 완의국으로 향했다. 그곳은 황궁에서 나오는 모든 빨래를 담당하는 곳이다. 궁녀들의 빨래도 해준다. 난 이곳에 내 빨래를 맡기지 않은 지 오래되었다. 예전에 한번 맡겼다가 궁녀들의 질투가 무엇인지 아주 제대로 맛봤다. 이불 속에 톱밥들을 얼마나 섞어 넣었는지 밤새 따끔거려서 잠도 제대로 못 잤었지.

"수아 거야."

난 완의국 궁녀에게 빨랫감을 전해주며 분명하게 말했다. 그러지 않았다가는 수아 빨래가 무슨 고초를 당하고 돌아올지 모르기 때문이었다.

"알았어."

내게서 빨래를 받아들던 궁녀가 자신의 동료들에게 돌아가 빨래를 시작한다. 그리고 돌아선 내 등 뒤에서 들려오는 수군거림들.

"쟤 몇 살이랬지?"

"스물다섯은 넘었다고 들었는데……."

"저 얼굴이? 쟤는 왜 늙지도 않니."

"열여섯이라고 해도 믿겠다."

"아냐. 내가 처음 봤을 때 그 얼굴 그대로야."

"그래서 무섭다니까. 조선 애들은."

"그니까."

미안하지만 난 십 년이 될 때까지 처음 이곳에 온 나이 그대로 나이를 먹지 않는다. 그렇다고 딱 십 년이 되면서부터 나이를 먹는 것도 아니다. 잘은 모르지만 시간여행자들은 나이를 보통 사람보다 더디게 먹는다고 했다. 엄마가 서른 살이 되어서도 스무 살도 안 되어 보였다고 했으니까.

그래, 이건 타고난 미모다. 그냥 이렇게 설명해주고 싶은데 그랬다가는 쟤들이 또 무슨 험담을 할지 모르겠다.

난 처소로 돌아와 침상에 이불을 덮고 누웠다. 밤새 바느질로 고생했으니 조금이라도 자 두려는 생각이다. 어차피 수아는 해가 질 무렵까지 바빠서 처소에는 들리지도 못한다.

그때까지 다른 곳에 나갈 수도 없는 난…….

"아함."

길게 하품을 하는데 이상하게 눈은 쉽사리 안 감긴다. 그리고 떠오르는 한 사람.

[잘 지내고 있어요? 어디 아픈 데는 없죠? 그리고 내 생각 많이 하나요?]

마음속 편지는 오늘도 같은 내용만을 반복해서 덧그린다.

이런 생각할 때마다 울적해져서 안 하려고 노력하지만 가장 마지막으로 본 것이 어느새 석 달 전이다. 그것도 입궁하는 그를 멀리서 본 것이 다였다. 반년 전쯤에는 용골대의 도움으로 잠깐 만날 수 있었지만 긴 대화는 하지도 못했다. 서로 건강하고 잘 있다는 모습만 보고 헤어졌을 뿐이다.

우린 얼마나 더 이렇게 지내야 하는 걸까? 황제는 더는 나를 찾지 않았고 당연히 황후의 관심에서도 멀어졌다. 그러고 난 뒤 죽은 듯이 처소에서 나가지 않았고 자잘한 바느질 같은 일들만 하다보니, 생각지도 못한 이 청나라 땅에서 바느질 솜씨만 하루가 다르게 늘어갔다.

이런 소소한 이야기도 시백과 나누고 싶다. 그러나 서로 만나도 안부 인사만 나누는 게 고작이다보니 그는 아직 내 바느질 실력이 얼마나 늘었는지 전혀 모른다.

기회가 되면 그의 옷 한 벌도 만들어줘야지. 하지만 그의 옷을 만들기 위해 사이즈를 재볼 수 있는 기회가 올까?

그리고 난 잊지 않았다.

우리의 약조를.

.

.

.

"그 약조…… 내 반드시 지킬 것이니 조금만 더 기다려줄 수 있겠소?"

왜 그는 그 이야기를 하며 눈물을 보였을까.

그가 우니 이유를 듣기도 전에 나도 함께 울었다.

"왜 울어요…… 서방님 울지 말아요."

그가 울면 나도 슬프다.

그 순간 그와 내가 하나로 연결되어 있음을 느낀다. 우리의 영혼은 아주 오래전부터 하나로 묶여버렸다.

청나라 황제는 그에게 칠 년을 제안했다. 그가 나를 되찾기 위해 희생해야 하는 시간은 칠 년이었다. 그날 이후로 그는 황제의 명에 따라 도르곤과 청나라 주변의 크고 작은 부족 정벌에 나섰다. 그를 못 보게 되는 기간이 길어질수록 마찬가지로 도르곤의 얼굴을 볼 일도 줄어들었다. 이게 좋은 건지 나쁜 건지 알 순 없지만 말이다.

도르곤 역시 황제의 무언의 명령이 있었는지 나를 찾지 않았다. 그렇게 난 심양에서 다섯 번째 여름을 맞으며 곧 우리에게 찾아올 일곱 번째 여름을 간절히 기다리고 있었다.

◦◦◦~☞◦◦◦

- 부우우우~~~

두 눈을 가린 채 더위에 지친 말이 힘겹게 숨을 내쉰다. 말의 입가에는 거친 숨과 섞인 침이 흘러내렸다.

"그래서?"

말 위에 올라탄 이는 도르곤. 그의 뒤로 그가 이끄는 삼만 명의 팔기군 병사들의 깃발이 휘날리고 있었다. 도르곤의 앞으로는 몽골족의 한 부족인 준가르 부족의 장수가 말을 타고 나와 있었다. 그의 뒤로 보이는 숫자는 대략 만 명 정도.

"우리에게는 치욕적인 제안이다! 받아들일 수 없다!"

"그래, 그럴 줄 알았어."

도르곤의 고개를 끄덕이자 준가르 부족장이 도망치듯 부족 병사들과 도망가기 시작했다. 말들이 달려가며 일으키는 먼지가 도르곤에게까지 닿자 그는 인상을 쓰며 말 옆으로 침을 뱉었다.

　"일을 복잡하게 만드는군."

　짜증이 가득 찬 얼굴로 도르곤이 자신의 심복을 불렀다.

　"부르셨습니까, 황자님!"

　"가서 전하거라. 이번에도 선봉할 건지."

　"알겠습니다!"

　심복이 다시 말을 타고 어디론가 향했다. 그가 향한 곳은 팔기군 중 푸른색 갑옷을 입은 정남기 병사들이 몰려 있는 곳이었다. 심복은 그중에 서 있던 시백을 단번에 찾아냈다.

　"황자님께서 이번에도 선봉에 서실 것인지 물으셨습니다."

　시백은 무표정한 눈으로 달아나는 준가르 부족의 뒷모습을 쳐다보고 있었다.

　"어쩌시겠습니까?"

　도르곤의 심복이 다시 물었다. 시백이 고개를 한 번 끄덕였다. 그것을 본 심복이 서둘러 도르곤에게 돌아가서는 말했다.

　"선봉에 서겠답니다."

　"좋아. 이번에도 누가 더 많이 목을 베는지 시합을 해야겠군. 저번에 누가 이겼느냐?"

　"황자님이십니다."

　"그럼 이번에는 누가 이기겠느냐?"

심복이 입가에 미소를 띠었다.

"황자님이십니다."

"맞다. 가자!"

도르곤이 칼을 든 손을 높게 들어올리자 병사들이 나팔을 불었다. 초원에 웅장한 나팔소리가 멀리까지 울려 퍼졌다. 이 소리를 들은 시백이 눈을 질끈 감았다. 수년째 지겹게 들어온 소리였지만 그때마다 그는 남한산성에 울려 퍼지던 나팔소리가 떠올랐다.

"진격하라!"

도르곤의 명이 떨어짐과 동시에 시백은 눈을 떴다.

"아악!"

"까아아악!"

청나라 팔기군은 달아나는 준가르 부족의 사람들을 무참히 살육하고 도륙했다. 멀쩡한 사람이라면 차마 두 눈을 뜨고 볼 수 없는 참혹한 현장이었다. 도르곤은 지휘보다도 직접 전쟁에 뛰어들길 원했다. 시백이 전투에 참여하면서부터 그는 더욱 직접 전장에 뛰어드는 것에 매달렸다.

남녀 가릴 것 없이 도르곤의 칼에 목숨을 잃었다. 팔다리가 잘려 나가 비명을 지르고 어린아이들이 병사들의 발에 짓밟혀 숨이 끊어졌다. 하나씩 하나씩 사람의 목숨이 베어져나가는 동안 초원의 푸른빛은 더운 여름 햇살 아래 붉게 변해가고 있었다.

어느 정도 정벌이 마무리되자 도르곤이 목을 좌우로 흔들며 머리가 아프다는 듯 중얼거렸다.

"하아…… 수를 세기가 힘들구나."

그의 심복이 달려와 고개를 숙였다.

"이번에도 제가 셌습니다!"

"그래? 몇 명이더냐?"

"족히 마흔 명은……."

"마흔? 고작 세 시각 만에 마흔 명? 실망스럽구나."

그때 죽은 척을 하고 있다가 청나라 병사의 군홧발에 정신을 차린 준가르 부족원이 도르곤의 앞쪽으로 달아나기 시작했다.

이를 본 도르곤이 칼을 던졌다.

– 푹!

그 칼은 달아나던 부족원의 목을 정확히 관통했다. 바로 숨이 끊어지며 부족원이 땅으로 쓰러지자 심복이 웃으며 말했다.

"거기까지 마흔셋입니다~"

"마흔셋이라…… 그럼 그놈은?"

"한…… 스물?"

"역시 이번에도 내가 이겼구나. 하하!"

도르곤이 기분 좋게 웃고 있을 때 병사들은 아직 살아 있는 부족원들을 찾아 일일이 창과 칼로 찌르며 숨통을 끊어놓았다. 그나마 숨어 있었던 남자 몇 명과 여자 수백 명은 한 곳에 모아졌다. 시백은 처참한 시신들 위에서 서서 혼을 잃어버린 공허한 눈을 하고 있었다. 지우려고 해도 남한산성에서의 일은 이런 전장에서 계속 그를 괴롭히며 되풀이되고 있었다.

꾸ᄆᄋ

"근데 너 남편은 어떤 사람이야?"

"너라니?"

"아, 언니."

"그건 갑자기 왜? 원래 안 궁금해 하지 않았어?"

"물어오는 애들이 있어서. 소문에는 구황자님만큼 대단한 용사 래. 진짜야? 이번 준가르 부족 정벌에서도 선봉에 설 거라던데."

그가 선봉에 선다는 사실은 이미 알고 있다. 그는 내게 말하지 않았지만, 궁녀들은 나보다도 더 많이 전장에서 일어나는 소식들을 알고 있기에. 그리고 그것은 내가 가장 듣고 싶지 않은 소식이기도 하다.

"그런가봐."

나는 말하기 싫어서 바느질을 들었다. 그러나 수아는 끈질겼다.

"준가르는 계속 폐하를 괴롭힌 골칫거리였잖아. 이번에 선봉에 서 큰 공을 세우면 팔기군에 배속되는 게 아닐까? 관직도 얻고."

"말도 안 되는 소리. 그는 조선 사람이야. 우린 언젠간 조선으로 돌아갈 거고."

"조선보다는 여기가 훨씬 좋잖아."

"왜 그런 이야기를 계속 묻는 건데?"

"실은 말이지 우연히 네 남편을 보고 반한 궁녀들이 좀 있어. 폐하는 관직을 내려주는 장수들에게 측복진으로 궁녀들을 자주 하사하시거든. 그러니까 운이 좋으면 네 남편의 첩으로 가고 싶어하는 애들이……."

첩 이야기에 내가 눈을 부릅떴다.

"내가 그걸 가만두고 볼 것 같아?"

"하하…… 아니. 절대 가만 안 두고 볼 것 같은데."

수아가 바로 꼬리를 내리며 어색하게 웃자 난 방긋 웃으며 말했다.

"그러니까 가서 그 애들한테 전해. 꿈도 꾸지 말라고."

"예에, 언니이."

난 바느질을 내려놓고는 긴 한숨을 내쉬었다.

나도 잘못 보는 그의 얼굴을 궁녀들은 대체 어디서 언제 보고 반했다는 걸까.

"그는 용사가 아니었어. 무인도 아니었고."

"남편 이야기야?"

"응."

난 고개를 한 번 끄덕였다. 수아가 내 곁으로 다가와 귀를 쫑긋 세운다.

"그저 글만 읽는 선비였지."

"에이, 설마."

"사실이야. 무예는 다른 선비들이 하는 정도만 했을 거야. 그러다가 그는 자신의 아내를 위해서 검을 들었어."

"너?"

"아니……."

정묘호란에 스스로 목숨을 끊었다던 그의 첫 번째 아내 윤씨 이야기다. 이후 그는 무예 수련에 더욱 정진했다.

두 번째로 그가 검을 들었을 때는 병자호란이었다. 그때도 그는 나라를 위해, 또 백성을 위해 검을 들었다. 그는 타고난 선비였고 조선의 사대부였다. 그랬던 그였다.

"울어?"

나도 모르게 흘러내린 눈물에 난 서둘러 눈물을 훔쳤다.

"아냐."

"에이, 우는 거 맞네. 왜 울어, 남편이 보고 싶어서 그래?"

"보고야 싶지. 하지만 난 궁 안에서만 지내는데 어떻게 봐."

"하긴 돌아와서 잠깐잠깐 봤댔지."

"그렇게 보니까 보는 것 같지도 않아. 조금만 더 참으면 되는데……."

"폐하께서 약속하신 칠 년?"

"응. 이제 이 년 남았어. 이 년만 참으면 우린 조선으로 돌아갈 거야."

"그러길 바라."

"정말?"

난 의심의 눈초리로 수아를 쳐다보았다. 수아는 퍽 진지한 얼굴로 고개를 끄덕였다.

"진심이야."

"고마워."

"뭘, 고맙기까지야. 처음에는 네가 아니, 언니가 마음에 안 들었어. 얼굴도 예쁜 데다가 곧 폐하의 눈에 띄어서 잘나갈 것 같았거든. 그런데 언니는 달라. 다른 애들은 폐하나 황자님들 눈에 들어서 출세하고 싶어 안달들인데 언니는 그저 남편과 고향으로 돌아가고 싶어하잖아."

"그건 당연한 거야."

"글쎄…… 난 고향으로 돌아가고 싶지 않은걸. 기회가 생기면 멋진 장수나 아니면 황자님의 측복진이 되고 싶어. 그럼 얼마나 편하게 살 수 있을까……."

철없는 수아의 단꿈을 깨기 싫어 난 조용히 침상에 가서 누웠다. 낮에 잠깐 자서 그런지 밤인데도 잠은 오지 않았다.

몇 달에 한 번씩 잠깐 마주하는 그의 모습. 더는 그의 웃는 모습을 볼 수 없었다. 그는 여전히 나를 걱정하고 내 안부부터 물었지만 웃지 않았다. 경직되고 점점 차가워져갔다. 전장에서 사는 군인이라면 흔히들 그러겠지만 난 그가 조선으로 돌아가면 다시 예전의 모습을 찾을 수 있을 것이라 믿고 있었다.

그리고 그의 희생. 난 정운을 위해 모든 것을 희생했다. 다시 태어난 정운은 나를 위해 모든 것을 희생한다. 하지만 내가 바란 것은 그의 희생이 아니었다. 아주 평범하고 단순한 행복을 원했었다. 그래서 난 믿고 있었다. 조선으로만 돌아가면 그 행복을 되찾을 수 있을 것이라고.

◦◦◦◦◦

병사가 준가르 부족의 적장이 타고 다니던 말을 베어 그 피를 담은 그릇을 도르곤에게 가져왔다. 도르곤이 그 그릇을 높게 들어올리자 다른 병사들도 각자 말의 피를 담은 그릇을 함께 들었다. 시백에게도 그 피가 담긴 그릇이 주어졌다. 이것은 매우 중요한 전통이었다.

"대청제국을 위하여!"

"제국을 위하여!"

병사들이 모두 건배하듯 그릇을 높게 들어올리더니 그것을 마셨다. 도르곤 역시 그릇에 담긴 피를 모두 깨끗하게 비워냈다. 뜨거운 말의 피가 몸속으로 빠르게 스며들자 피를 마신 사내들 몸 안에서 뜨거운 열이 치솟았다.

도르곤이 입가에 남은 피를 손등으로 쓸어내듯 닦는데 심복이 다가왔다.

"어찌할까요?"

그것은 포로로 잡힌 준가르 부족의 여인들을 두고 하는 말이었다.

"열다섯 미만으로 보이는 계집들만 살려서 노비로 끌고 가고 나머지는 전부 죽이라는 황제 폐하의 명이시다."

"예!"

도르곤의 명이 떨어지자 열다섯 이상의 여인들이 두려움에 떨며 서로를 끌어안았다. 겁에 질린 여인들을 보며 도르곤이 방긋 웃었다.

"단, 죽이기 전에 즐기기는 해야지."

병사들이 그 말을 기다렸다는 듯 여인들에게 달려들어 마음에 드는 여인들을 각자 끌고 갔다. 여인들의 비명소리가 곳곳에서 울려 퍼지는 가운데 말리거나 저항하는 여인들은 끔찍하게 도살되기도 했다. 도르곤 역시 그중에 한 여인에게 다가가 칼끝으로 턱을 들어올렸다.

"얼굴은 마음에 안 든다만 잠시 즐기기엔 나쁘진 않겠구나."

"아악!"

도르곤은 그 여인의 머리채를 잡아끌더니 번쩍 들어 자신의 어깨에 둘러매고는 빈 막사로 들어갔다. 한동안 곳곳에서 여인과 어린 소녀들의 애처로운 비명소리가 떠돌았다.

❧

밤이 깊어가고 있었다. 초원 곳곳에서 살아남은 여인과 어린 소녀들의 작은 흐느낌 소리가 들려오고 있었다. 막사 밖으로 나온 도르곤은 홀로 불가에 앉아 있는 병사를 발견했다. 자세히 보니 그는 시백이었다. 한두 번 보는 풍경도 아닌지 도르곤은 그냥 지나치려다가 문득 마음을 바꾸어 시백이 앉아 있는 불가로 다가가 건너편에 털썩 주저앉았다.

– ……

시백이 눈을 들어 도르곤을 보고는 다시 불가로 시선을 돌려 마른 가지를 내던졌다.

"피도 못 마시고 계집질도 못 하고 조선 사내들은 다 너 같으냐?"

"……."

시백이 대꾸할 가치도 못 느끼겠다는 듯 말을 하지 않았다. 도르곤은 이번에 화제를 돌렸다.

"혹 그 계집이 제 얼굴값을 한다고 투기라도 하느냐?"

화진의 이야기를 걸고넘어졌는데도 여전히 시백에게서 돌아오는 반응은 없었다. 도르곤은 그럴 줄 알았다는 듯 혀를 차며 말했다.

"조선 사내들이 다 너 같으면 난 다시 태어나도 조선 사내로는 절대 태어나지 않을 것이다."

"풋."

그 말에 마침내 시백이 어처구니가 없다는 듯 짧은 웃음소리를 냈다. 시백이 웃자 무엇 때문인지 도르곤도 기분이 좋아져 따라 웃고 말았다.

"전장에 온 이후로 단 한 번도 네가 웃는 것을 보지 못하였지. 헌데 지금 보니 너도 웃을 줄은 아는구나."

그러나 다시 시백은 얼굴에서 웃음을 잃었고 말도 하지 않았다. 도르곤이 자리를 털고 일어서며 말했다.

"수없이 많은 전장에 참여하고서도 전쟁을 즐기지 못하는 것을 보니 너도 그리 오래 살지는 못하겠구나."

이 말을 남긴 채 돌아서던 도르곤은 마침 자신이 머물렀던 막사에서 여인이 뛰쳐나오는 것을 발견했다. 그는 바로 바닥에 떨어진 검을 들어 그 여인의 목을 베어버렸다. 아주 잠깐, 주변을 떠돌던 여인들의 흐느낌이 잠잠해졌다. 불가에 앉은 시백의 표정이 더욱 어두워졌다.

◦◦◦

"왔대! 왔대! 왔어!"

한낮에 수아가 처소로 올 시간이 아닌데도 뛰어 들어오며 소리쳤다.

"뭐가 와?"

"뭐가 오긴? 언니 남편이지!"

"서방님이?"

"응! 숭정전 태감에게 들었는데 조금 전에 폐하를 알현하고 퇴궁하고 있대!"

"퇴궁? 어디로? 어딘데?"

"서문 쪽이래."

난 그 말을 듣자마자 바로 처소 밖을 뛰어나갔다. 숭정전에서 서문까지의 길은 길고 좁은 서로 하나뿐이었다.

그 길로 간다면 시백을 만날 수 있었다. 바쁘게 뛰어나가던 나는 그만 돌부리에 발이 걸려 앞으로 넘어지고 말았다.

"아얏! 아야……."

넘어짐과 동시에 무릎이 땅에 긁히면서 엄청난 통증이 느껴졌다. 바로 걸어가기가 힘든 상황이었지만 이대로라면 시백을 더는 볼 수 없게 될까봐 억지로 몸을 일으켰다. 하지만 걸을 때마다 무릎이 너무 아파서 결국 절뚝거리며 걸을 수밖에 없었다.

"응?"

마침내 도착한 서로에는 지나다니는 사람이라고는 궁녀 한두 명뿐이었다. 눈 씻고 찾아보아도 시백으로 보이는 사내는 없었다. 난 지나가던 궁녀를 붙잡고 물었다.

"오늘 입궁한 장수들은 어디에 있어요?"

"조금 전에 서문으로 나가던데."

"벌써요?"

"네."

물어본 궁녀들을 보내고 나서 나는 망연자실했다. 넘어지지 않았다면 시백을 놓치지 않았을지도 모른다는 생각에 자책감까지 들었다. 결국 아픈 무릎을 감싸쥐고 쓸쓸히 처소로 돌아올 수밖에 없었다.

"어떻게 됐어? 만났어?"

처소의 문을 열자마자 활짝 웃으며 나오는 수아를 본 순간 나는 참았던 눈물을 왈칵 터트리고 말았다. 얼마나 서러운지 이루 말할 수가 없어서 계속 엉엉 울었다. 우는 나를 보며 수아는 안절부절 못했다.

"왜 그래, 언니? 왜? 왜 울어? 다쳤대?"

"아니…… 흐흑!"

"그럼?"

"못 봤어…….."

"에?"

"놓쳤다구…… 흑!"

몇 달 전에는 멀리서 얼굴만 봤다. 그전에는 반년 전 만나서 한 두 마디 대화를 나눈 게 전부였다. 이제 또 놓쳤으니 그가 언제 입 궁할 줄 알고 또 기대하는 마음만 품은 채 애타게 기다려야 할까? 아무리 울어도 몇 달간 쌓인 서러움이 쉽게 풀리지 않던 그때였다.

"언니. 울지 말고 내 말 좀 들어봐."

"흐흑……."

"내가 도와줄게."

"흑?"

"퇴궁해서 언니 남편을 만날 수 있게 도와주겠다고."

난 눈을 크게 뜨고 수아를 바라보았다.

"대신 늦어도 해가 뜨기 전까지는 반드시 돌아와야 해. 어차피 궁문은 날이 밝기 전 새벽에 여니까."

"정말?"

"언니를 찾는 사람도 없잖아. 나뿐이지. 다들 이 처소에 박혀서만 지낸다는 거 아는걸. 그러니 출궁할 수 있어."

"정말이지?"

난 수아의 팔을 잡으며 되물었다.

"대신 한 번뿐이야. 이건 매우 위험한 짓이니까."

"고마워! 정말 고마워!"

기뻐하는 나를 보며 수아가 웃는다.

"뭐, 공짜는 아니야. 나중에 필히 갚으라고 할 때 갚아. 알았지?"

"웅! 뭐든지 다 해줄게! 내가 할 수 있는 거라면 전부!"

"알았어, 알았다고."

"그런데 언제 출궁할 수 있는데?"

"지금도 가능하지."

"그럼 당장 할래!"

"잠깐, 이리 와봐."

수아가 날 화장대 앞으로 이끌었다.

"왜?"

"그러고 나갈 거야? 오랜만에 만나는 거라며. 그런 얼굴로 나가면 아무리 타고난 미인이라도 남편이 도망갈걸."

"그렇게 이상해?"

"엄청 이상해. 거울 봐봐."

평소의 나라면 이런 수아의 장난에 속아 넘어갔을 리가 없다. 하지만 출궁할 수 있다는 사실만으로도 정신이 혼미해질 지경이라 난 순순히 그 말을 믿고 화장대 앞에 앉았다. 들여다본 거울 속 내 모습은 조금 울어 눈가가 부은 것 외에는 크게 달라진 것은 없어 보였다.

"수아, 너어!"

"하하하! 왜에, 나도 이참에 좀 놀려본 건데."

"당장 출궁하게 도와줘! 어서어!"

"알았어요, 알았어. 일단 옷부터 갈아입자."

"옷?"

"내가 언니를 왜 완의국에 자주 보내는 줄 알아? 거기 완의국 궁녀들은 출궁이 자유롭거든. 가끔 보내는 빨랫감에 돈을 좀 넣어서 보내주고 있었어. 그럼 걔네들이 출궁할 수 있는 출입패를 빌려줘."

"진짜야? 왜 난 몰랐지?"

"완의국 궁녀들은 언니를 아주 싫어하거든."

"왜?"

"예쁘니까."

수아가 어이없다는 듯 말하며 자신의 옷 중 좋은 옷을 내어주었다.

"참, 얼마 전에 출궁했던 궁녀 말로는 심양 대로에 신기한 게 있대. 서역에서 온 상인들이 차린 삼 층짜리 큰 건물인데. 거기서 볼거리 즐길 거리 엄청 많다니까! 시간 나면 남편과 놀러 가봐."

"알았어. 알았으니까 빨리 출궁할 수 있게 해줘."

"좀 기다려봐. 지금 완의국에 가서 출입패를 받아올 테니까."

수아가 나간 후 나는 거울 속 울던 내 얼굴을 보며 활짝 웃었다.

⬿⬿

조선관.

"이게 어찌된 일이오!"

이른 아침부터 봉림대군이 외치는 소리에 조선관이 시끄러워졌다. 나인을 통해 이 소식을 들은 장씨가 달려왔을 때, 봉림대군은 처소의 입구에 서 있었다.

"무슨 일이시옵니까?"

"피화당의 신주를 치운 것이 부인이오?"

봉림대군이 워낙 무섭게 장씨를 노려보며 묻고 있었기에 처음 장씨는 말문을 뗄 수가 없었다.

"부인이냐 묻지 않소!"

장씨는 봉림대군 곁에서 엎드려 겁에 질려 있는 나인들을 살펴보았다. 아마 그중에 그녀의 짓이라는 걸 봉림대군에게 고한 나인이 분명 있는 듯했다. 장씨는 봉림대군 뒤로 원래 피화당과 아이의 신주가 모셔져 있던 곳을 쳐다보았다. 그곳에는 아무것도 없었다.

봉림대군은 지난 오 년간 매일 하루도 빠짐없이 아침마다 그곳에 향을 피웠다. 이것을 모르는 사람은 아무도 없었다. 그러나 어젯밤 봉림대군이 잠들었을 때 장씨는 그 신주를 내다버려 불태우라고 명을 내렸던 것이다.

고민하던 장씨가 대답했다.

"예. 소첩이 그리하였사옵니다."

"무엇이라?"

봉림대군이 금방이라도 장씨를 때릴 듯이 주먹을 불끈 쥐었다. 장씨는 그런 봉림대군을 똑바로 쳐다보며 분명한 어조로 또박또박 말을 이어나갔다.

"얼마 전 조선에서 온 사은사 대신들이 대감의 처소에 놓인 신주를 보고 그것이 무엇인지 물었기에 소첩은 아무런 대답도 하지 못하였습니다. 금방 조선에도 이 소문이 퍼질 텐데 주상전하께서 이를 문책하시면 무어라 답하시겠사옵니까?"

"부인!"

"어느 사내가 정실도 아닌 첩의 삼년상을 치른다 하옵니까? 오 년이면 이제 족하지 않사옵니까? 대체 얼마나 더 향을 피우셔야 대감의 직성이……."

- 찰싹!

봉림대군의 손이 장씨의 뺨을 후려쳤다. 동시에 주변에 선 나인들이 놀란 입을 다물지 못했다. 장씨도 얼마나 당황했던지 뺨의 얼

661

얼함이 전해주는 아픔은 전혀 느껴지지 않았다. 그저 다물지 못한 입을 벌린 채 눈만 여러 차례 깜빡거렸다.

"대감!"

가만히 지켜보던 우 상궁이 비명을 지르자 뒤늦게 소동을 듣고 세자 부부도 달려 나왔다.

"이게 어찌된 일이냐?"

세자의 추궁에 봉림대군은 장씨에게서 고개를 휙 돌려버렸다. 세자빈은 대충 상황을 전해 들었는지 장씨에게 다가가 그녀를 부축했다. 그 순간 장씨의 눈에서 참았던 눈물이 하염없이 흘러내리기 시작했다.

"대군마마. 너무하셨습니다."

세자빈이 장씨를 대신해서 봉림대군에게 말했다.

모두의 나무라는 듯한 시선이 봉림대군에게 모아졌다.

"에잇!"

이 중압감을 이기지 못한 봉림대군이 서둘러 조선관을 나가버렸다.

세자가 통역을 맡은 관원을 불러 말했다.

"어서 봉림의 뒤를 뒤따르거라! 어서!"

"예에~ 저하!"

관원이 봉림의 뒤를 쫓아 바쁘게 따라 나가는 동안에도 장씨의 눈에서는 눈물만 소리 없이 계속 흘러내렸다.

세자와 세자빈 그리고 대군 가족은 조선관에서 거주했다. 이들을 수행하기 위해 따라온 사람들은 조선관 주위에 집을 짓고 살았다. 시백의 처소가 있는 집도 조선관 인근에 위치했다. 나는 그곳이 정확히 어디인지는 몰랐다.

그러나 최근 황제의 명에 따라 부족 정벌에 나서 혁혁한 공을 세운 시백은 조선관 주변에 사는 청나라 사람들에게도 잘 알려진 유명인사였다. 그래서 그가 어디에 사는지는 조선관 주변에 지나다니는 청나라 사람들에게 물어 쉽게 알아낼 수 있었다. 다만 그는 그 집에 혼자 사는 것이 아니었다. 세자를 수행하는 학사들과 함께 살고 있었다. 그래서 나는 시백이 사는 집을 알아내고도 그 집 안으로 들어갈 수가 없었다.

"이를 어쩐담……."

고민하며 집 주위를 맴돌던 나는 꾀를 냈다. 동네에서 놀던 꼬마 여자아이를 하나 붙잡아 예쁜 머리핀을 하나 떼어주며 말했다.

"가서 이시백 나으리가 있냐고 물어봐. 있으면 여기로 나오라고 해. 알았지?"

"응."

아이는 예쁜 머리핀 하나를 받아들고는 내가 시키는 대로 집 쪽으로 뛰어갔다. 잠시 후 돌아온 아이는 혼자였다.

"뭐래? 내가 시키는 대로 했어?"

아이는 고개를 끄덕이며 말했다.

"그런데 지금 집에 없대."

"없다고? 정말이야?"

아이는 제 볼일은 다 끝냈다는 듯 친구들이 있는 곳으로 뛰어가 버렸다.

"만약 아직 안 온 거면 기다리면 되지만……."

난 멀지 않은 곳에 위치한 조선관의 높은 지붕을 쳐다보았다.

봉림대군과 마주칠 일은 없겠지?

피하려는 게 아니다. 이제 그와 나는 서로 다른 인생을 살고 있는 사람일 뿐이다. 그러니 마주치고 싶지 않은 것이다. 그래야 서로의 인생에 영향을 끼치는 일이 다시는 일어나지 않을 테니.

❧

그 시각 시백은 용골대의 집에 있었다. 퇴궁하는 그를 용골대가 집으로 초대한 것이다. 그의 발랄하고 깜찍한 두 번째 부인은 열다섯 살이나 어렸다. 그녀는 소문으로 들어본 조선의 요리들을 직접 만들어 시백의 앞에 하나씩 선보였다. 그중에는 김치도 있었다. 염장한 것이 아닌 고춧가루에 버무린 정도였지만 정성만으로도 시백은 탄복했다.

"부인께서 많이 신경을 쓰셨소."

"대접할 것이 이것뿐이라 과분한 칭찬이시오."

"아니오."

시백이 식사하는 동안에도 어린 부인은 용골대에게 계속 애교를 부렸다. 다정한 부부의 모습에 절로 미소가 지어질 법도 한데 오히려 시백의 마음은 무거워졌다. 뒤늦게 시백의 안색을 확인한 용골대가 부인을 방으로 들여보내며 말했다.

"이번 입궁에서 부인을 만나 뵙지 못하였소?"

시백은 대답 대신 침묵으로 답을 대신했다. 용골대는 마치 자신의 일인 듯 한숨을 내쉬며 말했다.

"공은 지금까지 잘해오셨소. 폐하께서 약조하신 기한도 얼마 남지 않았으니 조금만 더 힘을 내시오. 곧 좋은 날이 올 것이오."

말을 타고 용골대의 집을 나서는 시백의 발걸음은 무거웠다. 후한 대접을 받고도 가슴 안에 깊게 응어리진 슬픔은 가라앉기보다는 아픔만 더해졌다. 자신의 처소가 있는 집으로 돌아가려던 시백은 말을 잠시 세우고 하늘을 올려다보았다.

석양이 지고 있었다. 해가 지면 심양 대로에는 두 번째 낮이 시작되었다. 밤새 활기를 띤 그곳으로 서역을 비롯한 많은 나라들의 상인들이 몰려들어 밤새 장사진을 이뤘다. 번잡하고 시끄러운 심양 대로를 지나려던 시백은 익숙한 목소리를 들었다.

"저자인가?"

"배신자."

"더러운 놈."

조선인들이었다. 청나라에 끌려와 노비로 지내는 이들이 시백을 알아보고 조선말로 수군대는 것이다.

"저자가 누구요?"

가족을 찾아 심양까지 온 조선인들도 청나라에서 노비 생활을 하고 있는 조선인들에게 물었다.

이들은 다시 시백을 비난하며 그들에게 말했다.

"청나라 황제의 개요."

"어떻게 인두겁을 쓰고 팔기군의 앞잡이가 되나!"

"저자와 같은 조선인이라는 것이 부끄럽다. 퉤!"

이유를 전혀 모르는 그들에게 시백은 그저 청나라 공을 세우려고 안달이 난 매국노나 다름이 없었다. 목숨을 걸고 전쟁터에서 돌아오는 그를 반기는 이들은 애초에 아무도 없었다. 최근 들어 한 집에서 지내고 있는 학사들이 시백을 보는 시선도 곱지 않았다.

세자와 봉림대군만이 그의 고충을 유일하게 이해하고 있는 사람들이었다. 특히 세자는 조선으로 보내는 장계에 시백의 일을 적지 않게 지시했다. 또 사신으로 온 조선 신하들에게 시백의 일을 일절 언급하지 않도록 주의를 기울였다. 그러나 언젠가는 한양에 있는 왕에게도 시백의 일이 알려질지도 모른다. 그 후에 화진과 귀환한다면 시백은 조선에서도 환영받을 수 있을까?

마음속으로 한숨을 삼키며 집 쪽으로 돌아오던 시백은 문 앞 입구에 놓인 큰 바위에 등을 기댄 채 웅크리고 앉아 있는 한 여인을 발견했다. 잠든 것인지 여인은 얼굴을 무릎 위에 기대고 있었다.

"응?"

평소에도 조선관 주변에는 노비로 끌려온 조선 사람들이 모여들었다. 그들은 세자에게 간청하여 조선으로 돌아갈 수 있게 해달라며 울부짖는 일이 많았다. 세자를 만날 수 없으면 저렇게 몸을 웅크린 채 노숙을 자처하기도 했다. 하지만 그것은 대부분 조선관 대문 앞에서 벌어지는 일이었다.

시백은 이상하다 싶어 말에서 내려 그 여인에게로 다가갔다.

"이보시오."

옷은 청나라 옷을 입고 있었지만, 왠지 시백은 그 여인에게 조선말로 말을 걸어야 할 것 같았다. 시백이 조심스럽게 그 여인에게 조선말로 다시 말했다.

"여기서 무엇하고 있소?"

시백이 두 번째로 그 여인에게 말을 걸었을 때였다. 잠든 줄로만 알았던 여인이 고개를 들었다.

- !

순간 시백은 자신의 눈을 의심했다. 그와 눈을 마주친 여인은 자신의 눈을 의심하지 않았다. 여인은 시백의 얼굴을 보자 만개한 노란 해란초처럼 활짝 웃더니 두 팔로 그의 목을 끌어안았다.

"서방님⋯⋯!"

얼떨떨한 표정의 시백이 아무런 말도 못 하고 있을 때, 그의 아내인 화진은 그의 귓가에 대고 그의 마음이 들려주는 소리를 따라 읊었다.

"보고 싶었어요."

"......!"

시백의 눈은 자신의 눈앞에 나타난 화진의 실체를 의심하고 있었다. 꿈에서도 볼 수 없었던 화진이었다. 아니, 자신이 꾸는 꿈보다도 더 잔혹한 전장의 현실에 화진을 부를 수가 없었다.

그만큼 그는 외롭고 고독한 이민족의 전쟁터를 헤매고 있었다. 단 한 번도 그 선택을 후회한 적은 없었다. 다만 전장에서 겪는 잔인한 현실을 마주할 때마다 화진만은 이를 모르기를 간절히 바랄 뿐이었다. 그녀가 겪은 전쟁은 병자년의 호란이 마지막이길 바랐던 시백이었기에.

꽃꽃꽃

"왜요? 보고도 안 믿겨져요?"

난 물끄러미 내 얼굴만 쳐다보는 시백의 얼굴에 한 손을 가져다 대며 아이처럼 웃었다. 내 웃음에 그도 반가워하고 웃길 바라는 마음에서였다. 그러나 그는 웃지 않았다. 아니, 못 했다. 그의 웃음을 본 것이 언제가 마지막이었는지 기억조차 나지 않는다.

"말 울음소리가 들리지 않았나?"

"이시백 나으리가 돌아오신 것이 아닐까?"

그때 집 쪽에서 학사들의 목소리가 들려오기 시작했다. 시백이 내 손을 잡고 자리에서 일어섰다.

"서방님?"

난 그가 잡아끄는 대로 집과는 반대쪽으로 걸어가기 시작했다. 그가 나를 데려간 곳은 심양대로 쪽이었다. 밤이 되었는데도 그곳은 마치 다른 세상처럼 많은 사람들로 붐비고 있었다.

시백은 대로에서 얼마 떨어지지 않은 골목길로 들어섰다. 곳곳에 붉은 등이 걸려 있고 대로보다는 조금 조용한 곳이었다. 그중에 대문이 열려 있는 한 집으로 들어선 시백이 의자에 앉아 꾸벅꾸벅 졸고 있던 노인에게 돈주머니를 건넸다. 노인은 벙어리처럼 한 손으로 어느 닫혀 있는 방문을 가리켰다. 시백이 그 문을 열고 나를 안으로 데리고 들어가더니 문을 닫았다. 벽에 붙어 있는 침대와 탁자만 놓여 있는 전형적인 명나라 양식의 숙소였다.

"조선 사람들에게 들킬까봐 그래요?"

"……."

내 물음에도 그는 대답 없이 바닥만 물끄러미 바라보고 서 있었다.

그가 이렇게 말이 없던 사람이었나?

- 똑똑

그때 닫힌 문에서 소리가 났다. 시백이 나를 두고 일어나 문을 열자 아까 그 노인이 안으로 들어왔다. 노인은 끓인 물을 담은 찻주전자와 대야와 수건을 탁자 위에 놓고는 도로 나갔다. 나는 노인이 가져온 대야에 방금 끓인 주전자 물을 부었다. 그리고 방에 이미 놓여 있던 주전자의 물을 섞어 미지근하게 만들고는 말했다.

"씻을 물은 없으니까 내가 닦아줄게요."

그는 순순히 탁자 옆 의자에 앉았다. 난 그가 겉옷을 벗는 것을 도와주었다.

- !

그가 상의를 탈의하자 드러난 몸은 나를 조금 당혹시켰다. 몸 곳곳이 크고 작은 상처투성이였던 것이다. 그가 이 상처들을 어디서 얻었는지 알기에 나는 더는 아무 말도 할 수가 없었다. 대신 대야에 담긴 물에 천을 적셔 그의 몸을 구석구석 닦아주었다.

"이러면 기분이 좋아질 거예요."

모른 척 넘기려고 해도 그의 몸을 닦을 때마다 느껴지는 상처들의 흔적이 내 마음을 아프게 했다. 셀 수도 없는 그 많은 상처들이 하나하나 내 가슴에 생채기를 내는 듯한 기분.

"만나면 하고 싶은 말이 너무 많았는데…… 이상하게 우리 두 사람 다 말이 너무 없다. 그렇죠?"

"……."

아무 말 없이 가만히 있는 그가 안쓰럽다. 난 그의 맨 등에 머리를 기대며 옆 의자에 앉았다.

"내일 해가 뜨기 전에 돌아가야 해요. 궁문이 열리는 시간까지…… 안 그러면 나를 도와준 궁녀가 난처해져요."

"……."

"서방님이 보고 싶고…… 서방님 목소리가 듣고 싶어서 나온 건데…… 왜 말이 없어요?"

강요하려는 건 아니다. 짧은 시간이지만 그와 함께 있는 것만으로도 행복해질 것 같아서 나온 건데 오히려 슬픔만 배가 될 것 같다. 헤어지기도 전에 벌써 헤어지는 듯한 기분도 찾아온다. 차라리 억지로 웃는 나처럼 그도 나를 보고 웃어줬으면 좋겠는데…….

"이번에 잘 나왔으니까 다음에도 또 나올 수 있을지도 몰라요. 그럼 우리 이제라도 이렇게 자주 만나요."

"……."

그때 시백이 내게로 고개를 돌렸다. 내가 그의 등에서 머리를 떼고 그의 얼굴을 쳐다보았다. 그는 두 손으로 내 작은 얼굴을 감싸쥐며 이마와 이마를 맞댔다.

"보고 싶었소."

나는 눈을 감으며 피식, 웃음을 터트렸다.

"그 말이 왜 이렇게 듣기 어려워요."

"화진."

"네, 저 여기에 있어요."

그의 숨이 조금씩 거칠어지며 내 살 곳곳에 자신의 코를 대고 향을 빨아들인다. 내 몸에서 나는 체향에 그는 어떤 깊은 안도감을 느끼는 것 같았다. 나는 그런 그에게 입을 맞추려고 시도했다. 그러나 그는 내 입술에 입을 맞추는 것보다도 체향으로 내 실체에 더욱 가깝게 접근하려고 했다.

"간지러워요. 후훗."

그의 숨결이 살에 닿을 때마다 이는 간지러움에 내가 웃음을 터트렸을 때였다. 그가 돌아서더니 나를 번쩍 안아 들어 탁자 위에 걸치듯이 앉혔다.

나는 눈을 번쩍 떴다.

"서방님?"

그는 내 두 다리 사이에 자리를 잡더니 숨막히도록 강한 입맞춤을 내게 해왔다. 그의 입술을 받으며 난 재빨리 가슴에 묶인 옷의 끈을 풀려고 했다. 그는 그 작은 틈도 내게 허락하지 않았다. 하나로 만들어진 청나라 복식이 답답한지 그는 무릎에서부터 옷을 급하게 잡아당겨 위로 밀어 올렸다.

"천천히……."

가빠오는 숨을 삼키며 난 부드러운 손길로 그의 몸을 쓸며 달래기에 들어갔지만 소용이 없었다. 그는 무언가에 쫓기듯 급박했고 품안에 내가 금방이라도 달아나버릴 작은 새처럼 아프도록 세게 끌어안고 놓아주려 하지 않았다. 그의 급박한 손길에 떠밀리지 않으려 난 그의 가슴을 두 팔로 바짝 끌어안았다. 옷을 채 다 벗지도 않은 그가 아주 빠르게 그가 내 안으로 들어왔다.

"윽."

끌어안은 그의 등에서 진한 땀이 흘러내렸다. 오로지 내 몸에 집중하는 그를 끌어안고 버티는 와중에 난 흘러내린 그의 머리카락을 조심스럽게 쓸어주었다.

"화진……."

마지막 순간 그가 쥐어짜내는 듯한 소리로 내 이름을 불렀다. 나는 그의 어깨에 입술을 묻은 채 억눌린 숨을 내뱉었다. 한숨을 돌렸지만 그가 계속 걱정이었다.

"괜찮아요?"

그의 얼굴을 안쓰럽게 쓸며 물었을 때였다. 그가 나를 안아 든 채로 침상 위로 데려가 이불 위에 눕히더니 위로 올라왔다. 나는 내 위로 올라온 그를 두 팔 벌려 환영하듯 끌어안았다.

"시백……."

시간이 지날수록 그가 자신 안에 꼭꼭 감추고 있던 상처를 느꼈다. 조금 전 눈으로 볼 수 있는 그의 몸에 상처를 보았다면, 지금 그는 내가 눈으로는 못 보고 있던 마음 안의 상처를 내보이고 있었다. 마음속에 숨겨놓고 있던 그의 상처를 치유해줄 수 있다면…….

"아앗……."

그 시작을 알 수 없는 만족감이 내 가슴 안을 가득 채웠다. 나는 몸의 힘을 뺀 채 그의 손길에 이끌려 모든 것을 내려놓고 또한 받아들였다.

서로가 흘린 땀으로 여름날 심양의 밤은 후덥지근하기만 했다. 그는 침상에서 나를 뒤에서 끌어안은 채로 턱을 내 어깨에 괴고 누워 있었다. 그가 자는지 안 자는지는 모르지만 조금 전보다는 한결 편안해진 숨소리가 나를 안도시켰다.

난 내 허리를 끌어안은 그의 손을 잡아 올려 내 가슴에 올려놓고는 나지막이 그를 불렀다.

"서방님."

"응……."

"이렇게 잠만 주무실 건 아니죠?"

"무슨 말이오?"

"이대로 아침을 맞이하기에는 너무 아쉬워요."

그는 아무런 대답을 하지 않았다. 대신 나를 더욱 힘주어 뒤에서 끌어안으며 물었다.

"그럼 어찌했으면 좋겠소?"

"음……."

고민하던 나는 수아가 말했던 서역에서 온 상인들 이야기를 떠올렸다.

"대로에 서역에서 온 상인들이 차린 가게 있는데 신기한 게 많대요."

"아."

그가 안다는 소리를 낸다.

"알아요?"

나는 고개를 돌려 그를 향해 물었다.

그는 고개를 돌리지 말라는 듯 턱으로 내 어깨를 지그시 누르며 말한다.

"알지. 들었소."

"그럼 거기 가요, 우리."

"음……."

이번에는 그가 입을 다물고 음, 소리를 낸다. 싫다는 것 같다. 계속 나를 끌어안은 채 함께 있고 싶다는 것 같다.

"이러면 다음에 또 출궁 안 할 거예요."

이 말에 그는 조금은 놀란 게 분명하다. 그가 나를 놓아주더니 침상에서 몸을 일으켜 세운다.

"갑시다."

순순히 돌아오는 그의 대답에 나는 침상에서 몸을 일으켜 그의 입에 짧은 입맞춤을 했다.

"착하네, 우리 서방님."

술에 잔뜩 취한 봉림대군이 비틀거리며 심양 대로를 걷고 있었다. 그런 그의 옆에서 통역관으로 따라온 젊은 관원은 어찌할 줄을 몰랐다. 그가 넘어질 듯 걷는 봉림대군을 부축하려고 손을 뻗으면 봉림대군은 그 팔을 밀어내며 소리를 질렀다.

"치워라! 어딜 감히 내 몸에 손대는 것이냐?"

"대군마마! 이만 조선관으로 돌아가시옵소서."

"시끄럽다! 너나 돌아가거라! 나는 한잔 더 할 것이니!"

심양대로를 헤매던 봉림대군의 앞에 그를 알아본 조선인들이 다가왔다.

"대군마마!"

"살려주십시오, 대군마마!"

"미천한 저희들이 조선으로 돌아갈 수 있게 해주십시오!"

"저희 어머니가 아직 심양에 붙잡혀 계십니다! 돈이 부족해 모셔가지 못하니 도와주십시오!"

울며불며 조선의 백성들이 봉림대군의 앞에 무릎을 꿇고 사정했다. 취기가 잔뜩 오른 봉림대군은 그런 백성들의 행동에 더욱 화가 치밀었다.

"나도 내 마음대로 돌아가지 못하는 조선인데 너희들이 어찌 돌아간단 말이냐? 비켜라!"

"대군마마!"

그중 한 백성이 봉림대군의 바짓가랑이를 붙잡고 늘어졌다.

"전쟁 중에 어미를 잃은 어린 여식이 홀로 조선에 있습니다! 소인은 반드시 여식에게 돌아가야 합니다!"

"하!"

봉림대군이 어이가 없다는 듯 코웃음을 쳤다.

"난 내 아이의 얼굴을 보지도 못하고 잃었다."

화진을 떠올리며 억장이 무너진 봉림대군이 이를 악물었다.

"시신조차 거둬주지도 못하고 왔단 말이다!"

그는 자신의 바짓가랑이를 잡은 백성을 발로 차 넘어뜨렸다.

"아이쿠야!"

쓰러진 백성을 뒤로한 채 봉림대군이 다시 비틀거리며 걷기 시작했다.

"아이고! 대군마마!"

관원이 그 뒤를 바짝 쫓았다. 그때 누군가 봉림대군의 앞으로 불쑥 나타났다. 푸른 눈에 금발을 가진 서양인이었다. 그는 능숙한 만주어로 봉림대군에게 말했다.

"조선인이오?"

봉림대군이 그의 말을 알아듣지 못하고 인상을 찌푸리자 뒤따르던 관원이 나섰다.

"무엄하오! 조선의 대군마마시오!"

"대군마마? 그거 높은 사람인가? 돈이 많소?"

관원이 봉림대군에게 말했다.

"신분이 높으면 돈이 많냐고 묻습니다만."

"돈? 아주 많지! 조선에서 제일 부자가 우리 아바마마시다!"

봉림대군의 말을 알아듣진 못했지만 그의 손짓만으로도 대답을 가늠한 서양인이 말했다.

"이 안에 들어오면 아주 진귀한 것을 볼 수 있소이다. 혹시 그리워하는 사람이 있소? 보고 싶은 사람 말이오. 참, 조선인이면 고국에 있는 가족이 보고 싶겠네. 그렇지 않소?"

"이자가 뭐라 하는 것이냐?"

봉림대군이 관원에게 물었다.

관원이 대답했다.

"그리워하는 사람이 있는지 묻고 있사옵니다만."

'그리워하는 사람'이라는 단 한마디에 잠깐이지만 봉림대군은 술이 확 깨는 듯한 기분이 들었다.

"그걸 어찌 묻느냐?"

관원이 옆에서 봉림대군과 서양인의 말을 통역했다.

"이 안에 들어오면 신비한 유리벽이 있소. 그곳에서 그리워하는 사람은 누구라도 볼 수 있지!"

관원에게서 말을 전해 들은 봉림대군이 혀를 찼다.

"아무리 서역인이 신기한 재주를 몽땅 가졌다고 하더라도! 죽은 사람까지 볼 수 있게 할 순 없지 않으냐?"

관원이 통역한 봉림대군의 말을 들은 서역인이 씩 웃었다.

"죽은 사람도 볼 수 있소."

그 말을 전해 들은 봉림대군의 눈이 크게 떠졌다.

"무어라?"

"밑져야 본전일 테니 한번 들어와보기나 하시오."

서역인이 길을 비켜주었다.

봉림대군의 눈앞에 붉은 등으로 반짝이는 삼 층짜리 큰 누각이 눈에 들어왔다. 서역에서 온 진귀한 물건들로 외관이 장식되어 있는 건물은 술에 취한 봉림대군의 눈에도 신비스럽게까지 보였다.

"피화당······."

혼잣말처럼 중얼거리던 봉림대군이 무언가에 이끌리듯 그 안으로 들어섰다.

"와아- 심양 대로에서 제일 큰 건물이었네요."

시백은 별 관심이 없다는 표정으로 서역인이 운영한다는 삼층 누각을 쳐다보았다. 오히려 그는 즐거워하는 내 표정에 밝아진 모습이었다. 그러나 전처럼 환하게 웃진 않았다. 나는 그런 그를 의식하며 일부러 크게 웃었다. 내가 계속 이러다 보면 그도 자연스럽게 따라 웃어줄 것이라 믿었기 때문이었다.

"자, 우리 들어가봐요! 어서요!"

그는 내 손에 이끌려 건물 안으로 들어갔다. 건물 입구에서부터 많은 사람들이 붐볐다. 일층은 객잔이었는데 탁자 사이사이마다 서역에서 온 진귀한 물건들이 전시되어 사람들의 눈을 즐겁게 만들고 있었다.

"이층으로 가봐요."

난 시백의 손을 잡고 이층으로 올라갔다. 이층은 열 개가 넘는 방이 있었고 방들마다 다양한 체험과 놀이를 할 수 있는 공간으로 꾸며져 있었다. 대부분이 서양에서 쓰는 놀잇감들이었고 어떤 방에서는 서양인의 옷을 입어볼 수 있는 곳도 있었다.

"이런 옷도 있네!"

서양의 왕과 왕비들이 입는 드레스를 찾아낸 나는 신이 났다. 시백에게 한번 입혀보고 싶은 마음도 있었다.

"이거 한번 입어볼래요?"

그는 헨리 8세나 입었을 과도하게 어깨가 부풀어 오른 옷과 흰 스타킹을 보더니 바로 고개를 흔들며 거절했다.

"그럼 내가 입어볼까……."

"그걸 입겠다고?"

그는 화들짝 놀라며 아직 내 손에 들려 있는 왕의 옷을 보며 물었다.

난 까르륵 웃으며 말했다.

"사내 옷을 왜 입어요. 난 다른 거 입어볼래요."

내가 농담한 걸 알게 된 시백이 안심한 듯 가슴을 쓸어내렸다. 난 웃으며 여자들의 옷이 걸려 있는 곳을 뒤적거렸다. 한참을 뒤적거리다 찾아낸 옷은 흰색에 화려한 자수가 가미된 선녀 옷이었다.

"이거 예쁘네."

내가 시백에게 그 옷을 보여주자 시백도 이번에는 만족한 듯 고개를 끄덕였다.

"갈아입을 테니까 밖에서 기다려요."

"알았소."

난 여자 옷들이 잔뜩 걸린 방의 구석에 놓인 칸막이 안으로 들어섰다.

❦

안으로 들어선 봉림대군은 이층의 맨 끝 방으로 안내되었다. 그 방은 아주 작은 방이었다. 방 한가운데에는 방을 나누는 커다란 유리벽이 놓여 있었고 그 유리벽 앞에는 단 한 사람만을 위한 의자가 놓여 있었다.

"대군마마!"

관원이 걱정하며 따라 들어오려고 하자 봉림대군이 그에게 걱정 말라며 나가라고 손짓했다. 관원은 방안에 봉림대군만 있는 것을 확인하고는 조용히 문을 닫고 밖으로 나갔다. 홀로 방에 남은 봉림대군이 유리벽 가까이로 다가갔다. 유리벽 너머에 있는 것도 또 다른 방. 그 방에는 문 같은 것이 전혀 없었다. 유리벽 너머를 가만히 응시하던 봉림대군이 의자에 앉으며 혀를 찼다.

"감히 내게 사기를 치다니."

순간적이지만 서역인의 사기에 넘어간 자신이 한심하게 느껴졌다. 동시에 울적한 기분도 일었다. 수년간 마음속에 품었던 피화당의 모습은 이제 그림처럼 각인되어 그의 뇌리에 남았다.

이미 그녀가 저승의 객이 되어버린 지 오 년. 어차피 장씨가 아니었다면 자신은 죽을 때까지도 피화당의 신주를 치우지 못했을지도 모른다.

그런데 왜 그녀에게 손찌검을 한 것일까?

장씨를 향한 뒤늦은 미안함과 더불어 매일 아침 피화당의 신주에 향을 피우며 애써 누르던 슬픔이 동시에 그의 가슴을 치고 올라왔다. 술김이라 그런지 그의 눈시울이 뜨거워지며 금방이라도 눈물이 흐를 것 같던 그때였다. 방안으로 흰 연기가 서서히 피어오르기 시작했다.

"!"

불이 난 것으로 착각한 봉림대군이 놀라 의자에서 벌떡 일어섰다. 출구로 가기 위해 몸을 돌린 순간 연기가 빠르게 방안을 뒤덮어 어디가 출구인지 알 수 없게 되어버렸다.

"켁켁!"

기침을 하며 괴로워하던 봉림대군은 잠시 후 이것이 화재로 인한 연기가 아님을 깨닫고 안심했다. 그 후 침착하게 나가는 길을 찾기 위해 연기 속에서 두리번거렸다.

그의 눈에 아까 보았던 유리벽이 다시 보였다. 그가 유리벽 가까이로 다가가자 그 너머에서 흰옷을 입은 누군가 손을 휘젓고 있는 것이 보였다. 봉림대군은 그것이 사람이라고 생각하고는 자세히 보기 위해 유리벽 가까이로 다가갔다.

❧

생각보다 옷 입는 것이 복잡했다. 끙끙거리며 열심히 옷을 차려입은 나는 마지막에 머리서부터 줄로 엮인 날개옷까지 장착하고는 거울 앞에 섰다.

"이거 상당히 마음에 드는데?"

씩 웃으며 시백이 나간 문 쪽으로 나가려고 걸음을 옮겼을 때였다. 줄지어 걸려 있는 옷들 너머로 한 남자가 서양 왕의 옷을 입어보려는지 벌거벗은 채 흰 스타킹과 씨름을 하고 있었다. 그의 벗은 몸을 본 나는 당황하며 원래 나가야 하는 문이 아닌 반대편으로 다시 돌아왔다.

"여기 또 다른 문이 없나?"

옷 방에서 나갈 문을 찾아 두리번거리던 나는 커튼 같은 막이 반쯤 들이쳐진 곳에 있는 작은 문을 발견했다.

"저긴가?"

어서 이곳에서 나가기 위해 난 서둘러 그 문으로 다가갔다. 그리고 문을 열고 밖으로 나왔다.

"켁켁. 콜록콜록."

그 순간 마주한 것은 흰 연기. 일부러 피운 것인지는 모르겠지만 불태울 때 나는 그런 연기는 아니었다. 콜록거리며 연기를 없애보려고 손을 열심히 흔들어댔다. 그러자 연기가 조금씩 가라앉더니 커다란 유리벽이 나타났다.

"뭐지?"

만져지는 유리벽에 손을 가져다대었을 때였다. 유리벽 너머로 누군가 다가오는 것이 느껴졌다. 그리고 그 누군가의 실체가 유리벽 너머에 등장한 순간 난 숨을 멈췄다.

- !

그는 바로 봉림대군 이정연이었던 것이다.

⟨2권에서 계속⟩

683

조선후궁실록 1

초판 1쇄 인쇄 2020년 2월 20일 **초판 1쇄 발행** 2020년 2월 27일

지은이 유오디아
펴낸이 연준혁

웹소설분사 이사 이진영
책임편집 조윤희 오가진
디자인 함지현

펴낸곳 (주)위즈덤하우스미디어그룹 **출판등록** 2000년 5월 23일 제13-1071호
주소 경기도 고양시 일산동구 정발산로 43-20 센트럴프라자 6층
전화 031-936-4000 **팩스** 031)903-3893
홈페이지 www.wisdomhouse.co.kr

값 16,000원
ISBN 979-11-90427-98-2 04810
979-11-90427-97-5 (세트)

※인쇄·제작 및 유통상의 파본 도서는 구입하신 서점에서 바꿔드립니다.
※이 책의 전부 또는 일부 내용을 재사용하려면
  사전에 저작권자와 (주)위즈덤하우스미디어그룹의 동의를 받아야 합니다.
※이 도서의 국립중앙도서관 출판예정도서목록(CIP)은 서지정보유통지원시스템 홈페이지(http://seoji.nl.go.
  kr)와 국가자료종합목록 구축시스템(http://kolis-net.nl.go.kr)에서 이용하실 수 있습니다. (CIP제어번호 :
  CIP2020002176)